ÜBERSICHT TAI ARK'TUSSAN

um 10.500 da Ark

© Rainer Castor

Atlan

Die Versunkenen Welten

Perry Rhodan

Atlan

Die Versunkenen Welten

MOEWIG

www.moewig.de
Bearbeitung: Rainer Castor
Redaktion: Sabine Kropp/Klaus N. Frick
Titelillustration: Arndt Drechsler
Druck und Bindung: Ebner & Spiegel, Ulm
Printed in Germany 2006
www.perry-rhodan.net
ISBN 10: 3-8118-1528-8
ISBN 13: 978-3-8118-1528-5

1.

Atlan: *Die Varganen – oder Tropoyther oder Leerraumkontrolleure, wie sie hier genannt werden – haben in ferner Vergangenheit das Geheimnis der Absoluten Bewegung nutzbar gemacht, der Möglichkeit, von ihrem Mikrokosmos in den Makrokosmos und umgekehrt überzuwechseln und dabei jedes Mal voll integriert zu werden. Sie drangen in den Makrokosmos des Standarduniversums vor und begannen dort ihren Eroberungsfeldzug, errichteten ihr Imperium. Aber der Preis für den Wechsel der Existenzebene ist hoch gewesen – unfruchtbar geworden, wären sie ausgestorben, hätten sie nicht gleichzeitig die Unsterblichkeit erlangt. Viele kehrten in den Mikrokosmos zurück und verzichteten fortan darauf, abermals in den Makrokosmos vorzudringen. Nur eine kleine Gruppe von Rebellen blieb im Standarduniversum, zu der Ischtar gehörte. Dieses Wissen vor Augen, war mir längst klar, weshalb sie so interessiert auf den Einsatz des maahkschen Molekularverdichters reagiert hatte.*

Durch Magantilliken erfuhren sie, dass Ischtar mit mir einen Sohn gezeugt hatte; ein keineswegs zufälliges Ereignis, dafür war die Goldene Göttin viel zu gezielt vorgegangen. Durchaus möglich, dass sie – im Gegensatz zu ihren Artgenossen in der Eisigen Sphäre – bereits seit Jahrtausenden wusste, dass es eine Möglichkeit gab, die varganische Unfruchtbarkeit zu überwinden. Die Varganen schickten daraufhin die Erinnyen aus, die meinen Sohn Chapat entführten – und als Crysalgira und ich in den Mikrokosmos eingedrungen waren, verhinderten sie die Hinrichtung durch die Tejonther und beauftragten sie, uns in die Eisige Sphäre zu bringen. Dort wollten sie uns dazu zwingen, mit ihnen Kinder zu zeugen. Aus verständlichen Gründen verspürten die Prinzessin und ich keine Lust, uns als Zuchtexemplare missbrauchen zu lassen – selbst wenn gentechnologische Verfahren und Methoden zum Einsatz kamen, die künstliche Befruchtung, biomechanische Gebärmütter, wie sie von Ischtar bei Chapat eingesetzt wurde, und dergleichen beinhalteten.

Das Fatale an unserer Situation ist, dass der Schlüssel zur Rückkehr ins Standarduniversum eben in der Eisigen Sphäre zu finden ist: Nur dort befindet sich der Umsetzer, mit dem die Absolute Bewegung erzeugt werden kann. Im Gegensatz zu meinem ersten mikrokosmischen Abenteuer gab es hier kein Ende der Ebene, *das uns ein anderweitiges Entkommen gestattet hätte. Zwar hatte Ischtar angedeutet und Vargos Bericht bestätigt, dass auch die im Standarduniversum zurückgebliebenen Rebellen Versuche mit Umsetzern durchgeführt hatten, doch deren »Gegenpol« im Mikrokosmos wird für uns kaum erreichbar sein, zumal er keineswegs permanent aktiviert sein dürfte und auch kein offen stehendes Tor darstellt. Nein, nach derzeitigem Wissensstand bleibt uns nur Vargos Umsetzer – und ich frage mich nicht zum ersten und bestimmt nicht zum letzten Mal, wie sich das Ziel erreichen lässt, ohne den Varganen zu Diensten zu sein. Müssen wir uns unter Umständen doch mit ihnen arrangieren? Ich glaube nicht, dass sich Crysalgira dazu hergeben wird, sondern lieber stirbt – schon die Vorstellung daran lässt sie zittern.*

Ofanstände: 19. Prago des Eyilon 10.499 da Ark

Mehrere Decken lagen auf der Ladefläche, darüber war ein Insektenschutznetz gespannt. Ich spürte neben mir die Bewegungen von Crysalgiras Körper. Etwa zwanzig Meter von uns entfernt saßen sieben oder acht Lopsegger um ein kleines, flackerndes Lagerfeuer herum und unterhielten sich leise. Die aufrecht gehenden Zweibeiner von etwa anderthalb Metern Größe hatten einen Rumpf, der einer arkonidischen Flunder glich, die Arme waren lang, die Stummelbeine kurz, während aus der Steißgegend ein stachelähnlicher Auswuchs ragte, der bis zu den Kniekehlen reichte. Ihr Kopf saß halslos und kammförmig auf dem Rumpf, war fünfzehn Zentimeter hoch und breit und verlief in leuchtendem Rot vom obersten Rückenwirbel in Richtung Brust. An diesem Kamm gab es auf jeder Seite drei Augen, während dem Kammrücken acht quastenartige Gebilde entsprangen. Ein fleischiger Schubladenmund saß mitten auf der Brust.

Crysalgira sagte flüsternd: »Wir scheinen hier ziemlich sicher zu sein. Vielleicht ist es einer der letzten ruhigen Abende.«

Wir trugen noch immer die blauen Metallanzüge aus den winzigen Segmenten. Crysalgira, hochgewachsen und schlank, sah darin hinreißend aus, ihr Zopf hatte sich halb aufgelöst. Sie war neunzehn Arkonjahre alt, entstammte dem Thi-Khasurn der Quertamagin und war als Erstgeborene von Regir da Quertamagin, dessen beide Söhne im Krieg gegen die Methans gefallen waren, seine designierte Nachfolgerin. Meist trug sie ihr silbriges Haar hochgesteckt, so dass die mandelförmigen Augen stärker betont wurden. Die Jochbögen in ihrem Gesicht standen leicht hervor und verliehen ihr einen exotischen Reiz.

Ich lag auf dem Rücken und starrte an der Wand des Schiffes entlang hinauf zu den Sternen des fremden Universums. Dreiundzwanzig Planeten umkreisten die gelbe Sonne Mithuradonk, der siebte Planet Ofanstände hatte zwei Monde. Wie ein riesiger Ballon hing der große, namenlose Trabant fast genau über uns. Auf der großen, zitronengelben Scheibe bildeten Krater, Maare und Linien feine schwarze Filigranmuster. Der Mond hatte eine sehr hohe Albedo, seine Bahn verlief ziemlich nahe am Planeten, denn ich kannte seine wahre Größe. »Ich weiß auch nicht, was das alles zu bedeuten hat. Jedenfalls befindet sich die *Gefühlsbasis* in der Nähe.«

»Wir alle merken es.«

Wir hatten mit Karsihl-HP, Germyr-HP und der Mannschaft in der kleinen Messe des Schiffes gegessen, drei Tontas waren seit der Expedition in den Krater verstrichen. Das exakt kreisrunde Loch wies nicht weniger als zehn Kilometer Durchmesser auf, war aber nur einige hundert Meter tief. Ebenfalls kreisrund war der etwa dreihundert durchmessende See im Zentrum der Vertiefung; die Flüssigkeit hatte die Konsistenz von leichtem Öl und war pechschwarz. Abermals dachte ich an Somor – auch hier war es kein Regen- oder Grundwasser, sondern eine undefinierbare Substanz, die das Licht zu fressen schien. *»Der See lebt. Aber es ist nicht unsere Art von Leben«*, hatte Karsihl beeindruckt gesagt. Dem musste ich uneingeschränkt zustimmen, war davon überzeugt, dass es sich bei diesem hässlichen Ausfluss um einen Rest der *Gefühlsbasis* handelte. Jeder hatte eine andere Meinung über die Vorfälle, aber wir kamen zu keinem befriedigenden Ergebnis. Auch während des Essens hatten wir den Druck der *Emotiostrahlung* gefühlt. Aus diesem Grund hatte Karsihl wieder *Verbotene Würzung* austeilen lassen, ein Psychopharmazeutikum von zweifelhafter Herkunft und Zusammensetzung. Wir waren unschlüssig, was wir tun sollten. *Wo ist die Basis zu finden?*

Alle rund dreihundert Arkonjahre brachen die schwarzbepelzten Tejonther mit jeweils zehntausend Raumschiffen zum *Kreuzzug nach Yarden* auf. Mit sehr großer Wahrscheinlichkeit dienten die *Gefühlsbasen* der hier Leerraumkontrolleure oder Tropoyther genannten Varganen als eine Art Leuchtfeuer. Den Lopseggern gegenüber hatte ich argumentiert, dass die Ausschaltung oder Eroberung von einer

Gefühlsbasis oder gar mehreren dazu führen würde, dass die am Kreuzzug beteiligten Raumer der Tejonther die Orientierung verlören. Vielleicht konnten sie dann den Kreuzzug nicht durchführen; vielleicht mussten sie auch nur eine Verzögerung in Kauf nehmen. Aber sicher dürfte sein, dass die Aktivitäten gebremst wurden. In jedem Fall aber würden sie den Lopseggern weniger Schaden zufügen. Das allein lohnte schon den Einsatz. Nach dem Angriff auf Wartzong waren den Lopseggern nur sechsunddreißig Raumschiffe geblieben, fünfunddreißig warteten am Rand des Mithuradonk-Systems. Meine persönlichen Beweggründe gingen weiter: Ich wollte meinen in die Eisige Sphäre entführten Sohn Chapat finden und befreien. Ich wollte das Geheimnis der Absoluten Bewegung ergründen, das dort verborgen war. Und ich wollte zurück ins Standarduniversum, wo weitere Aufgaben auf mich warteten – unter anderem der Brudermörder Orbanaschol …

Eine Bewegung riss mich aus den Gedanken. Eine Veränderung im Bereich des namenlosen gelben Mondes. Ich blickte schärfer hin, richtete mich vor Überraschung auf. »Crys! Der Mond!« Aus der Mitte des Trabanten wuchs in rasender Geschwindigkeit ein dicker weißer Strahl. Er wurde länger, aber bis jetzt reichte er noch nicht über die Rundung hinaus. Ich sprang auf die Beine, riss das Insektennetz zur Seite und schrie hinüber zu den Lopseggern: »Seht den Mond an! Das hat etwas zu bedeuten!«

Auch die Besatzungsangehörigen sprangen auf und starrten nach oben. Dann zertrat einer das Lagerfeuer und warf Sand darüber. Qualmend erstickten die Flammen. Der weiße Strahl wuchs noch immer, wurde länger, spannte sich durch den Weltraum und näherte sich uns. Zwei Männer rasten wie die Wahnsinnigen die Rampe hinauf und schrien. Augenblicke später, als der Strahl uns fast erreicht hatte, gellte im Schiff Alarm auf. Kurze Zeit später schlugen die Geräusche über uns zusammen: Es war wie ein metallisch klingender Hammerschlag. Aus dem Nachhall des Donners schälte sich ein hohes, ratterndes Geräusch heraus, das wie eine Säge klang, eine schnell laufende Säge, die sich durch widerspenstiges Material fraß. Ich packte Crysalgira um die Hüften und sprang mit ihr von der Ladefläche des Gleiters. Jetzt erreichte der Strahl den Boden, berührte leicht schwankend auf der gegenüberliegenden Seite des Kraters die Oberfläche des Planeten, schwankte wieder zurück. Es war, als sei er ferngesteuert und würde sein Ziel suchen. Aus den Düsen des Schiffes kamen laute Geräusche. Das Alarmsignal verstummte, wir standen bereits auf der Rampe im Schutz des großen Metallkörpers.

»Suchen sie uns? Oder was geht hier vor?«, murmelte Crysalgira.

Auch ich war ratlos. »Sie steuern den Strahl. Er erfüllt einen ganz bestimmten Zweck. Ich glaube nicht, dass sie uns angreifen.«

Vom Mond bis zum Krater bestand eine Energieverbindung. Die letzten Donnerschläge verhallten, die aufgerissene Lufthülle beruhigte sich wieder. Die Gegend war blendend hell geworden. Das schrille Geräusch wurde lauter, dann schien der Strahl gefunden zu haben, was seine Steuermänner suchten. Er berührte dort drüben den Ringwall und begann ihn zu verändern. Steintrümmer und Geröll flogen in hohem Bogen nach innen. Die Geräusche änderten sich. Das Ende des Strahles arbeitete wie eine gigantische Fräse, ebnete den Boden ein. Ich verstand jetzt etwas mehr. *Eigentlich sollte der Krater nicht mehr sichtbar sein und einem Suchenden verraten, dass hier eine* Gefühlsbasis *eingegraben gewesen war. Die Spuren waren noch nicht beseitigt, als wir landeten. Jetzt erst, bei der richtigen Stellung des Mondes, beseitigten die Tropoyther die Spuren ihres Transports.*

Ihr seid zu spät gekommen. Einige Tage vorher, und ihr hättet gesehen, wohin die Gefühlsbasis *transportiert wurde,* sagte der Extrasinn.

Karsihl-HP und Germyr-HP kamen aus dem Schiff und blieben neben der Prinzessin und mir stehen. Wir sahen sprachlos und verwirrt zu, wie der Strahl mit der Geschwindigkeit eines Fußgängers weiterglitt und das Material des Kraterrandes wieder in den Krater zurückwarf. Die gesamte Natur ringsum war in offenem Aufruhr. Das Schrillen und Kreischen, die dumpf polternden Steine und Bodenmassen, die tonnenweise durch die Luft geschleudert wurden … ein Geräuschorkan tobte durch die Nacht.

»Jetzt wissen wir mehr«, knarrte Karsihl-HP.

»Wir wissen, dass die *Gefühlsbasis* auf diesem gelben Mond ohne Namen ist«, pflichtete ich ihm bei.

Drei Tontas früher, und der fräsende Strahl hätte uns getötet. Die Ahnung der Lopsegger war also doch richtig gewesen; sie scheuten sich, in der Nacht die Umgebung des Schiffes zu verlassen. Der Alarm hörte auf, immer mehr Leute liefen ins Freie, um den Strahl zu sehen. Durch das Dröhnen und Kreischen schrie Crysalgira: »Warum haben die Tropoyther den Standort der Basis gewechselt?«

»Keine Ahnung«, rief ich zurück. »Aber sicher haben sie einen Grund gehabt.«

Befanden sich also doch tejonthische Raumschiffe in diesem System? Die Vorsicht Germyr-HPs war berechtigt gewesen. Plötzlich schrie er neben meiner Schulter: »Unsere Mission wird immer gefährlicher! Ich weiß nicht, ob wir noch hier bleiben sollen.«

Ich zuckte mit den Schultern; ich konnte sie bitten, ihnen aber keine Anordnungen geben. Aber ich rechnete mit der Entschlossenheit Karsihls. Der Strahl wanderte und glitt jetzt die linke Seite des Ringwalls entlang. Deutlich sahen wir im Mondlicht und in der Beleuchtung durch den weißen Energiestrahl selbst, wie nach einem offensichtlich genauen Plan die Geröllmassen nach rechts flogen. Felsbrocken fielen in den lebenden, öligen See im Zentrum des Kraters und schleuderten die Flüssigkeit in einem Tropfennebel nach allen Seiten. Dort, wo der Strahl bereits vorbeigezogen war und uns sein Licht nicht mehr blendete, erkannten wir eine geschlossene, leicht hügelige Fläche, die offensichtlich aus dem feinkörnigen Sand bestand. Vom Ringwall war an diesen Stellen nichts mehr zu sehen, auch nichts von den zerfetzten und zertrümmerten Büschen und Bäumen. Ich fragte Karsihl-HP: »Wirst du das Kommando zum Start geben?«

Er deutete auf den Ringwall, der mehrere hundert Meter von uns entfernt war. In absehbarer Zeit würde der Strahl hier entlangkommen und ihn auflösen. Standen wir zu nahe am Wall? »Ich denke, sie haben uns nicht gesehen. Wir sind nicht gefährdet. Wir bleiben, Atlan.«

Während der Strahl weiterwanderte, geschah abermals etwas Ungewöhnliches und Bedrohliches. Aus dem Wald hinter uns kamen Vögel, riesige Insekten und kleine Flugsaurier. Zuerst waren es nur wenige, aber dann wurden es immer mehr. Sie bildeten Schwärme, jede Tiergattung einen anderen. Schließlich vereinigten sich die kleineren Gruppen zu einer gewaltigen, dunklen Wolke, in der es ebenso arbeitete wie in dem kleinen See vor einiger Zeit. Die Wolke strebte dem Energiefinger zu; die Tiere schienen von dem Licht magisch angezogen zu werden. Hin und wieder, wenn Teile der Wolke den Mond passierten oder vor der leuchtenden Energiesäule vorbeischwebten, konnten wir einzelne Tiere erkennen. Sie alle befanden sich in Aufregung. Vielleicht wirkte auch jetzt die emotionelle Strahlung auf sie ein.

»Wir sollten zum Mond ohne Namen fliegen und dort die Basis suchen«, sagte ich laut. Der Strahl kam kreischend näher, der Bogen des herumgeschleuderten und fein verteilten Kratermaterials befand sich jetzt in ganzer Breite direkt in unserem Blickfeld.

Der Diplomat Germyr-HP machte einige abwehrende Bewegungen. »Es wäre besser, wenn wir eine Hauptwelt unseres Volkes anfliegen.«

»Wir sind hierher gekommen«, schrie ich durch das Dröhnen und Poltern des näher kommenden Frässtrahls, »um nach der *Gefühlsbasis* zu suchen. Wir haben sie entdeckt.«

»Ja, auf dem gelben Mond!« Crysalgira deutete senkrecht nach oben.

Die große, sich aufblähende, zusammenziehende Wolke, die unaufhörlich ihre Form veränderte, erreichte jetzt den Strahl. Die ersten Tiere flatterten geblendet in das Leuchten hinein, wurden von einer unsichtbaren Kraft gepackt, nach unten gerissen und durcheinander gewirbelt wie Staubteilchen. Dann jagten sie zum Boden des Strahls, änderten ruckartig ihre Richtung und wurden dorthin geschmettert, wohin auch das Geröll und die Steine gewirbelt wurden. Langsam verkleinerte sich die Wolke aus Tieren. Sie zog sich auseinander und raste, flatterte und schwebte schlangenförmig um den Stab leuchtender Energie herum. Wieder nahm der Druck auf unsere Schläfen zu. Der Strahl und die *Emotiowellen* schienen irgendwie miteinander in Verbindung zu stehen.

Wir warteten tontalang …

An Schlaf war nicht zu denken. Das kreischende Geräusch des wild arbeitenden Strahlenfingers wurde lauter, als sich die Energie von links näherte, an unserem Schiff vorbeischrillte und den Ringwall auflöste, als sei es ein Schneerest. Immer mehr der Tiere wurden in den Strahl mit hineingerissen, nach unten und dann nach innen geschleudert. Das weiße Lodern des Strahls beleuchtete auf der linken Seite den Krater. Wir entdeckten, dass inzwischen mehr als die Hälfte des Kraters planiert war. Steine, Kies und Sand bildeten eine glatte, leicht wellige Oberfläche, die dort, wo sich der Ringwall befunden hatte, ohne Niveauunterschied in die Umgebung überging. Das einzige Zeichen dafür, dass sich hier eine Wunde in der Landschaft befunden hatte, war der Umstand, dass die neu geschaffene Oberfläche ohne Bewuchs war und aus braunem, warmem Boden bestand. Wie ein Garten nach der Aussaat, wenn die Halme noch nicht gesprossen waren.

Hin und wieder verschwand eins der Besatzungsmitglieder und versuchte, im Schiffsinnern einen Platz zu finden, an dem ein unruhiger Schlaf möglich wurde. Allmählich nahm der schrille Lärm ab, als sich der Energiestrahl wieder nach rechts entfernte. Ich gähnte und sagte schließlich zu Crysalgira: »Ich werde mir auch einen Winkel suchen und Dichtungsmasse in die Ohren stecken.«

Germyr-HP warf ein: »Die halbe Nacht ist vorbei. Wir bringen uns noch mehr in Gefahr, wenn wir nicht ausgeschlafen sind.«

Zweifellos missbilligte er unser Vorhaben, zu starten und zum Mond zu fliegen. Aber ich war sicher, dass sich Karsihl durchsetzen konnte.

»Ich gehe mit«, sagte Crysalgira. Bisher hatte die Anspannung unserer Nerven uns wach gehalten. Plötzlich wurden wir müde; so erging es auch den Lopseggern. Wir gingen ins Schiff und fanden einen stillen Raum – es war die zweite Hälfte der Doppelkabine. Sie war genügend gut isoliert. Der gewaltige Lärm des Strahls drang nur als rauschendes Summen durch die Schiffswand.

Nach etwa fünf Tontas erwachte ich langsam. Crysalgira hatte Essen besorgt. Auf einem Teller lagen mehrere Würfel der *Verbotenen Würzung*. Als die Prinzessin merkte, dass ich wach war, sagte sie mit merkwürdiger Betonung: »Geh mal hinaus und wirf einen Blick auf den eingeebneten Krater.«

Ich richtete mich auf und zog mich an. »Was ist los?« Es schien nichts Dramatisches zu sein, aber auf alle Fälle war dort etwas Überraschendes geschehen.

»Ein mittelgroßes Wunder. Schau selbst nach«, murmelte sie und gähnte. Ich huschte hinaus und verließ das Schiff über die Rampe. Dann blieb ich verblüfft stehen. Ich erkannte einige Meter neben mir Germyr, dessen Augen starr auf der riesigen Kreisfläche ruhten. Die Sonne war längst aufgegangen und beleuchtete die Landschaft. Es war kein Fleckchen blanker Boden mehr zu sehen, sondern die gesamte große Kreisfläche mit Gräsern, Blumen und kleinen Büschen bewachsen.

»Diese merkwürdige ölige Brühe im Zentrum des Kraters. Hat die Flüssigkeit das Wunder bewirkt?« Ich erinnerte mich, dass sie tropfenförmig und als Nebel verteilt worden war. Jedenfalls war das blitzschnelle Wachstum eine ziemliche Überraschung. Ich kannte keine

Methode außer der direkten Verpflanzung, ein Stück Land so schnell zu begrünen.

Unterschätze auf keinen Fall die Leerraumkontrolleure, warnte der Logiksektor.

Ein ziemlicher Unterschied zu Somor, dachte ich und fröstelte. Dort hatte der Kratersee einen Durchmesser von mindestens tausend Metern erreicht, die *Gefühlsbasis* war ohne Zweifel defekt gewesen. Dennoch hatte ihre »geheimnisvolle Kraft« ausgereicht – vielleicht eine Kombination aus Hyperstrahlung, paranormalem Einfluss sowie chemischen oder biologischen Ausdünstungen der schwarzen Flüssigkeit –, den gelandeten Raumfahrern mit der Zeit die Erinnerung an ihre Herkunft zu nehmen, während andere fürchterlich entstellt und mutiert waren. Unter ihrer mehlig weißen Haut hatten sich schwarze Adern abgezeichnet, so dass sie äußerlich der vom *Lebenskügelchen* wieder zum Leben erweckten Ilistrik glichen. Beim Eindringen in den Krater hatte ich in einem der Bohrtunnel sogar die vermeintliche Wand der *Gefühlsbasis* selbst erreicht, die wie glutflüssiges Erz schimmerte und von der ein goldfarbenes, sonderbar pulsierendes Licht sowie ein Hämmern und Pochen ausgegangen waren. Schwarze Flüssigkeit quoll aus dem Fels neben der goldenen Substanz, an ihrem Rand bildeten sich deutlich flüssigere und glasklar werdende Rinnsale. Der stechende Geruch hatte mich an die Flüssigkeit der Urne erinnert, die Vruumys und ich gefunden hatten. Abermals fragte ich mich, ob das der Ursprung der Legende gewesen war, der Vruumys bei seiner Suche nach dem ewigen Leben hinterhergehetzt war. *Was sind diese* Gefühlsbasen *genau? Der beschleunigte Wuchs im Bereich des eingeebneten Kraters passt durchaus zu den bisherigen Erfahrungen …*

Germyr drehte sich zu mir um und sagte ins tragbare Übersetzungsgerät: »Du siehst, welche furchtbaren Gegner wir haben. Sie können uns sehr schaden. Wir sollten nicht mit den Tejonthern kämpfen. Karsihl fordert das Schicksal heraus.«

Ich hob die Hand und entgegnete ruhig: »Niemand hat vor, gegen die Tejonther in offenem Kampf anzutreten. Wir suchen keinen Krieg, sondern die *Gefühlsbasis* der Tropoyther.«

»Das alles ist verwirrend und bringt uns Tod und Verderben.«

Ich warf einen letzten Blick auf die Landschaft. Die flach einfallenden Sonnenstrahlen modellierten die kleinen Hügel heraus. Ich musste wider Willen die Konstrukteure dieses fräsenden Strahls bewundern, die technische Leistung war gewaltig. Aber aus welchem Grund die Tropoyther ihre *Gefühlsbasis* hier aus dem Boden gerissen und zum Mond abtransportiert hatten, konnten wir nicht einmal ahnen. Ich wandte mich ab und versuchte, Germyr-HP zu beruhigen. »Schau, Freund Germyr. Die Tropoyther haben alle Spuren verwischt. Oder zumindest haben sie es versucht. Das bedeutet, dass auch sie Furcht haben müssen. Und diese Tatsache sollte uns ermutigen.«

Ich ging zurück ins Schiff. Crysalgira sah mich schweigend an, als ich mich an den Tisch setzte und zu essen begann. Schließlich, als ich über alles nachgedacht hatte, murmelte ich: »Vermutlich konnte ich Karsihl-HP überzeugen. Ich denke, dass wir in kurzer Zeit zum Mond ohne Namen starten.«

»Du hast den ehemaligen Krater gesehen?«

Ich nickte langsam. Es musste diese Flüssigkeit im Kraterzentrum gewesen sein, von der das rasende Wachstum gesteuert wurde. Und als ich daran dachte, fühlte ich auch wieder die unterdrückte Reststrahlung der *Gefühlsbasis*. Ich nahm einen Würfel in die Finger. »Ich habe ihn gesehen. Wir werden die Tropoyther – oder *Varganen* – nicht unterschätzen; Germyr befürchtet es. Aber wir kämpfen nicht, wir suchen nur.«

Im gleichen Augenblick ging der schnarrende Türsummer. Karsihl-HP trat ein, als ich das Schott öffnete. Der Lopsegger ging an mir vorbei und blieb in der Nähe des Übersetzers stehen. »Wir starten bald. Kommt ihr in die Zentrale?«

»Ja. Du hast Germyr überzeugen können?«

»Es war schwierig. Wir werden sehr vorsichtig sein müssen; außerdem wird man in der Flotte unruhig, die auf uns wartet. Die Männer fürchten, dass uns die Schiffe der Tejonther entdecken und vernichten.«

»Diese Furcht«, sagte ich entschlossen und ging mit ihm und Crysalgira zum Schott, »ist verständlich. Auch wir rechnen damit, dass die Kreuzzugschiffe der Tejonther hier bald eintreffen. Das ist ein Grund, schnell zu starten und zum Mond zu fliegen.«

»Das habe auch ich Germyr erklärt, und ich denke, er ist beruhigt. Er und seine Freunde.«

Wir gingen in die Zentrale. Die Geräusche ringsum bewiesen, dass das Schiff startklar gemacht wurde. Lopsegger hasteten hin und her, die Gleiter befanden sich bereits im Schiff. Summer quäkten. Ich atmete gepresst, weil die »Würzung« wieder meine Geschmacksnerven paralysierte.

Dann startete das Schiff. Wir hatten uns wieder in den Sesseln festgeschnallt und beobachteten fasziniert den Schirm, der das Startgebiet zeigte. Während das Schiff zuerst langsamer, dann immer schneller an Höhe gewann, rückte die runde Zone ins Blickfeld. Nur ein Farbunterschied deutete darauf hin, dass hier das Gelände innerhalb weniger Tontas modelliert worden war. Die Gewächse dort unten in einem ausgefransten Kreis waren heller, ihr Grün war frischer als das der Umgebung.

Germyr-HP beugte sich zu uns herüber und sagte halblaut: »Ich bin erst dann wieder ruhig, wenn wir das Mithuradonk-System verlassen haben.«

Crysalgira schien etwas ungehalten zu sein, als sie antwortete: »In einem halben Tag kann alles vorbei sein. Du weißt, was von unseren Erkenntnissen abhängt.«

Er knickte seinen Körper ab und sagte schroff: »Und niemand weiß, wie ihr beide es anstellen wollt, das Schiff zu verlassen. Denkt ihr etwa, dass der Mond eine Lufthülle hat?«

Mit donnerndem Antrieb schraubte sich das Raumschiff durch die letzten Wolken und stieß ins Vakuum des Weltraums vor. Die ersten Kursänderungen wurden eingeleitet. Die Funkabteilung hatte eine Verbindung zu den Schiffen der wartenden Flotte hergestellt und schilderte, was vorgefallen war. Auch die Geräte der wartenden Schiffe hatten bisher noch nicht das geringste Zeichen einer nahenden Großflotte aufgefangen. Diese Auskunft schien Germyr ein wenig zu beruhigen. Jedenfalls hatte er vollkommen Recht: Wir waren dazu verdammt, im Schiff zu bleiben. Es gab keine Raumanzüge für uns. Das Schiff wurde schneller und kippte nach rechts weg. Der kleinere der beiden Monde, ein öder Felsbrocken, raste schräg an uns vorbei und verschwand wieder in der Dunkelheit des Weltraums. Dann tauchte hinter der riesigen Krümmung des Planeten der gelbe Mond auf.

»Dort ist er«, sagte Karsihl-HP. »Und dort ist auch die *Gefühlsbasis*.«

Die Ortungsgeräte waren eingeschaltet, die Antennen und Linsen suchten die Oberfläche des Trabanten ab. Ein gewaltiger Strom von Informationen kam herein und wurde ausgewertet. Das Schiff schlug eine andere Richtung ein. In der Nacht waren Aufnahmen von der

Oberfläche und dem Ausgangspunkt des Strahls angefertigt worden, jetzt suchten wir die Großgeländeformation, die diesen Aufnahmen entsprach. Ein Maar lag vor uns, eine ovale Vertiefung, durchzogen von Spalten und zernarbt von Kratern in allen Größen. Schwarze Linien und Schatten modellierten das Gelände. Auf einen Schirm wurde die Aufnahme projiziert; die Linien der vor uns liegenden Strukturen verschoben sich so lange, bis sich die beiden Bilder deckten. Es war der obere Teil eines Ausläufers dieser Zone einer wirren Kraterlandschaft, eine zungenförmige Ausbuchtung, von Spalten durchzogen. Der Strahl selbst mündete in eine tiefe Schlucht, die vielfach gezackt über viele Dutzend Kilometer eine Bergkette zerschnitt.

»Wir werden nahe der Schlucht landen.« Karsihl wählte eine Vergrößerung. Wir konnten jetzt die *Gefühlsbasis* erkennen. Zwischen den Schatten erhob sich aus der Mitte der Schlucht eine riesige metallische Rundung, die wie eine Kuppel wirkte. »Mehr als sechs Kilometer Durchmesser.«

Ich spürte, wie meine Erregung zunahm, obwohl ich weiterhin nur reichlich verschwommene Ideen über den wahren Sinn dieser Station hatte. Plötzlich zeichnete sich auf einem anderen Bildschirm ein deutliches Echo ab.

»Entfernung siebenhundert Kilometer«, übersetzte der Translator den Ruf des Kopiloten. Das Echo bezeichnete eine kleine, massive Metallansammlung. *Eine zweite Station? Der Tejonther?* Unser Schiff bremste ab und schwebte, wesentlich langsamer, auf den ausgesuchten Landeplatz zu. Die Gegend dort schien einigermaßen vertrauenswürdig zu sein. Ich wollte gerade etwas sagen, als es auf den Schirmen aufblitzte. Genau dort, wo die kleinere Station angemessen worden war, entstanden blendende Blitze und Strahlen.

»Sie schießen auf uns!«, rief Crysalgira. »Es müssen Tejonther sein.«

»Wer sonst?«, röhrte Germyr-HP laut auf. »Ich habe es immer gesagt. Wir geraten in Todesgefahr. Sie werden uns angreifen.«

Das Schiff schwebte genau auf den Landeplatz zu, der ungefähr zehn Kilometer von der *Gefühlsbasis* entfernt war. Wieder spiegelte sich ein Reflex der Sonnenstrahlen auf der glatten Rundung, die an poliertes Messing erinnerte. Die Blitze und Strahlen aus der kleinen Station, die aus mehreren Würfelbauten bestand, die sich auf einem Plateau in halber Höhe eines Mondberges am Schluchteingang befanden, fuhren an unserem Schiff vorbei. Die Besatzung handelte blitzschnell und mit aller Entschlossenheit.

»Führt die Landung auf vorgeschriebene Weise durch!«, rief Karsihl-HP. »Erwidert das Feuer!«

Der Rumpf des Raumschiffs begann zu vibrieren. Donnernde Detonationen erschütterten die Verbände. Wir konnten die Geschehnisse auf den Schirmen verfolgen. Ununterbrochen feuerten Geschütze oder Projektoren auf uns, die direkt neben der kleinen Station versteckt oder eingebaut waren. Unser Schutzschirm wurde einmal durchdrungen – ein Teil einer Heckflosse weggesprengt; die Ränder glühten auf und verfärbten sich. Dann erschienen über und neben der Station Wolken aus Geröll und Staubschleier, die sich träge ausbreiteten. Zwischen den aufgewirbelten Massen zuckten Feuerkugeln auf und zerplatzten. Wir sahen, während unser Schiff abdrehte und sich langsam auf den Landeplatz senkte, dass Trümmer und Felsen zur Seite geschleudert wurden, in den Berghang einschlugen und dort weitere Stauberuptionen auslösten. Die Fragmente kollerten in kleinen Steinlawinen abwärts. Aus der Station flammten glühende Gase. Schlagartig hörte der Beschuss auf.

»Es wird noch andere Schutzforts geben«, behauptete Germyr-HP laut.

»Das bezweifle ich. Die Ortung hat nur diese eine Station anmessen können«, widersprach Karsihl.

Die Stichflamme erlosch. Ringsum sahen wir die Spuren der Einschläge. Die Geschützmannschaften unseres Schiffes hatten hervorragend gezielt. Mitten durch das Dröhnen unserer Maschinen hörte ich Karsihl-HP sagen: »Bleibt wachsam. Niemand verlässt seinen Platz. Ich denke, wir haben die Tejonther ausgeschaltet.«

Crysalgira drehte sich zu mir um und deutete dabei auf die halb zerstörte Station. »Wenn es dort Tejonther gab, gibt es auch Raumanzüge. Oder jedenfalls Anzüge, die sie für Ausflüge auf dem Mond benutzt haben.«

Ich nickte. »Vermutlich werden sie uns passen. Warten wir ab, was das Kommando herausfinden wird.« Auf den Bildschirmen brodelten jetzt die dünnen Staubwolken, die von den Triebwerken unseres Schiffes hochgerissen wurden. Mit einem weichen, federnden Ruck setzten wir auf. Ich löste meine Gurte, stemmte mich hoch und fragte zögernd: »Hast du vor, Karsihl, ein Kommando in die zerstörte Station hinüberzuschicken?«

Ich war ziemlich sicher, dass Karsihl-HP und seine Kameraden entschlossen waren, die Tejonther zu bekämpfen. Aber jetzt wuchs der Widerstand von Germyr, dem lopseggischen Diplomaten, und seinen Freunden. Sie waren alles andere als ängstlich, aber sie rechneten sich angesichts der gewaltigen Übermacht der tejonthischen Flotte kaum eine Überlebenschance aus. Ich konnte sie verstehen – aber mich drängte es, in die *Gefühlsbasis* einzudringen.

»Ja. Ich schicke ein Kommando aus Freiwilligen. Du rechnest damit, dass wir die Anzüge der Toten mitbringen?«

Ich lächelte vage. »In der Tat hatte ich diesen Gedanken. Die Anzüge würden es uns leichter machen, euch etwas zu helfen.«

Obwohl wir der *Gefühlsbasis* inzwischen so nahe gekommen waren wie noch nie, verstärkte sich der Druck der *Emotiostrahlung* nicht. Zwar war die Strahlung wirksam, aber die *Würzung* verhinderte nach wie vor, dass wir darunter ernsthaft litten. Das galt, soweit ich es feststellen konnte, nicht nur für Crysalgira und mich, sondern auch für die Lopsegger. Germyr-HP schaltete sich lautstark ein: »Wenn deine Gruppe das Schiff verlässt, Karsihl-HP, denkt daran, dass jeden Augenblick die Flotte der Feinde hier ankommen kann. Und sie werden sofort merken, dass ihre Station schweigt, weil die Besatzung tot ist. Beeilt euch. Haltet euch nicht zu lange auf.«

»Ich verspreche es«, erwiderte Karsihl etwas förmlich. Crysalgira und ich warteten. Die Maschinen waren inzwischen gedrosselt worden, aber das Schiff blieb startbereit. Nacheinander erschienen acht Lopsegger in der Zentrale. Sie trugen schwere, flugfähige Raumanzüge und eine Menge Ausrüstung. Einige Männer halfen Karsihl in seinen Anzug. Bevor er den Helm schloss, sagte er: »Wir sind sicher, dass wir euch helfen können.«

»Wir werden ungeduldig warten.« Crysalgira nickte lächelnd. »Kommt bald zurück.«

Eine unbehagliche Ruhe entstand, als sich die Männer des Erkundungskommandos ausschleusten und zwischen Schiff und Station im Bereich der Kamera erschienen. Das Schiff stand auf einer kleinen, ebenen Fläche, auf der große Felsbrocken und seltsam aussehende Steinformationen kurze Schatten warfen. Hinter dem Plateau begann ein sanft ansteigender Hang, der durch ein System von Spalten und scharf abbrechenden Wänden beendet oder besser zweigeteilt wurde. Über einer der Schroffen stand die Station, zu einem Drittel in eine Art Höhlung hineingebaut.

»Meinst du wirklich, dass es nur diese eine Schutzstation gibt?«

Crysalgira beobachtete ebenso wie ich die Lopsegger, die dicht über dem Boden zur Station hinüberschwebten.

»Ich bin ziemlich sicher, dass keine weiteren Stationen auf dem Mond sind. Gäbe es mehr von ihnen, müsste hier irgendwo zumindest ein kleines Raumschiff für die Besatzung sein. Aber weder dieses Schiff noch etwas, das darauf hindeutet, wurde geortet.«

»Und du meinst, dass die Ortungsgeräte gut genug sind?«

»Ja. Ich glaube, dass wir im Augenblick die einzigen lebenden Wesen hier sind.«

»Aber … die *Gefühlsbasis?*«

»Das ist die große Frage, die im Moment niemand beantworten kann.«

Wir warteten. Zwischen den einzelnen Männern des Kommandos und der Zentrale gingen Bemerkungen hin und her. Einen Teil der Schilderungen verstanden wir, ungefähr die Hälfte wurde schlecht oder ungenügend übersetzt. Dann schaltete sich ein tragbares Aufnahmegerät ein und übertrug die Bilder auf einen Schirm. Aus den Lautsprechern kamen ununterbrochen Mitteilungen. Wir sahen, dass die ersten Raumfahrer den breiten Felsabsatz erreicht hatten. Sie verteilten sich, zogen ihre Waffen und näherten sich vorsichtig und mit den charakteristischen Bewegungen, die durch die geringe Schwerkraft hervorgerufen wurden, der Station. Karsihl-HP ging zwischen zwei anderen Raumfahrern auf die Einschussöffnung zu. Immer wieder blieben sie hinter der Deckung stehen und sicherten. Aber im unmittelbaren Bereich der vier aneinander gebauten Würfel unterschiedlicher Größe geschah nichts. Kein Tejonther wehrte sich. Das Aufnahmegerät zeigte jetzt die unzerstörte Schleuse und die aufgerissene Wand des größten der würfelförmigen Bauelemente.

»Atlan – diese Mitteilung ist für euch: Wir dringen jetzt ein, aber hier scheint niemand mehr zu leben.«

»Wir haben verstanden.« Meine Blicke gingen zwischen den beiden großen Bildschirmen hin und her. Der linke zeigte das starre Bild der Station, wie es die Linsen des Schiffes aufnahmen. Auf dem anderen Schirm waren unruhige Bilder zu erkennen. Das tragbare Gerät schwankte, hob und senkte sich. Jetzt waren einige Fußspuren zu sehen, die nicht von Karsihl-HP und seinen Leuten stammen konnten. Die Spuren führten fächerförmig von der rechteckigen Schleuse weg und auf die Platte unterhalb der Schleusentür zu. Die Station war eine Ansammlung von Fertigbauten – Würfel mit schlitzförmigen, lang gezogenen Fenstern oder Durchblicken waren auf runden Tellerfüßen montiert und durch kurze, röhrenförmige Elemente miteinander verbunden. An drei Stellen zeigte der Schirm jetzt die zerfetzten Trümmer leichter Geschütze und die geschmolzenen Stellen, die gekappten Energiekabel und die verbogenen Zieleinrichtungen. Auch eine Antenne kam ins Bildfeld. Sie bestand nur noch aus einem geschmolzenen Metallgestänge mit einigen gebrochenen Isolatoren.

»Hier lebt niemand mehr«, sagte die Stimme eines Raumfahrers.

Mit einem letzten, kurzen Schwung drangen Karsihl und drei seiner Männer ein. Zwei von ihnen versuchten, die Station durch das Einschussloch zu betreten, die anderen benutzten die Schleuse, die sich widerstandslos öffnete. Es schien noch einen Rest von Energie dort zu geben, denn das Schott schwang automatisch auf und schloss sich wieder. Nacheinander kamen die Raumfahrer um die Ecken des Gebäudes, blieben aber wachsam und hielten die entsicherten Waffen in den Händen. Wir warteten schweigend, unsere Nervenanspannung stieg. In der Zentrale war es völlig ruhig. Niemand sprach, aber aus den Lautsprechern drangen die Geräusche, die dort oben entstanden. Hin und wieder ein leises Wort in jener eigentümlich polternden, schnarrenden Sprache. Wieder übertrug der rechte Schirm die Bilder des schwankenden Aufnahmegeräts. Der Schleusenraum, in dem einige Lampen hinter geborstenen Abdeckungen helles Licht verbreiteten. Dahinter ein großer Raum, der von Schaltschränken, Energieerzeugern, Bildschirmen und Kabeln, Sesseln und Tischen ausgefüllt war. Über eine Wand zog sich der Schlitz des Fensters hin. Die Kamera schwenkte und zeigte, durch diesen Schlitz suchend, das Bild unseres Schiffes. Der Beschuss hatte die Station aufgerissen, soweit zu erkennen war. Alle Luft war ins Vakuum entwichen, überall zeigten sich die charakteristischen Zerstörungen. Die Raumfahrer begannen jetzt an verschiedenen Punkten mit einer systematischen Suche, öffneten die Schränke und versuchten, den genauen Zweck der Station zu erkennen; sie suchten alle Informationen, die uns weiterhelfen konnten. Im nächsten Raum, einem röhrenförmigen Durchgang zwischen zwei Würfelelementen, entdeckte der Lopsegger mit der Kamera den ersten Toten. *Wie erwartet: ein Tejonther.*

Deine Vermutungen waren richtig, kommentierte der Extrasinn.

Das schwarzbepelzte, gelbäugige Wesen war in eine Kombination mit halbhohen, angeschnittenen Stiefeln gekleidet. Der Mann aus Vruumys' Volk war tot. Die Merkmale der explosiven Dekompression waren deutlich zu erkennen. Einer der Lopsegger öffnete einen eingebauten Schrank, drehte sich um und hielt einen neu aussehenden Raumanzug vor die Linsen des Aufnahmegeräts. Ich erhob mich halb aus meinem Sitz. »Wir haben einen Anzug«, sagte ich. »Wahrscheinlich finden sie für dich auch einen, Crys.«

Sie sah mich starr an. »Es waren mit Sicherheit mehrere Tejonther in der Station.«

Schweigend sahen wir zu, wie die Durchsuchung der Station weiterging. Ich bezweifelte, dass der Energiestrahl, der den Krater eingeebnet hatte, von dort drüben aus gesteuert worden war. Die tejonthische Station war viel zu klein. *Also eine Emission der* Gefühlsbasis *selbst?* Jetzt befanden sich sämtliche Raumfahrer des Kommandos innerhalb der aufgebrochenen Station. Wir sahen, dass die Tejonther hervorragend ausgerüstet gewesen waren. Sie schienen sich, dem Lager an Nahrungsmitteln und sonstigen Bedarfs- und Luxusgütern nach zu urteilen, für eine lange Zeit ausgestattet zu haben. Aber es war auch deutlich zu erkennen, dass die Vorräte zur Neige gingen. Die Ausrüstung der Station war einfach, aber überlegt. Sie sah gebraucht aus, war also ziemlich alt. Die Abnutzungsspuren und auch die tief eingetretenen Pfade rund um die Würfelkonstruktion bewiesen, dass sich hier eindeutig mehrere Tejonther aufgehalten hatten. Aber warum hatten sie uns ohne jede Warnung beschossen? Und warum wurde die *Gefühlsbasis* vom siebten Planeten zu seinem Trabanten »verlegt«? Ein Raum nach dem anderen wurde gezeigt. Gleichzeitig kam Karsihls Kommentar zu uns durch. Der nächste Tote lag in einem Durchgang, sah aus, als habe er flüchten wollen. Zwei Schritte weiter, hinter einem halb geöffneten Schott, stand ein Schrank offen. Wieder zog einer der Raumfahrer einen schweren, mit einem Flugaggregat ausgerüsteten Schutzanzug hervor und belud sich mit Ersatztanks komprimierter Luft.

»Dein Anzug«, sagte ich. »Wir werden also die *Gefühlsbasis* anfliegen können.«

»Seid ihr eigentlich so mutig – oder seid ihr verrückt?«, fragte Germyr-HP angriffslustig.

»Von beidem etwas, Freund Germyr«, antwortete Crysalgira trocken.

Der dritte Tote saß in einem Sessel – über einem Schaltpult zusammengebrochen und gestorben. Auf einem Bildschirm, der in Betrieb war, konnten wir den oberen Teil unseres Schiffes erkennen. Dies war also der Zielschütze gewesen. Germyr-HP schien es nicht mehr auszuhalten, beugte sich vor, ergriff das Mikrofon der Funkverbindung und rief: »Karsihl – kommt zurück! Ihr habt gesehen, dass die Station zerstört ist und die Insassen tot sind. Ich bin sicher, dass sie einen Notruf gesendet haben.«

Karsihls Stimme war ruhig, als er erwiderte: »Es wurde kein Signal angepeilt, wir haben auch keine Sendeanlage gefunden. Aber wir kommen. Ich habe eben Befehl zum Rückzug gegeben. Wir bringen zwei Anzüge für unsere arkonidischen Freunde mit.«

»Gut. Beeilt euch, wir wollen starten.«

»Vergesst den Luftvorrat nicht!«, rief ich ins Funkgerät.

»Wir haben mitgenommen, was wir gefunden haben.«

Kurz darauf schwebte der erste Raumfahrer aus der weit geöffneten Schleuse, nahm mit einigen Sprüngen Anlauf und schwang sich in die Luft. Er trug in einem elastischen Netz einige Ausrüstungsgegenstände. Noch immer filmte ein Begleiter Karsihls die Einrichtung der Station, aber auch er befand sich auf dem Rückweg. Nacheinander verließ das gesamte Kommando die Station. Die Lopsegger hatten sämtliche Energieanlagen abgeschaltet, um eventuelle automatische Notrufe oder die Verbindung zwischen Station und Flotte unmöglich zu machen. Das Funkgerät knackte, dann erlosch der zweite Bildschirm. »Öffnet die Schleuse. Wir kommen.«

Crysalgira und ich sahen uns an und nickten. Dann verließen wir die Zentrale und gingen zu dem Deck, auf dem sich die Schleusenanlage für die Raumfahrer befand. Wir hatten als letztes Bild gesehen, dass zwei der Lopsegger Raumanzüge mit sich schleppten.

»Du hast genügend Vorrat von diesem rätselhaften *Gewürz?«,* fragte Crysalgira leise. Hinter uns kam Germyr-HP durch das Schott und wartete ebenfalls. Ich nahm an, dass eine Auseinandersetzung zwischen ihm und Karsihl-HP bevorstand.

»Ja, Prinzessin.« Dann flüsterte ich ihr zu, so dass es Germyr nicht verstehen konnte: »Germyr und Karsihl werden sich streiten. Es geht um das Risiko. Es ist Germyr zu groß.«

»Das bedeutet für uns, dass wir auf den Einfluss Karsihls angewiesen sind, wenn wir das Schiff verlassen wollen.« Sie überlegte einige Augenblicke, schließlich strahlte sie mich an und wisperte: »Überlasse es mir. Ich werde Germyr und Karsihl überzeugen. Auf meine Weise ...«

»Ich verstehe nicht ganz ...«, begann ich.

Sie winkte ab. »Abwarten!«

Im Augenblick vermochte ich es mir nicht vorzustellen, wie die Prinzessin zwei Lopsegger mit durchaus verschiedenen Ansichten und jeweils richtigen Argumenten überzeugen konnte, dass die Vorstellung der beiden fremden Gäste richtig war. Ich dachte an das, was vor uns lag, erinnerte mich an die Bedrohung durch die Kreuzzugflotte und an die wartenden Schiffe der Lopsegger. Und daran, dass die sterbenden Tejonther dort drüben vielleicht doch ein Notsignal ausgestrahlt und damit Hilfe herbeigerufen hatten, wenngleich die Lopsegger nichts dergleichen angemessen hatten. Schließlich öffnete sich das Schott der Nebenkammer, Karsihl-HP trat zu uns.

»Wir haben erreicht, was wir wollten.« Sein Raumanzug war über und über bestaubt. Zwei Lopsegger folgten und legten die tejonthischen Anzüge und die Zusatztanks und Waffen auf den Boden.

»Welche Beobachtungen habt ihr machen können? Unsere Leute in der Flotte sind unruhig und ungeduldig. Außerdem fürchten sich viele von ihnen.«

Karsihl-HP hob in einer beschwichtigenden Geste den Arm. »Die Station ist völlig außer Betrieb. Drei Mann waren dort, drei Mann sind tot. Wir haben nichts gefunden, was auf einem Hypersender schließen lässt.«

»Das halte ich für unmöglich. Nicht nur ich!«, rief Germyr.

Crysalgira schob sich zwischen die beiden Kontrahenten und sagte mit fast ausdruckslosem Gesicht: »Selbst wenn die Tejonther einen Notruf haben senden können, wird es Tage dauern, bis hier ein Schiff erscheint. Atlan und ich aber sind in ein paar Tontas zurück.«

Beide, Karsihl und Germyr, sahen sie überrascht an. Ich kontrollierte inzwischen den ersten Anzug. Er schien ausgezeichnet gepflegt und selten gebraucht worden zu sein. »Ein paar Tontas? Ihr habt ein gewaltiges, gefährliches Geheimnis vor euch. Es kann lange dauern, bis ihr es gelöst habt.«

Ich kontrollierte jetzt das Zubehör und versuchte zu entscheiden, was wir brauchten und was nutzlos war.

»Wir haben nicht vor, die riesige *Gefühlsbasis* bis in den letzten Winkel zu durchsuchen und das Geheimnis zu klären. Wir müssen zuerst einmal versuchen, dort einzudringen«, sagte zu unserer Überraschung Karsihl.

Sofort setzte Crysalgira nach. »Wir sind nur zwei Fremdlinge, in eure Welt verschlagen. Wir möchten euch nicht beschämen, Germyr. Es ist nicht so, dass wir versuchen, mutiger als du und deine Freunde zu sein. Wir wollen nur nachsehen, warum die *Emotiostrahlung* entstanden ist und ob wir sie vielleicht abstellen können. Wir gehen kein Risiko ein, denn wir haben nur die tejonthischen Raumanzüge. Und ich bin sicher, dass ihr auf uns warten werdet.«

»Ich erkenne eure Argumente an«, versicherte Karsihl-HP. Inzwischen hatte sich um uns ein dichter Ring aus lopseggischen Raumfahrern gebildet, von denen die meisten keinen Raumanzug mehr trugen. Ich schloss die flüchtige Überprüfung der beiden Anzüge ab. Sie würden uns einen Aufenthalt von einigen Tontas auf dem namenlosen Mond ermöglichen – mehr nicht. Die geöffneten Klarsichthelme mit angehefteten fingergroßen Lampen waren als schlaffe Kapuzen zurückgeklappt; die vergleichsweise flachen Rückenaggregate beherbergten neben dem Luftvorrat auch ein Flugaggregat auf Antigravbasis. Schutzschirmprojektoren waren keine vorhanden. Da die Translatoren nicht direkt an die Funkgeräte angeschlossen werden konnten, würden wir sie im Helminneren unterbringen müssen.

»Ich kann nicht befehlen. Ich kann nur raten«, sagte Germyr. »Also von mir aus. Habe ich die Versicherung, Karsihl-HP, dass es nicht länger dauert?«

Karsihls Kopfbüschel schwankten erregt. »Bleiben wir länger auf dem Mond, bedeutet es, dass wir nicht mehr zurückkommen. Dann startet ihr ohne uns.«

Auch er hatte also begriffen, dass es ein tödliches Abenteuer werden konnte. Noch ein paar klärende Worte, dann halfen wir uns gegenseitig in die ungewohnten Raumanzüge. Ich verstaute sechs Würfel der *Verbotenen Würzung* im Fach der Halsblende, in dem die tejonthischen Raumfahrer ihre Nahrungskonzentrate aufbewahrt hatten: Ein einfacher Druck mit der Zungenspitze konnte einen Würfel nach dem anderen hervorgleiten lassen. Crysalgira nahm sofort einen solchen Würfel, nach kurzer Überlegung zerbiss ich ebenfalls eins der Schutzmittel. Es war, als fülle ein Stück weiß glühendes Eisen meinen Mund. Aber ich schluckte den kribbelnden, säuerlich-fremdartig schmeckenden Würfel hinunter. Keine zwei Millitontas später begann meine Nase zu laufen, die Augen traten hervor und tränten, und in der Kehle hatte ich ein unaussprechliches Gefühl. Augenblicke später überkam mich kühle Ruhe, ich spürte nichts mehr von dem verhängnisvollen Einfluss der *Gefühlsbasis*, roch auch nicht mehr den infernalischen Gewürzduft, während die Lippen trocken waren und die Zunge taub.

Ich sah, wie Karsihl sich ebenfalls mit einem Vorrat versorgte.

Schließlich hob er die Hand. »Brechen wir auf. Je früher wir starten, desto eher sind wir zurück.«

Daran ist etwas Wahres, versicherte der Logiksektor, während sich mein Klarsichthelm zur Kugelwölbung aufrichtete, stabile Form gewann und endgültig in die Halsblende einrastete.

»Vielleicht«, sagte ich, während wir nacheinander in die geräumige Schleuse gingen und die Blicke Germyrs in unserem Rücken spürten, »lüften wir ein Stück des Geheimnisses.«

Augenblicke später sanken wir in einer flachen Flugbahn auf den Rand der Schlucht zu. Als meine Sohlen im Mondstaub versanken, hörte ich durch den Helmfunk einen gurgelnden Schrei – Karsihl-HP hatte ihn ausgestoßen.

2.

Atlan: *Fragen über Fragen – und keine Antworten. Dass die Tejonther offenbar vor langer Zeit auf dem Mond eine Überwachungsstation eingerichtet hatten, mochte mit den regelmäßig stattfindenden Kreuzzügen zusammenhängen. Der Standort auf dem Trabanten von Ofanstände war insofern sogar sehr einleuchtend, als er ausreichend Sicherheitsabstand zur* Gefühlsbasis *gewährleistet hatte, bis diese ihre Position gewechselt hatte. Doch warum? Hing es mit der* Emotiostrahlung *zusammen? Oder gab es weitere Gründe? Aus dem uns zur Verfügung stehenden Datenmaterial ging hervor, dass der* Kreuzzug nach Yarden *alle 360 Tejonthjahre stattfand – umgerechnet also alle rund 304 Arkonjahre. Was bezweckten die Varganen damit? Welche Rolle spielten die* Gefühlsbasen *genau?*

Namenloser Mond: 19. Prago des Eyilon 10.499 da Ark

Neben mir ruderte Crysalgira heftig mit den Armen, um das Gleichgewicht nicht zu verlieren. Als sie breitbeinig aufsetzte, erhob sich die zweite Staubwolke. Ich blickte durch das transparente Material des Helms und sah, dass auch sie den Schrei gehört hatte. »Karsihl – was ist los?«, rief ich und hörte den Nachhall der Translatorübersetzung. »Warum hast du gerufen?«

Die Antwort war ein zweites, lang gezogenes Stöhnen. Ich stand fest auf dem Felsen unter der dicken Staubschicht. Langsam drehte ich mich in der niedrigen Schwerkraft um – über Mikrogravitatoren verfügten die tejonthischen Anzüge leider nicht. Zuerst kam das Schiff in mein Blickfeld; es stand unbeweglich da, nur die offene Mannschleuse im unteren Drittel unterbrach die glatte Form. Gleichzeitig spürte ich den stärker werdenden Druck in meinen Schläfen.

Die Emotiostrahlung *nimmt zu*, warnte der Extrasinn, während ich mich auf die Stärkung des Monoschirms konzentrierte.

Keine fünf Schritte von mir entfernt stand Karsihl und schlenkerte in einer sinnlosen Bewegung seine langen Arme. Endlich, nach langen Augenblicken oder gar Zentitontas, stöhnte der Lopsegger auf, dessen Sprachorgane zwischen Kopfende und Gürtel saßen: »Die Gefühlsstrahlung. Ich habe eben … *Verbotene Würzung*. Es wird schlimmer, je näher wir kommen. Vorhin … nichts gemerkt.«

Karsihl beendete die sinnlosen Bewegungen.

»Ihr habt vorhin in der Station oder auf dem Weg nichts gemerkt?«, fragte Crysalgira.

»Nein.«

»Das kann nur bedeuten, dass die Strahlung *jetzt* zunimmt«, sagte sie alarmiert. »Kannst du weiter? Hältst du den Druck noch aus?«

»Ja. Ich komme mit. Ich schaffe es«, sagte der kleine Lopsegger. Ich bewunderte ihn. Von allen Raumfahrern im Schiff entwickelte er den höchsten Mut. Ich griff wieder nach dem Regler des Flugaggregats und hob die Hand, um der Prinzessin zu winken.

»Ich merke es auch«, sagte Crysalgira leise, als wir fast gleichzeitig starteten und einen weiteren Sprung durchführten, der uns von der freien Fläche hier bis zu einer Felsengruppe bringen sollte. Die Steintrümmer befanden sich bereits jenseits des Geländeknicks, am Eingang der Schlucht.

Langsam und nachdenklich sagte ich, während mein fotografisches Gedächtnis Szenen des *Vargo-Berichts* reproduzierte: »Zumindest eine Funktion der *Gefühlsbasis* ist eindeutig.«

»Tatsächlich?« Karsihl-HPs Stimme klang noch immer wie die eines Fiebernden. Aber ich wusste, dass jeder Vergleich angesichts der Fremdheit der Lopsegger versagen musste.

Ich fasste das Ziel ins Auge. Wir entfernten uns etwa im rechten Winkel zu der Linie, die Raumschiff und Schutzstation verband. Ich war sicher, dass sich sämtliche Linsen der Ortung auf uns richteten und dass jedes Wort mitgehört wurde. Aus diesem Grund formulierte ich meine Ansicht und Theorie noch vorsichtiger. »Die einzelnen Basen sind zugleich Funkfeuer und Orientierungshilfen. *Kosmische Leuchtfeuer.*«

»Für die Tejonther natürlich«, warf Crysalgira ein. Vor uns lag jetzt der Geländeabfall. Hier befand sich der flache Teil der Senke. Rechts davon begann die Schlucht, jene Spalte, die immer tiefer wurde und im Zickzack verlief.

»*Nur* für die Tejonther. Es zeigt ihnen den Weg nach Yarden, aber es schreckt *alle anderen Wesen ab*. Wohlgemerkt, das ist nur mein Versuch der Erklärung. Nicht mehr, aber auch nicht weniger, Freunde. Jedenfalls scheint es mir, dass sich das kosmische Leuchtfeuer jetzt voll entzündet. Vorher hat es nur … *geschwelt*.«

Karsihl ächzte schwerfällig: »Das könnte eine logische Erklärung sein. Jetzt lodert dieses unsichtbare, aber deutlich zu spürende Leuchtfeuer auf.«

Wir landeten schweigend vor unserem Ziel. Nur die hochfliegende Masse gelben Staubs würde den Wartenden unseren Standort zeigen. Wir befanden uns dicht beieinander und außerhalb der direkten Beobachtungsmöglichkeit. Ich überlegte. *Habe ich Recht? Stimmt es, was ich denke?* Der Druck der Strahlung wurde tatsächlich stärker. Ich fühlte meine Zunge kaum; je mehr wir sprachen, desto undeutlicher wurden die Worte. Trotz der Drogen verstärkte sich also die Wirkung der Strahlung; mein Monoschirm half wenig. Eine kurze Phase der Niedergeschlagenheit packte mich, als ich mich neben Crysalgira und dem schweigenden Karsihl neu orientierte.

»In diese Richtung«, sagte Crysalgira mit gepresster Stimme. Wir sahen uns an und wussten, dass wir das Gleiche dachten. Ich fühlte hinter dem einsetzenden Kopfschmerz und der *Emotiostrahlung* die Gefahr, die mit jedem Sprung zunahm. Die Zeit verging unbarmherzig.

»Ja. Genau in diese Richtung. Nächstes Ziel ist der kleine runde Hügel«, rief der Lopsegger.

»Verstanden.«

Noch sprachen wir miteinander, noch würden sie im Schiff nicht in Panik verfallen. Blitzartig durchzuckte mich ein Gedanke: *Die Strahlungsintensität nimmt zu. Das bedeutet, dass der Zeitpunkt gekommen ist, an dem sich die Tejontherflotte nach diesem »Leuchtfeuer der Gefühle« orientieren muss. Sie ist also im Anflug und wird in Kürze hier er-*

scheinen, um eine Kurskorrektur durchzuführen. Sie werden die drei Tejonther abholen wollen. Dabei werden sie schon beim ersten Funkkontakt merken, dass die Station schweigt, die drei Männer vielleicht tot sind. Das bringt uns und das Schiff in äußerste Gefahr. In dem isolierenden Raumanzug hörte ich das Pochen meines Herzens.

Keine Panik! Ihr habt die Gefühlsbasis *bald erreicht*, flüsterte der Extrasinn besänftigend.

»Es wird schwieriger«, sagte Karsihl, kurz bevor wir auf der Spitze des Hügels landeten. Wir befanden uns jetzt mindestens hundert Meter unterhalb der ebenen Fläche, auf der das Raumschiff stand.

»Willst du umkehren? Es würde dir helfen und uns etwas von unserer Verantwortung nehmen«, sagte Crysalgira mit weicher Stimme.

»Nein. Ich bleibe.«

Nacheinander landeten wir am Eingang der riesigen Spalte. Noch immer war uns der Blick auf die Kuppel verwehrt. Die Schlucht verlief zickzackförmig, die schroffen Felswände versperrten den Blick. Ich packte die Schulterklappe von Karsihls Raumanzug. Die vielen Augen sahen mich an, aber ich konnte keinerlei Ausdruck erkennen. Ich senkte meine Stimme und hoffte, dass jetzt nicht gerade Germyr im Schiff mit gespannter Aufmerksamkeit zuhörte. »Karsihl«, sagte ich drängend, »du leidest mehr unter der Gefühlsstrahlung als wir. Sie wird ununterbrochen stärker. Kehr um, solange noch Zeit ist.«

»Nein. Ich will wissen, was dort auf uns lauert.«

»Du hast gehört«, rief Crysalgira, »was Atlan eben gesagt hat. Sie haben im Schiff die Flotte gewarnt, eure Flotte, meine ich. Ich habe Teile der Funksprüche verstanden.«

Karsihl fasste in einer seltsam vertrauten Bewegung unsere Oberarme und versicherte: »Ich halte es noch eine Weile aus. Außerdem habe ich genügend *Würzung*. Ich komme mit. Umkehren kann ich noch immer, Freunde.«

Ich hatte keine Möglichkeit, festzustellen, ob er log oder sein Gesicht nicht verlieren wollte oder ob er die Wahrheit sprach. Aber bisher hatte er sich klug, umsichtig und mutig verhalten. Es gab keinen Grund, an seinen Worten zu zweifeln. Ich selbst allerdings merkte, dass die Strahlungsintensität abermals zugenommen hatte, und fragte leise: »Wie geht es dir, Prinzessin?«

Sie stieß ein sarkastisches Lachen aus. »Nicht schlechter und nicht besser als dir, Kristallprinz.«

»Gut«, sagte ich entschieden. »Weiter!«

Wieder rissen uns die Flugaggregate vom Boden. Der schwere Staub rutschte von den glatten Oberflächen der Stiefel und der Schienbeine. Der Anzug, den ich trug, war leidlich bequem, solange ich mich nicht gezielt in ihm bewegen musste. Wir flogen hintereinander auf den nächsten Zielpunkt zu. Es war ein Felsband in der Mitte der Wand, die geradeaus lag. An mindestens drei Punkten wichen die schrägen, oftmals überhängenden Wände der Schlucht zurück und sprangen wieder vor. Auf jedem Felsteil, jeder der gelbweißen Nasen lag eine dicke Haube aus Staub. Wir sanken langsam auf das Felsband nieder und drehten uns um.

»Weiter?«, fragte ich, als ich sah, dass Karsihl mich ansah.

»Ja. Ich schaffe es«, knarrte er. »Ich glaube, es ist im Augenblick leichter geworden.«

Ich merkte nichts. Crysalgira schüttelte leicht ihren Kopf, spürte also auch kein Nachlassen der *Emotiostrahlung*. Hin und wieder schlug eine Woge von Verzweiflung und Niedergeschlagenheit, von Weltekel und Selbstmordbereitschaft über mir zusammen, und meinen beiden Mitkämpfern ging es nicht anders. Ich dachte an die verrinnende Zeit und sagte: »Starten wir. Durch die Mitte der Schlucht, nach Möglichkeit bis zur Basis.«

»Einverstanden«, erwiderte der Lopsegger.

Mein Herz schlug jetzt wie rasend. Die Gefahr war nicht greifbar, es gab keinen direkten Gegner. Es war die klassische Situation, vor der sich jeder fürchtete. Der Feind bewegte sich im Dunkel und war unsichtbar. Wir stießen uns ab und schwebten schräg vorwärts. Wir befanden uns schätzungsweise zweihundert Meter über dem Grund der Schlucht, hielten unsere Höhe, aber der Boden sank alle hundert Meter, die wir im Zickzack vordrangen, um Dutzende und mehr Meter ab. Abenteuerlich abgebrochene und gemaserte Felswände zogen an uns vorbei. Eine unbewegliche, erstarrte Landschaft. Nicht einmal der Mondstaub rieselte von den Erhebungen, als wir vorbeischwebten. Es musste mein Gefühl für Gefahren gewesen sein, das mich dazu brachte, meine Geschwindigkeit zu drosseln und Crysalgira, dann Karsihl-HP an mir vorbeischweben zu lassen. Es geschah alles zu schnell, ganz unerwartet. Zuerst hörte ich einen Schrei.

Karsihl, flüsterte der Extrasinn.

Dann bemerkte ich, wie Karsihl, noch immer schreiend und stöhnend, wild um sich zu schlagen begann. Einmal musste er den Schalter des Flugaggregats berührt haben, denn er drehte sich, begann sich in rasender Geschwindigkeit hochzuschrauben. Schließlich packten seine Hände die Verschlüsse des halbmondförmigen Helms. Ich verstand nur noch: »Sie wollen, dass ich sterbe. Ich kann nicht …«

Die Verschlüsse rissen auf. Eine weiße Wolke, die sich schnell auflöste, umgab das Kopfteil des Anzugs. Karsihl drehte sich und stieg höher, neigte sich. Das ausströmende Luftgemisch bildete eine Art Raketenschweif, als der Sterbende schräg gegen eine Felswand raste, dort schwer aufschlug, abermals in eine andere Richtung gesteuert wurde und dann mit platzenden Lungen und aufreißenden Gefäßen waagrecht durch die Schlucht raste. Er drehte sich noch immer wie das Geschoss aus einer Waffe mit Treibladung.

»Atlan! Er stirbt!«, schrie Crysalgira.

Er war schon tot, als der Anzug mit furchtbarer Gewalt gegen die gegenüberliegende Felswand geschmettert wurde. Das Scharnier des Helms riss ab, die durchsichtige Schale flog davon. Der Ort des Aufschlags, auf den wir jetzt zurasten, lag im tiefschwarzen Schlagschatten. Einen Augenblick lang klebte der tote Lopsegger an der Wand, dann rutschte er langsam herunter. Seine Arme waren nach oben ausgestreckt. Aus dem Energieteil des Anzugs zuckten dreimal kleine Blitze, der Sturz wurde schneller. Wir stießen schräg abwärts, aber wir waren zu langsam. Vor unseren Augen fiel Karsihl senkrecht nach unten, schlug in eine dreieckige Düne aus Staub, der sich in den vergangenen Äonen dort angehäuft hatte. Eine Staubwolke breitete sich aus und verhüllte das Bild. Als sich der Staub langsam senkte, konnten wir nur noch einen kleinen Trichter erkennen, von dessen Rändern gelbe Masse nach unten rieselte und das Loch wieder füllte.

»Karsihl-HP ist tot. Und begraben«, murmelte Crysalgira gebrochen. »Und wir sind zu spät gekommen. Konnten wir ihm nicht mehr helfen?«

Ich schaltete mein Fluggerät ab, als wir neben dem riesigen Staubhaufen landeten und zusahen, wie mehr und mehr von der pulvrigen Substanz nachsackte. »Wir konnten nicht helfen. Wir kamen zu spät. Er hat seine Widerstandskraft überschätzt, aber mit unserer ist es auch nicht mehr weit her.«

Im gleichen Augenblick dröhnten die Helmlautsprecher auf. Offensichtlich hatten sie im Schiff die Sendekapazität heraufgesetzt. »Hier spricht Germyr-HP. Warum seid ihr so schlecht zu verstehen?«

Ich begriff. *Die Felswände schirmen die Funksprüche ab.* Ich drehte an dem Knopf, den ich identifiziert hatte, dann sagte ich durch das statische Rauschen: »Ist es jetzt besser?«

»Ja. Soeben haben unsere Schiffe, die am Rand des Systems warten, eine Meldung von höchster Dringlichkeit abgegeben.«

Schon jetzt wusste ich, wie diese Meldung lauten würde. »Ich höre.«

Crysalgira kam mit hüpfenden, langsamen Schritten näher und blieb direkt vor mir stehen. Wir befanden uns auf einer von Staub bedeckten Geröllschicht. »Die Ortung hat die Annäherung einer riesigen Flotte von tejonthischen Schiffen angemessen. Kommt also sofort zurück, wir bereiten den Start vor.«

Es ist so weit, sie kommen. Ich schluckte und sagte zögernd: »Germyr?«

»Ja? Kommt sofort zurück. Unsere Schiffe haben Befehl bekommen, sich zurückzuziehen. Wir sind die Nachzügler.«

Ich unterbrach ihn: »Wir kommen, aber wir sind nicht mehr vollständig.«

Er schnarrte zurück: »Wie soll ich das verstehen?«

»Karsihl-HP hat …«

»Wie? Was? Sprich deutlicher. Der Empfang ist verzerrt, deine Stimme ist undeutlich. Ich verstehe nichts … Ruhe dort hinten, hört ihr nicht, dass …«

Ich sagte laut, langsam und scharf akzentuiert: »Karsihl-HP hat in einem Anfall, hervorgerufen durch die starke *Emotiostrahlung*, seinen Raumanzug geöffnet und ist tot. Sein Grab im Mondstaub befindet sich direkt vor Crysalgira und mir.«

Als ich ausgeredet hatte, herrschte lastende Stille. Die undeutlichen Geräusche und Laute des startbereiten Schiffes kamen schwach über die Funkverbindung in die winzige Zelle, die Helm und Raumanzug bildeten. »Karsihl ist tot. Die verdammte Strahlung. Ihr seid sicher?«

»Er öffnete den Helm und zerschmetterte sich an einer Felswand.«

»Ich habe einen Freund verloren, unsere Flotte einen Anführer. Wir starten, Leute!«

Ich traute meinen Ohren nicht und gab Crysalgira einen Wink, während mir der Schweiß ausbrach. Ich vergaß *Gefühlsbasis*, Strahlung und Karsihl. Ich dachte nur noch daran, dass die Lopsegger ohne uns starteten. Wir schalteten fast gleichzeitig die Aggregate ein. »Schnell, Crys!«, rief ich keuchend. »Es geht um unser Leben. Dieser Wahnsinnige bringt es fertig und lässt uns hier zurück.«

»Das kann ich nicht glauben.«

»Du wirst es glauben müssen.«

Keine Verzögerung. Sie starten tatsächlich! Hör auf die Kommandos im Helmfunk, meldete sich der Extrasinn.

Wir stiegen mit höchster Aggregatleistung in die Höhe. An unseren Augen glitten die Schründe, Maserungen und Ablagerungen der Felswand vorbei und abwärts. Es dauerte scheinbar endlose Zeit, bis wir den oberen Schluchtrand erreichten und freies Blickfeld hatten. Ununterbrochen hörte ich die Kommandos aus dem Schiff, verstand einige davon und begann immer deutlicher zu ahnen, dass Germyr-HP tatsächlich vor Furcht, seine Flotte zu verlieren oder den Tejonthern nicht mehr entkommen zu können, starten würde. Meine Finger zitterten unkontrolliert, als ich das Gerät neu justierte und meinen Körper in eine waagrechte Flugbahn zwang. Neben mir schwebte die Prinzessin.

»Germyr, warte auf uns! Öffne die Schleuse! Wir schweben direkt in die Schleuse ein!«, schrie ich. Wir schwebten, immer schneller werdend, über die letzten Felsen hinweg. Ich sah das Raumschiff und hörte keine Antwort. Nur ein Summen und Dröhnen in den übersteuerten Lautsprechern. *Das Schiff!* Es befand sich bereits einige Meter über dem Mondboden und hüllte sich in eine Staubwolke, von der die unteren Teile der Flossen verdeckt wurden. *Die Personenschleuse ist geschlossen.*

»Nein!«, brüllte Crysalgira.

»Dieser Feigling«, murmelte ich und biss auf meine Lippen. Eine Welle von Selbstmitleid, Angst und Panik überschwemmte mich, gemischt mit dem sicheren Wissen, sterben zu müssen. Das Schiff stieg höher und höher, wurde schneller und startete in den pechschwarzem Himmel. Einen Augenblick konnten wir noch die lodernden Triebwerke sehen, dann verlor sich dieser Impuls in dem Leuchten der Sterne. Das Raumschiff änderte leicht seine Richtung und raste davon, den wartenden Schiffen am Rand des Systems entgegen. Dann bewies ein kurzes, scharfes Knacken, dass jemand die Funkverbindung ausgeschaltet hatte.

Ich öffnete das Sauerstoffventil eine Kleinigkeit, atmete tief durch und hörte die Stimme meines Logiksektors flüstern: *Es gibt nur zwei Möglichkeiten zu überleben. Die* Gefühlsbasis *oder die Schutzstation.*

Wir schwebten noch immer geradeaus.

»Sie haben uns tatsächlich zurückgelassen«, keuchte Crysalgira fassungslos.

»So ist es.« Der erste Schrecken war vergangen und machte schneller Überlegung Platz. Ich änderte geringfügig die Richtung des Fluges und spürte wieder eine lange Welle der Strahlung. Jetzt hatte ich nur noch drei Würfel. »Wir fliegen zur Tejonther-Station. Dort sind unsere Überlebenschancen noch am höchsten.«

»Aber … sie ist zerstört.«

»Wir können sie vielleicht provisorisch reparieren. Und mit Sicherheit landet hier ein Schiff der Tejonther. Wir sind nicht deren Feinde, was immer auch geschehen ist.«

Zwar änderte sie auch die Richtung, sagte aber leise und mit deutlichen Spuren des Entsetzens in der Stimme: »Ich kann es noch immer nicht begreifen. Wir sind tatsächlich allein auf diesem Mond ohne Namen.«

Ich lachte gallig. »Selbst wenn er einen Namen hätte, würde dies unsere Lage nicht sonderlich verbessern.«

Wir schwebten dicht über dem Boden langsam auf die Station zu, die wir undeutlich vor uns erkannten. Das Gelände war unregelmäßig und stieg an. Langsam würden sowohl die Luftvorräte zu Ende gehen als auch die Energieeinheiten des Fluggeräts. Vielleicht hatte ich diese panische Reaktion von Germyr-HP selbst ausgelöst, als ich ihm den Tod Karsihls mitgeteilt hatte. Er wäre sicher nicht ohne Karsihl gestartet – aber an einen solchen Zusammenhang hatte ich nicht einmal flüchtig gedacht. Und jetzt war es zu spät.

»Eins ist sicher«, sagte ich durch die ziehenden und pressenden Wellen der *Emotiostrahlung*.

»Was?«

»Die Flotte, die von den wartenden Schiffen gemeldet wurde, ist keinem Notruf der drei Tejonther gefolgt.«

»Du hast sicher Recht. Aber das alles hilft uns nicht mehr. Wir müssen überleben.«

»Prinzessin – wir werden überleben«, versprach ich ihr, ohne genau zu wissen, wie wir dies anstellen sollten. Ich rief mir die übertragenen Bilder der zerstörten Station ins Gedächtnis. Wir schwebten über den letzten Hang schräg aufwärts, umrundeten in Schlangenlinien riesige Felsen. Als wir nur noch zweihundertfünfzig Meter freies Gelände zwischen uns und dem Würfelsystem hatten – dessen Schleuse auf der uns abgewandten Seite lag, wie auch die Öffnung, die der Treffer des Schiffsgeschützes verursacht hatte –, blitzte dort oben ein Reflex auf.

Unmöglich. Oder es bewegt sich etwas!, schrie der Extrasinn lautlos.

Gleichzeitig sah ich, wie knapp neben meiner Brust ein Krater in einem der Felsen erschien, wie Steinsplitter und Tropfen glühenden Steins nach allen Seiten spritzten, wie eine Wolke verbrannter Substanzen sich rasch auflöste. »Wir werden beschossen, Crys!«, rief ich atemlos. »Sofort auseinander und in Deckung!«

Sie reagierte schnell und sicher. Ein zweiter Schuss zuckte zwischen uns hindurch und ließ einen Stein zersplittern, der auf einem Felsblock lag. Crysalgira schaltete ihr Aggregat auf Höchstleistung, driftete schräg aufwärts und steuerte nach rechts. So schob sie sich hinauf auf das Felsenband und brachte die Masse der Station zwischen sich und den Schützen. Ich tauchte abwärts und wurde schneller. Im Zickzack glitt ich dicht über dem Boden dahin, nutzte jede Deckung aus und schob mich nach links. Hin und wieder glühte eine Staubwolke neben mir auf, aber die Schüsse des Unbekannten gingen an mir vorbei. *Also lebt dort noch einer der Tejonther.*

Er muss außerhalb der Station gewesen sein, sagte der Extrasinn.

Wir kamen fast ungesehen von zwei Seiten auf die Station zu. Vor mir lag die offene Schleusentür. Mit einem Seitenblick erkannte ich, dass das Explosionsloch mit einer dicken Folie notdürftig abgedichtet war. In der Schleuse stand ein Tejonther im Raumanzug – deutlich sah ich den schwarzen Pelz seines Kopfes unter dem Klarsichthelm. Noch sechzig Meter. Ich schaltete auf volle Fahrt. Der Tejonther hielt sich mit einer Hand an einem Griff der Schleuse fest, blickte in die Richtung, in der er einen von uns vermutete, und zielte ebenfalls dorthin. Ich raste dicht an der Felswand vorbei und landete hart im zusammengetretenen Staub. Sofort hob ich die Arme. Der Tejonther fuhr herum und zielte genau auf meinen Kopf. Ich versuchte, keine auffallenden oder zweideutigen Bewegungen zu machen – ich trug einen tejonthischen Raumanzug, mein Gegner ebenfalls. Er starrte mich entgeistert an. Ich schaltete das Funkgerät auf die früher eingestellte Frequenz, die wir im Schiff geändert hatten. Sofort hörte ich tejonthische Worte. Nach wie vor kannte ich diese Sprache kaum. »Ich Freund«, sagte ich deutlich. »Nicht schießen.«

Langsam ging ich auf ihn zu. Deutlich musste er die Waffe im Gürtel des Anzugs sehen. Noch zögerte er, schien zu verstehen, dass ich seine Sprache nur schlecht sprach und verstand. Er sagte kurz: »Hereinkommen, Fremder.«

Ich winkte nach hinten. »Noch einer. Ausgesetzt auf Mond.«

»Warten!«

Er bückte sich und zog die Waffe aus meinem Gurt. Ich blieb neben ihm stehen. Erkannte er, dass ich den Anzug seines getöteten Kameraden trug? Ich folgte seinem Blick, der einmal kurz abirrte und sich dann wieder auf Crysalgira heftete, die deutlich sichtbar näher schwebte. Dicht unter der Felswand sah ich drei längliche Staubaufwerfungen, auf denen unkenntliche Gegenstände lagen. Drei Gräber also. Ich merkte, dass die Pause zu lange dauerte, und sagte in der fremden Sprache: »Ich. Du. Wir – Frieden.«

Er zögerte wieder, fragte endlich: »Name? Du.«

Ich deutete auf meine Brust und erklärte: »Atlan. Dort: Crysalgira.«

»Verstehen. Ich Troomies-Dol.«

Die Tejonther waren eine dreigeschlechtliche Lebensform. Namen wie »Vruumys« bezeichneten hierbei das männliche Geschlecht. War dem Namen die Silbe »Cel« angehängt, handelte es sich um eine Frau. Die Silbe »Dol« kennzeichnete die geschlechtslosen Vertreter, die offenbar ab einem bestimmten Alter aus Frauen und Männern hervorgingen.

Die Prinzessin kam heran, landete vor uns und schaltete ihr Flugaggregat ab. Auch sie hatte auf die alte Frequenz umgeschaltet. Aber erst jetzt sprach sie. Bisher hatte sie wohl versucht, aus unserer kargen Unterhaltung gewisse Schlüsse zu ziehen. Sie hob die Hand und lächelte Troomies-Dol an. »Ich Crysalgira. Frieden.«

»Gib ihm deine Waffe«, sagte ich. Die unmittelbare Gefahr schien vorbei zu sein. Trotzdem waren meine Nerven bis zum Zerreißen gespannt. Im Augenblick hielt sich der Druck der *Emotiostrahlung* in Grenzen. Vorsichtig zog Crysalgira die Waffe aus dem Gürtel und reichte sie Troomies-Dol. Er nahm sie schweigend entgegen, deutete in die Schleuse und sagte trocken: »Kommen.«

Wir folgten und stiegen auf die Platte, dann schloss sich die äußere Schleusentür. Licht flammte auf. Der Außenlautsprecher würde jetzt funktionieren, denn ich sah an aufwirbelnden Staubresten, dass Atemluft in den Kubus strömte. Jetzt wäre eine gute Gelegenheit gewesen, den Tejonther anzugreifen und zu entwaffnen, aber es gab keinen Grund. Wir waren keine Gegner; unser Zusammenprall geschah zufällig. Die nächsten Zentitontas würden viel entscheiden.

»Fertig«, sagte Troomies-Dol, als der Druckausgleich hergestellt war und die innere Schleusentür aufschwang. Als wir den ersten

Raum betraten, griff er an die Helmverriegelung und öffnete seinen Raumanzug. Aber er blieb an einer Stelle stehen, von der aus er jederzeit auf uns feuern konnte.

»Riskieren wir es?«, fragte Crysalgira.

»Ich denke, es ist ungefährlich.« Ich half ihr, die Helmverschlüsse zu lösen; infernalisch stinkender Geruch nach *Würzung* breitete sich aus, während die nun schlaffen Helmkapuzen zurücksanken. Die Atemluft war kühl und frisch. Ich sah, dass das Innere der Station schnell und so gründlich wie möglich gereinigt und aufgeräumt worden war. Viele der Anlagen funktionierten noch – oder waren eingeschaltet worden. So genau konnten wir das nicht unterscheiden.

Mit drohender Stimme sagte Troomies-Dol zu Crysalgira: »Ihr aus Schiff von Lopsegger?«

»Haben uns mitgenommen. Wir ... Fremdlinge.« Crysalgira sprach langsam und deutlich und führte entsprechende Gesten der Erklärung aus. Der Tejonther schien fast alles zu verstehen. Natürlich erkannte er den Unterschied zwischen seinem und unserem Aussehen und dem der Lopsegger.

»Schiff hat Station zerstört.«

Ich nickte. »Station zuerst ... Die Tejonther schossen zuerst.«

»Warum Mond?«

Ich holte tief Atem. »Wir wollen zurück in Heimat. Viele Hindernisse. Ausgesetzt worden. Brauchen Hilfe von euch und anderen.«

»Verstehen. Kommen – sehen.« Er winkte, noch immer mit der erhobenen Waffe. Wir folgten ihm langsam, durchquerten den Raum, gingen durch ein Verbindungselement und in den anschließenden Würfel hinein. Die Linsen des Aufnahmegeräts der Lopsegger hatten diesen Eindruck nicht gezeigt. »Hier. Ortung.«

Der Tejonther deutete auf einen Bildschirm, der kaum kleiner als neun Quadratmeter war. Die riesige Vergrößerung eines Ortungsbildes. Tausende Energieechos zeichneten sich ab. Kreisringe und Punkte markierten die Planetenbahnen des Systems. Ich fragte trotzdem: »Was ist das?«

»Mithuradonk-Sonnensystem. Unsere Schiffe. Schiffe Lopsegger. Sehen. Bald Kampf!«

Crysalgira flüsterten auf *Satron:* »Die Kreuzzugflotte.«

Ich stöhnte auf. Wir erkannten den äußersten der vielen Planeten, eine Eiskugel. Ihm näherte sich die Vorhut der gewaltigen Flotte. Die Schiffe bildeten, gekennzeichnet durch die kleinen, stechenden

Energieechos, eine Art offenen Trichter, von dessen Rändern sich Flottenteile auf die eng zusammenstehende Gruppe der Lopsegger-schiffe stürzten. Die Lopsegger hatten jetzt noch eine winzige Chance, zu entkommen, denn der Trichter hatte sich noch nicht geschlossen. Tatsächlich lösten sich aus dem kleinen, dichten Klumpen einige Punkte und bewegten sich in die Richtung des noch freien Raums. Eine Störung flimmerte über den riesigen Bildschirm.

»Ja. Es gäbe sonst meines Wissens keinen Grund, hier eine solch gewaltige Flotte zusammenzuziehen.« Jedenfalls war das kosmische Leuchtfeuer der Gefühlsstrahlung in vollem Betrieb und hatte die Flotte hierher gelotst. Ich war ratlos. Was konnten wir tun? Grelles Licht explodierte zwischen den Störungslinien des Schirmes, dann stand das Bild wieder scharf da. Wir sahen, dass sich die Einheiten der Riesenflotte auf die Schiffe der Lopsegger stürzten. Die Raumschiffe beschossen einander, das war deutlich zu sehen: Blitze zuckten zwischen einzelnen Einheiten hin und her. Ab und zu verschwand eins der Echos vom Schirm – Zeichen dafür, dass ein Schiff detoniert war.

»Sie kämpfen. Unsere Schiffe siegen«, sagte Troomies-Dol ohne erkennbare Regung. Seine gelben Augen schimmerten im Licht, das vom Schirm und den beleuchteten Skalen ausging.

»Kein Wunder. Es sind auch viel mehr.«

Der kleine Verband der Lopsegger wurde vor unseren Augen aufgerieben. Immer wieder zuckten die Blitze auf. Es gab keinen Unterschied zwischen den Echos, die von tejonthischen oder lopseggischen Schiffen verursacht wurden. Aber jedes Schiff verschwand, das zu fliehen versuchte und mit größter Beschleunigung davonraste; ein Echo nach dem anderen erlosch, nachdem es der Mittelpunkt von einem Spinnennetz aus feinen, aber tödlichen Strahlen gewesen war. Jetzt gab es nur noch vier Echos, die aus dem Zentrum des sich unbarmherzig zusammenkrümmenden Trichters zu entkommen versuchten. Ein Schiff raste weit voraus davon – vermutlich war es das Flaggschiff mit Germyr-HP an Bord. In einigem Abstand folgten drei weitere Echos. Sie wurden von einem unübersehbaren Schwarm der Kreuzzugflotte verfolgt und beschossen.

»Der endgültige Untergang ist nur noch eine Frage von Zentitontas.« Crysalgira war ebenso ratlos wie ich. Mit jedem verschwindenden Ortungsecho verminderten sich unsere Chancen drastisch.

»So ist es. Und ich weiß nicht, wie es weitergehen soll. Vielleicht sagt es uns unser Freund hier.«

Wir befanden uns in der Klemme. Die Sauerstoffvorräte würden nicht ewig reichen, die Station würde uns auch nur kurze Zeit Überlebensmöglichkeiten bieten.

»Er wird ein Schiff herbeirufen, das ihn abholt«, sagte Crysalgira.

»Aber ob es uns nach Yarden bringt, ist zweifelhaft. Vermutlich werden sie uns stellvertretend für Germyr und Karsihl bestrafen – sofern die Varganen nicht abermals eingreifen.« Unwillkürlich dachte ich an die angedrohte Hinrichtung auf Belkathyr.

Troomies-Dol deutete mit dem Lauf seiner Waffe auf den Schirm. Wir sahen deutlich, wie das erste flüchtende Schiff der Lopsegger von vorpreschenden tejonthischen Einheiten überholt, in die Zange genommen und vernichtet wurde. Kurz darauf waren auch die letzten lopseggischen Schiffe vom Ortungsschirm verschwunden – ausgelöscht. »Fremder Atlan.« Troomies-Dol zielte mit der Waffe auf meine Brust. »Ich rufe jetzt ein Schiff.«

»Warum?«, fragte Crysalgira. Deutlich stieg die Spannung zwischen uns dreien in dem halbdunklen Raum.

»Mich abholen. Über euch beraten.«

»Was werdet ihr mit uns machen?«

»Nicht wissen. Vielleicht bestrafen.« Troomies-Dol drehte sich halb um und machte einen Schritt in die Richtung zum anschließenden Raum. Jetzt hatte ich noch die Möglichkeit, das Gesetz des Handelns an mich zu reißen. Sollte ich oder sollte ich es nicht versuchen? Es würde die letzte Chance sein.

Entschließe dich zum Handeln!, schrie der Extrasinn.

Ich versuchte, den schlecht sitzenden Raumanzug zu ignorieren, spannte meine Muskeln und warf mich mit weit vorgestreckten Armen auf den Tejonther. Im gleichen Moment packte Crysalgira in einer ausholenden Bewegung einen Gegenstand und schleuderte ihn nach dem Kopf des Mannes. Wir prallten aufeinander.

Meine linke Hand packte die Waffe am Lauf. Der Tejonther drückte ab und feuerte schräg an meiner Hüfte vorbei in den Ortungsschirm, der vom Thermostrahl zerschmettert wurde. Ich rammte Troomies-Dol meinen Ellbogen in die Brust, schlug nach seinem Handgelenk und versuchte, die Waffe aus seinen Fingern zu hebeln. Er ließ sie los und versetzte mir mit dem Handschuh des Raumanzugs einen Hieb gegen die Schläfe, der mich zwei Meter zurückschleuderte und in die

Trümmer des Schirmes warf. Aber ich hatte ihn nicht losgelassen; er wurde mitgerissen und schlug schwer neben mir auf den von Scherben übersäten Boden. Ich wirbelte herum und warf mich auf ihn.

»Ich will ... dich ... nicht töten«, keuchte ich und packte die Hand, mit der er nach mir schlug.

Wir kämpften schweigend weiter. Er rutschte aus, drehte sich in der Luft und sprang in die Richtung, in der die Waffe lag. Crysalgira kam heran und trat die Waffe in eine Ecke. Ich warf mich wieder über ihn und versuchte ihn zu betäuben, indem ich zu einem gewaltigen Schlag ausholte, der ihn an der Schläfe treffen sollte. Er duckte sich, ich fälschte den Hieb ab und schmetterte meine Faust gegen die Halsblende des Anzugs. Troomies-Dol stolperte rückwärts in den nächsten Würfel hinein und schlug gegen die Wand, riss ein schweres Werkzeug, das wie eine Axt geformt war, aus den Halterungen und schlug damit nach mir. Ich blockte den Schlag mit dem verstärkten Unterarm des Anzugs ab. Aber bei jeder Bewegung merkte ich, dass mich der ungewohnte Anzug behinderte. Gleichzeitig bewegten wir uns so schnell, dass Crysalgira nicht eingreifen konnte. Keuchend fasste ich, als der Tejonther wieder ausholte, nach dem Werkzeug, konnte es dicht unterhalb des Griffs packen.

»Hilf mir«, stöhnte ich auf, als der halb fehlgegangene Schlag schwer das Gelenk an der Schulter traf. Mit einem Fußhebel brachte ich den Tejonther zu Fall. Er kämpfte wütend, schweigend und schnell. Außerdem befand er sich in einem Raumanzug, der genau auf ihn zugeschnitten war. Ich riss an dem Werkzeug, wand es aus seinen Händen und holte aus. Er sah mich aus seinen gelben Augen an. Als das schwere Werkzeug heruntersauste, hatte ich noch die Wahl, ihm den Schädel zu spalten oder ihn zu betäuben. Aber ich achtete nicht auf seine Füße. Er lachte rau auf und hakte einen Fuß um meine Beine, trat mit dem anderen zu und warf mich um. Das Metallstück schlug schwer in ein Schaltpult ein. Funken sprühten, als ich mich zusammenkrümmte und abrollte. Dann erloschen schlagartig die meisten Lichter.

Crysalgira ist fort, flüsterte mein Extrasinn.

Ich kam wieder auf die Beine und roch die verbrannten Materialien der ruinierten Schaltungen. Plötzlich hörte ich aus der vagen Dunkelheit schnelle Schritte, einen schwachen Aufschrei und einen kurzen, trockenen Schlag. Gleichzeitig summte etwas aus der Richtung der Schaltschränke, eine Serie bläulich grüner Notlampen schaltete sich ein. Ich taumelte schwer atmend zur Seite und ging langsam vorwärts. Ich fand keine Waffe. Hinter der Wand tauchte Crysalgira auf, die einen kurzen weißen Stab in beiden Händen trug. Vor ihr lag ausgestreckt Troomies-Dol zwischen Scherben und Trümmern, rührte sich nicht mehr.

»Ich habe ihn betäubt. Vielleicht ist er auch tot, aber ich habe nicht schwer zugeschlagen«, sagte sie leise und ließ den Stab fallen, der in die Scherben klirrte. Vorsichtig stieg Crysalgira über den regungslosen Tejonther hinweg und kam auf mich zu.

»Danke.« Ich sah mich um. »Auch wenn Troomies-Dol kein Schiff alarmiert hat – es ist logisch, dass hier über kurz oder lang eins landet.«

Die *Emotiostrahlung* war in den letzten Zentitontas nicht stärker geworden, aber auch nicht schwächer. Wir waren allein, spürten jetzt erst richtig die Wirkungen der Ausnahmesituation, in der wir uns befanden. Es gab keinen Handlungsspielraum mehr.

»Ich habe Durst«, sagte Crysalgira. »Erinnerst du dich, wo die Nahrungsmittel waren?«

»Ich erinnere mich auch daran, wo die Ersatzzylinder für die Atemluft waren. Gut. Nutzen wir die Zeit.« Im trüben Licht der Notbeleuchtung gingen wir an dem bewegungslosen Körper des Tejonthers vorbei in den Raum, an den ich mich erinnerte. Wir fanden Konserven, die sich nach dem Öffnen selbst erhitzten und Dosen mit einer Flüssigkeit, die wie Saft von Früchten schmeckte. Langsam tranken und aßen wir. Keiner von uns sprach, aber wir gingen hin und her und nahmen eine flüchtige Untersuchung der Umgebung vor.

»Es gibt drei Alternativen«, sagte Crysalgira nach einer Weile und ließ achtlos eine leere Dose fallen.

»Wir können die *Gefühlsbasis* untersuchen.«

»Das ist die erste. Die zweite ist, hier zu warten und auf die Gnade der Schiffsbesatzung angewiesen zu sein.«

Ich nickte und trank eine der Dosen leer. Die Taubheit der Zunge und der Lippen hörte langsam auf. »Die dritte?«

»Wir bleiben hier und verhungern, wenn kein Schiff kommt. Für welche wir uns entscheiden, ist schwierig. Immerhin kämen wir vielleicht mit dem Schiff der Kreuzfahrer nach Yarden.«

»Dieses ›vielleicht‹ ist es, was mich stört. Wir wissen nicht, was mit den Schiffen passiert – von früheren Kreuzzügen ist keins zurückgekehrt. Und jetzt haben wir einen Zeugen dafür, dass wir Feinde der

Tejonther sind.« Ich deutete in die Richtung, in der Troomies-Dol lag. Ich hatte inzwischen einen Schrank gefunden, der an ein System von Kompressionsleitungen und wohl auch an den großen Lufttank der Station angeschlossen war. Hier lagerten mindestens dreißig der kleinen Zylinder, die hochkomprimierte Atemluft enthielten. Ich nahm zwei Zylinder heraus und setzte sie anstelle der gebrauchten in unsere Anzüge ein. Während Crysalgira Tafeln unbekannten, aber essbaren Inhalts in die Taschen der Anzüge schob, fragte ich: »Einverstanden, Prinzessin, wenn wir unseren abgebrochenen Versuch neu starten? Wir fliegen zur *Gefühlsbasis* – sofern wir dort nichts erreichen, können wir uns noch immer bemerkbar machen, sollte ein Schiff hier landen.«

Sie schenkte mir ein vages Lächeln. »Einverstanden.«

Wir suchten und fanden unsere Waffen. Noch immer lag der Tejonther regungslos am Boden; indes schien es mir, er habe sich geringfügig bewegt. Dann checkten wir gegenseitig die Anzüge und schlossen, als wir sicher waren, die Helme. Kurz darauf öffnete sich vor uns die äußere Schleusentür. Die Funkgeräte arbeiteten hervorragend. Wir schalteten die Flugaggregate ein – aber genau in dem Augenblick, als wir aufsteigen wollten, riss uns eine wilde Kraft schräg nach oben.

»Das ist … Atlan! Jemand beeinflusst uns!«, schrie Crysalgira auf.

Traktorstrahlen, warnte der Logiksektor augenblicklich.

Wir hoben, während uns eine unbekannte Kraft schräg aufwärts riss und von der offenen Schleusentür der Station hinwegwirbelte, die Köpfe, sahen einen oval geformten, goldmetallenen Flugkörper, der genau in diesem Augenblick eine enge Wendung vollzog.

»Das Ding muss aus der *Gefühlsbasis* gekommen sein«, sagte ich. Die Traktorstrahlen hoben uns höher und höher. Etwa zweihundert Meter über dem Boden endete die Aufwärtsbewegung. Wir schwebten einige Augenblicke lang im Vakuum, dann steuerte der Flugkörper, in der Sonne hoch über unseren Köpfen aufblitzend, Richtung Schlucht und Basis. Wir wurden mitgeschleppt. »Schalte dein Flugaggregat ein, falls die Traktorstrahlen plötzlich abgeschaltet werden.« Mühsam zwang ich mich zur Ruhe. »Trotz der geringen Schwerkraft ist ein Fall aus dieser Höhe tödlich.« Wir schwebten etwa fünf Meter nebeneinander. »Was will diese verdammte Basis? Die Strahlung hat nicht zugenommen.«

Das mindestens zwanzig Meter durchmessende Objekt wurde

schneller, raste mit uns im Schlepp auf die Felsen und Wände der Schlucht zu und bremste schließlich ab. Wie das Gewicht eines Pendels schwangen wir nach vorn und wurden angehalten, als direkt unter uns ein gewaltiger, nagelförmiger Felsen auftauchte.

»Vorsicht.« Ich fasste den Multischalter am Gürtel. Aber die steuernde Kraft dort oben ließ uns nicht fallen. Der Traktorstrahl ließ in seiner Kraft nach und senkte uns langsam ab, bis wir genau auf dem flachen Plateau des hoch aufragenden Felsens standen. Dann fühlten wir, dass die Beeinflussung endete. Ich packte Crysalgira an den Unterarmen und drehte sie halb herum. »Wir haben einen Logenplatz. Dort ist die Station, dort sehen wir die Kuppel der *Gefühlsbasis*.«

Die kleine Fläche, auf der wir standen, war gänzlich ohne Staub. Ihr Durchmesser betrug nicht mehr als vier Meter. Vorsichtig setzten wir uns, langsam beruhigten sich unsere Nerven ein wenig.

»Was soll das nun bedeuten?«

»Keine Ahnung«, entgegnete ich leise. Der eiförmige Flugkörper schwebte weiter zur *Gefühlsbasis*, hielt an und drehte sich langsam, während er rasch zu Boden sank. Die metallenen Auswüchse und antennenartigen Ausleger blitzten auf. Ich drehte mich ebenfalls, in mein Blickfeld kamen zwei tejonthische Raumschiffe, die eben zur Landung ansetzten. *Hat es uns deshalb aus dem Traktorstrahl entlassen? Sollen die Tejonther nichts mitbekommen?* Ich schaltete mein Funkgerät aus, griff an den Gürtel Crysalgiras und bewegte dort den entsprechenden Schalter. Dann beugte ich mich nach vorn und legte das Material meines Helmes an ihren Raumhelm. »Wir sollten uns flach hinlegen, dann entdecken sie uns vielleicht nicht.«

Langsam veränderten wir unsere Stellung, bis wir flach auf dem Bauch lagen und dorthin blickten, wo eben die Heckflossen der Schiffe den Boden berührten. Sie landeten noch näher als das Schiff Karsihls an der Station. Unsere Verständigung war etwas undeutlich, aber jedes Wort war klar. »Der Flugkörper ist verschwunden. Von Tonta zu Tonta werden die Vorkommnisse rätselhafter«, sagte Crysalgira. »Warum wurden wir hierher gebracht?«

»Mir scheint, dass etwas oder jemand in der *Gefühlsbasis* alles steuert. Varganen – oder vielleicht eine *Erinnye*.«

»Und wer hat die Schiffe alarmiert?«

»Sie wären vermutlich ohnehin gelandet.« Aus dem Schiff schwebten zwei große, schwere Gleiter. In jedem der ausgeschleusten Fahrzeuge saßen mindestens zehn Tejonther in funkelnden Raumanzügen. Die Gleiter rasten hinüber zur Station und landeten dicht nebeneinander, unmittelbar vor den drei Gräbern. Raumfahrer sprangen heraus und schwärmten aus. Es war wie ein Kommandounternehmen, bei dem jede Bewegung saß und zweckentsprechend war. Einige Männer verschwanden in der Station, andere schienen Aufnahmen zu machen oder Untersuchungen anzustellen. Binnen kurzer Zeit bewegte sich ein Ring von etwa fünfzehn Raumfahrern um die Station. »Wenn sie den Bewusstlosen finden, werden sie uns zweifellos suchen.«

Noch während ich sprach, konnten wir sehen, dass drei Raumfahrer einen länglichen Gegenstand herausschleppten. Es konnte ein Körper sein, der in eine verschweißte Folie eingewickelt war. Das längliche Paket wurde in die Druckkabine des Gleiters gelegt, dann eilten die Männer wieder ins Innere der Station. Andere Raumfahrer kamen von ihren Plätzen und stiegen nacheinander ein, gingen in die Station hinein oder kamen aus ihr heraus. Schließlich, nach rund zwei Dezitontas, waren die Gleiter wieder bestiegen, nur ein einzelner Tejonther kam noch aus der Schleuse und setzte sich neben einen der Piloten.

»Sie starten – Deckung«, zischte ich. Wir pressten uns ganz flach an den Felsen und beobachteten den Fortgang der Aktion. Sowohl die Station als auch die Schiffe waren nicht weiter als etwa zweitausend Meter vom Fuß des hohen Felsens entfernt. Aber die Gleiter machten nicht die geringsten Anstrengungen, vom direkten Kurs auf die Schiffe abzuweichen. In erstaunlich kurzer Zeit schwebten sie vor den Schleusen und schoben sich hinein. Wir warteten.

»Ich glaube, sie starten, ohne die *Gefühlsbasis* beachtet zu haben«, mutmaßte Crysalgira. »Vielleicht die Wirkung der *Emotiostrahlung?«*

»Du könntest Recht haben.« Die Lufthülle fehlte, sämtliche Vorgänge geschahen lautlos und wirkten dadurch noch plötzlicher und überraschender. Die Schiffe starteten nach einer Weile mit geschlossenen Schleusen. Wieder wirbelten sie eine Wolke Mondstaub auf, schoben sich höher und rasten in einer fast senkrechten Flugbahn davon. Noch während sich der Staub senkte, schalteten wir die Funkgeräte wieder ein. Ich schüttelte den Kopf. »Das verstehe, wer will.«

Langsam standen wir auf und blickten eine Weile den davonrasenden Raumschiffen nach, starrten dann hinunter auf die verlassene Station.

»Wir wissen«, versuchte Crysalgira eine Erklärung, »dass die *Ge-*

fühlsbasen als Leuchtfeuer die Kreuzzugflotte nach Yarden dirigieren. Die *Emotiostrahlung* spielt hierbei eine Rolle, dient gleichzeitig dazu, Nicht-Tejonther abzuschrecken. Vielleicht verhindert sie auch, dass die Tejonther zu großes Interesse an den *Gefühlsbasen* entwickeln? Die Varganen werden verhindern wollen, dass ihnen zu neugierige Tejonther auf die Spur kommen. Immerhin dienen diese Stationen, wenn ich mich richtig an den *Vargo-Bericht* erinnere, auch dazu, die Völker großer galaktischer Regionen im varganischen Sinn zu beeinflussen.«

»Richtig. Und sie haben zweifellos noch weitere Funktionen.« Ich nickte. »Denk an die schwarze Flüssigkeit. Die Versetzung zu diesem namenlosen Mond beweist überdies, dass sie mobil und zumindest bis zu einem gewissen Grad flugfähig sind. Genau genommen also riesige Raumschiffe, vergleichbar vielleicht mit den varganischen Arsenalstationen.«

»Leuchtfeuer, Beeinflusser – was auch immer. Sehen wir nach, was die Tejonther in der Station gesucht oder zurückgelassen haben?«

»Ja.« Wir starteten von dem Nagelfelsen und schwebten in einem einzigen Satz bis vor die geschlossene Schleusentür. Ich öffnete sie mit einem Handgriff und zog die Waffe, während wir auf den Druckausgleich warteten. Das Innere der Station wurde noch immer von der Notbeleuchtung schwach erhellt, aber schon nach einigen Schritten sahen wir, dass Troomies-Dol fortgeschafft worden war.

»Vorsicht. Sie können eine Falle eingebaut oder Sicherungen aktiviert haben«, murmelte ich. Wir hatten nicht einmal die Helme geöffnet und gingen hintereinander durch die verwüsteten Räume. Aus dem zerschmetterten Schaltpult war das Metallfragment herausgezogen worden.

Crysalgira hielt mich am Arm zurück. »Dort vorn. Das flackernde Licht. Was ist das?«

Mein Finger krümmte sich um den Abzug der Waffe. Die Station war U-förmig angelegt, das kalte, flackernde Leuchten kam aus einem Raum, den wir nicht einsehen konnten. Vorsichtig gingen wir weiter. Noch immer hielt uns die *Emotiostrahlung* in ihrem Griff, aber sie war nicht mehr so stark wie früher.

Oder vielleicht habt ihr euch inzwischen daran gewöhnt, flüsterte der Logiksektor.

Auch das ist möglich. Wir bogen um die Trennwand und sahen einen runden Bildschirm. Vielleicht war er auch schon bei unserem letzten Aufenthalt eingeschaltet gewesen, und wir hatten ihn nicht beachtet. Wir blieben vor der sechzig Zentimeter durchmessenden Scheibe stehen. »Dasselbe Bild wie auf dem großen Ortungsschirm.«

Ich sah schweigend zu, wie sich die gewaltige Formation langsam umgruppierte. Aus dem noch erkennbaren Trichter wurde langsam eine Art Speerspitze, ein lang gestrecktes Ellipsoid mit scharfer Spitze. »Die Flotte verlässt das Mithuradonk-System«, murmelte ich. »Fliegt weiter nach Yarden.« Die Formation zog sich auseinander. Die meisten Schiffe, als stecknadelkopfgroße Echos gekennzeichnet, bewegten sich mit der gleichen Geschwindigkeit. Aber jetzt verschwanden die ersten Schiffe scheinbar im Nichts. »Hyperraumflug. Ob ihr nächstes Ziel schon Yarden ist?«

»Keine Ahnung.«

Wir starrten den Schirm an. Etwas anderes gab es nicht zu tun. Mechanisch sicherte ich die Waffe und schob sie wieder in den Gürtel. Bevor die Schiffe den Rand des Schirmes erreichten, überschritten die Echos eine unsichtbare Linie, hinter der sie spurlos verschwanden. »Jetzt haben wir nur noch die *Gefühlsbasis*. Und das seltsame Flugobjekt mit den Traktorstrahlen, sollte es wieder auftauchen.«

»Gehen wir«, entgegnete Crysalgira entschlossen. »Es gibt nicht den geringsten Grund, länger hier zu bleiben.«

Ich stimmte zu. Es war ein schwacher Trost, aber diese Station konnte vielleicht unser Leben retten, falls wir beim Versuch, die *Gefühlsbasis* zu betreten, scheiterten. Solange wir noch handeln konnten, würde ich diesen Gedanken nicht aufgreifen, aber uns blieb noch diese Rettungsmöglichkeit. Wir verließen die Station.

Achtung – über euch!, warnte mich der Extrasinn, aber es war bereits zu spät.

»Das Flugobjekt. Es holt uns wieder!«, rief Crysalgira, als wir abermals vom Boden weggerissen und auf dieselbe Weise nach oben geschleppt wurden. Der eiförmige Flugkörper war über uns und zerrte uns mit seinen Traktorstrahlen davon. Wir wurden quer über die Landschaft geschleppt, diesmal an dem Nagelfelsen vorbeidirigiert und weiter in die Schlucht gesteuert. Wieder ließ die Kraft der Traktorstrahlen nach und setzte uns ab, dieses Mal aber in unmittelbarer Nähe der gewaltig aufragenden Kuppel der *Gefühlsbasis*, wenngleich in einer Höhe von mindestens zweitausend Metern über dem Grund der Schlucht. In dem Augenblick, da die Sohlen unserer Stiefel den Boden berührten, ließ der Druck der *Emotiostrahlung* schlagartig nach – wir waren unvermittelt frei von dieser Beeinträchtigung.

Das bedeutet vermutlich, dass die Flotte das Mithuradonk-System endgültig verlassen hat. »Jetzt sind wir nicht nur allein auf dem Mond, sondern auch noch allein in diesem Sonnensystem«, knurrte ich. »Ich kann nicht sagen, dass dies zu guter Laune beiträgt, zumal dieses irre Objekt nicht zu wissen scheint, was es wirklich will.«

»Es hat immerhin den Vorteil, dass wir diese grässlichen Gewürzwürfel nicht mehr zu kauen brauchen.«

Wir waren auf einem vorspringenden Abschnitt derjenigen Felswand abgesetzt worden, die sich fast halbrund ausbuchtete und den Boden der *Gefühlsbasis* so fest zu umschließen schien, als seien Fels und Stahl zusammengeschweißt. Von hier aus sahen wir zwar, wie der Flugkörper auf der uns abgewandten Seite verschwand, aber wir konnten keinerlei Hinweise darauf entdecken, dass es sich bei der Basis um eine Kugel handelte. Wenn es so war, ruhte sie fest in einer halbkugelig konkaven Mulde, die fast so groß wie der Boden der Schlucht war. Angesichts der raschen Beseitigung des Kraters auf Ofanstände war es für die technischen Mittel der *Gefühlsbasis* sicherlich kein Problem gewesen, diese Halbkugel in den Boden zu fräsen.

»Von hier oben sehe ich keine Schleuse, keinen Eingang. Wir sollten dort unten zu suchen anfangen.«

Crysalgira winkte bestätigend. »Einverstanden.«

Wir schalteten die Flugaggregate ein, schnellten uns von dem Felsband und schwebten ein Stück geradeaus, dann senkrecht nach unten. Nachdem ich umgeschaltet hatte, erfasste mich ein merkwürdiges Gefühl. Es dauerte einen Augenblick, bis ich begriff, was geschehen war. Die Felswand raste vor meinen Augen aufwärts – zweitausend Meter bis zum Trümmerhaufen, der sich am Fuß der Felswand auftürmte, undeutlich zu sehen unter der dünnen Staubschicht.

»Crys! Mein Flugaggregat setzt aus – schneller, beschleunige, komm ganz nahe heran!«

Sie ächzte, handelte blitzschnell und bewegte sich seitwärts, dann fiel sie rasend schnell an mir vorbei und kam aus dem Kurs, bremste und näherte sich wieder meiner Falllinie. Ich streckte beide Arme weit aus und wartete, bis sie näher kam. Sie hatte Schwierigkeiten – einmal war ihre Geschwindigkeit zu langsam, ich raste an ihr vorbei, ohne ihre Beine packen zu können. Es war ein Albtraum. Mit jedem Augenblick wurde ich schneller … aber jetzt hatte sie dieselbe Geschwindigkeit wie ich und kam seitlich auf mich zu.

»Gut«, stöhnte ich und schlang die Arme um sie. Ich erwischte sie an den Schultern und fühlte einen schweren Ruck. Aber meine ineinander verkrallten Finger rissen nicht auseinander. Wir sanken weiter, aber dann gab Crysalgira mit der eingeklemmten Hand volle Kraft auf die Projektoren. »Wir werden langsamer.«

Ich atmete pfeifend aus, fühlte den kalten Schweiß. Ein Gefühl der Lähmung ergriff meine Knie und die Ellbogen.

»Was ist passiert?« Ihr Gesicht war nur durch die beiden Helmscheiben von meinem getrennt. Wir fielen jetzt langsamer, aber trotzdem kam der Boden in einer beträchtlichen Geschwindigkeit näher. Ich konnte nur undeutlich erkennen, was unter uns lag. Aber die Linien von Licht und Schatten, von verschiedenfarbigen Schichtungen des Gesteins, bildeten einen Gradmesser für die Geschwindigkeit, mit der wir fielen. Wir hatten mindestens schon zwei Drittel der Strecke zurückgelegt.

»Die Energiezelle ist leer. Oder das Gerät ist zerstört«, sagte ich schwach. Ich hörte, wie ich krächzte. Wieder einmal war ich dem Tod nur haarscharf entgangen. Der Schweiß trocknete, meine Haut wurde langsam eiskalt. Ein kribbelndes Gefühl kroch die Wirbelsäule entlang.

»Hast du sie geprüft, ehe wir die Station verließen?«

»Nein«, musste ich zugeben und verfluchte meinen Extrasinn, der mich nicht gewarnt hatte.

Ich hatte keine Gelegenheit, den Ladezustand zu sehen. Ich hätte es nicht übersehen, versicherte der Logiksektor.

Crysalgira sagte sofort: »Halt dich am Gürtel fest. Ich muss sehen, wo wir landen.«

Ich löste einen Arm, tastete umher und hakte die Hand in den Gürtel, dann folgte die andere Hand. Jetzt konnte auch ich nach unten sehen. Nur noch hundert Meter. Ich wagte es, eine Hand vom Gürtel zu lösen, schaltete mein Flugaggregat auf volle Leistung, drehte den Richtungsschalter in die entsprechende Position und merkte, dass der letzte Rest von Energie umgesetzt wurde. Der Zug an meinem Arm wurde stärker, gleichzeitig bremste die Prinzessin mit aller Kraft ab. Zehn Meter über dem Boden setzte mein Gerät endgültig aus. Wieder sackte ich nach unten, klammerte mich fest, im letzten Augenblick lösten sich meine Finger vom Raumanzugsgurt Crysalgiras. Ich rollte mich zusammen, schon fühlte ich, wie der Staub zusammengepresst und auseinander geschleudert wurde. Ich kam auf einem runden Hügel auf und rollte den Hang hinunter, aber der vernichtende Aufprall blieb aus. Gleichzeitig wurde bei Crysalgira die Bremswirkung heraufgesetzt, weil ich nicht mehr an ihr hing. Sie landete erheblich weicher und lief mit weiten, langsamen Sprüngen auf mich zu.

Es ist nichts gebrochen, versicherte der Extrasinn.

Ich blieb halb betäubt liegen, beruhigte mich und stand dann auf. Eigentlich müsste ich tot sein oder wenigstens gebrochene Knochen haben. Ich sah einen Moment lang nichts, dann wischte Crysalgira den Staub von meiner Helmscheibe, atmete stoßweise. »Ist dir etwas geschehen?«

Ich bewegte Arme und Beine. »Nein. Ich bin in Ordnung. Wir hätten beide tot sein können.«

Sie kontrollierte meinen Rückentornister. »Leer! Eine zweite Zelle zeigt nur noch geringe Ladung an – dient wohl der reinen Anzugversorgung. Sieh nach, ob meine noch geladen sind.«

Ich untersuchte die länglichen Energiezellen zwischen den Kontakthalterungen im Rückenteil ihres Anzugs. »Ein Drittel Kapazität bei beiden.«

»Ich habe in der Station neben dem Schrank mit dem Luftvorrat einige Stapel der Zellen gesehen«, sagte Crysalgira ungerührt. Ich sah ihr Gesicht; sie war keineswegs so kühl und gelassen, wie sie sich gab. Aber ich rechnete ihr den Einsatz hoch an – etliche Männer hätten sich unter Umständen nicht so besonnen verhalten wie sie.

»Verstehe ich dich richtig? Du willst …?«

»Ja. Ich fliege zurück und bin schnell mit mehreren vollen Energiezellen zurück. Außerdem hast du deine Waffe verloren.«

»Ja. Das ist eine Möglichkeit. Und ich versuche inzwischen, einen Eingang zu finden.«

Wir standen im Schatten am Grund der Schlucht. Fünfzig Meter entfernt berührten sich Felsen, Staub und Metall. Die riesige Kuppel wölbte sich in die Höhe. Links verlief die harte Schattenlinie. Sie folgte den Konturen von Felsen und Steinen, Kratern und Brocken und schwang sich aufwärts, die Kuppel in zwei Hälften teilend.

Crysalgira blickte mich prüfend an. »Fühlst du dich in der Lage, weiterzumachen?«

Ich lächelte knapp. Vermutlich betäubten mich die Reste der Droge noch, sonst würde die Reaktion auf den Zwischenfall stärker sein. »Ja, natürlich. Aber ich bin so lange sehr unruhig, wie du nicht hier bist.«

»Es dauert nicht lange. Du solltest dich eine Weile ausruhen. Wir hatten lange keinen Schlaf, Partner.«

»In Ordnung. Komm bald zurück. Und sag deine Standorte durch. Ich bleibe hier im Schatten.«

»Verstanden.« Sie hob grüßend die Hand, griff an den Gürtelschalter und sprang in die Höhe. Wie von einem unsichtbaren Seil gezogen, stieg sie senkrecht hoch und raste an der Felswand entlang, bis sie nur noch ein winziger, vereinzelt blinkender Punkt vor dem schwarzpurpurnen Himmel war.

Ich setzte mich in den Staub und lehnte mich gegen einen Felsen. »Verdammt.«

Crysalgiras Stimme war klar, als sie erwiderte: »Deine Einschätzung der Situation ist richtig.«

Ich schwieg und dachte nach, überwand den Schock und fing mechanisch an, den Anzug zu reinigen. Dann stand ich auf und ging hinüber zur blitzenden Wand der Kuppel. Schon als ich zehn Meter von ihr entfernt war, prüfte ich jeden weiteren Schritt, indem ich mit der Stiefelspitze einen festen Untergrund suchte und erst dann weiterging, wenn der Boden das Gewicht meines Körpers trug. Meine Spuren – tiefe Eindrücke im Staub – führten von dem kleinen Hügel in einer leichten Kurve hierher. Ich musste vorsichtig bleiben, denn ein falscher Schritt konnte mich in eine staubgefüllte Spalte fallen lassen, aus der ich mich nicht mehr befreien konnte. Wiederholt hielt ich Ausschau nach der verlorenen Waffe, fand sie aber nicht.

»Ich passiere jetzt den Nagelfelsen«, sagte Crysalgira ruhig. »Es hat sich nichts geändert. Nichts von dem Flugobjekt zu sehen.«

»Verstanden.«

Die Metallfläche war völlig glatt und trug keinerlei Spuren. Nicht einmal Staub haftete an der golden polierten Fläche, die mein verzerrtes Spiegelbild zeigte. Im Gegensatz zur *Gefühlsbasis* auf Somor gab es hier kein Glühen und keine Lichteffekte, von der pechschwarzen Flüssigkeit war ebenfalls nichts zu sehen. Ich blickte hinauf, dann nach rechts und links. Nichts. Es gab nicht einmal haarfeine Linien, die auf einen Eingang schließen lassen konnten. Langsam und ohne das kleinste Risiko einzugehen, bewegte ich mich Schritt um Schritt nach rechts. Es war tatsächlich so, als sei die Station in die Felsen eingegossen worden. Der harte Untergrund reichte unmittelbar bis an das Metall heran. Ich konnte gerade die flache Hand in den Staub zwischen Felsen und Kuppelwand schieben; nicht mehr als zwei Zentimeter Platz war da. Ich gab diese Beobachtung an Crysalgira weiter, die kurze Zeit später sagte: »Eben habe ich die Station betreten. Keine Veränderungen. Wir sind tatsächlich allein auf dem namenlosen Mond.«

»Ich denke an dieses Flugobjekt, das uns abgeschleppt hat.«

Ich ging weiter. Schritt um Schritt. Noch immer fühlte ich unter den Sohlen Fels, gepolstert durch sieben Zentimeter dicken gelben Staub. Noch immer gab es keine Reaktion auf die Versuche, mit den gepanzerten Teilen der Handschuhe an die Kuppelwand zu hämmern. Ich konnte nicht einmal hören, ob ich überhaupt Vibrationen erzeugte. Bis jetzt hatte ich vielleicht zwanzig Meter untersucht, als Crysalgira sich meldete und berichtete: »Ich habe gerade mit drei neuen Energiezellen in den Taschen den Nagelfelsen passiert und steuere auf die Schlucht zu.«

»Du bist ein wunderbares Mädchen«, sagte ich. »Mehr als ein Partner.«

»Schon gut.«

Ich näherte mich jetzt, von der offenen Seite der Schlucht kommend, dem Teil, an dem die Felswand bis dicht an die Kuppel heranreichte. Noch immer befand ich mich auf festem Grund, aber nun wurde der Platz knapp. Als ich gerade die engste Stelle erreicht hatte, landete Crysalgira in meinen Spuren.

»Hier ist neue Energie.« Sie hielt mich fest und schob eine Energiezelle in die Halterungen. Ich testete das Fluggerät; langsam hob ich vom Boden ab. Ich ließ mich wieder absinken und sagte Crysalgira, was ich gefunden oder genauer nicht gefunden hatte.

»Es hilft alles nichts«, sagte ich. »Wir müssen das Bauwerk umrunden.«

»Worauf warten wir noch?«

Wir starteten und schwebten vorsichtig weiter, einmal höher und, wenn es der Platz zuließ, wieder tiefer. Es blieb erstaunlich ruhig – eigentlich erwartete ich jederzeit einen dramatischen Zwischenfall, vor allem das abermalige Erscheinen des Flugobjekts. Die erste Tonta verging, die zweite brach an; wir hatten, als wir wieder in den breiteren Bereich der Schlucht kamen, knapp die Hälfte der Kuppel umrundet. *Rund sechseinhalb Kilometer Durchmesser, mehr als drei bis zum Zenitpunkt.*

Crysalgira schwebte höher, flog aufrecht in der Luft stehend eine Kurve und bog vor einem überhängenden Felsen scharf ab, der sich aus dem Boden krümmte und mit seiner Spitze fast die Kuppel berührte. »Hierher«, sagte sie. »Keine Spuren, aber eine Öffnung.«

Ich folgte ihr augenblicklich. Und tatsächlich, hier, mitten im Schatten der Schlucht, war ein runder Eingang zu sehen. Und ohne Tür, ohne Schott, ohne Gitter aus Metall oder eine Barriere aus Energie. »Das haben wir gesucht. Dafür haben wir Kopf und Kragen riskiert.« Wir schalteten die Helmlampen ein, fassten uns an den Händen und schwebten auf das Loch zu. *Vier Meter Durchmesser, ungefähr zehn Meter über dem Boden der Schlucht.* »Versuchen wir es?«

»Natürlich«, sagte Crysalgira entschlossen. Das Loch schien der Anfang einer sehr langen geraden Röhre zu sein, die schräg abwärts führte. Also setzte sich die Kuppel nach unten fort, war vielleicht doch eine Kugelkonstruktion? Ich wusste es nicht. Wir passierten mit klopfenden Herzen und trockenen Lippen den Eingang und sahen, als wir drei oder vier Meter weitergeschwebt waren, weit vor uns ein Licht, das aussah wie ein glühender Wirbel. Das Strudeln wurde heller und raste uns durch den Tunnel entgegen, hielt aber vor uns an. Flackerndes Feuer in allen Farben spiegelte sich im glatten Material des Tunnels.

»Eine Begrüßung?«

Plötzlich flogen wir weiter, ohne dass wir zu steuern brauchten: Ein Sog hatte uns erfasst und trieb uns auf den rasenden Farben- und Flammenwirbel zu, der jedoch vor uns zurückwich und unseren weiteren Weg beleuchtete. Wir wurden schneller. Jetzt erst kam das Gefühl einer Gefahr auf. Der Tunnel schien kein Ende zu nehmen, obwohl diese Kugelstation endlich war. Schneller, tiefer hinein, rein gefühlsmäßig sogar mehr Kilometer, als der Durchmesser der Station maß. Wir begannen uns zu drehen.

»Das ist, als zerren Kräfte an allen Gliedern …«, konnte ich noch keuchen, ehe mich der Sog von Crysalgira wegriss, herumdrehte, weiter in den Tunnel schleuderte. Mir wurde schwindlig, die Bewegung wurde immer rasender, ich hatte das Gefühl, als würde mein Körper auseinander gerissen. Noch immer loderte der Flammenwirbel, aber jetzt erschienen vor meinen Augen Punkte und Linien – verbunden mit dem kurzen Blick auf ein golden leuchtendes Kristallgebilde in der Ferne, dessen Aussehen mir bekannt vorkam. Ehe mich der rasende Schmerz übermannte, ehe ich den lang gezogenen Schrei Crysalgiras hörte, dachte ich, dass wir uns zu weit vorgewagt hatten. Ich verlor das Bewusstsein. Aber noch in meiner Bewusstlosigkeit glaubte ich, den sich irrsinnig drehenden Flammenwirbel zu sehen. Er wirkte wie eine verrückt gewordene Galaxis, die um einen riesigen, reich facettierten, golden leuchtenden Kristall kreiste ...

3.

Gefühlsbasis von Xertomph: *Der robotische Kommandant war seit langer Zeit defekt. Der Fehler in den Schaltkreisen zeigte sich aber erst, als die Antennen der Station einen Impuls empfingen. Die Hypersendung wurde im Untersektor »Empfang« entschlüsselt und an den Kommandanten weitergeleitet. Es handelte sich um einen direkten Hochrang-Befehl aus der Eisigen Sphäre, der sofort bestätigt werden musste. Der Kommandant aktivierte die erforderlichen Schaltungen, so dass die* Gefühlsbasis *innerhalb weniger Mikrozeiteinheiten zu robotischem Leben erwachte. Das Robotsystem funktionierte sternförmig: Vom Kommandanten bestanden direkte Verbindungen zu den Sektorrechnern, die mit denen der Neben- und Untersektoren verbunden waren, welche wiederum mit zahlreichen kleineren Einheiten bis zu den Einzelaggregaten in Kontakt standen. Es gab Verflechtungen, die der Notfallüberbrückung der Instanzen dienten, aber jeder Sektor konnte im Rahmen seiner Kompetenz absolut autark handeln.*

Ein untergeordneter Kontrollteil machte den Kommandanten kurz darauf auf einen Fehler aufmerksam: Die an die Leerraumkontrolleure gerichtete Bestätigung war nicht abgestrahlt worden. Der Kommandant zog daraus den Schluss, dass der Sektor »Sendung« nicht in Ordnung war, und erteilte ihm den Befehl, sich schleunigst zu prüfen und zu regenerieren. Sektor »Sendung« befolgte den Befehl und isolierte sich für die Dauer der Untersuchung. Als er in den Schaltkreisen und Programmen seiner Untersektoren keinen Fehler fand, öffnete er die internen Kanäle wieder und meldete das Ergebnis weiter. Beim Kommandanten entstand der Eindruck, die Fehlschaltung müsse sich im Sektorrechner selbst befinden. Der gesamte Sektor »Sendung«, von dem auch die Funktion der überaus wichtigen Emotiostrahler *kontrolliert und gesteuert wurde, sperrte die Verbindung zu den übrigen Anlagen und suchte nach dem Fehler, der laut Befehl des Kommandanten beseitigt werden musste.*

Der Kommandant hatte inzwischen die Reaktoren hochfahren lassen, die seit vierhundert Xertomph-Jahren nur die wenigen ständig benötigten Teile der Gefühlsbasis *versorgt hatten. Vorrangig war jetzt die Bereitstellung von Energie für die* Emotiostrahler, *die Pufferspeicher füllten sich schnell. Als eine bestimmte Grenze erreicht war, gab der Sektor »Energie« eine Meldung ab. Die Abteilung »Sendung« reagierte jedoch nicht, die Kanäle blieben geschlossen. Der Sektor »Energie« konnte seine Tätigkeit entgegen einem Vorrang-Befehl nur dann selbstständig einstellen, wenn ein Fehler im eigenen Bereich vorlag. Solange das nicht der Fall war, blieb der Befehl des Kommandanten bindend. Nach wenigen Millizeiteinheiten wurde die Kapazität der Speicher überschritten, die Energie staute sich.*

Der Kommandant empfing die Alarmmeldung und ordnete die sofortige Öffnung der Kanäle an, drang aber nicht zum Sektor »Sendung« durch. Er hätte jetzt den Befehl geben müssen, sofort den Energiefluss zu den Speichern zu stoppen, aber gerade da lag seine Fehlfunktion: Er konnte den einmal gegebenen Befehl nicht rückgängig machen, sondern wartete auf die Bestätigung, die er gar nicht erhalten konnte. Als die ersten Überschlagsblitze entstanden, baute sich automatisch ein interner Schutzschirm auf, der zwar verhinderte, dass benachbarte Teile der Gefühlsbasis *zerstört wurden, die immer noch herbeiströmende Energie jedoch anstandslos passieren ließ, so dass schließlich der kritische Punkt erreicht wurde – die Speicher detonierten. Der Schutzschirm leitete die freigesetzten Kräfte sowie die weiterhin nachströmende Energie der Reaktoren über die für Notfälle dieser Art vorgesehenen Entlastungskanäle nach außen ab.*

Der Kommandant registrierte diese Vorfälle, auch die schweren kinetischen Erschütterungen, die die Gefühlsbasis *durchliefen, hielt sich jedoch weiterhin an den Hochrang-Befehl, die* Emotiostrahler *zu aktivieren. Der Sektor »Sendung« öffnete seine Kanäle nicht, weil er in seinen Schaltkreisen auf direkte Anweisung des Kommandanten den Fehler suchte, keinen fand und die Prüfroutine von neuem startete. Für einige Zeit blieb die Situation unentschieden, bis plötzlich die nach außen abgeleitete Energie von einem Hindernis zurückgeworfen wurde. Der Sektor »Energie« registrierte eine Störung im eigenen Bereich und reagierte sofort. Die Energieerzeugung wurde auf Minimalversorgung gedrosselt und auch nach einem dringenden Befehl des Kommandanten nicht wieder hochgefahren, weil einerseits die Weiterleitung zu den* Emotiostrahlern *blockiert war und andererseits weitere Energierückschläge drohten. Damit war die* Gefühlsbasis *von Xertomph zur Untätigkeit verurteilt. Die entstandenen Schäden hätte der Kommandant leicht beheben können, wäre nicht die Fehlschaltung in seinen maschinellen Eingeweiden gewesen. Er beschränkte sich darauf, den betroffenen Sektoren weiterhin Befehle zu senden, die jedoch nicht befolgt wurden.*

Xertomph: im Jahr des *Kreuzzugs nach Yarden*

Das laute Wimmern einer Sirene riss Jintha aus dem Schlaf. Sie richtete sich hastig in ihrem Liegestuhl auf und blinzelte verwirrt in die gleißende Helligkeit jenseits der Veranda. Der gelbe Manetzasy stand hoch und verwandelte die sanft ins Tal geneigte Schneefläche in ein Gleißen aus weißem Licht. Die junge Frau tastete geblendet auf dem niedrigen Tisch herum und spürte endlich die Sonnenbrille zwischen den Fingern. Die Sirene schrillte noch immer. Jintha stand auf und trat an das Holzgeländer, das die Veranda umgab. Von hier aus hatte sie einen guten Blick in das etwa zweihundert Meter tiefer liegende Dorf. Zwischen den niedrigen, dunklen Holzhäusern wurde es lebendig. Sie sah die hastenden Gestalten, entdeckte jedoch nichts, was auf den Grund für den Alarm hinwies.

Unwillkürlich glitten ihre Blicke nach oben. Genau gegenüber, scheinbar zum Greifen nahe, ragte das gewaltige, teilweise von Schnee bedeckte Quamendrin-Massiv auf. Die Nordwand mit dem riesigen Überhang, die von den Dorfbewohnern die »Burg der Dämonen« genannt wurde, bot ein absolut unüberwindliches Hindernis. Noch nie hatte ein Ckorvone die Spitze des Quamendrin erreicht. Der Überhang ragte in rund zweieinhalbtausend Metern Höhe etliche hundert Meter weit aus der Steilwand heraus. Darüber türmte sich eine ungeheure Geröllhalde bis fast zum Gipfel des zehntausend Meter hohen Bergriesen, der mit seinen zahlreichen Nebengipfeln ein Gebirge für sich bildete.

»Lawinenalarm«, sagte eine dunkle Stimme neben ihr. Jintha zuckte zusammen und sah sich um. Sie hatte Burjos nicht kommen hören. Der ehemalige Prospektor, der seit nunmehr zwei Jahren ihr persönlicher Beschützer war, hielt ein Fernglas in der Hand, kniff die Augen zusammen, legte den Kopf schräg, als lausche er angestrengt, und nickte. »Beim Quamendrin. Sehen Sie das dort?« Er deutete auf einen dunklen Punkt oberhalb des Dorfes. Jintha nahm das Fernglas, erblickte einen würfelförmigen Bau. Ein paar Dutzend Ckorvonen krabbelten wie kleine Insekten aus dem Schutz des breiten Daches und rannten in wilder Hast dem Dorf entgegen. Viele stürzten und rollten hilflos in die Schneewehen. »Das ist die Beobachtungshütte. Von dort aus wird der Quamendrin ständig überwacht.«

Jintha war wie erstarrt. Eine Lawine oder gar ein Felssturz am Quamendrin – der Himmel mochte wissen, was dabei alles geschehen konnte. Dieser unheimliche Berg war ihr seit jeher verhasst, aber ihr Vater überging das mit einer lässigen Handbewegung. Als er sie drängte, sich für einige Zeit in der Berghütte im Wororongtal zu erholen – eigentlich eine komfortable Villa am Südhang des achttausendfünfhundert Meter hohen Dogro –, hatte sie sich anfangs mit allen Kräften gesträubt. Teihendru war jedoch nicht nur der Diktator des Landes Frinalhan, er beherrschte auch seine Familie, deshalb musste sich Jintha seinen Wünschen fügen. Immerhin hatte er ihr Burjos mitgegeben, der sich besser als jeder andere in den Bergen auskannte.

»Ich habe Angst«, sagte sie leise.

Burjos lächelte leicht und legte ihr die rechte Hand auf die Schulter. »Ich weiß. Aber hier oben sind wir relativ sicher. Bis jetzt steht auch nicht fest, dass die Lawine überhaupt den Weg in unsere Richtung nimmt.«

Durch die offene Verandatür drang ein lautes Summen. Burjos lief hinein. Während Jintha immer noch den Berg anstarrte, hörte sie den Wächter drinnen sprechen. Kurz darauf kehrte ihr Beschützer zurück, hielt in der einen Hand Jinthas dicke Pelzjacke, in der anderen eine Schultertasche aus wasserdichtem Stoff. »Kommen Sie. Wir müssen weg.«

Jintha schüttelte verwirrt den Kopf und setzte zu einer Frage an, aber Burjos ließ ihr keine Zeit. Sie zog gehorsam die Jacke an, stellte fest, dass er außer seiner Dienstpistole ein langes Messer und einen Knüppel an seinen Gürtel gehängt hatte, und sah ihn fragend an. »Wollen Sie in den Krieg ziehen?«

Burjos zeigte ein beruhigendes Lächeln, drehte sich abrupt um und ging voraus. Jintha folgte ihm fast automatisch. In den letzten beiden Jahren hatte sie sich daran gewöhnt, Burjos beinahe blind zu vertrauen. Er hatte ihr mehrmals das Leben gerettet, als fanatische Gegner ihres Vaters ihre Wut an dessen Familie auszulassen versuchten. Im Laufe der Zeit hatte die junge Frau für den ehemaligen Prospektor Gefühle entwickelt, von denen Teihendru niemals etwas erfahren durfte. Der Diktator legte großen Wert darauf, dass sich seine Töchter »standesgemäß« verhielten. Sie rannten durch den Ziergarten hinter der Villa. Burjos half Jintha über die niedrige Begrenzungsmauer. Jintha berührte mit der Schuhspitze einen dünnen Draht und hörte das scharfe Klicken, aber sie war zu betäubt von den sich so plötzlich überstürzenden Ereignissen, als dass sie schnell genug reagieren konnte. Ein harter Schlag gegen ihre Schulter warf sie in den Schnee. Dicht über ihr krachte ein Schuss. Sie rappelte sich mühsam auf, wischte sich den Schnee aus dem Gesicht und sah sich nach Burjos um. Er presste die rechte Hand gegen den linken Unterarm.

»Warum haben Sie die Selbstschussanlage nicht ausgeschaltet?«, fragte Jintha fassungslos. »Ich verstehe nicht ...«

Ihr Beschützer verzog das Gesicht. »Ich erkläre es Ihnen später. Wir müssen weiter hinauf. Dort gibt es einen Pfad. Nun kommen Sie doch schon!«

»Sie sind verletzt. Lassen Sie mich wenigstens mal nachsehen. Sie könnten verbluten.«

Burjos, der bereits einige Schritte von ihr entfernt war, blieb seufzend stehen. »Passen Sie auf: Die Beobachtungsstation hat eine schwere Erschütterung im Bereich der Nordwand des Quamendrin angemessen. Bis jetzt steht noch nicht genau fest, was dieses Unglück ausgelöst hat, aber eines ist sicher: Das Woronongtal wird bald nicht mehr existieren. Es ist zu befürchten, dass auch der Südhang des Dogro in Mitleidenschaft gezogen wird. Die Berechnungen der Wissenschaftler ergeben, dass der Umfang des Felssturzes ausreichen wird, um das Tal an dieser Stelle bis in viele hundert Meter Höhe restlos auszufüllen. Wenn ich jetzt also Zeit verschwende, um diesen lächerlichen Durchschuss zu verbinden, werde ich nicht einmal mehr dazu kommen, den Verband zu wechseln. Wir gehen jetzt dort hinauf, und ich rate Ihnen, sich zu beeilen.«

Jintha schwieg. Wenn Burjos in dieser Weise mit ihr redete, war die Situation schon so gut wie hoffnungslos. Der zweite Wächter, ein unangenehmer, schmieriger Kerl, der in Gaddos' Diensten stand und Jintha eher bespitzelte als bewachte, hatte Lanja ins Tal begleitet. Die beiden wollten Vorräte einkaufen. *Lanja!* Sie hatte Jintha aufgezogen, die an der Sklavin mehr als an ihrer eigenen Mutter hing.

»Was ist los?«, fragte Burjos unwillig, als Jintha plötzlich stehen blieb.

»Sie ist im Dorf.«

Der Ckorvone begriff sofort, presste die Lippen aufeinander, dann packte er sie am Arm und zog sie weiter. »Wir können ihnen nicht helfen«, sagte er brutal. »Weder Lanja noch den vielen anderen. Es wäre sinnlos. Sie haben keine Chance mehr.«

»Vielleicht erwischen sie einen Wagen. Wenn sie schnell genug fahren, können sie es schaffen.«

»Mag sein.« Burjos wusste es besser, zog es aber vor, ihr wenigstens diese Hoffnung zu lassen. Burjos warf einen kurzen Blick zurück und sah an der Flanke des Quamendrin die ersten Vorboten der Katastrophe: Schnee und Staub wallten auf und verdeckten die Sicht auf die zerrissenen Felsen. Sie erreichten den Wald und tauchten in die Dämmerung zwischen den hohen, geraden Stämmen. Unter den Tarvobäumen lag der Schnee nicht so hoch, sie kamen schneller voran. In den verfilzten Zweigen raschelten und flatterten Tiere, schienen die Gefahr zu spüren. Burjos tastete nach der Waffe und behielt die Umgebung ständig im Auge. Aber sie erreichten unangefochten den schmalen Pfad, der sich in engen Windungen den Hang hinaufzog, um weiter oben über einen Pass in ein Nebental zu führen. Dort wusste Burjos eine militärische Station, in der sie Hilfe finden würden. Aber sie mussten erst einmal dorthin kommen, doch der Ckorvone zweifelte inzwischen daran, dass sie ihr Ziel rechtzeitig erreichen würden.

Kurze Zeit später ließen sie den Wald hinter sich. Das ferne Rauschen und Poltern hatte ständig zugenommen. Noch war es am Dogro ruhig. Burjos merkte, dass Jintha kaum noch Luft bekam, blieb stehen, schob den Ärmel seiner Jacke hoch und warf einen Blick auf die Wunde. Sie schmerzte zwar, blutete jedoch nicht mehr besonders stark und sah relativ ungefährlich aus. Jintha setzte sich auf den Boden und legte den Kopf auf die hochgezogenen Knie. Als das seltsame, hohle Brausen erklang, hob sie den Kopf. Ein schrilles Pfeifen mischte sich darunter. Es klang wie damals, als der Vulkan auf Mucarin ausgebrochen war. Aber der Quamendrin war kein Vulkan. Burjos stand erstarrt, sah die riesige Flammensäule, die oberhalb des weit entfernten Überhangs in den blauen Himmel schoss.

»Was ist das?«, flüsterte sie entsetzt.

»Ich weiß es nicht.« Er half ihr hoch, sie eilten weiter. Die Lichterscheinung ragte so weit in den Himmel, dass sie sie ständig über sich sahen. Burjos warf immer wieder Blicke auf diese seltsame Flamme, entdeckte dunkle Punkte und erkannte, dass Felsbrocken von der Größe eines Mietshauses in die Tiefe stürzen. Burjos kam zu der Überzeugung, dass sie auch in diesem Bereich des Dogro noch längst nicht in Sicherheit waren. Drüben schien jetzt fast der ganze Nordhang in Bewegung zu geraten, einzelne Brocken fielen aus der Flammensäule herab, schlugen wie Bomben in den Wald des Woronongtals. Er trieb Jintha erbarmungslos an. Irgendein Geheimnis umgab den Quamendrin. Vielleicht hatten die Bewohner dieser Gegend doch Recht, wenn sie den riesigen Berg für den Wohnsitz rachsüchtiger Dämonen hielten. Aber er hatte seine Aufgabe zu erfüllen. Burjos musste alles versuchen, um Jintha zu retten. Falls ihm das nicht gelang, er selbst aber am Leben blieb, war es besser, wenn er Frinalhan für alle Zeiten den Rücken kehrte. Er würde ein solches »Versagen« teuer bezahlen müssen. Jintha stapfte wie eine Maschine vorwärts.

Als Burjos sie auf die kleine Höhle hinwies, die er über einem Gebüsch jenseits des Pfades entdeckt hatte, hob sie nicht einmal den Kopf. Hoch über ihnen glühte der Himmel, immer zahlreicher regneten brennende Trümmerstücke bis auf den Dogro herab. Das Poltern und Rauschen und schrille Pfeifen übertönte alles. Starker Wind kam auf, der aufgewirbelten Schnee und den Gestank brennender Tarvobäume vorantrieb. Burjos führte Jintha den sanft geneigten Hang hinauf, schob sie durch die Büsche und half ihr über die rissigen Felsbrocken. Sein Arm schmerzte stärker, das Gewicht der Schultertasche schien zu wachsen.

»Dahinein«, keuchte er und zeigte auf die kleine, dunkle Höhle. Es war nicht viel mehr als eine Nische in den Felsen, Eiszapfen bedeckten die Rückwand. Darunter rieselten ein paar Wassertropfen herab, die sich am Boden zu einer mit dünnem Eis bedeckten Pfütze sammelten. Jintha wollte sich instinktiv in den hintersten Winkel verkriechen, aber Burjos hielt sie zurück. »Wenn das Gestein bricht, sind wir dort hinten verloren.«

Sie stand offensichtlich unter einer Schockeinwirkung, ihre Blicke gingen durch ihn hindurch. Sie hockten nebeneinander auf dem eiskalten Boden und starrten auf das Chaos, das sich ihren Augen bot. Unmengen von Schnee, Eis und lockeren Steinen aller Größenordnungen hatten sich aus der Flanke des Quamendrin gelöst. Burjos sah die Lawine, schätzte die Richtung, orientierte sich und verglich das umgebende Gelände mit den ihm bekannten Daten über den geheimnisvollen Berg. Die Lawine selbst bot für sie jetzt hoffentlich keine Gefahr mehr, es sei denn, der Hang des Dogro würde durch die Erschütterungen ebenfalls in Unruhe geraten. Die Massen von Schnee und Eis würden die kleine Höhle jedoch nicht erreichen. Einziger Unsicherheitsfaktor in dieser Rechnung war die Flammensäule. Burjos griff nach dem Fernglas und spähte zum Ort des unheimlichen Geschehens hinauf.

Aus dem unteren Teil des Überhangs brach nach wie vor der Feuerstrahl hervor und streifte das Geröll, das dadurch in Bewegung geriet. Noch während er hinsah, erlebte Burjos die Demaskierung des Überhangs. Scheinbar in Zeitlupe löste sich die mächtige Kruste, die bislang einen Gegenstand am Nordhang des Quamendrin verborgen hatte: Ein golden glänzendes Objekt kam zum Vorschein. Aus der Entfernung wirkte es im ersten Moment eher klein, aber als Burjos einen kurzen Größenvergleich anstellte, stockte ihm der Atem. Das Ding, aus dessen glänzender Hülle das Feuer der Vernichtung brach, musste gewaltige Ausmaße haben. Plötzlich schien der kahle Hang zu bersten. Die Verankerung des Überhangs, der das Objekt bis jetzt an seinem Platz gehalten hatte, brach und löste Monolithen von der Größe kleiner Berge aus der Wand. Der komplette Überhang zersplitterte, die bis fast zum Gipfel reichende Geröllhalde geriet in Bewegung, während das goldene Gebilde als gigantischer Ball in die Tiefe krachte. Bei jedem Aufprall nahm das Ausmaß der Zerstörungen zu, der überdimensionierten Kugel selbst jedoch geschah – nichts.

»Was ist das?« Jinthas Stimme klang schrill und spitz; sie zitterte am ganzen Körper. Die Kugel hatte jetzt ungefähr einen Höhenunterschied von zweitausend Metern überwunden. Noch ließ sich nicht sagen, wo sie am Ende aufschlagen würde. Der Feuerstrahl schlug weiterhin mit vernichtender Gewalt in die Hänge ein, traf ein paar Augenblicke später den Wald unterhalb der Höhle. Glühende Äste wirbelten am Eingang vorbei, ein Schauer von Steinen prasselte herab. Jintha wollte sich in das Chaos hinausstürzen, aber Burjos hielt sie fest. Sie war völlig hysterisch, trat nach ihm und kratzte. Er wusste, dass vernünftige Argumente jetzt nichts mehr nützten. Darum schlug er zu. Die Hitze wurde fast unerträglich, er zerrte Jinthas Körper tiefer in die Höhle, hockte sich neben sie und starrte hinaus. Geisterhaft fingerte der Feuerstrahl an Felswänden entlang, ein kleiner Berg loderte auf und verschwand in einer Fahne davonwehenden Staubes.

Die Kugel kam näher und näher. Als sie am Grund des Woronongtals aufschlug, schwankte der Boden der Höhle, von deren Decke sich Steine lösten. Ohrenbetäubendes Donnern und Krachen erfüllte die Luft. Für den Bruchteil eines Wimpernschlags sah Burjos das riesige Gebilde ganz deutlich: Es war glatt wie eine Murmel, durchmaß etwa tausend Meter und wies an verschiedenen Stellen Auswüchse auf, die durch den Absturz teilweise verbogen oder abgebrochen waren. Der Feuerstrahl war verschwunden. Längst wogte eine riesige Staubwolke, die rasch das gesamte Tal ausfüllte und die nachrutschenden Gesteinsmassen verdeckte. Aus der Gipfelregion des Quamendrin brachen immer noch Wandstücke ab, gefolgt von mit Geröll vermischten Schneemassen, die den Hang hinunterrasten, sowohl die Kugel als auch die letzten Überreste des Dorfes bedeckten und sich höher und höher auftürmten.

»Was Sie da berichten, klingt unglaublich.« Der Leiter der militärischen Bergstation, die Jintha und Burjos nach einer gefahrvollen Wanderung erreicht hatten, kannte Jinthas Identität, aber er konnte seine Skepsis nicht verbergen. Burjos hielt sich im Hintergrund, obwohl gerade er die wichtigsten Beobachtungen gemacht hatte. Sein ganz persönliches Problem beschäftigte ihn ausreichend.

»Stimmt«, gab Jintha bereitwillig zu. »Aber leider war es nicht nur eine Halluzination, die wir erlebten. Sie haben Kundschafter über den Pass geschickt und die Berichte erhalten. Sie wissen also Bescheid.«

Der Ckorvone nickte nachdenklich. Er saß Jintha an einem kleinen Tisch gegenüber und drehte verlegen einen Becher mit heißem Tee zwischen den Händen. Burjos konnte sich lebhaft vorstellen, wie diesem Mann zumute war; er selbst hatte sich an Jintha gewöhnt. Sie war manchmal launisch, hatte jedoch von ihrem Vater weder die Gier nach Macht noch den Hang zur Brutalität geerbt. Mit ihr ließ sich vernünftig reden. Aber woher sollte der Leiter der Bergstation das wissen?

Burjos stand neben der Tür und verfolgte das Gespräch der beiden mit halb geschlossenen Augen; auch seine lässige Haltung konnte nicht darüber hinwegtäuschen, dass er sprungbereit und wachsam war. Seine Verletzung war verbunden und ein schmerzstillendes Medikament verabreicht. Jetzt wachte er über Jintha und stellte dabei

Überlegungen an, die er selbst Jintha gegenüber nicht hätte äußern dürfen. Sie hatten über Funk ihre Beobachtungen übermittelt und warteten nun auf die Anweisungen des Diktators. Natürlich würde Teihendru darauf bestehen, dass die rätselhafte Gigantkugel freigelegt und genau untersucht wurde. Dagegen war im Prinzip nichts einzuwenden. Aber in dem Gebilde gab es offenbar Waffen, wie der Feuerstrahl bewiesen hatte. Gerieten sie in die Hände des machthungrigen Diktators, war Vaanrhan verloren. Das Gleichgewicht zwischen den beiden Staaten war äußerst labil, bisher war ein offener Krieg vermieden worden. Vaanrhan war waffentechnisch überlegen, schreckte jedoch vor einer Auseinandersetzung zurück. In der Heimat des angeblichen Prospektors hoffte man, sich eines Tages friedlich mit dem Diktator oder seinem Nachfolger einigen zu können. Aber Burjos, der vor etwas über zwei Jahren als einziger Agent seines Landes in die direkte Nähe Teihendrus hatte vordringen können, wusste genau, dass solche Hoffnungen verfehlt waren. Teihendru würde die erstbeste Gelegenheit nutzen; ihm ging es nicht um die Reichtümer Vaanrhans, sondern um mehr Macht. Und deshalb durfte Teihendru die Waffen nicht in die Hände bekommen, die die Kugel in sich barg. Burjos wusste nicht, wie er die Bergungsarbeiten sabotieren sollte, aber es stand fest, dass er es tun musste.

Etwas später betrat ein Bote das Zimmer und reichte Jintha einen versiegelten Umschlag. Die zierliche, rotblonde Frau las die Nachricht und reichte das Blatt kommentarlos an Burjos weiter. Er hatte Mühe, seinen Triumph zu verbergen.

»Nun?«, fragte Jintha ungeduldig. »Was sagen Sie dazu?«

»Es ist ein Befehl des Herrschers«, erwiderte Burjos scheinbar gleichmütig. »Es steht mir nicht zu, eine eigene Meinung zu äußern.«

»Ich hasse diesen Berg!«, rief Jintha leidenschaftlich. »Und ich werde mich weigern, diese Anweisung zu befolgen. Entweder nimmt mein Vater den Befehl zurück, dass ausgerechnet Sie in diesem gefährlichen Gebiet die Leitung der Arbeiten übernehmen, oder ich komme mit.«

»So sollten Sie nicht reden.« Burjos versuchte sie zu beruhigen. »Ihr Vater handelt absolut logisch. Ich habe gesehen, wo die Kugel aufschlug. Ihm ist bekannt, dass ich über die nötigen Kenntnisse verfüge, um diese Arbeit zu übernehmen. Sollte es ein Unglück geben und ich sterbe, bin ich selbst schuld, denn dann habe ich versagt. Für Versager gibt es keinen Platz in unserer Gesellschaft.«

Jintha sprang auf und rannte aus dem Zimmer. Als er sie draußen auf dem Gang aufgeregt diskutieren hörte, fing er einen mitleidigen Blick des Uniformierten auf und grinste verhalten. Jintha würde bei ihrem Vater seiner Meinung nach überhaupt nichts erreichen. Er hatte sich geirrt. In der Abenddämmerung kletterte er hinter ihr aus dem Wagen, der sie bis an den Rand der Unglücksstelle gebracht hatte. Burjos ließ sich seine Gefühle nicht anmerken, aber er hätte am liebsten laut geflucht. Nun musste er nicht nur die geheimnisvolle Kugel dem Zugriff des Diktators entziehen, sondern auch noch für Jinthas Sicherheit sorgen. Als er dann noch erfuhr, dass er erstens mit Gaddos eng zusammenarbeiten musste und zweitens ein Zimmer direkt neben der Tochter des Diktators bewohnen sollte, sank seine Stimmung auf den Nullpunkt. Ihm standen sehr schwere Tage bevor.

Von Gaddos wurde im Palast des Diktators behauptet, er sei der personifizierte Tod. Es gab wohl keinen einzigen Ckorvonen, der diesen Mann mochte. Gaddos war ungewöhnlich dürr, hatte eine riesige Hakennase und knallrote, abstehende Ohren. Sein hoher Schädel war blank wie polierter Bernstein, der Mund messerscharf und das Kinn spitz. Gaddos lächelte nie; es hieß, dass seine einzige Leidenschaft das Töten sei. Er war im Palast geboren worden, als Kind einer Sklavin, die als Konkubine von Teihendrus Vater gegolten hatte. Daran mochte etwas Wahres sein. Gaddos bekam jedenfalls eine Ausbildung, die für einen Sklaven ungewöhnlich war. Mit sechzehn Jahren avancierte er zum Leibwächter des Diktators und schlug sich auf die Seite Teihendrus, der damals, mit knapp zwanzig Jahren, nach erfolgreichem Umsturz an die Macht kam. Seitdem war Gaddos dafür verantwortlich, dass sein Herr nur von absolut zuverlässigen Leuten umgeben war. Gaddos war längst kein Sklave mehr, sein Einfluss ließ sich kaum ermessen. Eine Geste von ihm reichte, um selbst die höchsten Beamten Frinalhans zum Tode zu verurteilen.

Burjos wusste das alles und noch ein bisschen mehr. Manche Leute behaupteten, Gaddos könne selbst die geheimsten Gedanken anderer Ckorvonen erkennen. Der Hagere schürte solche Gerüchte, denn je ängstlicher man ihm gegenübertrat, desto eher verrieten sich etwaige Verschwörer. Natürlich konnte er keine Gedanken lesen – sonst wäre Burjos längst in einer der Folterkammern verschwunden.

»Es geht zu langsam voran«, knarrte Gaddos und wies auf die Raupenschlepper, die sich mühsam einen Weg durch das Lawinengebiet bahnten.

»Wir haben keine andere Wahl. Der Berg ist weiterhin unruhig. Jede Erschütterung kann ein neues Unglück auslösen.«

Der gewaltige Felssturz hatte einen beachtlichen Teil des von Nordwest nach Südost verlaufenden Woronongtals aufgefüllt. Über viele Kilometer stieg die Schutthalde aus Gesteinstrümmern, hochhausgroßen Brocken, Schnee und Eis auf mehr als tausend Meter Höhe an, formte eine zerklüftete Wölbung über der verschütteten Kugel, fiel weiter im Nordwesten wieder ab und reichte fast bis an den Ausläufer des Woron-Gletschers heran, während im Süden zum Quamendrin hin ein ausgeprägter Schütttrichter an der abgerutschten, kaum wieder zu erkennenden Bergflanke bis auf fast zweitausend Meter Höhe anstieg. Auch am Dogro reichten die Lawinenmassen bis in fast tausend Meter Höhe. Etwas unterhalb war innerhalb eines Tages auf einem Plateau an der nicht zerstörten Straße nach Teihara das provisorische Basislager errichtet worden – Dutzende großer Transporthubschrauber hatten Containerbaracken, Raupenfahrzeuge, sonstige Ausrüstung und Arbeiter abgesetzt. Auf einen weiteren Einsatz dieser lauten Maschinen direkt beim Lawinenfeld hatte dann jedoch wegen der grundsätzlichen Instabilität des ganzen Gebiets verzichtet werden müssen.

»Das ist gleichgültig. Sie kennen Ihre Befehle! Teihendru will, dass ohne Rücksicht auf das Leben der Arbeiter möglichst schnell ein Zugang zu dem verschütteten Objekt geschaffen wird. In Vaanrhan muss man die Erschütterung gemessen haben. Diese Leute sind nicht dumm. Sie werden ihre Spione losschicken und feststellen, dass wir ihnen bald besser gerüstet entgegentreten können. Was schließen Sie daraus?«

»Vaanrhan wird nicht warten, bis wir die neuen Waffen in der Hand halten. Unsere Feinde werden angreifen, solange sie sich noch überlegen fühlen.«

»Ich wusste, dass Sie nicht auf den Kopf gefallen sind. Richten Sie sich nun aber auch nach dieser Erkenntnis.«

»Das tue ich die ganze Zeit.« Gaddos starrte Burjos verblüfft an. Der Agent bemerkte mit Befriedigung, dass dieser eiskalte Bursche irritiert war. »Die Situation ist folgendermaßen: Je schneller wir die goldene Riesenkugel erreichen, desto größer sind unsere Aussichten, den bevorstehenden Angriff Vaanrhans abzuwehren, nicht wahr?«

Gaddos nickte. »Wenn ich die Arbeiten schneller vorantreibe, entsteht die Gefahr, dass die Leute übereilt handeln. Wird dabei eine neue Lawine ausgelöst, wird sie nicht nur die Arbeiter unter sich begraben. Wir verlieren eine Menge Fahrzeuge, außerdem wird die Schicht über der Kugel noch dicker. Das heißt, wir müssen von vorn beginnen. Sind Sie immer noch der Meinung, es ginge zu langsam voran?«

»Sie vergessen eins«, schnarrte Gaddos ärgerlich. »Sollte einer der Arbeiter versagen, werde ich persönlich dafür sorgen, dass er seine Unvorsichtigkeit bitter bereut.«

»Einen toten Mann können Sie nicht bestrafen.«

Gaddos setzte zum Sprechen an, entschied sich aber anders. Eine Weile starrten sich die ungleichen Männer an, dann wandte sich Gaddos ab. Burjos sah ihm nach, bis die hagere Gestalt in einer Baracke des Basislagers verschwand. Er wusste, dass Gaddos ihn nicht riechen konnte, verzog das Gesicht und stapfte zu einem der Fahrzeuge hinüber. Sein Aufenthalt in Frinalhan würde ohnehin bald zu Ende gehen, er war schon viel zu lange in diesem Land. Er schwang sich auf den Fahrersitz des kleinen Raupenfahrzeugs, der Motor brummte auf. Burjos lenkte es den Hang des Dogro hinauf und stoppte erst im Einzugsbereich des Lawinenfeldes die rasante Fahrt. Vorsichtig passierte er ein Schneefeld, bis er eine Gruppe von Männern erreichte. Einer bemerkte ihn und winkte aufgeregt. Burjos ließ die Raupe stehen und ging zu Fuß weiter. »Wie weit seid ihr?«

Der Anführer des Vermessungstrupps grinste schief. »Leider noch nicht fertig. Ich wäre froh, käme ich hier weg.«

Burjos nickte gleichmütig, nahm dem Mann ein Blatt Papier aus der Hand und überflog die Zahlenkolonnen.

»Wir werden den Quamendrin umtaufen müssen«, bemerkte ein noch sehr junger Ckorvone, der frierend neben dem Theodolit stand. »An diesem Berg stimmt einfach nichts mehr.«

Er wurde von einem Hustenanfall geschüttelt. Burjos sah auf. »Sie kommen mit mir nach unten. Ich schicke einen Ersatzmann rauf.«

Der Junge wollte protestieren, aber Burjos ließ ihn nicht zu Wort kommen. »Auch ein Hustenanfall kann ausreichen, eine Lawine auszulösen. Tirkan, wenn Ihre Leute weiter nach oben kommen, darf kein lautes Wort mehr gesprochen werden. Zeigen Sie mal Ihre Schuhe.«

Der Anführer der Gruppe gehorchte erstaunt. Burjos schnaufte verächtlich. »Ich werde mir die Leute in der Verwaltung vornehmen. Diese Idioten! Sie jedenfalls gehen sofort. Ich komme rasch zurück und bringe Ihnen den Ersatzmann und anderes Schuhwerk. Noch jemand, der erkältet ist?«

Ein anderer Ckorvone meldete sich zögernd. Burjos nickte ihm zu und deutete auf die Raupe. Sie gingen vorsichtig zum Fahrzeug. »Das nächste Lager wird sich direkt im Gefahrengebiet befinden«, wandte sich Burjos an Tirkan. »Ich bin beileibe nicht übervorsichtig, aber wenn es eine weitere Lawine gibt, werde ich dafür verantwortlich gemacht. So, und jetzt möchte ich alle Messunterlagen, die Sie bis jetzt fertig bekommen haben.«

Er lieferte die beiden Männer im Basislager ab und befahl, sie zu einem Arzt zu bringen. Anschließend marschierte er in jene Baracke, in der die Kleidung für die Arbeiter ausgegeben wurde. Der Mann, der diese Aufgabe übernommen hatte, sah ziemlich blass aus, als Burjos endlich schwieg, huschte davon und kehrte kurz darauf mit einem großen Karton zurück. Burjos hob die leichten, aus warmen Fellen und einem Isoliermaterial gearbeiteten Stiefel heraus und nickte zufrieden. Die kaum versteiften Sohlen waren sorgfältig präpariert. Mit ihnen rutschte man selbst auf glatten Eisflächen nicht aus. Er brachte die Unterlagen in sein Büro und sorgte dafür, dass die Werte während seiner Abwesenheit umgerechnet und auf die Karte übertragen wurden. Als er zurückkehrte, dämmerte es bereits. Er trank eine Tasse heißen Tee, während ihm eine junge Frau einen trockenen Mantel holte; sein eigener Überwurf war völlig durchnässt.

»Sie sollten sich ein wenig ausruhen«, sagte eine Frauenstimme hinter ihm.

Er drehte sich um und lächelte Jintha erschöpft an. »Dazu habe ich später Zeit«, murmelte er, zog den Mantel an und stieß die Tür auf. Er hörte das leise Brummen der Räumungsfahrzeuge, die sich vorsichtig über das Lawinenfeld vorantasteten. Er beneidete die Fahrer nicht gerade um diesen Job. Das Gelände war eine einzige Falle. Zwischen den riesigen Felsbrocken und den Feldern aus fest zusammengepresstem Schnee gab es Spalten, die mit lockerem Material ausgefüllt waren. Wie gefährlich diese Stellen waren, bewies die Tatsache, dass sie allein an diesem ersten Nachmittag schon sechs Fahrzeuge verloren hatten. Zum Glück gab es bisher nur einen Toten zu beklagen. Burjos stieß die Tür einer anderen Containerbaracke auf. »Wie geht es voran?«

»Bis jetzt gut«, antwortete der Meteorologe, der drinnen Dienst tat. »Es wird kälter, der Luftdruck bleibt konstant. Nur eine Meldung aus Teihara macht mir Sorgen. Die Kollegen in der Stadt haben ein Sturmtief angemessen. Bis jetzt steht noch nicht fest, ob es sich in unsere Richtung verlagert.«

»Geben Sie mir sofort Bescheid, wenn sich etwas verändert. Ich bin über Funk immer zu erreichen.«

»Gaddos war vorhin hier«, sagte der Mann in der Baracke tonlos, als der Agent gerade gehen wollte. »Er verlangt, dass ich ihm zuerst Meldung erstatte.«

»Gaddos ist für politische Dinge zuständig. Wenn er die technische Leitung übernehmen will, soll er es sagen. Sie unterstehen mir – ist das klar?«

Der Meteorologe nickte unglücklich. Burjos kletterte verärgert auf die Raupe. Gaddos machte ihm Sorgen. Einerseits hatte der Agent nichts dagegen einzuwenden, wenn eine neue Lawine ausgelöst wurde, denn nichts anderes hatte er selbst vor. Aber er wollte dafür sorgen, dass dabei keine Leben riskiert wurden. Der Plan, der allmählich in ihm gereift war, wurde durch die Meldung des Meteorologen unterstützt. Eine Alarmsituation, in der alle Arbeiter abgezogen wurden – genau das wünschte Burjos sich, dann konnte er zuschlagen. Er fuhr langsam über die holperige Piste, die sich über das Lawinenfeld zog. Endlich kamen die Fahrzeuge in Sicht. Er sprach kurz mit den Leuten, überzeugte sich davon, dass seine Vorschriften genau befolgt wurden, und kehrte dann ins Lager zurück. Im Büro saß Gaddos; der Hagere beugte sich über die Karte und versuchte, aus den Zeichen schlau zu werden.

»Was soll das dort bedeuten?«, wandte er sich an Burjos.

Der Agent tat, als hätte er nichts gehört, zog seine Stiefel aus und ließ sich einen Becher Tee geben. Erst dann setzte er sich an den Tisch und zog die Karte zu sich. »Wir werden noch länger brauchen als zuerst geplant.«

»Warum?«

»Erklären Sie es ihm, Javo. Ich bin zu müde.«

»Wir haben vom Dogro aus die Veränderungen am Quamendrin-Massiv vermessen lassen«, sagte der Geologe unsicher. »Wie Sie wissen, ist eine Menge Gestein niedergegangen. Leider bedeckt der größte Teil die Kugel. Das Ding ist von Felsen regelrecht eingekeilt. Wir können also nicht, wie ursprünglich vorgesehen, einen relativ sanft geneigten Schacht graben, sondern müssen fast senkrecht nach unten bohren. Das bedeutet, dass wir über dem Schacht ein Gestänge aufbauen müssen, an dem wir einen Förderkorb nach unten lassen.«

»Das ist noch nicht alles«, unterbrach Burjos den Wissenschaftler gähnend. »Erstens wird es nicht einfach sein, diesen Schacht zu graben. Zweitens müssen wir ihn absichern, damit er nicht gleich wieder in sich zusammenfällt. Drittens taucht die Frage auf, wie wir das eben erwähnte Gestänge verankern sollen.«

»Ich glaube eher, Sie selbst erfinden jede Menge Schwierigkeiten, um die Arbeiten zu verzögern«, sagte Gaddos mit gefährlich leiser Stimme.

»Fragen Sie die anderen Experten«, empfahl Burjos gelassen und stand auf. »Ich gehe jetzt schlafen.«

»Ich werde Teihendru über alles unterrichten, was hier geschieht.«

Burjos zuckte die Achseln und ging. Im Flur begegnete er Jintha; sie war sehr aufgeregt. »Ich muss mit Ihnen sprechen. Kommen Sie schnell, Gaddos darf uns nicht zusammen sehen.«

Der Agent führte sie in sein Zimmer und bot ihr den einzigen Stuhl an, setzte sich selbst auf ein Feldbett. Er war entsetzlich müde und wünschte sich nichts weiter, als endlich schlafen zu dürfen. Die Wunde am linken Arm schmerzte immer noch. Ungeduldig wartete er darauf, dass Jintha zu sprechen begann, aber sie ließ sich Zeit, lauschte an der Tür. Draußen ging jemand vorbei. »Das war Gaddos. Burjos, dieser Kerl behauptet, Sie seien ein feindlicher Spion. Er hat den ganzen Tag über mit allen möglichen Leuten gesprochen und vorhin mit meinem Vater geredet. Ich habe einen Teil dieses Gesprächs mitbekommen. Gaddos meint, Sie seien nur darauf aus, die Arbeiten zu verzögern, hätten sich durch irgendetwas verraten. Mein Vater lässt alle Unterlagen über Sie nachprüfen. Sie sind in Gefahr!«

»Das alles ist mir bekannt. Aber machen Sie sich keine Sorgen. Meine Vergangenheit ist so sauber wie frisch gefallener Schnee. Er wird nichts finden.«

»Wenn er nichts findet, denkt er sich einfach etwas aus. Er hasst Sie, wird Sie vernichten. Ich habe einen Helikopter bereitstellen lassen. Der Pilot wird alles tun, was Sie sagen. Fliehen Sie, ehe es zu spät ist.«

Der Mann aus Vaanrhan schüttelte langsam den Kopf. »Nein, Jintha. Vor Leuten wie Gaddos laufe ich nicht davon. Außerdem hätte das schlimme Folgen für Sie.«

»Mir wird er kein Haar krümmen. Ich bin Teihendrus Tochter. Nehmen Sie mein Angebot an?«

»Ich werde darüber nachdenken. Aber wenn ich fliehe ...«

»Ja?«

»Nichts«, murmelte Burjos. Als Jintha fort war, grübelte er, wie er sie dazu bewegen sollte, ihn notfalls zu begleiten. Denn er wusste besser als die Tochter des Diktators, dass Gaddos auch ihr überlegen war. Er legte das Funkgerät neben sein Kopfkissen und ließ den Empfangsteil eingeschaltet. Vielleicht bot sich noch in dieser Nacht eine Möglichkeit, seine selbstgestellte Aufgabe zu lösen. Dann konnte er Jinthas Hubschrauber gut gebrauchen.

4.

Atlan: *Die maßgebliche Wahrnehmung ist das feurige Wirbeln. Ich fühle keinen Körper mehr, bin mir aber plötzlich wieder meiner bewusst. Abermals glaube ich den Kristall zu sehen – grob wie eine Kugel geformt, wird er zum bestimmenden Bild. Plötzlich weiß ich auch, an was er mich erinnert:* an einen Omirgos!

In der Dagorphilosophie wird mit »Omirgos« ein aus dem Zhy Bewussten Seins materialisierter Kristall mit 1024 Facetten *umschrieben. Fartuloon hat solche Gebilde auf diversen Welten des Tai Ark'Tussan stationiert, die unter anderem einen transmitterähnlichen Transport gestatten. Auf unserer Exilwelt Gortavor hat der von einem Sockel aufragende Riesenkristall beispielsweise etwa acht Meter Durchmesser erreicht, ein von innen heraus golden glühendes und rhythmisch pulsierendes Objekt, dessen Oberfläche, als wir damals in das goldene Glühen traten, keineswegs fest gewesen war, sondern wie das entstofflichende Strukturfeld eines Materietransmitters gewirkt hat. Aus den eher vagen Andeutungen meines Lehrmeisters weiß ich, dass mit den Omirgos noch viele andere Wirkungen und Möglichkeiten verbunden sind. Durchaus möglich also, dass auch die Varganen sie kennen und nutzen.*

Unvermittelt erscheinen Bilder in dem Omirgos-Kristall, reihen sich zu bewegten Szenen aneinander. Eine goldene Wölbung ist zu sehen – die Gefühlsbasis? *Nebelschwaden mischen sich mit feurigem Wirbeln und Strudeln. Zwischen den Wolken und zerfetzten Fasern bewegen sich schattenhafte Gestalten, festigen ihre Konturen, bleiben jedoch kaleidoskopartig stets nur wenige Augenblicke stabil: Ich sehe große Aggregate, wuchtige Gestalten von Maahks, aufzuckende Lichtbögen, gefolgt von sich ausdehnenden Explosionsbällen. Ich glaube, meine eigene Stimme zu hören, eine Erinnerung:* Sorgen Sie dafür, dass in regelmäßigen Abständen Versuche mit dem Molekularverdichter unternommen werden, vergleichbar jenen vom zweiundzwanzigsten Prago der Coroma. Dann ist ein Rücktausch möglich.

Seit meinem Eindringen in den Mikrokosmos habe ich nie etwas von diesen Versuchen bemerkt, mein Plan, auf diesem Weg eine Rückkehr ins Standarduniversum sicherzustellen, ist nicht aufgegangen. Einzige, wenngleich unter besonderen »Randbedingungen« ablaufende Ausnahme war das Auftauchen Crysalgiras – dessen Bilder ich nun ebenfalls wieder sehe, sofern es sich nicht um eine Reproduktion meines fotografischen Gedächtnisses handelt, die mit meinen übrigen Wahrnehmungen überlappt: Ich zwinkerte verunsichert, weil ich kurzfristig glaubte, in der gleißenden Helligkeit einen oktaedischen Körper materialisieren zu sehen, der jedoch nicht mehr als ein Schattenriss war und augenblicklich wieder verschwand, als die Lichtflut bis auf ein zartes Schimmern und Leuchten abebbte …

… und die gesamte Umgebung veränderte. Unvermittelt war bleigraues Wogen und Wabern zu sehen, zwischen dem die düsteren Schemen hochwachsender Pflanzen aufragten. Ihre dürren Äste waren gespreizt, viele hatten ihre Fruchtlast verloren, andere die Blätter. Ein orgelndes Geräusch war zu hören. Es schwoll an, ebbte aber ebenso rasch wieder ab. Fast wirkte es, als würde ein Riese eine mächtige Harfe schlagen. Weiterer Nebel waberte heran, kalt, nass, grau und undurchdringlich. Die Feuchtigkeit legte sich schwer auf meine Lungen. Der plötzlich sandig gewordene Boden knirschte unter meinen Füßen, weitere breitflächige Blätter zerfielen knisternd. Abermals orgelte ein anschwellender Ton durch die Nebelwand. Die Schwaden kamen in Bewegung und wurden zu blassgrauen Schlieren, aus denen flatternde Goldfäden entsprangen, die sich mehr und mehr verknoteten, zu einem Knäuel heranwucherten, weiter wuchsen und eine ovale Goldblase formten.

Die Eindrücke werden wieder von umherhastenden Maahks zwischen Explosionsbällen ersetzt. Ausläufer des Glutwirbels spalten Einzelszenen, im Hintergrund pulsiert der goldene Omirgos, wird durchscheinend, verschwindet, erscheint wieder, macht gänzlich anderen Szenen Platz. Ich glaube eine blauweiße Sonne zu sehen, dann folgt aus großer Höhe der Blick in einen Talkessel zwischen zerklüfteten Gipfeln. Mittelpunkt ist ein Varganenoktaeder, im Hintergrund ragt ein grauer Terrassenbau auf, von dem ein starker Sog auszugehen scheint. Ich werde mitgezerrt, kann mich nicht wehren. Abrupter Blickwechsel: der Omirgos. Wieder der an eine Steilwand gelehnte Terrassenbau, dessen Wände ich körperlos durchdringe. Eine riesige Halle. Der Omirgos, nun rhythmisch pulsierend, verstärkt den Sog. Riesige Kavernen mit mächtigen Aggregaten. Der Omirgos. Eine Wolke aus Millionen Lichtpunkten, elliptisch, wie der Blick auf eine ferne Galaxie. Der Omirgos. Hastende Maahks. Weitere Explosionen. Nebelschwaden, Kälte, eisige Kälte. Eiskristalle und Schneeflocken. Der Omirgos. Wieder die Halle. Der Feuerwirbel, saugend, zerrend, mich mitreißend. Vorbeirasende Berggipfel, gratige Felsen, schnelle Wechsel von Licht und Schatten. Gestalten in vermummenden Kapuzenmänteln, verzerrte Stimmen – varganische Sprache. Ein bläuliches Flimmern, abgelöst von goldenem Leuchten.

Plötzlich ziehende Schmerzen. Das Kribbeln und Brennen scheint gar kein Ende nehmen zu wollen. Lichtwirbel hüllen mich ein, versetzen mich in kreatürliche Furcht. Und zugleich lähmen sie mich, während das Gefühl von eisiger Kälte jenes ablöst, körperlos durch Zeit und Raum geschleudert zu werden. Plötzlich kann ich endlich meine Muskeln anspannen, will mich instinktiv fortschnellen …

… und im nächsten Augenblick stürzte ich hart auf den Boden der Wirklichkeit zurück, einen Boden, der aus nacktem Felsgestein bestand. Meine Reflexe waren tatsächlich völlig in Unordnung geraten, denn ich führte den Sprung aus – und landete in einem Gebüsch, dessen Dornen über die Helmscheibe kratzten, ehe sie sich mit einer fingerdicken Eiskruste überzogen. Nebel waberte, Schneeflocken tanzten, Eis knirschte unter dem Anzug, schmolz mit atemberaubender Geschwindigkeit und vermischte sich mit dem Dampf, der mich für Augenblicke komplett einhüllte. Der Griff zum Gürtel fuhr ins Leere – die Strahlwaffe hatte ich auf dem namenlosen Mond verloren. Rasch wälzte ich mich ins Freie und sah mich um.

Eins stand fest: Ich befand mich nicht mehr auf dem Mond oder in der Röhre der *Gefühlsbasis*, sondern auf einem Planeten mit Standardschwerkraft. In der näheren Umgebung sah ich felsigen Boden, der von flachen Mulden unterbrochen war, in denen Dornensträucher wuchsen. In größerer Entfernung ragten grüne Hügel auf; der

Horizont zu meiner Rechten zeigte eine dunkle, fast schwarze Bergkette. Das alles war so verwirrend, dass ich eine Zeit lang völlig ratlos dastand, während im Umkreis von mehreren Metern die mit meiner Materialisation entstandenen Spuren von Eis und Schnee endgültig verschwanden. Allmählich kehrte die Fähigkeit zu klarer Überlegung zurück. Mein Logiksektor lieferte dazu den auslösenden Impuls. *Du wurdest transmitter- oder transitionsähnlich zu diesem Planeten befördert.*

Mit einem Omirgos der Gefühlsbasis – *und das offenbar parallel zu einem Versuch der Maahks mit dem Potenzialverdichter*, verbesserte ich unwillkürlich und versuchte die Szenen und Visionen meiner »Reise« zu analysieren. Die Umgebung lieferte mir keinen Anhaltspunkt, auf welchem Planeten ich angekommen war. Ich wusste nicht einmal, ob diese Welt zum Mikrokosmos oder zum Standarduniversum gehörte. Verzweiflung packte mich. *Wo ist Crysalgira? Was genau ist geschehen? Die plötzliche Vereisung ringsum – genau wie beim Erscheinen der Erinnyen auf Sogantvort, als sie Chapat entführten. Heißt das gar …?*

Mehrere Faktoren scheinen zusammengekommen zu sein, wisperte der Extrasinn kühl. *Der transmitterähnliche Transport der* Gefühlsbasis, *ein Versuch der Maahks mit dem Potenzialverdichter sowie als dritte Komponente ein weiterer Einfluss, vermutlich verbunden mit den von dir wahrgenommenen Eindrücken des Gebirgstals. Es besteht somit durchaus eine gewisse Wahrscheinlichkeit, dass du dich wieder im Standarduniversum befindest!*

Es widersprach meiner Natur, mich auf andere zu verlassen – ich musste selbst etwas unternehmen. Aber was? Die einzige Möglichkeit, die ich sah, war, dass ich irgendwo auf diesem Planeten intelligente Lebewesen fand. Vielleicht verfügten sie sogar über Raumfahrt, so dass sie mir verraten konnten, wie dieser Planet hieß und wo er sich befand – falls sie mich nicht vorher umbrachten. Entschlossen marschierte ich auf die grünen Hügel zu, nachdem ich den Helm gelöst hatte, da die Luftanalyse jenem Wert entsprach, der vom Armbandgerät auch im Inneren der Tejonther-Station angezeigt worden war.

Ich hatte den ersten Hügel erreicht, als ein scharfer Pfiff ertönte. Im nächsten Augenblick galoppierten hinter den Flanken des Hügels Scharen von Berittenen hervor. Sie kamen genau auf mich zu; die geschwungenen Lanzen und Schwerter ließen nichts Gutes ahnen. Dennoch blieb ich ruhig stehen, mit deutlich erkennbar abgespreizten Händen. Ohne Waffen war Passivität meine beste Verteidigung. Die beiden Reitergruppen bogen wenige Meter vor mir nach links und rechts ab. Lanzen flogen auf mich zu, bohrten sich dicht vor meinen Füßen in den weichen Boden. Die Berittenen stürmten in kurzem Galopp in gegenläufigen Gruppen um mich, schrien und schwangen ihre Schwerter. Die Tiere waren Vierbeiner mit zotteligen Fellen und schmalen Köpfen. Ab und zu bohrte sich eine weitere Lanze neben den anderen in den Boden.

Ich blieb äußerlich völlig gelassen. Innerlich versuchte ich mich mit der Feststellung zu beruhigen, dass die Berittenen ihre Lanzen nicht auf mich geschleudert hatten und mich demnach nicht töten wollten. Aber ich wusste genau, dass es Schlimmeres als den Tod gab. Endlich zügelten die Männer, die kleiner als Arkoniden waren und katzenartige grüne Augen in ihren gelbhäutigen breiten Gesichtern hatten, ihre Tiere. Einer, wahrscheinlich der Anführer, ritt dichter heran und sagte etwas in einer mir fremden Sprache. Er trug als einziger Reiter einen Helm aus blausilbernem Metall. Die anderen Reiter trugen graue, spitz zulaufende Ledermützen. Obwohl keine Aussicht bestand, dass die Reiter meine Worte verstanden, sagte ich zuerst in Satron und dann auf Varganisch: »Ich bin Atlan, ein Arkonide aus dem Großen Imperium – ich komme in Frieden.«

Die Reiter redeten wild durcheinander. Ein scharfer Befehl ihres Anführers ließ sie wieder verstummen, dann deutete er auf mich, beschrieb anschließend mit der Schwerthand einen weiten Bogen und deutete zuletzt mit der geballten Hand auf den Boden. Es war eine mir unverständliche Zeichensprache.

Vielleicht will er damit ausdrücken, dass auf seiner Welt Fremde überall den Boden zu küssen oder die Knie zu beugen haben, teilte mir der Logiksektor mit.

Unsinn, dachte ich – und wurde sofort eines Besseren belehrt. Das stumpfe Ende einer Lanze traf mich so wuchtig im Rücken, dass mir die Luft wegblieb und ich auf die Knie sank. Bevor der Schock abklingen konnte, wurde ich brutal an den Armen hochgerissen und vor den Sattel eines Berittenen geworfen. An den anschließenden Bewegungen merkte ich, dass »mein« Reittier angaloppiert war. Diesmal war es mein Magen, der gepeinigt wurde. In kurzen Abständen schlug der harte Widerrist des Tieres in meine Magengegend, während ich nicht dazu kam, mich einigermaßen von dem Schlag in den Rücken zu erholen.

Nach kurzem Ritt zügelten die Reiter ihre Tiere. Bevor ich den Kopf anheben konnte, wurde ich von dem Reittier gerissen und auf die Füße gestellt. Ich war benommen, hielt mich aber unter Anspannung meiner ganzen Willenskraft auf den Füßen. Wir befanden uns in einem Lager, das aus rund dreißig Zelten bestand. Mehrere Feuer brannten. Auf Spieße gestecktes Wild röstete über der Glut und den Flammen. Da weder Frauen noch Kinder zu sehen waren, schien es sich um ein Jägerlager zu handeln. Der Anführer der Reiter kam zu mir, ergriff meinen linken Arm und führte mich zu einem der Lagerfeuer. Ein anderer Mann folgte uns. Er trug ein langstieliges Brenneisen, das er in die Glut stieß. Ich ahnte, was das zu bedeuten hatte. Die Jäger wollten mir das Zeichen ihres Stammes einbrennen und damit anzeigen, dass ich ihr Eigentum, ihr Sklave, war. Das war zu viel. Ich, der Kristallprinz des Tai Ark'Tussan, sollte für immer mit dem Brandmal eines Sklaven herumlaufen? Lieber wollte ich sterben. Vorsichtig versuchte ich durchzuatmen, es gelang. Ich spürte zwar einen stechenden Schmerz, aber das ließ sich ertragen. Unvermittelt riss ich mich los, stieß dem Anführer meinen Ellbogen in den Magen, nahm ihm das Schwert ab und rannte los. Mein Ziel war eins der Reittiere, das noch nicht angepflockt war. Hinter mir erhob sich Geschrei. Von links und rechts rannten Männer auf mich zu. Eine Lanze streifte meine linke Schulter, konnte aber das zähe Material des Raumanzugs nicht aufschlitzen.

Als ich noch drei Schritte von dem Tier entfernt war, schnellte ich mich vorwärts, landete flach auf dem Rücken und war froh, dass man den Sattel inzwischen abgenommen hatte. Das Tier erschrak und ging mit allen vier Beinen in die Luft. Ich hielt mich an der Mähne fest, stieß ihm die Hacken in die Flanken und bemühte mich, das erbeutete Schwert nicht zu verlieren. Das Tier ging durch, sprang über eine Feuerstelle und raste in gestrecktem Galopp geradewegs auf eine Gruppe von fünf Männern zu. Vier ergriffen die Flucht, der fünfte aber versuchte, mir seine Lanze in den Leib zu stoßen. Ich hob das Schwert, beugte mich so weit wie möglich nach rechts und ließ die Klinge niedersausen. Dann war der Weg frei.

Ich verhielt mich passiv, bis ich merkte, dass mein Reittier langsamer wurde. Erst dann ergriff ich die fremdartigen Zügel und probierte so lange herum, bis ich das Tier unter Kontrolle gebracht hatte.

Danach drehte ich mich um. Wie erwartet hatte eine große Schar Berittener die Verfolgung aufgenommen. Die Spitze war noch dreihundert Meter entfernt, holte jedoch auf. Allerdings würden auch ihre Reittiere bald ermüden. Deshalb verzichtete ich vorerst darauf, mein Tier stärker anzutreiben. Als die Verfolger bis auf etwa hundertfünfzig Meter aufgeholt hatten, schwenkten ungefähr zwanzig von ihnen nach rechts ab. Ich schaute nach rechts und sah, dass sich dort das Gebirge befand, das ich gleich nach meiner Ankunft auf dieser Welt gesehen hatte – und das mit jenem identisch zu sein schien, das ich zuvor in den Visionen gesehen hatte. Die Verfolger mussten einen stichhaltigen Grund haben, mir den Weg zum Gebirge abzuschneiden. *Gibt es also auch den Stützpunkt und den Varganenraumer aus meiner Vision?* Den Weg nach links versuchten sie mir jedenfalls nicht zu verlegen. Offenbar wollten sie mich in diese Richtung treiben. Ich lächelte grimmig. *So leicht bekommen sie mich nicht dorthin, wo sie mich haben wollen.*

Ich lenkte mein Reittier um zwanzig Grad nach rechts. Zurufe ertönten, die nach rechts abgeschwenkten Reiter beugten sich tiefer über die Hälse ihrer Tiere und trieben sie unbarmherzig an. Der Ausgang des Rennens würde zweifellos über Leben und Tod entscheiden. Deshalb trieb auch ich mein Reittier mit Hilfe aller Tricks an, die Fartuloon mir beigebracht hatte. Schließlich fielen die Verfolger bis auf zwei zurück, aber diese beiden würden mich erreichen. Griffen sie mich gleichzeitig an, war der Ausgang des Kampfes ungewiss. Ich musste sie also irgendwie trennen. Etwa zwanzig Meter vor dem Punkt, an dem wir zusammenprallen würden, zügelte ich mein Tier, lenkte es nach rechts und trieb es wieder an. Es sah so aus, als ritte ich in die Richtung zurück, in der das Lager war. Das musste den beiden Verfolgern unglaubhaft erscheinen – und genau das war meine Absicht. Wie ich erwartet hatte, trennten sie sich. Der eine Reiter folgte mir direkt auf meiner Spur, während der zweite sich so hielt, dass er mich bei einem Ausbruchsversuch in Richtung Gebirge abfangen konnte. Da das Gros der Verfolger höchstens fünfhundert Meter entfernt war, musste ich die Sache schnell zu einem Ende bringen.

Ich wartete, bis die beiden Reiter rund fünfzig Meter voneinander entfernt waren, dann riss ich mein Reittier abermals herum und griff den Verfolger an, der mir am nächsten war. Er reagierte nicht schnell genug und fiel nach kurzem Kampf. Anschließend musste ich mich sofort dem zweiten Reiter zuwenden, der in vollem Galopp auf mich lospreschte. Es war der Anführer, wie ich an seinem Helm erkannte. Nach kurzem, aber heftigem Schlagabtausch, bei dem wir uns umeinander drehten, trennten wir uns wieder, wendeten und preschten erneut aufeinander zu. Ich hatte bemerkt, dass mein Gegner bemüht gewesen war, von hinten an meine linke Seite zu reiten, um mich, da ich mein Schwert in der rechten Hand hielt und deshalb seiner Meinung nach Rechtshänder sein musste, ohne großes eigenes Risiko auszuschalten. Zwar war ich tatsächlich Rechtshänder, aber Fartuloon hatte mir beigebracht, auch mit der linken Hand alle Waffen zu führen, die für einhändigen Gebrauch bestimmt waren. Deshalb ließ ich mich beim zweiten Zusammenprall absichtlich in die von meinem Gegner gewünschte Stellung bringen. Doch bevor er die günstige Gelegenheit nutzen konnte, hatte ich mein Schwert von der rechten in die linke Hand gewechselt und einen tödlichen Schlag gegen seinen Hals geführt. Lautes Wutgebrüll erscholl, als die übrigen Verfolger sahen, wie ihr Anführer fiel. Sofort trieb ich mein Tier zum Gebirge weiter.

Es war Abend, als ich nach zwei Tontas das Gebirge erreichte, mein Reittier anhielt und zurückschaute. Von den Verfolgern war weit und breit nichts mehr zu sehen. Mein Blick wanderte zum Gebirge, dessen Gipfel im Schein der tiefstehenden großen blauweißen Sonne wie flüssiges Silber leuchteten: *Warum haben die Jäger verhindern wollen, dass ich dorthin fliehe? Haust dort vielleicht ein Stamm, mit dem sie verfeindet sind? Haben sie gefürchtet, ich könnte ihren Feinden etwas über sie berichten, was ihnen geschadet hätte? Oder wollten sie verhindern, dass ich ihre »Götter« störe? Die Wahrscheinlichkeit steigt, dass meine Visionen reale Wahrnehmungsschnipsel waren.* Ich beschloss, auf jeden Fall äußerst vorsichtig zu sein. Es war sicher besser, das Nachtlager nicht im unübersichtlichen Bergland aufzuschlagen, sondern hier, wo ich einen besseren Überblick hatte. Ich stieg ab und schlang meinem Reittier die Zügel so um die Vorderbeine, dass es sich nicht allzu weit entfernen konnte. Es fing sofort an zu grasen. Ich selbst hatte ebenfalls keine Nahrungsprobleme, denn der Raumanzug barg noch Konzentrat- und Flüssigkeitsvorräte.

Als die Sonne versank und es dunkel wurde, legte ich mich auf einer flachen Hügelkuppe zum Schlafen nieder. Ich schloss den Klarsichthelm bis auf einen kleinen Spalt und stellte die Außenmikrofone so ein, dass ich auf hundert Meter Entfernung sogar noch das Rascheln einer kriechenden Schlange hören konnte. Vorerst hörte ich nur die Huftritte und Fressgeräusche meines Reittiers, das Zirpen von Insekten und manchmal das Fluggeräusch eines Nachtvogels. Die Geräusche wurden so verstärkt, dass sie störend wirkten. Doch ich war erschöpft, dass ich dennoch schon nach wenigen Zentitontas einschlief.

Ein ohrenbetäubendes Donnern und Tosen weckte mich. Meine Hand packte das Schwert, dann sprang ich auf, um mich den vermeintlichen Angreifern zum Kampf zu stellen. Aber da war niemand, gegen den ich mich verteidigen musste – zumal eventuelle Angreifer nicht einen solchen Lärm machen würden. Mit einem Griff schaltete ich die Außenmikrofone ab und klappte den Helm zurück. Das Donnern und Tosen sank augenblicklich auf ein erträgliches Maß zurück – plötzlich wusste ich auch, was diese Geräusche verursachte: ein Raumschiff.

Mein Kopf flog in den Nacken. Dennoch entdeckte ich das Schiff nicht sofort, sondern erst, als ich zum Gebirge sah. Eine Gipfelregion war in grelles Licht getaucht; die bleiche Helligkeit kam von etwas, das gleich einer riesigen Atomlampe über dem Berg schwebte. Während ich aus zusammengekniffenen Augen hinsah, sank die Lichtquelle tiefer und verschwand schließlich irgendwo hinter den Bergen. Das Donnern und Tosen verwandelte sich in ein gedämpftes Rollen, das einige Zeit später erstarb. Ich holte tief Luft. Das Raumschiff war im Gebirge gelandet, daran gab es keinen Zweifel. Ein weiterer Hinweis darauf, dass ich während des sonderbaren Transportvorgangs einen Blick auf diese Welt geworfen hatte? Ein weiterer Varganenraumer? Ich nahm mir vor, zum Landeplatz des Raumschiffs aufzubrechen und Kontakt mit der Besatzung aufzunehmen – Varganen hin oder her. Am liebsten wäre ich sofort aufgebrochen, aber es hatte keinen Sinn, nachts durch unbekanntes Bergland zu reiten. Ich legte mich wieder hin und schaltete die Außenmikrofone wieder auf starke Empfindlichkeit. Doch ich konnte nicht gleich wieder einschlafen, zu vieles ging mir durch den Kopf.

Was genau ist geschehen? War es nur das zufällige Zusammentreffen verschiedener Einflüsse? Oder steckt mehr dahinter? Die merkwürdige Versetzung der *Gefühlsbasis* von Ofanstände zum gelben Mond fiel mir ein, ebenso das Verhalten des ovalen Flugobjekts. *Die Merkwürdigkeiten begannen schon früher.*

Nachdem uns die Tejonther in der *Gefühlsbasis* abgeliefert hatten und Magantilliken erschienen war, überließ er uns sogar eine Waffe mit den Worten: *»Ihr habt sie während eures Ausbruchsversuches gefunden und an euch genommen.«* – Eine Begründung für sein Handeln hatte er nicht geliefert. Nach wie vor wusste ich nicht, was im Kopf des Henkers vorging. Hatte er uns durch das Überlassen einer Waffe helfen wollen, oder wünschte er unseren schnellen Tod? War er am Ende sogar gegen den Plan, dass Crysalgira und ich für den Fortbestand der Varganen sorgen sollten? Auf jeden Fall verfolgte dieser Mann seine eigenen Pläne, gehörte nur noch dem Namen nach zu den letzten Tropoythern oder Varganen, die in Yarden lebten. Und eine weitere Erinnerung: *Als Magantilliken wieder erschien, machte er einen nervösen Eindruck und schien in Eile zu sein. Vielleicht hatte er neue Instruktionen erhalten. »Wir hatten ursprünglich vor, euch durch das Transmittersystem der* Gefühlsbasen *nach Yarden zu bringen. Angesichts gewisser … hm, Probleme werdet ihr an Bord eines tejonthischen Raumschiffs gebracht, das den* Kreuzzug nach Yarden *mitmacht. Dieses Schiff wird euch ans Ziel bringen. Die Besatzung ist angewiesen, euch gut zu behandeln.«*

Hatte sich damals bereits angedeutet, dass mit einer Verwendung des Transmittersystems Schwierigkeiten verbunden sein würden? Genau das, was nun mit mir geschehen war? Oder gab es andere Gründe? Tejonthische Rebellen, die gegen den Kreuzzug waren und *Gefühlsbasen* anzugreifen versuchten? Oder andere Machtgruppen? Die Erlebnisse auf Somor, »Vruumys' Welt«, kamen mir in den Sinn – wie war die dortige planetare Katastrophe einzuschätzen? War es vielleicht ein *Angriff* auf die dortige *Gefühlsbasis* gewesen?

Einst eine blühende Welt, ein Treffpunkt für viele Völker des bekannten Leerraums, sind bereits die Umstände der Katastrophe, von der sie heimgesucht wurde, mit vielen Fragen verbunden, hatte Vruumys in *Die privaten Gedanken des Forschers Vruumys während seiner Reise durch den bekannten Leerraum* behauptet. *Es heißt, sie sei von einem »kosmischen Sturm« eingehüllt worden, dessen Ausläufer Somor bis in die Gegenwart im Griff halten und einen Teil der Nordhemisphäre vom Sonnen- und Sternenlicht abschneiden. Dass es diese Strahlungswolken gibt, ist eine Tatsache – sogar für mich ist es gefährlich, sie zu durchdringen, um auf dem Planeten zu landen; völlig unklar ist dagegen, um was genau es sich handelt, warum sich dieses Phänomen so lange hält und – vielleicht noch wichtiger! – ob es eine natürliche oder künstliche Ursache hatte.*

Während Vruumys vermutet hatte, die *Gefühlsbasis* habe vielleicht zur Zeit des letzten Kreuzzugs die Katastrophe verursacht, vielleicht als Reaktion auf die damals begonnene Freilegung durch Raumfahrer, drängte sich mir inzwischen mehr und mehr der Eindruck eines unzureichend abgewehrten Angriffes auf. Immerhin gab es in *Vargos Bericht* den Hinweis auf hyperenergetische Einbrüche nahe dem Tollork-System, wo auch siebzehn Sterne spurlos verschwanden und es eine Zeit lang so aussah, als würde sich eine zweite Eisige Sphäre bilden. Als Reaktion war damals Magantilliken ausgeschickt worden, um die im Standarduniversum zurückgebliebenen »Rebellen« zu jagen. Aus Sicht der Varganen vielleicht durchaus zu Recht – hatte Vargo doch Gerüchte vernommen, dass an vielen Orten Experimente mit der *Umsetzer-Technologie* stattgefunden hatten; Haitaschar, eine von Vargos früheren Assistentinnen, hatte sogar den Beinamen »Wächterin der Absoluten Bewegung« erhalten – sie gehörte zu den Rebellen. Angeblich war es in kleinem Rahmen sogar zu Besuchen der alten – aber auch anderen! – Existenzebene gekommen.

Es könnte also Rebellen gegeben haben oder noch geben, vervollständigte der Logiksektor meine Überlegungen, *die ihrerseits auf die Jagd des Henkers reagierten, nach dem Motto: Angriff ist die beste Verteidigung.*

Und dazu ebenfalls in den Mikrokosmos vordrangen. Ich nickte; langsam schien sich das Gesamtbild zu vervollständigen. Unklar war in diesem Zusammenhang jedoch die Rolle Magantillikens. Wie von ihm zweifellos geplant, war Crysalgira und mir die Flucht gelungen, die uns zu den Lopseggern und schließlich zu der *Gefühlsbasis* auf dem namenlosen Mond gebracht hatte. *Und mich nun vielleicht sogar zurück ins Standarduniversum …*

Je länger ich grübelte, desto weniger kam ich zu einem Ergebnis. Klarheit gewann ich wohl nur im Gebirge.

Wieder wurde ich von ohrenbetäubendem Lärm geweckt. Aber als ich zum Schwert griff und aufspringen wollte, sah ich im Licht des neuen Tages mein Reittier, das seinen Kopf zu mir herabgestreckt hatte. Im nächsten Moment schnaubte es durch die Nüstern – und es war dieses Schnauben, das von meinen hoch empfindlich geschalteten Außenmikrofonen in das Geräusch eines verheerenden Wirbelsturms verwandelt wurde. Schnell schaltete ich die Mikrofone auf normale Empfindlichkeit zurück, stand auf und tätschelte den Hals des Tieres. »Es scheint mir, als wolltest du weiter«, sagte ich. »Da sind wir einer Meinung, mein Freund.«

Ich reckte mich, blinzelte kurz in die Sonne und schaute zum Gebirge hinüber. Von Raumfahrern oder Varganen war nichts zu sehen, aber das hatte ich auch nicht erwartet. *Möglicherweise finde ich noch heute Antwort auf alle meine Fragen.* Die hiesige Tageslänge entsprach mit etwa zwanzig Tontas dem Arkonwert eines Prago. Ich musste rund acht Tontas geschlafen haben. Ich kaute einen Konzentratriegel, trank und schwang mich auf den Rücken des Reittiers. Das erbeutete Schwert steckte ich hinter den Gürtel. Als ich die Zügel aufnahm und mit der Zunge schnalzte, setzte sich das Tier gehorsam in Bewegung. Ich ritt am Rand des steil aufragenden Gebirges entlang, bis ich zu einem Fluss kam, der aus einem tief eingeschnittenen Tal ins Hügelland floss. Das Flussbett war nur zu zwei Dritteln mit Wasser gefüllt. Ich war wohl in einer regenarmen Jahreszeit angekommen. Die trockenen Seitenstreifen des Flussbetts boten sich als Pfad an, auf dem ich tiefer ins Gebirge reiten konnte. Ich wählte die rechte Seite, weil es die war, an der ich mich befand und der Fluss hier in der Mitte ziemlich tief war, so dass ich lieber darauf verzichtete, hindurchzureiten.

Es ging anfangs recht gut voran, aber dann wurde das Gelände steiler. Mein Reittier rutschte immer wieder auf losem Geröll aus. Dazu brannte die Sonne unbarmherzig heiß von einem wolkenlosen Himmel. Bald schwitzten das Tier und ich. Dennoch erlahmte meine Wachsamkeit nicht. Ich blickte mich ständig aufmerksam um, hielt es für besser, dass ich mögliche Wachen entdeckte, falls es welche gab, bevor sie mich erspähten. Es war ja völlig ungewiss, wie sie reagieren würden. Vielleicht schossen sie mich einfach nieder. Doch ich konnte keine Wachen erkennen. Hin und wieder tauchten auf Felsvorsprüngen große gehörnte Tiere auf, die sich schnell und sicher an den Felshängen bewegten. Hoch über uns kreisten einige große Vögel, wahrscheinlich Raubvögel. Ansonsten schien es hier außer kümmerlichem Pflanzenwuchs kein Leben zu geben.

Die Begegnung mit den »Wächtern« erfolgte ebenso unverhofft

wie unerwartet. Ich hatte mit Bewaffneten gerechnet oder mit Felsenforts, aber nicht damit, dass in den Felsen Geräte verborgen waren, die jeden Eindringling abschrecken sollten, indem sie ihm Horrorszenen vorgaukelten: Plötzlich stand ich in einer brettflachen, heißen Wüste – und mir gegenüber duckte sich ein katzenartiges Raubtier von etwa drei Metern Länge, das mich aus grünen Augen anstarrte. Aber ich wusste sofort, dass dies nicht die Wirklichkeit war. Dank der Behandlung, die bei der ARK SUMMUIA zur Aktivierung des Extrasinns geführt hatte, verfügte ich über eine gewisse Immunität hypnotischen und suggestiven Einflüssen gegenüber. Sie und mein Monoschirm reichten offenbar nicht aus, die fremde Projektion zu verdrängen, aber sie genügte, um mir klar zu machen, dass es sich nur um eine Projektion handelte. Mein Reittier schien von der Hypnoprojektion ausgeschlossen zu sein – jedenfalls gehörte es nicht zu der vorgegaukelten Szenerie.

Ich konnte nur hoffen, dass es nicht mit mir durchging, während ich im wahrsten Sinne des Wortes geistesabwesend war. Das Raubtier fauchte und peitschte mit dem Schwanz den Sand, machte sich zum Sprung bereit. Ich hatte mir vorgenommen, nicht auf die irrealen Bilder und Geschehnisse zu reagieren. Da ich nicht kontrollieren konnte, wie sich solche Reaktionen in der Wirklichkeit auswirkten, würde eine falsche Bewegung vielleicht den Tod bedeuten. Aber als das Raubtier sprang und sein schwerer Körper auf mich zuflog, reagierte mein vom Selbsterhaltungstrieb angestacheltes Unterbewusstsein – gegen meinen Willen warf ich mich nach rechts, fühlte einen harten Aufprall und einen stechenden Schmerz in der rechten Schulter.

Im nächsten Augenblick war die fiktive Umgebung verschwunden. Ich lag mit der rechten Seite an einer Felswand, links tänzelte aufgeregt mein Reittier. Vorsichtig richtete ich mich auf und tastete meine rechte Schulter ab. Es schien nichts gebrochen zu sein, ich atmete auf. Offenbar hatte mich der Schmerz des Aufpralls aus der fiktiven Umgebung gerissen. Vielleicht aber hatte ich auch die Wirkungszone der paramechanischen Hypnoprojektoren bereits verlassen. Ich war froh, dass mein Unterbewusstsein meinen Körper nicht nach links dirigiert hatte. Dort ging es rund zwei Meter steil zum Flussbett hinab. Fröstelnd musterte ich die großen Steinblöcke – bei dem Sturz auf sie hätte ich mir das Genick brechen oder den Schädel aufschlagen können.

»Also weiter«, murmelte ich und redete beruhigend auf mein Reittier ein, das der Situation offensichtlich verständnislos gegenüberstand. Als ich mich auf seinen Rücken schwang, schien es froh zu sein, dass alles wieder normal war. Gehorsam setzte es einen Fuß vor den anderen, tiefer in die Gebirgswelt hinein, in der die geheimnisvollen Fremden hausten …

Es war später Nachmittag, als ich nach langem und beschwerlichem Ritt um einen Felsvorsprung bog und plötzlich in ein breites Tal sah. Und mitten in ihm stand ein kugelförmiges, rund fünfhundert Meter durchmessendes Raumschiff mit charakteristischem Ringwulst. Seine Landestützen ruhten auf großen Landetellern, die nur geringfügig in den verbrannten Boden unter dem Schiff eingesunken waren. Schräg hinter dem Kugelraumer erhob sich ein typisches goldenes Oktaeder, dessen Größe Ischtars MONDSCHATTEN entsprach und die Kugel mit seiner Höhe von 848 Metern deutlich überragte. *Meine Visionen stimmen! Es sind Varganen!*

Ich zügelte das Reittier, dirigierte es einige Schritte zurück, bis wir vom Tal aus nicht gesehen werden konnten, und stieg ab. Nachdem ich die Zügel um einen Felsblock geschlungen hatte, schlich ich zu dem Felsvorsprung, legte mich auf den Boden und kroch so weit, dass ich das Tal überblicken konnte. Das Kugelraumschiff entsprach der arkonidischen Bauweise, wies allerdings keine für die Raumflotte typischen Kennungen oder Beschriftungen eines Schlachtkreuzers auf. Das gemahnte zur Vorsicht, weil unklar war, ob es »nur« von den Varganen zur Tarnung genutzt wurde oder ob die Besatzung mit den Varganen zusammenarbeitete oder gar beeinflusst wurde. Im Hintergrund des Tales ragte an der Steilwand der terrassenförmige felsgraue Bau ungefähr dreihundert Meter auf, wie ich ihn während des Transports gesehen hatte. Niemand war zu sehen, weder Raumfahrer noch die Bewohner des festungsähnlichen Terrassenbaus. Ich überlegte, wie ich am besten vorgehen konnte. Zwar war ich fest entschlossen, Kontakt mit den Varganen aufzunehmen, aber ich wollte nicht riskieren, für einen Feind gehalten und abgeschossen zu werden, wenn ich offen ins Tal ritt. *Nein, ich muss mich verborgen halten, bis mir gelingt, eine Einzelperson zu kontaktieren. Aber wie soll ich das anstellen, wenn sich niemand sehen lässt?*

Du musst in den Terrassenbau einsteigen, teilte mir der Logiksektor lakonisch mit.

Ich zögerte, weil ich, um den Terrassenbau zu erreichen, das Tal von außen umrunden und an der Hinterwand des Tales hinabklettern musste. Die damit verbundenen Strapazen schreckten mich nach dem mühseligen Ritt ab. Aber mir fiel keine bessere Lösung ein. Also kehrte ich zu meinem Reittier zurück, löste die Zügel von dem Felsblock und saß wieder auf. Anfangs gebärdete es sich etwas unwillig, als ich es erneut antrieb. Aber nach beharrlichem Zureden setzte es sich doch in Bewegung. Es wurde ein mühseliger Ritt. Dreimal musste ich umkehren, weil sich die eingeschlagenen Wege als Sackgassen erwiesen, statt zum Ziel zu führen. Dafür fand ich eine Bergquelle und ließ das Tier saufen. Es war schon dunkel, als ich endlich die Felsgalerie über der Steilwand erreichte. Da hier oben kein Gras wuchs, gab ich meinem Reittier drei Konzentratriegel, nachdem ich abgesessen war. Dann hockte ich mich an den Rand des Felshangs und blickte auf die oberste Terrasse und ins Tal hinab. Das Licht der Sterne reichte gerade aus, das Raumschiff als dunklen Schemen ahnen zu lassen. Die Terrassen dagegen waren von Lampen erleuchtet, die sich an den Gebäudewänden befanden. Nur die oberste Terrasse war unbeleuchtet, demnach das Dach des Bauwerks. Das von weiter unten heraufstrahlende Licht reichte wahrscheinlich gerade aus, um mich nicht völlig blind über die Felswand klettern zu lassen.

Nachdem ich mich etwas ausgeruht, einen Konzentratriegel zu mir genommen und getrunken hatte, band ich mein Reittier an einem Felsvorsprung fest und begann mit dem Abstieg. Das Beuteschwert ließ ich zurück, wollte bei der ersten Begegnung mit den Varganen keinen feindlichen Eindruck hervorrufen. Da ich kein Seil hatte, war der Abstieg über die rund fünfzig Meter abfallende Wand ein gefährliches Unterfangen. Ich hätte es nicht gewagt, wäre ich nicht schwindelfrei gewesen. Glücklicherweise war die Wand mit Rissen und Simsen übersät, so dass meine Hände und Füße ausreichend Halt fanden. Ich bewegte mich sehr vorsichtig und brauchte ungefähr eine halbe Tonta, bis ich auf dem Dach des Terrassenbaus stand. Nach einigem Suchen entdeckte ich eine Luke, die ins Dach eingelassen war. Ich stellte mich mit abgespreizten Beinen darüber, bückte mich, packte den Griff mit den Händen und zog mit allmählich gesteigerter Kraft. Schon fürchtete ich, gegen die Verriegelung nicht anzukommen, da krachte es – und ich saß auf dem verlängerten Rücken. Die Luke war offen, ich hielt den Griff immer noch fest. *Hoffentlich wurde der Krach nicht gehört.*

Ich stand auf, ging zu der Öffnung und spähte hinab. Eine Treppenleiter – mehr konnte ich in der Dunkelheit nicht sehen. Ich stieg hinab, lauschte noch immer, dann erst schaltete ich die Helmlampe ein. Ich musste dazu zwar den Helm schließen, aber ich ließ ihn einen Spalt offen, um den Sauerstoffvorrat nicht aufzubrauchen. Im hellen Schein sah ich, dass ich mich in einem quadratischen, fensterlosen Raum befand. An einer Wand gab es eine einfache Tür mit Drehknauf; ich schaltete die Lampe aus und öffnete die Tür, lauschte abermals. Doch ich hörte nichts, was auf die Anwesenheit anderer Personen hingewiesen hätte. In der ganzen Etage war es totenstill. Vorläufig war mir das nur recht. Ich schaltete die Lampe ein und durchquerte einen kurzen Flur. Wieder schaltete ich die Lampe aus, bevor ich die nächste Tür öffnete, wieder blickte ich in einen finsteren Raum. Als ich die Lampe erneut einschaltete, erhellte ihr Lichtkegel eine Art Wohnzimmer. Es war eine gewisse Ähnlichkeit mit arkonidischen Einrichtungen vorhanden, doch gab es genügend fremde Stilelemente, die mir bewiesen, dass sie varganisch waren. Ich setzte meine Suche fort, fand aber nur verlassene Räume. Allerdings deutete alles darauf hin, dass die Räume bewohnt und demnach nur kurzfristig verlassen waren; in einem entdeckte ich einen Kapuzenumhang, den ich mir überwarf.

Als ich auf einen doppelläufigen Antigravschacht stieß, konnte ich der Versuchung nicht widerstehen, ihn zu benutzen. Nachdem ich mit ausgestrecktem Arm festgestellt hatte, welche Röhre ein nach unten gepoltes Kraftfeld enthielt, schwang ich mich hinein und sank sanft abwärts. Ich war darauf gefasst, anderen Personen zu begegnen, hoffte aber, dass sie bei meinem Anblick nicht feindlich reagieren würden. Aber niemand begegnete mir. Ich erreichte schließlich die unterste Etage und schwang mich aus dem Schacht. Wieder lauschte ich – und diesmal hörte ich etwas: Es war ein dumpfes Summen und Brausen, das auf die Arbeit von Maschinen deutete. Vorsichtig ging ich dem Geräusch nach und erreichte durch ein offenes Tor eine Galerie hoch über einem großen Saal, der sich tief in den Berg erstrecken musste. Mindestens fünfhundert in Kapuzenmäntel gehüllte Personen, die an Dutzenden Hufeisenpulten saßen oder sie umstanden, befanden sich auf dem halbmondförmig geschwungenen Balkon, der sich über die ganze Breite der Saalwand zog. Ich musterte die nächststehenden Personen genauer. Ihr Körperbau entsprach dem von Varganen, aber die nicht von den Kapuzen verdeckte Gesichtshaut war keineswegs bronzefarben, sondern rot und weiß gefleckt.

Niemand beachtete mich. Vielleicht deshalb, weil die Aufmerksamkeit aller der faszinierenden Darstellung galt, die in der Luft des Saals schwebte. Zahllose leuchtende Kugeln, keine größer als eine Fingerkuppe, bildeten eine annähernd hundert Meter breite und knapp halb so hohe Wolke von weitgehend elliptischer Form, die eine starke Tendenz zu irregulär zerfaserten Ausläufern aufwies und eine Konzentration der Kernregion vermissen ließ. Dennoch dachte ich unwillkürlich: *Eine Galaxie?* Etwa halbwegs zwischen Zentrum und Rand war in einem Würfel aus gelblichen Lichtfäden von fünf Metern Kantenlänge ein Detailausschnitt vergrößert: Es handelte sich um einen weißen Nebel von grob kugelförmiger Gestalt und fast drei Metern Durchmesser. Schräg hinter dem Nebel gab es in der Holoprojektion einen rot glühenden »Riss«, der immer breiter wurde und sich in der Ferne zu verlieren schien. Wiederholt zuckten schwarze Schatten über das Glühen, formten gezackte Linien und Löcher.

Die eher elliptische Form der Sternwolke bedeutete, dass es sich nicht um eine Projektion der Öden Insel handelte. Ebenfalls ausgeschlossen waren Kugelsternhaufen wie Thantur-Lok. Die Hervorhebung des weißen Nebels wiederum passte nicht zum mir bekannten Aussehen von Emissionsnebeln, Dunkelwolken oder Planetarischen Nebeln. Konnte es sein, dass ich den Mikrokosmos – oder den Teil des Mikrokosmos, den ich kannte – mitsamt der Eisigen Sphäre in der Halle sah? Handelte es sich um eine Art Observatorium, bei dem die Objekte mit Hilfe von Projektoren in extrem verkleinertem Maßstab in ein Energiefeld projiziert wurden? Oder handelte es sich bei den Sternen und dem Nebel nur um einen sichtbar gemachten Ausschnitt eines mir unbekannten Raumsektors, vielleicht den einer der Milchstraße vorgelagerten Kleingalaxie?

Betont lässig an ein Hufeisenpult gelehnt, die Kapuze tief ins Gesicht gezogen, sah ich genauer hin und entdeckte weitere Einzelheiten. Eine ganze Reihe von Monitoren des Pults zeigten vergleichbare Ausschnittsvergrößerungen, vereinzelt waren aus Lautsprechern knappe Meldungen zu vernehmen, die meist aus Buchstaben- und Zahlenkürzeln bestanden und für mich keinen Sinn ergaben. Eine rote Linie, etwa zu einem Viertel gestrichelt projiziert, zog sich als Dreiviertelkreis in leichtem Zickzack zwischen Dutzenden grellen Punkten dahin. Der gestrichelte Teil endete bei der Position des weißen Nebels. *Der Weg der Kreuzzugflotte entlang des von den* Gefühlsbasen *vorgezeichneten Kurses?*

Korrekt. Es ist eine Darstellung der Varganengalaxie des Mikrokosmos, versicherte der Logiksektor. *Es kann jedoch sein, dass es sich nicht nur um eine reine Holoprojektion handelt.* Der Impuls lenkte meine Aufmerksamkeit zum Hallenboden, wo sich mächtige Maschinenblöcke aneinander reihten – größtenteils von der Sternwolke überdeckt. Im Hallenzentrum gab es einen Bereich, dessen golden leuchtende Aureole mich an den Omirgos denken ließ. *Vermutlich ist es der Blick durch den Wirkungsbereich eines varganischen* Umsetzers für die Absolute Bewegung! *Seine Kräfte müssen sich mit jenen des maahkschen Potenzialverdichters überlagert haben, so dass du hierher versetzt wurdest.*

Mehr noch, dachte ich bei noch intensiverer Betrachtung, die mich erkennen ließ, dass es neben der Hervorhebung der Eisigen Sphäre weitere bei etlichen *Gefühlsbasen* gab; kleiner zwar, aber unzweifelhaft gekennzeichnet. *Auch der Transportvorgang in der* Gefühlsbasis *war beteiligt.*

Wie zur Bestätigung sagte jemand in Varganisch: »Störung der *Gefühlsbasis* von Xertomph weiterhin erfolgreich, *Umsetzer* aktiv. Leider hat sich die *Gefühlsbasis Ofanstände* vorzeitig durch Positionswechsel unserem Zugriff entzogen; inzwischen ist die Kreuzzugflotte weitergeflogen. Allerdings besteht nach wie vor die Direktverbindung zwischen ihr und Xertomph, *Lothurne*.«

Ist das die Erklärung?, durchzuckte es mich, während mein fotografisches Gedächtnis einen Abschnitt aus dem *Vargo-Bericht* in mein Wachbewusstsein fließen ließ: *Der Vargane Lothurne und seine Anhänger gingen einen anderen Weg. Die Frauen und Männer dieser Gruppe teilten sich nach einem von Lothurne ausgearbeiteten Plan in kleine Kommandos auf, die jeweils die heimliche Herrschaft über bewohnte Planeten errichteten. Vor hier aus arbeiteten sie im Verborgenen und lenkten das riesige Sternenreich. Um zu herrschen, das varganische Imperium zu kontrollieren, bedurfte es keiner eigenen Nachkommen.*

Es sind varganische Rebellen – und sie versuchen Einfluss auf den Kreuzzug zu nehmen, raunte der Extrasinn. *Ihr Zeitfenster ist dabei beschränkt: Attackieren sie die* Gefühlsbasen *zu früh, hätten Magantilliken und die Varganen im Mikrokosmos Gelegenheit, eventuelle Manipulationen rückgängig zu machen, könnten sie die Flotte noch zu anderen* Gefühlsbasen *umleiten und würden vielleicht sogar den Angriff als solchen erkennen. Erfolgt der Zugriff zu knapp, ist die Kreuzzugflotte bereits zur nächsten* Gefühlsbasis *unterwegs.*

Bedeutete das, dass die regelmäßigen Kreuzzüge für den Fortbestand der Eisigen Sphäre überlebenswichtig waren? Nachdenklich musterte ich die Holovergrößerung mit dem Nebel und dem davon ausgehenden rot glühenden »Riss«. Ein Durchbruch zwischen den Dimensionen? Eine Zone der Instabilität?

Unterdessen drangen aus den Lautsprechern weitere Stimmen: »... endlich so weit.«

»Ja. Endlich werden wir sie auslöschen. Die Störung des Kreuzzugs ist nur ein erster Schritt. Sobald das *Hyperimplosionsfeld* in den Mikrokosmos projiziert wird, destabilisiert es die ohnehin instabile Zone weiter – dann werden alle Sonnen, Planeten und auch Yarden in den Aufriss stürzen und vergehen.«

»Genau. Nicht einmal nach dem erfolgreichen Angriff auf Somor haben sie in ihrem eisigen Refugium begriffen, welche Gefahr ihnen droht! Der Mikrokosmos wird untergehen!«

Ich war starr vor Entsetzen. Sie mussten wahnsinnig sein, planten sie doch die Vernichtung eines Universums, das zwar klein war, aber dennoch ein eigenständiges Universum mit von intelligenten Lebewesen bewohnten Planeten. Ich dachte an die vielen verschiedenen Intelligenzwesen, denen ich auf meiner langen Reise durch den Mikrokosmos begegnet war. Sie waren nicht besser gewesen als die Intelligenzen des mir vertrauten Standarduniversums, aber auch nicht schlechter. Durfte überhaupt jemand ein Werturteil über andere Lebewesen fällen? Hatte nicht jede Intelligenz, jede beliebige Lebensform ein Anrecht darauf, sein Leben zu leben? Was die varganischen Rebellen planten, war eiskalter, vielmilliardenfacher Mord. Mit dieser Erkenntnis sofort verbunden war der Wille, die Verhinderung dieses Mordes wenigstens zu versuchen. Ich hatte die moralische Pflicht, alles zu tun, um die Lebewesen zu retten. Nicht zu vergessen, dass sich mein Sohn in Yarden befand – und Crysalgira ... *Irgendwo müssen sich die Aggregate befinden, die den Mikrokosmos – beziehungsweise einen Ausschnitt des Mikrokosmos – für die Lebewesen hier sichtbar machen und die Schaltung des erwähnten Implosionsfeldes gestatten*, dachte ich. *Kann ich diese Aggregate zerstören, ist der Mikrokosmos gerettet.*

Langsam ging ich rückwärts, wollte versuchen, zum Hallenboden zu kommen, da ich dort die Aggregate vermutete, die die Projektion erzeugten.

»Wer ist das?« Der Ruf ließ mich zusammenzucken, sie hatten mich entdeckt.

»Ein Fremder!«, rief eine andere Stimme.

Im nächsten Moment brüllten viele Stimmen durcheinander. Zahllose Gesichter wandten sich mir zu, viele rot und weiß gefleckt. *Es sind Narben*, sagte mein Logiksektor. *Vielleicht durch Strahleneinwirkung hervorgerufene Verbrennungen.*

Ich wich schneller zurück; als die Varganen auf mich zukamen, drehte ich mich um und floh aus der Halle. Draußen lief ich den Flur entlang, in den der doppelläufige Antigravschacht mündete. Er führte nicht tiefer, aber es musste einen anderen Antigravlift oder eine Treppe geben, die nach unten führte. Ich beschleunigte meinen Lauf, als die ersten Verfolger auf den Flur quollen. Sie behinderten sich gegenseitig, würden mich aber schließlich doch einholen, wenn ich keine Möglichkeit fand, meine Flucht fortzusetzen. Der Flur beschrieb einen Bogen nach rechts. Als ich um die Biegung rannte, flog ich förmlich in den Antigravschacht hinein, in dem der Flur endete. Glücklicherweise hatte ich eine nach unten gepolte Liftröhre erwischt. Ein ungepolter Antigravschacht wäre mir lieber gewesen, denn darin hätte ich meine Sinkgeschwindigkeit durch Abstoßen selbst bestimmen können. Hier musste ich mich dem Feld passiv anvertrauen. Als ich unten ankam, schwangen sich oben die ersten Verfolger in die Liftröhre. Ich blickte mich um und entdeckte einen plombierten Schaltkasten. Mit einem Ruck riss ich den Deckel ab, zwei Schalter waren zu sehen. Einer polte das Liftschachtfeld nach unten – dieser war niedergedrückt –, der andere konnte es umpolen. Ich riss den niedergedrückten Schalter hoch und drückte den anderen hinunter. Oben schrien meine Verfolger, als sie von dem umgepolten Feld nach oben gezogen wurden.

Ich hatte einen kleinen Vorsprung gewonnen, gab mich aber keinen Illusionen hin. Diese Varganen kannten sich hier besser aus als ich, würden eine andere Möglichkeit finden, mich zu verfolgen. Ich schaute mich suchend um. Der Flur, den ich erreicht hatte, führte rund sechs Meter nach links und endete an einem Schott. Es öffnete sich automatisch und gab den Blick in die große Maschinenhalle und auf einen Mann frei, der bei meinem Anblick nach dem Stabstrahler griff. Ich sprang ihn an, umklammerte seine Beine, wir gingen zu Boden. Mein Gegner war allerdings kein geübter Kämpfer – ich konnte ihn mit einem Dagorgriff außer Gefecht setzen, schleifte ihn von dem

Schott weg, nahm seine Waffe und verschweißte im Thermostrahlmodus das Schott mit dem Rahmen. Das würde meine Verfolger eine weitere Zeitspanne aufhalten. Danach blickte ich mich prüfend um.

Die Maschinenblöcke waren so fremdartig, dass ich nicht feststellen konnte, welche die riesige Projektion aufbauten und mit welchen das Hyperimplosionsfeld geschaltet wurde. Ich hatte auch nicht die Zeit, lange herumzuprobieren. Schaltete ich jedoch wahllos herum, konnte ich eine Katastrophe auslösen, die die gesamte Anlage vernichtete – und mich mit. Doch offensichtlich blieb mir keine andere Wahl, bis mir siedend heiß einfiel, dass ich bei wahllosem Herumschalten versehentlich das Hyperimplosionsfeld aktivieren konnte. Zerstören hieß die einzige Alternative. Ich hob die Hand mit dem Stabstrahler, zielte auf das erste Schaltpult und drückte auf den Auslöser. Eine sonnenhelle Thermobahn zuckte durch in der Luft. Metallplastik verglühte, Flammen schlugen aus dem Pult. Als es nur noch ein glühender Trümmerhaufen war, wandte ich mich dem nächsten Schaltpult zu.

Längst hatte ich den Helm geschlossen und die Außenmikrofone abgeschaltet. Dennoch dröhnte mir das Donnern der Explosionen und Entladungen in den Ohren, die ich ausgelöst hatte. Der Raum zwischen den Aggregaten hatte sich in eine wahre Gluthölle verwandelt. Als das Energiemagazin leer war, eilte ich zu dem Bewusstlosen und entnahm seinen Gürteltaschen drei weitere der kleinen zylindrischen Magazine. Zwei steckte ich ein, eins schob ich als Ersatz ins hintere Stabende. Danach setzte ich mein Zerstörungswerk fort. Kurz darauf brachen meine Verfolger das Schott auf. Ich duckte mich hinter einen glühenden Trümmerhaufen und feuerte auf ein seltsam geformtes Aggregat. Es explodierte mit einem so lauten Donnerschlag, dass ich glaubte, mir seien die Trommelfelle geplatzt. Die Varganen konnten mich nicht sehen, aber mein letzter Schuss hatte ihnen meinen ungefähren Standort verraten. Sie feuerten wild drauflos. In meiner Nähe bildeten sich Glutvulkane, die eine mörderische Hitze ausstrahlten. Spritzer flüssigen Metallplastiks flogen durch die Luft. Einige trafen meinen Raumanzug, aber das feuerfeste Material hielt stand. Dennoch wurde es Zeit, dass ich mich in Sicherheit brachte. Die Zerstörungen, die ich angerichtet hatte, mussten ausreichen, den Wahnsinnsplan dieser Varganen zu vereiteln.

Maschinen lassen sich nachbauen, gab der Logiksektor zu bedenken.

Ich stieß eine Verwünschung aus. *Was verpflichtet mich eigentlich, den Beschützer der Mikrowelt zu spielen?*

Wenn du die Möglichkeit hast, diese Bedrohung für immer vom Mikrokosmos abzuwenden, hast du keine Wahl, antwortete mein Logiksektor.

Das war glasklare Logik. Ich konnte mich der Verpflichtung nicht entziehen, wollte ich in Zukunft ruhig schlafen können. Aber ich wusste auch, was die Erfüllung dieser Verpflichtung für die Varganenrebellen bedeutete. Ich zog mich, von Deckung zu Deckung eilend, tiefer in den Saal zurück. Die Varganen folgten mir nur zögernd, schienen einen Hinterhalt zu vermuten, da ich mich nicht mehr bemerkbar machte. Als ich die Rückseite des Maschinensaals erreichte, suchte ich vergeblich nach einem Schott oder einer Tür. Offenbar saß ich in der Falle. Geduckt hastete ich an der Rückwand entlang, erinnerte mich an das goldene Leuchten und wechselte Richtung Hallenzentrum. Noch immer hatten die Varganen mich nicht entdeckt. Jenen auf der Balkongalerie war der Blick durch die Riesenprojektion erschwert, wenngleich diese an einigen Stellen zu flackern begann. Ab und zu gab ein Vargane einen Schuss ab, aber die Energiebahnen schlugen nie in meiner Nähe ein. Als ich wieder einmal eine Strecke laufend zurückgelegt hatte und um die Ecke eines Maschinenquaders bog, lief ich fast in das goldene Leuchten hinein. Ich blieb stehen, in meinem Nacken begann es zu kribbeln, als ich den halb im Boden eingelassenen Omirgos sah – genauer: sein hiesiges, eher nebelhaftes Gegenstück, dessen glühende Schwaden in einem halbkugeligen Bereich wogten, vereinzelt aufrissen und den Feuerwirbel zeigten.

Noch besteht die Umsetzer-Verbindung!, raunte mein Logiksektor. *Sie kann dich wieder in den Mikrokosmos zurückbringen.*

Oder sonst wohin, dachte ich skeptisch und rang mit mir.

5.

Gefühlsbasis von Xertomph: *Die beiden Erinnyen verließen das goldene Leuchten der Ankunftsplattform und blieben abwartend stehen. Aber die obligatorische Meldung des Kommandogehirns, mit der sie sonst beim Betreten einer* Gefühlsbasis *begrüßt wurden, blieb aus. Die Erinnyen öffneten nur zögernd das Schott, denn solange sie keinen Kontakt mit dem Kommandanten hatten, mussten sie damit rechnen, als unerwünschte Eindringlinge eingestuft zu werden. Der Gang war schwach beleuchtet, deutliches Zeichen für eine nicht dem Zeitplan entsprechende gedrosselte Energieversorgung, wenngleich die künstliche Schwerkraft ordnungsgemäß funktionierte. Die Erinnyen stellten fest, dass keins der Kontrollgeräte auf ihre Anwesenheit reagierte. Offenbar beschränkte sich der feindliche Zugriff auf eine geringe, aber wirkungsvolle Manipulation, um mit kleiner Ursache eine möglichst große Wirkung zu erzielen.*

Seit dem Angriff auf die Gefühlsbasis *von Somor beim letzten Kreuzzug war den Verantwortlichen in Yarden bewusst, dass die Rebellen im Makrokosmos sie vernichten wollten. Weil der Ausfall der* Gefühlsbasis *frühzeitig bemerkt wurde, hatte damals die tejonthische Flotte noch rechtzeitig umgeleitet werden können. Folgten die zehntausend voll bemannten Raumschiffe dem »Ruf der Leerraumkontrolleure«, trat der* Kreuzzug nach Yarden *in ein entscheidendes Stadium. Kein Angehöriger der Flotte ahnte, wo das Ziel lag und was dort geschehen sollte; für die Tejonther handelte es sich um eine »heilige Mission«, die Leuchtfeuer der* Gefühlsbasen *wiesen den Schiffen den Weg. Dass diese Stationen nicht nur der Orientierung dienten, sondern eine weitaus wichtigere Funktion erfüllten, wussten nur jene, die diese Reise ins Nichts planten und organisierten und von der Eisigen Sphäre aus den Flug der Flotte überwachten. Nach einem genau ausgearbeiteten Zeitplan erhielten die Stationen den Befehl, sich zu aktivieren. Jedes Mal, wenn sich die Tejonther einer* Gefühlsbasis *näherten, befanden sie sich im Wirkungsbereich der hochgefahrenen* Emotiostrahler. *Die Art, in der die einzelnen Stationen die Kreuzzug-Teilnehmer beeinflussten, war genau aufeinander abgestimmt, die Tejonther wurden stufenweise konditioniert. Fiel eine Station kurzfristig aus, so dass nicht schnell genug eine Ausweichbasis aktiviert und angesteuert werden konnte, würde das zu einem Bruch führen, der sich nicht mehr korrigieren ließ. Und das bedeutete, dass der Kreuzzug im schlimmsten Falle abgebrochen wurde – mit fatalen Folgen für Yarden …*

Vom Somor-Angriff gewarnt, hatten die Verantwortlichen reagiert. Der Henker im Makrokosmos war dazu aufgefordert worden, noch intensiver die Rebellen zu jagen und auszuschalten, aber er hatte versagt. Einzelerfolge hatte er zwar immer wieder melden können, doch von jenen Rebellen, die für den Angriff verantwortlich waren, fand er keine Spur. Gleiches galt lange Zeit für Ischtar, spöttisch als »Letzte Königin der Varganen« umschrieben, in der Kandro und Kreton in der Nachfolge Mamrohns die Hauptverantwortliche sahen – vor allem als sie zu ihrer Überraschung erfuhren, dass die Frau mit der Zeugung ihres Sohns Chapat das varganische Trauma der Unfruchtbarkeit überwunden hatte! Zwar gelang es Magantilliken, die Voraussetzungen zu schaffen, dass Chapat durch die Nutzung der Umsetzer-Technologie zur Eisigen Sphäre entführt werden konnte, aber je verbissener er sich auf Ischtar und ihren arkonidischen Liebhaber Atlan konzentriert hatte, desto geringer wurden seine Erfolge, bis er sogar gezwungen war, in seinen Originalkörper zurückzukehren. Weil gleichzeitig der Termin des aktuellen Kreuzzugs unerbittlich näher rückte, konzentrierten sich die Verantwortlichen fortan darauf, dessen reibungslosen Ablauf sicherzustellen.

Als dann dieser Atlan gar hier im Mikrokosmos aufgetaucht und auf Anweisung von Kandro und Kreton mit seiner Begleiterin zu einer Gefühlsbasis gebracht worden war, schien das eine günstige Gelegenheit zu sein, Ischtars Erfolg beliebig zu reproduzieren. Eigentlich wäre es ein Leichtes gewesen, die beiden Arkoniden vom internen Transportsystem der Gefühlsbasen nach Yarden befördern zu lassen; weil jedoch mit weiteren Angriffen der nach wie vor aktiven Rebellen gerechnet wurde, sollten die Arkoniden an Bord eines tejonthischen Schiffes fliegen. Dieses hatte aber bislang weder die Eisige Sphäre erreicht, noch war es aufzufinden; ein weiterer Beweis für das Versagen Magantillikens – oder die Gefährlichkeit dieses »Kristallprinzen«? Der mentale Abgleich mit den Vargo-Daten hatte zumindest gezeigt, dass weder Atlan noch Crysalgira von Ischtar oder anderen Varganen umfassend informiert worden waren; leider hatte sich nicht vermeiden lassen, dass während der Prozedur Informationen auf sie überflossen. Um sie sollte sich später gekümmert werden – wichtiger war derzeit der erfolgreiche Verlauf des Kreuzzugs.

Während eine Erinnye im Sektor »Transport« zurückblieb, eilte die andere durch die zahlreichen Gänge und Hallen bis zur Zentrale. Das Kommandogehirn reagierte nicht auf die akustische Anfrage, die Situation zu erklären. Die Erinnye aktivierte ihre internen Prüfgeräte und testete die Anschlussschaltungen, fand keinen Fehler und koppelte sich daher, *ohne zu zögern, direkt an das positronische Hauptsystem. Ein kurzer Dialog mit dem Kommandanten kam tatsächlich zustande. Im Gegensatz zu dem defekten Kontrollgehirn zog die Erinnye sofort die richtigen Schlüsse, die durch eine Untersuchung des Sektors »Sendung« erhärtet wurden. Die Situation war schwierig. Die eigentlichen Zerstörungen der* Gefühlsbasis *waren nicht schwerwiegend oder konnten ohne weiteres repariert werden. Die* Emotiostrahler *meldeten volle Funktionsfähigkeit, auch die Energieerzeugung konnte wieder hochgefahren werden, Ersatzpufferspeicher standen zur Verfügung. Das alles half jedoch nichts, solange der Sektor »Sendung« in der Endlosschleife gefangen war und sich gegen jeden Befehl sperrte. Nur ein Vargane mit Hochrang-Bevollmächtigung wie Magantilliken konnte die Sperre durchbrechen, nicht einmal eine Erinnye hatte die nötigen Vollmachten.*

An Bord der TROPOYTH: Magantilliken

»Die *Gefühlsbasis* von Xertomph im Manetzasy-System meldet sich nicht«, dröhnte eine Stimme aus dem Lautsprecher der Zentrale. »Die Funktionsaufnahme ist laut Kreuzzugsplan in spätestens acht Xertomph-Tagen erforderlich. Aber Xertomph schweigt. Wir müssen von einem Angriff der *Rebellen* ausgehen, weil auch die Verbindung zu zwei Erinnyen abgerissen ist. Die übrigen Basisinformationen sind dir bekannt. Die Kreuzzugflotte hat das Mithuradonk-System verlassen; von der dortigen *Gefühlsbasis* wurde der Eindringversuch der beiden überfälligen Arkoniden gemeldet – sie wurden inzwischen per internes Transportsystem automatisch zur *Gefühlsbasis* von Xertomph weitergeleitet.«

Magantilliken wollte antworten, aber die Verbindung war bereits unterbrochen. Ein Abbruch des Kreuzzugs drohte – ein größeres Unglück konnte sich der Henker nicht vorstellen; immerhin trug er die Verantwortung dafür, dass Pannen dieser Art nicht vorkamen. Für Augenblicke schloss er die Augen, fühlte kurz den unbändigen Drang nach Ruhe in sich aufsteigen. Ein Gang durch einen blühenden Garten, die Nähe eines verständnisvollen *Dialogpartners* – das war es, was ihm jetzt fehlte. Abschalten, sich entspannen, nachdenken. Aber auf diesem Raumschiff gab es kein Erholungsdeck. Die Kantenlänge der acht gleichseitigen Dreiecke des Oktaeder-Kreuzers betrug nur 130, die Höhe 184 Meter. Doppelpyramiden diesen Typs waren an Bord der 1840 Meter hohen Großraumer oder der 1260 Meter hohen

Schlachtschiffe als Beiboote eingesetzt worden. Dass er trotz der Wichtigkeit seines Auftrags nicht besser ausgestattet worden war und in den *Gefühlsbasen* Erinnyen eingesetzt wurden, bewies mehr als deutlich das Misstrauen der Varganen. Die Nachricht, dass Atlan und Crysalgira überdies eine *Gefühlsbasis* erreicht hatten und nun nach Xertomph weitergeleitet wurden, wollte verdaut sein. *Ausgerechnet Xertomph.*

Seit Magantilliken bei seiner Jagd nach Ischtar erstmals mit diesem Arkoniden zusammengetroffen war, ging alles schief. Es war durchaus ein Schock gewesen, ihm sogar hier im Mikrokosmos zu begegnen. *Dieser Kerl ist einfach nicht kleinzukriegen – und wo er auftaucht, gibt es Ärger.* Genau das also, was in der jetzigen angespannten Situation auf Xertomph am wenigsten gebraucht werden konnte. Magantilliken beurteilte den Plan skeptisch, Atlan und Crysalgira für eine »Blutauffrischung« einzusetzen. Die Varganen waren unsterblich und gerade deshalb unter extrem langfristigem Gesichtspunkt zum Aussterben verurteilt, denn sie konnten sich nicht mehr fortpflanzen. Aber ob es ein guter Einfall war, gerade diesen Arkoniden und seine Begleiterin nach dem Vorbild Chapats zur Sicherung des Nachwuchses einzusetzen, bezweifelte der Henker. Atlan in die Eisige Sphäre zu bringen war seiner Meinung nach mehr als leichtsinnig. Nicht nur aus diesem Grund hatte er dem Kristallprinzen eine Stabwaffe überlassen und indirekt die Flucht ermöglicht. Irgendwie hatte er gehofft, der Bursche würde sich dabei quasi selbst das Genick brechen …

Mit der Überwachung des *Kreuzzugs nach Yarden* beauftragt, hatte sich Magantilliken – zunächst notgedrungen, dann immer interessierter – mit den maßgeblichen Fakten beschäftigt und war dabei auf viele Dinge gestoßen, an die er nicht einmal im Traum gedacht hatte, weil er bis auf kurze Aufenthalte in der Eisigen Sphäre seit Jahrzehntausenden im Makrokosmos unterwegs gewesen war. Andererseits passte vieles zu den Aussagen, die er von Rebellen gehört hatte. Erst jetzt schienen sich die Informationen langsam zu einem Gesamtbild zusammenzusetzen. Vor allem die Daten über Xertomph und die *Ckorvonen* hatten ihn förmlich elektrisiert. *Primitive*, dachte der Henker. *Aber dennoch aus Tropoythern hervorgegangen. Sie sind Tropoyther! Sterbliche zwar, aber sie pflanzen sich seit Urzeiten ganz normal fort …*

Leise sprach Magantilliken erstmals aus, was ihn so elektrisiert und dazu beigetragen hatte, Atlan die Stabwaffe zu überlassen:

»Wenn sich durch die Arkoniden unsere Unfruchtbarkeit überwinden lässt, muss das für die Ckorvonen ebenfalls zutreffen, denn auch sie sind keine unsterblichen und sterilen Varganen! Andererseits Nachkommen der *Urtropoyther* … Hm, die entscheidende Frage ist nun, wie maßgeblich die ›Fremdkomponente‹ ist, die unzweifelhaft mit den Arkoniden verbunden ist.«

In Gedanken malte er sich aus, dass die Arkoniden vielleicht gar nicht benötigt wurden, sondern auf Xertomph die Lösung quasi direkt vor der Nase lag und nicht nur auf zwei Individuen beschränkt war, sondern gleich mehrere Milliarden umfasste. Wie würden die Varganen in der Eisigen Sphäre auf diese Nachricht reagieren – ausgerechnet von ihm präsentiert? Er drückte auf eine Taste und sagte in das Mikrofon: »Isthmy und Xonth, sofort in die Zentrale!«

Der Ruf hallte vielfach verstärkt durch die Räume und Gänge des Doppelpyramidenschiffs. Kurz darauf schwebte eine goldene Kugel von einem Meter Durchmesser durch das offene Schott. Vier kurze Laufbeine wurden aus seinem glänzenden Metallkörper ausgefahren, das rote Orientierungsauge glühte auf. Als die stählernen Klauen den Bodenbelag berührten, entstand ein schrilles Geräusch, bei dem Magantilliken das Gesicht verzog. Der Roboter befolgte zwar sämtliche Befehle und war loyal, gleichzeitig aber von den Varganen der Eisigen Sphäre als »Aufpasser« programmiert; mitunter betont spitze Bemerkungen der Kugel gehörten dazu und machten dem Henker überdeutlich klar, wie sehr er sich in den Augen seiner Artgenossen bewähren musste. Auf Cherkaton war er in die Gewalt des *Propheten der Unwissenheit* geraten – und der von ihm benutzte Körper wurde von Ischtar vernichtet. Für kurze Zeit ließen ihn die Varganen zwar in die Eisige Sphäre, wo er Kraft schöpfte, doch dann musste er in seinem echten Körper Yarden verlassen. Genau genommen also nichts anderes als eine Verbannung, obwohl an der Wichtigkeit der Aufgabe kein Zweifel bestand. Der kugelförmige Roboter war eine wertvolle Hilfe, aber manchmal ging er dem Henker ziemlich auf die Nerven.

»Ich habe die Nachricht gehört«, schnarrte Isthmy.

Magantilliken verdrehte die Augen. »Kümmere dich um den Kurs und den Überlichtflug, eine Transmitterverbindung ist unter diesen Umständen zu riskant – sofern sie überhaupt zustande käme.«

Der Roboter schwebte durch die Zentrale und machte sich an die Arbeit. Inzwischen war auch Xonth eingetroffen. Der breitschultrige

Zagruler entstammte einem der von den Varganen beherrschten Völker und war ein Echsenwesen mit stämmigen Beinen, grün geschuppten Klauenhänden, breitem, lippenlosem Mund und großen hellroten Augen mit senkrecht stehenden, schlitzförmigen Pupillen, das an Bord der TROPOYTH quasi zum Inventar gehörte. Im Gegensatz zu dem Roboter sprach Xonth so gut wie nie.

Nachdenklich rief Magantilliken die Daten über Xertomph auf und warf einen kurzen Blick auf eine grafische Darstellung; ein großer, zwei kleine Kontinente, kaum vereiste Polkappen. Xertomph war der dritte von vier Planeten einer gelben Sonne, hatte einen Durchmesser von 11.676 Kilometern und eine leicht über Standard liegende Schwerkraft. Ein Umlauf beanspruchte knapp 408 planetare Tage. Die *Gefühlsbasis* war am Hang eines riesigen Berges verankert. Es würde leicht sein, sie zu finden, diesbezüglich rechnete der Henker mit keinen großen Schwierigkeiten. Er scrollte weiter, bis er die gesuchten Passagen erreicht hatte. Die Ckorvonen waren Nachkommen einer tropoythischen Kolonistengruppe, die zu jenen gehört hatte, die schon während der ersten Expansionsphase seines Volkes viele Planeten des Mikrokosmos besiedelt hatten. Der Kontakt zu diesen Frühkolonien riss ab, als es auf Tropoyth zum *Ersten Niedergang* kam, der viele Jahrzehntausende angedauert hatte. Damals hatte der Aufstieg der machtvollen Mondschattenpriesterschaft begonnen, viele der uralten Traditionen wie die dauerhafte Konservierung der Toten reichten in jene Zeit zurück, Mythen und Überlieferungen aus fernster Vergangenheit folgend, deren Ursprünge im Dunkel der Äonen verborgen waren. Niemand wusste später noch, was genau geschehen war.

Fest stand nur, dass der kulturelle und technologische Rückfall beträchtlich gewesen war. Die Siedler blieben sich selbst überlassen, genau wie auf Tropoyth selbst fielen die planetaren Kulturen nach kurzer Blüte in die Barbarei zurück. Es gab Kriege, oft genug wurden atomare Waffen eingesetzt. Kaum eins dieser frühen Siedlervölker sah heute noch den Tropoythern besonders ähnlich. Bei den Ckorvonen war das anders, sie waren zwar stämmiger und kleiner als die Tropoyther, ihre Haut war dunkler, aber sonst gab es keinen gravierenden Unterschied. Eine Ausnahme stellte nur das kleine Land Grodh dar, wo es viele körperliche Mutationen unter der Bevölkerung gab. Dem letzten Routinebericht zufolge hatten die Ckorvonen begonnen, eine bescheidene Technik zu entwickeln. Zu ihrem primitiven Zivilisationsstatus passend, standen sich auf dem Hauptkontinent

Han als rivalisierende Mächte die Länder Frinalhan und Vaanrhan gegenüber, während das Land Grodh ebenso wenig eine Rolle spielte wie die Staatsstrukturen der beiden kleinen Kontinente.

Magantilliken stand seufzend auf, musste alles überdenken. Seine Anwesenheit in der Zentrale war im Augenblick überflüssig – Sublichtbeschleunigung, der Nullzeitsprung mit dem Kyri-Triebwerk und der Flug bis zum Xertomph-Orbit übernahm der Kugelroboter.

Irgendwann war auf Tropoyth das »Erbe der Ahnen« wieder entdeckt worden und bildete die Grundlage für den Aufstieg. Als Silberkugeln umschriebene Hinterlassenschaften hatten den Tropoythern nahezu das komplette Wissen zur Verfügung gestellt, auf dem die spätere tropoythische Hochtechnologie beruhte. Es konnten sogar Raumschiffe gebaut werden, deren Überlichtgeschwindigkeiten, Reichweiten und sonstigen Möglichkeiten Leistungswerte erreichten, die die Grenzen des Mikrokosmos deutlich sprengten. Während sich der tropoythische Lebensraum auf ein Universum beschränkte, das nur wenig größer als ihre Heimatgalaxis war, gestattete das technische Wissen der Ahnen dagegen Reisen, die ein Vielfaches des erreichbaren Kontinuums ausmachten.

Welches Potenzial tatsächlich zur Verfügung stand, hatte sich letztlich sogar erst nach dem Wechsel in den Makrokosmos offenbart, während es in der Zeit des Wiederaufstiegs nach dem Niedergang nur Theorien ohne praktische Bedeutung gewesen waren, basierend auf dem Konzept von *Kyriliane* – »das Ganze«, »alles« –, jenem umfassenden Zustand aller einander durchdringenden Existenzebenen, dessen Teilbereiche sich durch die Absolute Bewegung als Möglichkeit des kontrollierten Materieaustauschs zwischen völlig unterschiedlichen Existenzebenen auch körperlich erreichen ließen. Obwohl Vargo bis heute als Entdecker des Geheimnisses der Absoluten Bewegung galt, durfte das nicht darüber hinwegtäuschen, dass er »nur« ein Gerät konstruiert hatte, welches auch in der Praxis jede beliebige Materiemenge versetzen und zurückholen konnte. Die theoretische Grundlage dagegen war uralt.

Magantilliken gestand sich ein, dass er sich früher über diese Dinge nie sonderlich Gedanken gemacht hatte. Darin unterschied er sich allerdings nicht von den meisten seiner Artgenossen. Seit der tropoythische Wissenschaftler, der maßgeblich das Wissen der Ahnen erforscht hatte und später nur noch als der *Ketzer Pargon* bekannt war, von den Mondschattenpriestern verdammt, verurteilt und hingerichtet worden war, bestimmte der Glaube an die eigene Leistung Überlieferung und Zivilisation. Sogar in der Spätzeit, als längst Hochtechnologie das Leben prägte, war der Einfluss der Mondschattenpriesterschaft und ihrer Lehren beträchtlich gewesen. Weiterhin wurden die Körper für die Ewigkeit präpariert, nun allerdings mit perfektionierten Verfahren, deren Einzelheiten nur die Mondschattenpriester kannten. Gleiches galt für die *Kyrachtyl* genannte Droge, *die* Droge, die den »sanften Tod« gewährleistete, die gezielte Lösung des Bewusstseins von der Hülle – umschrieben als »Freisetzung ins Kyriliane«. Was in den primitiven Epochen nur Glaube oder gar Aberglaube gewesen war, wurde mit der Entwicklung und Kontrolle diverser Parafähigkeiten und mehr noch durch die gezielte Bewusstseinswanderung bestätigt: Die rein körperliche Existenz war keineswegs alles!

Während die Tropoyther zu den Herrschern des Mikrokosmos wurden, nahmen die primitiven Frühsiedler nicht an der schnellen Weiterentwicklung des Stammvolkes teil, sondern blieben außen vor und wurden komplett ignoriert. Im Gegensatz zu den Tropoythern und ihren Nachkommen der zweiten Besiedlungswelle überstanden *sie* jedoch die bis heute rätselhafte und ungeklärte Katastrophe, die die tropoythische Zivilisation nach dem Wechsel der Varganen in den Makrokosmos heimgesucht hatte. Nicht einmal Vargo wusste zu sagen, ob die Nutzung der Absoluten Bewegung mit diesem Untergang bezahlt wurde oder ob es mit jenem sich abzeichnenden Umsturz zusammenhing, der Mamrohn damals veranlasst hatte, mit der Invasionsflotte den Übergang zu vollziehen. Tatsache war: Wohin sie auch gekommen waren – überall hatten sie nur tote Tropoyther in Konservierungsbehältern vorgefunden.

Nicht zum ersten Mal in letzter Zeit dachte Magantilliken an das, was er bei Unterhaltungen mit etlichen Rebellen vor ihrer Hinrichtung gehört hatte, dass Dinge erwähnt worden waren, die der Henker damals nicht richtig hatte einordnen können. Manche Rebellen wollten Spuren entdeckt haben, die scheinbar varganischer Natur waren, aber nicht von ihnen stammten – beispielsweise die *Silberkugeln*, die im Dreißig-Planeten-Wall die Welten miteinander verbanden –, während andere der Auffassung gewesen waren, dass die religiös verbrämten Mythen und Überlieferungen einschließlich des uralten Dogmas der Konservierung der Toten damit zusammenhingen oder sogar ursprünglich auf die »verschollenen Varganen« zurückgingen, wie Ischtar diese Unbekannten angeblich nannte.

Da die Konservierung jedoch Voraussetzung für eine erfolgreich angewandte Bewusstseinsprojektion war, stellte sich die Frage, ob ihre fernen Vorfahren wie auch die ihnen offenbar ähnelnden Unbekannten des Makrokosmos vielleicht schon einmal diese Fähigkeit gehabt und die Varganen in der Eisigen Sphäre sie nur wieder entdeckt hatten – begünstigt durch die Veränderungen, die mit dem Übergang zwischen den Existenzebenen sowie der Entstehung dieser Enklave selbst verbunden gewesen waren. Und abermals fragte sich der Henker, ob der Ursprung der tropoythischen Zivilisation gar nicht der Planet Tropoyth im Mikrokosmos gewesen war. Hatte genau dieses Wissen vor einer halben Ewigkeit – genau wie beim *Ketzer Pargon* – zur Verurteilung des Kyriliane-Sehers geführt, weil Vrentizianex mit seinen Augen die Ursprünge erkannt und gesehen hatte? Hingen vielleicht damit sogar die Rückkehr in den Mikrokosmos und die unerbittliche Verfolgung aller »Rebellen« zusammen – quasi eine Flucht vor der Wahrheit? Fragen, auf die Magantilliken nach wie vor keine Antwort wusste, obwohl in seinem Originalkörper die Konditionierung seines Bewusstseins sie nicht länger ins Unterbewusste abdrängte. Dass er bei den Ckorvonen auf Wesen gestoßen war, die – heutige Primitivität hin oder her – ihre Herkunft auf die *ursprünglichen Tropoyther* zurückführen konnten, erschien ihm fast wie ein Wink des Schicksals.

Magantilliken wusste, dass er sich verändert hatte, vom langen Leben im Makrokosmos geprägt war. In den kurzen Phasen, die er in der Eisigen Sphäre verbracht hatte, fühlte er sich stets als Fremder. Trotzdem brauchte er diesen Aufenthalt: Kein Vargane konnte länger als ein Jahr außerhalb von Yarden leben, ohne nicht wenigstens einmal für ein paar Tage dorthin zurückzukehren. Nicht zuletzt aus diesem Grund war es so wichtig, das der Kreuzzug sein Ziel erreichte und jede Störung vermieden wurde. Die Aussicht, bald nach Yarden zurückzukehren, war verlockend. Doch das Innere der Eisigen Sphäre, dessen Bild er in seinen Gedanken heraufbeschwor, hatte nicht mehr den alten Glanz. Dennoch musste er alles daransetzen, um seine Auftraggeber diesmal zufrieden zu stellen. Dass ausgerechnet die Ckorvonen hierbei einen ganz neuen Ansatzpunkt boten, sah Magantilliken als positive Wendung. Die zugrunde liegende Überlegung war derart simpel, dass sich der Mann fragte, warum sie noch kein Vargane gehabt hatte – sofern es nicht unter die Restriktionen und Denkblockaden fiel, die mit den Lehren, Ansichten und Doktrinen der Mondschattenpriesterschaft zusammenhingen: *Nachkommen mit den Ckorvonen …*

Er stieß seufzend die Tür zu seiner Kabine auf. Auch die Wasserstrahlen der Dusche konnten die trüben Gedanken nicht völlig aus dem Gehirn des Henkers vertreiben. Er versuchte, sich auf das bevorstehende Unternehmen und die damit ebenfalls verbundenen Aspekte zu konzentrieren.

Als Isthmy meldete, dass die Umlaufbahn von Xertomph erreicht war, befand Magantilliken sich in einer geradezu mörderischen Stimmung. Diese verschlechterte sich noch, als sich der aufdringliche Roboter darauf versteifte, seine Meldung so lange zu wiederholen, bis der Vargane in der Zentrale eingetroffen war. Auf dem Bildschirm raste die Oberfläche Xertomphs heran. Binnen weniger Augenblicke füllte ein Bergmassiv den Schirm aus. Magantilliken betrachtete den kahlen Felshang, sah glasiert wirkende Stellen und unterdrückte einen Fluch. »Ist das die Stelle, an der sich die *Gefühlsbasis* befand?«

»Ja.« Gleichzeitig änderte sich der Bildausschnitt und zeigte nun ein von steilen Hängen umrahmtes Tal. »Dort ist sie jetzt.«

Magantilliken starrte düster auf die unverkennbaren Spuren des gewaltigen Bergsturzes. Noch wusste er nicht, was genau passiert war, aber die *Gefühlsbasis* selbst schien ihren eigenen Absturz verursacht zu haben. Ein Blick auf die Massetaster bestätigte seine Befürchtungen. Die Kugel lag unter einer dicken Schicht von Geröll, Felsen, Eis und Schnee begraben, die selbst über dem Zenitpunkt der Kugel noch mindestens einhundert Meter stark war. Das hätte dem Henker nicht viel ausgemacht, denn die technische Ausrüstung der TROPOYTH war gut genug, um mit solchen Hindernissen fertig zu werden. Aber leider gab es ein anderes Problem: An der Unglücksstelle wimmelte es von Ckorvonen! Mit Hilfe klobig wirkender Fahrzeuge gruben sie sich durch das Lawinenfeld; ihr Ziel war nur zu deutlich zu erkennen – sie wollten zu der abgestürzten Kugel vordringen.

»Die *Emotiostrahlung* muss komplett ausgefallen sein, sonst hätten sie sich gar nicht nähern können. Sieht nach einem sehr erfolgreichen Angriff dieser verfluchten Rebellen aus.« Magantilliken erhielt keine Antwort, denn Isthmy verzichtete auf eine Entgegnung, während Xonth wie immer schwieg. Der Vargane musterte das provisorisch aufgebaute Barackenlager am Rand des Lawinenfelds, sah auch, dass der gewaltige Berg nach der Katastrophe noch immer nicht ganz zur Ruhe gekommen war. Unwillkürlich fühlte er eine Art Bewunderung für die Ckorvonen, die unter so gefährlichen Bedingungen ihren Wissensdurst zu stillen versuchten. *Würdige Nachkommen der Ahnen!*

»Welche Waffen wirst du einsetzen?«, fragte Isthmy plötzlich.

Magantilliken zuckte zusammen, riss sich von dem Anblick der konzentriert arbeitenden Ckorvonen los und drehte sich ärgerlich um. »Gar keine.«

Auch wenn die glatte Kugel, die bis auf die beliebig ausfahrbaren Handlungsarme den gesamten Roboter darstellte, zu keiner Mimik fähig war, wirkte Isthmy auf eine unbestimmbare Weise verwundert. »Du musst die Primitiven beseitigen.« Seine Stimme schwankte leicht und verriet damit die positronische Verwirrung. »Zumal sie eine Gefahr für die Station darstellen.«

Sie sind die Nachkommen der Ahnen, durchfuhr es ihn. *Ich kann nicht …* Laut sagte er: »Selbst wenn sie bis zur *Gefühlsbasis* vordringen sollten, können sie nicht hinein. Mit ihren primitiven Werkzeugen ist das nicht zu schaffen. Mein Entschluss steht fest. Es werden keine Waffen eingesetzt. Ist das klar?«

»Allmählich begreife ich, warum du im Makrokosmos versagt hast. Der Henker entwickelt Gefühle. Noch dazu Skrupel. Ich glaube, du wirst alt, Magantilliken.«

»Ich *bin* alt. Jahrhunderttausende«, sagte der Henker gelassen. Weitere Ortungsdaten liefen ein und vervollständigten das Bild, während Magantilliken sein weiteres Vorgehen plante. Noch vor der Landung war klar, dass die Ckorvonen ein unerfreulich hohes technisches Niveau erreicht hatten. Verbrennungsmotoren, Flugzeuge, konventioneller Funk, erste Computer, primitive Roboter, sogar Spaltreaktoren und andere Entwicklungen auf der Basis von Nukleartechnologie einschließlich ziemlich »schmutziger« Atombomben – die Ausstrahlungen der *Gefühlsbasis* waren seit deutlich längerer Zeit ausgefallen, als die letzten Routineberichte vorgegaukelt hatten. Leider gelang es auch aus dem Orbit nicht, mit den Erinnyen Verbindung aufzunehmen. Der Henker vertiefte sich in die Auswertungen zur politischen Situation, sagte schließlich: »Bereite die Landung vor. Wir gehen in dem Gebiet der Hochebene nördlich der Hauptstadt von Frinalhan nieder, direkt neben diesen Ruinen dort; es handelt sich um uralte Hinterlassenschaften der tropoythischen Ahnen. Aber warte noch, bis es in diesem Gebiet dunkel ist.«

»Du solltest es dir noch einmal überlegen«, empfahl Isthmy respektlos. »Vernichte die Eingeborenen und lande direkt neben der *Gefühlsbasis*, dann ist in kurzer Zeit alles geregelt.«

Der Henker würdigte den Roboter keiner Antwort, sondern hatte die feste Absicht, diese Angelegenheit wenn möglich ohne Gewalt durchzuziehen. Allerdings fußte dieser Entschluss auf Dingen, die Isthmys Programmierung überforderten.

Sanft wie eine Feder schwebte das Raumschiff über den schroffen Felsen des Gebirges und senkte sich dann auf eine mit kurzem Gras bewachsene Hochfläche. Die Gegend sah kahl und unwirtlich aus. An einigen Stellen glitzerten Schneeflecken. Drohend und dunkel hob sich die Silhouette eines Ruinenfeldes von dem fahlbraunen Gras ab. Jenseits der Ebene ragten die Berge wie Mauern auf. Nirgends zeigte sich ein Lebewesen. »Wir verlassen das Schiff und fliegen noch in der Nacht bis in die Nähe des Lawinengebietes«, ordnete Magantilliken an. »Morgen früh sind wir am Ziel. Ihr kennt meine Planung.«

»Die Ckorvonen werden mit einem einzigen Blick erkennen, dass wir Fremde sind«, stellte Isthmy trocken fest. »Vielleicht kannst du dich als einen ausgeben, aber Xonth und mich werden sie nicht akzeptieren.«

»Abwarten.« Magantilliken ging zur Bodenschleuse. Der Zagruler wartete bereits, hatte das Schott aber noch nicht geöffnet. Der Henker warf einen Blick auf die Kontrollgeräte. »Öffne!«

Ein kalter Wind wehte Magantilliken entgegen, als er die Rampe betrat. Trotz des Schutzanzugs schauderte der Henker. Isthmy schwebte an ihm vorbei und umrundete rasch das Schiff. »Alles in Ordnung«, meldete er, als er zurückkehrte. »Ckorvonen sind keine in der Nähe.«

Der Henker nickte zu den Überresten einer riesigen Tempelanlage hinüber. Gewaltige Säulen trugen Tierwesen von monumentaler Größe. Die Skulpturen waren erstaunlich gut erhalten. Die halbvarganischen Gesichter starrten auf das Raumschiff; es schien, als würden sich die Steinfiguren sprungbereit ducken. »Sie meiden diese Gegend mit dem Tempel der Ahnen. Ich kann es ihnen nachfühlen.«

An der Reaktion des Echsenwesens erkannte Magantilliken, dass nicht nur er die unheimliche Ausstrahlung dieser Trümmer bemerkte. Ein Blick auf die Kontrollanzeige seines Armreifens bewies, dass in dieser Anlage noch Energieerzeuger vorhanden waren und Hyperstrahlung emittiert wurde. *Sogar noch nach Jahrhunderttausenden! Die alten Tropoyther haben für die Ewigkeit gebaut*, dachte der Henker, zuckte aber zusammen, als Isthmy ein Stück auf die merkwürdigen Figuren zuschwebte. »Zurück!«

Isthmy hielt an. Direkt über ihm glühte plötzlich ein bläuliches Licht auf. Die Augen eines vogelähnlichen Fantasiewesens mit überlangem Schnabel und halb ausgebreiteten Schwingen hatten zu leuchten begonnen, als der Roboter eine unsichtbare Grenze überschritt. Magantilliken fluchte verhalten, als Isthmy seinem Befehl nicht nachkam, sondern langsam zu dem Gesicht des Vogels hinaufschwebte. Der Roboter kam nur wenige Meter weit, dann löste sich aus dem Schnabel der Figur ein gleißender Lichtstrahl. Magantilliken schloss geblendet die Augen. Als er sie wieder öffnete, schwebte der Roboter dicht vor ihm.

»Verdammtes Ding!«, fauchte der Henker. »Warum hast du nicht gehorcht?«

»Ich bin verpflichtet, dich zu schützen. Jetzt weißt du, dass du den Figuren nicht zu nahe kommen darfst. Dein Individualschirm würde nicht ausreichen, um dich gegen einen solchen Energieschuss zu schützen. Soll ich das Ding zerstrahlen?«

»Untersteh dich. Einen besseren Wächter für die TROPOYTH können wir gar nicht finden. Oder glaubst du, die Ckorvonen wagen es, in der Nähe dieser Figuren herumzulaufen?« In Gedanken fügte er hinzu: *Nicht einmal wir Varganen scheinen uns näher für diese Hinterlassenschaften interessiert zu haben.*

»Trotzdem solltest du das Schiff nicht einfach hier herumstehen lassen.«

»Die Schleuse bleibt geschlossen, zum hervorragenden Ortungsschutz kommt die optische Tarnung, die das Schiff aus größerer Distanz als nebelverhangenen Berg erscheinen lässt. Das reicht in diesem Fall völlig aus. Und jetzt los, Deflektorfelder an!«

Isthmy übernahm die Führung. Dicht hinter ihm flog Magantilliken, der Zagruler machte den Abschluss. Die flugfähigen Anzüge brachten sie schnell voran. Nach kurzer Zeit erreichten sie den Rand der Ebene, überquerten eine Schlucht und schwebten entlang der

Berge bis zu dem Pass, den sie schon vom Weltraum aus gesehen hatten. Magantilliken legte Wert darauf, unauffällig das Lager der Ckorvonen zu erreichen. Als beste Möglichkeit bot sich die Straße an, die von der vor dem Gebirge gelegenen, rund fünfhundert Kilometer entfernten Hauptstadt Teihara in das Tal führte. Jenseits des Passes lag etwa auf halber Höhe des Abhangs eine einsame Hütte, die allem Anschein nach nur von einem einzelnen Ckorvonen bewohnt war. Dort gedachte der Henker für sich und den Zagruler landesübliche Kleidung zu besorgen.

Nach rund dreihundert Kilometern Flug erreichten sie kurz vor Morgengrauen das aus grob bearbeiteten Baumstämmen zusammengefügte Haus. Magantilliken ließ Isthmy und den Sklaven in der Deckung einer Gruppe wintergrüner Gehölze zurück und schlich sich vorsichtig an das Gebäude heran. Drinnen war alles dunkel und still. Der Henker fand eine unverschlossene Tür, die sich lautlos öffnen ließ, und wenig später eine Kammer, in der unter anderem eine Anzahl halblanger Pelzmäntel hing. Er nickte zufrieden, bediente sich und kehrte in den Flur zurück. Noch immer war es absolut ruhig im Haus. Der Besitzer dieser Hütte hatte offensichtlich einen gesunden Schlaf. Magantilliken zog leise die Tür hinter sich zu und kehrte in seiner eigenen Spur zu dem Versteck zurück.

»Das ist für dich«, sagte er und reichte dem Zagruler den Packen. »Wir fliegen noch ein Stück näher an die Straße heran. Dann suchen wir ein Versteck für die Schutzanzüge; die sind leider zu auffällig.«

»Das würde ich auch sagen«, bemerkte eine tiefe Stimme. Der Henker wirbelte herum. »Keine Bewegung!«, warnte der Mann, der wie aus dem Boden gewachsen zwischen zwei Büschen aufgetaucht war. »Mein Gewehr hat die Eigenschaft, sehr zuverlässig zu funktionieren.«

Magantilliken starrte in die Mündung einer altertümlichen Explosionswaffe. Er hob langsam die Hände. Der Fremde beobachtete ihn und Isthmy wachsam, bis seine Blicke zu Xonth abschweiften. Das war die Gelegenheit, auf die der Roboter gewartet hatte. Blitzschnell bildete sich eine winzige Öffnung in seinem stählernen Leib. Es zischte leise, der Fremde sackte in sich zusammen. Erleichtert atmete der Henker auf. Die erste Begegnung mit einem Ckorvonen zeigte, dass es unangebracht war, diese Wesen zu unterschätzen. Wenngleich das Gewehr nach varganischen Maßstäben primitiv war, hätte der Fremde sowohl Xonth als auch Magantilliken töten können.

»Das war knapp«, stellte Isthmy fest.

Xonth nickte zustimmend, aber Magantilliken hatte sich zu sehr darauf festgelegt, den friedlichen Weg zu gehen. »Verpass dem Burschen eine Betäubungsdosis, die ihn für etwa zwei Tage außer Gefecht setzt. Wir gehen weiterhin so vor wie besprochen.«

Isthmy verzichtete auf einen Kommentar. Der Paralysator zischte noch einmal, dann brachten sie den Ckorvonen in die Hütte. Magantilliken befahl dem Zagruler, den Fremden ins Bett zu legen und gut zuzudecken.

Als die Sonne aufging, hatten sie das Tal erreicht und landeten in einem kleinen Wald, während Isthmy einen geeigneten Platz suchte. Zwischen einigen Felsbrocken versteckten sie die Schutzanzüge. Magantilliken und Xonth zogen die gestohlene Kleidung über, verbargen jedoch neben Stabwaffen auch einige kleine technische Utensilien, darunter Armreifen, die einen ganzen Komplex von modularen Mikroaggregaten enthielten, einschließlich der Möglichkeit, einen Individualschutzschirm aufzubauen, ein Antigravfeld zu projizieren und einiges mehr.

Sie gingen bis zu einer Ausweichstelle am Rand der schmalen Straße, doch es dauerte eine Weile, bis das zuvor bereits geortete Fahrzeug mit lautem Gebrumm näher kam. Magantilliken gab dem Roboter einen Wink, Isthmy glitt lautlos auf die Fahrbahn hinaus. Zehn Schritte vor ihm stoppte der Wagen. Der Fahrer streckte den Kopf aus dem Fenster. »He, was soll das?«

»Keine Aufregung, mein Freund.« Magantilliken lächelte freundlich und kletterte über den Rand der Böschung. »Wir haben nur ein paar Fragen an dich.« Der Fremde spürte die leichte Berührung an seiner Schulter und wollte sich nach vorne werfen, aber es war zu spät. Isthmy zog den Handlungsarm mit der Injektionspistole zurück. »Auf die Ladefläche, schnell! Und von jetzt an bewegst du dich nur, wenn ich es dir befehle, verstanden? Kein Antigrav oder Prallfeld! Xonth, auf den Rücksitz!«

Der Roboter verankerte sich mit zwei Klauen auf dem hinteren Teil des Wagens. Xonth zwängte sich mühsam durch die Tür und half Magantilliken, den Fahrer festzuhalten. Das Mittel, das Isthmy dem Ckorvonen injiziert hatte, wirkte schnell. Der Fremde starrte den Varganen aus glasigen Augen an und hatte dem mentalen Druck des Varganen nichts entgegenzusetzen. »Wohin fährst du?«

»Zum Basislager.«

»In das Lawinengebiet?«

»Ja.«

»Was sollst du dort?«

»Eine Nachricht überbringen.«

Das Verhör war mühsam, denn der Ckorvone antwortete stets nur auf direkte Fragen. Immerhin wusste Magantilliken schließlich recht gut Bescheid. Der technische Leiter des Bergungskommandos stand unter dem Verdacht, dem Diktator des Landes Frinalhan feindlich gesinnt zu sein. Ein Mann namens Gaddos hatte eine genaue Überprüfung aller Unterlagen angeordnet. Dabei war man auf eine Information gestoßen, aus der sich diesem Burjos leicht ein Strick drehen ließ. Der Fahrer sollte diese Botschaft überbringen. Magantilliken sah keinen Grund, ihn daran zu hindern. Im Gegenteil: Löschte er diesen Teil der Erinnerung, lief er Gefahr, sich selbst zu entlarven – das Lager stand selbstverständlich mit der Regierung in der Hauptstadt in Funkverbindung. Der Henker beschränkte sich also darauf, dem Ckorvonen einige zusätzliche Informationen zu suggerieren. Demnach waren er und Xonth vom Diktator selbst beauftragt worden, bei der Bergung der Kugel zu helfen. Magantilliken gab sich als Lawinenspezialist aus dem befreundeten Land Grodh aus; die dort lebenden Mutanten lösten auch das Problem, wie Xonth auf unverdächtige Weise ins Lager betreten konnte. Die Ckorvonen kannten bereits primitive Roboter, doch er würde Isthmy als »Vermächtnis der Ahnen« ausgeben. In Frinalhan gab es zwar keine solchen Maschinen, aber ein Mann aus einem anderen Land durfte sich einige Besonderheiten leisten.

Geduldig warteten Magantilliken und der Zagruler, bis der Ckorvone aus der Trance erwachte. Der Mann schlug die Augen auf, wischte sich über die Stirn und drehte sich grinsend nach dem Echsenwesen um. »Ah. Die Pause hat mir gut getan. Ich denke, wir können weiterfahren. Von hier aus ist es nicht mehr weit. Sie werden sicher froh sein, im Lager endlich eine warme Mahlzeit zu bekommen.«

6.

Gefühlsbasis von Xertomph: *Die* Gefühlsbasen *waren machtvolle Instrumente, von denen aus die Völker der varganischen Heimatgalaxis beherrscht wurden; bereits die paramechanische Grundemission der* Emotiostrahler *reichte im Allgemeinen völlig zur subtilen Beeinflussung im varganischen Sinn aus, um Widerstand und Rebellion wirkungsvoll zu unterbinden. Grundlage hierzu war die in ihnen eingesetzte protoplasmatische Flüssigkeit, die aus gentechnologisch manipuliertem Varganengewebe gewonnen wurde und eine ganze Reihe bemerkenswerter Möglichkeiten aufwies, von denen die durch Energiezufuhr beim Kreuzzug in weitem Umkreis emittierte ultrahochfrequente Hyperstrahlung nur ein Aspekt war.*

Als Magantilliken seinerzeit erstmals ausgeschickt wurde, war in einem ersten Schritt ein über Vargos Umsetzer *betriebenes Kommunikationssystem zwischen Mikro- und Makrokosmos eingerichtet worden, mit dessen Hilfe die Bewohner der Eisigen Sphäre mit dem Henker in Verbindung treten konnten. Im Laufe der Zeit hatte es sich aber als notwendig erwiesen, bei Bedarf auch körperlich im Makrokosmos aktiv zu werden. Da jedoch kein Vargane dorthin zurückkehren wollte, waren auf der Basis von varganischen Dialogpartnern die Spezialkonstruktionen der Erinnyen konstruiert worden, die später auch außerhalb von Yarden im Mikrokosmos zum Einsatz kamen. Der robotische Kern der hochgezüchteten Wesen war in eine organische Hülle eingebettet, entwickelte ein Pseudobewusstsein und machte sie mehr noch als die Dialogpartner zu perfekten Androiden aus positronischen Verbindungen, organischen Substanzen – einschließlich gewisser Anteile des schwarzen Protoplasmas – und höhergeordneten Netzwerken.*

Um die ohnehin instabile Lage von Yarden nicht noch weiter zu destabilisieren, waren in einigen Gefühlsbasen *ebenfalls kleine Umsetzer installiert worden, die eine für den Personentransport geeignete Absolute Bewegung erzeugen konnten. Genau das aber hatte sich, wie Somor bewies, als Ansatzpunkt für die Rebellen erwiesen, die auf diese Weise direkte Gegenpole für ihre eigene Umsetzer-Technologie erhielten. Nach Rücksprache mit Vargo hatten Kandro und Kreton auf eine Demontage dieser Umsetzer verzichtet – einerseits weil das den Einsatz der Rebellen-Umsetzer im Makrokosmos nicht verhindern konnte, andererseits weil auf diese – wenngleich riskante – Weise eine scheinbar »offene Flanke«*

geboten wurde. Griffen die Rebellen nun an diesen bekannten Zielen an, war die Wahrscheinlichkeit hoch, dass die Attacke abgewehrt werden konnte. Mit der Positionsverschiebung der Gefühlsbasis *von Ofanstände hatte ein solcher Zugriffsversuch verhindert werden können. Es würde jedoch nicht der letzte gewesen sein. Genauer: Es hatte bereits ein weiterer stattgefunden, hier in der* Gefühlsbasis *Xertomph.*

Xertomph: Tag drei nach dem Felssturz

Gegen Mittag war Burjos allein in dem kahlen, ungemütlichen Büro und brütete über der Karte des Lawinengebiets. Allmählich wurde er ungeduldig, kam seinem Ziel nicht einen Schritt näher. Das Tiefdruckgebiet hatte sich weiter vom Gebirge entfernt, die Temperaturen blieben konstant unter dem Gefrierpunkt. Der Vermessungstrupp meldete über Funk, dass die Verhältnisse im oberen Teil des Dogro besser als erwartet waren – der Schnee hielt und ließ sich durch nichts erschüttern. Auch die Fahrzeuge kamen besser voran, die Piste wurde breiter und fester. Burjos durfte es nicht wagen, unter diesen Bedingungen die Arbeiten durch immer strengere Sicherheitsmaßnahmen zu verzögern. Gaddos lungerte ohnehin überall herum und wartete auf seine Chance. Wenn es so weiterging, erreichten sie morgen Nachmittag den vorherberechneten Punkt über der Kugel. Noch blieb dem Agenten eine reichliche Frist, aber er durfte nicht darauf hoffen, dass sich sein Problem von selbst löste.

Er hörte das Brummen eines Motors, sah zum Fenster hinaus und entdeckte einen Wagen, der auf die Baracke zurumpelte. Das Fahrzeug trug auf den Türen das Emblem des Diktators. Als es anhielt, stiegen zwei Männer aus. Den einen kannte er. Es war Gwarn, ein Sklave, der für Gaddos arbeitete. Der andere war ungewöhnlich groß und schlank, hatte ein markantes, bronzefarbenes Gesicht und langes, goldblondes Haar, das unter der Kapuze des halblangen Pelzmantels hervorquoll. Die goldfarbenen Augen waren von fast hypnotischer Ausstrahlungskraft, wirkten auf unbestimmbare Weise uralt und passten nicht zu der sonst fast jugendlichen Erscheinung des Fremden. Burjos war ein scharfer Beobachter, ihm entging weder der hochmütige Blick, mit dem der Unbekannte das Lager bedachte, noch das winzige spöttische Lächeln. Der Fremde war ihm auf den ersten Blick unsympathisch. Dann sah er den dritten Insassen des Wagens, der sich mühsam durch die Tür nach draußen quetschte;

verwundert schüttelte er den Kopf. Das Wesen war nicht größer als ein durchschnittlicher Ckorvone, aber deutlich breiter. Die Beine waren ungemein kräftig. Das von der Kapuze umrahmte Gesicht wies echsenhafte Züge auf: Über einem breiten, lippenlosen Mund gab es zwei in die Haut eingesenkte Nasenlöcher; zwei große, hellrote Augen wiesen senkrecht stehende, schlitzförmige Pupillen auf. Burjos bemerkte noch die metallisch glänzende Kugel auf der Ladefläche des Wagens, dann kamen die drei Besucher auf die Baracke zu, und er zog sich hastig vom Fenster zurück.

Der Agent presste die Lippen aufeinander und suchte verzweifelt nach einem Ausweg. Gwarns Ankunft hatte mit Sicherheit nichts Gutes zu bedeuten. Gingen die Fremden zuerst in das Büro des Hageren, konnte er das Gebäude verlassen und sich zu dem Hubschrauber durchschlagen, dessen Standort Jintha ihm verraten hatte. Er musste eben später heimlich zurückkehren, um seine Mission zu erfüllen. Aber die Ankömmlinge taten ihm den Gefallen nicht, den Flur zu verlassen. Hinter der Tür hörte er die Fistelstimme des Sklaven, dann näherten sich Schritte.

»Treten Sie ein«, sagte Gaddos höflich und hielt den Fremden die Tür auf. »Sie bekommen Hilfe. Darf ich Ihnen Magantilliken vorstellen? Das ist sein Gehilfe Xonth. Die beiden kommen aus Grodh. Teihendru hat sie zu uns geschickt, weil sie Spezialisten im Umgang mit Lawinen sind.«

Magantilliken hieß der Fremde also. Ein merkwürdiger Name, wenn man bedachte, dass die Leute in Grodh meistens einsilbige Namen bevorzugten. Und Xonth? Der Agent hatte Grodh einmal durchquert, eine ganze Anzahl Mutanten gesehen, allerdings war keiner darunter gewesen, der so fremdartig wie dieser eckige Kerl wirkte, dessen Haut geschuppt war wie die eines Reptils.

»Wir werden sicher gut zusammenarbeiten«, sagte Magantilliken in diesem Moment. Burjos versuchte, den fremdartigen Akzent einzuordnen, es gelang ihm nicht, sein Misstrauen wuchs. Er merkte, dass Magantilliken ihn spöttisch anstarrte.

Nervös wies er auf den Tisch. »Wollen Sie sich die Karte ansehen?«

Der Fremde warf nur einen kurzen Blick auf die grafische Darstellung, lächelte und deutete mit dem Zeigefinger auf die Stelle, an der die Kugel vermutet wurde. »Wie hoch ist die Schicht über dem Objekt?«

»Wir wissen es noch nicht genau. Es liegen Berechnungen vor, aber sie enthalten eine Reihe von Unsicherheitsfaktoren. Auch unsere Messgeräte liefern keine genauen Werte, es sind aber mindestens hundert Meter. Erzhaltige Gesteinsbrocken verzerren die Ergebnisse.«

Burjos breitete die Unterlagen vor Magantilliken aus und erklärte ihm die Situation. Von Zeit zu Zeit glitt der Anflug eines amüsierten Lächelns über das goldbraune Gesicht. Die Arroganz des Fremden irritierte Burjos immer stärker. Die Bewohner von Grodh waren im Allgemeinen sehr bescheiden; ihr Land war arm, sie bemühten sich, zu allen Staaten gute Beziehungen zu unterhalten. Magantilliken passte nicht in dieses Bild. Das betraf nicht nur sein Aussehen, seine Sprache und sein Benehmen, sondern auch die Tatsache, dass er Teihendru mit seinen Kenntnissen unterstützen wollte – eine eindeutige Parteinahme für Frinalhan.

»Ich werde mir das alles noch einmal an Ort und Stelle ansehen«, näselte Magantilliken, als Burjos mit seinem Vortrag fertig war. »Ich nehme an, dass ich durch Isthmy ein wesentlich genaueres Bild erhalten werde.«

»Wer ist Isthmy?«, wollte Gaddos wissen.

»Die Kugel auf der Ladefläche des Wagens«, sagte Magantilliken herablassend. »Es handelt sich um eine sehr vielseitige Maschine, die in bescheidenem Umfang sogar selbstständig handeln kann.«

»Ein komischer Name«, murmelte Burjos.

»Aber bevor ich hinausfahre«, fuhr Magantilliken ungerührt fort, »möchte ich mich gerne erfrischen und auch etwas essen. Wir haben eine lange und anstrengende Fahrt hinter uns.«

»Ich werde für alles sorgen«, versprach Gaddos diensteifrig und führte die Besucher aus dem Büro. Burjos sah ihnen in Gedanken versunken nach. Für den Augenblick hatte er seine eigenen Probleme vergessen. Magantilliken und dessen schweigsamer Begleiter mit der Echsenhaut beschäftigten ihn noch immer. Er hörte sie draußen noch eine Weile sprechen, dann wurde es still.

Kurz darauf stürzte Jintha in das Büro. »Gwarn hat eine Botschaft überbracht«, stieß sie atemlos hervor. »Es scheint, als hätte man einen dunklen Punkt in deiner Vergangenheit entdeckt. Eben hat Gaddos über Funk mit meinem Vater gesprochen und sich diese Angaben bestätigen lassen. Deine Verhaftung ist fest beschlossen. Du musst sofort fliehen!«

»Hat er Teihendru gegenüber auch die beiden Spezialisten aus Grodh erwähnt?«

»Nein. Aber das ist doch völlig unwichtig.«

»Das finde ich nicht. Diese Kerle sind mir nicht geheuer. Wer weiß, woher sie wirklich kommen und was sie planen ...«

»Was kümmert es dich? Die beiden können dir egal sein. Sobald Gaddos die Fremden herumgeführt hat, wird er sich mit dir beschäftigen. Willst du warten, bis er zuschlägt?«

»Nein, natürlich nicht.« Burjos stand auf. Die Entscheidung war gefallen. Ließ er sich verhaften, flog alles auf, Vaanrhan geriet in größte Gefahr. Dennoch gab es einen Punkt, den er noch regeln musste. »Ich nehme dein Angebot an.« Er legte seine Hände auf Jinthas Schultern. »Aber nur unter einer Bedingung: Du kommst mit! Ich weiß mehr über die Beziehungen zwischen Gaddos und deinem Vater. Teihendru wird dich dieser Bestie bedenkenlos ausliefern – und du weißt, was dir dann bevorsteht.«

Jintha sah zu ihm auf, wollte zuerst widersprechen, dann aber schlang sie plötzlich die Arme um seinen Hals und flüsterte an seinem Ohr: »Ich komme mit.«

Er drückte sie für einen Moment an sich, bevor er sie zur Tür zog. Jetzt tat es ihm Leid, dass er so viel Zeit verloren hatte. Wichtig war nur Jintha, sonst nichts. Er riss die Tür auf – und stand Gaddos gegenüber.

»Sie haben es eilig?«, fragte der Hagere kalt. »Das trifft sich gut, denn der Wagen wartet schon. Sie werden noch heute nach Teihara zurückkehren, und Sie, meine Teuerste, werden diesen Verräter begleiten. Es wird Teihendru interessieren, zu welchem Zweck seine heiß geliebte Tochter einen Hubschrauber angefordert und hier in der Nähe versteckt hat.«

Der Wächter, den Gaddos den Gefangenen zugeteilt hatte, nahm seine Aufgabe durchaus ernst. Er sorgte dafür, dass sich Burjos und Jintha nicht von ihren Fesseln befreien konnten, denn der Hagere hatte ihn darüber informiert, dass nicht nur der Leibwächter ein gut ausgebildeter Kämpfer war. Auch Jintha konnte sich sehr gut ihrer Haut wehren. Aber der Respekt des Mannes vor Teihendrus Tochter war immer noch so groß, dass er eine Unterhaltung nicht zu verbieten wagte. Allerdings hielt er die Ohren offen; das versuchte Burjos für seine Zwecke auszunutzen und sagte leise: »Gaddos wird bald einsehen, dass er einen schlimmen Fehler gemacht hat.«

Jintha schüttelte hoffnungslos den Kopf. »Er mogelt sich schon wieder heraus«, murmelte sie bitter. »Er findet immer einen Weg. Und wenn er ein paar Leute ermorden lässt, kümmert das meinen Vater wenig. Allmählich begreife ich das ganze Spiel. Du hattest Recht. Ob ich Teihendrus Tochter bin oder nicht, spielt überhaupt keine Rolle. Er wird mich, ohne mit der Wimper zu zucken, zum Tode verurteilen.«

»Wahrscheinlich. Und mein Schicksal dürfte nicht viel anders aussehen. Aber das ist jetzt nicht so wichtig.«

»Wie bitte?«

Er grinste verhalten. »Es ist mir durchaus nicht egal, wie ich sterbe. Aber wenigstens habe ich die Genugtuung, dass Gaddos uns bald folgen wird. Diesmal hat er den Kopf zu tief in die Schlinge gesteckt.« Jintha sah ihn fragend an. Burjos registrierte zufrieden, dass auch der Wächter gespannt zuhörte. »Er wird nicht über uns stolpern, sondern über die angeblichen Lawinenspezialisten.« Er sprach weiterhin leise, damit der Anschein gewahrt blieb, als handele es sich um Vertrauliches. »Magantilliken und sein geschuppter Gehilfe kommen garantiert nicht aus Grodh, da bin ich mir ganz sicher. Ich möchte sogar wetten, dass sie überhaupt nicht auf diesem Planeten geboren wurden.«

Jintha schnappte nach Luft. »Du fantasierst. Die beiden gebrauchen unsere Sprache, zumindest dieser Magantilliken sieht uns sehr ähnlich. Es gibt zwar die uralten Überlieferungen, in denen behauptet wird, dass unsere Vorfahren vor sehr langer Zeit mit Raumschiffen auf Xertomph gelandet seien, aber das sind Hirngespinste, die wissenschaftlich nicht belegbar sind. Selbst wenn etwas Wahres daran ist, müsste dieses geheimnisvolle Volk längst ausgestorben sein. Außerdem – wenn wirklich Raumfahrer zu uns kommen sollten, welchen Grund hätten sie, das zu verschleiern? Und warum kümmern sie sich dann als Erstes ausgerechnet um diese Bergungsaktion?«

»Um an die Kugel heranzukommen.«

»Aber Magantilliken hilft Gaddos doch, treibt die Arbeiten voran, und sobald unsere Leute das Ziel erreicht haben, hat er allein keine Chance, sich den Fund zu sichern.«

»Er hat bestimmt die Mittel, genau das zu tun. Pass auf, Jintha, ich habe die ganze Zeit über dieses Problem nachgedacht. Vielleicht irre ich mich in einigen Punkten, aber ich glaube, ich komme der Wahrheit ziemlich nahe. Nimm einmal an, diese Kugel gehörte unseren Ahnen. Ein so riesiges Ding lässt niemand so einfach auf einem Planeten zurück, ohne einen zwingenden Grund dafür zu haben. Sie hat also eine Funktion, muss sogar sehr wichtig sein. Auf keinen Fall war geplant, dass wir sie untersuchen sollten. Deshalb wurde sie in der unzugänglichen Steilwand platziert, wo wir sie niemals hätten erreichen können. Solange sie da oben blieb, war alles in Ordnung. Jetzt, da sie durch einen Zufall in unsere Reichweite gerückt ist, wurde jemand geschickt, der die ganze Sache wieder in Ordnung bringen soll.«

»Das glaube ich nicht. Wenn unsere Ahnen nicht ausgestorben sind, warum haben sie nicht schon früher Kontakt zu uns aufgenommen?«

»Ich weiß es nicht. Vielleicht sind wir ihnen absolut gleichgültig. Nur die Kugel interessiert sie.«

»Das ist unlogisch. Die Kugel hat Waffen, deren Wirkungskraft unsere Vorstellung übersteigt. Das Ding ist uralt, aber es funktioniert immer noch. Nehmen wir an, Magantilliken sei ein Nachkomme der Leute, die diese Waffen konstruiert haben, und seine einzige Aufgabe wäre, uns von diesem Objekt zu vertreiben. Was wäre dann einfacher, als das Lager und alle Ckorvonen ringsum zu vernichten?«

»Du hast Recht. Aber es gibt einen Hinweis darauf, dass die Fremden sich scheuen, uns zu töten, solange sie es vermeiden können. Teihara ist eine sehr alte Stadt, auch wenn sie inzwischen etliche Male den Namen gewechselt hat. Der Kern des Palasts wurde vor über eintausend Jahren gebaut. Das Quamendrin-Massiv liegt ganz in der Nähe. Es ist schon sehr lange bekannt, dass es dort reiche Bodenschätze gibt. Trotzdem wurden sie nicht ausgebeutet. Niemand näherte sich freiwillig dem Berg. Glückssucher, die es trotzdem wagten, bezahlten es meistens mit dem Leben. Und plötzlich, vor knapp hundert Jahren, strömten die Ckorvonen förmlich in Scharen ins Quamendrin-Massiv. Schlagartig hatte der Berg seine Schrecken verloren.«

»Es hat ihn noch niemand bestiegen«, gab Jintha zu bedenken.

»Wozu auch? Bis jetzt waren wir hinreichend damit beschäftigt, die Schätze zu bergen, die sich in den unteren Regionen befinden. Alle Kräfte in Frinalhan werden auf die technische Weiterentwicklung konzentriert. Jeder Mann im passenden Alter, der nicht gerade ein

Krüppel ist, wird zum Militärdienst gezwungen. Für sportliche Ambitionen bleibt also wenig Raum. Aber ich kenne trotzdem einige Leute, die es sofort wagen würden, würden ihnen nur die richtigen Mittel zur Verfügung gestellt. Von einer echten Angst vor dem Quamendrin ist nichts mehr zu spüren. Noch vor hundert Jahren wäre jeder, der sich auch nur hundert Schritte ins Woronongtal hineingewagt hätte, als Todgeweihter betrachtet worden.«

Jintha war nachdenklich geworden. »Es ist in der Tat merkwürdig. Aber ich sehe keinen Zusammenhang zwischen diesen Dingen und dem Verhalten Magantillikens.«

»Ich schon. Bis vor hundert Jahren wurden wir daran gehindert, dem Quamendrin nahe zu kommen. Nicht mit Hilfe von Waffen, sondern auf eine … hm, ›stille Art‹. Eine geistige Beeinflussung! Vielleicht verhinderte sie sogar unsere technische Weiterentwicklung, die bis vor hundert Jahren ja ebenfalls stagnierte. Daraus schließe ich, dass es die Fremden nicht darauf anlegen, uns umzubringen – es sei denn, wir werden ihnen zu lästig.«

»Aber wie sollen sie so etwas machen?«

»Mit einer Verbotstafel am Taleingang bestimmt nicht.« Burjos nickte grimmig. »Denk an die Niava-Kristalle. Teihendru versucht seit Jahren, ihre Macht gezielt zu benutzen, aber er schafft es nur mit Einschränkung. Zum Glück, denn das wäre eine Waffe, der niemand auf diesem Planeten etwas entgegenzusetzen hätte. Hypnosuggestion! Ein direkter Einfluss auf das Gehirn, dem sich niemand entziehen kann. Vielleicht haben unsere Ahnen einen Weg gefunden, die Wirkung der Kristalle auszunutzen oder künstlich nachzuahmen. Sobald jemand in den Strahlungsbereich der Kugel kam, befiel ihn die Angst – er zog sich zurück. Bis eben vor hundert Jahren der Einfluss endete.«

»Das würde bedeuten, dass die Kugel seit damals gestört oder gar beschädigt ist. Warum kümmern sich die Fremden dann aber erst jetzt darum?«

»Ich weiß es nicht. Vielleicht haben sie die Kugel vorher nicht gebraucht.«

»Es klingt alles sehr fantastisch. Fremde aus dem Weltraum! Wie sollen sie überhaupt nach Xertomph gekommen sein?«

»Mit einem Raumschiff natürlich.«

»Das hätte man orten müssen.«

»Mit unseren Geräten?« Burjos lachte leise. »O nein! Die Fremden sind uns technisch weit überlegen. Sie sind ohne unser Wissen gelandet. Wahrscheinlich befindet sich das Schiff ganz in der Nähe. Die *Ebene der Ahnentempel* zum Beispiel wäre ein hervorragendes Versteck. Kein Ckorvone, der seine fünf Sinne beisammenhat, wagt sich in dieses Gebiet.«

»Wir müssen etwas unternehmen. Selbst wenn sich die Hälfte deiner Vermutungen als falsch erweist, ist die Gefahr zu groß. Wir sind vielleicht die Einzigen, die Verdacht geschöpft haben. Magantilliken muss gefangen genommen oder wenigstens vertrieben werden.«

»Das wird er sich kaum gefallen lassen. Man braucht sich diesen Kerl nur anzusehen, um zu wissen, dass er eiskalt und gewissenlos seine eigenen Interessen verfolgt. Wahrscheinlich hilft er Gaddos nur, weil er sich die Arbeit sparen will, die Kugel selbst auszugraben. Sobald er sich am Ziel sieht, wird er zuschlagen. Ich hoffe nur, dass Gaddos lange genug lebt, um Teihendru vorgeführt zu werden. Er soll wenigstens einen Bruchteil der Qualen spüren, die er anderen zugefügt hat, ehe er stirbt.«

Jintha schwieg. Sie hatte sich für die Dauer der Unterhaltung von ihrem eigenen Schicksal ablenken lassen. Beklommen starrte sie nach vorne, wo in der Dunkelheit eine schwach leuchtende Halbkugel über den Hügeln auftauchte. Dort lag Teihara.

Gegen Mitternacht hielt der Wagen vor dem prunkvollen Haupttor des Palastbezirks. Ein Wächter sah kurz in den Wagen, las die schriftliche Bescheinigung, die der Wachtposten im Wagen ihm reichte, im Schein einer Lampe und winkte dann lässig seinem Kollegen im hell erleuchteten Postenhaus zu. Das Tor öffnete sich lautlos. Sie fuhren über die Wege, die Jintha seit ihrer Kindheit kannte. Es ging durch einen kleinen Park, dann über die breite Auffahrt, an dessen Ende die Freitreppe lag. Aber diesmal hielt der Wagen nicht an der gewohnten Stelle, sondern bog nach links ab. Die vielfarbige Fassade des Herrscherhauses huschte vorbei. Sie tauchten in das Dunkel der zahllosen Nebengebäude, wo von dem weiter vorne zur Schau gestellten Reichtum nichts mehr zu sehen war. Eine dicke Mauer, deren einziges Tor von bewaffneten Soldaten bewacht wurde, grenzte das Wohngebiet der niederen Sklaven gegen den Gefängnistrakt ab. Sie durften passieren und standen wenig später vor einem fast fensterlosen Gebäudeklotz aus rotbraunen Steinblöcken. Scheinwerfer tauchten das Haus und den Innenhof in grellweißes Licht. Auf den klobigen Wachttürmen der Mauer sah Jintha zahlreiche Soldaten.

»Ich bin Teihendrus Tochter«, sagte sie zu dem Kerkermeister, der die neuen Gefangenen in Empfang nahm. »Ich muss unbedingt meinen Vater sprechen. Es ist lebenswichtig.«

»Das kann ich mir denken.« Der grobschlächtige Mann nickte und gab ihr einen Tritt. »Vorwärts! Und merk dir eins: Wer hierher kommt, wird nach seiner Abstammung nicht gefragt.«

7.

Gefühlsbasis von Xertomph: *Da das interne Transportsystem die Erinnyen einwandfrei empfangen hatte, wäre es einfach gewesen, Magantilliken hierher zu holen, ein Hyperfunkspruch hätte genügt. Aber dieser konnte eben nicht abgestrahlt werden, weil sich Sektor »Sendung« gegen die Befehle sperrte. Die Erinnye kontaktierte angesichts des unauflösbaren Zirkels ihre »Schwester« – und erfuhr, dass sich derzeit auch das Transportsystem nicht umpolen ließ, weil es von der benachbarten, zum Mond von Ofanstände versetzten* Gefühlsbasis *angesteuert worden war. Eine Nachfrage beim Sektor »Empfang« bestätigte den Eingang einer entsprechenden Nachricht; dort seien die beiden verschwundenen Arkoniden aufgetaucht und hätten schließlich sogar vom internen Transportsystem erfasst werden können. Es war aber keine zeitverlustfrei erfolgende Versetzung mit augenblicklicher Materialisation, sondern der Vorgang dehnte sich auf rätselhafte Weise; kein Ende war in Sicht, somit allerdings auch die Sendefunktion zu einem neuen Ziel blockiert. Eine Analyse der eingehenden Impulse führte zu dem Ergebnis, dass sich »Dritteinflüsse« auf der Basis der Umsetzer-Technologie in den Transportvorgang »eingeklinkt« hatten; einer davon wurde als »von den Rebellenangreifern ausgehend« identifiziert, der andere war unbekannter Natur, entsprach aber bis auf die immense Leistungsspitze weitgehend dem eines varganischen Umsetzers.*

Die Erinnyen wussten, dass der Kreuzzug in Kürze das Manetzasy-System erreichen würde. Ohne die psychische Beeinflussung durch die Emotiostrahler *bestand die Gefahr, dass die Tejonther den Kreuzzug abbrachen, sich zerstreuten oder einfach umkehrten. Der Überwachung in der Eisigen Sphäre war der Angriff auf die* Gefühlsbasis *Xertomph spätestens seit dem Ausbleiben des Bestätigungssignals bekannt, die Varganen würden deshalb auf dem schnellsten Weg Magantilliken herschicken. Um auf seine Ankunft vorbereitet zu sein, schaltete sich die Erinnye in das Empfangssystem ein und erfuhr aus der an sie gerichteten verschlüsselten Botschaft, dass der Vargane bereits informiert war. Sie wunderte sich keineswegs darüber, dass der Henker angesichts der Umstände von vornherein darauf verzichtete, per Transmitter die defekte Station aufzusuchen. Da er sich im Raumschiff nähern musste, machte sich die Erinnye pflichteifrig daran, dem Henker den Weg zu ebnen. Winzige Sonden verließen die* Gefühlsbasis *und bohrten sich durch die Gesteins- und Schneemassen, die die Kugel bedeckten. Die Erinnye registrierte die Anwesenheit der neugierigen Primitiven. Mobile Desintegratoren würden sich leicht einsetzen und ein Schacht fräsen lassen, der bis zur Oberfläche führte, doch damit musste die Erinnye aus Vorsicht warten, bis der Henker vor Ort eingetroffen war. Der so zart und feminin wirkende Androide traf alle nötigen Vorbereitungen, dann lauschte er mit Hilfe der Geräte wieder nach draußen, während seine »Schwester« weiter die Impulse des Transportvorgangs analysierte und nach einer Möglichkeit suchte, dort anzusetzen.*

Xertomph: Magantilliken

Vom Fenster aus sah der Vargane, wie Burjos und die junge Frau abtransportiert wurden; beide waren gefesselt. Er dachte flüchtig daran, wie leicht er ihnen hätte helfen können, schüttelte aber unwillig den Kopf. Er wollte die Ckorvonen schonen, aber das hieß noch lange nicht, dass er sich in der jetzigen Situation in innenpolitische Dinge einmischte; er hatte genug damit zu tun, mit diesem Gaddos fertig zu werden. Zwar behandelte ihn der Hagere sehr zuvorkommend, aber etwas warnte den Henker. Dieser Mann war gefährlich.

»Das Fahrzeug steht bereit«, knarrte der Kerl mit seiner unangenehmen Stimme. Magantilliken nickte Xonth zu, der hastig einen letzten Brocken Fleisch in den Mund schob, dann verließen sie die Baracke. Vor der Ladefläche des Wagens, mit dem sie in das Basislager gekommen waren, blieb Magantilliken stehen. »Isthmy, komm mit!«

Die metallene Kugel kletterte gehorsam herab. Gaddos verfolgte die Bewegungen der vier Beine mit großem Interesse. »Das ist wirklich eine bemerkenswerte Maschine. Woher haben Sie diese Kugel?«

»Ich fand sie in den Herkanbergen, vielleicht ein Vermächtnis der Ahnen«, log Magantilliken unbekümmert. »Sie hat mir schon sehr gute Dienste geleistet.« Er sah das gierige Glitzern in den Augen des Hageren und fügte bedächtig hinzu: »Isthmys einzige schlechte Eigenschaft ist leider, dass er nur mir gehorcht. Xonth duldet er in seiner Nähe, aber er lässt sich weder von ihm noch anderen Befehle geben.«

Gaddos wich vorsichtshalber einen Schritt zurück. Isthmys rotes Orientierungsauge funkelte den Ckorvonen an. Der Henker konnte sich ein Lächeln nicht verkneifen. Dem geschwätzigen Roboter fiel es sicher schwer, in dieser Situation auf seine boshaften Bemerkungen zu verzichten. Der Hagere führte sie zu einem kleinen Fahrzeug, in dem gerade vier Personen Platz fanden. Am Steuer saß ein dick vermummter Ckorvone. Er streifte den Henker und dessen Begleiter mit einem neugierigen Blick, wandte sich jedoch hastig ab, als Gaddos auftauchte.

»Bleib hinter uns!«, befahl Magantilliken dem Roboter. Zu seinem Erstaunen stieg auch Gaddos ein. Er hatte gehofft, sich einigermaßen ungestört im Lawinengebiet umsehen zu können. Der Fahrer war kein Problem, aber mit dem Hageren musste er vorsichtig sein. Er hatte längst gemerkt, dass jeder in diesem Lager vor Gaddos zitterte. Dieser Mann schien über eine ungeheure Macht zu verfügen. Der Wagen setzte sich rumpelnd in Bewegung und steuerte in den Hohlweg hinein, den die Räumungsmaschinen in den Schnee gefressen hatten. Bald kamen die ersten Arbeitskommandos in Sicht. In Pelze gehüllte Ckorvonen ebneten die Fahrbahn und schaufelten Ausweichstellen in die Schnee- und Felswälle. In regelmäßigen Abständen waren Zelte errichtet worden, in denen sich die Arbeiter ausruhen konnten. Rechts und links türmten sich Felstrümmer und riesige Eisbrocken zu wahren Bergen.

»Gab es Überlebende?«, fragte Magantilliken Gaddos, der düster vor sich hin starrte.

»Wir haben nicht nach ihnen gesucht. Die beiden einzigen Augenzeugen sind Burjos und die Tochter Teihendrus, die mit ihm in die Hauptstadt gebracht wird. Sie haben diese merkwürdige Riesenkugel gesehen, verkrochen sich in einer Höhle am Hang des Dogro und kamen mit dem Leben davon.«

Der Wagen hielt schlingernd hinter der breiten Rückfront eines Raupenfahrzeugs. Sie gingen zu Fuß weiter, drückten sich an der brummenden Maschine vorbei, überholten noch zwei andere Fahrzeuge und standen dann am vorläufigen Ende des Weges. Laut Gaddos war es lebensgefährlich, über die Lawinenfläche zu gehen. Magantilliken dachte etwas anders darüber, verzichtete jedoch auf eine zu deutliche Demonstration seiner Überlegenheit und schickte Isthmy los. Der Roboter erhielt den Auftrag, die genaue Lage der Riesenkugel festzustellen und nach dem sichersten Weg dorthin zu suchen. Isthmy kletterte auf seinen Auslegerbeinen davon.

»Meinen Sie wirklich, dass die Maschine diese Aufgabe lösen wird?«, fragte Gaddos erstaunt. »Ich kann mir kaum vorstellen, dass unsere Ahnen solche Genies gewesen waren, dass es ihnen gelungen ist, ein solches Wunderwerk zu konstruieren.«

»Abwarten. Leider wird es eine Weile dauern, bis Isthmy mit den Informationen zurückkehrt.«

Gaddos sah sich nachdenklich um, warf einen Blick auf den Zeitmesser am Handgelenk und zuckte sichtbar zusammen. »Ich muss Sie leider vorerst allein lassen. Die Pflicht ruft. Die Leute, die hier arbeiten, haben die nötigen Anweisungen über Funk erhalten; sie werden also Ihre Befehle prompt ausführen. Haben Sie Rückfragen an mich oder die technischen Büros im Lager, benutzen Sie bitte eins der Funkgeräte in den Zelten.«

Magantilliken blickte ihm nach, als er hastig über den Schnee lief. Ein ungutes Gefühl beschlich ihn.

»Der Kerl wird Ihnen noch viel Ärger bereiten«, prophezeite Xonth.

Der Henker zuckte zusammen, hatte sich so sehr an die Schweigsamkeit des Zagrulers gewöhnt, dass es ihm beinahe als ein schlechtes Omen erschien, als Xonth ausgerechnet in diesem Moment den Mund aufmachte. »Wie kommst du darauf?«

Xonth deutete auf einige Ckorvonen, die sichtlich erschöpft auf das Zelt zutrotteten. »Jeder von ihnen hat ein tragbares Funkgerät. Warum hat Gaddos uns nicht auch eins gegeben?«

Magantilliken nickte nachdenklich. Das war tatsächlich merkwürdig. Gaddos hatte den Männern befohlen, den Varganen als ihren Vorgesetzten zu betrachten und seinen Anweisungen zu folgen. Andererseits war Magantilliken denkbar schlecht ausgerüstet worden, hatte weder ein Funkgerät noch einen eigenen Wagen. Wenn Gaddos es wollte, war der angebliche Lawinenspezialist aus Grodh von allen offiziellen Informationen abgeschnitten. Der Henker wurde unruhig, als er an die erstaunlich leistungsfähigen Funkgeräte im Lager dachte. Gaddos brauchte nur in der Hauptstadt nachzufragen, dann flog die ganze Sache auf. Magantilliken schalt sich einen Narren, weil er nicht früher daran gedacht hatte. Es wäre besser gewesen, zuerst in der Stadt aufzutreten und anschließend ganz offiziell in das Lager zu kommen.

»Gehen wir hinein«, murmelte er. Im Zelt war die Luft stickig und feucht. Mehr als ein Dutzend Männer drängten sich auf engem Raum zusammen, tranken heißen Tee aus den Thermobehältern und kauten auf gebratenen Fleischstücken. Sie waren schmutzig und verströmten einen scharfen Schweißgeruch. In ihren zottigen Pelzmänteln sahen sie wie Wesen aus einer grauen Vorzeit aus. Magantilliken blieb am Eingang stehen. Einer der Arbeiter erzählte gerade einen geistlosen Witz, der seinen Kollegen jedoch zu gefallen schien. Das Zelt erbebte unter lautem Gelächter, der Vargane prallte unwillkürlich zurück. Da bemerkte ihn einer der Ckorvonen. Einen Augenblick später herrschte Totenstille. »Sieh mal an«, sagte der Witzbold und löste sich langsam aus der Gruppe. »Das ist wohl der Fremde aus Grodh. Ich hoffe, der Herr wird sich bei uns wohl fühlen.« Magantilliken musterte den Mann, spürte die Feindseligkeit, die ihm entgegensprang. Regungslos blieb er stehen. Xonth stieß ein leises Schnaufen aus, wollte seinem Herrn zu verstehen geben, dass er diesem ungehobelten Burschen gern Manieren beibringen wollte, aber der Henker gab ihm mit einer Bewegung der rechten Hand den Befehl, sich vorerst zurückzuhalten. Der Ckorvone stand jetzt direkt vor Magantilliken, war einen Kopf kleiner als der Vargane, dafür aber sehr kräftig. »Auf gute Zusammenarbeit, Herr. Schlagen Sie ein, das ist bei uns so üblich.«

Magantilliken ergriff die Hand, der Ckorvone packte zu. Ehe sich's der Henker versah, flog er in hohem Bogen durch die Luft und landete zwischen den anderen Arbeitern, die blitzschnell zurückgewichen waren. Die Männer wieherten vor Lachen, verstummten aber im nächsten Augenblick. Mit katzenhafter Geschmeidigkeit sprang der Vargane auf, packte den massigen Mann mit der linken Hand am Oberarm, riss ihn nach vorn und schlug ihm gleichzeitig die rechte Handkante ins Genick. Der Witzbold brach wie ein gefällter Baum zusammen. Der Atem des Henkers ging ruhig und gleichmäßig wie zuvor, als er sich langsam umdrehte und die erschrockenen Zuschauer der Reihe nach ansah. Er hatte nicht einmal mit halber Kraft zugeschlagen, schließlich wollte er ohne zwingenden Grund keinen der Arbeiter töten. Die Ckorvonen hielten dem kühlen Blick des Henkers nicht stand. Magantilliken lächelte flüchtig, drehte sich um und verließ das Zelt.

Er zog es vor, draußen auf die Rückkehr des Roboters zu warten. Kurz darauf erschien Isthmy – ihm war es gelungen, Funkkontakt zu den Erinnyen herzustellen. Nachdem er über die Lage informiert war, ließ Magantilliken den Roboter auf einer Landkarte alles einzeichnen, was für ihr weiteres Vorgehen wichtig war. Dann informierte er die Räumkommandos und stellte zufrieden fest, dass seine Anweisungen befolgt wurden. Zwar fing er viele feindselige Blicke auf, aber die prallten wirkungslos an ihm ab. Bald würde es einen sicheren Weg geben, auch zu Fuß in die Nähe der Kugel zu gelangen. Und in der *Gefühlsbasis* warteten die Erinnyen nur darauf, dem Henker tatkräftig zu helfen. Solange es hell war, durfte Magantilliken es jedoch nicht wagen, diese Möglichkeiten auszunutzen. Ungeduldig wartete er darauf, dass es endlich dunkler wurde.

Als die Dämmerung hereinbrach, kamen ausgeruhte Männer aus dem Lager, um ihre erschöpften Kollegen abzulösen. Magantilliken verglich die einlaufenden Meldungen mit der nun um einiges vervollständigten Karte und stellte zufrieden fest, dass die Arbeit rasch voranging. Gaddos würde zufrieden sein. Und nicht nur er, sondern auch die Erinnyen in der verschütteten *Gefühlsbasis*. Die einzige wirklich gefährliche Stelle hatten die Fahrzeuge überwunden – eine tückische Spalte wurde von einer primitiven, aber haltbaren Brücke aus Holz überspannt. Die entsprechenden Daten hatte Isthmy geliefert, ohne dessen Hilfe dieses Hindernis die Ckorvonen vor gewaltige Schwierigkeiten gestellt hätte. Zugleich hatte der Henker sich damit jedoch seinen eigenen Weg geebnet. Sobald es dunkel war, wollte er sich heimlich davonschleichen. War die *Gefühlsbasis* erst wieder funktionsbereit, würden sich die Ckorvonen in kurzer Zeit zurückziehen und kaum noch wissen, was sie in diesem Tal eigentlich getan hatten.

Der Vargane überschlug die Zeitspanne, die ihm noch bis zum Eintreffen der tejonthischen Flotte blieb. Es waren noch rund viereinhalb planetarische Tage. Isthmy hatte sich also mit seinen düsteren Prognosen verkalkuliert, der Auftrag würde vor Ablauf der Frist erledigt sein. Magantilliken lächelte zufrieden und verließ das Zelt, um draußen nach dem Rechten zu sehen. Es war schon fast dunkel. Die Scheinwerfer der Fahrzeuge schufen vergleichsweise winzige Lichthöfe auf dem riesigen Lawinenfeld. Als Magantilliken den Kopf in den Nacken legte, sah er scheinbar direkt über sich den Gipfel des gewaltigen Berges, der von den letzten Strahlen der untergehenden Sonne in feuriges Rot getaucht wurde. Schließlich wandte er sich ab und stapfte zu einem Punkt jenseits des Ausweichplatzes hinüber. Die Kugel löste sich aus dem Gewirr der Schneebrocken und schwebte lautlos näher.

»Willst du es jetzt schon wagen?« Xonth folgte dem Varganen wie ein Schatten, immer bereit, ihn notfalls bis zum letzten Atemzug zu verteidigen.

Magantilliken würdigte ihn keiner Antwort, sondern fragte den Roboter: »Ist alles klar?«

»Nein«, antwortete Isthmy prompt. Der Henker wollte ärgerlich auffahren, aber in diesem Augenblick wimmerte weit entfernt eine Sirene. Er zuckte zusammen und fuhr herum. Aus dem Hohlweg, der auf die Station zuführte, hasteten Männer. Kleine, leichte Fahrzeuge brummten von der entgegengesetzten Seite heran. »Alarm. Der Luftdruck fällt mit beängstigender Geschwindigkeit. Eine Schlechtwetterfront kommt auf uns zu.«

Magantilliken hatte keine Zeit, sich über die Ausdrucksweise des Roboters aufzuregen, denn die Wagen, die man aus dem Lager geschickt hatte, hielten neben dem dunklen Zelt. Schnee stäubte unter den breiten Rädern auf. Fluchend zwängten sich die Ckorvonen auf die unbequemen Sitze. Auf den Varganen achtete niemand. In wilder Flucht wandte sich alles dem relativ sicheren Gebiet jenseits des Lawinenfeldes zu. Im ersten Moment war der Henker wütend, im Nu waren die Wagen besetzt. Die Plätze reichten gerade für die Arbeiter. Dem Varganen schenkte niemand auch nur einen Funken Aufmerksamkeit. Dann erkannte er seine Chance, wandte sich zu Isthmy um. »Los! Das ist die beste Gelegenheit, um unauffällig zu verschwinden. Gib der Erinnye den Befehl, sofort einen Schacht zur Oberfläche zu fräsen. Du bringst Xonth und mich hin. Sobald wir in der *Gefühlsbasis* sind, können wir weitere Lawinen auslösen, die den Zugang zum Tal versperren. Damit sind wir die Ckorvonen für eine Weile los. Das gibt Zeit genug, um die Schäden in der Station zu beseitigen.«

»Dein Plan ist gut. Aber leider hast du dir für deine Erklärungen zu viel Zeit genommen. Der Fahrer wartet auf dich.« Magantilliken fuhr herum. Etwa fünf Meter entfernt stand ein Raupenfahrzeug. Der Fahrer hatte die Türen bereits geöffnet. »Soll ich schießen?«

Das Gesicht des Ckorvonen war völlig ausdruckslos. Es war nicht festzustellen, ob er die vorhergehende Unterhaltung mitbekommen hatte. Wenn ja, wusste er zumindest, dass Magantilliken eigene Pläne verfolgte. Der Henker unterdrückte ein höhnisches Lachen. Die Ckorvonen würden sich wundern. Warum sollte er nicht mitfahren? Selbst Gaddos war nicht fähig, einen Varganen länger als ein paar Augenblicke in ernsthafte Verlegenheit zu bringen. Außerdem bestand immer noch die Möglichkeit, dass der Fahrer keinen Verdacht geschöpft hatte. Ließ Magantilliken es jetzt auf einen Kampf ankommen, brachte er sich nur selbst in Schwierigkeiten, denn ungeachtet der drohenden Gefahren durch den Wetterumschwung würde Gaddos ihm umgehend eine ganze Meute schießwütiger Eingeborener auf den Hals hetzen und ihm damit den Weg zur *Gefühlsbasis* erschweren.

»Wir fahren«, entschied der Henker grimmig.

Gwarn starrte verbissen auf den Becher mit Tee, der vor ihm auf dem Tisch stand. Ein paar Schritte weiter unterhielt sich Gaddos mit dem Fremden. Magantilliken gab offensichtlich wenig auf die Meinung der Meteorologen. »Wir wären noch in dieser Nacht in die Nähe des Ziels gekommen. Der Sturm kommt noch nicht. Sie hätten die Arbeiter noch eine ganze Weile draußen lassen können. Wir verlieren Zeit.«

»Es war nicht meine Idee«, gab Gaddos gleichgültig zurück. »Dieser Burjos hat mit seiner Vorsicht eine Menge verdorben. Die Leute sind ohnehin beunruhigt wegen der Verhaftung. Sie bei diesem Wetter zum Weiterarbeiten zu zwingen könnte zur offenen Rebellion führen. Mir ist es egal, sollten ein paar der Kerle draufgehen, aber unser Zeitplan würde darunter leiden.«

»Das tut er auch so.«

»Keineswegs. Ich bin ein vorsichtiger Mann, Magantilliken, und ich glaube, Sie verstehen mich sehr gut. Burjos stellte einen Plan auf, der ziemlich weitläufig war. Die einzelnen Schritte wurden an Teihendru übermittelt und gebilligt. Mit Ihrer Hilfe werden wir trotz dieser Pause schneller vorankommen, aber das braucht Teihendru erst zu wissen, wenn ich Ergebnisse vorweisen kann. Falsche Versprechungen nimmt er nämlich sehr übel. Für ihn gilt der alte Plan, den wir selbst unter ungünstigen Umständen einhalten können.«

»So ist das.« Magantilliken nickte verstehend. »Geht es schneller, ernten Sie das Lob, geht es langsamer, hat Burjos Schuld.«

Gaddos lächelte kühl. Wenig später zog sich Magantilliken mit seinem schweigsamen Begleiter zurück. Die seltsame Kugel war in einem angrenzenden Lagerraum untergebracht. Jetzt wäre es Zeit gewesen, den Mund aufzumachen. Gwarns Unsicherheit wuchs. Sollte er Gaddos den Inhalt des Gesprächs mitteilen, das er draußen mitgehört hatte? Gwarn war Sklave, gehörte Gaddos mit Haut und Haaren. Der Hagere war kein angenehmer Herr. Diener, die sich etwas zuschulden kommen ließen, waren so gut wie tot. Es war nicht so, dass Gaddos diese Leute umbrachte – dazu war er ein viel zu guter Geschäftsmann. Er verkaufte unfähige Sklaven weiter. Seine bevorzugten Kunden waren einige Ärzte in Teihara. Es gab noch unzählige medizinische Rätsel zu lösen. Was von den Körpern der Opfer übrig blieb, rechtfertigte meistens nicht einmal mehr ein Begräbnis. Deshalb hatte Gwarn sich angewöhnt, gewissermaßen zweigleisig zu arbeiten. Er war Gaddos gegenüber loyal und berichtete alles, was ihm zu Ohren kam. Dabei sortierte er jedoch sorgfältig alle Informationen aus, die ihn gerade durch eine Weitergabe an den Hageren in Lebensgefahr gebracht hätten.

Magantillikens aufschlussreiche Erklärung ließ nur einen Schluss zu: Dieser Fremde kannte sich im Innern der Kugel aus. *Gefühlsbasis* – diese Bezeichnung sagte Gwarn nichts. Immerhin wusste er sehr genau, dass die Kugel Feuerstrahlen ausgestoßen hatte. Er zog es vor, mit derlei Gefahren möglichst nicht in Berührung zu kommen. Bestand aber eine Verbindung zwischen Magantilliken und der Kugel, verfügte der Fremde vermutlich ebenfalls über Waffen. Gaddos war ein ungeduldiger Mann, er würde Magantilliken sofort zur Rede stellen – und da Gwarn seinen Herrn auf Schritt und Tritt zu begleiten hatte, war das eine unangenehme Aussicht. Und dann war da noch etwas: Auch ein Sklave konnte sich auf dunklen Wegen Informationen über die politische Lage verschaffen. In Teihara war die Situation in Vaanrhan bekannt, dort gab es keine Sklaverei. Für Leute wie Gwarn war Vaanrhan die einzige Hoffnung, irgendwann einmal frei leben zu können. Bekam Teihendru die Waffen aus der Kugel in die Hände, war Vaanrhan verloren. Der Fremde dagegen verfolgte eigene Ziele, die weder mit Frinalhan noch mit dessen Gegner etwas zu tun hatten. *Schlussfolgerung:* Die sicherste Möglichkeit, den Diktator Teihendru zu behindern, bestand darin, Magantilliken gewähren zu lassen.

»Was träumst du herum?«

Gwarn fuhr herum. Gaddos winkte ihm herrisch zu und schritt zur Tür. Der Sklave trank einen letzten Schluck Tee, folgte seinem Herrn. Er hatte seinen Entschluss gefasst.

Es war noch dunkel, als ihn jemand heftig an der Schulter schüttelte. Er schlug die Augen auf und erblickte einen der Meteorologen. »Ich habe eine dringende Nachricht für Gaddos«, sagte er, als sich Gwarn aufrichtete. »Weck ihn auf!«

Der Sklave gehorchte nur ungern; Gaddos hasste es, im Schlaf gestört zu werden. Aber er hatte Glück, denn die Nachricht war so gut, dass Gaddos eine für seine sonstige Mentalität erstaunlich gute Laune hatte: Das Tief hatte sich erneut verlagert. Während der Nacht waren zwar die Temperaturen gestiegen, aber nach Meinung des Meteorologen konnten die Arbeiten ungefährdet fortgesetzt werden, solange die üblichen Vorsichtsmaßnahmen beachtet wurden. Der Hagere eilte sofort ins Hauptbüro. Lautsprecher dröhnten auf, schnell wurde es im Lager lebendig. Erschöpfte Männer bestiegen die Fahrzeuge und fuhren auf das Lawinenfeld. Unter den Ersten, die nach draußen traten, waren Magantilliken und Xonth sowie die Kugel namens Isthmy, deren Leistungen überall im Lager teils Bewunderung, teils abergläubische Angst geweckt hatten. Gwarn registrierte mit Erleichterung, dass ihm gegenüber niemand Verdacht geschöpft hatte. In diesem Augenblick kam ein dringender Funkspruch für Gaddos herein. Gwarn folgte ihm wie gewöhnlich, um sofort zur Stelle zu sein, falls ihm der Hagere einen Auftrag geben wollte. Zu seiner Verwunderung wurde er jedoch aus dem Funkraum gewiesen, nachdem Gaddos nur zwei Worte mit dem bisher nicht identifizierten Gesprächspartner gewechselt hatte. Auch die Männer, die im Funkraum Dienst taten, wurden von dem Hageren höchstpersönlich hinausgejagt.

»Was mag das nun wieder bedeuten?«, murmelte einer der Ckorvonen unsicher, als sie sich vor der geschlossenen Tür versammelten. Gwarn hätte die richtige Antwort geben können, aber er zog es vor, den Mund zu halten. Seine Gedanken überstürzten sich. Die völlig unvernünftige Angst, Gaddos könne ihm doch auf die Schliche gekommen sein, versetzte ihn fast in Panik. Andererseits hätte der Hagere deswegen wohl kaum mit Teihendru selbst gesprochen. Nein, es musste einen anderen Grund geben.

Als Gaddos mit einem heftigen Ruck die Tür aufstieß, zuckte Gwarn sichtbar zusammen. Aber sein Herr zollte ihm keine Aufmerksamkeit. »An die Arbeit!«, herrschte er die ratlosen Funker an. »Du kommst mit!«

Die Tür zu dem Zimmer, das Magantilliken und seinem geschuppten Helfer zugewiesen worden war, flog krachend gegen die Wand. Gaddos warf einen Blick auf die leeren Feldbetten, dann wirbelte er herum.

»Sie sind mit der ersten Gruppe hinausgefahren«, sagte Gwarn scheu.

Gaddos starrte ihn einen Augenblick lang fast ausdruckslos an. Der Sklave kannte diesen Blick. Die Wut des Hageren musste unvorstellbar sein. Gwarn duckte sich, als sich Gaddos' Hand abrupt hob, aber der Schlag, den er erwartete, kam nicht. Stattdessen drehte Gaddos sich um und rannte auf den Ausgang zu. Gwarn folgte ihm verwirrt und unsicher, war völlig benommen von den sich widersprechenden Gefühlen. Er hatte Angst, fürchtete den Moment, an dem Magantilliken angegriffen wurde, denn er wollte noch eine Weile leben. Er zitterte gleichzeitig davor, dass es gelang, den unheimlichen Fremden zu überwältigen. Magantilliken musste gemerkt haben, dass Gwarn das Gespräch mitgehört hatte. Die Verhörmethoden in Teihara waren geeignet, den Opfern alles, was sie jemals erfahren hatten, zu entreißen. Eine entsprechende Bemerkung des Fremden war für Gwarn das Ende. Und Vaanrhan? Das Wissen Magantillikens würde Teihendru zum mächtigsten Herrscher von Xertomph machen …

»Wo bleibt der Wagen?«, schnarrte Gaddos. Gwarn stolperte vor Schreck und hastete davon. Als er den Raupenschlepper vor der Tür der Baracke stoppte, waren auch die anderen sechs Mitglieder der Gruppe eingetroffen, die Gaddos in das Woronongtal begleitet hatte. Ein zweites Fahrzeug hielt direkt hinter Gwarn. Gaddos warf sich auf den Nebensitz. »Los!«

Der Motor heulte auf, das Fahrzeug schoss mit einem heftigen Ruck vorwärts. Gwarn sah aus den Augenwinkeln, dass ihnen der zweite Wagen folgte, dann hatte er für eine Weile genug damit zu tun, die Raupe auf der glatten Bahn zu halten. Mit halsbrecherischer Geschwindigkeit steuerte er sie durch den Hohlweg. Erst kurz vor dem letzten Stützpunkt auf dem Lawinenfeld befahl Gaddos ihm, die Geschwindigkeit zu verringern. Schlitternd kam das Fahrzeug direkt vor dem schwarzen Zelt zum Stehen. Gaddos warf einen Blick nach hinten, nickte seinem Sklaven zu. Die beiden Ckorvonen sprangen auf den Schnee hinaus. Die anderen Männer aus dem zweiten Wagen verteilten sich blitzschnell um das Zelt. Der Hagere zog zwei Waffen aus dem Gürtel, behielt eine in der rechten Hand, die andere reichte er Gwarn. »Ich will Magantilliken und seinen Begleiter lebend«, sagte er leise. »Du darfst also nur im äußersten Notfall schießen. Und wehe dir, wenn du einen tötest.«

Gwarn nickte, aber sein Herr war schon am Zelteingang und schlug die Plane zurück. Magantilliken war nicht da, nur vier Männer in schmutzigen, nassen Pelzjacken starrten ihnen erschrocken entgegen. »Wo ist er?« Gaddos' Stimme durchschnitt die Stille wie ein Peitschenhieb. Die Männer duckten sich und wichen furchtsam ein Stück zurück. Gwarn biss sich auf die Lippen. Es gab keinen Augenblick in seinem Leben, in dem er Gaddos nicht gehasst hatte, aber in Momenten wie diesem drohte dieser Hass übermächtig zu werden. Die vier Männer hatten nicht die leiseste Ahnung, was dieser Kerl eigentlich von ihnen wollte, konnten gar nicht antworten. Gaddos zog einen in die Höhe und schlug ihm mit dem Handrücken ins Gesicht. Der Mann stöhnte auf, Blut floss aus seiner Nase, die dunklen Augen flackerten vor Angst. »Wo ist Magantilliken?«

»Er ging hinaus, Herr.« Er deutete mit zitternder Hand auf den Zelteingang. »Wollte einen Rundgang machen und die Arbeiten weiter vorn kontrollieren.«

Gaddos stieß den Mann von sich, der schwer auf den Boden prallte. Als sich Gwarn, der wie immer hinter seinem Herrn den Raum verließ, noch einmal kurz umsah, schrak er zurück. Die Augen der vier Männer waren so voller Hass, dass er diese Blicke fast körperlich spürte. Sie wussten nicht, dass sich Gwarn in derselben scheußlichen Lage befand, sondern hielten ihn für einen Vertrauten des Hageren. Draußen erwarteten sie die übrigen Männer; zwei bedrohten mit ihren Waffen einen gut gekleideten Ckorvonen. »Er kam eben hier an«, sagte einer der Bewaffneten. »Er ist der Leiter der Gruppe.«

»Wo ist Magantilliken?«, fragte Gaddos.

»Er macht eine Inspektion. Das tut er doch ständig. Er wird bald wieder hier sein.«

»Wir warten«, entschied Gaddos rasch. »Zwei von euch gehen hinter das Zelt. Passt auf, dass er euch nicht entwischt, aber bringt ihn mir lebend, falls er es versuchen sollte. Alle anderen kommen mit in das Zelt.«

Die Zeit verstrich unendlich langsam. Immer wieder warf Gwarn einen verstohlenen Blick auf die Uhr. Das Warten machte ihn fast rasend. Hinzu kam die bedrückende Stille im Zelt. Die vier Männer hatten sich beeilt, an ihre Arbeit zurückzukehren. Der Gruppenleiter in seinem graublauen Pelz starrte schweigend vor sich hin. Ab und zu warf er Gaddos einen Blick zu, wagte es aber nicht, eine Frage zu stellen. Nach einer Weile rief Gaddos wütend: »Wo bleibt der Kerl?«

»Ich weiß es nicht. Vielleicht ist er aufgehalten worden. Soll ich nach ihm suchen lassen?«

Gaddos zögerte, schüttelte den Kopf. »Noch nicht. Ich will ihn nicht warnen. Der Bursche ist gerissen. Wir warten noch etwas.«

Aber Magantilliken kam nicht. Endlich rang sich Gaddos doch zu dem Entschluss durch, bei den Fahrern der Raupenschlepper nachzufragen. Das Ergebnis war für Gwarn fast eine Erlösung. Magantilliken hatte sich in Begleitung seines Helfers und der seltsamen Maschine von dem Pioniertrupp entfernt und war auf das noch nicht erschlossene Lawinenfeld hinausgegangen. Angeblich suchte er nach dem kürzesten Weg, um die Arbeiten noch schneller voranzutreiben. Der Sklave beherrschte sich eisern, um seinen Triumph nicht zu zeigen. Diesmal würde Gaddos zu spät kommen. Der Hagere gab allerdings so schnell nicht auf. Dass er dem Fremden nachfahren wollte, sagte Gwarn genug – es gab mindestens noch eine Person, die von der Verbindung zwischen Magantilliken und der Kugelstation wusste. Gaddos hatte begriffen, dass dem angeblichen Lawinenspezialisten aus Grodh nichts ferner lag, als die Ckorvonen zu ihrem Ziel zu führen.

Sie kamen schnell voran, solange sie noch den provisorisch geschaffenen Weg benutzen konnten. Dann blieb das letzte Fahrzeug hinter ihnen zurück, vor ihnen türmten sich Schnee, Eis und Felsbrocken zu fast unüberwindlichen Hindernissen auf. Gwarn hatte die Karte gesehen, auf der Magantilliken selbst den besten Weg über dieses gefährliche Gebiet eingezeichnet hatte. Die Wirklichkeit jedoch sah anders aus. Sie wanden sich zwischen den Hindernissen durch und verloren nur deshalb nicht die Orientierung, weil sie sich immer wieder nach dem Quamendrin richten konnten. Gwarn steuerte die Raupe verbissen vorwärts. Neben ihm saß Gaddos, der fast uninteressiert nach draußen blickte. Die Waffe steckte locker in seinem Gürtel. Für einen Moment dachte der Sklave daran, dass er ebenfalls bewaffnet war – die flüchtige Idee zuckte in ihm auf, Gaddos umzubringen. Er verwarf den Gedanken. Hinter ihm ratterte das zweite Fahrzeug mit sechs schwer bewaffneten Männern über den unebenen Boden. Sechs Ckorvonen, die Gaddos treu ergeben waren.

»Halt!« Der Befehl kam so plötzlich, dass Gwarn fast gegen einen Felsbrocken gefahren wäre. Gaddos stieg aus und ging zu dem zweiten Fahrzeug. Einer der Männer verließ die Raupe und begann, sich an der rissigen Wand des Felsbrockens hochzuhangeln. Oben richtete er sich vorsichtig auf und sah sich um. Gaddos starrte ungeduldig nach oben. Der Mann auf dem Felsbrocken duckte sich plötzlich, dann ließ er sich hastig nach unten gleiten. Die letzten zwei Meter überwand er, indem er in den hier recht weichen Schnee sprang. Gwarn bemerkte, wie durch die Erschütterung von dem Schneeberg links neben der Raupe einige Brocken gelöst wurden und vor ihm auf dem Weg kullerten. Er fühlte sich äußerst unbehaglich.

»Wir haben sie gleich«, keuchte der Ckorvone, als er vor Gaddos stand. »Sie sind nur noch durch diese Eisbrocken da vorn von uns getrennt. Es sieht aus, als hätten sie Schwierigkeiten. Die Kugelmaschine schwebt zwischen den Brocken herum. Magantilliken und Xonth sitzen auf einem Felsen und warten anscheinend auf etwas. Wir könnten sie leicht überraschen, wenn wir uns trennen und sie von zwei Seiten angreifen.«

»Gut.« Gaddos nickte. »Erkläre Gwarn genau den Weg.« Der Sklave merkte sich die Angaben des Bewaffneten und sah sich dann nach Gaddos um. Der Hagere erteilte den Männern im zweiten Wagen genaue Anweisungen. »Wir steigen aus«, sagte er, als er zu Gwarn zurückkehrte. »Die Motoren sind zu laut.«

Gwarn kletterte schweigend aus der Raupe, war froh, jetzt nicht mehr mit verhältnismäßig hohem Tempo über diese gefährliche Fläche fahren zu müssen. Die Männer der zweiten Gruppe verschwanden auf der anderen Seite des Felsbrockens. Gaddos überließ dem Sklaven die Führung, sobald sie an die ersten Eisbrocken kamen, verzichtete sogar darauf, Gwarn zur Eile anzutreiben, denn auch er begriff, dass jeder falsche Schritt tödlich sein konnte. Sie wanden sich durch riesige Blöcke aus trübem Gletschereis. Spalten klafften dazwischen, die sie nicht überspringen konnten. Aber der Ckorvone, der dem Sklaven den Weg erklärt hatte, hatte diese Hindernisse mit einkalkuliert. Sie näherten sich der Stelle, an der Magantilliken ahnungslos wartete. Gwarn blieb stehen, als sie den Markierungspunkt erreichten. Mitten aus dem Gletschereis ragte ein Felsen auf, eine schräg liegende Platte von etwa fünfzig Metern Dicke, die auf dieser Seite sanft anstieg. An der Bruchkante am entgegengesetzten Ende sollten sich Magantilliken und sein Helfer befinden. Gaddos warf einen Blick auf die Uhr, nickte Gwarn zu. »Geh hinauf«, flüsterte er scharf. »An der Kante richtest du dich kurz auf, dann kommst du zurück.«

Der Sklave betrat vorsichtig den von einer dünnen Eisschicht überzogenen Felsen. Während er sich nach oben tastete, merkte er, dass ihm heiß wurde. Ärgerlich schob er die Kapuze zurück. Die Steigung wurde stärker, er musste sich voll darauf konzentrieren, nicht den Halt zu verlieren. Dicht unterhalb der Kante blieb er für ein paar Augenblicke stehen, um wieder zu Atem zu kommen; erst da merkte er, dass er nicht nur durch die Anstrengung ins Schwitzen geraten war. Die Temperatur stieg! Er warf einen Blick nach oben und erschrak. Deutlich sah er jetzt am Himmel die dünnen, spiralförmigen Wolkentürme, die sich über die Flanke des Quamendrin schoben und weiter oben zerfaserten. Ein lauwarmer Windstoß fuhr durch die Luft. Die Männer in der Wetterstation hatten sich geirrt – es würde Sturm geben. Den typischen heißen Sturm des Quamendrin-Massivs. Rechts ragte der nackte, glatte Felshang auf. Von dort drohte keine Gefahr. Die Lawine hatte alles mit sich gerissen, was locker war. Aber ein Stück weiter hingen noch dicke Schneefelder über dem Tal. Dort befand sich jetzt der Bergungstrupp. Gwarn dachte an das, was Magantilliken zu der Kugelmaschine gesagt hatte, tastete nach der Waffe hinter seinem Gürtel. Gaddos konnte ihn von hier aus nicht sehen. Wenn er jetzt schoss, war der Fremde gewarnt. Gaddos und seine Leute hatten keine Chance. Und Hilfe kam ganz sicher nicht … Der Sklave biss die Zähne aufeinander, bevor er flüsterte: »Für Vaanrhan!«

Er hob die Waffe, zielte auf eine Schneewechte in fast dreihundert Metern Entfernung und schoss. Der Knall brach sich an den Felswänden und kehrte als vielfaches Echo zurück. Gwarn feuerte, bis das Magazin leer war, lachte schallend, als er die ersten Schneebrocken fallen sah, schleuderte die leere Waffe von sich und rutschte über die glatte Fläche nach unten. Er sah das entsetzte Gesicht des Hageren, als er auf ihn zuraste, bemerkte auch die Waffe, die auf ihn gerichtet war, und warf sich zur Seite. Ein Schuss zerriss die Stille. Schreie kamen von jenseits der Felsplatte. Gwarn nutzte den Schwung, mit dem er über das letzte Stück des Felsbodens getragen wurde, landete nur einen Meter von Gaddos entfernt, der zu überrascht war, um schnell genug reagieren zu können. Die Faust des Sklaven traf den Hageren in der Magengegend. Gaddos klappte zusammen, die Waffe entfiel seinen Händen. Gwarn bückte sich blitzschnell; als sich Gaddos aufrichtete, drückte der Sklave ab. Er sah das Loch in der Stirn seines Peinigers und wusste, dass Gaddos tot war. Er hielt den Atem an, als ihm die Bedeutung dieses Augenblicks zum Bewusstsein kam. Er hatte Gaddos getötet. Kurz war er gelähmt, dann schnellte er herum und rannte an dem Felsen entlang. Jetzt gab es kein Zurück mehr. Vor ihm waren Schreie und wilde Flüche. Er duckte sich an das kalte, rissige Gestein und schob sich behutsam weiter.

»Nicht schießen, Isthmy!«, gellte Magantillikens Stimme auf.

Gwarn lächelte zufrieden. Der Fremde lebte noch, das war die Hauptsache. Aber er hatte sechs Männer gegen sich. Sie wollten Magantilliken lebend, aber das hieß nicht, dass sie von ihren Waffen keinen Gebrauch machen durften. Ihr Befehl lautete, den Fremden kampfunfähig zu machen. Gwarn kannte die Schergen seines Herrn gut genug. Er musste Magantilliken helfen, sonst kam der Fremde trotz allem nicht ans Ziel. Er spähte um die Felskante. Isthmy schwebte in einiger Entfernung über den Eisbrocken in der Luft, rührte sich nicht. Magantilliken und sein Helfer hatten sich nur wenige Meter weiter rechts hinter einem Felsbuckel verschanzt. Die Deckung war ungenügend. Zu Gwarns Verwunderung waren die Fremden unbewaffnet. Jedenfalls machten sie keine Anstalten, die Ckorvonen zu töten.

Durch eine halb durchsichtige Eisplatte sah Gwarn einen dunklen Schatten, der sich langsam vorwärts bewegte. Das Ziel des Angreifers war klar erkennbar: Er wollte die spärliche Deckung der beiden Fremden umgehen, um sie von rechts her in Schach zu halten. Gwarn grinste böse, hob die Waffe und zielte sorgfältig. Magantilliken und Xonth blickten in die falsche Richtung und würden den herbeischleichenden Ckorvonen zu spät bemerken. Gwarn wartete, bis der andere an eine Stelle kam, die er nur mit einem schnellen Sprung überwinden konnte. Er schoss mit Gaddos' Waffe, sah seinen Gegner zusammenbrechen und robbte hastig näher an Magantilliken heran. Hinter einem Eisblock blieb er liegen, hielt nach dem nächsten Gegner Ausschau. Ein Schuss krachte, dicht neben dem rechten Ohr des Sklaven spritzten einige scharfe Eissplitter ab. Gwarn zog den Kopf ein, rollte sich zur Seite und entdeckte den Schützen, der gerade erneut auf ihn anlegte. Gwarn war der Schnellere, nun gab es nur noch vier Gegner. Er versuchte, sie zwischen den Eisbrocken zu erkennen, aber Gaddos' Schergen waren inzwischen vorsichtiger geworden, hatten begriffen, dass es einer der Ihren war, der sich unerwartet auf die Seite des Fremden stellte. Nachdem auch sie gemerkt haben mussten, dass Magantilliken erstaunlicherweise kaum Widerstand leistete, war das ein Schock.

Gwarn verlor allmählich die Geduld. Von weit her hörte er Unheil verkündende Geräusche, ein dumpfes Rumoren lag in der Luft. Das Eis unter ihm vibrierte von Zeit zu Zeit. Der Wind wurde stärker und jagte kleine Schneebröckchen über die Spitzen der Eis- und Felsblöcke. Sie mussten diesen Ort verlassen, ehe es zu spät war. Er sah sich nach Magantilliken um und stellte erschrocken fest, dass Xonth inzwischen davongeschlichen war. Der Fremde selbst saß ungerührt auf seinem Platz. Um den schmalen Mund spielte ein spöttisches Lächeln. Links polterte ein Eisbrocken über den Boden. Der Sklave fuhr herum und sah einen Schatten auf sich zufliegen. In einem Reflex hob er die Waffe und drückte ab. Erst als der schwere Körper auf den Boden prallte, erkannte er seinen Fehler: Er hatte Xonth getötet. Ehe er seine Fassung wiedergewinnen konnte, schlangen sich von hinten zwei Arme um ihn und drückten ihn hart zu Boden.

»So, Freundchen«, wisperte eine scharfe Stimme an seinem Ohr. »Jetzt reicht es langsam.«

Gwarn verrenkte sich fast den Hals, um das Gesicht seines Gegners erkennen zu können. Es war Magantilliken. Wieder dröhnte ein Schuss. Der Fremde lächelte böse und schlug Gwarns Handgelenk gegen eine Eiskante. Die Waffe fiel in den Schnee. Magantilliken ergriff sie, ohne den Sklaven dabei aus dem Griff zu lassen. »Aufstehen!«, befahl er leise. »Los – oder soll ich dir Beine machen? Sag deinen Freunden, sie sollen sich umgehend hier einfinden und ihre Waffen abliefern. Und sie sollen sich beeilen, denn ich habe keine Lust, dieses Spiel noch länger mitzumachen. Kommen sie nicht, stirbst du.«

»Das hilft Ihnen nicht weiter«, keuchte Gwarn verzweifelt, verstand nicht, wie dieser Fremde so begriffsstutzig sein konnte. Er musste doch gemerkt haben, dass Gwarn ihm nur helfen wollte. Warum stellte er sich nicht auf seine Seite?

»Das solltest du mir überlassen.« Der Fremde lächelte kalt. »Steh endlich auf!«

Gwarn glaubte, einen Film zu sehen, der ungeheuer schnell vor seinen Augen ablief. Ihm war schwindelig. Mühsam raffte er seine Kräfte zusammen und kam taumelnd auf die Füße. Er öffnete den Mund im selben Moment, in dem der Schuss krachte, merkte, dass er fiel, und wunderte sich darüber, dass er keinen Schmerz spürte. Erst als er das Knirschen unter seinen Füßen hörte, erkannte er die Wahrheit. Magantilliken huschte wie ein Schatten über den bebenden, gleitenden Boden. Gwarn hörte ihn nach seiner Wundermaschine rufen und lächelte versonnen. Es war sinnlos, jetzt noch zu fliehen. Das Lawinenfeld war in Bewegung geraten. Niemand würde das Unglück überleben. Plötzlich fühlte er die grenzenlose Erschöpfung, ließ sich zurücksinken und schloss die Augen. Er dachte an Gaddos, der weiter hinten im Schnee lag, mit einem dunklen Loch in der Stirn. Für einen Augenblick wurde ihm schwarz vor Augen. Ein tosendes Krachen riss ihn aus der Ohnmacht. Die Felsplatte, an deren Fuß er lag, senkte sich herab, zuerst langsam, dann immer schneller. Tiefe Risse durchzogen das ganze Gebiet, Eis und Schnee stürzten in die Spalten, gewaltige Felsbrocken setzten sich in Bewegung, als seien sie rachsüchtige Götter, die alles zerstören wollten, was nach der ersten Katastrophe noch übrig geblieben war. Aber davon merkte Gwarn nichts mehr.

8.

Gefühlsbasis von Xertomph: *Seit dem ersten Kontakt mit Isthmy stand die Erinnye in ständiger Verbindung zu dem Kugelroboter. Sie verstand nicht, dass der Vargane diesen Zeitverlust in Kauf nahm. Sein Verhalten ließ jenes Maß an eiskalter Logik vermissen, dem das Volk in der Eisigen Sphäre seine uneingeschränkte Herrschaft über den Mikrokosmos verdankte. Aber die Erinnye war im Augenblick gebunden, durfte nicht per-*

sönlich in den Ablauf der Geschehnisse eingreifen; Magantillikens Befehle waren eindeutig. Sie hatte die Anweisung erhalten, den Schacht zu schaffen, und sorgte umgehend dafür, dass die entsprechenden Geräte ihre Arbeit aufnahmen. Das Warten machte den Roboter unruhig. Der Schacht war schnell geschaffen, führte aber nicht ganz bis zur Oberfläche: Das letzte Stück durfte erst dann durchbrochen werden, wenn die Ankunft des Henkers unmittelbar bevorstand. Davon aber war zunächst keine Rede. Magantilliken führte unnütze Diskussionen mit den Primitiven. Isthmy, der alles mithörte und in die Gefühlsbasis *übertrug, entwickelte das positronische Äquivalent äußerster Ungeduld. Der Erinnye ging es nicht anders.*

Ihrer »Schwester« war es unterdessen gelungen, die Impulse des Transportsystems noch genauer zu analysieren, und sie kam zu dem Ergebnis, dass die entstofflichten Fremden von den beiden wirksam werdenden »Dritteinflüssen« an der augenblicklichen Materialisation gehindert worden waren. Während eine der strukturlosen Ballungen in diesem Zustand verharrte, kam es bei der anderen zu einer sich aufschaukelnden Resonanz, die sich schließlich mit dem Umsetzer-Einfluss der Rebellenangreifer überlagerte, verbunden mit einer unkontrollierten Abdrift. Plötzlich konnten die Impulse des Fremden nicht mehr angemessen werden, was nichts anderes hieß, als dass er seine Stofflichkeit zurückgewonnen haben musste. Da dies weder in der Gefühlsbasis *auf dem Trabanten von Ofanstände noch hier in der von Xertomph der Fall war, blieb als einzige Alternative der Standort der Rebellen im Makrokosmos. Und weil sich überdies als weitere Komponente die immense Leistungsspitze auswirkte, konnte es sogar sein, dass die Materialisation in einiger Distanz vom Umsetzer erfolgt war.*

Während der Umsetzer der Rebellen weiterhin aktiv blieb, entstand als Nachhall des Transports ein schwacher Sog. Die Berechnungen der Erinnye überstürzten sich fast, als das Wesen die einmalige Chance erfasste – zwar war wegen des andauernden Transportvorgangs die Sendefunktion zu einem neuen Ziel weiterhin blockiert, aber es bestand die Möglichkeit, von Xertomph aus die Sogwirkung zu nutzen und ihr zu folgen. Es beanspruchte nicht einmal den Bruchteil eines Wimpernschlags, bis sich die Erinnyen verständigt und Übereinkunft erzielt hatten: Eine würde in der Gefühlsbasis *zurückbleiben, die andere den Schritt ins Unbekannte wagen und die Absolute Bewegung nutzen, um zu den Rebellen zu gelangen, selbst wenn das mit ihrer Vernichtung enden sollte.*

Xertomph: Magantilliken

»Das kommt davon«, sage Isthmy, »wenn man unbedingt auf ein paar unterentwickelte Wilde Rücksicht nehmen will.«

Magantilliken rieb sich die schmerzende Stirn und das geprellte Handgelenk und holte ein flaches Päckchen aus der Jackentasche. Nachdenklich musterte er das reichhaltige Angebot an farbigen Gelatinekapseln und stellte sich dann eine kleine Mahlzeit zusammen. Konzentrierte Nahrung, Wasser, ein schmerzstillendes Mittel und eine milde Droge, die Ordnung in seine Gedanken bringen sollte. Dass er eine Reihe von Fehlern begangen hatte, wusste er, aber noch störte es ihn nicht besonders. Er hatte Zeit verloren, hielt die ihm gesetzte Frist jedoch für ausreichend.

»Wie weit ist es bis zur Oberfläche?«, fragte er, ohne auf die Bemerkungen des Kugelroboters einzugehen.

»Zehn Meter«, knarrte Isthmy.

»Und die *Gefühlsbasis?*«

»Ist ziemlich weit entfernt. Wir sind mit dem Lawinenstrom talwärts geglitten. Der Schacht wurde verschüttet. Die Erinnye ist dabei, einen neuen Zugang zu schaffen.«

»Dann stimme die Zeiten mit ihr ab und sorge dafür, dass wir im richtigen Moment am Treffpunkt sind. Diesmal möchte ich den Schacht offen vorfinden, damit keine neuen Wartezeiten entstehen.«

Isthmy schwieg einige Augenblicke. »Alles in Ordnung«, meldete er dann. »Ich kann gleich anfangen.«

Sie befanden sich in einem Hohlraum innerhalb des Lawinenfeldes. Von allen Seiten her waren sie von Fels und Eis eingeschlossen. Ab und zu lösten sich noch kleine Stücke aus der Decke der Kaverne, aber Isthmy hatte den Varganen in seinem Schutzschirm eingeschlossen, so dass Magantilliken vor unliebsamen Überraschungen sicher war. Magantilliken atmete auf, als Isthmy endlich begann, einen Ausgang aus dieser kleinen Höhle zu schaffen. Er tastete nach dem Armbandgerät, das momentan neben dem Stabstrahler und einigen nützlichen Kleinigkeiten in seinen Taschen seine gesamte Ausrüstung darstellte. Er konnte sich in ein Antigravfeld hüllen, aber aus irgendeinem Grund funktionierte weder der Individualschirm noch der Deflektor. Vermutlich eine Beschädigung, als er sich das Handgelenk geprellt hatte. Magantilliken mochte die Sensorschalter berühren, soviel er wollte, er war und blieb sichtbar und ungeschützt. Ein fliegender Mann aber war etwas, das diese schießwütigen Ckorvonen zweifellos sofort als lohnendes Ziel identifizieren würden. Das winzige Gerät beeinflusste jedes feindliche Robotgehirn, schützte seinen Träger vor der Erfassung durch energetische Sicherheitssysteme und öffnete selbst die kompliziertesten positronischen Schlösser – aber das alles waren Dinge, die man auf Xertomph erst noch erfinden musste. *Nun*, dachte er, *das macht nicht viel. Bald sind wir oben, dann ist die Aktion so gut wie erledigt. Die Ckorvonen werden sich hüten, es noch einmal mit diesem verdammten Berg aufzunehmen.*

»Der Schacht ist fertig«, meldete der Roboter nach einer Weile.

»Wie sieht es oben aus?«

»Die Gegend hat sich ziemlich verändert. Außerdem sind wir weiter abgetrieben worden, als ich dachte.«

»Du denkst?«, fragte der Vargane höhnisch.

Isthmy überging die Bemerkung. »Wir befinden uns fast am Ende des Lawinenfeldes. Mein Waffensystem ist zurzeit nicht mehr einsatzfähig.«

Magantilliken zuckte zusammen. Bis zu diesem Augenblick hatte er es für selbstverständlich gehalten, dass Isthmy völlig unversehrt geblieben war. »Du hattest genug Zeit, dich zu regenerieren.«

»Es hat nur noch gereicht, den Schacht zu fräsen. Die Schäden sind schwerwiegend. Ich kann sie mit eigenen Mitteln nicht beseitigen.«

Jetzt war der Vargane alarmiert. Isthmy legte grundsätzlich ein Verhalten an den Tag, das für einen Roboter zumindest ungewöhnlich war. Magantilliken setzte zu der Frage an, welche Teile der Kugel sonst noch außer Betrieb waren, hielt dann aber den Mund, wusste zu genau, dass er sich von nun an auf Isthmy nicht mehr voll verlassen durfte. Das war fatal. »Gehen wir.«

Isthmy kletterte voran, statt zu schweben. Sie verließen den Schacht. Magantilliken war jetzt vorsichtiger denn je, rechnete mit unangenehmen Überraschungen. »Ortung?«

Der Roboter schwieg. Langsam schob sich Magantilliken weiter aus dem Loch und hatte den Schacht fast verlassen, als ihn Isthmy anstieß. Das rettete dem Henker das Leben. Es ratterte, rings um den Henker spritzte Schnee hoch. Magantilliken regulierte hastig die Einstellung des Antigravgerätes seines Armreifs; es gelang ihm, unversehrt in den Schacht zurückzuweichen. Er blickte nach oben und sah Isthmy, der die Stellung hielt, obwohl Dutzende Projektile gegen seine Außenhülle prallten. Die Geschosse konnten das hochwertige Material nicht durchdringen, aber auch der Roboter vermochte es nicht, den Ckorvonen etwas anzuhaben. Er hätte sie höchstens mit seinen Handlungsarmen unschädlich machen können, aber es gab zu viele Angreifer, die außerhalb seiner Reichweite blieben.

»Isthmy!« Der Vargane hoffte, dass der Roboter trotz des Lärms seine Stimme identifizierte und verstand. »Setz dich mit der Erinnye in Verbindung und erklär ihr die Situation. Anschließend kehrst du zum Schiff zurück und lässt dich reparieren. Erst dann nimmst du wieder Verbindung mit mir auf. Schwirr ab!«

Der Roboter gab keine Antwort. Magantilliken sah ihn in unsicherem Flug davontaumeln, immer wieder von Geschossen aus der Bahn geworfen; ein unangenehmes Gefühl in der Magengegend befiel ihn. Nun stand er ganz allein gegen eine Meute von wütenden Ckorvonen. Kaum war Isthmy verschwunden, wurde der Beschuss eingestellt. Vorsichtig spähte der Vargane über den Rand des Schachtes. Die Ckorvonen hatten das Loch umstellt – Gestalten in weißen Pelzen, die klobige Waffen in den Händen hielten.

»Kommen Sie heraus!«, befahl eine bis zur Unkenntlichkeit vermummte Gestalt. »Aber mit erhobenen Händen!«

Magantilliken befolgte den Befehl. Noch immer hatte er die Hoffnung, sich aus eigener Kraft befreien zu können. Sobald die Eingeborenen glaubten, ihren Gefangenen sicher zu haben, wollte er seine Nahkampfkenntnisse einsetzen. Aber auch diese Hoffnung erwies sich als trügerisch, denn ehe er in die Reichweite der Ckorvonen kam, sauste eine Seilschlinge durch die Luft. Eine zweite folgte, wenig später war der Henker der Varganen so fest verschnürt, dass er keinen Finger mehr rühren konnten. Er wurde auf ein leichtes, schlittenähnliches Gefährt geladen und abtransportiert. Am Ende des Lawinenfelds wartete ein klobiges Fahrzeug mit einem kastenförmigen, metallenen Aufbau. Aber Magantilliken wurde wider Erwarten nicht sofort eingesperrt, sondern erst zu einem Mann gebracht, der offensichtlich Gaddos' Stelle eingenommen hatte. Der Kerl schien auf ein kleines Psychospiel aus zu sein, stand regungslos da, starrte den Varganen an und sagte lange Zeit kein Wort. Magantilliken gab die Blicke kalt und scheinbar gleichgültig zurück.

»Ihr Spiel ist aus«, sagte der Mann endlich. »Sie werden keine Gelegenheit mehr erhalten, weiteres Unheil anzurichten. Ich möchte nicht in Ihrer Haut stecken. Die Verbrechen, deren Sie beschuldigt werden, dürften Ihnen einen äußerst unangenehmen Tod einbringen: Sabotage an einem staatlichen Projekt, schuldig am Tod von einigen tausend Bürgern des Landes Frinalhan. Der Materialschaden lässt sich noch nicht abschätzen.«

Der Vargane schwieg, hielt es für unter seiner Würde, auf diese unsinnige Anklage zu antworten. Die Ckorvonen waren an ihrem Missgeschick selbst schuld. Die Drohung, ihn zu töten, ließ den Henker vorerst ungerührt. Noch hatte er das Armbandgerät, bisher war es noch niemandem gelungen, ihn für längere Zeit in einem Gefängnis festzuhalten. Die Ckorvonen würden ihn nicht umbringen, ehe sie ihm nicht einige seiner Geheimnisse entlockt hatten. Es blieb ihm also eine Galgenfrist. Bis dahin war gewiss auch Isthmy wieder zur Stelle. Die Anlagen an Bord des Doppelpyramidenschiffs konnten die entstandenen Schäden innerhalb kürzester Zeit beheben.

»Es wird übrigens gleich einen ziemlichen Knall geben«, fuhr der Ckorvone gleichmütig fort. »Wir haben Ihr Raumschiff entdeckt. Das Versteck war nicht besonders originell; mitten auf der Ebene der Ahnentempel gab es noch nie einen nebelverhangenen Berg. Natürlich gehen wir nicht das Risiko ein, uns diesem Objekt persönlich zu nähern. Eine ferngesteuerte Rakete mit einer Atombombe wird uns die Arbeit abnehmen.«

Magantilliken presste die Lippen aufeinander und bemühte sich verzweifelt, in diesem Augenblick nicht die Beherrschung zu verlieren. Das war tatsächlich ein harter Schlag.

Der Eingeborene zückte umständlich einen Zeitmesser, hob langsam die Hand. Es wurde totenstill. Selbst Magantilliken hielt unwillkürlich den Atem an, als die Hand des Ckorvonen plötzlich nach unten fuhr. Zuerst geschah nichts. Dann zuckte ein greller Blitz über den Himmel. Jenseits der Berge quoll eine dunkle Wolke auf, die schnell eine nur allzu vertraute Form annahm. Erst viel später folgte der Donner der Nuklearexplosion. Magantilliken zwang sein Nervensystem gewaltsam zur Ruhe.

»Sie sehen hoffentlich ein, dass wir nicht mit uns spielen lassen«, sagte der Mann mit einem strahlenden Lächeln. »Vielleicht sind wir in Ihren Augen nichts als dumme Halbwilde, aber das ändert nichts daran, dass Sie sich nunmehr in unserer Gewalt befinden. Sie werden uns noch sehr viel zu erzählen haben. Ach ja – wir werden Sie natürlich noch eingehend durchsuchen und Ihnen sämtliche technischen Hilfsmittel abnehmen.«

Er nickte einem anderen Mann zu. Magantilliken sah ein blitzendes Instrument in dessen Hand, konnte der dünnen Nadel nicht ausweichen. Wie ein Feuerstrom durchraste ein Medikament seine Adern, dann schienen sich die Ckorvonen in rasendem Tempo zu entfernen, bis sie nur noch die Größe winziger Insekten erreichten. Ein dumpfes Dröhnen riss den Varganen in einen Strudel aus Licht und Farben, bis er in die absolute Finsternis der Bewusstlosigkeit geschleudert wurde.

»Wachen Sie auf!«

Er lag auf einer harten Pritsche. Ihm war kalt. Auf der nackten Haut spürte er das unangenehme Kratzen einer rauen Decke. Die Wände ringsum bestanden aus massivem Stein. Hinter einem metallenen Gitter mit feinen Maschen hingen eine Lampe, ein Lautsprecher und ein Mikrofon. Es gab keine sonstigen Möbel, nicht einmal einen Tisch. Am Fußende seines Lagers entdeckte Magantilliken ein paar graue Kleidungsstücke. Auf dem Steinboden standen Schuhe, die hart und unbequem aussahen. Im ersten Moment wusste er nicht, wie er hierher gekommen war und welche Bedeutung der Raum hatte. Als ihm endlich die Wahrheit dämmerte, richtete er sich erschrocken auf. Seine Kleidung war ebenso wie das Armbandgerät und alle anderen Hilfsmittel verschwunden. Er fluchte unterdrückt, aber ein gehässiges Lachen aus dem Lautsprecher brachte ihn rasch zum Schweigen.

»Das hätten Sie sich nicht träumen lassen, wie? Sie sitzen fest, Magantilliken. Ich bin mir sicher, dass Sie ein großartiger Kämpfer sind, aber gegen diese Wände lässt sich mit Muskelkraft nichts ausrichten. Die Dinge, die wir bei Ihnen fanden, werden im Augenblick sehr intensiv untersucht. Ich weiß, dass Sie aus dem Weltraum zu uns kamen. Sie verfügen über Kenntnisse, die ich haben will.«

»Warum?«

»Dumme Frage. Um Herrscher dieses Planeten zu werden, was sonst?«

»Dann sind Sie also dieser machtgierige Diktator Teihendru, über den ich so viele Ihrer Leute habe schimpfen hören.«

»Sie sollten nicht versuchen, mich zu reizen. Vergessen Sie nicht, dass ich Ihr Leben von nun an gestalten kann, wie es mir Spaß macht. Man sagt von mir, ich hätte einen Hang zur Grausamkeit. Solche Gerüchte sind mir nur willkommen. Das Volk zittert vor mir, gerade deshalb leistet es auch sehr viel. Aber wechseln wir das Thema. Interessiert es Sie nicht, warum wir Sie so schnell durchschaut haben?«

»Ich kann es mir denken«, murmelte der Vargane unwillig.

»Meine Tochter gab mir die ersten Hinweise. Ich hätte ihr vermutlich kein Wort von ihrer fantastischen Geschichte geglaubt, aber kurz darauf wurde der auf unbekannte Weise betäubte Fallensteller gefunden. Es gelang uns, ihn vorzeitig aufzuwecken und zu befragen. Nun, ich schickte dann ein paar Flugzeuge los, die hervorragende Aufnahmen von der Ebene der Tempel mitbrachten. Es war alles ganz einfach.«

»Es war ein Fehler, das Raumschiff anzugreifen.« Noch hatte Magantilliken die schwache Hoffnung, dass die TROPOYTH den Angriff überstanden hatte.

»O nein. Dieses Fahrzeug war mir entschieden zu gefährlich. Solange es sich auf unserem Planeten befand, hatten Sie immer einen Rückhalt. Erstens hätten Sie Xertomph jederzeit verlassen können, zweitens war das Schiff ein deutlicher Wegweiser für alle, die etwa nach Ihnen suchen. Die Rakete hat übrigens sehr genau getroffen. Leider wurden auch die Tempelruinen vernichtet. Meine Wissenschaftler behaupten, dass irgendetwas die Explosion verstärkt haben muss; der Krater sei deutlich größer, als er aufgrund der eingesetzten Sprengkraft ...«

Magantilliken lachte leise, wenn auch völlig humorlos vor sich hin. Der ganze Irrsinn der Situation kam ihm abrupt zum Bewusstsein. Dieser kleine Diktator bildete sich tatsächlich ein, einen hervorragenden Fang gemacht zu haben. Er wusste nichts von der tejonthischen Flotte, die in wenigen Tagen das System erreichen würde. War die *Gefühlsbasis* bis dahin nicht repariert, würde Teihendru vermutlich mehr Raumschiffe zu sehen bekommen, als ihm lieb war. Und nicht nur Schiffe, sondern auch Waffen. Durchaus möglich, dass sich die verwirrten Tejonther auf Xertomph austobten. Ohne korrekt funktionierende *Gefühlsbasis* würde dann Teihendrus Herrschaft vorzeitig enden.

»Was wollen Sie von mir?«, fragte Magantilliken abweisend.

»Das sagte ich bereits. Technische Informationen. Besonders interessieren mich natürlich Waffen aller Art.«

»Natürlich, was sonst ... Sie werden Ihnen nur nichts mehr nutzen, sollten Sie mich nicht sofort freilassen.«

»So?«

Magantilliken hörte den spöttischen Unterton. Es war sinnlos. Teihendru hatte sich in seine Idee verrannt und würde ihm nicht einmal zuhören, ganz abgesehen davon, dass er nichts über die kosmischen Zusammenhänge wusste, als dass er die Folgen seines Vorgehens verstehen konnte. Dennoch musste es der Vargane versuchen. »Ich muss in die Station«, sagte er eindringlich. »Die Kugel muss innerhalb der nächsten drei Tage ihre Arbeit aufnehmen. Teihendru, ich warne Sie! Es geht nicht um Sie oder um mich, sondern um das Leben unzähliger Wesen. Ich werde dafür sorgen, dass sich mein Volk um Sie kümmert. Sie sollen sogar Waffen haben, soviel Sie wollen. Aber lassen Sie mich meine Arbeit tun. Xertomph und viele andere Planeten werden sonst aufhören zu existieren!«

»Was Sie nicht sagen. Mir scheint, ich habe versehentlich einen der legendären Götter eingesperrt. Mich wundert nur eins: Wenn Ihre Macht tatsächlich so ungeheuer groß ist, warum haben Sie sich dann so leicht übertölpeln lassen?« Magantilliken schwieg. Jedes weitere Wort wäre Zeitverschwendung gewesen. »Nun, ich schlage vor, wir überlassen das Ausspinnen von Märchen den alten Weibern und wenden uns wieder dem Kern dieses Gesprächs zu. Sind Sie bereit, für mich zu arbeiten?«

Der Vargane antwortete auch jetzt nicht.

»Sehr entgegenkommend sind Sie nicht. Aber das macht nichts. Noch haben Sie Zeit, es sich zu überlegen. Wenn Sie vernünftig sind, können Sie sich Ihre Zukunft sogar recht angenehm gestalten, wenn nicht … Aber das dürfen Sie sich selbst ansehen, denn sonst glauben Sie mir vielleicht nicht. Ich will Ihnen nur so viel verraten: Wir verfügen über ein Mittel, das jeden zum Sprechen bringt. Das Traurige daran ist nur, dass jemand, der einmal dem Einfluss der Niava-Kristalle ausgesetzt war, für den Rest seines Lebens eine Hülle ohne Geist ist. Unfähig, die einfachsten Dinge zu tun. Das wäre doch ein sehr unwürdiges Ende für einen Mann von den Sternen, in dessen Händen das Schicksal so vieler Planeten ruht, nicht wahr?«

Teihendru kicherte höhnisch, bevor er das Gespräch abrupt beendete.

Magantilliken stützte den Kopf in die Hände und starrte blicklos zu Boden. Verzweifelt suchte er nach einem Ausweg. Die Lage war hoffnungslos. Zwar bestand noch eine geringe Chance, dass die *Gefühlsbasis* rechtzeitig in Betrieb gesetzt wurde, aber an seinem persönlichen Schicksal änderte sich dadurch wenig. Selbst wenn er aus den Klauen dieses machtgierigen Diktators befreit wurde, würde eine solche Rettung nichts verbessern. Er hatte seine Chance, in die Eisige Sphäre zurückkehren zu dürfen, verspielt.

»Teihendru!«

Im Lautsprecher knackte es, der Diktator sagte höhnisch: »Sie wünschen mich zu sprechen, edler Herr?«

»Ich nehme Ihr Angebot an. Lassen Sie mich heraus, damit ich mit der Arbeit beginnen kann.«

Das Gelächter des Ckorvonen sprengte fast den Lautsprecher aus seiner Fassung. »Köstlich!«, keuchte Teihendru, als er wieder zu Atem gekommen war. »Ich lasse Sie heraus, Sie beginnen mit der Arbeit, und deren erster Teil besteht darin, dass Sie abhauen. Halten Sie mich wirklich für so dumm? Ich lasse Ihnen Schreib- und Zeichenmaterial in die Zelle bringen. Sollten Sie brav sein, erlaube ich Ihnen vielleicht in ein paar Wochen den ersten Spaziergang.«

9.

Atlan: *Ich bin mir sicher, dass auch bei tontalangem Überlegen immer wieder nur der eine Schluss herauskommen würde: dass ich nicht das Leben einiger hundert Varganenrebellen schonen darf, wenn es um die Rettung von Abermilliarden Unschuldiger geht. Während ich noch zögere, erscheinen wogende Schlieren im goldenen Leuchten und verdichten sich zu einer schwebenden Gestalt, von der mir ein eisiger Hauch entgegenweht. Etwas wie ein Gazeschleier umgibt das seltsame Wesen, leuchtende Kristalle wirbeln um seinen Kopf.* Eine Erinnye!

Im nächsten Augenblick erklingt über mir ein gellender Schrei. Als ich nach oben blicke, sehe ich einen Varganen. Seine Augen quellen vor Entsetzen beinahe aus den Höhlen. Dann hebt er die Waffe. Ich feuere vor ihm, er wirft die Arme hoch und kippt nach hinten weg. Aber sein Schrei und mein Schuss müssen die anderen Varganen unweigerlich anlocken. Entschlossen rufe ich: »Kannst du den Rebellenstützpunkt zerstören? Sie wollen den ganzen Mikrokosmos vernichten! Hyperimplosionsfeld! Zugriff über Umsetzer!«

Plötzlich verstärkt sich das Kribbeln in meinem Genick, breitet sich über den Hinterkopf aus. Ich schlucke trocken, höre das Wesen ein einziges Wort säuseln: »Amdir!«

Es ist der varganische Begriff für »Ende«, der allerdings auch für »Tod, Vernichtung« steht. Der Körper der Erinnye beginnt wie in Zeitlupe aufzuleuchten, wird greller und greller. Eine Hand greift nach mir, schleudert mich mit brutaler Gewalt ins goldene Leuchten. Ich verliere den Strahler. Als mich das Licht erfasst, birst außerhalb des Wirkungsfeldes die Umgebung in einer grellen Explosion. Schon fürchte ich, mit in den feurigen Strudel der Vernichtung gerissen zu werden, da verschwindet die Gluthölle – ich habe das Gefühl, körperlos durch Zeit und Raum geschleudert zu werden, hinein in Dunkelheit, dann ein glühender Wirbel, in dessen Mittelpunkt ich den Omirgos entdecke, unerträgliche Schmerzen und schließlich die erlösende Stille einer tiefen Ohnmacht – das sind meine letzten Eindrücke …

… und als ich wieder zu mir kam, befand ich mich in einem lichtdurchfluteten Raum. Die fremdartigen Kontrollelemente an den Wänden schienen mich mit ihren bunten Lichtern höhnisch anzublinzeln. Vom Omirgos war nicht einmal mehr der Hauch eines Leuchtens zu entdecken.

»Wo sind wir?«, hörte ich Crysalgiras benommene Stimme.

»In einer varganischen Station«, murmelte ich, entdeckte den offenen Helm und den Kapuzenmantel und wusste, dass meine Erlebnisse kein bizarrer Traum gewesen waren.

»Die tejonthische Flotte …«

»Die Tejonther sind wir erst einmal los, jetzt haben wieder die Varganen das Sagen!«

»Sie werden mir immer unheimlicher«, gestand sie leise. »Sie müssen uns technisch unvorstellbar weit überlegen sein.«

»Das sind sie auch«, ächzte ich und dachte an das Erlebte, während ich aufstand und ihr hoch half. »Das Traurige daran ist nur, dass sie ihre hervorragenden Kenntnisse nicht für vernünftige Ziele einsetzen. Möglicherweise habe ich soeben mit der Hilfe einer *Erinnye* verhindert, dass Varganenrebellen den gesamten Mikrokosmos vernichten konnten.«

»Du hast was …?« Erst jetzt bemerkte die Prinzessin den Kapuzenmantel. »Wo hast du denn …?«

Ich berichtete ihr knapp und schloss mit den Worten: »Aber lassen wir das. Suchen wir lieber nach einem Ausgang, solange wird dazu noch die Gelegenheit haben.«

Es wurde uns sehr schnell klar, dass wir diesen Raum ohne fremde Hilfe nicht verlassen konnten. Ich kannte mich mit der varganischen Technik inzwischen ganz gut aus, die Betätigung eines Türkontakts bedeutete kein Problem. Das Schott jedoch reagierte auf meine Bemühungen überhaupt nicht.

»Vielleicht ist die Station längst verlassen«, sagte Crysalgira ängstlich. »Wer weiß, in welcher Ecke dieses Universums wir gelandet sind. Wie groß ist eigentlich die Reichweite solcher Transmitter?«

»Ich weiß es nicht, zumal in meinem Fall sogar die Wirkung eines Umsetzers beteiligt war.« Ich dachte unwillkürlich an den Planeten der Vulkanbäume, die Robotstation und das dort aufgestellte Gerät, das mich in den Palast des *Kyriliane-Sehers* befördert hatte. Ich glaubte, das Gesicht dieses varganischen Mutanten vor mir zu sehen, die riesigen Kristalle, die dem vom Wahnsinn zerfressenen Unsterblichen die verloren gegangenen Augen ersetzten, und schüttelte mich. Es war nicht das erste Mal in letzter Zeit, dass ich an Vrentizianex denken musste. »Hast du auch den goldenen Kristall gesehen? Nun, mein Lehrmeister Fartuloon setzt solche Omirgos ein, mit denen sich ähnliche Transporteffekte erreichen lassen.«

Weiter kam ich nicht, denn völlig unerwartet öffnete sich das Schott. »Ihre Geschichte ist sehr interessant, Atlan«, sagte das von durchsichtigen Schleiern umwehte, feminin zarte Geschöpf, das halb schwebend, halb tänzelnd in der Türöffnung erschien. »Ich würde sie mir gerne in Ruhe anhören, aber leider drängt die Zeit.«

Crysalgira krallte die Finger der rechten Hand in meinen Arm. Die Erinnye blieb einige Schritte entfernt stehen und vollführte scheinbar sinnlose Bewegungen mit den Armen. Ich vermochte die Augen nicht von ihr zu wenden. Die dünnen Schleier schimmerten und änderten bei jeder Bewegung ihre Strukturen. Ich glaubte, eine ferne Musik zu hören. Die Bewegungen des erstaunlichen Roboters bekamen einen Sinn, wurden zu einem eigenartigen Tanz, der mich völlig in seinen Bann schlug.

Komm zu dir, du Narr!, befahl der Extrasinn mit schmerzhafter Intensität.

Ich blinzelte verwirrt. Schlagartig war die Musik verschwunden. Die Erinnye wedelte immer noch mit den Armen, aber der Tanz hatte seine Wirkung verloren.

»Genug!« Meine Stimme durchdrang wie ein Schrei die absolute Stille. Die Erinnye erstarrte mitten in der Bewegung. Crysalgira stand wie gebannt an ihrem Platz, der leere Blick in ihren Augen bewies, dass sie dem Einfluss des Roboters erlegen war. Ich packte sie an den Schultern und zog sie zur Seite. Sie zuckte zusammen und stöhnte unterdrückt auf.

»Dieses Biest …«, stieß sie hervor, aber auch die Erinnye hatte sich augenblicklich wieder gefangen.

»Es ist sehr bedauerlich. Sie hätten sich nicht dagegen auflehnen sollen, dann wäre alles leichter gewesen.« Ein von hauchzartem Gespinst umwehter Arm hob sich gebieterisch. Etwas Kaltes streifte mein Gesicht. Crysalgira stieß einen leisen Seufzer aus und sank in sich zusammen. Ich versuchte, den schlaffen Körper aufzufangen, aber plötzlich hielt mich etwas fest und gestattete mir nicht die geringste Bewegung. Eisige Kälte füllte mich aus, so dass ich das Gefühl hatte, in einem Eisblock zu stehen. Seltsamerweise wurde ich nicht bewusstlos. Hilflos musste ich zusehen, wie sich die Erinnye bückte und Crysalgira mit einer Hand flüchtig an der Stirn berührte. Ein kindliches Lachen erklang, bei dem ich deutlich spürte, wie sich die kleinen Haare in meinem Nacken kribbelnd aufrichteten. »Sieh an«, sagte das Geschöpf mit glockenheller Stimme. »Sie ist davon überzeugt, dass Sie ein großartiger Kämpfer sind und ein sehr ritterlicher junger Mann dazu. Interessant. Unter diesen Umständen werden Sie sicher bereit sein, alles zu tun, um ihr ein unerfreuliches Schicksal zu ersparen.«

Ich starrte sie an. Die Erinnye lachte amüsiert und wandte sich ab, Crysalgira schwebte neben dem künstlichen Wesen her. Die beiden verschwanden durch das offen bleibende Schott im Innern der Station. Wütend bemühte ich mich, dem unsichtbaren Gefängnis zu entkommen. Es gelang mir nicht.

Du verschwendest deine Kräfte, warnte der Extrasinn. *Spar sie dir lieber für später auf. Du bekommst noch genug zu tun. Etwas stimmt nicht in dieser Station.*

Das habe ich auch schon gemerkt, dachte ich ärgerlich. *Aber was hat die Erinnye mit uns vor?*

Sie wird es dir mit Sicherheit in kürzester Zeit mitteilen. Eines steht bereits fest: In Yarden bist du nicht angekommen. Es scheint fast so, als gäbe es im Augenblick keine Möglichkeit, dich und Crysalgira direkt dorthin zu bringen.

Die Rückkehr der Erinnye unterbrach die lautlose Unterhaltung. Ich wurde von unsichtbaren Kräften durch das Schott gezogen und in einen großen Raum transportiert, sah mehrere Bildschirme, von denen jedoch nur einer in Betrieb war. Auf der Fläche zeichneten sich schroffe, teilweise von Schnee bedeckte Berge ab. In der Mitte der kuppelförmigen Halle erhob sich ein mit seltsamen, metallisch glitzernden Auswüchsen bedeckter Buckel. Daneben lag Crysalgira regungslos auf dem harten Boden. »Sie ist bei Bewusstsein«, sagte die Erinnye beiläufig. »Sie wird also unsere Unterhaltung genau verfolgen können.«

»Was willst du?« Ich war überrascht, dass meine scheinbar völlig steif gefrorenen Lippen verständliche Laute zu formen vermochten.

»Du wirst Magantilliken befreien und hierher bringen. Du hast maximal drei planetare Tage Zeit.«

Ich war dem Roboter beinahe dankbar dafür, dass eine kurze Pause entstand. Das gab mir Gelegenheit, die Information zu verdauen, dass ausgerechnet der Henker der Varganen wieder einmal meinen Weg kreuzen sollte. »Sonst? Du kannst mich nicht erpressen. Deine Herren werden es ungern sehen, dass eins ihrer Geschöpfe eigenmächtig jene umbringt, die die Fruchtbarkeit der Varganen wiederherstellen sollen.«

»Ich gebe dir alle Informationen, die du brauchst, um deinen Auftrag zu erfüllen«, fuhr die Erinnye fort. Ich stellte grimmig fest, dass der Roboter jetzt jede Höflichkeit vermissen ließ. »Und ich gebe dir den Rat, aufmerksam zuzuhören. Solltest du keinen Erfolg haben, ist das Schicksal der Eisigen Sphäre besiegelt und sogar der Tod deiner Begleiterin nicht mehr von Belang!«

Ich fröstelte.

Dir bleibt gar keine Wahl, sagte der Extrasinn, als das Wesen seinen Vortrag beendet hatte. *Es geht nicht nur um Crysalgira.*

Die Erinnye verlor keine Zeit. Sie fragte mich nicht einmal, ob ich bereit sei, den Auftrag zu übernehmen. Für den Roboter war es selbstverständlich, dass ich gehorchte. Es dauerte nur wenige Zentitontas, bis mich die Erinnye samt dem noch immer bestehenden Fesselfeld in einen anderen Raum brachte. Diesmal handelte es sich eindeutig um eine Schleuse. Das Außenschott war geöffnet. Ich sah die Wand eines nach oben führenden Schachtes, dann fielen die eisigen

Fesseln ab. Der Wechsel kam so plötzlich, dass ich fast das Gleichgewicht verlor. Mühsam hielt ich mich auf den Beinen.

»Das ist alles, was ich dir mitgeben kann«, sagte die Erinnye ungerührt und wies auf einige kleine Gegenstände, die auf dem Boden lagen. »Zwei Kombimodus-Stabstrahler und diesen Armreif. Du kannst damit ein Antigravfeld sowie ein Individualfeld erzeugen und dich gegebenenfalls unsichtbar machen. Ein Funkgerät ist ebenfalls integriert.«

Sie erklärte mir die entsprechenden Schaltungen. Ich konzentrierte mich, aber meine Gedanken irrten immer wieder ab. Die Versuchung, die Stabwaffe an diesem Roboter auszuprobieren, war groß. Nur die Überzeugung, dass die Erinnye gegen derartige Angriffe ausreichend geschützt war und sich außerdem an Crysalgira vergreifen würde, hielt mich zurück. »Wie sieht es mit Kleidung aus?«, fragte ich. »In diesem Raumanzug wird man mich sofort als Fremden erkennen und mich ebenfalls einsperren.«

»Das ist dein Problem. Du wirst dich sofort auf den Weg machen.«

Reiß dich zusammen! Die Ermahnung des Extrasinns kam gerade noch rechtzeitig. Wortlos wandte ich mich ab, benutzte das varganische Gerät, um schwerelos durch den senkrecht nach oben führenden Schacht zur Oberfläche aufzusteigen. Am Schachtausgang wartete eine metallische Kugel von etwa einem Meter Durchmesser auf mich. Die Erinnye hatte mich über *Isthmy* informiert, der nur eine geringe Strecke zurückgelegt hatte, als Magantillikens Raumschiff vernichtet wurde, und dann umgekehrt war. Deshalb war ich nicht überrascht, als mich der Roboter sofort ansprach.

»Wir sollten uns beeilen«, sagte die Kugel mit knarriger Stimme. »Magantilliken steckt in großen Schwierigkeiten.«

Ich seufzte. »Du solltest deine Stimmbänder ölen«, empfahl ich bissig. »Ich brauche Kleidung.«

»Weiter vorn wirst du alles finden, was du dir wünschst.« Isthmy flog voran. Wir überquerten mehrere Wälle aus Steinen und Eisbrocken, es war bitterkalt. Ich schloss den Helm des Raumanzugs, weil die Luft wie mit Messern in meine Lungen schnitt. Die Spuren der gewaltigen Katastrophe waren nicht zu übersehen. Ab und zu ragten dunkle Gegenstände aus den vom Sturm zusammengetriebenen Schneewehen. Reste von Fahrzeugen, zersplitterte Metallstreben, einzelne Räder und zerfetzte Zeltplanen. Nach einem fast eine Dezitonta langen Flug erreichten wir das, was vom Basislager der Ckorvonen übrig geblieben war. Die zweite Lawine hatte die Barackenbauten zum Teil vor sich hergeschoben. Zwischen Leichtmetallwänden, die von der Wucht des Aufpralls wie Papier zerknittert worden waren, lagen Teile von Instrumenten, Ausrüstungsgegenstände aller Art, Explosivwaffen und Papierfetzen herum. Ich erblickte einige entsetzlich zugerichtete Leichen.

»Bedien dich«, forderte Isthmy lakonisch und blieb über einem der Toten in der Luft hängen. Ich biss die Zähne zusammen, ließ mich nach unten sinken und musterte den Eingeborenen kurz. Trotz der entstellenden Verletzungen ließ sich deutlich erkennen, wie sehr diese Wesen den Arkoniden – und den Varganen natürlich auch – ähnelten. »Du verlierst nur Zeit.«

Wortlos ging ich weiter und durchsuchte einen wahren Berg von Trümmerstücken. Ich hatte Glück, fand ein paar weiche Fellstiefel, die mir sogar passten, einen unförmigen Pelzmantel mit Kapuze, ein Messer und einen Streifen Munition. Einige Meter weiter lag ein Gewehr mit kurzem Lauf, das sogar noch funktionierte. Meinen klobigen Raumanzug ließ ich zwischen zwei auffälligen Gebäuderesten zurück. »Schalte deinen Deflektor ein.«

»Das geht nicht. An mir sind etliche Teile nicht in Ordnung.«

Ich fluchte leise vor mich hin, während wir uns in der Deckung der zerrissenen Berghänge weiter talwärts arbeiteten. Am liebsten hätte ich den Roboter zurückgelassen, aber das war nicht ratsam, denn Isthmy konnte den Varganen auch dann noch anpeilen, wenn ihm alle Geräte, die Magantilliken normalerweise mit sich herumschleppte, abgenommen waren. Ohne Isthmy hätte ich mich auf eine zeitraubende Suche einlassen müssen – Zeit aber war es, was mir am dringendsten fehlte.

»Sieht noch ganz gut aus«, sagte Isthmy plötzlich und hob einen Tentakelarm.

Ich sah in die angegebene Richtung und entdeckte einen halb verschütteten Wagen. Es handelte sich um ein kleines Lastfahrzeug. Da weit und breit kein Ckorvone zu sehen war, untersuchten wir den Fund, fanden ein halbes Dutzend Schäden, zwei Leichen im vorderen Teil des Innenraums und einen fast randvollen Tank mit einer abscheulich riechenden Flüssigkeit. Das gab den Ausschlag. Während ich die sterblichen Überreste der Eingeborenen nach draußen zerrte und ein Stück abseits der Fahrbahn in den Schnee bettete, fuhr Isthmy weitere Handlungsarme aus und machte sich an die Arbeit. Er schien in seinem kugelförmigen Leib ein ganzes Werkzeuglager mit sich herumzuschleppen. Eine halbe Tonta später schob sich der Wagen brummend auf die Straße hinauf. Isthmy hatte einen vor Sicht geschützten Platz auf der kleinen, verdeckten Ladefläche gefunden.

»Halt!«, rief er einige Kilometer weiter.

Ich trat auf die Bremse. Ohne ein Wort der Erklärung verließ der Roboter den Wagen und verschwand zwischen den knorrigen Stämmen der fremdartigen Nadelbäume, die sich hier bis dicht an die Straße drängten. Als er zurückkehrte, hingen zwei varganische Schutzanzüge in den Klauen der metallenen Tentakel. Ich nickte anerkennend, widerstand allerdings der Versuchung, mich eines der Anzüge bemächtigen zu wollen – der irre Kugelroboter zeigte nicht die geringste Bereitschaft, sich von ihnen zu trennen.

Gegen Abend erreichten wir das Ende des Tales. Sofern sich der Logiksektor bei der Zeitablaufsynchronisation nicht vertan hatte, schrieb man im Standarduniversum inzwischen den 24. Prago des Eyilon 10.499 da Ark. Vor uns breitete sich ein verschneites Hügelland aus. An einigen Stellen verrieten Fahrspuren eine Abzweigung, hinter Baumgruppen stiegen dünne Rauchfäden in die frostklare Luft. Einige Kilometer weiter zeichneten sich hohe Schornsteine und schmutzige Steinhäuser ab. Die Straße wurde breiter. Ich hatte mich inzwischen hinreichend mit den Kontrollen des primitiven Wagens vertraut gemacht. Wir rasten in der zunehmenden Dämmerung dem Ziel entgegen, der Hauptstadt von Frinalhan, Teihara. Während der Fahrt sprach ich über Funk mit Isthmy und erfuhr weitere Einzelheiten von Magantillikens Abenteuer auf Xertomph; der fast geschwätzige Roboter war dem Henker der Varganen von seinen Artgenossen zweifellos als eine Art »Aufpasser« zugewiesen worden. Mehrfach ließ die Maschine durchklingen, wie wenig sie die Handlungsweise des Mannes verstand.

Als bei Sonnenaufgang nach rund fünfhundert Kilometern Fahrt die ersten zusammenhängenden Gebäudegruppen vor uns auftauchten, steuerte ich das Fahrzeug hinter ein verschneites Gebüsch, streckte mich todmüde auf der Sitzbank aus und schlief sofort ein.

Als ich nach drei Tontas erwachte, herrschte draußen dichtes Schneetreiben. Ich verzehrte lustlos einige Konzentrate. »Ich werde mich im Schutz des Deflektors in der Stadt umsehen«, sagte ich. »Sollte jemand den Wagen finden, sieh zu, dass du von hier wegkommst, ohne dass dich jemand sieht. Ich bleibe über Funk mit dir in Verbindung.«

Die Metalltür schlug scheppernd hinter mir zu. Ich schaltete den Armreif auf die Werte, die die Erinnye mir angegeben hatte.

»Deflektor funktioniert einwandfrei«, meldete Isthmy aus seinem Versteck. Ich stieg ein paar Meter weit auf, orientierte mich kurz und folgte der Straße, die direkt in die Stadt führte. Düstere, unfreundliche Fahrbahnen waren zu sehen. Zum Glück waren nur wenige Ckorvonen unterwegs. Ich wich vorsichtig allen Hindernissen aus und arbeitete mich zielstrebig zum Zentrum von Teihara vor. Nach Isthmys Angaben wurde Magantilliken im Palast des Diktators gefangen gehalten. Es war für mich nicht schwer, das Tor zu überfliegen. Ungehindert schritt ich später über sorgfältig schneefrei gehaltene Wege, belauschte ein Gespräch zwischen zwei Offizieren – das hiesige Varganisch klang fremd, war aber verständlich – und stand kurz darauf vor einer hohen Mauer. Dahinter ragte ein würfelförmiger Bau auf. Überall standen bewaffnete Ckorvonen, aber da sie nur auf sichtbare Ziele schießen konnten, fühlte ich mich ziemlich sicher. So sicher, dass ich mit dem Gedanken spielte, ohne weiteren Aufenthalt bis zu Magantilliken vorzudringen. Das metallene Tor des Gefängnistrakts öffnete sich ziemlich häufig. Gefesselte Ckorvonen verschwanden dahinter, während die, die aus diesem düsteren Bau ins Freie kamen, keine Fesseln mehr brauchten. Entweder handelte es sich um Männer in Uniformen, die ihre Befehle zu den Wachtposten hinaufbellten, oder aber um Leichen, die auf grob gezimmerten Holzbahren forttransportiert wurden.

Ein Alleingang wäre Unsinn, meldete sich der Extrasinn. *Ruf den Roboter her. Wenn er hoch genug fliegt, wird ihn niemand bemerken, dann kann er Magantilliken von hier aus genauer anpeilen. Du gewinnst Zeit.*

Ein verlassen wirkendes Gebäude grenzte direkt an die Mauer. Ich suchte mir einen Weg über Haufen von Unrat und Trümmerstücken. In einem relativ gut erhaltenen Raum schaltete ich den Deflektor aus, gab Isthmy die nötigen Anweisungen und ließ mich dann auf einer leeren Kiste nieder. Es würde eine Weile dauern, bis der Roboter eintraf. Ich lehnte mich zurück – und erstarrte zu absoluter Bewegungslosigkeit, weil ein kalter, metallener Gegenstand meinen Nacken berührte.

»Bleiben Sie ganz still sitzen«, sagte eine helle Stimme. »Bei der geringsten Bewegung schieße ich!«

»Sie wollen Magantilliken befreien«, sagte die junge Frau.

Ich starrte sie verblüfft an. »Wie kommen Sie darauf?«

Die zierliche Ckorvonin, die ihre Waffe immer noch auf mich gerichtet hatte, lachte bitter und warf den Kopf etwas zurück. Unter der Kapuze des perlgrauen Pelzumhangs quoll eine Flut von rotblonden Locken hervor. »Das ist nicht schwer zu erraten. Sie tauchen aus dem Nichts auf, geben Isthmy Befehle und sehen nicht so aus, als stammten Sie von Xertomph. Burjos hat sich einiges über Magantilliken und die Riesenkugel zusammengereimt, was auf den ersten Blick absurd klingt. Aber er hatte in allem Recht. Er behauptete auch, dass Magantilliken Hilfe erhalten würde, sobald er in Schwierigkeiten gerät.«

»Also gut«, gab ich gedehnt zu. »Ich bin hier, um Magantilliken zu befreien. Und was nun?«

»Das kommt auf Sie an. Burjos wurde hauptsächlich deshalb verhaftet, weil er nach dem Auftauchen dieser Fremden überflüssig war. Ohne Magantilliken hätte er noch eine Chance gehabt – und ich mit ihm. Mein Vater wird ihn töten. Ich selbst durfte zwar das Gefängnis verlassen, aber von nun an schwebe ich ständig in Lebensgefahr. Das alles haben wir Ihrem Freund zu verdanken.«

»Erstens ist Magantilliken keineswegs mein Freund. Zweitens hat Isthmy mir alles berichtet, was im Lager geschehen ist. Burjos steht unter dem Verdacht, ein Spion zu sein. Das hätte man früher oder später auf jeden Fall herausgefunden.«

»Bis dahin wäre uns genug Zeit geblieben«, behauptete sie.

Mit logischen Argumenten war ihr kaum beizukommen. Sie war fast hysterisch vor Angst; irgendwie verstand ich sie sogar. »Was wollen Sie von mir?«

»Sie sollen Burjos ebenfalls aus dem Gefängnis befreien. Sie haben die Mittel, uns zu helfen. Ich weiß, wie Sie am schnellsten an Ihr Ziel kommen, kann Ihnen die Zelle zeigen, in der Magantilliken festgehalten wird. Gleich nebenan wartet Burjos auf seine Hinrichtung. Sie brauchen also nicht einmal einen Umweg zu machen.«

»Stellen Sie sich das alles nicht zu einfach vor. Selbst wenn ich die beiden nach draußen bringe, sind die Probleme längst nicht gelöst. Wie wollen Sie fliehen und wohin? Magantilliken würde Sie und Burjos wahrscheinlich töten. Niemals wird er es wagen, Sie mit in die Station zu nehmen.«

»Zerbrechen Sie sich nicht meinen Kopf«, empfahl sie ärgerlich. »Ich weiß, was ich will. Holen Sie Burjos heraus, mehr verlange ich nicht. Sobald er draußen ist, brauchen Sie sich um uns nicht mehr zu kümmern.«

Du solltest das Angebot annehmen, empfahl der Logiksektor. *Die Vorteile sind groß.*

Jintha war erleichtert über meine Entscheidung, behielt aber die Waffe weiterhin in der Hand. Erst als Isthmy erschien, war sie bereit, das gefährliche Ding wenigstens in den Gürtel zu stecken. Obwohl Jintha und der Roboter ungeduldig waren und mich zu sofortigem Handeln drängten, bestand ich darauf, zu warten. Magantilliken hätte ich ohne weiteres bei Tageslicht herausgeholt, aber mit Burjos und der jungen Frau gab es zusätzliche Schwierigkeiten. Ich machte mir trotz Jinthas abwehrender Haltung Gedanken, wie ich die beiden Ckorvonen wenigstens vorübergehend in Sicherheit bringen konnte – und glaubte, einen Ausweg gefunden zu haben: *Zwei vollständig ausgerüstete, flugfähige Anzüge stehen zur Verfügung. Damit lässt sich etwas anfangen – sofern diese irre Kugel mitspielt.*

Sie ließ sich durch bestechende Logik überzeugen.

Als es dunkel wurde, hatte ich mich umgezogen. Die Einrichtungen des varganischen Schutzanzugs funktionierten einwandfrei. Ich befahl Isthmy, meinen abgelegten Armreif einzuschalten und dafür zu sorgen, dass Jintha ebenfalls im Schutz des Deflektorfeldes blieb. Damit war die Gefahr gebannt, dass jemand zufällig auf den Roboter oder die Ckorvonin stieß.

Lautlos überflog ich die Mauer. Nervös blickte ich zu den langsam kreisenden Scheinwerfern und Geschützen der wuchtigen Türme hoch. Selbst jetzt herrschte noch ziemlicher Betrieb. Die Tatsache, dass Teihendru als typischer Diktator ständig ein überbelegtes Gefängnis zu hüten hatte, war für mich jedoch von Vorteil. Ohne mich durch unliebsame Zusammenstöße zu verraten, schwebte ich unsichtbar über einem Gefangenentransport durch die schwere Metallpforte. Ich wandte mich nach rechts und betrat einen breiten, hell erleuchteten Gang. Den zweiten Anzug trug ich unter dem Arm, bewegte mich äußerst vorsichtig, denn jedes Geräusch konnte einen der zahlreichen Wächter aufmerksam machen, die überall umherstanden. Einmal stieß ich fast mit einem Uniformierten zusammen, der unvermittelt aus einer offenen Zellentür trat. Als ich hastig auswich, schlug ich mit der lose herabhängenden Gürtelschnalle des leeren

Anzugs gegen die Metalltür. Geistesgegenwärtig aktivierte ich das Flugaggregat und stieß mich ab. Der Wächter fuhr herum. Nicht nur das Geräusch, sondern auch der entstandene Luftzug hatten ihn aufmerksam gemacht. Er sah sich mit vorgehaltener Waffe um. Als ihm nichts auffiel, wollte er sich abwenden, aber gerade da kam ein Offizier den Gang herunter und fragte barsch: »Was gibt es?«

Der Wächter berichtete stockend. Der Offizier hörte mit einem spöttischen Lächeln zu und empfahl dem Mann, sich demnächst eine reichliche Portion Schlaf zu gönnen. Aufatmend schwebte ich unter der Decke weiter. Magantillikens Zelle lag in einem besonders gesicherten Trakt. Kein Ckorvone wäre unbemerkt durch die zahlreichen Fallen gekommen. Für mich entstand nur eine geringe Gefahr durch die hier überwiegend technischen Sicherheitsanlagen. Wächter tauchten kaum noch auf – Teihendru verließ sich eher auf die Technik als auf möglicherweise bestechliche Mitbürger. Das Schloss an der dicken Stahltür sah kompliziert aus, widerstand dem Desintegratormodus der Stabwaffe jedoch nur für wenige Augenblicke. Dennoch wusste ich, dass es von jetzt an schnell gehen musste. Ich stieß die Tür auf und schaltete kurz den Deflektor ab. Magantilliken, der auf einer niedrigen Pritsche saß, sprang entgeistert auf.

»Anziehen!«, befahl ich knapp und warf ihm den Schutzanzug zu. Noch während der Vargane in das golden glänzende Kleidungsstück schlüpfte, hastete ich zur nächsten Tür. Ich hatte sie kaum geöffnet, als über meinem Schädel ein dunkler Gegenstand auftauchte. Instinktiv bückte ich mich und wich aus, im nächsten Augenblick zischte der auf Paralysator umgeschaltete Stab. Burjos, der sich mit dem Mut der Verzweiflung auf seinen vermeintlichen Henker werfen wollte, brach im Sprung zusammen. Ich warf mir den schlaffen Körper über die Schulter. Hinter mir trat Magantilliken durch die Tür.

»Schalt den Deflektor ein!«, fauchte ich den verdutzten Varganen an und drückte ihm gleichzeitig eine der beiden Stabwaffen in die Hand. »Los jetzt, Isthmy wartet draußen.«

Irgendwo in den Tiefen des riesigen Gebäudes wimmerte eine Sirene. Als wir das Metallgitter hinter uns gelassen hatten, das den Seitenflügel vom Hauptgebäude trennte, rannten die ersten Gruppen von Wächtern heran. Ich überzeugte mich davon, dass auch Burjos sich vollständig im Schutz des unsichtbar machenden Feldes befand, und schwebte langsam unter der Decke vorwärts. Wie eine Mauer umstanden zahlreiche Ckorvonen den einzigen Ausgang. Als Magantillikens Paralysestrahl durch die Luft zischte, sank fast die Hälfte der Männer zu Boden, ehe sie auch nur ihre Waffen heben konnten. Die anderen jedoch reagierten schnell. Obwohl sie es sicher noch niemals mit unsichtbaren Gegnern zu tun gehabt hatten, handelten sie auf Anhieb richtig. Ich sah die Finger, die sich um die Waffen krallten, unterdrückte einen Fluch und löste den Paralysator aus. Bis auf einen Ckorvonen wurden die Wächter von dem breit auseinanderfächernden Strahl erfasst. Der Letzte aus dieser Gruppe schoss wild um sich, bis auch er betäubt war. Aus den Gängen drang Geschrei. Schwere Stiefel trampelten über den Steinboden, scharfe Befehle klangen auf. In fliegender Hast schlug ich die schweren Riegel des Tores zur Seite.

»Magantilliken, hierher«, rief ich halblaut, aber statt einer Antwort klangen auch von draußen die ersten Schüsse auf. »Verdammt!«, schrie ich unbeherrscht. »Komm endlich!«

Die Wächter auf den Türmen hatten sich auf das Tor konzentriert und deckten es mit Schüssen ein. Die Projektile heulten durch die Halle und schwirrten als Querschläger von den Mauern weg. Mehrere Ckorvonen, die aus einem Gang hervorquollen, wurden verletzt. Ich aktivierte den energetischen Vragon-Schutzschirm der flugfähigen Kombination, schob mich näher an die Öffnung heran und richtete den Paralysator auf einen der Türme. Die dort Stehenden waren kaum betäubt, da zerbarst ein anderer Turm in einem wahren Feuerwerk. Der Lärm war ohrenbetäubend. Als die Mauer auf einer Breite von etwa vierzig Metern zusammenbrach, wurde die herantorkelnde Kugel des Roboters sichtbar. Die Maschine nahm keine Rücksicht und feuerte nach allen Seiten, schien jedoch stärker als zuvor beschädigt zu sein.

»Jetzt haben wir freie Bahn«, hörte ich die arrogante Stimme des Henkers.

»Du bist ein Idiot!«, keuchte ich und schlug auf den Schalter, der mich vorwärts schießen ließ. Ehe der Vargane etwas erwidern konnte, gab es jenseits der teilweise noch glühenden Trümmer eine Explosion. Eine riesige Stichflamme schoss in den Himmel. Metallteile und brennende Holzstücke wirbelten hoch. Eine Druckwelle schleuderte uns zur Seite. Ich sah einen noch festen Teil der Mauer auf mich zukommen und wich im letzten Augenblick zur Seite aus. Ich selbst entkam dem Hindernis, aber Burjos, der immer noch betäubt war, rutschte von meiner Schulter. Ich griff nicht schnell genug nach. Der junge Ckorvone fiel aus dem Deflektorfeld wie auch aus dem Schutzschirm.

Augenblicklich krachten Schüsse. Der schlaffe Körper, der unter mir zurückblieb, wurde von den Geschossen zerfetzt. Die Ckorvonen schossen immer noch, jagten Unmengen von Munition in den nun leeren Hof. Ich sah die vielen Toten und die Flammen, die aus einem Haus direkt an der Mauer schlugen, dachte an die junge Frau, biss die Zähne zusammen und ließ mich weitertreiben. Ich hätte dieses Inferno gern vermieden, jetzt war es zu spät. Magantilliken war frei, aber der Preis war hoch. Ich ortete den Henker hinter einer bröckelnden Mauer und desaktivierte den Schutzschirm.

»Wo ist Isthmy?«, fragte er.

»Explodiert«, erwiderte ich bitter und dachte an Jintha und Burjos. »Das Ding hatte vorher schon einen Knacks.«

Sofern der Henker den Vorwurf bemerkte, der in dieser Antwort lag, zeigte er es nicht. »Wir sollten uns beeilen, die Zeit drängt.«

Kurz vor Sonnenaufgang erreichten wir den Schacht zur *Gefühlsbasis*. Niemand hatte uns verfolgt, da wir die ganze Strecke im Schutz der Deflektoren geflogen waren. Nun standen uns auch keine weiteren Überraschungen mehr bevor, die Ckorvonen hatten verloren. Die Erinnye nahm uns in Empfang. Ehe ich den bedeutsamen Blick des Varganen verstand, hüllte mich bereits Dunkelheit ein …

10.

1209. positronische Notierung, eingespeist im Rafferkodeschlüssel der wahren Imperatoren. Die vor dem Zugriff Unbefugter schützende Hochenergie-Explosivlöschung ist aktiviert. Fartuloon, Pflegevater und Vertrauter des rechtmäßigen Gos'athor des Tai Ark'Tussan. Notiert am 12. Prago des Tartor, im Jahre 10.499 da Ark.

Bericht des Wissenden. Es wird kundgegeben: Immer noch kein Lebenszeichen von Atlan – Ischtar befindet sich nach wie vor im Kratakh-System und versicherte in ihrer heutigen Routinemeldung, dass sich die Methans an die Vereinbarung halten und täglich den Potenzialverdichter aktivieren. Leider scheint sich der Junge verkalkuliert zu haben, eine Rückkehr aus dem Mikrokosmos ist ihm bislang nicht gelungen. Dass er sich mit Ischtars Hilfe um die Maahkwaffe kümmern wollte, war nicht nur bei mir auf Skepsis gestoßen. Inzwischen müssen wir davon ausge-

hen, dass das Vorhaben zu einem Fiasko zu werden droht. Mit jedem weiteren Prago wird die Wahrscheinlichkeit geringer, dass Atlan dieses Abenteuer überlebt hat.

Ischtars Meldung – eingegangen über die weder für die arkonidische Raumflotte noch für die Maahks anpeilbare Verbindung zwischen der MONDSCHATTEN und dem Tropfenbeiboot auf Kraumon – beinhaltete auch die eher lapidare Randbemerkung, dass gestern der Barbar Ra mit einem der Oktaeder-Beiboote die MONDSCHATTEN mit unbekanntem Ziel verlassen habe; zweifellos hatten seine aufdringlichen Annäherungsversuche mal wieder keinen Erfolg, und er muss sich nun austoben. Soll er, solange er uns nicht in Gefahr bringt oder Schlimmeres anstellt …

Die Varganin hat sich seit Atlans »Schrumpfung« am 26. Prago der Coroma 10.498 da Ark nicht weiter zu dieser Thematik geäußert. Dennoch frage ich mich weiterhin, ob die Methans mit ihrem »Zwergenmacher« und der Möglichkeit, Lebewesen in den oder einen Mikrokosmos zu versetzen, an Dingen rühren, die mit den Varganen zusammenhängen. Ischtars Aussage, die Varganen stammten ursprünglich aus einem »anderen Kontinuum«, verleitet jedenfalls leicht zu Spekulationen. Wundern würde es mich deshalb nicht, sollte sich als »Standort« der so genannten Eisigen Sphäre *ein Mikrokosmos erweisen – und nicht einmal die Nachricht, dass es dem Jungen mit seiner unglaublichen Gabe, an wichtigen Brennpunkten aufzutauchen, gelungen ist, zu den Varganen und seinem von ihnen entführten Sohn Chapat vorzudringen, würde mich sonderlich vom Hocker reißen …*

Kratakh-System, an Bord der MONDSCHATTEN: 20. Prago des Eyilon 10.499 da Ark

Ischtar fühlte sich unendlich einsam. Nicht, dass ihr dieses Gefühl neu gewesen wäre. Sie war eine Unsterbliche aus dem Volk der Varganen, sie kannte dieses Gefühl zur Genüge. In ihrem langen und bewegten Leben hatte sie unzählige Wesen aus vielen Völkern an ihrer Seite gehabt – als Untergebene, als Kampfgefährten, zuweilen auch als Geliebte. Doch die Zeitspannen, die für jene mitunter ein ganzes Leben ausgemacht hatten, waren für sie nahezu bedeutungslos gewesen. Zwischenspiele, mehr nicht. Die anderen waren vergangen, wieder aus ihrem Dasein verschwunden, immer war sie einsam zurückgeblieben. So hatten alle Episoden und Abenteuer geendet, allmählich hatte sie sich daran gewöhnt. Die Einsamkeit gehörte zu ihrem Leben, war gewissermaßen der Preis, den sie für ihre Unsterblichkeit zu zahlen hatte. Ihr erging es wie all den Rebellen, die sich geweigert hatten, in den Mikrokosmos zurückzukehren.

Zwar kannten die Rebellen die Methode, durch Einsatz der Umsetzer-Technologie mit der Absoluten Bewegung die Existenzebene zu wechseln, und nach langen Experimenten war es sogar gelungen, anderen Lebewesen durch einen Wechsel in den Mikrokosmos und zurück wie den Varganen Unsterblichkeit zu verleihen, doch viele schreckten vor einem Einsatz dieser Möglichkeit zurück, die im Makrokosmos gebliebenen Rebellen hatten eine tiefgreifende Scheu vor dem Wechsel in den Mikrokosmos entwickelt. Es waren wenige Auserwählte gewesen, die auf diese Weise das ewige Leben geschenkt bekamen; die meisten waren längst eines gewaltsamen Todes gestorben, denn die Unsterblichkeit war stets nur eine relative, ein Ende der Alterung, keine Unverletzlichkeit. Naturkatastrophen, Unfälle, Waffeneinwirkung oder Selbstmord töteten auch einen potenziell Unsterblichen. Irgendwann war dann von einigen Varganen die Spur zum »Stein der Weisen« gelegt worden, eine Rätselstrecke aus vielen Stationen, die mit dem Lohn des ewigen Lebens lockte, doch das Ziel erreichte bestenfalls eine Hand voll. Und auch die lernten, dass Einsamkeit die Kehrseite der Unsterblichkeit bedeutete.

Dann aber hatte sich plötzlich alles geändert. Ein Gefühl war über sie gekommen, das sie fast schon vergessen geglaubt hatte: die Liebe. Sie war Atlan begegnet, dem Kristallprinzen von Arkon, der mit seinen Mitstreitern darum kämpfte, die ihm vorenthaltene Herrschaft über das Tai Ark'Tussan zu erlangen. Diese Begegnung hatte ihrem Leben einen neuen Sinn gegeben. Atlan war genau jener Mann gewesen, der ihr für das seit Jahrtausenden angestrebte Ziel geeignet erschien – die Geburt eines Nachkommen. Sie wusste seit langem, dass es »nur« einer »Fremdkomponente« bedurfte, um die mit der Unsterblichkeit ebenfalls verbundene Unfruchtbarkeit der Varganen auszuhebeln. Zwar bedurfte es einiger Hilfsmittel und zusätzlicher Methoden, um zum Erfolg zu kommen, doch diese standen seit Jahrhunderttausenden zur Verfügung – gentechnologische Experimente, Klonverfahren, Androidenproduktion, Versuche mit protoplasmatischen Basissubstanzen aus eigenem wie Fremdgewebe und vieles mehr hatten die Varganen schließlich bis zum Exzess betrieben, nur um die Unfruchtbarkeit zu überwinden. Vor der Rückkehr des Großteils in den Mikrokosmos waren jedoch sämtliche Versuche Fehlschläge gewesen. Es blieb den Rebellen vorbehalten, die Lösung zu finden, Ischtar hatte sich sämtliche Erkenntnisse angeeignet und war vorbereitet. Fehlte noch der geeignete Partner – und den hatte Ischtar in Atlan endlich gefunden. Doch ihr Sohn Chapat, noch ungeboren im Überlebensbehälter, wurde von den Varganen der Eisigen Sphäre entführt, nachdem sie der Henker Magantilliken über dieses bemerkenswerte Ereignis informiert hatte. Die Varganin war nicht in der Lage gewesen, diesen brutalen Zugriff zu verhindern, der ihr vorgekommen war, als risse jemand ihr das Herz aus dem Leib.

Weiterhin vom Henker der Varganen verfolgt und gejagt, hatte Ischtar keine Möglichkeit gesehen, ihrem Sohn zu helfen. Als Einzelperson würde es überdies einem Selbstmord gleichkommen, gegen die Macht der Eisigen Sphäre vorzugehen. Aber ein Vorteil der Unsterblichkeit war, Zeit zu haben, Dinge reifen zu lassen, langfristige Pläne verfolgen zu können. Noch hatte die Varganin, die von den Rückkehrbereiten seinerzeit spöttisch »Letzte Königin« genannt worden war, dann jedoch genau diese Stellung an Mamrohns Seite unter den Rebellen eingenommen hatte, nicht den Schimmer einer Lösung. An Aufgabe dachte sie jedoch in keiner Weise. Irgendwann würde sie eine Möglichkeit finden, ihren Sohn zu retten. Sie hatte ja Atlan …

Doch jetzt war auch der Geliebte unendlich weit entfernt. Er befand sich dort, wo auch sie und ihr Volk herstammten – im Mikrokosmos. Der Abgrund der Dimensionen zwischen den Existenzebenen und Universen trennte sie. Wie mochte es ihm jetzt ergehen? Lebte er überhaupt noch? Ischtar hatte keine Möglichkeit, das irgendwie festzustellen. Atlan war in die Gewalt der Maahks geraten, die in einem erbitterten Krieg gegen Arkon standen, und die Maahks hatten ihn mit ihrer neuen Waffe – dem Potenzialverdichter – verkleinert und in den Mikrokosmos versetzt. Auf eigenen Wunsch im Handel gegen die Freilassung, weil er sich bereit erklärt hatte, dem Maahkwissenschaftler Grek 3 und der arkonidischen Prinzessin zu folgen, die beide zuvor ebenfalls der Wirkung des »Zwergenmachers« ausgesetzt worden waren. Bislang hielten sich die Wasserstoffatmer an ihren Teil der Abmachung und aktivierten regelmäßig die Anlagen. Ischtar blieb seither nichts weiter übrig, als auf Atlans Rückkehr zu warten. Die Ungewissheit ließ sie ihre Einsamkeit doppelt spüren. Sie war allein. Auch der dunkelhäutige Barbar Ra hatte sie verlassen, als sie sich – zum wievielten Male? – geweigert hatte, auf sein beharrliches Werben um ihre Gunst einzugehen. Er hatte sie einmal lieben dürfen, doch das war vor Atlans Zeit gewesen und lange vorbei. Jetzt war auch er fort, heimlich mit einem Beiboot gestartet.

Seither war Ischtar allein in der MONDSCHATTEN, die nach wie vor außerhalb des Kratakh-Systems im Raum schwebte, von Hunderten Maahkwalzen belauert, mehr als zehn Milliarden Kilometer vom maahkschen Stützpunktplaneten Skrantasquor entfernt. Diese Welt war eine einzige waffenstarrende Festung. Trotzdem konnten die Wasserstoffatmer ihrem Schiff nichts anhaben, weil die varganische Technik ihrer eigenen weit überlegen war. Ischtar seufzte. Ihre goldglänzenden Augen waren verschleiert. Sie starrten auf die Bildschirme und Holos, die den Planeten zeigten, doch ihr Bewusstsein erfasste diese Szene kaum noch. Die Müdigkeit lastete wie ein schwarzes Tuch auf ihr. Wann hatte sie eigentlich zum letzten Mal geschlafen? Auch das wusste sie nicht. Sie hatte es inzwischen aufgegeben, auf die Zeit zu achten. Gab es überhaupt noch eine Hoffnung, dass Atlan zurückkam? Oder sollte sie nicht vielmehr selbst aktiv werden, ihn suchen, indem sie ihm in den Mikrokosmos folgte? Die Varganin fühlte, dass sich ihr bei diesem Gedanken die feinen Härchen im Nacken aufrichteten und ein eisiges Kribbeln die Wirbelsäule hinaufkroch. Etwas ließ sie vor diesem Gedanken zurückschrecken. Der Mikrokosmos war ein Ziel, das ihr erstrebenswert erschien; er war unnatürlich, ein Monster.

Doch eben geschah etwas: Ein kleines Raumboot löste sich von Skrantasquor und flog dem Doppelpyramidenschiff entgegen, dessen Umgebung sonst von den Raumern der Maahks sorgfältig gemieden wurde. Instinktiv wusste Ischtar, dass mit ihm der Geliebte zu ihr kam. Mit bebenden Fingern drückte sie auf den Kontakt, der das Öffnen einer Hangarschleuse bewirkte, dann stürzte sie in fliegender Eile aus der Schiffszentrale, fühlte sich glücklich und von einer schweren Last befreit. Sie erinnerte sich an ihre eigenen Worte auf Frossargon: *»Wenn ich dir gefalle, gibt es kein Aber. Glaube mir, ich kann dich glücklich machen. Ich weiß mehr von der Liebe, als du dir vorstellen kannst. Wir werden einen Sohn zeugen, der das Erbgut der Varganen in die ferne Zukunft weiterträgt. Atlan, ich kenne das Geheimnis des* ewigen Lebens, *und ich werde es unserem Sohn übermitteln. Er wird* Chapat *heißen.«*

Schon auf halbem Wege kam Atlan ihr entgegen. Er sah müde und mitgenommen aus, doch seine rötlichen Augen strahlten. Seine Arme breiteten sich aus, Ischtar flog mit einem Aufschrei der Erleichterung hinein und schmiegte sich an ihn. »Du bist wieder bei mir – jetzt ist alles gut«, flüsterte sie und bot ihm ebenso willig wie verlangend ihren Mund.

Umso grausamer war das Erwachen …

… als etwas gegen ihren Kopf schlug. Ischtar fuhr zusammen und sah sich verständnislos um. Sie befand sich in der Schiffszentrale, von dem Geliebten war weit und breit nichts zu sehen. Nur die matten Flächen von Bildschirmen und Instrumentenanzeigen starrten ihr wie tote Augen entgegen. Gar nichts war geschehen – sie war nur eingeschlafen, hatte einen Wunschtraum gehabt. Dann war ihr Kopf gegen das Pilotenpult geschlagen, das hatte sie aus diesem wunderschönen Traum geweckt. Tränen schossen in ihre Augen. Doch bald nahm sie sich wieder zusammen und stand mit einem energischen Ruck auf. So konnte es unmöglich weitergehen. Sie musste etwas unternehmen, das war ihr klar.

Sie ging in ihre Privatgemächer, programmierte die Servoautomatik und stieg wenig später in ein duftendes Bad. Das heiße Wasser und belebende Essenzen vertrieben die Müdigkeit, und als Ischtar dann unter dem Trocknerautomaten stand, hatte sie einen Entschluss gefasst. In Eile frisierte sie ihre goldene Mähne und ging in die Schiffszentrale zurück. Entschlossen drückte sie die Aktivierungstaste jenes Funkgeräts, das auf die Frequenz eingestellt war, über die sie mit den Maahks auf Skrantasquor verkehren konnte. »Ich verlange eine Verbindung mit Grek Eins«, sagte sie mit unbewegtem Gesicht, als das Abbild eines dieser riesigen Geschöpfe auf dem Bildschirm erschien. »Sofort!«

»Sie verlangen?« In den Worten des Maahks, die von der Translatoranlage des Funkgeräts sofort in die varganische Sprache übersetzt wurden, klang eine unüberhörbare Geringschätzung durch. Sie schien auch aus seinen vier Augen auf der Oberseite des Kopfwulstes zu leuchten, der zu sonstigen mimischen Regungen nicht fähig war. »Sie dürfen höchstens um eine Unterredung mit Grek Eins *bitten*, Varganin, mehr nicht. Ob unser Befehlshaber dann Ihrer Bitte entspricht, liegt völlig in seinem Ermessen. Er ist sehr beschäftigt und hat wichtigere Dinge zu tun, als mit feindlichen Personen zu sprechen.«

Im ersten Moment wollte Ischtar aufbegehren, doch sie unterdrückte dieses Verlangen. Sie kannte die Maahks inzwischen gut genug, um zu wissen, dass in ihren Augen alle emotionalen Regungen als unlogisches Verhalten und somit als Schwäche gedeutet wurden. Sie kniff lediglich die Augen zusammen und gab dann zurück: »Sie können das so halten, wie Sie wollen, Maahk. Ihre von mir vernichteten Schiffe beweisen sehr wohl, dass ich etwas verlangen kann. Es wäre mir sogar ein Leichtes, ihren gesamten Stützpunkt zu vernichten. Wollen Sie mich nun mit Grek Eins verbinden oder nicht?«

Sie erhielt darauf keine Antwort. Kommentarlos verschwand das Abbild des Maahks von der Bildfläche, doch die Verbindung wurde nicht unterbrochen. Eine Weile zeigte sich ein eintöniges Grau auf dem Schirm, dann blendete erneut ein klares Bild auf. Ein anderer Wasserstoffatmer war zu sehen, der in seinem Aussehen dem vorigen völlig glich, dessen Kombination aber unübersehbar die Rangabzeichen eines Anführers trug. »Ich bin Grek Eins von Skrantasquor.« Die Stimme drang knarrend aus der Feldmembran des Funklautsprechers. »Sie haben eine Unterredung mit mir verlangt – reden Sie.«

Innerlich atmete Ischtar auf, doch in ihrem bronzefarbenen Gesicht regte sich kein Muskel. Sie wusste, dass sie nun sehr geschickt taktieren musste, wollte sie bei diesem gefühllosen Wesen überhaupt etwas erreichen. Die im Verlauf ihres langen Lebens gesammelten Erfahrungen kamen ihr nun zugute. »Sie wissen, dass Sie trotz der Vielzahl Ihrer Abwehranlagen nichts gegen mein Schiff ausrichten können«, erwiderte sie in einem lässig erscheinenden, aber gerade deshalb überzeugend wirkenden Plauderton. »Im Grunde bin ich Ihnen gar nicht feindlich gesinnt. Ihr Volk ist mir gleichgültig. Mein Interesse gilt allein dem Arkoniden Atlan. Er hat sich für Ihre Zwecke einspannen lassen, aber ob Ihnen das auch wirklich einen Nutzen bringt, erscheint mir höchst zweifelhaft.«

Sie legte eine Kunstpause ein, die wohl berechnet war und ihren Zweck auch voll erfüllte.

»Begründung?« Sein Interesse schien tatsächlich geweckt worden zu sein.

Die Varganin gab seinen starren Blick unbewegt zurück. »Sie haben Atlan in eine vollkommen fremde Dimension versetzt«, sagte sie in bewusst sachlichem Tonfall. »Diese ist, relativ gesehen, genauso unendlich wie das Universum, in dem wir uns befinden. Die Aussichten, dass er dort – dazu auch noch unbewaffnet und ohne jede Orientierungshilfe – etwas ausrichten kann, sind demnach praktisch gleich null. Ist Ihnen das klar?«

»Es erscheint logisch. Allerdings werde ich erst dann ganz überzeugt sein, wenn er wieder zurückgekehrt ist. Wir halten uns an die getroffene Vereinbarung und aktivieren den Potenzialverdichter, wenngleich bislang ohne Ergebnis. Deshalb …«

»Er wird nie zurückkommen!« Ischtar fiel ihm heftig ins Wort. »Zumindest nicht, wenn ihm nicht jemand hilft. Ich könnte das.«

Erneut machte sie eine Pause, der Maahk kniff die grünlich schillernden Augen zusammen. »Inwiefern?«

»Ich stamme aus dem Mikrokosmos. Ich halte mich zwar schon seit längerer Zeit hier auf, aber ich habe alle Kenntnisse, die erforderlich sind, um Atlan zu helfen – und damit auch Ihnen. Deshalb schlage ich Ihnen vor, auch mich mittels des Potenzialverdichters zu verkleinern, wenn möglich mit meinem Schiff. Ich gebe Ihnen mein Wort, dass ich umgehend mit Atlan und den beiden anderen Personen zurückkommen werde, sobald es mir gelungen ist, sie aufzufinden. Ich könnte selbstverständlich auch die meinem Volk zur Verfügung stehenden Anlagen benutzen, doch die Logik sagt, dass ich Atlans Spur schneller und leichter aufnehmen kann, wenn ich ihm auf dem Weg folge, den er gegangen ist.«

Nun war es gesagt. Nur sie selbst wusste, wie schwer es ihr gefallen war, sich zu diesem Entschluss durchzuringen. Er war aus der Verzweiflung geboren, aus dem brennenden Verlangen, bei dem Geliebten zu sein und ihm zu helfen – und, wenn möglich, auch ihrem Sohn. Dass sie selbst sich dabei in höchste Gefahr begab, war ihr nur zu klar. Die Varganen beherrschten den Mikrokosmos, es würde ihnen nicht lange verborgen bleiben, tauchte sie dort auf. Sie riskierte alles, auch ihr Leben, doch ohne Atlan und Chapat erschien es ihr ohnehin nicht mehr lebenswert. Vielleicht konnte sie durch diesen Preis seine Rückkehr erkaufen, und das schien ihr auch den höchsten Einsatz wert. Mit atemloser Spannung sah sie auf das Abbild von Grek 1 auf dem Bildschirm. Von seiner Entscheidung hing nun alles ab. Wie würde sie ausfallen? Der Maahk ließ sich Zeit. Er hatte die Lider über die vier vorderen Pupillen gesenkt und überlegte eine endlos erscheinende Zeitspanne …

… und hatte nicht mehr die Gelegenheit einer Antwort. Denn

während durch die Zentrale der MONDSCHATTEN Alarmsignale gellten, geschah Gleiches bei dem Maahk. Die Orter meldeten eine gewaltige hyperenergetische Eruption auf Skrantasquor, verbunden offenbar mit transitionsähnlichen Aufrisserscheinungen, die die Strukturtaster wild knattern ließen. Störungen huschten über den Bildschirm, für Augenblicke war Grek 1 noch zu sehen, dann erlosch die Übertragung. Die ersten Analysen der Ortungs- und Tastungsergebnisse wurden eingeblendet und laufend aktualisiert. Dem ersten Ausbruch folgten Sekundäreffekte von immenser Zerstörungskraft, die weitere Folgen zeitigten und sich zu einer Kettenreaktion aufschaukelten. Für Augenblicke war Ischtar fassungslos und drohte zu verzweifeln. Die Auswertungsergebnisse belegten, dass die erste hyperenergetische Eruption unzweifelhaft im Potenzialverdichter der Maahks ihren Ursprung gehabt hatte – offenbar hatte der Dauereinsatz zu einer Überlastung geführt. Benachbarte Anlagen und Aggregate wurden beschädigt, reagierten ebenfalls, explodierten. Und mit jeder weiteren Detonation griff die Welle der Vernichtung um sich, riss weitere Geräte, Reaktoren, Stützmassenvorräte, schließlich sogar gelandete Walzenraumer in den Strudel. Der Stützpunkt der Maahks wurde in einem Ausmaß beschädigt, das die im Raum des Kratakh-System patrouillierenden Einheiten als Wirkung eines Vernichtungsangriffes werten würden. Einzige Feindeinheit war jedoch die MONDSCHATTEN.

Ischtar aktivierte den Antrieb des Doppelpyramidenraumers. Das blieb den Maahks natürlich nicht verborgen. Unverzüglich traf schweres Feuer ihr Schiff, ohne jedoch den Schutzschirm erschüttern zu können. Das gewaltige Oktaeder, dessen Begrenzungsflächen aus acht gleichseitigen Dreiecken mit Kantenlängen von rund 600 Metern bestanden und das eine Gesamthöhe von 848 Metern aufwies, schüttelte sich nicht einmal, sondern beschleunigte weiter, wurde schneller und schneller. Ein ganzes Rudel von Walzenraumern schoss heran und griff zusätzlich an, aber auch das bereitete Ischtar keine Sorgen. Die zahlreichen Strahlsalven prallten wirkungslos am Schutzschirm ab, ihre Energien verloren sich irgendwo in den Weiten des Raumes. Die Varganin leistete keinerlei Gegenwehr. Sie setzte nur die weit überlegenen Triebwerke ihres Schiffes ein, so dass die Angreifer bald hoffnungslos zurückfielen. Mit Erreichen der notwendigen Übertrittsgeschwindigkeit errichtete das Kyri-Triebwerk die abschirmende Feldblase, die dem Varganenraumer im Inneren einer

Enklave von normaler Raum-Zeit-Struktur den vielfach überlichtschnellen Flug durch den Hyperraum gestattete.

Erst jetzt entlud sich Ischtars Anspannung in einem wilden Schrei der Verzweiflung. Mit der Vernichtung des Potenzialverdichters gab es für Atlan auf diesem Weg keine Rückkehr – und sie konnte ihm nicht in den Mikrokosmos folgen. Einziger Ausweg blieben nun die Umsetzer der Rebellen. Doch wo befanden sie sich? Ischtar wusste, dass es eine ganze Reihe dieser Geräte im Laufe der Zeit gegeben hatte, Experimentalanlagen ebenso wie solche, die dem reinen Personentransport dienten oder Großfracht befördern konnten. Doch viele waren entweder vernichtet worden, nach Jahrhunderttausenden einfach zu Metall- und Kristallstaub zerfallen oder – nachdem Magantilliken die Rebellen zu jagen begonnen hatte – an Geheimverstecke verlegt worden. Selbst Ischtar kannte nur einen Teil der Versunkenen Welten.

Sie erinnerte sich daran, dass in ihrem Refugium auf Tabraczon, in der Blütezeit der Varganen ein zentraler Stützpunkt, ein kleiner Umsetzer für den Personentransport in den Mikrokosmos und zurück stationiert gewesen war. Ihn hatte sie einzusetzen gedacht, als sie zuerst Ra und dann Atlan die Unsterblichkeit versprochen hatte, er hatte auch Chapat das ewige Leben bescheren sollen. Doch seit dem Kampf mit Magantilliken war der Stützpunkt auf Tabraczon ein Trümmerfeld, der Umsetzer vernichtet. Wo sonst noch gab es Umsetzer? Ischtar zermarterte sich den Kopf, versuchte Erinnerungen ins Wachbewusstsein zu rufen, die jahrtausende-, jahrzehntausende-, jahrhunderttausendealt waren, verschüttet unter wahrhaft geologischen Schichten ungezählter Eindrücke, Bilder, Informationen, Gefühle, Impressionen.

... unser Reich zerfiel, die meisten gingen eigene Wege, wurden zu rastlosen Nomaden zwischen den Sternen. Irgendwann kam es zu einer Zusammenkunft, die meisten Überlebenden waren entschlossen, dieses Universum wieder zu verlassen, um heimzukehren. Ich gehörte zu jenen, die hier blieben – unter anderem, weil ich Spuren entdeckt hatte, die scheinbar varganischer Natur waren, aber nicht *von uns stammten. Ich nannte die Unbekannten deshalb die* verschollenen Varganen, *wollte unbedingt die Zusammenhänge herausfinden. Ein Bindeglied scheinen die Silberkugeln zu sein, doch auch nach Jahrzehntausenden der Suche habe ich leider nicht viel in Erfahrung gebracht.*

Eine halbe Ewigkeit verging, nie hatte ich mehr von den Heimkehrwil-

ligen gehört, wusste nicht einmal, ob ihnen der Übergang gelungen war. Einige der Zurückgebliebenen unternahmen später vergleichbare Experimente, konnten mit geeigneten Mitteln hin und her wechseln, begegneten dabei aber keinem anderen Varganen. Von der Eisigen Sphäre erfuhr ich erst, als Magantilliken vor mehr als dreißigtausend Jahren deiner Zeitrechnung seine Jagd begann – einige seiner Opfer entkamen ihm, konnten den anderen berichten, was sie von dem Henker erfahren hatten. Viel war es nicht, aber wir waren gewarnt, verstreuten uns noch mehr, wechselten häufig den Aufenthaltsort, zogen uns in vermeintlich sicheren Verstecken in den Tiefschlaf zurück …

Seit Äonen durchquere ich die Galaxien. Verstehst du nun, weshalb ich einsam bin? Ich bin eine der letzten lebenden Varganen. Sie sind alle verschwunden oder tot. Nin-ana, Herrin des Himmels, die Goldene Göttin, letzte Königin der Varganen …

Ich habe eine ähnliche Silberkugel in meinem Schiff. Ein altes Geheimnis meines Volkes. Nicht einmal ich kenne die ganze Geschichte. Ich brauchte sehr lange Zeit, um ein wenig über die Kugel zu erfahren. Ich weiß nur so viel, dass es das Bindeglied zu den verschollenen Varganen darstellt. Es wird mir bei der endlosen Suche helfen.

… eine strahlende Energiewolke. Das Gebilde hält eine kleine, faustgroße Silberkugel in der Schwebe. Ringsum stehen schwere Maschinenblöcke, unter deren Abdeckplatten ein Summen hervordringt. Die Kugel selbst scheint zu pulsieren. Die Energiewolke verzerrt den Gegenstand. Unwillkürlich streckt Ra seine Hand aus und will die Silberkugel ergreifen. Ich stoße einen Schrei aus und springe ihm in den Weg. »Nein, Ra … Hände weg! Nicht berühren!«

Ischtar sank in sich zusammen, schluchzte, presste die geballten Hände an die Schläfen. Die wilden Impressionen wirbelten weiterhin vor ihrem inneren Auge, Namen der nahen Vergangenheit huschten vorüber: Frossargon, Margon, Endroosen im Eppith-System, Sogantvort, das Schwarze System mit Za'Ibbisch, die Arsenalstation im Glaathan-Kometen, Helpakanor, Zercascholpek, Vassantor, Dopmorg, der Dreißig-Planeten-Wall. Nirgends dort gab es einen Umsetzer. Oder vielleicht doch? Waren irgendwann Geräte dorthin geschafft worden? Oder von Rebellen gebaut worden, von denen sie nichts wusste? Ischtar rief die Programme der Kurssteuerung auf, lud aus den Speichern die ersten Koordinatensätze, entschied sich anders, gab neue Daten ein. Die MONDSCHATTEN raste mit vielmillionenfacher Lichtgeschwindigkeit durch den Hyperraum; Ischtar ging bald selbst das zu langsam, sie nutzte fortan die bis zu Distanzen von rund 50.000 Lichtjahren einsetzbare Transitionsversetzung in Nullzeit.

»Die prächtige Sternenstadt VARXODON«, murmelte Ischtar. »Sie war das Zentrum des Reichs, wurde auch oder gerade genutzt, nachdem die meisten meines Volkes in den Mikrokosmos zurückgekehrt waren!«

Sie seufzte. Für viele Jahrhunderttausende war VARXODON politisches, kulturelles, wissenschaftliches und technisches Zentrum jener Varganen gewesen, die aktiv, neugierig und tatenhungrig geblieben waren. Weil ihre Zahl begrenzt war und mit der Zeit durch freiwilligen oder durch Fremdeinwirkung herbeigeführten Tod nur abnahm, übten Ischtars Artgenossen eher eine Herrschaft »aus dem Hintergrund« aus; viele von ihnen gingen auch auf ausgedehnte Reisen hinaus ins Universum, andere forschten mehr oder weniger eigenbrötlerisch, wieder andere nahmen sich mit der Zeit selbst das Leben und ließen ihre Körper nach traditionellen Methoden konservieren. Als sich der Aufstieg der Lemurer abzuzeichnen begann, war VARXODON an einen neuen Standort verlegt worden. Damals hatte sich Ischtar außerhalb der Sterneninsel befunden und kannte deshalb die neuen Koordinaten *nicht*. Nur vom Hörensagen war ihr bekannt, dass sich das Versteck Jahrtausende nach dem Ende des lemurisch-halutischen Krieges auch in anderer Hinsicht als hervorragend gewählt erwiesen hatte und angeblich für viele Rebellen ein Rückzugsgebiet darstellte, als der Henker Magantilliken sie zu jagen begann. Genau das war dann allerdings auch der Grund für die nochmals verschärfte Geheimhaltung – jene wenigen Varganen, die die Position noch kannten, hatten sie den anderen nie offenbart. Bis heute wusste nicht einmal Ischtar, wo sich die prächtige Sternenstadt befand …

Die ersten Ziele wechselten in der Projektion der Panoramagalerie, Sonnen und Planeten wurden von Tastern durchleuchtet, von den passiven Ortern nach charakteristischen Emissionen abgesucht, die nächste Transition programmiert. Tontalang saß die Varganin vor den Monitoren ihres Schiffes, durchforstete die Altarchive, erinnerte sich an längst vergessen geglaubte Dinge. Zwischendurch schlang sie einige Happen hinunter, trank etwas, fiel für kurze Zeit in Schlaf, schrak wieder hoch. Mehrere Pragos vergingen. Dann eine Ortung. *Die* Ortung! Viele zehntausend Lichtjahre wurden augenblicklich in einem einzigen Sprung überwunden, der Planet in der Lebenszone der großen blauweißen Sonne angeflogen. Schon vom Orbit aus erkannte die Varganin, dass sie zu spät kam: Ein riesiger Krater mit glühendem Boden klaffte zwischen Gebirgsgipfeln. Zerschmolzene Klumpen zweier Körper waren nur mit Mühe als Reste von Raumschiffen zu erkennen – eins schien ein Varganenraumer gewesen zu sein, das andere ein kleinerer Kugelraumer, wie sie von den Arkoniden benutzt wurden. Noch immer glosten kleinere Explosionen auf, glutflüssiges Gestein überzog sich aber mit schwarzen Krusten, vereinzelt von gezackten Rissen aufgebrochen.

Nur mit Mühe konnte sich Ischtar noch aufrecht halten, starrte mit brennenden Augen auf die Bilder, Vergrößerungen und Ortungsdaten. Die Restemissionen klangen rapide ab, waren jedoch eindeutig zu identifizieren – hier war ein Umsetzer stationiert und vor kurzem sogar noch aktiviert gewesen. Ob es einen Unfall vergleichbar dem bei den Maahks gegeben hatte, ließ sich nicht feststellen. Fieberhaft überlegte Ischtar, ob die zeitliche Nähe auf einen Zusammenhang zwischen beiden Ereignissen hinwies, kam jedoch zu keinem Ergebnis. Ihre Schultern begannen zu zucken, ein trockenes Schluchzen hallte auf, wurde lauter, mündete in einen gellenden Schrei. Sie rannte aus der Zentrale, registrierte nicht, wie sie durch die Gänge stolperte, kam erst wieder zu sich, als sie vor dem mehrfach gesicherten Panzerschott stand. Ischtar löste wie in Trance die Sperren, betrat den Raum, näherte sich der Energiewolke im Zentrum zwischen den Maschinenblöcken.

Nur faustgroß war die Silberkugel in dem Kraftfeld, vereinzelt schwang das Gebilde in sich, wurde von einem Zittern überzogen, als handele es sich um einen überdimensionierten Quecksilbertropfen. Glanzlichter und helle Reflexe tanzten über der spiegelnden Oberfläche. Als ein mentaler Befehl Ischtars das Kraftfeld ausschaltete, schwebte die Kugel weiterhin; für einige Augenblicke dehnte sie sich sogar auf ein Vielfaches des Durchmessers aus. Die Varganin sah ihr verzerrtes Spiegelbild auf der aufgeblähten Wölbung, konnte sich nicht länger konzentrieren. Abrupt verringerte sich der Durchmesser der Silberkugel auf den alten Durchmesser, verbunden mit einem kräftigen Nachschwingen, bei dem sie in Quer- und Längsrichtung und auch vertikal zum Ellipsoid gestreckt und gestaucht wurde, bis sich die perfekte Kugelform nach immer kürzeren Intervallen wieder stabilisiert hatte. Ischtars Schultern sanken herab; sie kauerte sich auf dem Boden zusammen, umklammerte mit den Armen die Knie, wiegte den Oberkörper vor und zurück. Ihre Gedanken rasten und waren gleichzeitig doch leer und fanden kein Ziel.

Die Zeit verging. Irgendwann rappelte sich die Varganin auf, duschte heiß und kalt, bereitete sich ein schlichtes Mahl, das sie lustlos hinunterschlang. Nur langsam kehrte der Lebenswille in sie zurück, geprägt von Trotz und dem Gedanken an ein Jetzt-erst-recht. Es gab noch viele Versunkene Welten, hier in dieser Sterneninsel – und auch weit darüber hinaus. Mit der MONDSCHATTEN stand ihr ein hervorragendes Raumschiff zur Verfügung. Sie musste sich nur aufraffen. Mehr denn je wurde ihr ihre Einsamkeit bewusst, das beklemmende Gefühl, von unsichtbaren Klammern eingehüllt zu werden, deren Druck sich unerbittlich verstärkte, während ringsum niemand da war, der die Schreie gehört hätte. Niemand, der zuhörte, niemand, der sprach, niemand, der lachte oder weinte. Ischtar stand schwerfällig auf, scheinbar von gewaltigen Gewichten belastet. Während sie Richtung Zentrale ging, straffte sich aber ihre schlanke Gestalt, jeder Schritt wurde energischer, kraftvoller, zielgerichteter. Der Varganin war klar, dass sie Hilfe brauchte. Und diese konnte sie nur bei Atlans Freunden finden. Ihr neues Ziel stand damit fest: Es war der Planet Kraumon.

11.

1215. positronische Notierung, eingespeist im Rafferkodeschlüssel der wahren Imperatoren. Die vor dem Zugriff Unbefugter schützende Hochenergie-Explosivlöschung ist aktiviert. Fartuloon, Pflegevater und Vertrauter des rechtmäßigen Gos'athor des Tai Ark'Tussan. Notiert am 25. Prago des Eyilon, im Jahre 10.499 da Ark.

Bericht des Wissenden. Es wird kundgegeben: Die Abwesenheit Atlans und sein ungewisses Schicksal wirken sich zunehmend negativ auf Moral und Motivation aus; es wird Zeit, dass wir Klarheit bekommen – selbst wenn diese darin bestünde, dass der Junge nicht mehr lebt.

Unterdessen haben wir uns wie die Votanii zuvor darauf konzentriert, den Kraumon-Stützpunkt weiter auszubauen. Logistik, Informanten, Ausweichstützpunkte, Erweiterung von Ausstattung und Ausrüstung –

nach wie vor wichtige und absolut notwendige Dinge, die in den seltensten Fällen mit spektakulären Aktionen verbunden sind. Je breiter die Basis unsere Möglichkeiten und Unterstützer ist, desto erfolgreicher werden die eigentlichen »Schläge« sein, die wir Orbanaschol und seiner Clique zufügen können. Inzwischen ist unsere Streitmacht auf Kraumon auf viertausend Intelligenzwesen angewachsen. Sie alle haben dem Kristallprinzen die Treue geschworen und sind bereit, ihr Leben für das große Ziel einzusetzen.

Als einziger Planet einer kleinen roten Sonne wirkt Kraumons überwiegend wüstenähnlicher Charakter auf einen Besucher aus dem Raum wenig einladend, da es nur einen schmalen Grüngürtel entlang des Äquators gibt. Hier wurde der Stützpunkt – Gonozal-Mitte getauft – in einem lang gestreckten Tal mit dschungelähnlichen Wäldern, Flüssen und Seen in den Jahren um 10.475 da Ark auf Befehl Seiner Erhabenheit Imperator Gonozal VII. errichtet, als eine ganze Reihe von über das Große Imperium verstreuten Geheimstützpunkten angelegt wurde. Im Notfall sollten sie dem Zhdopanthi, seiner Familie und seinem Regierungsstab Unterschlupf und Sicherheit gewährleisten.

Kraumons relative Nähe zum galaktischen Zentrum verspricht uns ein Höchstmaß an Sicherheit. Der informierte Kreis jener, die die Koordinaten Kraumons kennen, bleibt weiterhin auf ein absolutes Minimum beschränkt; die Daten in den Raumern sind selbstverständlich verschlüsselt und gegen unbefugten Zugriff gesichert. Der Stützpunkt war ausgelegt, bei Bedarf in den ursprünglich 47 Gebäuden zehntausend oder mehr Dauerbewohner aufzunehmen. Kuppelbauten, flache Rundgebäude, Türme mit diversen Ortungs- und Funkantennen und die rechteckig geformten Lagerhäuser bilden den Kern der Siedlung, unterhalb der die bombensicheren Bunker ausgebaut wurden, in die sich die Bewohner im Falle eines Angriffs flüchten können. Tunnels, in denen Elektrowagen verkehren, führen zu den geräumigen Hangars für Raumfahrzeuge, zu den Kraftwerken und den Abwehrforts, die von einer zentralen Verteidigungsanlage aus positronisch gesteuert werden können. Zwanzig Kilometer nordöstlich befindet sich das neue Raumlandefeld von rund fünf Kilometern Durchmesser, umgeben von einem Fortring unter der Oberfläche des Planeten. Im Ernstfall können sie innerhalb weniger Augenblicke in Gefechtsbereitschaft versetzt werden und bilden dann einen Abwehrring von beträchtlicher Feuerkraft. Leider hatte ich noch keine Gelegenheit, einen großen OMIRGOS aufzustellen.

Unsere kleine »Flotte« umfasst neben der Diskusjacht GONOZAL, der POLVPRON II und der 500 Meter durchmessenden KARRETON drei 200 Meter durchmessende Schwere Kreuzer, von denen einen Atlan FARNATHIA getauft hat. Hanwigurt Sheeron ist ein wertvoller Mitstreiter, Flüge zu Richmonds Schloss in der Sogmanton-Barriere sichern die Unterstützung der Piraten der Sterne – mit ihrer Hilfe sollen mittelfristig weitere der in die Sogmanton-Barriere gelenkten Robotraumer geborgen und umgerüstet werden. Der hohe Automatisierungsgrad sowie leistungsfähige Katastrophenschaltungen ermöglichen es, dass alle unsere Raumer bei Bedarf sogar von einem einzigen ausgebildeten Raumfahrer geflogen werden können.

Kraumon: 25. Prago des Eyilon, im Jahre 10.499 da Ark

»Das hat uns gerade noch gefehlt«, nörgelte Franjo Grokos, als die Durchsage über den Interkom beendet war. »Heute ist unser freier Tag. Ausgerechnet da fällt es dem Dicken ein, uns zu einer Versammlung zu rufen. Ich habe nicht die geringste Lust, hinzugehen.«

Breg Almaron schwang seine langen Beine von der Liege und grinste. »Bleib ruhig hier, niemand zwingt dich dazu. Dafür darfst du dich später aber nicht darüber beklagen, mangelhaft informiert worden zu sein, wie du es ja so gern tust. Was übrigens die Bezeichnung ›Dicker‹ angeht – ich würde dir empfehlen, wieder einmal einen Spiegel zu konsultieren. Nach Möglichkeit aber einen Feldspiegel – einer aus Glas könnte vielleicht sonst zerspringen.«

Diese Anspielung klang ausgesprochen boshaft, entbehrte aber nicht einer gewissen Berechtigung. Tatsächlich ähnelte Franjo Grokos von der Figur her sehr dem Bauchaufschneider Fartuloon, dem er offenbar nicht wohlgesinnt war. Er war genauso korpulent wie dieser, doch wo bei Fartuloon durchtrainierte Muskelbündel saßen, befand sich bei Grokos solider Faulenzerspeck. Sein breites Gesicht wirkte meist mürrisch, doch war eine gewisse Verschlagenheit nicht zu übersehen. Sie sprach auch aus seinen kleinen Augen unter den dichten Brauen, wogegen die niedrige Stirn unter dem struppigen dunklen Haar unübersehbar auf halsstarrige Engstirnigkeit schließen ließ. Der speckige Nacken unterstrich diesen Eindruck hoch mehr. Auch er erhob sich nun, wenn auch ausgesprochen unlustig.

»Weißt du, was du mich kannst?«, fragte er aggressiv.

Breg Almaron wehrte immer noch grinsend ab. »Ich werde es bestimmt nicht tun. Was auf deinem Heimatplaneten Sitte ist, muss anderswo nicht unbedingt zum guten Ton gehören, nicht wahr? Im Grunde habe ich ja nichts gegen Kolonialplaneten und ihre Bewohner, aber du solltest trotzdem nicht immer wieder die Tatsache herausstreichen, dass du kein reinrassiger Arkonide bist. Wir müssen alle an einem Strang ziehen, wenn wir Atlan helfen wollen, ganz gleich, woher wir kommen.«

Grokos wollte etwas entgegnen, doch im selben Moment ging die Tür ihres Zimmers auf, und ihr Wohnungsnachbar Brindor sah herein. »Beeilt euch etwas, ihr beiden. Unser Gleiter steht schon bereit, Genshar ist ungeduldig wie immer. Der bringt es glatt fertig, auch ohne euch abzufliegen. Wenn ihr dann laufen müsst, kommt ihr bestimmt viel zu spät.«

Das wirkte, denn natürlich hatte der Dicke keine Lust, seine Gehwerkzeuge zu strapazieren. Es war warm draußen; bis zur Hauptkuppel, in der die Versammlung stattfand, war es ein gutes Stück. Genshar ließ das Triebwerk anlaufen, der Gleiter mit den vier Männern erhob sich in die Luft. Auch von anderen Stellen aus strebten Fahrzeuge dem Zentrum zu. In der Hauptkuppel liefen alle Nervenfasern von Kraumon zusammen. Leistungsfähige KSOL sorgten für eine sorgfältige Koordinierung aller Planungen der Rebellen gegen Imperator Orbanaschol III. Die Ortungszentrale überwachte pausenlos den Weltraum rings um das System der kleinen namenlosen Sonne. Hier befand sich der Hauptzugang zu den subplanetaren Anlagen des Stützpunkts, die mittlerweile ebenfalls eine beträchtliche Ausdehnung erreicht hatten. Der Flug ging vorbei an in Grün gebettete Wohngebäude; in einiger Entfernung war die hoch aufragende Kugelzelle eines 200 Meter durchmessenden Schweren Kreuzers zu sehen, der vor einigen Tontas von einem Flug zurückgekehrt war.

»Ob diese Versammlung irgendwie mit der Ankunft der FARNATHIA zusammenhängen mag?«, erkundigte sich Breg Almaron bei Brindor.

»Keine Ahnung. Ich weiß auch nicht mehr als du. Möglich wäre es aber. Die Besatzungen bringen stets Neuigkeiten mit.«

»Vielleicht ist mit dem Schiff sogar Atlan zurückgekommen«, sagte Genshar hoffnungsvoll.

»Sehr unwahrscheinlich.« Almaron schüttelte den Kopf. »Das hätte Fartuloon bestimmt umgehend bekannt gegeben. Nun, lassen wir uns überraschen. Bald werden wir ja erfahren, was es Neues gibt.«

Der Gleiter senkte sich auf den Landeplatz vor der Kuppel hinab, auf dem schon eine ganze Reihe anderer Fahrzeuge stand. Kleine Gruppen von Frauen und Männern standen zusammen und unterhielten sich. Die vier Ankömmlinge gesellten sich zu ihnen, Grußworte wurden gewechselt, einige Scherze flogen hin und her, denen leises Gelächter folgte. Dann setzten sich alle in Bewegung und betraten das Gebäude. Die Versammlung fand in einem großen Saal im ersten Stock statt, der noch Platz für alle Bewohner des Stützpunkts bot. Große Projektionsbildflächen zeugten davon, dass er auch Zwecken der Unterhaltung oder des Unterrichts diente. Ein Podium mit Mikrofonen und Verstärkern wies auf seine Funktion auch als Begegnungs- und Vergnügungszentrum hin. Jetzt war der Saal allerdings nur zu zwei Dritteln besetzt, denn nicht alle Bewohner des Stützpunkts waren abkömmlich. Die Versorgungsanlagen mussten betreut werden, die Ortungs- und Verteidigungszentralen besetzt bleiben, auch die Techniker am Raumhafen und die Wissenschaftler in den Labors und sonstigen Forschungsstätten waren unabkömmlich.

Breg Almaron und seine Gefährten suchten sich Plätze, trafen auf Bekannte, die sie einige Zeit nicht gesehen hatten, und unterhielten sich halblaut mit ihnen. Alle waren darauf gespannt, was Fartuloon ihnen zu eröffnen hatte, aber Almarons geschulten Ohren entging ein gewisser Unterton der Unsicherheit nicht, der aus ihren Worten klang. Er war nicht immer Techniker gewesen, sondern hatte zuvor eine Ausbildung als Galakto-Psychologe absolviert. Damit war es vorbei gewesen, als er während der Betreuung eines hohen Offiziers von diesem Dinge erfahren hatte, die durchaus nicht für jedermanns Ohren bestimmt waren. Die Tu-Gol-Cel – die »Politische Geheimpolizei des Imperators« – hatte davon erfahren, Breg Almaron fliehen müssen. Auf Umwegen war er zu Atlans Gefolge gestoßen und befand sich nun schon seit längerer Zeit auf Kraumon. Für ihn war es nicht schwer zu erraten, worauf diese Unsicherheit der Männer und Frauen zurückzuführen war.

Fartuloon, Morvoner Sprangk und die anderen Verantwortlichen im Stützpunkt verstanden ihr Fach. Sie waren imstande, alles Notwendige zu organisieren und einen reibungslosen Lauf der Dinge auf Kraumon zu gewährleisten, aber eines fehlte ihnen eben doch: das gewisse, unnennbare Etwas, die große Ausstrahlung, die auf die Dauer allein imstande war, die vielen Frauen und Männer zu faszinieren und zu motivieren. Die hatte nur einer: Atlan, der Kristallprinz! Seine lange Abwesenheit und die Gerüchte über die Nähe zu jener geheimnisvollen Frau Ischtar waren es, was unter den Frauen und Männern unterschwellige Unsicherheit aufkeimen ließ. Die meisten waren eifrig und guten Willens, ihm zu folgen und gegebenenfalls ihr Leben für ihn einzusetzen. Aber er war nicht da, lebte womöglich gar nicht mehr …

Breg Almaron wurde aus seinem Grübeln gerissen. Fartuloon, Morvoner Sprangk, Corpkor und Eiskralle betraten den Saal und bestiegen das Podium, von dünnem Beifall empfangen, der bald wieder verebbte. Franjo Grokos beugte sich zu Almaron hinüber und grinste hämisch. »Die wollen uns einwickeln, das steht förmlich auf Sprangks Glatze geschrieben«, behauptete er mit unverhüllter Gehässigkeit. »Aber damit kommen sie bei mir nicht an, nicht bei Franjo Grokos. Ich werde ihnen die Stirn bieten, werde ihnen die Masken abreißen, so wahr …«

»Ach, halt deinen vorlauten Mund«, sagte Almaron angewidert, und das verschlug dem Dicken die Sprache.

Inzwischen hatte sich Fartuloon ein Mikrofon zurechtgerückt und begann mit seiner Rede, die die Versammlung eröffnete.

»So kann das hier nicht weitergehen.« Fartuloon ereiferte sich und zerrte dabei unbewusst am schwarzen gekrausten Vollbart; er war nur einen Meter fünfundsechzig groß und wirkte auf den ersten Blick recht korpulent. Doch das vermeintliche Fett waren harte und zugleich geschmeidige Muskeln. Die gelben Augen lagen zwischen dicken Wülsten und verschwanden beinahe darin. Zu seiner Kleidung gehörte neben dem alten Brustharnisch – gefertigt aus Arkonstahl in der Art der Arkonritter, der Dagoristas – das geheimnisumwitterte Dagor-Breitschwert *Skarg*, dessen silbrig schimmernde Knauffigur bei näherem Hinsehen zu zerfließen schien. »In letzter Zeit häufen sich die Fälle von Nachlässigkeit im Dienst bei gewissen Leuten geradezu. Es ist Besorgnis erregend, wie viele Männer sich neuerdings krankmelden, obwohl ihnen gar nichts fehlt. Gestern wurden in der Ortungszentrale zwei Techniker schlafend angetroffen – ein skandalöser Zustand! Orbanaschol würde sich ins Fäustchen lachen, wüsste er, wie lasch es hier bei uns zugeht.«

Er wurde durch Zurufe und lautstarken Beifall der Frauen im Saal unterbrochen. Sie waren auf Kraumon zwar in der Minderzahl, legten dafür aber einen umso größeren Arbeitseifer an den Tag. Fartuloon galt als Lebemann, Frauenheld, Gourmet, gab sich geheimnisvoll und war beim weiblichen Geschlecht ausgesprochen beliebt. Alle Frauen schwärmten zwar mehr oder weniger unverhohlen für Atlan, aber ein Schimmer fiel auch auf seinen Lehrmeister. Er war nicht nur »Bauchaufschneider« und vormaliger Leibarzt von Atlans ermordetem Vater, Imperator Gonozal VII., sondern auch ein Wissenschaftler und Philosoph; er galt als unglaublich reich, mit Beziehungen sogar in die Kreise des Hochadels der fernen Kristallwelt im Herzen des Kugelsternhaufens Thantur-Lok. Für viele Geschichten, die man sich über ihn erzählte, gab es keine Bestätigung – die wenigsten auf Kraumon wussten, was davon pure Rolle und was echt war. Viele behaupteten sogar, dass er nicht einmal ein Arkonide sei, was angesichts seiner gedrungenen Gestalt und der gelben Augen gar nicht so unglaubwürdig klang. Ob er wirklich im Jahr 10.441 da Ark geboren wurde, wusste wohl nur er selbst.

Morvoner Sprangk schob sich nun vor das Mikrofon und ergriff das Wort. »Fartuloon hat Recht, so kann es wirklich nicht weitergehen. Sie alle sollten sich ein Beispiel an unseren Schiffsbesatzungen nehmen, die unermüdlich neue Einsätze fliegen und den Schergen des dicken Mörders auf dem Imperatorenthron immer wieder neue Schnippchen schlagen. Schließlich haben Sie alle doch den gleichen Eid geschworen: Für Atlan und Arkon – auf Leben und Tod!«

Der harte, narbengesichtige, kahlköpfige Mann von einem Meter neunzig Größe war ein Veteran des Methankrieges, ein Kämpfer und Verc'athor, der als Zweimondträger und Kommandant der 5. Raumlandebrigade des 94. Einsatzgeschwaders unter dem Oberbefehl von De-Keon'athor Sakál einst im Dienst von Atlans Vaters gestanden hatte, für zwei Jahrzehnte aber zwischen den Dimensionen verschollen gewesen war. Während Fartuloon mehr die politischen Aspekte des Kampfes gegen Orbanaschol verkörperte, stand Sprangk eindeutig für die militärische und logistische Seite und genoss trotz seiner Härte uneingeschränkten Respekt.

»Wo ist er denn, unser Herr Kristallprinz?«, klang plötzlich ein Ruf durch das betretene Schweigen, das nach den aufrüttelnden Worten Morvoner Sprangks entstanden war. »Ja, wo ist er, Bauchaufschneider? Sagen Sie es uns doch.« Breg Almaron duckte sich unwillkürlich, denn dieser spöttische Rufer befand sich in seiner unmittelbaren Nachbarschaft. Es war Franjo Grokos – wie konnte es auch anders sein. Einzelne Ausrufe der Zustimmung klangen auf, sie stachelten den Dicken noch mehr an, der aufstand und pathetisch die Arme ausbreitete. »Ach, Sie wissen es wohl gar nicht? Doch, Sie wissen es schon, Sie wollen es nur nicht vor allen hier zugeben. Es gibt ja auch kein schönes Bild ab, wenn der Kristallprinz seine Mitstreiter einfach im Stich lässt, um einer obskuren Geliebten zu folgen ... Wir hier sollen arbeiten und kämpfen, während er sich in ihren Armen ein schönes Leben macht – so ist es richtig.«

Ein regelrechter Tumult brach aus, zahlreiche Stimmen schrien durcheinander. Wie bei solchen Anlässen üblich, brüllten die Gesinnungsgenossen von Grokos am lautesten, obwohl sie eindeutig in der Minderzahl waren. Nur allmählich trat wieder Ruhe ein.

Nun meldete sich der ehemalige Kopfjäger und Tiermeister Corpkor über die Lautsprecheranlage. »Sie sollten sich schämen, den Kristallprinzen derart herabzusetzen, Grokos«, sagte er mit mühsam unterdrücktem Zorn. Er war ein untersetzter, muskulöser Arkonide mit düster wirkendem Gesicht. Als der Mann sprach, verwandelten Brandnarben den unteren Teil seines Gesichtes in eine Grimasse. Er sprach *Satron* mit einem ungewöhnlich gutturalen Akzent. Corpkors traumhafte Sicherheit beim Umgang mit *jeglichem* Getier, seine dominante Position als Leittier aller Tierarten und -gruppen basierte auf der Tatsache, dass er die tierischen Verständigungsweisen in solcher Vollkommenheit beherrschte. Dies war die eine tragende Komponente. Die andere war seine Liebe zum Tier. Diese Liebe schien ihm bereits mit in die Wiege gelegt worden zu sein, eine fast ans Paranormale grenzende Fähigkeit. Der Aufenthalt auf Kraumon hatte ihn etwas zugänglicher werden lassen, aber er galt nach wie vor als Einzelgänger und Sonderling. »Atlan als Absolvent der ARK SUMMIA und Inhaber eines aktivierten Extrasinns ist einem Wicht, wie Sie es sind, in jeder Hinsicht hundertfach überlegen. Wenn es Ihnen hier nicht mehr gefällt, können Sie ja gehen. Das ist immer noch besser, als reine Obstruktion zu betreiben, ohne irgendwelche Alternativen aufzeigen zu können. Gehen Sie zu Orbanaschol – er wird Sie mit offenen Armen empfangen und an sein Mörderherz drücken. Die TGC wird ihm dabei behilflich sein; dort schätzt man Leute Ihrer Art ganz besonders.«

Ein donnerndes Gelächter brandete auf, Almaron sah mehr mitleidig als verächtlich auf Franjo Grokos hinab, der es plötzlich sehr eilig hatte, sich möglichst klein zu machen. Dann klangen vereinzelte Hochrufe auf, gleich darauf wurde ein Sprechchor laut: »Für Atlan und Arkon! Auf Leben und Tod!«

Er wurde wiederholt und riss schließlich auch die letzten Zweifler mit. Fartuloon strahlte über das ganze Gesicht und klopfte Corpkor enthusiastisch auf die Schulter. »Das haben Sie gut gemacht!«, schrie er ihm ins Ohr, denn nur so konnte er sich noch verständlich machen. »Solchen Leuten muss man mit ihren eigenen Mitteln begegnen, anders ist ihnen nicht beizukommen. Ich glaube, jetzt haben wir …«

Plötzlich aufbrüllende Lautsprecher übertönten in diesem Augenblick den Lärm im Saal, der daraufhin unvermittelt wieder abebbte. Selbst der robuste Fartuloon zuckte bei ihrem Klang zusammen.

»Achtung, hier Ortungszentrale: Alarm! Ein fremdes Raumschiff ist materialisiert; keine Kennung. Wir müssen damit rechnen, dass es sich um eine feindliche Einheit handelt. Einsatzplan A Eins tritt vorsorglich in Kraft.«

Morvoner Sprangks Gestalt versteifte sich. »Saal sofort räumen! Alle Verteidigungsanlagen doppelt besetzen! Wer keine wichtigen Aufgaben zu erfüllen hat, sucht umgehend die Schutzbunker auf!«

Für Augenblicke herrschte Durcheinander, doch es entwirrte sich rasch wieder. Jeder auf Kraumon kannte Einsatzplan A I, der für einen gegnerischen Angriff konzipiert war, und beeilte sich, an seinen Platz zu kommen. Kaum zwei Zentiotontas nach dem Alarm hatte sich der Saal geleert. Fartuloon und Corpkor suchten eiligst die Ortungszentrale auf, während Morvoner Sprangk durch einen der Tunnels zum Raumhafen raste, um im dortigen Hauptbunker den Oberbefehl zu übernehmen. Die Abwehrforts schoben sich aus dem Boden, Zielgeräte wurden aktiviert, während gleichzeitig alle Raumer und sämtliche Beiboote in fliegender Eile bemannt und startklar gemacht wurden. Kraumon bereitete sich darauf vor, dem anfliegenden Schiff einen ausgesprochen heißen Empfang zu bereiten.

Doch schon wenig später kam eine neue Meldung aus der Ortungszentrale, die alle Vorbereitungen wieder hinfällig machte: Das fremde Schiff war als varganischer Oktaederraumer identifiziert worden, plötzlich wallte jäh die Hoffnung in den Männern und Frauen von Kraumon auf. Kam Atlan endlich zurück?

Fartuloon war tief enttäuscht, konnte dieses Gefühl nur mühsam verbergen. Er hatte den Kristallprinzen erwartet, doch »nur« Ischtar allein war gekommen. »Du hättest dich ruhig etwas früher anmelden können«, fauchte er die Varganin an. »Wozu hat dein Schiff eigentlich Funkgeräte, die unseren weit überlegen sind?«

Seine Schroffheit resultierte allerdings nicht nur aus der Enttäuschung. Atlans Pflegevater war auf die Varganin noch nie besonders gut zu sprechen gewesen, war ihr stets mit Misstrauen und Aversion begegnet. Der Einfluss, den sie auf Atlan ausübte, passte ihm nicht ins Konzept. In seinen Augen hatte sie den Kristallprinzen regelrecht verhext, so dass die Gefahr bestand, dass er sein Ziel ganz aus den Augen verlor. Wohin es führte, dass er seine Mitstreiter vernachlässigte, hatte sich erst an diesem Morgen wieder gezeigt.

Ischtar antwortete nicht. Ihre Augen füllten sich langsam mit Tränen. Sie galten zweifellos Atlan, das besänftigte Fartuloon nun doch. Er räusperte sich und trat einen strategischen Rückzug an. »Du weißt, wie es hier um uns steht, dass wir immer auf der Hut vor Orbanaschols Schergen sein müssen. Die Annäherung deines Schiffs hat den ganzen Stützpunkt in Aufregung versetzt. Es wurde Alarm gegeben, die Verteidigung wurde mobilisiert. Ich nehme an, dass du uns einiges mitzuteilen hast. Komm also mit.«

Die Varganin nickte stumm und folgte ihm zum Gleiter, der vor ihrem Schiff gelandet war und von dem Chretkor gesteuert wurde.

Im Hintergrund hatte sich eine größere Anzahl von Frauen und Männern versammelt, die zu dem Oktaederraumer starrten, der wie ein kantiger Berg aus Gold über dem Hafen aufragte. Auch ihre Erwartungen wurden enttäuscht, sofort machten sich alle möglichen Mutmaßungen breit. Dass Ischtar allein nach Kraumon kam, wurde von den meisten verständlicherweise negativ ausgelegt.

»Ich könnte fast wetten, dass Atlan nicht mehr am Leben ist«, knurrte Franjo Grokos, der seit seiner öffentlichen Niederlage kein Wort mehr gesprochen hatte.

Breg Almaron warf ihm einen schrägen Blick zu. »Ich an deiner Stelle würde meinen Mund vorerst für eine Weile hüten. Die dauernde Miesmacherei trägt wirklich nicht dazu bei, dich besonders beliebt zu machen, das solltest du endlich einsehen.«

»Vielleicht hat er diesmal doch Recht.« Brindor runzelte nachdenklich die Stirn. »Atlan scheint sich zumindest in ernstlichen Schwierigkeiten zu befinden, sonst wäre er bestimmt mitgekommen.«

Almaron zuckte mit den Schultern, denn im Stillen teilte er diese Befürchtung. Nachdem der Gleiter abgeflogen, löste sich die Ansammlung der Zuschauer langsam wieder auf. Natürlich machte sich jeder seine Gedanken über das Geschehen und teilte sie den anderen Bewohnern des Stützpunkts mit; schon nach kurzer Zeit schwirrte Kraumon von den verschiedensten Gerüchten.

Die Vernichtung des Potenzialverdichters der Maahks war etwas, das Fartuloon in tiefe Bestürzung versetzte. Der Bauchaufschneider dachte keinen Augenblick mehr an seine Abneigung gegen Ischtar. Sie hatte nicht gezögert, ihr eigenes Leben zugunsten Atlans in die Waagschale zu werfen, das verschaffte ihr in seinen Augen eine erhebliche Menge Pluspunkte. Bedrückt erkundigte er sich: »Was können wir tun, um Atlan zu helfen? Weißt du einen Rat?«

Die Varganin hob die wohlgeformten Schultern. »Nichts, was unmittelbar zum Erfolg führen könnte. Ich kann lediglich einen Vorschlag machen, der uns vielleicht auf indirekte Weise ans Ziel bringen könnte.«

»Heraus damit.« Morvoner Sprangk strich sich nervös über das narbige Gesicht. »Wir müssen auch die kleinste Chance nutzen, die Atlan aus seiner prekären Lage befreien könnte. Was schlägst du vor?«

Ischtars Gestalt straffte sich, sie lächelte ihn dankbar an. »Ich weiß, dass noch eine kleine Anzahl der varganischen Rebellen lebt, die sich wie ich in dieser Sterneninsel aufhalten. Der Henker Magantilliken hat zwar viele umgebracht, aber zuletzt hatte er sich ganz auf mich konzentriert.«

»Du glaubst, dass sie uns helfen könnten?«, fragte Eiskralle. Sein Körper, sein Kopf und seine Gliedmaßen waren völlig transparent, so dass das bunte Gewirr von Muskeln, Nervenfasern, Adern und Organen zu sehen war. Mit nur einem Meter fünfunddreißig Größe und einer ansonsten durchaus arkonoiden Gestalt war die Hauptschwäche des Chretkors die ständige Angst, bei zu großer Hitze zu zerfließen oder bei zu großer Kälte zu erstarren. »Wie?«

Die Varganin wiegte den Kopf. »Ich hoffe es wenigstens. Es ist anzunehmen, dass sich diese Überlebenden vorzugsweise auf den Versunkenen Welten aufhalten, auf denen es noch Stationen mit funktionierender Technik gibt. Auf einem dieser Planeten könnte es auch einen Umsetzer zur Erzeugung der so genannten Absoluten Bewegung geben, die ein Eindringen in den Mikrokosmos erlaubt und …«

Sprangk fuhr auf. »Wie bitte? Ihr habt …?«

Fartuloon lächelte matt und sagte bedächtig: »Ischtar lässt die

Bombe platzen – aber ich hab's schon vermutet. Die Varganen stammen ursprünglich aus dem Mikrokosmos, nicht wahr? Dorthin, in die Eisige Sphäre, sind sie zurückgekehrt, nur die Rebellen blieben hier, wurden vom Henker gejagt. Dorthin wurde auch dein und Atlans Sohn entführt – und ich bin sicher, dass du an ihn mindestens ebenso viel denkst wie an Atlan. Vielleicht hoffst du sogar darauf, dass Atlan Chapat sucht oder gar schon gefunden und befreit hat? Es wird Zeit, meine Liebe, dass du Klartext redest; keine weitere Geheimniskrämerei mehr, bitte! Wenn ich mich schon darauf einlasse, auf unbekannte Winzigkeit verkleinert zu werden, will ich wissen, mit wem und was ich es zu tun habe. Mir ist zwar nicht sonderlich wohl, aber für Atlan würde ich auch das auf mich nehmen.«

»Du würdest mich begleiten?« Ischtars Augen begannen zu leuchten.

Er kraulte einige Augenblicke lang seinen Bart und überlegte. Dann nickte er. »Wir müssen alles tun, um Atlan zu retten. Erst wenn er wieder in unserer Mitte ist und die Mitstreiter persönlich anspornt, werden sie wieder ganz bei der Sache sein.«

»Dann sind wir uns also im Großen und Ganzen einig. Ich kenne eine ganze Reihe Versunkener Welten und bin gekommen, um euch um Hilfe zu bitten. Dass du persönlich mitgehst, ist nicht unbedingt nötig. Mir würden einige verlässliche Leute genügen.«

Fartuloon richtete sich steil auf, seine Augen funkelten die Varganin an, als er kategorisch sagte: »Natürlich fliege ich mit, etwas anderes kommt gar nicht in Frage! Und jetzt solltest du uns nicht länger auf die Folter spannen. Ich denke, du hast uns einiges zu erzählen.«

Ischtar nickte schwermütig und begann …

Am nächsten Morgen startete die MONDSCHATTEN von Kraumon. Die Besprechung im kleinen Kreis hatte sich bis tief in die Nacht gezogen; die Zuhörer würden eine Weile brauchen, um alles zu verdauen, was ihnen Ischtar anvertraut hatte. Fartuloon hatte einige Männer in maßgeblicher Stellung in das Zentralgebäude beordert und ihnen sein Vorhaben erklärt. Ihnen fiel zusammen mit Morvoner Sprangk die Aufgabe zu, während seiner Abwesenheit dafür zu sorgen, dass auf Kraumon alles im gewohnten Rahmen weiterlief. Eine Erklärung wurde vorbereitet, die zwar nur Halbwahrheiten enthielt, aber doch recht plausibel erschien. Sie besagte, dass sich Atlan im Augenblick in einem äußerst risikoreichen Einsatz befand, für den er dringend Unterstützung benötigte. Seine anschließende Rückkehr wurde in Aussicht gestellt, alles in einer solchen Form, dass kaum jemand daran zweifeln konnte.

Man hatte sich darauf geeinigt, dass außer Fartuloon Eiskralle und Corpkor Ischtar begleiten sollten. Der ehemalige Kopfjäger hatte darauf bestanden, eine Auswahl seiner Tierarmee mit an Bord zu nehmen. Sie sollte dort zum Einsatz kommen, wo alle anderen Mittel versagten. Noch in der Nacht hatte er diese »Kollektion« an Bord gebracht, wo es zahlreiche unbenutzte und für ihre Unterbringung geeignete Räume gab.

Eben hatte sich das Doppelpyramidenschiff im Bereich der Sonne von Kraumon befunden, im nächsten Augenblick stand übergangslos das Bild eines fremden Systems auf den Bildschirmen der Zentrale – 25.274 Lichtjahre waren in einem einzigen Nullzeitsprung überwunden worden. Von früheren Reisen kannten Fartuloon und die anderen einen Teil der Möglichkeiten eines Varganenraumers; bald würden sie mehr erfahren: Ischtar hatte zugesichert, ihnen entsprechende Hypnoschulungen zukommen zu lassen, so dass sie sich bei der Steuerung abwechseln konnten.

»Das ist Tiripont«, sagte Ischtar und wies auf einen der sieben Lichtpunkte, die neben der fremden Sonne zu sehen waren. »Die dritte Welt dieses Systems ist ein Sauerstoffplanet, den ich vor langer Zeit öfters besucht habe. Damals gab es dort eine große varganische Station. Ich kenne ihre Koordinaten noch genau.«

»Wie groß sind unsere Aussichten, dort auf einen der anderen Varganen zu stoßen?«, erkundigte sich Eiskralle.

Die Varganin hob die Hände. »Ich weiß es nicht. Ich weiß nicht einmal, ob die Station überhaupt noch einigermaßen intakt ist. Das hängt von zu vielen Umständen ab. Jene Stützpunkte, die seit langer Zeit verlassen sind, verfallen naturgemäß schneller als die, in denen sich noch Lebende aufhalten oder aufgehalten haben.« Sie justierte eins der zahlreichen Funkgeräte, während der Raumer mit hoher Geschwindigkeit in das fremde System einflog. »Ich will versuchen, die Station über Funk zu erreichen. Wir ›Rebellen‹ haben seinerzeit bestimmte Hyperfrequenzen und Symbolgruppen ausgemacht, durch die wir uns im Bedarfsfall verständigen konnten, ohne einer Entdeckung ausgesetzt zu sein. Geht alles glatt, werden wir bald Bescheid wissen.«

Eine Bildfläche erhellte sich, das Gerät begann zu arbeiten. Überlichtschnelle, von komplizierten Kodatoren ausgearbeitete und verschlüsselte Impulse wurden über Richtstrahler zum Planeten abgestrahlt und automatisch wiederholt. Doch der Bildschirm blieb grau, es kam keine Antwort, resignierend schaltete Ischtar das Gerät wieder ab. »Es sieht nicht so aus, als sollten wir Glück haben«, sagte sie bedrückt. »Natürlich werden wir Tiripont trotzdem anfliegen, um uns selbst zu überzeugen. Es könnte immerhin sein, dass sich jemand dort aufhält und nur nicht auf ankommende Funksprüche achtet.«

»Technisches Versagen wäre auch nicht auszuschließen«, gab Fartuloon zu bedenken.

Ischtar zuckte mit den Schultern. In kurzer Zeit erreichte die MONDSCHATTEN den Planeten, wurde ebenso rapide wieder abgebremst und schwenkte in einen Orbit um Tiripont ein. Ausschnittsvergrößerungen der Panoramagalerie zeigten gestochen scharfe Bilder von der Oberfläche dieser Welt. Neben einer großen Anzahl von Inseln wurden zwei umfangreiche Kontinente sichtbar, die jedoch nur von unkontrolliert wuchernder Vegetation bestanden waren.

»Das sieht nicht gerade einladend aus«, sagte Corpkor pessimistisch, aber Ischtar winkte ab.

»Die Station befindet – oder befand – sich auf einer Insel nahe dem Äquator. Wir legten meist großen Wert darauf, eingeborenen Intelligenzen aus dem Weg zu gehen, die sich natürlich vorzugsweise auf den großen Kontinenten entwickelten. Nur noch einige Zentitontas, dann werden wir die Insel erreicht haben.« In etwa zweitausend Kilometern Höhe flogen sie dem Terminator entgegen, dann kam dicht vor der Nachtgrenze ein weitläufiger Archipel in Sieht. Die Varganin bremste das Schiff rasch ab. Die MONDSCHATTEN kam über der Hauptinsel des Archipels zum relativen Stillstand, Ischtar wies auf einen Sichtschirm, der die Insel in allen Einzelheiten zeigte. Ihre Züge verrieten nur mühsam unterdrückte Erregung. »Hier muss es sein.«

Sie justierte die Feineinstellung des Bildgeräts, die Oberfläche der Insel schoss regelrecht auf die Betrachter zu. Auch sie war von ausgedehnten Wäldern bedeckt, zwischen denen hohe Berggipfel aufragten. Nach Süden hin lief sie in einen schmalen Landzipfel aus, auf dem die Vegetation spärlicher wurde.

»Es sieht fast so aus, als hätten hier vor einiger Zeit große Waldbrände getobt«, kommentierte der Tierbändiger sachverständig. »Eigentlich seltsam, denn bei dem tropischen Klima dieser Zone hätten sie nie ein solches Ausmaß erreichen dürfen.«

»Da ist doch etwas«, warf der Chretkor aufgeregt ein, aber die anderen sahen es im gleichen Augenblick. Unbewachsene, in einem weiten Halbkreis angeordnete Rechtecke zeichneten sich auf dem Bildschirm ab. Bei näherem Hinsehen entpuppten sie sich als Trümmerstätten, an denen einst imposante Gebäude gestanden haben mochten. Doch sie waren offensichtlich schon vor Jahrhunderten oder Jahrtausenden verfallen. Nur wenige halbwegs erhaltene Überreste waren noch zu erkennen.

Das Gesicht der Varganin wurde zur Maske. Mit verschleierten Augen starrte sie auf die Überreste, die während der Blütezeit ihres Volks in diesem Universum einmal großartige Bauwerke gewesen sein mussten. Ihre Brust hob sich jedoch in einem befreiten Atemzug, denn fast an der Südspitze der Insel kam ein weitläufiges, palastähnliches Gebäude in Sicht. Verglichen mit den Ruinen sah es noch vollkommen erhalten aus. Ischtar griff entschlossen nach den Kontrollen. »Wir landen hier.«

Der Raumer landete etwa drei Kilometer nördlich des Palasts auf einer ausgedehnten, mit bläulichem Gras bestandenen Fläche. Ihre fast quadratische Form ließ darauf schließen, dass sich an dieser Stelle einmal ein Raumhafen befunden hatte. Die Reste von Bauwerken, die sie umgaben, unterstrichen diese Annahme noch.

»Ich werde hinüberfliegen und nachsehen«, sagte Ischtar und stand auf. »Will mich jemand begleiten?«

Corpkor schüttelte den Kopf. »Ich werde mich um meine Tiere kümmern. Sie sind nur provisorisch untergebracht und haben alle ihre gewissen Eigenheiten. Ich darf sie nicht zu lange allein lassen. Wie ist es mit dir, Eiskralle?«

Der Chretkor wehrte entsetzt ab. »Ganz ausgeschlossen. Da draußen ist es viel zu warm. Ich würde schon nach kurzer Zeit schmelzen; damit wäre euch wohl kaum gedient. Ich sehne mich förmlich nach einer Kühlkammer, in der ich mich wieder einmal eine Weile erholen kann.«

Fartuloon grinste und stand ebenfalls auf. »Es bleibt also wieder einmal an mir hängen.« Er seufzte mit gespielter Verzweiflung. »Da ich es aber kaum verantworten kann, dass Ischtar allein fliegt, werde ich mich eben opfern..«

Er rückte das *Skarg* zurecht und überprüfte den Kombistrahler. Sie gingen zum nächsten Hangar und bestiegen dort einen Sphärengleiter. Auf einen Funkimpuls hin glitten die Schleusensegmente des Hangars auf. Das Fahrzeug schwebte ins Freie und wurde von der Varganin nach Süden gelenkt. Sie beobachtete aufmerksam die Instrumente vor sich, die Fartuloon überhaupt nichts sagten. Schon nach kurzer Zeit schüttelte sie jedoch den Kopf, ohne aber etwas zu äußern. Das besorgte dafür der Bauchaufschneider, als das Gebäude an der Südspitze der Insel in Sicht kam. »Dieser Bau sieht auch nicht mehr ganz taufrisch aus. Er steht zwar noch, doch die Fensterhöhlen sind leer, die Mauern zeigen Sprünge. Wie mir scheint, kommen wir hier mindestens ein paar Jahrzehnte zu spät.«

Ischtar presste die Lippen zusammen und senkte den Gleiter auf einen Streifen hinab, der offenbar einstmals eine Straße zum Raumhafen gewesen war. Sie ließ die transparente Kuppel des Fahrzeugs aufgleiten und stieg aus. Fartuloon folgte ihr. Einige kleine bepelzte Tiere stoben fluchtartig davon, sonst rührte sich in der Umgebung nichts.

»Hier scheint es auch gebrannt zu haben.« Fartuloon wies auf die verkohlten Stümpfe von Bäumen, die sich über die niedrige Vegetation zur Inselspitze hin erhoben. »Den Palast scheint das Feuer aber nicht erreicht zu haben, denn die Mauern zeigten keinerlei Brandspuren.«

»Varganische Gebäude brennen nicht«, belehrte ihn Ischtar, ihr Gesicht zeigte kurz einen fast arroganten Ausdruck.

Der Pflegevater Atlans nickte tiefsinnig, um gleich darauf respektlos zu grinsen. »Dafür verfallen sie.« Er zeigte auf das große Eingangsportal des Palasts. Der linke Flügel war bereits aus den Angeln gefallen, der rechte hing so windschief herab, dass er gleichfalls jeden Augenblick umstürzen konnte. Der laute Klang seiner Stimme scheuchte erneut einige Tiere auf, die eilig die Flucht ergriffen. Fartuloon fasste behutsam ihren Arm. »Komm. Jetzt sind wir einmal so weit, nun müssen wir auch noch den letzten Schritt tun. Vielleicht finden wir da drin wenigstens einige Anhaltspunkte dafür, was aus den ehemaligen Bewohnern geworden ist.«

Er ging voran, auf die breite Freitreppe zu, die zum Eingang führte. Sie bestand aus Naturstein, zwischen den einzelnen Quadern hatten Pflanzen Wurzel gefasst, die nun wie ein bläulicher Teppich die gesamte Treppe überwucherten. Zuweilen stießen seine Füße gegen unregelmäßig geformte, ebenfalls steinerne Bruchstücke, die offenbar von irgendwelchen Figuren stammten, die einst den Aufgang gesäumt hatten. Die Sockel auf dem vielfach geborstenen Geländer waren noch erkennbar. Der Bauchaufschneider zog seinen Strahler und machte ihn feuerbereit, seine Augen schweiften wachsam umher. So entging ihm auch eine schwache Bewegung zwischen den Pflanzen nicht. Ruckartig warf er sich zurück und prallte dabei gegen Ischtar, die ins Stolpern kam und sich instinktiv an ihm festhielt. Das wäre beiden um ein Haar zum Verhängnis geworden. Aus dem Pflanzenteppich schnellte sich der Körper einer blau und grün gefleckten Schlange hervor, die sofort zum Angriff überging. Ihr Körper durchmaß etwa fünfzehn Zentimeter, kurze Stummelbeine ermöglichten es ihr, sich hoch aufzurichten und ruckartig vorzuschnellen. In dem Maul des spatenförmigen Kopfes befanden sich oben zwei etwa fingerlange, leicht gebogene Zähne, aus denen eine grünliche Flüssigkeit tropfte. Nur mit Mühe entging Fartuloon den dicht vor seinem Gesicht zuschnappenden Kiefern. Er warf sich zur Seite und zog die Varganin instinktiv mit sich. Gleichzeitig zuckte seine Hand mit dem Strahler hoch, das vordere Drittel der Schlange verging in davonwirbelnden Ultrafeinstaubwolken, ehe sie zu einer neuen Attacke ansetzen konnte.

»Es geht doch nichts über einen freundlichen Empfang, wie?«, knurrte Fartuloon. »Nun, wir sind jetzt jedenfalls gewarnt. Zieh deine Stabwaffe, *Goldene Göttin*. Die Flüssigkeit, die aus den Zähnen der Bestie tropfte, war zweifellos pures Gift.«

Er stieß die sich noch windenden Überreste des Tieres mit dem Fuß beiseite, die immerhin noch ungefähr drei Meter lang waren. Dann ging er vorsichtig weiter, jederzeit auf neue Angriffe gefasst. Ischtar folgte zögernd. Sie erreichten den Eingang und sahen in eine große Halle. Mannsdicke Säulen trugen die Decke, die aber bereits vielfach geborsten waren. Große Stücke hatten sich von ihnen gelöst und bildeten auf dem Boden unregelmäßige Haufen. Auch hier hatten sich bereits Kolonien der bläulichen Vegetation angesiedelt, deren Samen durch den Eingang hereingeweht worden war. Zwischen ihnen wurde es plötzlich lebendig, augenblicklich zischte wieder Fartuloons Waffe auf. Er erlegte fünf Schlangen, zwei weitere wurden von der Varganin getötet, dann schien das Nest leer zu sein. Sie gingen weiter. Bis auf die Überreste einiger vitrinenähnlicher Behälter an den Wänden war die Halle leer. Zwei offene Korridore zweigten nach rechts und links ab, während sich im Hintergrund eine große, halb offene Tür befand.

Fartuloon sah die Varganin fragend an, sie wies mit dem Kopf auf die Tür. »Wir müssen dort hinein. Hier unten werden wir ohnehin nur unbedeutende Räumlichkeiten finden. Die Privatgemächer befinden sich in den oberen Stockwerken. In der Mitte des Palasts werden wir auf den zentralen Antigravschacht stoßen, der allerdings kaum noch benutzbar sein wird.«

Ischtar behielt Recht. Da die Energieversorger des Gebäudes längst ausgefallen waren, mussten sie eine schmale Treppe benutzen, um in die nächste Etage zu gelangen. Dort erregte ihre Ankunft ziemlichen Aufruhr. Unterschenkelgroße bunte Vögel, die durch die geborstenen Fenster ungehindert ein und aus fliegen konnten, schwirrten zu Dutzenden auf und stoben in blinder Flucht davon. Zahlreiche Nester, in denen sich Eier oder Junge in allen Stadien der Entwicklung befanden, zeugten davon, dass sie sich hier ausgesprochen wohl gefühlt hatten. In diesen Räumen war das Mobiliar noch ziemlich gut erhalten, aber mit einer dichten Schicht von Vogelkot bedeckt. Ein penetranter Gestank hing in der Luft, die Varganin verzog das Gesicht. »Weiter!«, drängte sie. »Nach rechts halten. Dort befindet sich die Zentrale mit den technischen Steuereinrichtungen.«

Sie kamen auf einen kurzen Korridor. An dessen Ende gab es eine Metalltür, die mit stilisierten, verschlungenen Emblemen bedeckt war. Auch jetzt noch leuchteten sie in prächtigen Farben. Die Tür war geschlossen, hatte aber eine seltsam geformte Klinke, die reich mit Intarsien verziert war. In ihrer Mitte saß ein großes Auge aus farbigen Edelsteinen, das lebendig wirkte. Ischtar stieß einen Warnruf aus. »Nicht in das Auge sehen! Es ist als Sicherung gegen unbefugte Eindringlinge gedacht, die unter seiner Einwirkung in hypnotische Starre versetzt werden. Ich verfüge hier nicht über die Mittel, um dich wieder daraus zu befreien.«

Der Bauchaufschneider schnitt eine Grimasse. »Mich hypnotisiert man nicht so leicht«, behauptete er überzeugt und sah trotzdem hin. Gleich darauf zuckte er zusammen, bereitete es ihm doch sichtliche

Mühe, sich wieder dem Bann des Hypnoauges zu entziehen. Aber es gelang ihm; seine Hand fuhr zur Hüfte und zog das *Skarg*. Er richtete die Spitze des Schwerts gegen die Türklinke. Sie hatte das Auge noch nicht ganz erreicht, da begann plötzlich ein blendender Funkenregen aufzuzucken. Für Augenblicke sprühten Entladungen zwischen dem *Skarg* und dem hypnotischen Auge hin und her und zwangen die Varganin dazu, die Lider zu schließen. Als sie sie wieder öffnete, war das Licht erloschen. Das breite Schwert schien in einem sanften, pulsierenden Glühen zu leuchten, das jedoch nach wenigen Augenblicken wieder spurlos verschwand. Dafür hatten aber die Edelsteine des Auges in der Türklinke ihr Leuchten verloren, wirkten jetzt nur noch wie Splitter aus buntem Glas, die unbedenklich angesehen werden konnten, ohne irgendeine hypnotische Wirkung zu spüren.

»Wie hast du das gemacht?«, fragte sie, doch Fartuloon schmunzelte nur.

»Lass mir auch meine kleinen Geheimnisse«, bat er, während er das *Skarg* wieder in die Scheide schob. »Können wir jetzt durch die Tür gehen, oder gibt es noch weitere Überraschungen?«

Die Varganin schüttelte den Kopf und murmelte: »Vorerst nicht, *Calurier.*«

Fartuloon zuckte kaum merklich zusammen, sagte nichts und griff nach der Klinke. Sie ließ sich mühelos niederdrücken. Mit einem leisen Knarren schwang die Tür auf, doch der dahinter liegende Raum war fensterlos und dunkel. Der Bauchaufschneider hakte die Lampe vom Gürtel und schaltete sie ein. Ihr heller Schein ergoss sich über eine Vielzahl unbekannter technischer Anlagen, die einen Großteil des Raumes einnahmen. Keine davon war noch in Betrieb, obwohl alles noch vorzüglich erhalten schien. Trotzdem zogen nicht sie die Aufmerksamkeit der beiden Eindringlinge auf sich, sondern etwas ganz anderes: In einem Kontursessel, der sich vor einer Instrumentenwand mit zahlreichen matten Bildschirmen befand, hockte ein Skelett, dem nur die zerschlissene Kombination noch Halt gab. Fartuloon trat unbeirrt näher und ließ den Lichtkegel wandern, dann nickte er sachverständig. »Eindeutig ein männliches Skelett. Zweifellos ein Angehöriger deines Volks. Ihm fehlen die Brustplatten, die für Arkoniden charakteristisch sind, er hat dafür Rippen. Woran dieser Mann gestorben ist, kann ich nicht feststellen. Es gibt keinerlei Anzeichen für einen gewaltsamen Tod. Sollte hier vielleicht wieder einmal Magantilliken am Werk gewesen sein?«

Die Varganin zuckte nur ratlos mit den Schultern. »Das lässt sich kaum sagen. Magantilliken hat vielfältige Methoden, um seine Opfer umzubringen. Deshalb … Moment, geh doch einmal einen Schritt beiseite, damit ich besser hinsehen kann. Tatsächlich, da auf dem Pult liegt eine beschriftete Folie.«

Fartuloon folgte ihrem Blick und nahm das Blatt auf, das aus hauchdünner Metallplastik bestand und kaum zerstörbar war. Er warf einen raschen Blick darauf, sah aber nur krause, für ihn unverständliche Schriftzeichen und gab die Folie an Ischtar weiter. Ischtar trat zurück auf den Korridor, der von oben her durch ein Spiegelsystem erhellt wurde, begann zu lesen. Schon nach kurzer Zeit ließ sie das Blatt wieder sinken und lehnte sich kraftlos gegen die Wand. Ihre Schultern zuckten, doch ihre Augen blieben leer und tränenlos. »Er hieß Kontrot und ist schon seit etwa dreißig Jahren tot. Ich habe ihn nicht persönlich gekannt. Er hat sich selbst getötet, indem er einen Kurzschluss in den technischen Anlagen verursachte, die dabei ebenfalls zerstört wurden.«

»Das verstehe ich nicht. Sicher, die eigentliche Station scheint schon vor längerer Zeit verfallen sein, aber er hatte doch noch diesen Palast und darin alles, was er brauchte. Gibt er wenigstens eine Begründung an, weshalb er den Freitod gewählt hat?«

»Einsamkeitskoller dürfte der passende Ausdruck sein. Er rechnete lange damit, dass Magantilliken ihn finden würde, deshalb hat er den Palast zu einer Verteidigungsanlage mit zahlreichen Waffensystemen ausgebaut. Doch der Henker kam nicht, allmählich begann Kontrot, regelrecht durchzudrehen. Er testete seine Abwehrwaffen immer wieder durch und feuerte dabei auf alles, was sich in der Umgebung bewegte. Nach und nach rottete er so die gesamte Tierwelt in der Gegend aus.«

»Deshalb also die zahlreichen Brandspuren auf dieser Insel. Schließlich war er das einzige Lebewesen weit und breit – und diese selbstgeschaffene Isolation konnte er nicht länger ertragen. Ein Schiff, um Tiripont zu verlassen, hatte er wohl nicht?«

Die Varganin schüttelte den Kopf, sah noch einmal auf die Folie und ließ sie dann achtlos fallen. Ihre Gestalt straffte sich wieder, sie wandte sich entschlossen um. »Komm, wir gehen. Hier werden wir nichts finden. Aber ich kenne noch eine ganze Anzahl von Versunkenen Welten, die uns vielleicht mehr zu bieten haben. Wir fliegen weiter. Ich will Atlan und meinem Sohn helfen, um jeden Preis.«

Der Rückschlag kam erst später. Ischtar startete ihr Schiff, zog sich dann jedoch in ihre Kabine zurück und übergab der Automatik die Steuerung. So blieb es Fartuloon überlassen, seine Gefährten zu unterrichten.

»Das war wirklich kein guter Anfang«, sagte Corpkor mit verkniffenem Gesicht. »Dieser Kontrot scheint nicht eben eine Geistesleuchte gewesen zu sein, meine ich. Ich hätte es auf diesem Planeten schon ausgehalten.«

Der Chretkor schnitt eine Grimasse. »Früher oder später hättest du auch durchgedreht, das ist sicher. Gewiss, du kannst sogar mit Tieren reden, aber kann das auf Dauer den Kontakt mit intelligenten Wesen ersetzen? Kontrot hat eine Ewigkeit auf Tiripont verbracht und konnte nicht einmal Funkkontakt mit anderen Varganen aufnehmen, wenn er sein Versteck nicht verraten wollte. Das war schließlich zu viel für ihn. Ich hätte es keine fünf Jahre lang ausgehalten, nicht einmal in einer angenehm kühlen Umgebung.«

Fartuloon nickte tiefsinnig. »Einsamkeit ist eben nur etwas für starke Charaktere.«

Eiskralle setzte zu einer hitzigen Antwort an, aber in diesem Augenblick erschien Ischtar wieder, das Interesse der Männer wandte sich ihr zu. Sie hatte sich erfrischt und schien ihre Depression bereits überwunden zu haben, blieb aber schweigsam. Sie schaltete die Automatik wieder ab und führte eine leichte Kurskorrektur durch, ehe sie den nächsten Raumsprung einleitete. Abermals vollzog sich dieser ohne alle Begleiterscheinungen, schockgedämpft und ohne Entzerrungsschmerzen. Tausende Lichtjahre wurden in Nullzeit überwunden. Die MONDSCHATTEN materialisierte in der Nähe einer großen weißen Sonne wieder im Standarduniversum. Die Panoramagalerie und Ortungshervorhebungen zeigten, dass sie von 37 Planeten umkreist wurde, die ihrerseits mehr als hundert Monde aufwiesen – das System beherbergte Himmelskörper aller denkbaren Größen. Die Varganin zog den Kartentank zu Rate und deutete auf den zehnten Planeten, der augenblicklich auf einem Detailbildschirm erschien. Die blaugrüne Aureole wies ihn als Sauerstoffwelt aus; er hatte vier kleine Monde, die während ihres Umlaufs um einen gemeinsamen Schwerpunkt kreisten.

»Eine äußerst ungewöhnliche Konstellation«, sagte Fartuloon staunend. »Ich bin schon weit herumgekommen, aber so etwas habe ich bisher noch nicht gesehen. Ist das auch eine der Versunkenen Welten?«

Ischtar nickte mechanisch, während sie die varganischen Schriftzeichen ablas, die nun über den unteren Rand des Bildschirms liefen. »Das ist Ysath'Thor, 19.133 Lichtjahre von Tiripont und 42.683 Lichtjahre von Kraumon entgernt. Der Stützpunkt auf diesem Planeten scheint noch weitgehend erhalten zu sein, denn die Ortung zeigt beachtliche Energieemissionen verschiedener Art an. Das ist im Allgemeinen nur der Fall, wenn eine Station bewohnt ist, also könnten wir diesmal Glück haben.«

»Hoffen wir es.« Fartuloons Hand vollführte eine beschwörende Geste. »Jeder Tag, den wir verlieren, könnte Atlans letzter sein.«

Das Schiff raste mit halber Lichtgeschwindigkeit in das System hinein, die Planetenkugel auf den Bildschirmen wurde dennoch nur langsam größer. Vielfältige Instrumente erwachten zum Leben und lieferten laufend weitere Daten, die umgehend in das Verbundnetz geleitet und der zentralen Rechenanlage zugeführt wurden. Der Rechner wertete sie blitzschnell aus und projizierte die Ergebnisse in Form ständig wechselnder Diagramme und Schriftzeichen auf den Monitoren. Die Varganin gab dazu keine Erklärungen ab, schien jedoch ausgesprochen zufrieden zu sein. Sie steuerte das Doppelpyramidenschiff in eine weite Kurve und flog Ysath'Thor von der Tagseite her an.

Ein rhythmisch flackernder Lichtpunkt zeigte die Lage des Stützpunkts an, der sich direkt an der Ostküste eines großen Kontinents befand. Ischtar bremste das Schiff ab, so dass es in zweitausend Kilometern Höhe fast zum Stillstand kam. Sie warf noch einen letzten Blick auf den Schirm und wollte sich einem Funkgerät zuwenden, doch plötzlich zuckte sie zusammen, ihre Augen wurden groß. »Wir werden angegriffen.«

Ein Schwarm blitzender Punkte stieg aus der Umgebung der varganischen Station auf, durchstieß die Atmosphäre und raste mit rasch wachsender Geschwindigkeit dem Raumer entgegen. Allen war sofort klar, dass es sich bei diesem Pulk nur um Fernlenkgeschosse handeln konnte, die eindeutig dazu bestimmt waren, das Schiff zu zerstören. Ischtar handelte bereits. Mit einem raschen Griff hatte sie die Schutzschirme eingeschaltet und schwenkte ihren Kontursitz herum. Die Abdeckplatte eines Schaltpults öffnete sich, ihre Finger hasteten über Schalter und Sensorpunkte. Leuchtanzeigen blitzten in rascher Folge und in wechselnden Farben auf. Ein mattblau schimmernder konvexer Bildschirm blendete auf. Eine Reihe leichter Erschütterungen ging durch das Schiff, während gleichzeitig eine Anzahl dunkler Punkte auf dem Konvexschirm erschien. Sie wurden rasch kleiner und bewegten sich auf den Schwarm anderer Punkte zu, der ihnen entgegenschoss.

»Antiraketen?«, erkundigte sich der Bauchaufschneider knapp, der hinter die Varganin getreten war.

Ischtar nickte schwach. »Anderes kann ich über diese kurze Distanz nicht zur Abwehr einsetzen. Die Schiffsgeschütze würden es nicht mehr schaffen, dafür ist die Anzahl der Objekte zu groß. Ein massiver Abwehrschlag könnte dagegen den Planeten vernichten.«

»Diese Dinger sind doch nicht größer als höchstens zehn Meter. Sind sie wirklich imstande, die Schutzschirme zu durchdringen und das Schiff zu zerstören?«

»Ohne weiteres. Ihre Köpfe enthalten neben dem Zielsuchgerät einen Energiesauger: Er zapft die Schutzschirme an, leitet ihre Energie in den Hyperraum ab und schafft so eine Strukturlücke, durch die das Projektil ungehindert vorstoßen kann. Eine Desintegratorladung des Sprengkopfes löst die Schiffshülle auf, die atomare Fusionsladung explodiert unmittelbar danach. Den Rest kannst du dir denken.«

»Die alten Varganen waren im Erfinden von Vernichtungswaffen recht geübt. Ich frage mich nur, *weshalb* wir angegriffen werden. Die Station verfügt doch zweifellos auch über ausgezeichnete Ortungen, für die es eine Kleinigkeit sein müsste, dein Schiff als varganisches Fahrzeug zu identifizieren.«

Ischtar zuckte mit den Schultern. »Das kommt ganz auf die Programmierung der entsprechenden Automaten an. Sie sind darauf eingestellt, jedes sich nähernde Objekt abzuwehren, das sich nicht rechtzeitig identifiziert. Ich wollte mich eben über Funk melden, aber das war offenbar etwas zu spät ...« Sie unterbrach sich, denn in diesem Moment blitzte es auf dem Bildschirm grell auf.

Die Antiraketen, ebenfalls mit Zielsuchgeräten ausgestattet, hatten den Schwarm der Angreifer erreicht. Knapp tausend Kilometer vor dem Schiff entstanden in rascher Folge kleine Atomsonnen, sofort verdunkelte sich automatisch das Bild. Der Vorgang zeichnete sich auch auf dem großen Panoramaschirm ab. Bald stand eine regelrechte Feuerwand zwischen dem Doppelpyramidenschiff und dem Planeten, bei jeder neuen Explosion erlosch eine Leuchtanzeige auf dem Pult. Nach knapp einer halben Zentitonta waren alle aus. Ischtar atmete erleichtert auf und stand auf. Im nächsten Moment sank sie jedoch wieder in ihren Sitz zurück, ihr Gesicht verzerrte sich. »Da!«

Ein einzelner dunkler Punkt hatte sich aus der bereits verwehenden Feuerwand gelöst, wurde schnell größer. Eine der Antiraketen musste versagt haben – eins der Verderben bringenden Projektile war nicht unschädlich gemacht worden. Es raste mit seiner tödlichen Fracht auf den Raumer zu.

12.

Aus: *Gedanken und Notizen*, Bauchaufschneider Fartuloon

Ischtar. Unsterbliche Varganin; Nin-ana, Herrin des Himmels, die Goldene Göttin, letzte Königin der Varganen. Vor über fünf Arkonjahren war sie auf Ras Heimatwelt. Irgendwann kam sie nach Frossargon, versetzte die Prulth-Statue, war vielleicht sogar auf Than Ard oder gar in dem Paralleluniversum. Schließlich zog sie sich in die künstliche Hibernation zurück. Kaum zu sich gekommen, machte sie sich an Atlan heran, wollte von ihm einen Sohn! Sie war nicht einmal sonderlich verblüfft, Ra gegenüberzustehen.

Mit ihren Artgenossen kam sie vor mehr als 675.000 Arkonjahren aus dem Mikrokosmos ins Standarduniversum. Die Varganen wurden dabei unsterblich, verloren aber ihre Fruchtbarkeit und hatten fortan keine Nachkommen mehr. Innerhalb weniger Jahrtausende errichteten sie ein Sternenimperium, unterwarfen ungezählte Völker, von denen heute niemand mehr etwas weiß. Andere stießen weit über die Grenzen der Öden Insel ins Unbekannte vor, reisten zu anderen Galaxien; von vielen verloren sich die Spuren. Irgendwann wollte das Gros der Varganen in den Mikrokosmos zurück, die Zurückbleibenden wurden als Rebellen betrachtet und seit mehr als dreißigtausend Arkonjahren vom varganischen Henker Magantilliken verfolgt.

In den dazwischen liegenden Jahrhunderttausenden waren die Rebellen Vagabunden gewesen. Etliche brachten sich selbst um, andere überbrückten lange Zeit im Tiefschlaf, wieder andere führten absonderliche Experimente durch – einerseits um ein Mittel gegen die Sterilität zu finden, andererseits um die Leistungsgrenzen ihrer Körper zu erforschen, vielleicht sogar von dem Gedanken beseelt, sie zu verbessern oder unver-

letzlich zu machen. Wir haben etliche der Versunkenen Welten besucht und bei der Suche nach dem »Stein der Weisen« die mitunter absonderlichen Ergebnisse selbst gesehen. Versuche mit der Umsetzer-Technologie fanden ebenfalls statt, immerhin war der Wechsel in den Mikrokosmos und zurück ein Mittel, Normalsterbliche in Unsterbliche zu verwandeln. Das Geheimnis des ewigen Lebens – ein Schritt vor und wieder zurück, nicht mehr? Nicht einmal die Varganen fanden heraus, was genau bei der Anwendung der Absoluten Bewegung geschieht – behauptet jedenfalls Ischtar.

Das und vieles mehr berichtete sie uns, manchmal stockend, schwerfällig. Nicht aus bösem Willen, sondern weil sie Mühe hatte, sich zu erinnern. Jahrhunderttausende! Da müssen zwangsläufig Filtermechanismen greifen, um nicht den Verstand zu verlieren. Nun ja, etliche Varganen traf dieses Schicksal auf jeden Fall. Wir werden wohl dem einen oder anderen begegnen. Dass Ischtar zwangsläufig nur einen groben Überblick geben konnte, versteht sich von selbst. Wir kennen zwar nun die wichtigsten Namen wie Mamrohn, Vargo und einige mehr, doch damit hat es sich. Zu viele Einzelheiten blieben zwangsläufig unausgesprochen. Ich hoffe, ich habe Gelegenheit, mich mit der Varganin noch lange und intensiv zu unterhalten.

Sollte uns der Sprung in den Mikrokosmos und zurück gelingen – am besten natürlich mit Atlan, Chapat und der Prinzessin! –, haben wir eine Grenze überschritten, die uns fortan von den Normalsterblichen trennt, sofern uns die Unsterblichkeit tatsächlich auf diesem Wege zufällt und kein auf die Varganen beschränkter Effekt ist. Ischtar behauptet, es funktioniere – ich werde wohl erst davon überzeugt sein, wenn keine Alterung mehr zu bemerken sein wird. Dem Jungen, wenn wir ihn finden, wäre es zu gönnen; ihm steht noch Großes bevor! Ich dagegen – mich schert's nicht; oder anders gesagt: Was man schon hat, braucht man nicht nochmals zu erhalten. Ich bin sicher, dass mich Ischtar inzwischen durchschaut hat, aber sie geht mit keinem Wort darauf ein. Das macht sie mir fast sympathisch. Wir sollten uns wirklich mal sehr intensiv unterhalten – unter vier Augen!

An Bord der MONDSCHATTEN: 26. Prago des Eyilon 10.499 da Ark

Die Todesangst peitschte Ischtar auf. Gelang es dem Geschoss, ihr Schiff zu erreichen, war nicht nur das Schicksal seiner Insassen besiegelt. Dann war es auch fraglich, ob Atlan je wieder aus dem Mikrokosmos zurückfinden würde, weil niemand mehr da war, der ihm helfen konnte. Dieser Gedanke an den Geliebten war eine zweite Motivation, die Varganin riss sich aus der Starre. Zum Abfeuern einer weiteren Antirakete war es zu spät. Ein Tastendruck genügte, augenblicklich erfasste die Zielautomatik die fremde Rakete, die sich dem Schiff bereits bis auf hundert Kilometer genähert hatte. Blitzschnell waren alle notwendigen Berechnungen durchgeführt, schon schoss ein schenkeldicker Energiestrahl auf das Projektil zu.

Er traf auch – aber er traf nicht gut genug. Drei Viertel des Geschosses, darunter auch die atomare Ladung, vergingen spurlos, doch der Kopf mit dem Zielsucher und dem Energiesauger blieb erhalten. Beide Aggregate hatten eine separate Energieversorgung und funktionierten noch, als das Projektil einen Augenblick später auf den Schutzschirm des Schiffes traf. Für einen weiteren Schuss war keine Zeit geblieben. Im nächsten Augenblick hallte ein infernalisches Kreischen durch das gesamte Schiff, das gleich darauf von einem schmetternden Krachen abgelöst wurde. Der Energiesauger war in Tätigkeit getreten und wühlte sich regelrecht durch den mehrfach gestaffelten Schutzschirm. Gleichzeitig entstand unmittelbar vor dem Schiff ein Strukturriss, durch den die abgezapften Energien in den Hyperraum abgeleitet wurden. Für einen Augenblick stand ein düsterrotes Glühen auf allen Bildschirmen, von titanischen Blitzen durchzuckt, die spurlos in der übergeordneten Dimension verschwanden. Die Luft in der Zentrale begann zu knistern, kleine Flämmchen tanzten plötzlich auf allen Maschinen und Pulten.

Eiskralle stieß einen Schrei des Entsetzens aus. »Ich zerschmelze!«

Er hatte diese Worte noch nicht vollendet, da war auch schon wieder alles vorbei. Die Blitze und das Glühen verschwanden von den Schirmen, als sich der Strukturriss von einem Moment zum anderen wieder schloss. Ein dumpfer Schlag hallte durch den Raumer. Alle duckten sich unwillkürlich, doch die befürchtete Explosion blieb aus.

»Da sind wir noch gerade davongekommen«, sagte Fartuloon heiser. »Hätte das Strahlgeschütz weniger gut getroffen, wäre das schöne Schiffchen jetzt hin.«

»Wir aber auch«, sagte Corpkor.

Der Bauchaufschneider lachte leise auf. »Davon hätten wir nichts mehr gespürt. Es wäre ein schneller Tod gewesen, wie ich ihn mir stets gewünscht habe.«

»Du vielleicht, ich nicht. Wenn überhaupt, möchte ich an Altersschwäche sterben. Auf derartige Effekte lege ich nicht den ...« Er verstummte erschrocken, denn plötzlich schrie Ischtar entsetzt auf.

Fartuloon reagierte sofort und war mit einem raschen Sprung neben ihr am Steuerpult. »Was gibt es noch?«, fragte er rau. »Weitere Raketen oder eine andere Waffe?«

Die Varganin schüttelte den Kopf. Ihr sonst so beherrschtes Gesicht war verzerrt. »Wir stürzen ab. Der Projektilkopf hat die äußere Bordwand durchschlagen. Der Energiesauger muss noch einige Augenblicke funktioniert haben – das hat genügt, die kraftleitenden Vragon-Schirmfelder zum Zusammenbruch zu bringen. Da auch die Projektoren und die Reservesysteme in Mitleidenschaft gezogen sind, liegt die Energieversorgung der Antriebsanlagen praktisch still. Zwar sind die Servoautomaten bereits dabei, die Schäden zu beheben, aber die Aussicht, dass sie es schaffen, ehe wir auf dem Planeten aufschlagen, ist äußerst gering.«

Fartuloon verstand nichts von der überlegenen varganischen Raumfahrttechnik, aber er konnte praktisch denken. »Kannst du nicht die Energien für den Schutzschirm auf den Antrieb leiten?«

Ischtar schüttelte den Kopf und hob mutlos die Hände. »Der Schirm ist ebenfalls zusammengebrochen. Selbst die Antigravanlagen funktionieren nicht mehr, sonst brauchte ich mir keine Sorgen zu machen, solange kein neuer Angriff erfolgt. Da das Schiff praktisch stillsteht, können wir auch nicht in einem Orbit bleiben. Der Absturz ist unvermeidlich.«

»Das sind ja nette Aussichten. Nun wird es also doch nichts mit einem schnellen Tod.«

Ischtar antwortete nicht, arbeitete wie rasend, schaltete mit fliegenden Fingern und stellte eine Serie von Verbundschaltungen her. Plötzlich sank das helle Licht zu einem matten Schimmer ab, das leise Flüstern der Luftversorgung und Klimaanlagen verstummte. Nur die Bildschirme leuchteten nach wie vor und zeigten, dass das Oktaederschiff der Anziehungskraft von Ysath'Thor folgte. Seine Bugspitze hatte sich geneigt, es stürzte mit rasch anwachsender Geschwindigkeit auf die Oberfläche zu.

»Ich habe die separat versorgten Lebenssysteme stillgelegt und ihre Energie auf den Antigrav geleitet«, sagte die Varganin in das resignierte Schweigen ihrer Begleiter hinein und sank erschöpft in ihren Sitz. »Das genügt zwar nicht, um die Anlagen voll zu versorgen – sie arbeiten höchstens mit einem Viertel der normalen Kapazität –, immerhin aber wird unser Sturz dadurch doch um einiges verlangsamt, wir gewinnen wertvolle Zeit. Vielleicht reicht sie aus, bis die Servos die Defekte der Energieversorgung behoben haben.«

Der Chretkor sprang auf. »Was heißt hier vielleicht?«, schrie er empört. »Wir sind nicht mit dir geflogen, um in deinem Schiff zu sterben, werte Dame. Warum setzen wir uns nicht in ein Beiboot und verlassen den Raumer, solange noch Zeit dazu ist?«

Ischtar schüttelte den Kopf. »Meinst du, ich hätte nicht selbst längst daran gedacht? Solange die zentrale Energieversorgung brachliegt, sind auch die Hangarschleusen blockiert. Wir könnten das Schiff gar nicht verlassen, höchstens im Raumanzug durch die Notausstiege.«

»Hoch lebe die varganische Supertechnik«, sagte Corpkor sarkastisch.

Unaufhaltsam fiel die MONDSCHATTEN dem Planeten entgegen. Das Schiff würde dicht vor der Küste des Kontinents niedergehen. Doch auch die Tatsache, dass es ins Wasser stürzen würde, änderte nicht viel an seinem Schicksal. Bei der hohen Geschwindigkeit würde der Meeresspiegel wie ein fester Körper wirken, so dass ein Zerschellen unvermeidlich war. Ischtar versuchte immer wieder, durch erneute Schaltungen etwas an der prekären Lage zu ändern, doch es gab keine Reaktion. Die Servoautomaten des Schiffes arbeiteten mit Hochdruck. Es gab keine Möglichkeit, ihre Arbeit weiter zu beschleunigen. Die Schäden im Energieverteiler waren schwer, seit dem verhängnisvollen Treffer waren erst wenige Zentitontas vergangen.

Fartuloon fragte sich, weshalb der heimtückische Angreifer nicht erneut zuschlug, um sein Werk zu vollenden. Gab er sich mit dem Erreichten zufrieden, oder hatte er sämtliche Raketen, über die er verfügte, auf einmal verschossen? Beides war möglich, spielte jetzt aber kaum noch eine Rolle. Wenn nicht ein mittleres Wunder geschah, waren sie alle verloren. Die obersten Schichten der Atmosphäre von Ysath'Thor waren erreicht, ein gedämpftes Heulen und Pfeifen drang bis zur Zentrale durch, erzeugt durch die Luftreibung an der Hülle, die nicht einmal durch einen simplen Prallschirm geschützt werden konnte, weil die Energie fehlte. Fartuloon wurde fast schwindlig, als er an die Energiemengen dachte, die nötig waren, einen Raumer dieser Größe abzuschirmen. Er hatte Kraumon verlassen, weil er Atlan helfen wollte. Vielleicht würde er nun früher sterben als der Kristallprinz.

»Hätte ich nur nicht auf diese Hexe gehört«, murmelte er grimmig.

Das Schiff stieß in seinem rasenden Fall in die dichteren Schichten der Atmosphäre vor, das Heulen und Pfeifen wurde immer lauter. Deutlich war nun auf den Bildschirmen die feurige Aureole aus aufglühenden Gasmolekülen zu sehen. Trotzdem war zu erkennen, dass die Entfernung bis zur Oberfläche von Ysath'Thor höchstens noch achtzig Kilometer betrug. Nicht mehr lange, dann war alles vorbei. Allmählich machte sich der Luftwiderstand bemerkbar. Der Doppelpyramidenraumer begann unter seiner Einwirkung zu schlingern, wurde etwas abgebremst. Trotzdem kam der Boden unaufhaltsam näher. Das Schiff war nur noch wenige Kilometer hoch, als plötzlich das Licht in der Zentrale wieder hell aufflammte. War es den Servos gelungen, die Schäden noch rechtzeitig zu beheben? Sollten sie es doch noch schaffen? Ein Blick auf ihre Kontrollen zeigte jedoch sofort, dass die Energieanlagen erst mit einem Zehntel ihrer normalen Kapazität arbeiteten. Der Absturz war auf keinen Fall mehr aufzuhalten.

Ischtar versuchte, das Allerschlimmste zu verhindern. Ihr blieb keine Zeit zum Überlegen, deshalb handelte sie rein instinktiv. Zwei blitzschnelle Schaltungen, dann floss der größere Teil der zur Verfügung stehenden Energie den Antigravprojektoren zu, während etwa dreißig Prozent der Leistung den Triebwerken zugeleitet wurden. Ein plötzlicher Ruck ging durch die MONDSCHATTEN. Der Raumer bäumte sich auf. Rasch ließ die Varganin die Landestützen ausfahren. Das geschah buchstäblich im letzten Augenblick, denn schon Augenblicke später erfolgte der Aufprall. Ein harter Stoß ging durch das Schiff, das mehrmals auf und ab geworfen wurde, ehe es zur Ruhe kam. Hastig schaltete Ischtar die Triebwerke und den Antigrav ab, dann sank sie erschöpft in ihren Sitz zurück. Stille lag über der Zentrale, in die hinein der Chretkor murmelte: »Wir leben noch.«

Trotz der mehr als harten Landung im Schelfmeer, etwa drei Kilometer von der Küste des Kontinents entfernt, war das varganische Schiff unbeschädigt geblieben. Es mutete fast wie eine Ironie des Schicksals an, dass kaum zwanzig Zentitontas später alle Energieanlagen wieder voll funktionierten. Nun kam wieder Leben in die vier Personen in der Zentrale. Corpkor sprang auf, um nach seinen Tieren zu sehen, die durch die Ereignisse zweifellos in Panik versetzt worden waren, Eiskralle begleitete ihn. Fartuloon ging zu Ischtar, der er im Stillen Abbitte leistete; gemeinsam betrachteten sie das Bild der Küste auf dem Panoramaschirm. Er kniff die Brauen zusammen und schüttelte den Kopf. »Eine merkwürdige Küste. Es gibt keinerlei Spuren von irgendwelcher Gliederung. Sie ist glatt wie ein Brett, als wäre sie künstlich bearbeitet worden. Das gefällt mir irgendwie nicht.«

Die Varganin nickte. »Vermutlich ist sie bearbeitet worden. Wir befinden uns nämlich direkt vor dem Stützpunkt. Es sollte mich gar nicht wundern, wenn wir in Kürze Besuch von dort bekommen, denn natürlich wird man unsere Notlandung beobachtet haben. Man wird inzwischen aber auch festgestellt haben, dass es sich bei meinem Schiff um einen varganischen Raumer handelt, also haben wir jetzt wohl kaum noch etwas zu befürchten.«

Fartuloon zog eine Grimasse. »Darauf würde ich mich keinesfalls felsenfest verlassen. Wir waren schließlich nur noch zweitausend Kilometer hoch, als der Angriff erfolgte. Meinst du nicht, dass das nahe genug war, um uns bereits zu diesem Zeitpunkt zu identifizieren? Wir sollten vorsichtshalber den Schutzschirm aufbauen, um gegen alle Eventualitäten gewappnet zu sein.«

Ischtar zuckte mit den Schultern. Ehe sie jedoch etwas entgegnen konnte, blitzte es drüben an der Küste grell auf, mindestens ein Dutzend Strahlbahnen schossen zu dem Raumer heran und brachten das Wasser rings um ihn zum Kochen. Nur der Umstand, dass er den Geschützstellungen die Schmalseite zuwandte, bewahrte ihn davor, getroffen zu werden.

»Na bitte, da haben wir es ja schon« sagte Fartuloon grimmig.

Hastig griff sie in die Kontrollen, augenblicklich baute sich der Schutzschirm auf. Er stand kaum, da schoss die nächste Salve heran, diesmal besser gezielt. Grell brachen sich ihre Energien an dem Schirm, der sie zwar abhielt, aber fast bis an die Grenzen seiner Kapazität belastet wurde. »Das verstehe ich nicht«, sagte Ischtar heiser. »Ich fürchte stark, dass drüben in dem Stützpunkt niemand mehr lebt. Vermutlich werden wir von einer Automatik beschossen, die darauf programmiert ist, jedes Schiff abzuwehren, das sich der Station nähert.«

Der Bauchaufschneider hob die Schultern. »Wer da schießt, ist im

Grunde ziemlich gleichgültig, auf jeden Fall sind wir schon wieder in Gefahr. Ich bin dafür, dass wir Ysath'Thor so schnell wie möglich verlassen, ehe es zu spät ist.«

Die Varganin schüttelte den Kopf. »Ich fürchte, dass uns das gar nicht gut bekommen würde. Dass wir tief im Wasser stehen, ist für uns noch verhältnismäßig günstig, denn dadurch sind wir nur für einen Teil der Abwehrbatterien zu erreichen. Sobald wir aber aufsteigen, können uns auch die Geschütze erfassen, für die wir jetzt im toten Winkel liegen, das würde unser Schutzschirm nicht aushalten. Es dürfte am besten sein …«

Sie unterbrach sich, denn eine dritte Salve fauchte heran, die wieder voll traf. Auf dem Schaltpult flammten Warnlichter auf. Ein singendes Geräusch lief durch das Schiff. Der Schutzschirm drohte zusammenzubrechen. Ischtar handelte daraufhin sofort. Ihr Kontursitz schwenkte zum Steuerpult herum, sie aktivierte die Triebwerke, das Schiff schoss horizontal davon. Schon nach wenigen Kilometern schlug das Wasser über ihm zusammen. Das geschah keinen Augenblick zu früh, denn im selben Moment feuerten die Strahlbatterien erneut und brachten die Fluten an der Stelle zum Kochen, an der sich der Raumer gerade noch befunden hatte. Der Meeresgrund fiel nun steil ab, etwa fünfzehn Kilometer vor der Küste erreichte das Wasser bereits eine Tiefe von fast neunhundert Metern. Das genügte. Ischtar ließ das Schiff auf den Grund absinken und schaltete das Triebwerk aus. Sie sah Fartuloon an. »Wir können es drehen, wie wir wollen, wir sitzen in der Falle. Hier auf dem Meeresgrund sind wir zwar relativ sicher, aber sobald ich versuche, das Schiff in den Raum zu bringen, wird unser Gegner zuschlagen. Seinen Waffen sind wir auf keinen Fall gewachsen. Dieser Stützpunkt ist hervorragend ausgerüstet.«

Fartuloon nickte grimmig. »Dass wir überhaupt noch leben, verdanken wir vermutlich nur der Tatsache, dass das Schiff ohne Energie war, als es nach dem Treffer abstürzte. Man hielt uns für erledigt und machte sich darum nicht mehr die Mühe, Raketen oder Strahlschüsse an das vermeintliche Wrack zu verschwenden. Als man dann merkte, dass der Sturz im letzten Moment noch abgefangen wurde, hat man das prompt nachgeholt. Wir werden uns also etwas einfallen lassen müssen, wenn wir hier heil wieder wegkommen wollen.«

Das Schott glitt auf, Corpkor und Eiskralle stürzten in die Zentrale. Der Tiermeister sah übel aus. Seine Kombination war zerrissen und vollkommen blutüberströmt. In seiner rechten Schulter klaffte eine tiefe Wunde, sein Gesicht war schmerzverzerrt. Plötzlich begann er zu torkeln, der Chretkor musste ihn stützen, damit er nicht fiel. Ischtar sah ihn bestürzt an, aber in Fartuloon erwachte augenblicklich der Arzt. Mit einem Griff verwandelte er den nächsten Kontursitz in eine Liege, eilte zu den beiden hinüber und half Eiskralle, den Verletzten auf das provisorische Lager zu betten. Ein Wink von ihm genügte, die Varganin verstand. Sie hastete zu einem Schrank. Inzwischen erkundigte sich der Bauchaufschneider, was vorgefallen war.

»Einer meiner Mordschuden hat mich angefallen«, sagte Corpkor mühsam. »Bei dem Aufprall haben sich einige Käfige geöffnet, verschiedene Tiere sind freigekommen. Es war mir bereits gelungen, die meisten wieder in ihre Behälter zu bringen, als das Schiff erneut erschüttert wurde. Das hat den Schuden in Panik versetzt, er griff mich an. Nur Eiskralle konnte verhindern, dass ich getötet wurde.«

Fartuloon nickte verstehend und sah auf die durchsichtigen Hände des Chretkors, der den Namen Eiskralle nicht zu Unrecht trug. Wenn er wollte, konnte er jedes Wesen durch ihren Druck blitzschnell zu Eis erstarren lassen – und dieses Los hatte nun das Tier ereilt. Anders wäre ihm wohl auch kaum beizukommen gewesen, denn Mordschuden hatten ein Vibratorgebiss. Wie furchtbar es wirkte, davon zeugte die tiefe Wunde in Corpkors Schulter.

Ischtar kam mit einem Sortiment verschiedener Medikamente, der Arzt machte sich sofort an die Arbeit, während sie ihm die Wirkungsweise kurz erklärte. Er arbeitete schnell und geschickt. Bald war die Wunde geschlossen und mit einem Heilspray bedeckt. Eine Hochdruckspritze zischte auf, und Corpkor sank schlafend zusammen. »Das hätten wir«, sagte Fartuloon zufrieden, zog die Sterilhandschuhe ab und reinigte seinen Harnisch von einigen Blutflecken. »Es wird allerdings ein paar Tage dauern, bis alles wieder verheilt ist. Das Tier hat wirklich kräftig zugebissen.«

Ischtar schüttelte den Kopf. »Keineswegs, Corpkor wird schon in wenigen Tontas wieder ganz in Ordnung sein. Wir werden ihn in einen Regenerator legen, durch den der Heilungsprozess ganz wesentlich beschleunigt wird. Wer wie ich fast immer allein ist, muss über solche Anlagen verfügen.«

Sie schnippte mit den Fingern, sofort löste sich eine Antigravtrage vom Medizinschrank und schwebte heran. Der Tierbändiger wurde in einen Medoraum gebracht und dort in den Regenerator gebettet, dessen Servoautomatik sofort ihre Arbeit aufnahm.

Fartuloon nickte bewundernd. »Schade, dass wir Arkoniden solche Dinge noch nicht haben. Der Methankrieg fordert viele Opfer, und unzählige Verwundete müssen versorgt werden. Hält dieser Regenerator, was du von ihm sagst, stellt er wirklich ein Wunder dar.«

»Er hält es, darauf kannst du sich verlassen«, versicherte die Varganin. »Erinnere dich an Frossargon – dort hat er Atlan gerettet!«

Sie traten den Rückweg in die Zentrale an. »Ich versuche, Funkverbindung zum Stützpunkt herzustellen. Lebt dort jemand, kann es nur einer meiner Schicksalsgenossen sein. Auch wenn ich ihn nicht kennen sollte, müsste es mir gelingen, mich mit ihm zu einigen, damit er uns hilft, statt uns weiter zu bekämpfen.«

Küllsannimont lachte hämisch auf. »Das hätten wir geschafft«, sagte er bösartig. »Das Schiff ist zwar noch einmal davongekommen, aber entkommen kann es mir nicht mehr. In dem Moment, da es wieder zu starten versucht, erwischen es die Abwehrforts. Will es versuchen, unter Wasser zu entkommen, wird es einfach blockiert. Habe ich das nicht gut gemacht, Peerek?«

»Jawohl, Meister«, versicherte Peerek mit seiner gutturalen Stimme. Viel mehr konnte er auch nicht sagen, denn er war nicht intelligent und sein Sprachschatz beschränkte sich auf wenige mühsam einstudierte Sätze. In Gestalt und Aussehen ähnelte er zwar einem Varganen, doch diese Ähnlichkeit war nur rein äußerlich. Er war ein künstlich gezüchtetes Lebewesen, von dem Varganen nur deshalb geschaffen worden, um diesem die langen Jahre der Einsamkeit wenigstens einigermaßen erträglich zu gestalten. Küllsannimont war Bioingenieur, ein Mann also, der mit den Bausteinen der Natur umzugehen verstand wie ein geübter Jongleur mit seinen Bällen. Daneben verfügte er aber auch beachtliche technische Fähigkeiten, die er eingesetzt hatte, als er vor langer Zeit Ysath'Thor als Zuflucht wählte.

Der alte Stützpunkt auf dieser Versunkenen Welt war nicht mehr besonders gut erhalten gewesen, doch nach Küllsannimonts Ankunft hatte sich das geändert. Es gab auf diesem Planeten genügend Roboter, die er aktivieren konnte und die dann nach seinen Plänen ans Werk gingen. Sämtliche bereits verfallenen Anlagen wurden instand gesetzt. Ein Hauch der alten varganischen Herrlichkeit wehte wieder über Ysath'Thor. Den größten Wert hatte Küllsannimont dabei naturgemäß auf besonders starke Abwehranlagen gelegt, weil er stets befürchten musste, vom Henker Magantilliken entdeckt zu werden. Als das geschafft gewesen war, hatte er sich wieder seinem

Spezialfach zugewandt. Als Unsterblicher hatte er Zeit, sehr viel Zeit sogar – und die nützte er für immer neue Bioexperimente. Unzählige künstliche Wesen entstanden in den Labors, wurden studiert und dann wieder in Protoplasma zurückverwandelt, wenn sie seinen Ansprüchen nicht genügten. Das war oft genug der Fall gewesen. Tiere aller Gattungen zu schaffen war für ihn nicht schwer, denn er hatte eine rege Fantasie. Bald genügten ihm jedoch die bereits bekannten Arten nicht mehr, so dass er sich bemüht hatte, die natürlichen Exemplare zu verbessern. Alle nur möglichen Abarten und Mutationen entsprangen den Biolabors, aber auch das war ihm noch nicht genug. So schuf er Wesen, die es in der Natur noch nie gegeben hatte und vermutlich auch nie geben würde. Einzelne Geschöpfe waren so raffiniert erdacht worden, dass sie ihrem Schöpfer schließlich über den Kopf zu wachsen drohten. Vor einigen Jahrzehnten hatten sie eine regelrechte Revolte gegen ihn zuwege gebracht, deren Küllsannimont nur durch den rigorosen Einsatz seiner Roboter hatte Herr werden können.

Von diesem Zeitpunkt an war er vorsichtiger geworden. Er schuf nur noch Wesen, die ihm, auch wenn sie oft genug Monstren glichen, aufs Wort gehorchten. Den Höhepunkt seiner Experimente hatte er mit der Erzeugung von Wesen erreicht, die einem Varganen ähnlich sahen. An Rohmaterial für seine Experimente hatte es ihm nie gefehlt, denn der Planet Ysath'Thor verfügte über eine reiche Fauna. Sooft es notwendig wurde, schickte er seine Roboter aus, die ihm die geeigneten Exemplare verschafften. Sie wurden nicht getötet, sondern nur paralysiert und in den Stützpunkt gebracht, wo sie schließlich als formungsfähiges Protoplasma in den großen Bottichen landeten. Die wertvollsten »Bausteine« hatten ihm natürlich die Primaten dieser Welt geliefert. Es handelte sich dabei um Amphibien, die sowohl im Wasser wie auch auf dem Land lebten und schon eine beachtliche Intelligenz entwickelt hatten. Es würde unter normalen Bedingungen zwar noch einige zehntausend Jahre dauern, bis sie so etwas wie eine Zivilisation aufbauen konnten, aber die Voraussetzungen dafür waren gegeben, denn sie kannten bereits eine sinnvolle sprachliche Verständigung und benutzten vereinzelt auch schon primitive Werkzeuge. Ihr Metabolismus ähnelte dem varganischen am meisten – und was es noch an Unterschieden gab, beseitigte Küllsannimont mit Leichtigkeit. Er programmierte die Zellen um, bis die Anpassung vollkommen war, bevor er ans Werk ging.

Nach einigen weniger gelungenen Probeexemplaren gelang es ihm schließlich, ein Wesen zu schaffen, das seinen Ansprüchen weitgehend genügte. Es hatte zwar nicht mehr Intelligenz als die Wesen, aus denen es hervorgegangen war, dafür aber eine fast vollkommene varganische Figur mit allen weiblichen Attributen, und darauf war es ihm vordringlich angekommen. Natürlich genügte ihm der Umgang mit einem derart stupiden Wesen auf Dauer nicht, deshalb experimentierte er weiter. Sein erstes Objekt wanderte bald wieder in einen Protoplasmatank und wurde durch ein neues ersetzt, dem im Laufe der Jahre immer weitere folgten. Küllsannimont bemühte sich vor allem, die Gehirnstruktur dieser Geschöpfe zu verbessern, aber hier waren auch ihm Grenzen gesetzt. Seine künstlichen Gefährtinnen waren zwar äußerlich fast vollkommen, doch sie kamen nie über das geistige Niveau besonders gelehriger Tiere hinaus. Zurzeit hatte Küllsannimont drei dieser Pseudofrauen, aber auch einige männliche Exemplare geschaffen, die er zu den einfachen Arbeiten heranzog. Natürlich hatte er darauf verzichtet, sie auch mit Fortpflanzungsorganen auszustatten, um allen Schwierigkeiten aus dem Weg zu gehen. Dafür konnten sie wenigstens ein paar einstudierte Sätze aufsagen und gaben ihm damit die Illusion, der Herrscher über ein eigenes kleines Volk zu sein.

Wie sehr er sich dadurch bereits vom Boden der Tatsachen entfernt hatte, kam Küllsannimont gar nicht mehr zum Bewusstsein. Die Realität rückte für ihn in immer weitere Fernen; wäre nicht die ständige Angst vor einer Entdeckung gewesen, hätte er sie wahrscheinlich ganz vergessen und nur noch in seiner Scheinwelt gelebt. Diese Angst zwang ihn jedoch dazu, auch auf die Einsatzbereitschaft seiner Verteidigungsanlagen zu achten. Dazu gehörte eine ständige Überwachung der alten varganischen Hyperfunkfrequenzen. Dafür sorgten seine Roboter, aber lange Zeit über hatten sie nichts zu tun bekommen. Der Rebell hatte gehofft, dass es immer so bleiben würde, aber es war nicht so geblieben. Vor etwa einem Jahr war eines der Funkgeräte zum Leben erwacht. Ein anderer Vargane, der sich auf einer der Versunkenen Welten verborgen hielt, hatte einen verzweifelten Notruf gesendet. Er hieß Nabankhor und teilte in diesem Funkspruch mit, dass auf seinem Planeten plötzlich ein varganisches Schiff aufgetaucht sei, dessen Insasse sich Magantilliken nannte. Dieser hatte sich selbst als den Henker der Varganen *bezeichnet, der aus der Eisigen Sphäre kam, um alle Rebellen zu töten, deren er habhaft werden konnte. Das war ihm anscheinend auch bei Nabankhor gelungen, denn bald darauf war der Notruf verstummt. Natürlich hatte Küllsannimont nicht darauf geantwortet, denn dadurch hätte er seine eigene Position verraten, aber seitdem beherrschte ihn eine geradezu panische Angst. Er vernachlässigte seine Spielgefährtinnen völlig und war kaum noch in den Biolabors zu finden. Stattdessen verbesserte er seine Verteidigungsanlagen immer noch weiter, bis das Maximum erreicht schien.*

Ein Jahr lang war nichts geschehen. Küllsannimont hatte sich bereits wieder halbwegs beruhigt. Doch nun war das fremde Doppelpyramidenschiff angekommen und hatte ihn schlagartig aus der trügerischen Sicherheit gerissen. Mit ihm kam der Henker, um auch ihn zu töten, das stand für Küllsannimont einwandfrei fest. Seine Angst hatte ihn dazu bewogen, alle verfügbaren Fernraketen auf einmal abfeuern zu lassen, als der Raumer unter totaler Missachtung aller Sicherheitsregeln direkt über seinem Stützpunkt erschienen war. Natürlich hatte er damit gerechnet, dass der größte Teil von Antiraketen abgefangen wurde, aber die Chancen für einen Erfolg standen nicht schlecht. Er hatte triumphiert, als das Schiff steuerlos abgestürzt war. Es war zwar nicht vernichtet worden, aber zweifellos doch so schwer getroffen, dass es für den Henker keine Überlebenschance mehr gab. Umso größer war Küllsannimonts Erschrecken gewesen, als ihm die Messgeräte anzeigten, dass es seinem Feind im buchstäblich letzten Augenblick gelungen war, die zusammengebrochene Energieversorgung des Raumers so weit zu reparieren, dass er ihn knapp vor dem Aufprall noch abfangen konnte …

Küllsannimont hatte sich zu diesem Zeitpunkt längst in der Verteidigungszentrale der Station aufgehalten und nicht gezögert, seine Strahlgeschütze auf das im Wasser stehende Schiff zu richten. Er hatte es besonders gut machen wollen und deshalb persönlich ihre Steuerung übernommen, statt sie den Robotern zu überlassen. Das hatte sich auch prompt gerächt. Die erste Salve hatte nicht getroffen, der Raumer hatte sich sofort in seinen Schutzschirm gehüllt. Der Rebell hatte eingesehen, dass seine zitternden Finger doch nicht das richtige Instrument für die Bekämpfung des Gegners waren. Die Automaten zielten zwar besser, doch auch sie hatten den Schirm nicht durchbrechen können, weil infolge des extrem flachen Schusswinkels nur ein Teil der verfügbaren Strahlgeschütze eingesetzt werden konnte. Der Henker hatte diese Tatsache ausgenutzt und sich mit dem Oktaeder ins tiefe Wasser gerettet, wo er für einen wirkungsvollen Beschuss unerreichbar war. Doch nun saß er erst recht in der Falle, wie Küllsannimont nach Überwinden seiner ersten Enttäuschung triumphierend feststellte. Er brauchte nur noch abzuwarten, was sein Gegner nun weiter unternahm – am Ende musste dessen endgültige Vernichtung stehen. Trotzdem zuckte er nervös zusammen, als nach einiger Zeit plötzlich eines der Funkgeräte ansprach. Doch er sagte sich, dass ihm praktisch nichts mehr passieren konnte, deshalb schaltete er nach anfänglichem Zögern den Apparat ein.

»Keine Antwort«, stellte Ischtar niedergeschlagen fest. »Es sieht tatsächlich so aus, als hätten wir es nur mit einer Automatik zu tun, die nach so langer Zeit nicht mehr imstande ist, zwischen Freund und Feind zu unterscheiden. Uns wird also wohl nichts weiter übrig bleiben …«

Sie stockte, denn im gleichen Moment erhellte sich die Bildfläche des Geräts und das Gesicht eines anderen Varganen erschien. Erleichtert atmete sie auf. Sie kannte diesen Mann nicht, doch es gab für sie keinen Zweifel, dass auch er zu den Rebellen gehörte. Sie waren also so etwas wie natürliche Bundesgenossen, zwischen denen eine Verständigung möglich sein musste. Ihr Gesicht verzog sich zu einem freundlichen Lächeln, sie nickte in die Aufnahmeoptik. »Ich heiße Ischtar«, sagte sie in ruhigem Ton. »Ich habe Ysath'Thor aufgesucht, weil ich hoffte, hier vielleicht Unterstützung in einem wichtigen Anliegen zu erhalten. Es war mein Fehler, dass ich mich nicht rechtzeitig über Funk gemeldet habe, aber in dieser Hinsicht bin ich vorsichtig geworden. Ich kann es Ihnen nicht verdenken, dass Sie Ihre Abwehranlagen gegen mein Schiff eingesetzt haben, aber zum Glück ist es für mich gerade noch glimpflich abgegangen. Ich hoffe jedoch, dass nun alle Missverständnisse zwischen uns beseitigt sind. Darf ich Sie auch um Ihren Namen bitten?«

Das Gesicht des fremden Varganen blieb starr, seine goldfarbigen Augen waren verkniffen. »Tun Sie doch nicht so, als wüssten Sie nicht längst, dass ich Küllsannimont bin«, sagte er in ablehnendem Tonfall. »Sie sind doch nur nach Ysath'Thor gekommen, um mich zu vernichten. Geben Sie es doch ruhig zu, Henker.«

Das Lächeln verschwand von Ischtars Gesicht, sie sah ihn verständnislos an, schüttelte langsam den Kopf. »Warum sollte ich das tun wollen? Ich gehöre ebenso zu den Rebellen wie Sie, wenn wir uns auch nicht persönlich kennen. Erinnern Sie sich nicht an meinen Namen? Wie ich schon sagte, hoffe ich auf Hilfe, und ich erwarte, dass Sie mir den Beistand nicht verweigern werden. Wir, die wenigen Überlebenden, müssen zusammenhalten, wenn wir weiter bestehen wollen.«

Küllsannimont zog eine Grimasse. »Erwarten Sie im Ernst, dass ich auf diese schönen Worte hereinfalle? Das haben vermutlich vor mir schon viele andere getan, sie haben es mit ihrem Leben bezahlen müssen … Nein, ich glaube Ihnen nicht, soviel Sie auch reden mögen.«

Ischtar runzelte die Stirn. »Was wollen Sie damit sagen? *Warum* glauben Sie mir nicht?«

»Geben Sie doch endlich dieses lächerliche Versteckspiel auf. Sie brauchen sich nicht länger zu verstellen. Ich habe Sie von Anfang an durchschaut. Sie sind der Henker Magantilliken, niemand anders.« Küllsannimont lachte hämisch auf, sein Gesicht verzerrte sich. »Ich bin nicht dumm genug, um Ihr Auftreten in dieser *Hülle* nicht als Maskerade zu durchschauen, mit deren Hilfe Sie mein Vertrauen erschleichen wollen. Ich weiß sehr gut, dass Sie hier nicht in Ihrer wahren Gestalt erschienen sind, sondern lediglich einen jener Körper in Besitz genommen haben, die auf anderen Versunkenen Welten konserviert wurden. Sie können Ihre Erscheinung willkürlich wechseln.«

Die Varganin begann zu verzweifeln, denn im Grunde hatte der Rebell von Ysath'Thor Recht. Nichts konnte den skrupellosen Henker daran hindern, in der Maske einer Frau bei seinen Opfern zu erscheinen. Jeder noch erhaltene varganische Körper konnte durch ihn wiederbelebt werden; es erschien ihr nicht ausgeschlossen, dass er schon mit diesem Trick gearbeitet hatte. Wie sollte sie es nur anstellen, diesen Küllsannimont von der Haltlosigkeit seines Verdachts zu überzeugen? Sie redete hastig auf ihn ein, schilderte ihm, wie sie selbst mehrfach fast Magantillikens Opfer geworden wäre, doch alle ihre Worte blieben vergeblich. Die Angst vor dem Henker beherrschte den Rebellen so sehr, dass er keinem Argument mehr zugänglich war.

»Geben Sie sich keine Mühe mehr, mich umstimmen zu wollen, Magantilliken«, unterbrach er sie schließlich brüsk. »Damit werden Sie nichts erreichen, sehen Sie das endlich ein. Ich werde dafür sorgen, dass Sie kein weiteres Unheil mehr anrichten können. Ich werde Sie vernichten, verlassen Sie sich darauf! Das war mein letztes Wort ...«

Er schaltete das Funkgerät ab, sein Abbild verschwand von dem Bildschirm. Ischtar blieb mit hängenden Schultern sitzen. Ihr Gesicht drückte tiefe Mutlosigkeit aus. Schließlich klopfte Fartuloon ihr überraschend zart auf die Schulter. »Grüble nicht länger. Du hast getan, was du konntest, aber gegen Küllsannimonts Starrsinn wäre wohl auch kein Gott angekommen. Er hat sich so sehr in diese fixe Idee verrannt, dass ihn nichts mehr davon abbringen kann. Die Angst bringt ihn fast um, er wird in jedem Besucher den Henker sehen, mag er auch noch so harmlos sein. Er ist ein hochgradiger Psychopath, das steht für mich fest.«

Die Varganin nickte langsam. »Natürlich hast du Recht«, sagte sie mit müder Stimme. »Vermutlich wird er früher oder später so enden wie Kontrot auf Tiripont. Wir müssen ihn als Helfer abschreiben, obwohl vielleicht gerade er uns von großem Nutzen hätte sein können. Der Stützpunkt hier ist gut erhalten – sollte es einen Umsetzer geben, müsste er funktionieren.«

»Kann er uns wirklich vernichten?«, erkundigte sich Eiskralle, dessen durchsichtiges Gesicht ein nervöses Zucken überlief.

Ischtar hob die Hände. »Nicht, solange wir im tiefen Wasser bleiben – außer er setzt seine schwersten Waffen ein. Das kann er aber nicht riskieren, denn dabei würde die Station mit vernichtet werden. Wie sehr er an seinem Leben hängt, hat er uns bewiesen.«

Fartuloon runzelte die Stirn. »Hier können wir aber auch nicht ewig bleiben. Könnten wir nicht versuchen, Küllsannimont durch Unterwasserfahrt zu entkommen? Vermutlich dürfte es genügen, wenn wir uns einige hundert Kilometer entfernen, dann wird das Schiff durch die Planetenkrümmung sowohl seinen Ortungen wie auch dem Schussbereich seiner Abwehrforts entzogen. Wenn du dann in einem ganz flachen Winkel von Ysath'Thor startest, kann er uns gar nichts mehr anhaben.«

Das Gesicht der Varganin hellte sich auf. »Das müsste gelingen«, sagte sie mit neu erwachter Zuversicht und trat zum Steuerpult, um die erforderlichen Schaltungen vorzunehmen. Augenblicklich liefen die Triebwerke an. Wolken von Grundschlamm wirbelten auf, als sich der Raumer langsam in Bewegung setzte und mit Schleichfahrt von der Küste entfernte. Doch schon eine Zentitonta später war es damit vorbei. Von einem Augenblick zum anderen erstarben die Antriebsgeräusche, auch die Antigravprojektoren setzten aus. Das Schiff fiel schwer auf den Grund zurück, nur die noch ausgefahrenen Landestützen bewahrten es davor, dass seine Außenhülle beschädigt wurde. Ischtar wies auf die Anzeigen, die plötzlich erloschen waren. Nur eine bis dahin dunkle Kontrolllampe glomm nun in einem Unheil verkündenden düsteren Rot. »Jetzt ist es ganz aus. Küllsannimont verfügt über eine sehr seltene Abwehranlage meines Volkes. Er hat das Wasser des Ozeans mit *Kalter Energie* aufgeladen. Sie saugt andere Energieformen förmlich auf und blockiert damit unseren Antrieb vollständig. Jetzt kommen wir nie mehr von Ysath'Thor weg. Wir können froh sein, dass die Basisfunktionen nicht beeinträchtigt sind.«

Es kam sogar noch schlimmer: Wenig später zeigten die Instrumente an, dass Küllsannimont noch einen Schritt weiter gegangen war. Von der Station ausgehend, baute sich ein weitgespannter Energieschirm auf, der nur knapp einen Meter über dem Wasser lag. Dadurch wollte der Rebell verhindern, dass Ischtars Schiff irgendwelche Fahrzeuge ausschleuste, mit deren Hilfe sich der vermeintliche Henker doch noch retten konnte. Er kannte die technischen Möglichkeiten seines Gegners zu gut. Tatsächlich verfügte die MONDSCHATTEN über mehrere auch unter Wasser einsetzbare Fahrzeuge, deren Anlagen durch die Energieblockade nicht betroffen wurden, weil sie mit chemischen Antriebsstoffen betrieben wurden. Ihre Benutzung verbot sich nun aber von selbst, denn sie ragten zu hoch aus dem Wasser und wären unweigerlich durch die Berührung mit dem Energieschirm vernichtet worden.

»Was können wir jetzt noch tun?«, erkundigte sich Fartuloon, nachdem sich Ischtar von dem Schock erholt und ihren Helfern diese Sachlage erklärt hatte.

Die Varganin zuckte ratlos mit den Schultern. »Gar nichts. Uns bleibt nicht einmal mehr die Möglichkeit, uns in Raumanzügen schwimmend zu retten, denn auch ihnen würde jede Energie entzogen werden. Ohne diesen Schutz können wir aber das Schiff nicht verlassen, dafür ist hier unten der Wasserdruck zu hoch.«

»Ganz abgesehen davon, dass Eiskralle ohnehin nicht schwimmen kann«, ergänzte der Bauchaufschneider grimmig. »Allein unser nacktes Leben zu retten hätte ohnehin wenig Sinn, denn wir würden für den Rest unseres Lebens auf Ysath'Thor festsitzen, sofern uns Küllsannimont nicht vorher umbringt. Verdammt, es muss aber irgendeine Lösung geben. Nur wer sich selbst aufgibt, ist wirklich verloren.« Er grübelte noch eine Weile stumm vor sich hin, erhob sich und rieb sich die Augen. »Ich kann jetzt nicht mehr klar denken, dazu bin ich zu müde, auch mein Magen knurrt gewaltig. Ich schlage deshalb vor, dass wir erst einmal etwas essen und eine Schlafpause einlegen, um uns zu erholen. Bis dahin wird auch Corpkor wieder in Ordnung sein, dann können wir weiter überlegen.«

Ischtar stimmte zu, die beiden Männer entfernten sich. Sie selbst blieb in der Schiffszentrale, starrte blicklos auf die toten Kontrollen vor sich und zermarterte ihr Gehirn nach einem Ausweg aus dieser trostlosen Situation. Sie hatte schon viele Gefahren überwunden, aber sie waren meist durch Wesen verursacht worden, die ihr sowohl technisch wie auch an Wissen unterlegen waren. Hier hatte sie es jedoch mit einem Gegner zu tun, dessen Möglichkeiten die ihren weit überstiegen. Trotzdem wäre es ihr auch jetzt noch möglich gewesen, Küllsannimonts Station zu zerstören, aber für sie galt das gleiche Handikap wie für ihn: Ihr Schiff und seine Insassen wären mit vernichtet worden – und wer hätte Atlan dann noch helfen sollen? Ihre Gedanken bewegten sich bald im Kreis, und so gab sie schließlich das Grübeln auf. Stattdessen versuchte sie noch einmal, Funkverbindung zu Küllsannimont aufzunehmen, doch der Herr von Ysath'Thor meldete sich nicht mehr.

Vier Tontas später trafen sie sich in der Zentrale. Ischtar hatte keinen Schlaf gefunden und wirkte übernächtigt, Fartuloon und Eiskralle dagegen waren wieder frisch. Auch Corpkor war voll bei Kräften. Seine tiefe Wunde war unter dem Regenerator spurlos verheilt. Er hatte während der letzten deprimierenden Ereignisse im Tiefschlaf gelegen und kannte sie nur aus den Schilderungen der anderen, deshalb teilte er deren Niedergeschlagenheit nicht in vollem Ausmaß. Sinnend betrachtete er die Bildschirme, die ebenso wie die Lebenserhaltungssysteme des Schiffes weiterhin funktionierten.

Ihn interessierte naturgemäß die Meeresfauna von Ysath'Thor, die eine reiche Vielfalt zeigte. Alle nur denkbaren Arten von Fischen, Quallen und sonstigen Wasserbewohnern tummelten sich rings um den Raumer, ohne ihm aber irgendwelche Beachtung zu schenken. Deshalb galt sein besonderes Augenmerk bald großen delfinähnlichen Wesen, deren Verhalten von dem der anderen Tiere in geradezu auffälliger Weise abwich. In mehreren Rudeln umschwärmten sie den Schiffskörper. Mit spielerischer Eleganz durchquerten ihre tropfenförmigen Körper das Wasser. Sie waren im Durchschnitt etwa fünf Meter lang, ihre Haut war glatt und zeigte keine Schuppen. Auf der Oberseite waren sie grünlich gefärbt, die Bäuche dagegen weiß. Ihre Köpfe liefen spitz zu, besaßen jedoch nicht das typische Fischmaul, sondern eher die Schnauzen von Landtieren. Weitere Einzelheiten konnte der ehemalige Kopfjäger nicht erkennen, weil sie sich zu schnell bewegten. Er bat deshalb Ischtar, einen der Sektorenbildschirme auf das nächste Rudel einzustellen. Die Varganin entsprach seinem Wunsch. Eine Automatik ließ das Aufnahmegerät allen Bewegungen dieser Gruppe folgen, bald sah Corpkor seine schon vorher gehegten Vermutungen bestätigt.

Diese Wesen waren keine reinen Wasserbewohner, sondern Amphibien, die auch auf dem Land existieren konnten. Sie hatten Kiemen, aber auch Nasenöffnungen, die sie zum Einatmen von gasförmigem Sauerstoff befähigten. Noch auffälliger war jedoch die Tatsache, dass sie neben den kräftigen Rücken- und Schwanzflossen an der Längsseite ihrer Körper sechs Auswüchse aufwiesen, die sie jetzt zwar als Flossen benutzten, die aber eindeutig auch die Funktionen von Beinen, Armen oder sogar Händen ausüben konnten. Die vier zehen- oder fingerartigen Auswüchse waren unverkennbar.

»Also habe ich doch richtig vermutet«, murmelte der erfahrene Tierfachmann. »Diese Wesen sind keine stupiden Tiere mehr, sondern zweifellos die Primaten dieser Welt. Es sollte mich gar nicht wundern ...«

Eiskralle war neben ihn getreten und unterbrach seine Überlegungen durch ein leises Kichern. »Eine Menge schmackhaftes Fleisch, das da herumschwimmt, wie? Den Appetit darauf wirst du dir aber wohl verkneifen müssen, Freund. Es gibt jetzt weit drängendere Probleme für uns.«

Corpkor wehrte unwillig ab. »Man sollte immer nur von den Dingen reden, von denen man auch etwas versteht. Dein Horizont geht nicht über Begriffe wie ›zu heiß‹ oder ›zu kalt‹ oder ›Essen‹ hinaus, meiner dagegen reicht etwas weiter. Ich bin gerade dabei, etwas für die Lösung unserer Probleme zu tun, und wäre dir dankbar, wenn du mich nicht weiter stören würdest, klar?«

»Eingebildeter Tierbändiger.« Der Chretkor entfernte sich beleidigt wieder.

Dafür kam nun Fartuloon heran, der den kurzen Wortwechsel interessiert verfolgt hatte, denn er kannte die besonderen Fähigkeiten des ehemaligen Kopfjägers. »Hast du das eben im Ernst gemeint?«

Corpkor nickte. »Es weist alles darauf hin, dass diese Wesen da draußen bereits über eine gewisse Intelligenz verfügen, die wir uns unter Umständen nutzbar machen könnten. Wie, das weiß ich noch nicht, aber sie könnten uns eine wertvolle Hilfe sein, sofern es mir gelingt, Verbindung zu ihnen aufzunehmen.«

Der Bauchaufschneider kniff die Brauen zusammen. »Eine etwas ausgefallene Idee zwar, doch die einzige, über die wir im Moment verfügen. Irgendetwas muss jedenfalls geschehen, wenn wir hier noch einmal wegkommen wollen, und gerade unkonventionelle Methoden haben schon oft zu überraschenden Erfolgen geführt. Komm, wir tragen Ischtar deine Anregung vor.«

Auch die Varganin zeigte sich interessiert, wenngleich die Zweifel in ihrem Gesicht unübersehbar waren. Corpkor redete sich in Eifer, und etwas davon sprang schließlich auch auf sie über. »In Ordnung, machen wir einen Versuch«, stimmte sie zu. »Ich werde jetzt die Außenmikrofone des Schiffes einschalten. Dann wird sich ja zeigen, ob du Recht behältst.«

Schweigen senkte sich über die Zentrale, während Ischtar die entsprechende Schaltung vornahm. Eine Anzahl von empfindlichen Richtmikrofonen wurde aktiviert, peilte sich auf den Schwarm der fremden Wesen ein und folgte automatisch allen Richtungsänderungen. Gleich darauf klangen seltsam knarrende und pfeifende Geräusche aus den Feldmembranen des Empfängers. Corpkor zuckte zusammen. »Ich hatte Recht«, stieß er hervor. »Sie verfügen über eine eigene Sprache und unterhalten sich äußerst intensiv. Noch kann ich sie nicht verstehen, aber es kann keinen Zweifel daran geben, dass ihr Interesse vor allem unserem Schiff gilt. Gebt mir eine Tonta Zeit, dann kann ich Genaueres sagen.«

Ischtar nickte, nahm einige weitere Schaltungen vor und errichtete eine Schallbarriere rings um Corpkor, um jede Ablenkung von ihm fernzuhalten. »Hast du eine Ahnung, inwiefern uns diese Tiere von Nutzen sein könnten?«

Fartuloon zuckte mit den Schultern. »Es fällt mir schwer, mich in die Gedankengänge Corpkors zu versetzen. Er war immer ein Einzelgänger, bis er zu uns stieß, aber sein Einfühlungsvermögen in die Welt aller nur erdenklichen Tiere ist geradezu phänomenal. Wenn es stimmt, dass die Wesen da draußen einige Intelligenz haben, dürfte es ihm nicht schwer fallen, sie zu verstehen.«

Das war eine wenig befriedigende Antwort, aber die Varganin verzichtete auf weitere Fragen. Stattdessen schaltete sie erneut ihre Funkanlage ein und versuchte noch einmal, Küllsannimont zu erreichen, doch wieder ohne Erfolg.

Die panische Angst des Rebellen war gewichen und hatte einer gewissen Gelöstheit Platz gemacht. Sein Leben war nun nicht mehr bedroht – im Gegenteil, Magantilliken befand sich in seiner Gewalt und konnte nicht mehr entkommen. So widmete sich Küllsannimont nach dem ersten ruhigen Schlaf seit langer Zeit wieder einmal seinen Biolabors. Den Robotern hatte er die Anweisung gegeben, keinesfalls auf Anrufe aus dem

Schiff am Meeresgrund zu reagieren, eine andere Aktivität des wehrlosen Gegners war kaum zu befürchten. Drei Tage lang wollte Küllsannimont den Henker sozusagen im eigenen Saft schmoren lassen, ihn dann anrufen und ihm seine Bedingungen stellen. Bedingungen, die im Grunde nur eine Farce waren, denn sterben musste er in jedem Fall.

Schon nach einer halben Tonta schwang sich Corpkor aus dem Kontursitz und ging zu den anderen. Auf seinen Zügen lag eine stille Befriedigung. Er wandte sich zuversichtlich an Ischtar, die ihm mit gemischten Gefühlen entgegensah. »Ich verstehe die Sprache der Wesen da draußen und bin davon überzeugt, dass sie uns von Nutzen sein können, aber natürlich muss ich zuerst einmal mit ihnen kommunizieren.«

»Das lässt sich ohne weiteres machen«, sagte die Varganin. »Ich brauche nur die Außenbord-Sprechanlage einzuschalten, dann kannst du …«

»Das genügt nicht. Sie könnten diese Art des Kontakts missverstehen und glauben, das Schiff sei ein lebendes Wesen, das mit ihnen spricht. Für Abstraktionen sind sie geistig noch nicht weit genug. Nein, ich muss persönlichen Kontakt zu ihnen aufnehmen.«

Ischtar überlegte eine Weile, dann nickte sie. »Unsere Hauptluftschleusen sind blockiert, also musst du einen der Notausstiege benutzen, der gleichfalls eine kleine Schleuse darstellt. Leg deinen Raumanzug an und erhöhe den Innendruck so weit, dass der Wasserdruck kompensiert wird, dann kannst du aussteigen und über den Anzuglautsprecher reden.«

Corpkor stimmte zu. Eine Dezitonta später schwebte er neben dem Luk im Wasser. Sofort konzentrierte sich die Aufmerksamkeit eines Rudels der delfinähnlichen Wesen auf ihn. Sie schossen heran und umgaben ihn in einem Halbkreis, die spitzen Köpfe ihm zugewandt.

Pfeifende, knarrende und zirpende Töne drangen zu den drei in der Zentrale, die diese Szene über die Bildgeräte beobachteten, gleich darauf antwortete Corpkor in derselben Weise. Ischtar schüttelte verwundert den Kopf. »Ich hätte nie gedacht, dass es Leute wie ihn gibt, die sich tatsächlich mit Tieren unterhalten können. Zugegeben, es weist alles darauf hin, dass diese Amphibien über einige Intelligenz verfügen, aber trotzdem ist es eine beachtliche Leistung. Die Frage ist nur, ob uns diese Wesen in irgendeiner Form nützlich sein können. Ehrlich gesagt, ich glaube nicht daran.«

Fartuloon grinste und strich sich über den kahlen Schädel. »Da kennst du Corpkor aber schlecht. Wir können ein Lied davon singen, wie gut er mit Tieren umgehen kann, selbst mit den schlimmsten Bestien, vor denen jeder andere schleunigst die Flucht ergreift. Ich habe auch schon so eine Ahnung, wie er es anstellen will, sie nutzbringend für uns einzuspannen. Da, er kommt schon zurück.«

Der Tiersprecher war wieder im Notausstieg verschwunden, das Rudel der Amphibienwesen löste sich auf. Zwei von ihnen blieben jedoch in der Nähe der Luke, es waren die beiden größten und kräftigsten Exemplare. Der Bauchaufschneider grinste und nickte vor sich hin. In seinen Augen leuchtete eine gewisse Vorfreude.

Wenig später erschien Corpkor in der Zentrale. Er trug noch den Raumanzug und hatte lediglich den Helm geöffnet. Die Augen in seinem sonst so strengen Gesicht leuchteten. »Die Amphis werden uns helfen«, verkündete er triumphierend. »Es war gar nicht schwer, sich mit ihnen zu verständigen. Als sie erfuhren, dass Küllsannimont unser Gegner ist, erklärten sie sich sofort zur Hilfeleistung bereit.«

»Kennen sie ihn denn?«, erkundigte sich Eiskralle verwundert.

Corpkor schüttelte den Kopf. »Nicht ihn persönlich, aber seine Roboter, vor denen sie ständig auf der Hut sein müssen. Sie trauen sich kaum noch an Land, denn immer wieder kommen die Maschinen, um Jagd auf sie zu machen. Sie paralysieren die Amphis und verschleppen sie dann in die Station, aus der sie nie mehr auftauchen. Die Amphis vermuten, dass sie den Insassen des Stützpunkts als Nahrung dienen, obwohl ich mir das nicht gut vorstellen kann. Ich fürchte vielmehr, dass ihr Los weit schlimmer ist.«

Ischtar nickte, enthielt sich aber einer Äußerung zu diesem Thema. Sie hatte ebenfalls schon biologische Experimente durchgeführt und vorzugsweise Riesentiere aller Art geschaffen. Der Gedanke lag nahe, dass Küllsannimont ähnlich verfuhr, um sich die Zeit zu vertreiben. Dass er dazu jedoch Wesen benutzte, von denen er wissen musste, dass sie bereits Intelligenz besaßen, sprach nicht sehr für ihn.

»Mach es kurz«, forderte sie Corpkor auf. »Wie soll die Hilfeleistung aussehen?«

Dieser lächelte und begann die Möglichkeiten zu schildern, die sich aus der Hilfestellung der Amphibien ergaben. Als er geendet hatte, lachte Fartuloon dröhnend auf. »Also hatte ich doch richtig vermutet, Tierbändiger. Mach nicht so ein pessimistisches Gesicht, Ischtar, das steht dir nicht. Zugegeben, das Ganze riecht verzweifelt nach einem Todeskommando, aber haben wir denn eine andere Wahl? Wir liegen hilflos hier fest. Ich bin auf jeden Fall dabei.«

Eine halbe Tonta später stand er zusammen mit Corpkor im Notausstieg, vor dem die beiden Amphibienwesen warteten. Beide Männer trugen Raumanzüge, hatten aber alle technischen Anlagen abgeschaltet. Der varganische Rebell verfügte zweifellos über vorzügliche Ortungsanlagen, denen auch die kleinste Energiequelle, die sich seinem Stützpunkt näherte, nicht entgehen würde. Aus demselben Grund verzichteten sie auf die Mitnahme von Energiewaffen, die sie ebenfalls verraten konnten. Stattdessen führten sie plumpe Vibratormesser mit sich, deren Energiebedarf durch chemische Hochleistungsbatterien gedeckt wurde. Außerdem befand sich in den Taschen ihrer Anzüge eine reichhaltige Kollektion von kleinen, aber äußerst wirkungsvollen Bomben und sonstigen Sprengmitteln, ebenfalls durchweg chemischer Natur. Gas- und Nebelbomben – alle in kürzester Zeit von Ischtar im Labor hergestellt oder den reichhaltigen Depots entnommen – vervollständigten die Ausrüstung. Sein geliebtes *Skarg* hatte der Bauchaufschneider allerdings zurücklassen müssen, so schwer ihm das auch fiel. Er hatte vorgeschlagen, eine Kunststoffblase auszuschleusen, die beide Männer aufnehmen konnte und von den Amphis gezogen werden sollte, doch das hatte sich als undurchführbar erwiesen. Die Notschleuse war zu klein.

Corpkor öffnete das Außenluk der Notschleuse, Wasser drang herein. Dann legte er seinen Helm gegen den Fartuloons, um Sprechkontakt herzustellen, und wies auf die beiden wenige Meter vor ihnen wartenden Amphibienwesen. »Du nimmst den Rechten, ich den Linken.« Er schaltete noch einmal kurz seine Funkanlage ein und gab einige Töne in der Sprache der Amphis von sich. Sie antworteten sofort. Corpkor nickte befriedigt, stieß sich ab und schwamm auf seinen »Gehilfen« zu.

Fartuloon folgte dem Beispiel, fühlte sich dabei nicht gerade wohl, denn das Wasser war keineswegs sein bevorzugtes Element, aber hier ging es einfach nicht anders. Es *musste* ihnen gelingen, zu Küllsannimonts Station zu gelangen und den Gegner auszuschalten, sonst waren sie verloren. Zögernd griff er, Corpkors Beispiel folgend, nach der großen Rückenflosse des fremden Wesens. Die Rückenflossen der Amphibien waren etwa einen Meter lang, einen halben hoch und hatten einige Vorsprünge, die einen guten Halt boten. Geduldig warteten die beiden fremden Wesen, bis sich ihre seltsamen Passagiere daran festgeklammert hatten, dann schwammen sie los. Die Raumhelme hatten Infrarotvisiere, die Männer konnten ihre Umgebung klar erkennen.

»Der Ritt auf dem Amphi – ein ganz neues Wassersportgefühl«, murmelte der Bauchaufschneider. »Doch was tut man nicht alles, wenn es um Atlan geht.«

Bis zur Wasseroberfläche waren etwa zweihundert Meter zu überwinden, Corpkor schien sie sehr genau instruiert zu haben. Sie bewegten sich zwar zügig voran, jedoch in einem sehr flachen Winkel, so dass es fast eine Tonta dauerte, bis sie die Wasseroberfläche erreicht hatten. Damit gaben sie den Männern, die keine Möglichkeit hatten, den Luftdruck in ihren Anzügen zu verändern, ausreichend Zeit, sich an die Verringerung des Außendrucks zu gewöhnen. Endlich durchstießen sie die Oberfläche des Ozeans, sofort sahen sie die schwach leuchtende Fläche des Energieschirms dicht über sich – inzwischen war die Nacht angebrochen, aber das Meer weithin durch ihn erhellt. Es war ruhig, denn die vier Monde befanden sich auf der anderen Seite des Planeten. Es vergingen fast drei Tontas, bis endlich die Küste vor dem Stützpunkt in Sicht kam.

Corpkor öffnete den Raumhelm und zirpte etwas in der Sprache der Amphibien, die daraufhin sofort anhielten. Auf sein Zeichen hin öffnete auch der Bauchaufschneider den Helm, so dass sich die Männer unterhalten konnten. »Das war aber auch höchste Zeit.« Fartuloon sog gierig die frische Nachtluft ein. »Die Luft in meinem Anzug war schon sehr schlecht. Ich hätte es keine Dezitonta mehr ausgehalten. Was nun?«

Corpkor kraulte seinen Amphi am Hinterkopf, was dieser mit einem leisen Zirpen des Wohlbehagens quittierte. Dann wies er nach vorn, wo undeutlich ein heller Sandstrand zu erkennen war. »Der Energieschirm endet in etwa hundert Metern, was jedoch nicht bedeutet, dass es dort keine Gefahr mehr gibt. Im Gegenteil – sobald wir den Strand erreicht haben, wird es erst richtig kritisch. Zweifellos wird die gesamte Küste durch die Ortungsanlagen der Station überwacht. Wir werden es also nicht einfach haben, hineinzugelangen. Uns bleibt nur eins: Wir müssen Amphis spielen.« Fartuloon sah ihn verständnislos an, der ehemalige Kopfjäger lachte leise auf. »Du hast schon richtig gehört, ich meine das vollkommen ernst. Von unseren freundlichen Helfern habe ich erfahren, dass sie zwar am Tag öfters von Robotern gejagt werden, bei Nacht jedoch unbehelligt bleiben, so dass sich bis zum Morgengrauen immer eine größere Anzahl von ihnen auf dem Strand aufhält. Verstehst du jetzt?«

»Allerdings.« Fartuloon nickte, wenn auch nicht sonderlich begeistert. »Mit anderen Worten: Wir müssen über den Strand kriechen, uns dort unter die Amphis mischen und versuchen, in die Nähe des Stützpunkts zu gelangen. Das dürfte eine ganz schöne Strapaze werden.«

Corpkor grinste. »Das bisschen Kriechsport wird für deine Figur ausgesprochen nützlich sein. Wir schließen unsere Helme wieder. Die Amphis bringen uns ins seichte Wasser. Das letzte Stück legen wir schwimmend zurück. Dann robbe ich voraus, du folgst mir dichtauf, bis wir die eigentliche Küste erreicht haben. Falls wirklich bemerkt werden, werden wir für junge Amphis gehalten und nicht weiter beachtet. Fertig machen, es geht los.«

13.

Aus: *Gedanken und Notizen*, Bauchaufschneider Fartuloon

Manchmal wünsche ich mir, ich hätte nie mein Zeitversteck verlassen. Aber nein, der alte Fartuloon muss seine Nase ja in Dinge hineinstecken, die ihn Kopf und Kragen kosten können. Dann denke ich an den Jungen, sehe seinen ermordeten Vater vor Augen und viele andere. Das reißt mich aus dem Selbstmitleid und dem Jammern. Also weiter, wie schon seit so langer Zeit. Zu Boden gehen ist keine Schande, liegen bleiben schon. Also hoch, alter Bauchaufschneider, die vielen Wunder des Kosmos warten auf dich. Uns sollte an irgendeiner Ecke das dunkle Wesen mit dem letzten Ruf auf dich warten, grins es an und folg ihm bereitwillig. Nicht einmal die Steine leben ewig …

Ysath'Thor: 26. Prago des Eyilon 10.499 da Ark

Es war nicht einfach, aber sie schafften es. Zum Glück konnte infolge des geschlossenen Raumhelms niemand Fartuloons Ächzen und Stöhnen hören. Der dicke Bauchaufschneider hatte es nicht leicht, sein Gewicht robbend durch den losen Sand zu bewegen. Er war bald in Schweiß gebadet, doch er biss die Zähne zusammen und hielt durch. Der Strand war etwa hundert Meter breit und von zahlreichen Amphis bevölkert, die sich mit Hilfe ihrer Flossenbeine ausgesprochen geschickt zu bewegen verstanden. Offenbar hatten sie sich zuvor schon untereinander verständigt, denn sie taten alles, um den beiden Männern zu helfen. Einige liefen stets im gleichen Tempo neben ihnen her, andere richteten sich scheinbar spielerisch auf und verschafften ihnen dadurch Sichtdeckung zum Stützpunkt hin. Es war ein perfektes Zusammenspiel. Corpkor hatte tatsächlich nicht zu viel versprochen. Endlich hatten sie den Strand überwunden und die niedrigen Felsformationen des eigentlichen Ufers erreicht.

Hier befanden sich die beiden Männer im toten Winkel, konnten sich aufrichten und ihre Helme öffnen, während die Amphibienwesen sich wieder entfernten. Fartuloon holte tief Luft, griff in eine Tasche seines Anzugs und entnahm ihr eine Stärkungskapsel, die er gierig schluckte. Corpkor dagegen lehnte ab und trieb zur Eile, ließ Fartuloon kaum Zeit, sich den Schweiß aus dem Gesicht zu wischen. »Komm«, drängte er mit einem letzten Blick auf den Strand, wo die Gestalten der Amphis gegen die Helligkeit des Energieschirms über dem Wasser undeutlich zu erkennen waren. »Das war erst das Vorspiel. Unsere eigentliche Aufgabe liegt noch vor uns. Wir müssen uns beeilen, in ein paar Tontas wird es hell.«

Sie fanden eine von der Flut ausgewaschene Rinne zwischen den Felsen und bewegten sich vorsichtig nach oben. Dort gab es niedrige Büsche, die ihnen notdürftigen Sichtschutz gewährten. Hinter den Büschen ragte der massive Block eines Abwehrforts im schwachen Widerschein des Energieschirms gegen den Himmel. Die Männer erkannten die Umrisse von zwei ausgefahrenen Strahlgeschützen, der Bauchaufschneider schüttelte sich unwillkürlich. »Am Tag wären wir hier nie durchgekommen. Dieser Küllsannimont hat sich wirklich hervorragend abgesichert. Sieh doch, da vorn am Fuß des Forts blitzt Metall – ja, dort ist ein Eingang. Komm, den müssen wir uns näher ansehen.«

Langsam schlichen sie zwischen den Büschen hindurch, immer darauf gefasst, im nächsten Moment entdeckt zu werden. Doch die Aufmerksamkeit der Roboter und der positronischen Überwachungsanlagen schien sich ganz auf das Schiff draußen im Meer zu konzentrieren. Sie erreichten unbehelligt das Tor, befanden sich erneut im toten Winkel – Fartuloon zog eine winzige Stablampe und ließ ihren Lichtkegel darüber hinwandern. Dann wandte er sich enttäuscht an Corpkor. »Der Eingang ist verriegelt und lässt sich nur mit einem Impulsschlüssel öffnen«, stellte er resigniert fest. »Wollen wir hineinkommen, müssen wir ihn schon aufsprengen; der Krach lockt uns garantiert ein paar Dutzend Roboter auf den Hals.«

Der Tiersprecher machte eine abwehrende Bewegung und schüttelte nachdrücklich den Kopf. »Warte – ich habe eine bessere Idee, die uns vielleicht jedes Aufsehen vermeiden hilft.«

Auch auf Ysath'Thor gab es zahlreiche nachtaktive Insekten. Ständig schwirrte und surrte es in der Luft, dazwischen wurden immer wieder Laute hörbar, die dem Ohr eines normalen Arkoniden vollkommen entgingen. Fartuloon vernahm nichts davon, wohl aber Corpkor, dessen Gehör auf diese fast schon im Ultraschallbereich liegenden Töne spezialisiert war. Insekten sind relativ unkomplizierte Geschöpfe, und das Spektrum ihrer Verständigungsmittel ist deshalb nicht sehr umfangreich. Corpkor konnte auch im Dunkeln die Gattungen anhand ihrer charakteristischen Laute gut unterscheiden, obwohl er noch nie auf diesem Planeten gewesen war. Bald hatte er seine Wahl getroffen. Seine Lippen spitzten sich und brachten ebenfalls praktisch unhörbare Töne hervor, die aber trotzdem einen erstaunlichen Erfolg zeitigten.

Fartuloon fuhr zurück, als die Luft um den Tiersprecher herum plötzlich lebendig zu werden begann. Etwa ein Dutzend kleiner Insekten schwirrte heran, die sich bisher von den beiden Männern ferngehalten hatten. Der Bauchaufschneider wollte sie instinktiv abwehren, aber Corpkor hinderte ihn daran. »Ganz ruhig bleiben!«, flüsterte er beschwörend. »Diese Tiere werden uns helfen, in das Fort zu gelangen, so unwahrscheinlich das auch für dich klingen mag.«

Was dann geschah, vermochte sich Fartuloon trotz schärfster Beobachtung nie richtig zu erklären. Die Dunkelheit entzog die Vorgänge seinen Blicken, und er hörte so gut wie nichts. Er vernahm nur das gedämpfte Surren, mit dem sich die Insekten wieder von Corpkor lösten, um dann anscheinend spurlos in der Nacht zu verschwinden. »Was soll dieser Unsinn?«, fragte der Bauchaufschneider ungehalten. »Du vergeudest mit deinen Mätzchen nur die Zeit, die uns vielleicht später bitter fehlen wird. Ich bin dafür ...«

Wofür er war, blieb ungesagt, denn plötzlich blitzte es an der Tür vor ihnen mehrmals kurz auf. Winzige Funken schossen aus der Öffnung, in die der Impulsschlüssel eingeführt werden musste – dann ertönte ein leises Rauschen, und wie von Zauberhand bewegt schwang das Tor vor ihnen auf.

»Das darf doch nicht wahr sein«, flüsterte der Bauchaufschneider konsterniert, aber Corpkor lachte nur leise auf.

»Wundern kannst du dich später, solange du Lust hast«, bemerkte er trocken. »Der Eingang ist offen, was willst du mehr? Komm jetzt, wir haben es ja eilig, das hast du gerade erst festgestellt.«

Fartuloon schnaufte unterdrückt auf, folgte aber rasch dem ehemaligen Kopfjäger, der sich bereits durch das Tor schob. Angespannt warteten sie unwillkürlich auf das Geräusch irgendwelcher Alarmanlagen, doch alles blieb still. Corpkor zog das massive Metalltor wieder zu. Sie standen in einem langen Korridor, der von sporadisch an der Decke angebrachten Leuchtflächen in ein ungewisses Zwielicht getaucht wurde. Das Unwahrscheinliche war ihnen gelungen: Sie befanden sich in Küllsannimonts Station. Doch das war erst der Anfang. Die eigentlichen Schwierigkeiten hatten sie noch vor sich. Zwei Männer mit einer äußerst mangelhaften Ausrüstung standen allein gegen ein Heer von Robotern und alle möglichen sonstigen Gefahren.

Etwa zwanzig Meter weiter zweigte von dem Gang eine breite Rampe ab, die an der rechten Seite schräg nach oben führte. Dort befand sich offenbar das Fort, das sie aber nicht interessierte. Seine Abwehranlagen auszuschalten hätte sie nur Zeit gekostet, aber kaum einen zählbaren Nutzen gebracht, denn es war nur eines von vielen. Sie hätten dabei höchstens riskiert, den Gegner vorzeitig auf sich aufmerksam zu machen. Die beiden Männer hielten sich keinen Augenblick auf, folgten sofort dem Korridor, um in den eigentlichen Stützpunkt zu gelangen. Sie bewegten sich eilig voran, doch es dauerte fast eine Dezitonta, bis die nun zahlreicher werdenden Leuchtkörper die Nähe von Küllsannimonts Domizil ankündigten. Ihnen war nicht sonderlich behaglich zumute, denn der breite Gang hatte vollkommen glatte Wände und bot ihnen keinerlei Deckungsmöglichkeiten.

»Wenn da vorn jemand mit einem Strahler steht, kann er uns abschießen, wie er will«, sagte Fartuloon.

Corpkor hob die Schultern. »Ich glaube nicht, dass der Rebell hier im Innern der Station besondere Sicherungsvorkehrungen getroffen hat. Er dürfte kaum damit gerechnet haben, dass es jemand gelingen könnte, unbemerkt einzudringen, zumal er annehmen muss, Ischtar wäre allein im Schiff und säße dort fest, weil alle technischen Anlagen versagen.«

Er behielt Recht, denn sie gelangten unbehelligt bis an das Ende des Korridors. Dort tat sich über ihnen die Röhre eines Antigravschachts auf, durch den gleißende Helligkeit zu ihnen herabfiel. Außerdem vernahmen sie leise Maschinengeräusche, die sie vermuten ließen, dass sich über ihnen eine Halle mit technischen Anlagen befand. Sie starrten nach oben und versuchten etwas zu erkennen, doch das erwies sich als unmöglich, denn die Helligkeit blendete zu sehr. Der Bauchaufschneider zuckte mit den Schultern, zog sein Vibratormesser und nestelte zwei Bomben aus seinen Taschen. Corpkor folgte seinem Beispiel. Entschlossen traten sie vor und ließen sich vom sanften Sog des Antigravfelds in die Höhe tragen. Sie legten etwa zwanzig Meter zurück. Das Ende der Röhre kam in Sicht. Gewandt fing sich Fartuloon an einem der Notgriffe ab, die in den Schacht ragten, hielt sich daran fest und schob vorsichtig seinen Kopf über den Rand. Er nickte Corpkor zu, der dicht unter ihm hing. »Kein Grund zur Besorgnis«, raunte er ihm zu. »Hier ist nur ein Maschinenraum mit automatisch gesteuerten Anlagen, in dem sich niemand aufhält. Komm.«

Er schwang sich aus dem Schacht, der Tiersprecher folgte. Sie sahen in eine lang gestreckte Halle voller fremdartiger Maschinen. Sie erkannten eine Doppelreihe von varganischen Hochleistungskonvertern, die die linke Seite des Raumes ausfüllten. Ein langer freier Gang trennte sie von anderen Mammutaggregaten, deren Zweck sie nicht einmal erraten konnten. Alle waren jedoch in vollem Betrieb, das bewiesen ihre Arbeitsgeräusche und die zuckenden Lichter an den Kontrollpulten. Der Bauchaufschneider spitzte die Lippen zu einem unhörbaren Pfiff. Er sah sich mit glänzenden Augen um und sagte: »Wenn mich nicht alles täuscht, befinden wir uns hier im technischen Herzen des Stützpunkts. Verdammt, hätten wir nur wenigstens ein paar Mikrofusionsbomben, dann könnten wir es diesem Varganen schon zeigen. Wir brauchten nur die Eier zwischen den Aggregaten zu deponieren und die Zeitzünder einzustellen, dann könnten wir uns seelenruhig wieder absetzen und draußen abwarten, bis hier alles verschmort. Der Stützpunkt wäre lahmgelegt, Ischtar könnte wieder starten, und der ganze Spuk wäre mit einem Schlag vorbei.«

Corpkor nickte mit unbewegtem Gesicht. »Schön wäre es ja, aber wir haben sie nun einmal nicht. Dann bleibt also nichts weiter übrig, als weiter vorzudringen, bis wir bei Küllsannimont sind. Gehen wir also, dort hinten ist der Ausgang.« Er ging voran, und sie bewegten sich dicht an der langen Reihe der riesigen Aggregate entlang, bereit, sofort in Deckung zu gehen, sobald etwas Ungewöhnliches geschah. Die Arbeitsgeräusche der varganischen Maschinen waren erheblich leiser als die von arkonidischen Anlagen, und auch diese Tatsache wies deutlich auf die Überlegenheit dieses uralten Volkes gegenüber der Technik des Großen Imperiums hin. Corpkor blieb abrupt stehen, und Fartuloon, der sich dicht hinter ihm hielt, prallte gegen ihn. Der Tiermeister wies in eine Lücke zwischen zwei Maschinenblöcken, die er eben hatte passieren wollen. »Da – Roboter!«

Vorsichtig lugten beide über einen Vorsprung im Maschinengehäuse hinweg in den Zwischenraum. Dort standen zwei Robots, beide humanoid gestaltet, aber mit je vier Armen ausgestattet. Ihre rötlichen Metallkörper reflektierten das Licht, ihre großen Augenlinsen schienen die beiden Männer anzustarren. Der Bauchaufschneider sog scharf die Luft ein und machte eine kleine Sprengbombe wurfbereit, besann sich jedoch und schüttelte den Kopf. »Keine Sorge, die können uns nichts tun. Sie sind desaktiviert. Offenbar ist es ihre Aufgabe, den Maschinenpark hier zu überwachen. Sie werden erst erwachen, wenn ihnen eine Kontrollautomatik irgendeine Störung signalisiert, was vermutlich äußerst selten vorkommen dürfte.«

Sie gingen weiter bis zum Ausgang, dessen großes Tor automatisch zur Seite glitt, als sie sich ihm bis auf zwei Meter genähert hatten. Dahinter befand sich ein Verteilerraum, von dem strahlenförmig fünf Korridore abzweigten und sich scheinbar in unergründlichen Fernen verloren. Corpkor sah Fartuloon fragend an, doch der Bauchaufschneider winkte ab. »Es sieht so aus, als führten diese Gänge nur zu anderen Abwehrforts, also wäre es sinnlos, einen davon zu nehmen. Wir müssen uns immer noch unterhalb von Küllsannimonts eigentlichem Reich befinden. Der Stützpunkt erhebt sich mindestens hundert Meter über das Niveau der Küste. Wenn wir den Antigravschacht dort drüben benutzen, kommen wir zweifellos unserem Ziel erheblich näher.«

Abermals vertrauten sie sich dem tragenden Feld an, das sie etwa fünfzig Meter höher transportierte. Oberhalb der Röhre schien es dunkel zu sein, doch dieser erste Eindruck täuschte. Als der Bauchaufschneider wieder seinen Kopf sichernd aus dem Schacht schob, sah er in einen großen runden Raum mit einer kuppelförmig gewölbten Decke, in deren Mittelpunkt nur eine einzelne trübe Kunstsonne brannte. Er war bis auf einige bizarr wirkende stilisierte Skulpturen leer, und an seinem anderen Ende befand sich ein Ausgang, der allerdings geschlossen war. Die Männer schwangen sich aus dem Schacht, Fartuloon nickte Corpkor zu. »Jetzt wird es zweifellos ernst, Tierbändiger. Wir kommen dem Allerheiligsten des Varganen immer näher. Allerdings sieht es so aus, als ob Küllsannimont seinen Lebensrhythmus dem des Planeten angepasst hätte, weil es hier oben so dunkel ist. Das wäre ein großer Vorteil für uns.«

Corpkor wiegte zweifelnd den Kopf. »Dieser Mann hat so viel Angst, dass es mir als sehr fraglich erscheint, ob er in dieser Nacht wirklich schlafen kann. Es sollte mich nicht wundern, wenn er noch immer hinter seinen Abwehranlagen hockt und sich ganz auf das Doppelpyramidenschiff konzentriert.«

»Schon möglich«, räumte der Bauchaufschneider ein, »aber vielleicht ganz günstig für uns. Dann ist seine Aufmerksamkeit von den Vorgängen im Stützpunkt abgelenkt – und das könnte uns die Chance geben, ihn restlos zu überraschen, zumal er mit unserem Auftauchen nicht rechnen kann. Also los, weiter.«

Auch diese Tür öffnete sich bei ihrer Annäherung und zeigte, dass sich sämtliche Anlagen dieser Station noch in einem hervorragenden Zustand befanden. Sie passierten sie mit der gebührenden Vorsicht, blieben dann aber überrascht stehen. Zu fantastisch war der Anblick, der sich ihren Augen bot.

Sie hatten eine Galerie erreicht, die in etwa halber Höhe einen quadratischen Raum mit einer Seitenlänge von mindestens hundert Metern umlief. Der Raum war angefüllt mit Tiergehegen, die zum Teil durch Gitter, aber auch durch transparente Wände umschlossen wurden. Bei mehreren zeigte ein leichtes Flimmern an, dass es sich dabei um energetische Begrenzungen handelte. Alle waren jedoch von oben her einzusehen, ihre Insassen versetzten selbst Corpkor in Verblüffung.

»Gibt es denn das?«, murmelte er ungläubig, während er seine Blicke über diese Menagerie schweifen ließ. In den meisten Gehegen befand sich jeweils ein Exemplar, nur wenige waren mit zweien oder mehreren besetzt. All diesen Tieren war jedoch eines gemeinsam: Keines von ihnen war auf natürliche Weise entstanden, alle waren Kreuzungen, Mutationen oder durch Bioexperimente geschaffene Wesen. Es gab Saurier mit Flügeln und Raubkatzenköpfen, affenähnliche Geschöpfe, die anstelle eines Kopfes eine Ansammlung von Tentakeln zwischen den Schultern trugen, auf denen die Sinnesorgane saßen. Es gab Vögel ohne Flügel, dafür aber mit Säulenbeinen und Fischköpfen, aber auch Reptilien mit Vogelköpfen. Alle nur erdenklichen Variationen von Tieren aller Gattungen und Evolutionsstufen waren vorhanden.

»Ihr Götter Arkons, muss dieser Mann eine perverse Fantasie haben«, sagte Fartuloon heiser. Seine Blicke glitten weiter; plötzlich zeigte er voller Abscheu auf zwei Wesen, die in einem Käfig auf der rechten Seite hockten. »Sieh dir das an – das ist wirklich der Gipfel von allem, was es hier an Widernatürlichem gibt.«

Die Wesen in diesem Käfig besaßen eindeutig die Körper von Amphis, doch oberhalb des vordersten Beinpaars, das auch wie Arme benutzt werden konnte, wenn die Wesen sich aufrichteten, saß ein überdimensionaler arkonoider Kopf. Corpkor schüttelte sich bei diesem Anblick. »Jetzt wissen wir auch, zu welchem Zweck Küllsannimont immer wieder Amphibien einfangen lässt. Dieser Mann muss wirklich in hohem Maße abartig veranlagt sein, anders lässt sich das hier nicht erklären. Die Schaffung derartiger Wesen aus der Retorte setzt natürlich ein hohes Maß an Wissen voraus, das uns Arkoniden noch fehlt; aber nur ein vollkommen verantwortungsloser Biologe kann sich dazu hinreißen lassen, es derart zu missbrauchen.«

Die meisten der bedauernswerten Geschöpfe schliefen, denn auch hier war das Licht gedämpft. Aus diesem Grund waren die Insassen der Gehege im hinteren Teil des Raums nur undeutlich zu erkennen, aber zweifellos gab es dort auch nur weitere Monstrositäten. Insgesamt mochten sich in diesem Saal etwa dreihundert Biomonstren befinden, von denen bestialische Gerüche ausgingen, die den beiden Männern den Atem zu rauben drohten. Schon nach kurzer Zeit schloss Fartuloon den Helm seines Raumanzugs, Corpkor folgte seinem Beispiel. Hier im Innern des Stützpunkts, wo es zahlreiche Energiequellen gab, konnten sie die Aggregate unbedenklich einschalten, ohne Gefahr zu laufen, irgendwie angepeilt zu werden. Sie konnten sich auch über die Sprechanlagen unterhalten, denn ständig klangen unter ihnen tierische Laute auf, die ihre Stimmen überdeckten.

»Gehen wir weiter«, bestimmte der Bauchaufschneider und wandte sich angeekelt zur Seite. »Die Galerie hat nur eine Tür, und das ist zweifellos die, durch die Küllsannimont zuweilen kommt, um sich am Anblick seiner Monstren zu weiden. Wir können also annehmen, dass sie zu seinem Wohntrakt führt. Vielleicht können wir ihn dort im Schlaf überraschen.«

Der Tiersprecher verzog zweifelnd das Gesicht. »Bist du da nicht vielleicht etwas zu optimistisch? Das alles geht mir etwas zu einfach. Ich kann mir kaum vorstellen, dass der Vargane hier im Innern der Station überhaupt keine Sicherheitsvorkehrungen getroffen hat. Das würde in krassem Widerspruch zu seinem ganzen Wesen stehen, in dem die Angst vor Magantilliken dominiert.«

Die Männer hatten die Roboter übersehen, die unten im Saal in dunklen Nischen standen. Ihre Aufgabe war es, die Menagerie des varganischen Rebellen zu überwachen, in der es durchaus nicht immer friedlich zuging. Es war schon einige Male vorgekommen, dass besonders große und kräftige Exemplare aus irgendwelchen Gründen in Wut geraten waren, ausbrachen und alles zu zerstören drohten. Die Robots mit ihren eingebauten Paralysewaffen mussten dann eingreifen, sie betäuben und die Ordnung wiederherstellen. Sie waren rein zweckgebundene Automaten, nur auf dieses eine Ziel hin programmiert, dass Küllsannimont sich als einziges Wesen frei in diesem Raum bewegen durfte. Sie erkannten die beiden fremden Gestalten oben auf der Galerie, stuften sie als »nicht berechtigt« ein, wussten sie aber nirgends einzuordnen, weil sich alle Tiere in ihren Gehegen befanden. Ihre einfachen Gehirne standen vor einem Problem, das sie nicht bewältigen konnten.

Doch auch für diesen Fall gab es einen Ausweg, den »robotischen Dienstweg« sozusagen: Einer von ihnen setzte sich über sein eingebautes Funkgerät mit der Abwehrzentrale in Verbindung, übermittelte ihr das Bild der beiden Fremdwesen, schaltete wieder ab und überließ es der dortigen Positronik, die Maßnahmen zu treffen, die sie für erforderlich hielt. Doch auch dieses hochwertige Rechengehirn geriet daraufhin in einen gewissen Zwiespalt. Einerseits waren die beiden Wesen, deren Bild es übermittelt bekam, eindeutig Fremde, die nicht zu Küllsannimonts Pseudovarganen gehörten. Andererseits besaß die Positronik bisher noch keine Kenntnis davon, dass jemand unberechtigt in den Stützpunkt eingedrungen war, denn die durch sie überwachten Ortungen hatten nichts dergleichen festgestellt. Sie rechnete das scheinbar unlösbare Problem mehrmals durch, ohne jedoch zu einem brauchbaren Ergebnis zu kommen. Daraufhin setzte sie sich wieder mit den Robotern in Verbindung, um weitere Informationen zu erhalten, die ihr weiterhelfen konnten. Sie bekam aber keine, denn die Automaten hatten nicht weiter auf die beiden Fremden geachtet, da dieses Problem für sie erledigt schien. Als sie nun ihre Aufmerksamkeit wieder auf die Galerie richteten, fanden sie sie leer, denn die Männer hatten sie inzwischen verlassen, um weiter vorzudringen.

Sie erreichten einen Trakt mit einer Flucht von Laborräumen. Hier hatte Küllsannimont seine Bioschöpfungen kreiert. Die Männer befanden sich bereits in einem Raum, in dem in großen durchsichtigen Behältern amphibisches Protoplasma durch ausgeklügelte Versorgungssysteme am Leben erhalten wurde, als die zentrale Positronik endlich zu einem Ausweg aus ihrem Dilemma fand. Das Problem der beiden Fremdwesen blieb unlösbar für sie, der mit seiner Auswertung befasste Sektor erhitzte sich, ein Kurzschluss drohte. Hier konnte nur noch eine Maßnahme Abhilfe schaffen. Um sich vor Schäden zu bewahren, wälzte auch sie die Verantwortung von sich ab. Sie gab Alarm und verständigte Küllsannimont.

Der varganische Rebell schlief fest. Mochte es seinen Retortenfrauen auch an Intelligenz mangeln, in gewissen Dingen hatten sie sich doch als recht gelehrig erwiesen. So war Küllsannimont rechtschaffen müde gewesen, als er sie schließlich in ihre Behausungen geschickt und sich zur Ruhe gelegt hatte. Im Augenblick glaubte er sich sicher, denn der Energieschirm über dem Ozean stand und die Kalte Energie *durchflutete nach wie vor die Umgebung des Oktaeders. Jetzt wollte er sich erst einmal gebührend ausruhen, um am nächsten Tag seine Entscheidungen bezüglich des vermeintlichen Henkers Magantilliken zu treffen.*

Als der Alarmsummer über seinem prunkvollen Antigravbett anschlug, brauchte er eine ganze Weile, bis er wieder in die Wirklichkeit zurückfand. Dann aber fuhr er hoch und starrte aus schreckgeweiteten Au-

gen auf den Bildschirm, der sich erhellt hatte und das unverkennbare Symbol der Hauptpositronik zeigte. Das konnte, das durfte nicht sein. Das Rechengehirn der Abwehrzentrale war so programmiert, dass es nur dann Alarm gab, wenn es eine wirkliche Bedrohung des Stützpunkts festgestellt hatte. Von dem Schiff auf dem Meeresgrund konnte keine Gefahr ausgehen, das stand für ihn fest. Oder verfügte Magantilliken vielleicht noch über Helfer? Kam nun ein weiteres Schiff, um anzugreifen? Augenblicklich hatte ihn die Angst wieder voll im Griff. Sie beeinträchtigte sein Denkvermögen so sehr, dass es noch zusätzlicher Signale der Positronik bedurfte, die ihre Funktionsfähigkeit bedroht sah, um ihn wieder zu einigermaßen sinnvollem Handeln zu bringen. Er stammelte das erforderliche Kodewort, die Positronik begann ihren Bericht.

Küllsannimont vernahm kaum etwas davon. Aus schreckgeweiteten Augen starrte er auf das von den Robotern aufgenommene Bild, das gleichzeitig auf dem Schirm eingeblendet wurde. Da es von unten her aufgenommen worden war und die Galerie seiner Menagerie eine etwa meterhohe Brüstung hatte, zeigte es nur die Oberkörper der beiden Eindringlinge, die infolge der mangelhaften Beleuchtung nicht genau zu erkennen waren. Trotzdem konnte er diese Gestalten als Männer in Raumanzügen identifizieren, und nun brach erneut die Panik über ihn herein. War der Henker der Varganen doch nicht so hilflos gewesen, wie er bisher angenommen hatte? Hatte er vielleicht vollkommen neue technische Entwicklungen, die der seit langem isoliert lebende Rebell noch nicht kannte?

Küllsannimont erwachte erst wieder aus seiner Starre, als die Positronik immer drängender nach seinen Anweisungen fragte. Dann aber beeilte er sich, ihr das Stichwort zu geben, durch das eine erbarmungslose Jagd auf die beiden Fremden ausgelöst werden sollte. Dieses Kodewort berechtigte das Zentralgehirn dazu, alle ihm unklaren und zweitrangigen Fakten einfach zu löschen, damit es sich auf die Abwehr der Fremden konzentrieren konnte. Nachdem dieses Handikap einmal von ihm genommen war, erwachte es zu einer fast hektischen Betriebsamkeit. Sämtliche verfügbaren Roboter wurden von ihm aktiviert und erhielten den Auftrag, den Stützpunkt unverzüglich peinlich genau zu durchsuchen, die beiden Eindringlinge zu stellen und kampfunfähig zu machen. Das allein genügte Küllsannimont aber noch nicht. Die Anlagen der Station waren so weitläufig, dass auch die große Schar der Roboter lange brauchen musste, bis sie alle kontrolliert hatte. Der Rebell eilte persönlich zum Schlafquartier seiner Retortenmänner, um sie zu wecken und als Leibgarde um sich zu scharen.

In seinen Augen waren sie zwar nicht mehr als stupide Protoplasmaballungen, doch für diesen Zweck genügten sie. Sie waren ohne jeden Selbsterhaltungstrieb und so gut abgerichtet, dass sie jedem seiner Befehle gehorchten. Außerdem waren sie körperlich stark genug, um es mit jedem Wesen aufzunehmen, das ihnen in etwa glich. Strahlwaffen konnte er ihnen nicht anvertrauen, weil sie einfach nicht begriffen, dass man auch zielen musste, wenn man jemanden damit treffen wollte. Sie hätten damit mehr Unheil als Nutzen verursacht. Dafür rüstete er sie mit Schockstäben aus, die schmerzhafte elektrische Stromstöße abgaben. Diese Stäbe kannten sie nur zu genau. Sie hatten ihre Wirkung oft genug am eigenen Leib spüren müssen, wenn Küllsannimont sie aus irgendeinem Grund bestrafen zu müssen glaubte. Er ließ die sechs Androiden auf dem Korridor vor seinen Gemächern Aufstellung nehmen und gab ihnen den Befehl, jedes Lebewesen anzugreifen, das sich ihnen näherte. Vermutlich würde es ihnen nicht gelingen, den Henker in ernstliche Schwierigkeiten zu bringen, doch sie konnten ihn zumindest einige Zeit aufhalten und damit dem Rebellen Gelegenheit geben, die Roboter herbeizurufen.

Sollte er auch noch die Armee aus der Menagerie zum Einsatz bringen? Küllsannimont überlegte kurz und entschied sich dann dagegen. Diese Wesen waren unberechenbar. Er hätte seine ganze Roboterarmee benötigt, um sie unter Kontrolle zu halten. Ihm selbst hätten sie zwar aufs Wort gehorcht, doch er traute sich einfach nicht mehr, seinen Wohntrakt zu verlassen. Er eilte zum Kontrollraum, von dem aus er alle Sektoren des Stützpunkts überwachen konnte. Außerdem gab es dort auch eine Befehlsanlage, über die er im Notfall die Abwehrforts steuern konnte, und eine Steueranlage für die Roboter, die er damit zu jedem gewünschten Punkt der Station lenken konnte. Es war sehr bedauerlich, dass diese Maschinenwesen nur über Paralysatoren verfügten, aber jetzt war nichts mehr zu ändern. Er hatte nie geglaubt, dass es einem Gegner gelingen könnte, in seine Festung einzudringen. Deshalb hatte er darauf verzichtet, sie mit Strahlwaffen auszurüsten. Nun, es musste eben auch so gehen, wenn die Eindringlinge gestellt und geschockt wurden, waren sie auch so gut wie tot.

Dann würden sie in einen der Protoplasmabottiche wandern und gutes Material abgeben, um wirklich intelligente Frauen für ihn zu schaffen. Bei diesem Gedanken grinste Küllsannimont kurz vor sich hin, doch er wurde sofort wieder ernst. Er hatte durch sein anfängliches Zögern ohnehin zu viel Zeit verloren. Der Henker und sein Begleiter mussten ihm schon näher gekommen sein, als ihm lieb sein konnte. Als er daran dachte, übermannte ihn aufs Neue die Furcht und drohte ihn handlungsunfähig zu machen. Alles in ihm verkrampfte sich. Kostbare Zeit verging, ehe er wieder die Herrschaft über sich zurückgewonnen hatte. Dann warf er sich in den Kontrollsitz, stellte eine Dauerverbindung zur Abwehrzentrale her und aktivierte anschließend die Bildschirme der Sektorenüberwachung. Wo waren die beiden Fremden?

Fartuloon und Corpkor hatten die Laborräume inzwischen bereits hinter sich gelassen und Depots erreicht, in denen unbekannte Utensilien in großen Mengen lagerten, die ihren Verwendungszweck größtenteils nicht einmal ahnen ließen. Der Bauchaufschneider bedauerte, dass er keine Zeit hatte, sich damit zu befassen. Waffen schienen zwar nicht darunter zu sein, aber sie waren Erzeugnisse einer weit überlegenen Technik und schon allein deshalb extrem wertvoll. Für die Wissenschaftler auf Kraumon wären sie eine wahre Fundgrube gewesen, und zweifellos befand sich darunter manches, was ihnen beim Kampf gegen den Diktator und Brudermörder Orbanaschol hätte helfen können. »Weiter!« Er sah besorgt auf seine Uhr. »Wir befinden uns jetzt schon fast eine Tonta im Stützpunkt. Es ist fast ein Wunder, dass wir noch nicht entdeckt wurden.«

Eilig durchquerten sie den letzten Lagerraum, wieder glitt die Tür willig vor ihnen auf. Sie sahen in einen neuen Korridor, Fartuloon stöhnte unwillkürlich auf. »Himmel und Planeten, ist diese Station riesig. Die alten Varganen müssen wahre Verschwender gewesen sein, denn soviel ich weiß, lebten auf diesen Versunkenen Welten immer nur ein paar von ihnen.« Die Raumhelme waren nach wie vor geschlossen, die Leistung der Funkgeräte war auf ein Minimum gedrosselt. Der Bauchaufschneider hatte bereits einige Schritte in den Gang hinein getan, als er plötzlich stutzte. Irgendetwas hatte unbewusst seine Aufmerksamkeit geweckt, nach kurzem Überlegen wusste er auch, was es war. »Da oben an der Decke – eine Aufnahmeoptik.«

Corpkor folgte seinem Blick und winkte dann ab. »Keine Sorge, sie ist nicht aktiviert. Trotzdem dürfte es gut sein, wenn wir von jetzt ab jede zerstören, der wir begegnen. Sie sind nicht getarnt, das ist gut für uns.«

Am Ende des etwa achtzig Meter langen Korridors sahen sie das nächste Beobachtungsgerät. Die Decke war etwa drei Meter hoch, aber Fartuloon wusste sich zu helfen. Er schaltete den Antigrav seines Anzugs ein, schwebte nach oben und zog das Vibratormesser. Ein Summen klang auf, ein kreischendes Geräusch, die beiden Männer wurden von Glas- und Metallsplittern überschüttet. Der Bauchaufschneider grinste, ließ sich auf den Boden hinabsinken, dann setzten sie sich erneut in Bewegung. Gerade glitt die reich mit bunten Intarsien verzierte Tür vor ihnen auf, als etwas geschah, was sie sofort in höchste Abwehrbereitschaft versetzte: Sämtliche bisher noch dunklen Leuchtflächen vor und hinter ihnen flammten schlagartig zu voller Lichtfülle auf, obwohl auf Ysath'Thor der Morgen noch längst nicht angebrochen war. Das konnte nur eines bedeuten: Nun waren sie doch bemerkt worden. Die Männer begannen zu laufen und spurteten durch die Tür, die sich im nächsten Augenblick krachend hinter ihnen schloss.

Die Zentralpositronik hatte endlich zu handeln begonnen und sperrte kurzerhand alle Zugänge zu Küllsannimonts Wohnbereich. Um einen Augenblick zu spät allerdings, denn die beiden Eindringlinge hatten ihn bereits erreicht.

Sie kamen in einen großen Raum und glaubten sich schlagartig in einen Dschungel versetzt. Inmitten einer dampfenden Atmosphäre gediehen Unmengen von riesigen bizarren Gewächsen, deren Aussehen sofort vermuten ließ, dass auch sie ihre Existenz den Bioexperimenten des Varganen verdankten. Zwischen ihnen schlängelten sich nur schmale Pfade dahin, Fartuloon entschied sich reaktionsschnell für den, der am meisten links gelegen war. »Da hinein«, keuchte er und lief voraus. »Von diesem Weg aus können wir im Notfall schnell an die Wand des Raumes gelangen, die uns Rückendeckung bietet. Jetzt müssen wir …«

Er verstummte erschrocken, sein Lauf wurde abrupt gestoppt. Zwei scheinbar harmlose Büsche rechts und links von ihm waren plötzlich zu gespenstischem Leben erwacht. Ihre Zweige peitschten herab, krümmten sich wie Tentakel und umschlangen ihn so fest, dass er sich nicht mehr rühren konnte. Ihre rötlichen Blätter begannen sich zu verformen und bildeten Saugnäpfe, die sich an seinen Raumanzug hefteten, dem sie allerdings nichts anhaben konnten. Trotzdem war die Lage kritisch – trotz seiner verzweifelten Versuche gelang es dem Bauchaufschneider nicht, sich aus dieser Umschnürung zu befreien. Für ihn handelte Corpkor, riss das Vibratormesser heraus und ließ dessen summende Klinge vorschnellen. Sie fraß sich augenblicklich durch das Gewirr der Zweigtentakel, die sich daraufhin eilig von ihrem vermeintlichen Opfer zurückzogen. Leise wimmernde Laute klangen auf, die Büsche krümmten sich förmlich zusammen und bogen sich von den beiden Männern weg. Die abgeschnittenen Ranken fielen von Fartuloon ab, der dem Tiersprecher nur kurz zunickte und sich sofort wieder in Bewegung setzte. Schon dieser kaum zwanzig Zentitontas dauernde Aufenthalt konnte ihnen vielleicht zum Verderben werden. Sie erreichten unbehelligt den Ausgang des Raumes an der anderen Stirnseite, doch dort standen sie vor einer blockierten Tür.

»Jetzt ist es schon egal.« Der Bauchaufschneider griff in eine seiner Taschen. »Wir sind entdeckt und können nur noch etwas erreichen, wenn wir schnell und rücksichtslos vorgehen. Zurück, Corpkor, dieses Ding entwickelt eine mörderische Hitze.«

Er heftete die stabförmige Thermitladung an die Tür, drückte auf den Zünder und zog sich dann ebenfalls hastig zurück. Im nächsten Moment strahlte die Schmelzladung grellweiß auf. Sie brannte nur wenige Augenblicke lang, doch unter dem Einfluss von Tausenden von Hitzegraden schmolz das Metall der Tür zusammen, als hätte es lediglich aus weichem Kunststoff bestanden. Eine mehr als metergroße Öffnung entstand, deren Ränder noch nachglühten, als sich Fartuloon bereits hindurchschob. Die äußere Schicht seines Raumanzugs begann zu knistern und zu qualmen, doch er achtete nicht darauf. Seine Aufmerksamkeit wurde voll durch die drei Roboter beansprucht, die sich auf dem Gang jenseits der Tür auf ihn zubewegten. Ihre Arme waren erhoben, die Waffenmündungen, die auf ihn deuteten, redeten eine deutliche Sprache.

»Zurückbleiben!«, brüllte er, während seine plump wirkende Gestalt vorwärts schnellte und eine perfekte Rolle beschrieb. Noch im Schwung griff seine Hand in die Tasche mit den Sprengladungen und schleuderte sofort nach dem Aufkommen eine Bombe auf die Robots, die sich etwa fünfzehn Meter vor ihm befanden. Dann schnellte er sich beiseite und drückte sich an die Wand, den Kopf durch die vor den Helm gepressten Arme geschützt. Das summende Geräusch von drei Paralysatoren klang auf, doch die Entladungen schossen wirkungslos über ihn hinweg. Dafür ertönte fast gleichzeitig eine heftige Detonation, von der die drei Maschinenwesen in Stücke zerrissen wurden. Ihre Trümmer heulten durch die Luft und erfüllten den Gang, doch sie erreichten Fartuloon nicht mehr. Als der Donner der Detonation verhallt war, richtete er sich auf, begutachtete sein Werk und winkte dann dem Kopfjäger zu, der durch das Loch in der Tür blickte. »Komm nur, Tierbändiger«, sagte er. »Ich habe so das Gefühl, als ob wir Küllsannimont schon ganz nahe wären.«

Sie hasteten durch den Korridor, sprangen über die qualmenden Überreste der Roboter hinweg und kamen zu einer Gangkreuzung. Der Weg nach vorn und rechts war ihnen durch weitere Türen versperrt, nur der nach links hin war offen. Und dort warteten sechs mit Schockerknüppeln bewaffnete Männer auf sie.

Küllsannimont war vor Schreck fast gelähmt. Eine der Beobachtungskameras hatte versagt, schon da war ein ungutes Gefühl in ihm aufgestiegen. Es hatte ihn nicht getrogen, denn gleich darauf entdeckte er die Gestalten der beiden Eindringlinge auf dem benachbarten Schirm, der ihm den Park mit den mutierten Gewächsen zeigte. Doch sie waren augenscheinlich unbewaffnet und die Tür vor ihnen blockiert, und das hatte ihn wieder hoffen lassen. Zu früh, wie sich gleich darauf herausstellte, als dieses Hindernis wie Butter in der Sonne zerschmolz. Doch drei der Roboter bewegten sich auf die beiden Fremden zu, und gegen diese konnten sie einfach keine Chance haben. Doch das Unfassbare war trotzdem geschehen – der erste Mann war noch schneller als die Automaten gewesen.

Als die Roboter in einer schmetternden Explosion vergingen, der Fremde hingegen sich unverletzt wieder erhob, stand es für ihn fest: Das musste der Henker aus der Eisigen Sphäre sein. Dass er, soweit sich das unter dem Raumanzug erkennen ließ, in keiner Weise der Frau ähnelte, mit der er über Funk gesprochen hatte, spielte dabei keine Rolle. Ein Mann wie Magantilliken konnte beliebig seine Gestalt wechseln, indem er in andere Körper schlüpfte. Und nun war er schon ganz nahe. Nur noch die sechs stupiden Pseudovarganen standen zwischen ihm und Küllsannimont, und dass er und sein Helfer auch diese bezwingen würden, stand für diesen fest. Er brachte es gerade noch fertig, auf den Knopf zu drücken, der die Zentralpositronik anwies, sämtliche Roboter zu seinem Wohntrakt zu schicken, dann sank er haltlos in sich zusammen. Die geistige Anspannung, die Furcht vor dem Henker kulminierte nun. Der

Wahnsinn griff nach dem varganischen Rebellen. Er wimmerte nur noch leise vor sich hin, seine Augen nahmen nicht mehr auf, was die Bildgeräte in seinen Kontrollraum übermittelten: Die Biogeschöpfe brachen besinnungslos zusammen.

Fartuloon hatte den Wesen eine Bombe mit Betäubungsgas entgegengeschleudert. Er selbst und Corpkor waren durch die Raumanzüge geschützt, nicht aber die künstlichen Geschöpfe, die schon nach den ersten Atemzügen besinnungslos zu Boden gingen. Eine zweite Thermitladung schmolz den Eingang zu Küllsannimonts Gemächern auf, die Männer zögerten keinen Augenblick, sie zu betreten. Eilig durchsuchten sie die vor ihnen liegenden Räume, stießen jedoch nur auf drei vollkommen verstörte weibliche Wesen, denen die mangelnde Intelligenz aus den Augen sprach. Der Bauchaufschneider schüttelte angewidert den Kopf und schloss die betreffende Tür schnell wieder. »Wirklich ein feiner Herr, dieser Vargane. Das sind auch nur künstlich erzeugte Geschöpfe, die er ausschließlich für die Befriedigung seiner Gelüste fabriziert hat. Wenn man bedenkt, dass so einer auch noch unsterblich ist …«

Er schüttelte sich demonstrativ, sie suchten weiter. Küllsannimonts Wohntrakt war ein Labyrinth von Korridoren und Räumen, die allen nur möglichen Zwecken dienten. Die Männer sahen einen unvorstellbaren Luxus, der selbst den erfahrenen Fartuloon, der früher im Kristallpalast von Arkon gelebt hatte, fast sprachlos machte. Sie hielten sich jedoch nirgends länger als nötig auf. Sie mussten den varganischen Rebellen finden, ehe der sich weitere Abwehrmaßnahmen ausdenken konnte, die vielleicht zu ihrer Vernichtung führten. Als sie ihn dann endlich gefunden hatten, mussten sie erkennen, dass ihnen dieser Mann kaum noch Schwierigkeiten machen konnte. Er hing in seinem Kontrollraum in einem Kontursitz, stierte blicklos vor sich hin und murmelte unzusammenhängende Worte. Seine hochgewachsene Gestalt war in sich zusammengesunken, sein bronzefarbenes Gesicht aschfahl. Er bemerkte die Männer erst, als sie dicht vor ihm standen, und fuhr mit einem irren Aufschrei hoch. Die goldfarbenen Augen verdrehten sich, er streckte abwehrend die Arme aus und wich zurück, bis er mit dem Rücken gegen das Pult der Befehlsanlage stieß. Er blieb stehen und wimmerte mit fast tierischen Lauten.

Fartuloon warf Corpkor einen bezeichnenden Blick zu. »Vollkommen übergeschnappt. Die Angst vor uns hat ihn so fertiggemacht, dass sein Verstand kurzgeschlossen wurde. Das erleichtert unsere Aufgabe nicht gerade, denn jetzt müssen wir alles selbst …«

»Vorsicht!« Der Tiersprecher gab ihm einen Stoß, der ihn zur Seite taumeln ließ. Er selbst warf sich hinter ein Kontrollpult und entging nur haarscharf einem Strahlschuss, der über ihn hinwegfauchte.

Für einen Augenblick war Küllsannimonts Verstand noch einmal aus den Tiefen der Umnachtung hervorgetaucht, er hatte mit verblüffender Schnelligkeit den Strahler gezogen. Zu einem zweiten Schuss kam er jedoch nicht mehr, denn der Bauchaufschneider schnellte sich in einem gewaltigen Sprung vor seine Beine, riss sie ihm weg und brachte ihn so zu Fall. Er entriss dem Irren die Waffe, richtete sich auf und schlug ihm den Kolben gegen die Schläfe. Küllsannimont stieß einen gellenden Schrei aus, sackte dann zusammen und verlor das Bewusstsein. »Ein wirklich unberechenbarer Bursche«, sagte Fartuloon kopfschüttelnd, reichte Corpkor den Strahler und öffnete dann seinen Raumhelm. »Mit ihm können wir nicht mehr rechnen, also muss ich selbst versuchen, die Abwehrforts und die Anlagen, die unser Schiff festhalten, abzuschalten. Ich habe Ischtar zwar schon einiges abgesehen, aber es kann trotzdem eine ganze Weile dauern, bis ich so weit bin. Wird Zeit, dass wir die Hypnoschulungen absolvieren. Geh so lange nach draußen, um die Roboter aufzuhalten, die sicher bald in Massen hier auftauchen werden, um uns unschädlich zu machen.«

Corpkor nickte wortlos und verließ den Kontrollraum. Fartuloon trat zu dem Hauptkontrollbord, runzelte die Stirn und begann, die fremdartigen Symbole der verschiedenen Anzeigen zu studieren. Er war noch nicht weit gekommen, als von draußen Kampflärm hereindrang. Das Summen von Paralysatoren mischte sich in die dröhnenden Schritte vieler Roboter, dann klang fast pausenlos das Fauchen von Corpkors Strahlwaffe auf. Der Bauchaufschneider murmelte einen Fluch und machte verbissen weiter. Die Anlagen hier unterschieden sich in vielem von denen in Ischtars Schiff, vermutlich hätte er tontalang herumprobieren können, ohne den gewünschten Erfolg zu erzielen. Es musste aber schnell gehen, denn lange konnte sich der Tiersprecher kaum gegen die Scharen der Roboter behaupten. Fartuloon konzentrierte sich deshalb ganz darauf, den Hauptschalter für die Zentralpositronik zu finden, deren Symbol auf einem der Bildschirme zu sehen war. Von ihr wurden alle Verteidigungsanlagen des Stützpunkts gesteuert. Gelang es ihm, sie abzuschalten, waren alle Schwierigkeiten mit einem Schlag behoben.

Die Explosionen mehrerer Bomben erschütterten den Wohntrakt, Corpkor hatte offenbar einen sehr schweren Stand. Fartuloon fluchte erneut, diesmal erheblich lauter. Das Kontrollbord war etwa drei Meter breit und einen hoch, unzählige Knöpfe, Hebel und Sensorschalter waren mit den seltsamsten Symbolen versehen. Schon dreimal hatte er geglaubt, den richtigen Schalter betätigt zu haben, doch bisher hatte sich noch nichts geändert. Auf dem großen Panoramaschirm war nach wie vor der Energieschirm zu sehen, der über dem Meer lag, während der Kampf zwischen Corpkor und den Robotern weiterhin andauerte. Fartuloon riss die Geduld, er hob die Hand und führte einen kräftigen Faustschlag gegen das Bord. Rein zufällig traf er dabei eine unscheinbare Schalttaste, sie rastete mit leisem Klicken ein – und augenblicklich verschwand das Symbol der Hauptpositronik vom Bildschirm. Fartuloon rieb sich die geprellte Hand, schüttelte fassungslos den Kopf und sah zum Panoramaschirm auf, ein tiefer Atemzug hob seine breite Brust.

Der Energieschirm über dem Meer war verschwunden, zweifellos waren nun auch alle anderen Abwehranlagen außer Betrieb, nachdem die Zentralpositronik stillgelegt war. Diese Annahme wurde durch die Tatsache erhärtet, dass fast gleichzeitig der Kampflärm draußen verstummt war. Der Bauchaufschneider sah noch einmal nach dem bewusstlosen Varganen und wollte den Raum verlassen, doch Corpkor kam ihm bereits entgegen. Sein Anzug war rauchgeschwärzt, er zog das linke Bein nach, der rechte Arm baumelte kraftlos herab. Mühsam ließ er sich in einen Sessel fallen, öffnete den Helm und schloss dafür die Augen. »Ein Glück, dass du es noch rechtzeitig geschafft hast«, sagte er schwach. »Ich habe mindestens dreißig Roboter erledigt, aber es kamen immer noch neue nach, und allmählich wurde es kritisch für mich. Die Robs hatten zwar nur Paralysatoren und behinderten sich in dem engen Eingang gegenseitig, aber sie haben mich doch zweimal getroffen, und meine Bomben waren verbraucht.«

Fartuloon griff in eine Tasche und schob ihm eine Kapsel mit einem Stimulans in den Mund. Dann wandte er sich dem Funkpult zu, um Ischtar anzurufen.

Das Doppelpyramidenschiff war außerhalb der Station gelandet. Ischtar kannte sich in der Anlage derartiger Stützpunkte aus, sie und Eiskralle fanden rasch das Wohngebäude des Rebellen. Ihr Gesicht drückte Bestürzung, aber auch ehrliche Bewunderung aus, als sie die Verwüstungen und die vielen zerstörten Roboter sah. Einige Dutzend weitere Maschinen, die in allen möglichen Stellungen erstarrt waren, als die befehlsgebende Positronik ausfiel, zwangen sie dazu, sich regelrecht zu den Männern durchzuschlängeln. Die sechs betäubten Androiden auf dem Gang hatten während des Kampfes ihr künstliches Leben ausgehaucht.

»Ich hatte schon alle Hoffnung aufgegeben.« Sie drückte Fartuloon und Corpkor die Hand.

Der Bauchaufschneider zog eine Grimasse, als sie ihnen ihren Dank ausgesprochen hatte. »Dank dem Zufall, Ischtar. Die Hauptlast hat ohnehin Corpkor getragen. Ohne ihn wären wir gar nicht erst in den Stützpunkt eingedrungen. Ich begreife jetzt noch nicht, wie er das geschafft hat. Ruft ein paar Insekten zu Hilfe, und die knacken blitzschnell die Verriegelung, für die normalerweise ein sorgfältig abgestimmter Impulsschlüssel mit ein paar Millionen Möglichkeiten gebraucht wird.«

Der Tiersprecher, dessen paralysierte Glieder bereits wieder halbwegs beweglich waren, lächelte schwach. »Man tut eben, was man kann. Doch wie soll es jetzt weitergehen, nachdem der Stützpunkt in unserer Hand ist?«

Ischtar zuckte mit den Schultern und sah sich suchend um. »Wo ist Küllsannimont?«

Fartuloon deutete in die Lücke neben dem Kontrollbord, in der die verkrümmte Gestalt des Varganen lag. »Er war schon vorher vor Angst halb wahnsinnig, unser Auftauchen hat ihm den Rest gegeben. Jetzt ist er vollkommen irre. Ich glaube nicht, dass er uns in diesem Zustand noch irgendwie von Nutzen sein kann.«

Ischtar biss sich auf die Lippe und sah aus umschatteten Augen auf ihren Artgenossen. »Wir müssen trotzdem versuchen, etwas aus ihm herauszubekommen. Du hast doch sicher etwas in deinen Taschen, was ihn aufwecken kann?«

Der Arzt schien nicht sehr begeistert, nickte aber kurz und zog eine grünliche Kapsel, zwang die Kiefer des Bewusstlosen auseinander und schob sie zerdrückt in seinen Mund. Die Wirkung setzte nach etwa einer Zentitonta ein. Küllsannimont stöhnte leise auf. Seine

Glieder begann konvulsivisch zu zucken, und schließlich schlug er die Augen auf. Als Erstes sah er Ischtar, sofort schrie er. Die Gestalt bäumte sich wild auf, er begann mit Armen und Beinen um sich zu schlagen, Schaum trat vor seinen Mund. Wirre Worte stammelnd, fuhr er schließlich hoch und stürzte sich auf Ischtar. Fartuloon und Corpkor griffen ein. Ein Dagorgriff setzte den Varganen schließlich außer Gefecht, die beiden Männer fesselten ihn an einen Kontursitz, in dem er mit irre rollenden Augen und zuckenden Lippen hing. Ischtar wandte sich erschüttert ab, ehe der Gedanke an ihre Aufgabe wieder in ihr erwachte. »Was mit ihm geschehen soll, darüber können wir später noch nachdenken. Ich werde mich jetzt erst einmal hier umsehen. Vielleicht finde ich doch etwas, das uns weiterhilft. Eiskralle kann mich begleiten, er ist ausgeruht. Ihr könnt euch inzwischen in den Baderäumen erfrischen und etwas essen, einverstanden?«

Sie stimmten zu, waren erschöpft, schmutzig und hungrig. Der Planet Ysath'Thor, den sie mit so großen Hoffnungen angeflogen hatten, hatte sich ihnen wirklich nicht von seiner besten Seite gezeigt.

In einem Baderaum, dessen Tür von einer Bombe halb aus den Angeln gerissen worden war, fanden sie eine Dusche, die sie nicht nur reinigte, sondern auch wunderbar erfrischte. Die Anlagen ähnelten denen in Ischtars Raumschiff, hatten jedoch ausgesprochen primitiv anmutende Bedienungsgriffe. »Offenbar sind wir hier in das Badezimmer von Küllsannimonts Pseudofrauen geraten«, sagte Corpkor, als sie sich wieder ankleideten. »Ich frage mich, was nun wohl aus ihnen werden soll. Ohne jemand, der ihnen ständig sagt, was sie tun sollen, dürften sie verloren sein.«

Fartuloon kratzte nachdenklich seine behaarte Brust. »Das ist allerdings ein Problem für sich. Auch die Geschöpfe in der Menagerie sind allein nicht lebensfähig – selbst wenn wir sie freilassen, würden sie umkommen. Du hast nicht vielleicht Verwendung dafür?«

Der Tiermeister schüttelte sich demonstrativ. »Es dürfte wohl am besten sein, diesen makabren Zoo unter Gas zu setzen, dann haben sie ein schnelles Ende. Doch darüber soll Ischtar entscheiden.«

In der nebenan liegenden, ebenfalls in Mitleidenschaft gezogenen Robotküche lieferte ihnen ein noch heil gebliebener Automat einen wohlschmeckenden Nährtrunk. So gestärkt, machten sich die Männer auf die Suche nach der Varganin, die sie in einem geräumigen Archivraum fanden. Er lag an einer Außenseite des riesigen Hauptgebäudes und wurde von der inzwischen aufgegangenen Sonne hell erleuchtet.

Ischtar nickte ihnen zu, als sie eintraten, und hielt eine mit varganischen Schriftzeichen bedeckte Folie hoch. »Ich habe Küllsannimonts Geheimunterlagen entdeckt«, sagte sie sichtlich niedergeschlagen. »Auf Ysath'Thor gibt es keinen Umsetzer, das geht klar daraus hervor. Dafür habe ich diese Liste mit den Namen von fünf anderen Rebellen gefunden, mit denen Küllsannimont vor einiger Zeit noch Funkkontakt hatte. Einer davon war Kontrot auf Tiripont, den wir tot aufgefunden haben. Die anderen könnten noch am Leben sein. Daquomart hat auf Noghmura Zuflucht gefunden, Helltajocken auf Tonkh vier, Haitaschar auf Kryrot, Drockmaider auf Stempoolten. Haitaschar ist mir dem Namen nach bekannt, sie war eine von Vargos Assistentinnen, wenn ich mich richtig entsinne. Ist alles schon so lange her.«

»Das klingt doch schon mal vielversprechend.« Fartuloon ließ sich in einen Sessel fallen. »Gibt es auch irgendwelche Anhaltspunkte dafür, bei wem wir am ehesten zum Erfolg kommen könnten?«

Sie zuckte mit den Schultern. »Ich habe jetzt zwar die Koordinaten der betreffenden Planeten, sie selbst kenne ich aber bis auf Stempoolten leider nicht; bei der Vielzahl der Versunkenen Welten wäre das auch etwas viel verlangt. Niemand hat sie alle besucht. Deshalb weiß ich auch nicht, wie die dortigen Stützpunkte ausgerüstet waren und wie gut sie noch erhalten sind. Küllsannimont hat es vielleicht gewusst, aber ihn werden wir wohl kaum noch danach fragen können. Stempoolten kann ich allerdings jetzt schon ausschließen; dort war ich zuletzt vor rund hundert Jahren, der Stützpunkt ist weitgehend intakt, es gibt Androiden nach varganischem Vorbild, aber keinen Umsetzer. Das weiß ich definitiv. Ich glaube auch nicht, dass sich daran seit meinem letzten Besuch etwas geändert hat. Drockmaider muss sich erst seit wenigen Jahren dort aufhalten, ist vermutlich vor dem Henker geflohen.«

»Also erneut ein Flug ins Unbekannte.« Corpkor seufzte. »Doch uns wird wohl nichts anderes übrig bleiben. Jetzt erhebt sich aber erst noch die Frage, was wir hier mit den …«

Er unterbrach sich, denn Eiskralle kam mit allen Zeichen des Entsetzens in den Raum gestürzt. »Kommt schnell!« Die Adern unter seiner durchsichtigen Haut pulsierten heftig. »Es ist Küllsannimont gelungen, sich zu befreien; er tobt wie ein Verrückter im Kontrollraum herum.«

»Das ist er ja auch«, murmelte Corpkor. »Mir ist nur rätselhaft, wie er sich von den Fesseln hat befreien können.«

»Gerade Verrückte entwickeln oft extreme Körperkräfte, weil ihr kranker Geist rücksichtslos sämtliche Reserven aktiviert«, sagte Fartuloon, während sie bereits aus dem Archivraum eilten. Im Laufen zog er den varganischen Stabstrahler, den er an sich genommen hatte, schloss seinen Raumhelm und stürmte an der Spitze der kleinen Gruppe auf den Kontrollraum zu.

Der wahnsinnig gewordene Rebell schien tatsächlich alles vernichten zu wollen, was sich in seiner Reichweite befand. Schon auf dem Korridor klang Ischtar und ihren Helfern das berstende Geräusch implodierender Bildschirme entgegen, die Küllsannimont offenbar wahllos zertrümmerte. Dazwischen ertönten die knallenden und zischenden Laute, die durch Kurzschlüsse in verschiedenen Geräten erzeugt wurden, in der Luft lag der unverkennbare Geruch des durch Ionisation erzeugten Ozons.

»Hoffentlich schaltet er nicht wieder die Zentralpositronik ein«, sagte Ischtar mit heiserer Stimme.

Der Bauchaufschneider erreichte den Kontrollraum als Erster, doch dichte Qualmwolken versperrten ihm die Sicht, in denen er nur zuweilen Küllsannimont als undeutlichen Schattenriss erkennen konnte. Er hob den Strahler, brachte es dann aber doch nicht fertig, die Waffe einzusetzen. Der Arzt in ihm schlug durch, dem es widerstrebte, einen Kranken zu erschießen. Er schaltete auf Paralysatormodus um, zog die Infrarotblende herab und konnte nun besser sehen. Als er sich kopfüber in den Kontrollraum stürzen wollte, prallte er instinktiv zurück. Dicht vor ihm zuckte ein mächtiger Überschlagblitz auf, von einem dumpfen Bersten begleitet. Dazwischen klang das irre Gelächter des wahnsinnigen Varganen auf, der inmitten der allgemeinen Verwüstung erstaunlicherweise immer noch lebte. Plötzlich brach es ab, unverständliche Worte klangen auf. »Was sagt er?«, erkundigte er sich hastig bei Ischtar. »Ergibt es irgendeinen Sinn?«

Das Gesicht der Varganin war bleich geworden. »Wir müssen den Stützpunkt schnellstens verlassen. Sein Verstand scheint für einen Moment die Oberhand gewonnen zu haben. Er ist dabei, die Selbstvernichtung des Stützpunks zu aktivieren. Er hält mich noch immer für den Henker, will sich und uns vernichten.«

»Das hat uns gerade noch gefehlt«, knurrte Corpkor, dann begannen alle zu rennen.

Sie verloren wertvolle Zeit, als sie sich zwischen den zerstörten und desaktivierten Robotern durcharbeiten mussten. Dann stürmten sie einen langen Korridor entlang. Plötzlich flackerten die Leuchtflächen an der Decke und erloschen schließlich ganz. Gleichzeitig schwankten Boden, Wände und Decke des Ganges, der berstende Donner einer schweren Explosion rollte über sie hinweg und machte sie fast taub. Das Inferno von Ysath'Thor hatte begonnen. Auch Ischtar und Eiskralle trugen Schutzanzüge, schlossen wie Corpkor die Helme. Die Lampen der Anzüge blendeten auf, nach einem Aufenthalt von wenigen Augenblicken setzten sie ihren Weg ins Freie fort. Aufatmend erkannten sie schließlich ein schweres Tor, dessen Flügel aufklafften und Sonnenlicht in den Korridor dringen ließen. Sie hatten es fast erreicht, als eine Titanenfaust nach ihnen zu greifen schien. Der Boden hob sich in wellenförmigen Bewegungen, sie stürzten haltlos. Eine zweite, noch gewaltigere Explosion dröhnte auf – Küllsannimont hatte trotz seines Wahns sehr wirkungsvoll gehandelt …

Hätte ich ihn nur erschossen, dachte Fartuloon, während er sich wieder aufraffte, doch diese Einsicht kam zu spät. Jetzt mussten sie froh sein, wenn sie ihr Leben noch retten konnten.

»Mein Schiff«, keuchte die Varganin.

Die zerborstenen Leuchtflächen überschütteten sie mit einem Regen von Splittern, während sie erneut dem Ausgang zustrebten. Einer der Torflügel war aus den Scharnieren gebrochen und nach außen gefallen, sie stolperten darüber hinweg ins Freie. Nun hatten sie nur die Distanz bis zum Schiff zurückzulegen – wenn alles gut ging, konnten sie doch noch entkommen. Sie prallten jäh zurück, als sie erkannten, was draußen auf sie wartete. Der freie Raum bis zum goldenen Oktaeder war von unzähligen unförmigen Gestalten angefüllt, weiterhin quollen weitere aus den Trümmern eines rechts gelegenen, fast ganz zerstörten Gebäudes ins Freie. Küllsannimonts Bioschöpfungen! Von Panik erfüllt, wild tobend und brüllend, versperrten sie den Weg zum Schiff.

Fartuloons Lippen zuckten, während er eilig in den Schutz des Korridors zurückwich. »Es sind Hunderte – mit denen werden wir mit den Handstrahlern nie fertig, ehe hier alles zusammenbricht.«

Ischtar lehnte sich müde gegen die von großen Sprüngen überzogene Wand. »Vermutlich wurden durch das Abschalten der Zentralpositronik auch die Energiesperren von Küllsannimonts Zoo beseitigt. Die Kreaturen sind wahrscheinlich seitdem durch diesen Bau geirrt, weil nun keine Roboter mehr da waren, die sie aufhalten konnten. Als dann die Mauern brachen, konnten sie aus den subplanetaren Anlagen entkommen – bessere Helfer hätte sich Küllsannimont wohl kaum wünschen können.«

Plötzlich wurde Eiskralle aktiv. Der Chretkor löste die Handschuhe des Anzugs, die gläsernen Hände kamen zum Vorschein. Mit Todesverachtung stürzte er auf einen geflügelten Saurier mit einem Löwenkopf zu, der auf den Ausgang zustampfte, unterlief das riesige Tier und umklammerte eines seiner Säulenbeine. Augenblicklich erstarrte der Gigant mitten in seiner Bewegung, wurde von einer anderen Bestie angestoßen und brach in unzählige Eisbrocken auseinander. Eiskralle konnte sich nur noch durch einen gewagten Sprung rückwärts davor retten, unter diesen Massen begraben zu werden.

»Aufhören!« In Corpkors Gestalt kam nun ebenfalls Leben. Zwei neue Explosionen erklangen, waren jedoch nicht in kritischer Nähe – zwei Abwehrforts, mehrere Kilometer entfernt, waren in die Luft geflogen. Dieses Ereignis zeitigte auch Auswirkungen auf die Geschöpfe. Sie zuckten zusammen und verstummten für einen Augenblick. Diesen kurzen Moment nutzte der Tiermeister aus, stellte den Außenlautsprecher des Anzugs auf höchste Leistung – dann erklangen knarrende, zirpende und pfeifende Geräusche aus seinem Mund. Die Wirkung war erstaunlich: All die furchtbar anzusehenden Gestalten verharrten plötzlich wie gebannt auf der Stelle. Mehr noch – eine Anzahl von ihnen ging willig zur Seite und gab eine schmale Gasse frei, die direkt zur offenen Schleuse des Raumschiffs führte.

»Los!« Fartuloon packte die Varganin am Arm und lief mit ihr auf das Schiff zu; er sah eine Chance, wenn sie sich bot. Corpkor und Eiskralle folgten ihnen auf dem Fuß, alle vier rasten über die Rampe bis in die Schleuse, die sich auf einen Knopfdruck Ischtars schloss. Sie hielten erst inne, als sie in der Zentrale des Raumers angekommen waren, wo Ischtar mit fliegenden Fingern die Kontrollen aktivierte. Augenblicke später hüllte sich das Schiff in den Schutzschirm, hob vom Boden ab und raste im Alarmstart in den Himmel von Ysath'Thor.

Es war erst wenige Kilometer hoch, als unter ihm ein Vulkan auszubrechen schien. In rascher Folge detonierten sämtliche bis dahin noch erhaltenen Gebäude und Abwehrforts, eine gigantische Glutsäule schoss in die Atmosphäre. In ihr verging alles – der wahnsinnige Küllsannimont, seine Kreaturen und Pseudofrauen. Die Ausläufer der Druckwelle erreichten auch die MONDSCHATTEN, konnten ihr aber nichts mehr anhaben. Mit rasch zunehmender Geschwindigkeit entfernte sie sich von Ysath'Thor und nahm Kurs auf den freien Raum.

Fartuloon öffnete seinen Raumhelm und ließ sich ächzend in einen Kontursitz fallen. »Goldene Göttinnen und ihre Helfer haben kein leichtes Leben, wie mir scheint. Wenn das so bleibt, muss ich mir ernsthaft überlegen, ob ich dir weiter folgen soll. Eins möchte ich aber jetzt gern wissen, Corpkor: Wie hast du es angestellt, dass diese Wesen den Weg freigaben?«

Der Tiersprecher lächelte verhalten. »Ich hatte mir überlegt, dass Küllsannimont sie aus Protoplasma geschaffen haben musste, das von den Amphis stammte. Es hat die Zellen zwar biotechnisch verändert, aber etwas von dem ursprünglichen Erbgut musste doch noch in ihnen vorhanden sein – eine Art von Rassegedächtnis, könnte man sagen. Meine Überlegung erwies sich als richtig, denn die Tiere reagierten prompt auf meine Befehle in der Amphibiensprache.«

»Ich werde es dir zu danken wissen«, versprach Ischtar mit Nachdruck. »Allerdings erst später. Jetzt fliegen wir nach Noghmura, um Daquomart aufzusuchen.«

»Auf in ein neues Vergnügen«, knurrte Fartuloon. »Lass es also gemächlich angehen. Wir alle sind müde und erschöpft. Und die Hypnoschulung sollten wir vor dem nächsten Abenteuer ebenfalls erhalten haben.«

14.

1217. positronische Notierung, eingespeist im Rafferkodeschlüssel der wahren Imperatoren. Die vor dem Zugriff Unbefugter schützende Hochenergie-Explosivlöschung ist aktiviert. Fartuloon, Pflegevater und Vertrauter des rechtmäßigen Gos'athor des Tai Ark'Tussan. Notiert am 26. Prago des Eyilon, im Jahre 10.499 da Ark.

Bericht des Wissenden. Es wird kundgegeben: Wieder einmal habe ich mich auf ein Wahnsinnsunternehmen eingelassen, doch es bietet eine zweifellos geringe Chance und ist besser, als untätig die Hände in den Schoß zu legen. Selbst unter der Voraussetzung, dass wir über kurz oder lang einen Umsetzer finden und der Wechsel in den Mikrokosmos gelingt, wird die Suche nach Atlan alles andere als einfach werden.

Wenn ich Ischtars Ausführungen richtig verstanden habe, erreicht die Heimatgalaxis der Varganen zwar nur wenige Zehntausende Lichtjahre Durchmesser, und der zugängliche »Leerraum« des Mikrokosmos selbst ist nur geringfügig größer, aber selbst in diesem Gebiet befinden sich einige Milliarden Sonnen mit ihren Planeten. Wo sollen wir dort die Suche nach Atlan beginnen? Genau genommen können wir nur hoffen, dass er erstens überlebt hat und zweitens von sich aus versucht, den dortigen Zentralschauplatz zu erreichen – und dieser ist ohne Zweifel die Eisige Sphäre. Das heißt mit anderen Worten: Auch für uns ist diese das eigentliche Ziel, selbst wenn es auf eine Konfrontation mit den dortigen Varganen hinauslaufen sollte.

Dass Ischtar noch einen weiteren Beweggrund hat, genau dorthin vorzustoßen, macht das Vorhaben keineswegs einfacher – mit Sicherheit befindet sich nämlich Chapat ebenfalls in der Eisigen Sphäre, was immer genau sich dahinter auch verbergen mag. In dieser Hinsicht ist die Varganin ebenfalls auf pure Spekulation angewiesen, denn als Rebellin blieb sie ja im Standarduniversum und hat dieses Gebilde nie zu Gesicht bekommen …

An Bord der MONDSCHATTEN: 27. Prago des Eyilon 10.499 da Ark

Fartuloon warf sich in den erstbesten Kontursessel, sein Gesicht verriet Unmut. »Da glaubt man, sich endlich einmal richtig ausschlafen zu können – da weckst du mich, Ischtar. Was soll das?«

Die Varganin lächelte etwas verzerrt. »Nur noch eine Flugetappe, dann erreichen wir den Planeten Noghmura, eine Wasserwelt.«

Die Distanz zwischen Ysath'Thor und Noghmura betrug 25.837 Lichtjahre. Nachdem Ischtar Stempoolten als Ziel angeschlossen hatte, war der Wasserplanet die am nächsten gelegene Versunkene Welt. Auf den Einsatz des transitionsähnlichen Triebwerksteil hatte die Varganin diesmal verzichtet und stattdessen auf den Direktflug im »Niedriggeschwindigkeitsbereich« mit vergleichsweise geringem Überlichtfaktor durch die in der varganischen Fachterminologie

»Halbraum« genannte Zwischenzone zurückgegriffen, bei dem die Strecke in mehreren Etappen überwunden wurde. Die Flugzeit war für die Hypnoschulungen, Entspannung und Schlafen genutzt worden.

»Immer noch kein Grund, mich aufzuwecken.« Fartuloon warf Corpkor und Eiskralle bezeichnende Blicke zu. »Die eine Etappe hättest du mich noch schlafen lassen können.«

Ischtar lächelte nicht, als sie erwiderte: »Es geht mir um Atlan, deinen besten Freund, Fartuloon, das solltest du niemals vergessen.« Fartuloon wusste zwar, dass Ischtar Atlan liebte, und vielleicht war es eine gewisse Art von Eifersucht, tief in seinem Unterbewusstsein, die ihn immer wieder dazu veranlasste, ihr zu widersprechen. Ohne Ischtar wäre Atlan wahrscheinlich gar nicht in seine mehr als verzwickte Lage geraten. Ehe Fartuloon etwas sagen konnte, fuhr Ischtar fort: »Wenn Küllsannimonts Unterlagen richtig sind, finden wir dort Daquomart. Wir müssen damit rechnen, dass auch er uns mit dem Henker in Verbindung bringt. Wir müssen einen Weg finden, ihm rechtzeitig klarzumachen, dass wir nicht Magantilliken sind oder zu ihm gehören, sondern dass wir im Gegenteil dessen erbitterte Gegner sind.«

»Und deshalb weckst du mich? Das haben wir doch alle schon gewusst und darüber gesprochen.«

»Egoist«, sagte Eiskralle. »Sie hat nicht geschlafen!«

Fartuloon gab es auf, da auch Corpkor keine für ihn günstige Reaktion zeigte. Seufzend wandte er sich wieder der Varganin zu.

»Ich kenne den Planeten Noghmura nicht. Ich weiß nur, dass seine Oberfläche völlig von Wasser bedeckt ist. Warum sich Daquomart ausgerechnet diese Welt als Versteck vor dem Henker aussuchte, ist und bleibt mir ein Rätsel. Vielleicht hat er gelernt, im Wasser zu atmen.«

»Immerhin ist er ja unsterblich«, sagte Corpkor ironisch. »Aber wir finden ihn schon, selbst wenn ich Fische auf ihn ansetzen muss.«

Ischtar lächelte jetzt ganz offen. »Wir erreichen Noghmura in einer halben Tonta. Darum, Fartuloon!«

»Aha«, machte der Bauchaufschneider, seinem Gesicht war anzusehen, dass er am liebsten noch hinzugefügt hätte: *Und da hast du mich nicht früher geweckt?* Aber er hielt vorsichtshalber den Mund.

Die MONDSCHATTEN war in die Kreisbahn um den Wasserplaneten eingeschwenkt und trieb nun im freien Fall dahin. Der Anblick Noghmuras löste keinen großen Optimismus aus. Die Oberfläche sah so aus, wie Ischtar gesagt hatte, war völlig mit Wasser bedeckt, wenn auch an einigen Stellen schwimmende Inseln festzustellen waren. Etliche von ihnen erreichten die Ausmaße von kleinen Kontinenten, aber die Orter und Taster ließen keinen Zweifel aufkommen, dass sie nicht bis zum Grund des gigantischen Meeres hinabreichten. Auf die Massetaster war Verlass.

»Pflanzen?«, fragte Fartuloon zweifelnd. »Könnten es Pflanzen sein?«

»Wahrscheinlich.« Corpkor studierte die verschiedenen Bildschirme mit den unterschiedlichen Vergrößerungen und Ortungsergebnissen. »Jedenfalls bewegen sich die Inseln mit der Dünung des Meeres. Sie schwimmen, das steht fest.«

»Und wo soll sich dieser Daquomart da verborgen halten?«, fragte Eiskralle. »Auf dem Meeresgrund?«

Ischtar überließ die Auswertung der Massetaster der Automatik. »Vielleicht, ausgeschlossen ist es nicht. Wo könnte er sicherer sein? Dieser Planet gehört zu den Versunkenen Welten; auf allen befanden sich einst unsere Stationen und Stützpunkte. Wir müssen sie finden, das ist alles.«

»Orter und Massetaster?«, fragte Fartuloon.

Sie schüttelte den Kopf. »Die meisten Stationen sind sehr gut abgeschirmt. Das ist ja gerade unser Problem. Unser Ortungsschutz ist nicht schlechter, gewisse Streuemissionen bei der Materialisation lassen sich jedoch nicht vermeiden und können angemessen werden. Zumindest von varganischen Ortern.«

»Gehen wir auf Funkempfang, vielleicht meldet Daquomart sich.«

»Wir sind in einem Oktaeder der Varganen«, warf Corpkor ein. »Er wird uns fast zwangsläufig für Magantilliken halten, falls er von dem Henker gehört hat.«

»Das hat er auf jeden Fall.« Ischtar starrte ein wenig ratlos auf die Panoramagalerie. »Um jeder Verwechslung vorzubeugen, sollten *wir* es sein, die zuerst Kontakt aufzunehmen versuchen. Wir teilen ihm mit, dass wir ebenfalls Rebellen sind – oder noch besser, ich nehme allein Verbindung auf und verschweige, dass ich Begleiter habe. Das könnte sein Misstrauen verringern.«

»Vielleicht ist er sogar froh, Damenbesuch zu erhalten.« Fartuloon grinste. »Ich jedenfalls wäre an seiner Stelle nicht traurig darüber, da er doch vermutlich schon eine ganze Ewigkeit allein ist.«

»Es gibt Intelligenzen, die jene von dir angedeuteten Triebe unterdrücken können. Ich glaube, dass Daquomart ganz andere Sorgen hat.«

Corpkor streichelte das kleine Tier, das auf seinem Schoß saß und entfernt an ein arkonidisches Baumhörnchen erinnerte. Das dichte Fell war hellblau und schimmerte wie Samt. »Wenn Daquomart uns bisher nicht entdeckt hat, wird das spätestens gleich geschehen«, prophezeite er, als Ischtar zu sprechen begann und den Rebellen aufforderte, sich zu melden. »Wir hätten zunächst noch ein bisschen suchen sollen.«

Ischtar wiederholte ihre Aufforderung: »Daquomart, hier spricht Ischtar, ein Rebell wie Sie und auf der Flucht vor Magantilliken, dem Henker. Teilen Sie mir mit, wo ich landen soll, ich möchte mit Ihnen reden. Es hat keinen Zweck, sich zu verstecken, früher oder später würde ich Sie doch finden. Haben Sie Vertrauen, Daquomart. Ich komme allein.«

Dann ging sie auf Empfang, aber die Lautsprecher blieben stumm; der Bildschirm blieb leer und dunkel. Der Rebell gab keine Antwort.

»Vielleicht ist er schon lange tot«, sagte Fartuloon. »Wäre doch möglich.«

»Nein, Daquomart lebt. Ich fühle vage seine Anwesenheit, wir werden ihn finden! Wir müssen ihn finden.«

»Warum landen wir nicht einfach auf einer der schwimmenden Inseln?«, fragte Eiskralle. »Vielleicht tragen sie das Schiff.«

»Oder auch nicht. Aber das wäre nicht so schlimm, denn die Instrumente verraten, dass der Ozean nicht tief ist. Er ist seicht und warm. Die MONDSCHATTEN könnte auf dem Grund liegen und würde trotzdem noch aus dem Wasser ragen. Aber wozu? Damit erreichen wir nichts.«

»Na schön, warten wir eben«, murmelte Fartuloon.

In der sanften Dünung des Meeres schwankten die grünen Inseln hin und her. Erst aus der Nähe war zu erkennen, dass sie aus Tausenden von Pflanzentürmen bestanden, die durch kräftige Lianen miteinander verbunden waren. So betrachtet bildeten sie eine Einheit, die auch größeren Stürmen zu trotzen vermochte. Hinzu kam, dass die langen Wurzeln bis zum Grund des Meeres hinabreichten, in den sie sich bohrten und so verankerten, dass der Wind sie nicht davontreiben konnte. Zahlreiche Vögel umkreisten lärmend und kreischend die Pflanzentürme, sie tauchten in das Wasser und schossen an anderer Stelle wieder in die Luft. Meist hielten sie dann einen zappelnden Fisch im Schnabel, den sie gierig verschlangen. Aber sie flogen nie sehr weit, wurden daran gehindert. Jeder Vogel war mit einem seiner Füße an ein extrem, dünnes, aber sicherlich zähes Lianenseil gefesselt, das stets in einem der schwimmenden Türme endete. Dieses Seil gestattete den Vögeln einen nur kleinen Flugradius. Er genügte zur Nahrungssuche und Kotausscheidung, von der wiederum die Pflanzentürme lebten. Dafür erlaubten sie den Vögeln, Fische zu fangen, die, von den bunten Farben der Wasserpflanzen angelockt, eine leichte Beute wurden. Diese seltsame Symbiose war das einzig halbwegs intelligente Leben auf der Wasserwelt Noghmura – so wenigstens musste es einem fremden Besucher vorkommen.

Als Daquomart vor langer Zeit den Planeten entdeckte und feststellte, dass er unbewohnt und die Station zwar verlassen, aber noch intakt war, glaubte er, einen sicheren Zufluchtsort gefunden zu haben. Selbst wenn der Henker die Wasserwelt fand und auf ihr einen der Rebellen vermutete, würde es ihm schwer fallen, ihn unschädlich zu machen. Die Funkeinrichtung der alten Station arbeitete einwandfrei, aber Daquomart hütete sich, auch nur einen einzigen Impuls abzustrahlen. Er begnügte sich damit, alle erreichbaren Sendungen aufzufangen und zu kontrollieren. So hielt er den Kontakt mit der Außenwelt aufrecht, ohne sich selbst in Gefahr zu bringen. Einzige Ausnahme war der sporadische verschlüsselte Richtfunkkontakt zu Küllsannimont gewesen, der irgendwann nach einem Streit abrupt endete.

Als die Orter das Oktaederschiff meldeten und die Daten registrierten, war Daquomart davon überzeugt, dass Magantilliken eingetroffen sei. Doch dann hörte er die Stimme einer Frau, die sich Ischtar *nannte, und das war ein Name, an den er sch vage erinnerte, den er schon gehört hatte. Er saß in der Zentrale vor dem noch dunklen Bildschirm und ließ die Stimme auf sich einwirken. Vielleicht war sie nicht nur klug, sondern auch schön? Es war eine Ewigkeit her, dass er einer Varganin begegnet war. Aber das war nicht der Hauptgrund seiner Überlegungen. Es gab wichtigere Probleme als dieses. Sogar so wichtige, dass Daquomart beschloss, sich nicht mehr länger verborgen zu halten, obwohl er damit rechnen musste, in eine Falle zu gehen. Doch bevor er die Funksprüche beantwortete, überprüfte er die automatische Abwehranlage seiner stäh-*

lernen Insel, die über und über mit den Pflanzentürmen bedeckt war. So getarnt konnte sie mit optischen Mitteln niemals entdeckt werden. Vorsichtshalber verkürzte er die fest im Meeresboden verankerten Standfüße der Station, die dadurch einige Meter tiefer sank. Nur noch einige Punkte ragten aus dem Wasser, von Pflanzen ausreichend getarnt. Der Ortungsschutz war aktiviert. Beruhigt und davon überzeugt, sich genügend abgesichert zu haben, kehrte der Rebell in die Funkzentrale zurück. Nun war er vorbereitet – selbst wenn diese Ischtar Verrat plante, bedeutete sie keine Gefahr mehr. Aber sie hatte ein Raumschiff – und das war der entscheidende Faktor.

Sie zuckten alle zusammen, als das Antwortsignal ertönte. Ischtar meldete sich sofort: »Hier spricht Ischtar. Sind Sie es, Daquomart?«

»Wer sonst?«, kam es nicht gerade freundlich zurück. »Gehen wir auf Bildfunk, ich möchte Ihr Gesicht sehen.«

»Das beruht auf Gegenseitigkeit.« Ischtar nahm die Schaltung vor, Fartuloon, Eiskralle und Corpkor befanden sich außerhalb des Erfassungsbereichs und schwiegen, als das finstere und bärtige Gesicht des einsamen Mannes auf dem Bildschirm erschien. Nur Gewalt konnte ihm den Tod bringen, niemals Krankheit oder Altersschwäche.

»Ganz hübsch«, sagte er arrogant, nachdem er Ischtar eine Weile betrachtet hatte. »Und eine Frau wie Sie streift allein durch das Universum und besucht einen einsamen Rebellen?« Er lachte dröhnend. »Sie sind mir willkommen, Gnädigste. Ich hoffe, wir werden gute Freunde. Aber ich warne Sie: Wenn Sie mich belogen haben, werden Sie es bereuen. Ich bin da nicht zimperlich. Ich gebe Ihnen die Koordinaten, Sie können auf der Station landen. Und bringen Sie keine Waffe mit, wenn Sie die Station betreten.«

»Die Koordinaten, bitte.« Sie bekam sie, dann wurde die Verbindung unterbrochen. »Ein unangenehmer Kerl, dieser Daquomart. Sieht alles andere als sympathisch aus. Wahrscheinlich nimmt er an, ich besuche die Rebellen, einen nach dem anderen, um ihnen die Zeit zu vertreiben. Da hat er sich aber gewaltig geirrt.«

»Und wenn er nicht weiß, wo sich ein Umsetzer befindet?«, fragte Fartuloon. »Er könnte Magantilliken alarmieren ...«

»Und sich selbst dabei verraten?« Ischtar schüttelte den Kopf. »So dumm ist er nicht. Aber trotzdem werde ich das Gefühl nicht los, dass er etwas von mir will.«

»Na, was wohl?«, sagte Eiskralle kichernd.

Ischtar warf dem Chretkor einen vernichtenden Blick zu. »Nein, das nicht. Etwas anderes – und ich werde herausfinden, was das ist. Vielleicht nur eine Information, wer weiß? Wir werden sehen.«

Der Bauchaufschneider studierte die Daten und die allgemeinen planetarischen Unterlagen. »Der Terminator zieht gerade über den Schnittpunkt der Koordinaten hinweg, es wird dort Tag. Wir müssen nach Westen, etwa ein drittel Planetenumfang. Also nichts wie raus aus der Umlaufbahn.«

Ischtar übernahm die Steuerung und ließ die MONDSCHATTEN langsam in die oberen Schichten der Atmosphäre sinken. In geringer Höhe folgten sie der Sonne, überholten sie und flogen weiter, bis sie unter den östlichen Horizont zu sinken drohte. Wie gebannt sahen sie auf die Ausschnittsvergrößerungen der Panoramagalerie. Eine grüne Insel bedeckte das Meer, aber sie schien nicht so dicht zu sein wie die anderen. An vielen Stellen schimmerte das offene Wasser durch, an ihrem Rand blinkte Metall. Der Durchmesser der Anlage betrug mehr als fünf Kilometer.

»Das ist die Station«, rief Corpkor.

»Übernimm die Kontrollen«, bat Ischtar Fartuloon und strich sich mit den Händen über die engsitzende Kombination. »Du kannst auf der Station landen, wir haben die Erlaubnis.«

»Soll nicht doch besser jemand mitkommen?«

»Nein. Das würde Daquomart noch misstrauischer machen. Er nimmt an, ich sei allein, also lasst euch auf keinen Fall sehen. Bleibt im Schiff.«

»Das werde ich mir noch überlegen. Das Meer ist hier nur fünfzig Meter tief.«

»Zum Ertrinken reicht das«, brummte Corpkor.

Die stählerne Plattform sank keinen Zentimeter ein, als das Schiff landete. Der Rand war gut fünfzig Meter entfernt, dort wuchsen die seltsamen Pflanzentürme. Die Plattformoberseite war nicht überall eben und glatt. An manchen Stellen erhoben sich abgerundete Kuppeln, unter denen sich mit ziemlicher Sicherheit automatische Energiegeschütze befanden. Genau vor der Bodenschleuse des Schiffes hatte sich ein Tor geöffnet, hinter dem ein schräg in die Tiefe führender Gang mehr zu ahnen als zu erkennen war. Der Eingang zur Station. Ischtar straffte sich. »Bleibt am Funkgerät und wartet, bis ich zurückkehre. Ich hoffe, Daquomart sieht in mir keinen Feind. Sollte ich mich bis zum Abend nicht gemeldet haben, habt ihr freie Hand, etwas zu unternehmen.« Sie überlegte und lächelte flüchtig. »Nein, wartet bis morgen. Es gibt Verhandlungspartner, bei denen es sehr lange dauert, bis man sie dort hat, wo man sie haben will. Und ich will nicht, dass ein eventueller Erfolg durch euren Übereifer zunichte gemacht wird. Habe ich mich klar genug ausgedrückt?«

Fartuloon nickte und seufzte. »Möchte den Mann sehen, der mit diesem Weib fertig wird.« Laut sagte er: »Gut, wir warten.«

Ischtar machte einige Schritte auf das etwa dreißig Meter entfernte Tor zu. Das leichte Schwanken unter ihren Füßen ahnte sie mehr, als dass sie es spürte. Sie blieb stehen und sah sich um. Am Rand der stählernen Plattform klammerten sich die bis zu mehrere Dutzend Meter hohen Pflanzentürme fest, von Vögeln umkreist. Ischtar entdeckte die Lianenfesseln – dadurch, dass die gefangenen Tiere immer wieder zu fliehen versuchten, bewegten sich die Zweige und Tentakel der Pflanzen ruckartig hin und her, wenn die Lianenseile zu kurz wurden. Ischtar überlegte es sich anders, obwohl sie damit rechnete, dass Daquomart sie beobachtete. Entschlossen wechselte sie die Richtung und schlenderte bis zum Rand der Plattform, die kaum fünfzig Zentimeter aus dem Wasser ragte. Sie fand eine Lücke zwischen zwei Turmpflanzen und fühlte sich einigermaßen sicher. Die gefangenen Vögel stießen auf sie herab, griffen sie aber nicht direkt an.

Das Wasser war glasklar. Riesige Schwärme handlanger Fische standen über hellen Sandbänken und schroffen, dunklen Riffen. Wellen entstanden nur dann, wenn einer der gefangenen Vögel hinabtauchte, um sich einen der Fische zu holen. Ischtar stand lange da und sah zu, wie die Sonne allmählich höher stieg. Es wurde wärmer. Dann wandte sie sich endlich um und ging am Schiff vorbei auf das Tor zu. Der Gangboden war mit einer geriffelten Kunstschicht bedeckt, aber Wände und Decken bestanden aus blankem goldenem Varganstahl. Der Gang führte schräg nach unten, weitete sich aber bereits nach wenigen Dutzend Metern zu einem kleinen Raum. Ischtar überwand ihre aufsteigenden Bedenken, sah noch einmal zum Schiff zurück und blinzelte fast unmerklich. Sie wusste, dass Fartuloon, Corpkor und Eiskralle sie nicht aus den Augen ließen.

Noch bevor sie den Raum erreichte, schloss sich hinter ihr mit einem dumpfen Laut das Tor. Daquomart verfolgte also jeden ihrer Schritte und ging auf Nummer sicher, indem er ihr den Rückweg abschnitt. Ischtar lächelte matt und sagte: »Immer noch misstrauisch, Daquomart? Sie sollten sich schämen.«

Keine Antwort. Sie zuckte mit den Schultern und ging weiter. Der Raum war quadratisch und nicht sehr groß. Drei Türen führten in verschiedene Richtungen; die mittlere öffnete sich lautlos. Dahinter befand sich ein Raum, angefüllt mit technischen Geräten, Kontrolltafeln und Bildschirmen. Vor einem der rechteckigen Schirme, auf dem die geschlossene Bodenschleuse der MONDSCHATTEN zu erkennen war, saß ein Mann in einem Sessel, der jetzt blitzschnell herumgedreht wurde. Daquomart betrachtete Ischtar schweigend und mit finsterer Miene, die sich nur langsam aufzuhellen begann. Er sah ungepflegt und verwahrlost aus. In seinen Augen schimmerte das Misstrauen.

»In natura sehen Sie noch besser aus.« Seine Blicke glitten an ihrem wohlgeformten Körper herab, dessen Konturen durch die eng anliegende Kombination noch hervorgehoben wurden. »Ich finde es reizend von Ihnen, mir die Langeweile vertreiben zu wollen.«

Sie setzte sich und überging die Anspielung. »Es gibt gewisse Umstände, die für Sie von nur wenig Interesse sein dürften, die mich aber dazu zwingen, für kurze Zeit in den Mikrokosmos zurückzukehren. Ich weiß, dass es irgendwo Umsetzer gibt, nicht aber, wer von uns Rebellen deren Standorte kennt. Ich bin gekommen, Sie um Unterstützung zu bitten.«

Daquomart hatte zugehört, ohne sie zu unterbrechen. Keinen Augenblick hatte er sie aus den Augen gelassen und sie betrachtet, als studiere er ein seltsames Objekt. Als sie endete, schien er wie aus einem Traum zu erwachen und fragte lauernd: »Ich soll Ihnen helfen?«

»Ja, darum bitte ich Sie.«

Er nickte. »Und wie soll ich wissen, dass Sie mich nicht in eine Falle locken wollen? Ich weiß, dass der Henker hinter uns her ist und schon viele erwischt hat. Er muss Verbündete haben, vielleicht sogar einen von uns, einen Verräter. Beweisen Sie mir, dass nicht Sie dieser Verräter sind.«

Die Frage war einfach, nicht aber die Antwort und der Beweis, das wusste Ischtar. Sie musste erreichen, dass der Mann ihr vertraute. »Sie haben eine gute und leistungsfähige Funkanlage. Eigentlich müssten Sie über das unterrichtet sein, was in der Sterneninsel passiert – oder kümmern Sie sich nicht darum?«

Er ließ sich ablenken. Der Stolz gewann die Oberhand. »Es ist die beste Anlage, die ich kenne. Ich habe für sie automatisch arbeitende Speichersektoren entwickelt und eingebaut, die alle Sendungen aufnehmen und aussortieren, was für mich interessant sind. Ich brauche sie später nur abzurufen, um informiert zu sein.« Er sah sie wieder an. »Aber in keiner dieser Sendungen wurde mir bestätigt, dass eine gewisse Ischtar *nicht* auf der Seite Magantillikens steht.«

»Er würde den Namen seines Helfershelfers nicht verraten – falls er überhaupt einen hat, was ich bezweifle.«

Daquomart dachte darüber nach, das Argument schien ihm einzuleuchten. Überhaupt hatte Ischtar den Eindruck, dass er zwar raffiniert, aber nicht übermäßig intelligent war; eine gefährliche Mischung, sollten die Emotionen mit ihm durchgehen. »Vielleicht haben Sie Recht«, sagte er endlich nach längerer Pause, in der Ischtar Gelegenheit fand, die Kontrollen zu studieren. Der Bildschirm, auf dem die Bodenschleuse allzu deutlich zu sehen war, störte sie. »Aber ich muss vorsichtig sein. Nur weil ich vorsichtig bin, lebe ich noch.«

»Ich würde an Ihrer Stelle genauso handeln.« Ischtar versuchte es mit einer Schmeichelei. »Überhaupt muss ich Ihre Klugheit bewundern, sich diese vergessene Station als Versteck ausgesucht zu haben.«

»Sie haben mich entdeckt.«

Sie gab es zu. »Nur deshalb, weil ich die Information von Küllsannimont bekam.«

»Könnte Küllsannimont der Verräter sein?«

»Selbst wenn, würde von ihm keine Gefahr mehr drohen. Er ist übergeschnappt und hat die Selbstvernichtung seiner Station auf Ysath'Thor aktiviert.« Ischtar hatte inzwischen die Hauptkontrollen der Bildschirme entdeckt. Einfaches Ausschalten würde nichts nutzen, sie musste sie unbrauchbar machen.

»Na schön. Nehmen wir einmal an, ich glaube Ihnen. Was bekomme ich dafür?«

Das war eine direkte Frage, die keine Ausreden zuließ. Aber sie war eine Frau, die sich herausnahm, sich in gewissen Dingen begriffsstutzig zu stellen. »Ich habe nicht viel zu geben, mit banalen Reichtümern könnten Sie hier ohnehin nichts anfangen. Aber sollten Sie Vorräte benötigen, technische Ausrüstung, Ersatzteile – was auch immer. Teilen Sie mir nur Ihre Wünsche mit.«

Er lächelte breit. »Von allem habe ich mehr als genug. Selbst die

Lebensmittel werden nicht knapp, allein der Planet könnte mich für alle Ewigkeiten versorgen.« Er schüttelte den Kopf. »Nein, Ischtar, das ist es nicht, was ich von Ihnen will. Können Sie es sich nicht denken?«

Es wäre falsch gewesen, sich *noch* dümmer zu stellen, das würde er ihr nicht abnehmen. Vielleicht konnte sie ihn vertrösten und so Zeit gewinnen. »Mein lieber Daquomart, ich fürchte, ich muss ein Missverständnis ausräumen. Sie wissen, warum ich die Rebellen besuche und warum ich auch zu Ihnen gekommen bin. Es ist nun an Ihnen, mir zu beweisen, dass Sie wissen, an wen ich mich wenden muss, um in den Mikrokosmos zu wechseln.«

»Sie haben nicht gesagt, was Sie dort überhaupt wollen; wer ist schon so verrückt, in den Mikrokosmos zu wollen, wo Magantillikens Auftraggeber lauern? Unsterblich sind wir schon«, gab er verärgert zurück, dann jedoch glätteten sich seine Züge wieder. »Im Übrigen scheinen Sie mich nicht richtig verstanden zu haben. Was Sie andeuten, wäre sicherlich nicht unangenehm, falls Ihre Entscheidung positiv ausfiele und Sie besonders nett wären, aber das war nicht mein eigentliches Anliegen. Meine Wünsche sind anderer Art.«

Nun war es an Ischtar, erstaunt zu sein. »Reden Sie schon.«

»Nicht, dass ich Sie nicht auch möchte«, sagte er langsam und mit eigenartiger Betonung. »Aber wenn Sie mir meinen Hauptwunsch erfüllen, würde sich das ganz von selbst ergeben.«

»Ich verstehe nicht ganz …«

Er beugte sich vor und sah sie eindringlich an, wechselte unvermittelt zur lautlosen Kommunikationsweise: *Natürlich sage ich Ihnen gern, wer Ihnen helfen könnte, aber das wird Ihnen kaum noch nutzen, wenn Sie meine Bedingung erfüllen. Vor einigen Jahren fasste ich den verrückten Plan, von hier zu verschwinden. Ich wollte fliehen, denn ich spürte, dass mir der verfluchte Henker dicht auf den Fersen war. Mein Schiff lag auf dem Grund des Meeres, nicht weit von hier entfernt an einer tieferen Stelle. Ich hatte mich lange nicht mehr darum gekümmert. Also tauchte ich hinab und wollte es an die Oberfläche holen. Dabei geschah es.*

Was ist geschehen?, fragte Ischtar, obwohl sie es bereits ahnte.

Der Antrieb explodierte und zerriss das Heck. Wasser strömte ein, nur mit Mühe konnte ich mich retten. Ich kehrte zur Station zurück, bin seither auf diese Welt verbannt, denn Transmitterverbindungen zu anderen

Planeten gibt es hier keine. Ich habe nicht die Absicht, sie zu verlassen, aber ich brauche die Gewissheit, es notfalls doch tun zu können.

Sie ahnte nun, was er von ihr wollte, aber sie sträubte sich gegen den Gedanken. Wenn er gesagt hätte, sie solle ihn mitnehmen, hätte sie das vielleicht getan, aber … »Sie meinen?«

Er nickte grimmig. »Ja, ich will Ihr Schiff.«

Eiskralle kam aus dem Vorratsraum und ging in die Kommandozentrale, wo sich Fartuloon und Corpkor mit einem Spiel die Zeit vertrieben. Draußen begann es bereits zu dämmern. Nicht mehr lange, dann ging die Sonne unter. Fartuloon sah auf und betrachtete den Chretkor. Sein Blick wanderte über die sichtbaren Organe im Innern des transparenten Körpers, ehe er vorwurfsvoll sagte: »Da liegt eine schöne Menge in deinem Magen. Vor einem Einsatz sollte man sich den Bauch nicht so vollschlagen.«

»Sieht man an dir.« Eiskralle deutete mit gläsernen Fingern auf Fartuloons beträchtlichen Bauchumfang.

Corpkor stand auf und studierte Eiskralles Innereien. »Wahrhaftig, du hast Recht, Fartuloon. Er muss die Hälfte der Schiffsvorräte vertilgt haben. Hätte nicht gedacht, dass er so verfressen ist.«

Eiskralle seufzte und ließ sich in einem Sessel nieder. »Ich bin froh, dass ihr keine anderen Sorgen habt. Ihr nehmt wohl an, dass es Ischtar gut geht, was? Ich nicht!«

Fartuloons Gesicht wurde wieder ernst. »Seit sich das Tor geschlossen hat, ist nichts mehr passiert. Sobald es dunkel ist, sehe ich nach.« Sowohl Eiskralle als auch Corpkor protestierten und erinnerten daran, welche Frist Ischtar genannt hatte. Vermutlich dauerten die »Verhandlungen« noch an, und wenn sie im unrechten Moment gestört wurden, konnte das verheerende Folgen haben. Auf der anderen Seite … »Länger als bis morgen früh warte ich nicht. Ihr könnt machen, was ihr wollt, ich jedenfalls kümmere mich dann um Ischtar. Dieser Daquomart sah mir wie ein Wüstling aus.«

»Darum mache ich mir die wenigsten Sorgen«, sagte Eiskralle und grinste gläsern. »Ischtar weiß sich da schon zu helfen. Ihr wisst ja, was sie von Ra erzählt hat. Sie hat ihn ganz schön abblitzen lassen, er war sogar so wütend, dass er sich ein Beiboot schnappte und verschwand. Wo mag er übrigens stecken?«

»Ra ist nicht Daquomart«, versicherte Fartuloon düster.

Corpkor setzte das Tier, das er »Quirrel« nannte, auf den Boden und gähnte. »Wir gehen schlafen«, verkündete er und meinte damit offensichtlich seinen Quirrel und sich selbst. »Weckt mich, wenn ich mit der Wache an der Reihe bin.«

»Ich fange an«, erbot sich Eiskralle. »Ich kann jetzt sowieso nicht sofort einschlafen.«

»Mit so einem überfüllten Magen könnte ich das auch nicht.« Fartuloon warf einen letzten Blick auf den Bildschirm, auf dem sich nichts verändert hatte, und erhob sich. »Ich werde dich dann ablösen.«

Eiskralle blieb allein in der Zentrale.

Ischtar saß sprungbereit im Sessel. Der Rebell war nur wenige Meter von ihr entfernt, trug keine sichtbare Waffe. »Mein Schiff, Daquomart?«, dehnte sie die Frage, als sei jeder gewonnene Augenblick von unschätzbarem Wert. »Soll ich den Rest meines Lebens hier auf der Wasserwelt verbringen?«

»Es ist schön hier, wir werden uns bestimmt anfreunden.«

»Wozu willst du dann mein Schiff? Das ist unlogisch.«

»Ich erwähnte bereits, dass ich es nur als Sicherheit brauche. Ich will fliehen können, wenn Magantilliken auftaucht. Ohne Schiff wäre ich verloren.«

»Und was ist mit mir? Mein Schicksal scheint dir gleichgültig zu sein.«

»Oh, im Gegenteil, meine Teuerste. Wir gewöhnen uns aneinander – schon jetzt.« Lächelnd spielte er auf ihr plötzliches »du« an. »Und für den Notfall haben wir ein Schiff, mit dem wir uns in Sicherheit bringen können, sollte das jemals notwendig sein.«

Sie schüttelte den Kopf. »Daraus wird nichts. Ich kann dir das Schiff nicht geben, ich bleibe auch nicht bei dir. Du bist verrückt. Genauso verrückt wie Küllsannimont.«

Ischtar wusste, dass sie ein gewaltiges Risiko einging, indem sie Daquomart reizte. Sie wusste, dass sich ihre Freunde an ihre Bitte halten und nach Sonnenaufgang eingreifen würden. Wie sollte es ihr gelingen, den Rebellen so lange hinzuhalten, ohne dass er die Geduld verlor?

»Aber du willst wissen, wer den Standort eines Umsetzers kennt, oder? Du wirst es nie erfahren, ganz abgesehen davon, dass du bei mir bleiben wirst, ob es dir nun passt oder nicht.«

Sie überlegte schnell. Auf keinen Fall durfte sie sich eine Blöße geben. Daquomart war scharf auf das Schiff, also würde er niemals etwas unternehmen, was es beschädigen könnte. »Glaubst du, ich sei ohne Rückversicherung zu dir gekommen?«

»Was willst du damit sagen?«

»Ich will damit sagen, dass ich natürlich nicht allein gekommen bin. Im Schiff wartet die Besatzung auf meine Befehle. Sollte ich ihr nicht das richtige Stichwort geben oder solltest du versuchen, gewaltsam einzudringen, wird es entweder starten oder sich selbst vernichten, das kommt auf die Umstände an.«

Er starrte sie wütend an. »Du hast mich belogen. Aber das sollst du mir büßen. Ich bekomme dein Schiff, darauf kannst du dich verlassen. Hier jedenfalls kommst du so schnell nicht wieder heraus.«

»Ich bleibe freiwillig.«

Ihre Ruhe machte Daquomart noch unsicherer. Ihm schien klar zu werden, dass sie noch einen Trumpf in der Hand hatte, von dem er nichts ahnte. Er wollte das Schiff, er wollte auch Ischtar. Das Schiff jedoch hatte Vorrang. Hatte er es einmal, hatte er auch Ischtar. »Schön, du bleibst freiwillig – das erspart dir Unannehmlichkeiten. Du wirst gestatten, dass ich dich nach Waffen und sonstiger Ausrüstung durchsuche, bevor ich dich einsperre? Morgen unterhalten wir uns weiter. Ich muss überlegen …«

»Überleg gut.« Ischtar sprang überraschend auf. Mit einem Satz warf sie sich auf den Mann, der von dem plötzlichen Angriff so überrascht war, dass er mit dem nicht am Boden befestigten Sessel umkippte. Für kurze Zeit gewann Ischtar die Oberhand, aber sie konnte die momentane Überlegenheit nicht weiter nutzen.

Daquomart schleuderte sie mit einem plötzlichen Aufbäumen quer durch den Raum und schnellte in die Höhe. In der Hand hielt er einen Stabstrahler, aber er ließ ihn wieder sinken. Ischtar war mit dem Kopf gegen die Stahltür geprallt und hatte das Bewusstsein verloren.

Wütend untersuchte er ihre Platzwunde, hob sie auf, als sei sie eine Puppe, trug sie durch die benachbarten Räume und eine Etage tiefer in ein kleines Zimmer, das ein Bett, einen Tisch, Stühle und eine Nasszelle enthielt. Er legte sie fast behutsam auf das einfache Lager, sah auf sie hinab und ging, ohne sich um die harmlose Wunde zu kümmern, nachdem er sie abgetastet, einige technische Spielereien entdeckt und ihr abgenommen hatte.

Wieder in der kleinen Nebenzentrale, schaltete er einen weiteren Bildschirm ein, verstellte die entsprechende Kamera, bis das Bett und Ischtar deutlich sichtbar wurden. Dann lehnte er sich in den Sessel zurück.

Eiskralle weckte Fartuloon, der wiederum Corpkor kurz vor dem Morgengrauen aus dem Bett holte und sich um das Frühstück kümmerte. Der Tiermeister hätte auch nicht mehr länger schlafen können, denn er verspürte eine starke Unruhe, die er nicht zu besänftigen vermochte. Es war ihm klar, dass sich Ischtar in großer Gefahr befand, sonst hätte sie zumindest versucht, ihnen ein Zeichen zu geben, und wenn sie nur einen harmlosen Spaziergang auf der Plattform unternommen hätte. Corpkor starrte auf das verschlossene Tor der Station, ahnte, dass auch ihr Schiff auf irgendeinem Bildschirm innerhalb der stählernen Insel erschien und beobachtet wurde. Aber das sollte kein Hindernis sein, wenn sich Ischtar wirklich in Gefahr befand. Sie war nun acht Tontas in der Station.

Auch Eiskralle begann später, sich ernstlich Sorgen zu machen – indem er Appetitlosigkeit demonstrierte. »Wie kann man nur essen, wenn sich Ischtar in dieser Festung aufhält und in größter Gefahr ist?«

Fartuloon leerte den Inhalt einer großen Schüssel mit Genuss. »Man muss sich vor dem Einsatz kräftigen.«

»Gestern sagtest du das Gegenteil«, erinnerte ihn der Chretkor sanft.

»Heute ist heute, du Eiszapfen. Das Gesagte von gestern bezog sich in erster Linie auf die Tatsache, dass man vor dem Schlafen nicht zu viel essen soll. Lös Corpkor ab, der hat bestimmt Hunger.«

Eiskralle verschwand.

Später saßen sie wieder alle drei in der Zentrale. »Klarer Fall, dass wir beobachtet werden«, sagte Fartuloon. »Wir müssen also so aussteigen, dass wir nicht gesehen werden können. Vorschläge?«

Corpkor nickte. »Wir müssen das Schiff durch eine kleine Seitenluke verlassen, die auf der anderen Seite liegt. Wenn wir auf allen vieren bis zum Rand der Plattform kriechen oder Deflektorfelder verwenden, können wir nicht gesehen werden, denn ich nehme an, dass

Daquomart, wenn überhaupt, nicht die gesamte Schiffsoberfläche beobachtet. Wir verschwinden einfach unter Wasser und suchen nach einem anderen Eingang zur Station.«

Fartuloon nickte satt und zufrieden. »Guter Vorschlag. Hat jemand einen besseren?« Er sah Eiskralle durchdringend an. »Du vielleicht?«

Der Chretkor schüttelte den Kopf. »Also schön. Ich halte das auch für die beste Lösung des Problems. Wir legen die Schutzanzüge an, dann können wir fast unbegrenzt unter Wasser bleiben. Dort wird es ja wohl keine eingeschalteten Kameras geben. In einer halben Tonta brechen wir auf. Trotzdem sollte einer von uns noch bis dahin Wache halten. Könnte ja sein, dass sich draußen etwas tut …«

Ischtar hatte die in der Decke verborgen angebrachte Kameralinse sofort bemerkt, kaum dass sie erwachte. Das gedämpfte Licht war nicht erloschen, also würde Daquomart sie beobachten. Sie blieb ruhig auf dem Bett liegen, auf die Seite gedreht und die Augen halb geschlossen. Sie konnte im Augenblick nichts unternehmen, aber sie war fest entschlossen, nicht zu warten, bis Fartuloon eingriff, dessen wachsende Unruhe sie sich gut vorstellen konnte. Vorsichtig sah sie sich in dem Zimmer um. Die Nasszelle mit der Toilette – dort also würde sie unbeobachtet sein, wenn auch nur für kurze Zeit. Sonst gab es nur den Tisch und die Stühle, deren Beine recht kräftig und hart aussahen. Konnte sie eins lösen, würde es sich bestimmt als Schlagwaffe eignen. Sie blieb noch eine Tonta liegen, dann tat sie so, als erwache sie. Der gut gespielte Schreck in ihrem Gesicht musste auch Daquomart überzeugen. Langsam richtete sie sich auf und sah sich um. Sie stand auf und verschwand in der Nasszelle, an deren Decke war keine Kamera. Fünf Zentitontas blieb sie, ehe sie wieder zum Vorschein kam, sich auf einen der Stühle setzte und vor sich hin starrte. Dabei tastete sie das Stuhlbein ab und stellte fest, dass es aus massivem Kunststoff bestand und lediglich in die Unterseite der Sitzfläche geschraubt war.

Sie stand auf und wanderte in dem Zimmer hin und her. Nach der fünften Durchquerung nahm sie den Stuhl mit, stellte ihn unter die kaum sichtbare Linse und holte dann den zweiten, den sie in der Hand behielt. Sie stieg auf den ersten Stuhl und zertrümmerte mit dem zweiten die verborgene Kamera. Dann handelte sie schnell und überlegt. Sie schraubte ein Stuhlbein heraus. Viel Zeit blieb ihr nicht, es sei denn, der Rebell schlief. Prüfend wog sie den Kunststoff in der Hand und nickte zufrieden. Wenn sie mit aller Wucht zuschlug ... Dann aus der Station fliehen, selbst wenn sie den Weg nicht sofort fand. Die Tür ging nach innen auf. Sie nahm das Plastikbein am dünneren Ende und wartete dicht neben der Tür.

Es dauerte fast zehn Zentitontas, ehe Daquomart erschien. Die Tür öffnete sich und verbarg Ischtar vor seinen suchenden Blicken. Er sah sie nicht sofort und nahm an, dass sie im Waschraum war. Ohne Rücksicht zu nehmen, ging er hinüber und blieb wie erstarrt stehen. Aber Ischtar ließ ihm keine Zeit zum Überlegen oder gar zum Ziehen der Stabwaffe. Sie sprang hinter ihn, hob das Stuhlbein und ließ es auf seinen Schädel krachen. Daquomart stöhnte auf, hob noch halb die rechte Hand, ehe er bewusstlos zusammensackte. Vorsichtshalber schlug Ischtar noch einmal zu. Dann nahm sie ihm die Waffe ab und verließ hastig das Zimmer. Die Frage war nun: Wo in der Station befand sie sich? Schließlich war sie bewusstlos gewesen, als Daquomart sie in ihr Gefängnis geschleppt hatte.

Der Gang endete vor einer Treppe, Stufen führten abwärts, andere nach oben. Logischerweise nahm sie die nach oben, erlebte aber eine Enttäuschung. Sie stand wieder in dem kleinen quadratischen Raum mit den drei Türen, zu dem noch die vierte kam, nämlich der Ausgang. Alle waren verschlossen, und sosehr sie sich auch bemühte, sie zu öffnen, es gelang ihr nicht. Nun war sie nicht viel besser dran als zuvor – und wurde sich ihres Versäumnisses bewusst: Erwachte Daquomart jetzt ... Sie musste ihn fesseln, bevor er wieder zu sich kam. So schnell sie konnte, hastete sie die Stufen hinab und fand die Tür zu ihrem Gefängnis, um wie erstarrt anzuhalten. Sie hatte die Tür geschlossen. Aber wie konnte sie sie wieder öffnen? Sie versuchte es mit allen Mitteln, die ihr von der varganischen Technik her vertraut waren, aber ohne Erfolg. Wahrscheinlich hatte Daquomart Sicherungen eingebaut, die nur ihm bekannt waren. Schließlich gab sie auf. Es wurde ihr klar, dass sie ihrem eigentlichen Gefängnis zwar entkommen, aber noch immer nicht frei war. Auch Fartuloon und die anderen würden ihr jetzt nicht beistehen können, denn wie sollten sie in die Station gelangen?

Sie wusste nicht, wie spät es war, musste warten, bis der Rebell wieder zu sich kam und das Zimmer verließ. Immerhin hatte sie seine Waffe und konnte ihn zwingen, den Ausgang zu öffnen. Die Neugierde veranlasste sie, in den unteren Teil der Station hinabzusteigen. Ein leichtes

Vibrieren und Summen verriet ihr, dass die Energieanlage und der Maschinenkomplex nicht fern waren. Zu ihrer Überraschung gab es hier unten keine verschlossenen Türen. Ungehindert konnte sie alle Räume betreten. Die Wand eines Raums war transparent und gestattete einen Blick ins Meer. Viel konnte sie nicht erkennen, denn es war noch dunkel draußen, wenngleich ein schwacher Schimmer an der Oberfläche bereits den neuen Tag ankündigte. In spätestens einer halben Tonta ging die Sonne auf. In einem weiteren Raum fand sie eine große Kontrolltafel mit vielen Schaltern, Skalen und Knöpfen, unter denen lediglich Ziffern, aber keine Bezeichnungen standen. Vielleicht dienten diese Instrumente nur dazu, die Energieanlage in Betrieb zu halten und zu kontrollieren, während sich die eigentliche Steuerzentrale der Station an ganz anderer Stelle befand. Sie widerstand der Versuchung, auf einen der zahlreichen Knöpfe zu drücken oder einen Hebel umzulegen. Tat sie das Falsche, konnte das schlimmer als die Gefangenschaft sein.

Dann dachte sie wieder an Daquomart. Wenn er inzwischen erwacht war und feststellte, was geschehen war, würde er Zeit finden, sich erneut zu bewaffnen. Das musste unter allen Umständen verhindert werden. Sie verfluchte ihren Leichtsinn, rannte durch den Gang und hastete die Stufen empor. Als sie die weit offen stehende Tür zu ihrem ehemaligen Gefängnis erblickte, blieb sie wie angewurzelt stehen. Ein Geräusch: Eine andere Tür wurde geöffnet und wieder geschlossen. Noch während sie unschlüssig überlegte, was sie nun tun sollte, hörte sie Daquomarts Stimme aus einem Deckenlautsprecher: »Meine Teure, du hast dich geirrt. Mein Schädel ist härter, als du glaubtest. Komm schön brav die Treppe hoch und lege den Strahler auf die oberste Stufe. Keine Tricks!« Ischtar biss sich auf die Lippen und hielt den Energiestrahler in der Hand, bereit, auf alles zu schießen, was sich bewegen würde. Daquomart fuhr fort, seine Stimme klang ironisch: »Da stehst du nun und weißt nicht, was du tun sollst. Ich gebe dir den guten Rat, auf mich zu hören, dann werde ich dich nicht töten. Du scheinst mir doch jener Rebell zu sein, der sein eigenes Leben für das der anderen erkauft. Leg die Waffe endlich hin.«

Ischtar sagte entschlossen: »Niemals ergebe ich mich freiwillig. Dann kann ich mich gleich umbringen. Wenn du mich haben willst, hol mich.«

Sie lief die Treppe wieder hinab, bis sie atemlos in dem unteren Kontrollraum stand. Vergeblich suchte sie nach der versteckten Kamera. Dafür hörte sie Daquomarts Warnung: »In diesem Augenblick schließt sich ein Schott, du bist im Maschinenteil der Station gefangen. Und dort wirst du auch bleiben, bis du verhungert bist. Es sei denn, du kommst zur Vernunft.«

Sie starrte wütend auf die Kontrollen und fingerte nervös an dem Strahler herum. Ehe sie verhungerte, würde sie die Anlage zerstören, das stand fest. Vielleicht ließ sich Daquomart mit einer Drohung einschüchtern. »Ich mache dir einen Vorschlag.«

»Lass hören.«

»Wir nehmen dich mit und setzen dich an jedem von dir gewünschten Ort ab. So ist uns beiden geholfen. Bist du damit nicht einverstanden und willst mich umbringen, schmelze ich die Kontrollen hier zusammen. Das Schiff wirst du ohne mich niemals bekommen, das schlage dir aus dem Kopf. Abgesehen davon, dass es auf mich und meine Befehlsgebung geeicht ist.«

»Willst du deinen Tod beschleunigen? Willst du ersticken oder ertrinken? Oder ist dir das Verhungern nicht doch lieber?«

Sie schob den Strahler in den Gürtel, trat vor und legte einen großen Hebel um. Im gleichen Augenblick hörte sie unter sich das Schaben von Metall auf Metall, dann trat wieder Ruhe ein.

»Du bist wahnsinnig geworden«, rief Daquomart wütend. »Du hast die im Meeresboden verankerten Stützen gelöst und eingezogen. Wir treiben langsam mit der Strömung ab. Ein einziger Fehler und wir sinken; dein Schiff hat eine beträchtliche Masse …«

»Dann sinken wir eben«, sagte Ischtar gleichmütig und drückte auf einen Knopf. Diesmal geschah nichts, was sie bemerken konnte.

»Aufhören! Der obere Teil der Plattform liegt bereits zwei Meter unter der Wasseroberfläche.«

Ischtar lief in den anderen Raum und sah hinaus ins Meer, inzwischen war es heller geworden. Die Station lag ein wenig schräg auf den Grundfelsen und konnte nun nicht weiter absinken. Bei der leisesten Erschütterung jedoch war es möglich, dass sie abrutschte und in den dunklen Graben sank, dessen Grund nicht zu sehen war. Die Varganin kehrte zur Kontrolltafel zurück. Kaltblütig bewegte sie einen weiteren Hebel …

Fartuloon kletterte zuerst aus der Luke der kleinen Seitenschleuse. Zu seiner Überraschung stand er bis zu den Knöcheln im Wasser und wäre fast auf den glitschigen Pflanzenresten ausgerutscht.

»Haben wir jetzt Flut?«, vermutete Eiskralle halbherzig.

»Eiskralle! Erstens hat Noghmura keinen Mond, zweitens macht sich auf einem schwimmenden Objekt das Steigen oder Fallen des Meeresspiegels nicht bemerkbar. Und nun schließ den Helm, wir müssen tauchen, um von unten an die Station heranzukommen. Keinen Funkverkehr! Wenn einer etwas sagen will, Helme gegeneinanderlegen.«

Sie glitten über den Rand der weiter absinkenden Plattform ins Wasser und wurden so gut wie schwerelos. Fartuloon schwamm voran und tauchte tiefer, sah die Station. Die stählernen Stützen schoben sich in das Innere der schwimmenden Insel, die weiter sank – immerhin musste sie die zusätzliche Last der MONDSCHATTEN tragen. Er gab Eiskralle und Corpkor ein Zeichen und schwamm weiter, bis er ein breites Fenster in der glatten Wand entdeckte. Für eine Umkehr war es zu spät. War hinter dem Fenster jemand, hatte er sie längst entdeckt. Die Stützen waren inzwischen völlig verschwunden. Der untere Teil der stählernen Insel ruhte auf Klippen, die keinen allzu sicheren Halt boten. Fartuloon war klar, dass in der Station etwas geschehen sein musste, was nicht zu Ischtars Plänen passte. Vielleicht befand sie sich in größter Gefahr. Durch das Fenster konnte er in den Raum dahinter blicken, aber viel gab es nicht zu sehen. Eine offene Tür und dahinter ein Gang, das war alles. Der Raum selbst war leer.

Eiskralle und Corpkor schwebten neben ihm. »Wir müssen einen Eingang finden, vielleicht weiter unten.« Als sie begriffen hatten, ließen sie sich weiter in die Tiefe sinken, kamen unter die Station selbst und zwängten sich zwischen die Klippen, bis über ihnen statt der leicht gekräuselten Oberfläche des Meeres nur die glatte Metalldecke war. Sie fanden nichts, was einem Notausstieg ähnelte. »Zwecklos«, teilte Fartuloon seinen Begleitern mit. »Oben!«

Sie tauchten wieder auf, kamen an dem Stationsfenster vorbei und sahen dahinter eine Bewegung. Etwas Helles war hinter der transparenten Scheibe. Fartuloon schwamm hin und erkannte Ischtar. Er versuchte es mit Handzeichen, aber Ischtars »Antwort« war kein Sinn zu entnehmen. Sie deutete einmal nach oben zur Decke des Raumes, in dem sie sich aufhielt, dann wieder nach unten zum Meeresgrund. Fartuloon ahnte er, dass die Varganin die Gefangene des Rebellen war, aber was sie ihm sagen wollte, blieb unklar. Er winkte Eiskralle und Corpkor zu und tauchte auf. Die Station hatte sich noch schräger gelegt, was lediglich dazu führte, dass ein kleiner Teil wieder aus den

Fluten herausragte. Fartuloon kletterte hinauf, öffnete den Helm und wartete, bis die anderen seinem Beispiel gefolgt waren. »Wir müssen hier oben einen Eingang finden. Ischtar scheint im unteren Teil der Station eingeschlossen zu sein. Wenn das Ding weiter absinkt oder ein Leck bekommt, ertrinkt sie. Möchte nur wissen, wo Daquomart steckt.«

»Freiwillig lässt er uns nicht hinein«, vermutete Eiskralle.

»Wie Recht du hast, Vater der Weisheit.« Fartuloon dachte weiter darüber nach, was sie als Nächstes unternehmen sollten. »Wir haben Stabwaffen; umschalten auf Desintegratormodus!«

»Fangen wir an«, sagte Corpkor entschlossen.

15.

Aus: *Gedanken und Notizen*, Bauchaufschneider Fartuloon

Die Vieraugengespräche mit Ischtar waren, nachträglich betrachtet, von einer bemerkenswerten Intensität. Ihre Ausstrahlung begann sogar mich zu beeindrucken, vielleicht auch, weil wir uns ähnlicher waren, als es auf den ersten Blick möglich erscheint. Ich verstand sie immer besser. Sie berichtete von ihrer Einsamkeit, dem Wunsch aller Varganen nach Kindern, dem Fluch der Sterilität, die die Langlebigkeit nur bedingt aufwiegen konnte.

Unsterblichkeit wird von vielen Wesen als höchstes Ziel betrachtet. Ungezählte hetzen den Legenden von der Welt des ewigen Lebens hinterher, wollen den »Stein der Weisen« erringen. Die Kehrseiten werden selten bedacht – die erdrückende Last der Erinnerungen, der sich unter Umständen mit der Zeit einschleichende Wahnsinn, die Arroganz gegenüber den Eintagsfliegen der Kurzlebigen und vieles mehr. Ein Normalsterblicher geht Risiken ein, so ist nun mal das Leben, zu dem der Tod gehört, der mit Sicherheit über kurz oder lang kommt – ein Unsterblicher kann dagegen nur gewaltsam umkommen, durch andere, die Natur oder sich selbst.

Dass bei den Varganen nicht nur die körperliche Langlebigkeit eine Rolle spielte, verdeutlichte neben den uralten Überlieferungen und Konservierungen der Körper auch Magantillikens Fähigkeit, mit seinem Bewusstsein diese konservierten Körper zu übernehmen und zu beseelen – etwas, das offenbar die Varganen erst nach ihrer Rückkehr in den Mikro-

kosmos entwickelt hatten, während diese Fähigkeit den zurückgebliebenen Rebellen nicht zur Verfügung stand, sofern nicht zusätzliche technische Mittel eingesetzt wurden.

Auf erschreckende Weise glich die Fähigkeit jener der Individualverformer – die Bezeichnung eines Fremdvolks, das im Großen Imperium in Ergänzung der vokallosen Sprache auch VeCoRat XaKuZeFToNaCiZ, kurz Vecorat, genannt wurde. Diese insektoiden Geschöpfe konnten ebenfalls rein geistig den eigenen Individualkörper verlassen und auf einen anderen überspringen; hierbei kam es zum Austausch mit dem Bewusstsein des Opfers, das bis zum abermaligen Tausch im Vecorat-Körper zur Handlungsunfähigkeit verurteilt war. Vor allem in der Regierungszeit von Imperator Barkam I. waren sie massiv in Erscheinung getreten. Es war damals dem Eingreifen der Großen Feuermutter – unterstützt vom »Dyhanensinn« der Gorianer – zu verdanken gewesen, dass der Invasionsversuch aufgedeckt und abgewehrt werden konnte. Die Ausbildung der allerersten Tai Zhy Fam als weibliches Gegengewicht zum männlichen Imperator war ein künstlich stabilisierter Bewusstseinsverbund aus 158 Feuerfrauen von Iprasa gewesen. Erst rund 2500 Arkonjahre später wagten die Vecorat einen erneuten Vorstoß, galten seither aber als »Erzfeinde« der Arkoniden.

Ischtar kannte die Vecorat und behauptete, dass es noch keinem gelungen sei, einen Varganen »zu übernehmen«. Ob es sich um eine natürliche Immunität handelte oder eine Folge der mit dem Übergang in den Makrokosmos verbundenen Veränderung, wusste sie nicht zu sagen. Sie war nicht einmal sicher, ob nicht auch die Rebellen über die Fähigkeit der Bewusstseinswanderung verfügten – sie selbst hatte es jedenfalls nie ausprobiert, von einer kreatürlichen Angst geplagt, die meist schon den Gedanken an eine solche Möglichkeit verhinderte.

Als sie mir schließlich sogar die Silberkugel zeigte, in der sie eine Hinterlassenschaft jener Wesen sah, die sie als verschollene Varganen umschrieb, war es ein Augenblick, der mir kaltes Frösteln bescherte. Das Gebilde war kein varganisches Produkt, sondern von Ischtar auf einer Welt in einem dem Dreißig-Planeten-Wall ähnelnden, jedoch »nur« siebzehn Planeten auf identischer Umlaufbahn umfassenden System entdeckt worden. Sie versicherte, dass sie mit der Zeit zwei weitere dieser »Planetenwälle« gefunden hatte, einer mit elf, ein anderer mit dreiundzwanzig Planeten – allesamt ohne Zweifel künstlich geschaffen, aber nicht von den Varganen, sondern von jenem Volk, das den Varganen zu gleichen schien. Ihre Vermutung, es könne sich dabei um die Vorfahren *der Tropoyther handeln, von denen es einige in den Mikrokosmos verschlagen hatte, klang logisch, zumal die technischen Möglichkeiten der später ins Standarduniversum Vorgedrungenen – besser vielleicht: Zurückgekehrten? – in jeder Hinsicht auf einen Makrokosmos wie unseren ausgelegt waren und keineswegs den Beschränkungen eines Miniaturuniversums von wenigen zehntausend Lichtjahren Ausdehnung entsprachen.*

Die Silberkugel selbst war eigentlich ein leistungsfähiges Raumschiff, das auf ein Vielfaches seiner »Ruhezustandausdehnung« vergrößert werden konnte. Leider schien es beschädigt zu sein, so dass die Varganin bislang nur wenig über seine wahren Möglichkeiten und Funktionen hatte herausfinden können. Gleiches betraf die verschollene Varganen, deren Spuren sie zwar gefunden hatte, nicht jedoch sie selbst oder ihre Nachkommen.

Noghmura: 27. Prago des Eyilon 10.499 da Ark

Als Ischtar den zweiten Hebel nach vorn zog, änderte sich vorerst an den Gewichtsverhältnissen der Station nichts, obwohl sich an der Unterseite die Flutventile geöffnet hatten. Auch sorgte der im hermetisch abgeschlossenen Innern der Insel herrschende Luftdruck dafür, dass nur wenig Wasser eindrang. Immerhin ließ es Ischtar doch nicht kalt, als ihre Füße plötzlich nass wurden. Der Gang war schon eine Handbreit mit Wasser bedeckt, das in die Räume floss. Es stieg nur langsam, wie sie zu ihrer Beruhigung feststellte.

Daquomart sagte ziemlich beherrscht: »Nun hast du endlich deinen Willen. Ich kann die Zwischentür für einen Augenblick öffnen, um dich herauszulassen, aber du musst dich beeilen. Sobald die Luft entweicht, dringt das Wasser nach. Entscheide dich.«

Ischtar blieb keine andere Wahl. »Ich komme.«

Sie eilte die Stufen empor und stand dann vor der stählernen Wand. »Wirf den Strahler weg und halte dich bereit!« Sie befolgte auch diesen Befehl, wenn auch schon widerwilliger. Als die Waffe ins Wasser unten im Gang klatschte, teilte Daquomart mit: »Schnell, rechte Seite!«

Sie starrte gegen die Wand und wartete. Endlich entstand ein schmaler Spalt, durch den die Luft nach oben entwich. Der plötzliche Druckabfall störte Ischtar weniger, wohl aber das anschwellende Rauschen des sofort nachdrängenden Wassers. Sie zwängte sich durch den Spalt, der sich unmittelbar danach wieder schloss. Daquomart kam aus dem Kontrollraum und betrachtete sie triumphierend. »Ich weiß, dass drei Männer aus dem Schiff gekommen sind und den Eingang suchen«, begrüßte er sie. »Du hast sie auch gesehen, aber dein Optimismus ist fehl am Platz. Sie werden dir nicht mehr helfen können.«

»Ich bleibe bei meinem Vorschlag«, entgegnete sie kalt. Die unmittelbare Lebensgefahr war vorüber. »Wir bringen dich, wohin du willst.«

Er schüttelte den Kopf. »Komm mit, ich werde dir etwas zeigen.« Auf dem Bildschirm im Kontrollraum war immer noch ihr Schiff zu sehen, aber die untere Spitze lag nun in fast zehn Meter tiefem Wasser. Von Fartuloon und den anderen war nichts zu bemerken. Vielleicht schwammen sie noch um die Station und suchten nach einem Einlass. Daquomart deutete auf einen Sessel in der Ecke. »Nimm Platz. Ich muss dich leider festbinden, damit du keinen weiteren Unsinn anstellst, danach werde ich dir sagen, was geschehen wird.«

Sie setzte sich und ließ es geschehen, dass stählerne Bänder sie fesselten. Damit begab sie sich endgültig in die Gewalt des Rebellen, dessen finstere Miene nichts Gutes verhieß. Er betrachtete sein Werk zufrieden und trat zurück. »Deine Freunde beraten gerade, was sie als Nächstes unternehmen sollen – ich werde ihnen die Entscheidung erleichtern. Die Station hat nicht nur einen Eingang; von außen lassen sie sich nicht öffnen, wenigstens nicht ohne gewisse Hilfsmittel. Ich werde also einen der Notausstiege öffnen, damit sie einsteigen können.«

Sie begriff nicht und sah ihn verblüfft an. »Warum denn das?« Dann aber fügte sie ungläubig hinzu: »Willst du meinen Vorschlag annehmen?«

Daquomart lächelte bösartig. »Natürlich nicht, meine Liebe. Deine Freunde sollen einsteigen, während ich den Haupteingang und das Schott zur Maschinenanlage öffne. Ich verlasse die Station – und während sie sinkt, sitze ich schon hinter den Kontrollen und starte dein Schiff. Deine Sicherheitsschaltungen schrecken mich nicht, ich kenne mich aus.«

Sie sah ihn wütend an. »Warum hast du mich nicht gleich unten gelassen?«

»Das Vergnügen wollte ich mir nicht entgehen lassen. Außerdem sollst du zusehen, wie deine Freunde in die Falle steigen, die auch ihnen zum Verderben wird.« Er setzte sich in den Sessel und betätigte einige Kontrollen. Mehrere Bildschirme wurden hell. »Nun können wir die Station von allen Seiten betrachten, auch wenn der größte Teil bereits unter Wasser ist. Dort, siehst du? Deine Freunde. Stabwaffen – sie wollen durch die Hülle. Na, das wollen wir ihnen ersparen, sie hätten dann später keine Kraftreserven zum Schwimmen mehr …«

Ischtar sah, wie sich nur wenige Meter von Fartuloon, Eiskralle und Corpkor entfernt dicht über der Wasseroberfläche eine kleine, runde Luke in der stählernen Wand öffnete. Die drei Männer stutzten, aber dann kletterte Fartuloon den beiden anderen voran in die Station hinein. Daquomart stand auf. »Sie werden einige Zeit brauchen, bis sie die Tür zum Gang geöffnet haben.« Er drückte auf einen Knopf. »Und nun verschwinde ich, Teuerste. Ich wünsche dir einen schnellen Tod.«

Er nickte ihr noch einmal zu, ehe er den Kontrollraum verließ. Die Tür blieb offen, was sie verwunderte, aber dann begriff sie, dass er damit ihre Qual nur vergrößern wollte. Sie sollte sehen, wie das Wasser nach dem Öffnen der Schottpforte aus dem unteren Teil der Station nach oben stieg und alles allmählich überflutete. Licht fiel in den Gang, als Daquomart den Haupteingang aufgleiten ließ. Sie hörte noch einmal sein höhnisches Gelächter, dann war Stille. Die Bildschirme waren noch in Betrieb; bis die unteren Räume überflutet waren, würde es noch einige Zeit dauern. Angestrengt lauschte Ischtar, aber sie hörte nur das Gluckern des langsam steigenden Wassers. Gelang es Fartuloon und den anderen nicht, sie rechtzeitig zu befreien …

»Drinnen sind wir.« Fartuloon betrachtete prüfend die Tür. »Aber wir müssen weiter. Ich bin überzeugt, dass der Kerl den Einstieg absichtlich geöffnet hat, aber ich frage mich nach dem Grund. Einen Gefallen wird er uns wohl kaum tun wollen.«

»Eine Falle!«, prophezeite Eiskralle düster.

Fartuloon gab ihm Recht. »Natürlich eine Falle. Aber es ist nur eine halbe, weil wir es wissen.«

Die Desintegratoren schufen drei nur einen Millimeter breite Spalten, die sich dann trafen. Nach kurzer Zeit schuf der vierte Schnitt die begehrte Öffnung. Fartuloon deutete auf das Rinnsal, das schon vorher durch den unteren Spalt eingesickert war. »Wasser – es steigt! Wir müssen uns beeilen!«

Sie stießen die herausgelöste Stahlplatte auf den Gang und kletterten über sie hinweg. Das Wasser stand einen Fuß hoch. Nach rechts wurde es tiefer, links war noch der trockene Boden zu erkennen.

»Wir müssen nach rechts«, sagte Corpkor kategorisch.

»Wie kommst du darauf?«, fragte Fartuloon.

»Weil wir dort zuerst suchen müssen, wo das Wasser am höchsten steht. Die anderen Teile haben mehr Zeit. Wollen wir Ischtar nun helfen oder nicht?«

»Er hat Recht«, stimmte Eiskralle zu.

Sie kamen an einer halb in der Wand verschwindenden Tür vorbei und sahen von Wasser bedeckte Stufen, die nach unten führten. Fartuloon schloss wortlos den Helm und tauchte in den unteren Teil der Station. Corpkor sagte: »Wenn Ischtar dort unten ist, kommt er zu spät. Sie ist längst ertrunken.«

Ehe Eiskralle etwas antworten konnte, hörten sie eine helle Stimme: »Seid ihr es? Corpkor? Ich hörte dich sprechen. Hier bin ich, im Kontrollraum. Beeilt euch.«

Es war nicht weit. Ischtar saß auf dem Sessel, mit Stahlbändern gefesselt und bis zur Hüfte bereits im Wasser. Immer noch brannte Licht, die Bildschirme zeigten unverändert die Umgebung der sinkenden Station.

»Dieser Saukerl«, fluchte Corpkor. »Das haben wir gleich.«

In der Kontrolltafel entstanden die ersten Kurzschlüsse. Ein Bildschirm nach dem anderen erlosch. Nur der große arbeitete noch – und zeigte Daquomart, der versuchte, die Bodenschleuse zu öffnen. Als es ihm nicht gelang, verschwand er auf der anderen Seite und konnte nicht mehr beobachtet werden.

»Wir haben die Luke nicht verriegelt«, murmelte Eiskralle verbittert.

Corpkor lächelte kaum merklich, sagte aber nichts. Als Ischtar endlich frei war, fragte sie: »Wo ist Fartuloon?«

»Er taucht und sucht dich«, sagte Eiskralle.

Sie deutete auf den Bildschirm. »Wir müssen uns beeilen, ehe Daquomart hinter den Schiffskontrollen sitzt. Er kann damit umgehen. Holt Fartuloon, ehe die Station völlig überflutet wird und endgültig sinkt.«

In diesem Augenblick fiel auch der Hauptschirm aus. Fartuloon erschien und öffnete den Helm. »Da bist du ja. Und ich suche dich da unten.«

»Daquomart ist entkommen. Wir müssen ihn daran hindern, mit meinem Schiff zu starten.«

Sie warteten nun nicht mehr länger, mussten zu ihrer Enttäuschung feststellen, dass der Haupteingang geschlossen war. Das Wasser war weiter gestiegen.

»Die kleine Luke«, erinnerte Corpkor. »Aber sie wird schon überflutet sein.«

»Dann tauchen wir eben«, sagte Fartuloon. »Wie lange kannst du die Luft anhalten?«

»Ausreichend lange.«

»Corpkor und Eiskralle werden dich mitziehen.« Als sie die Tür mit dem herausgeschnittenen Loch erreichten, ging Fartuloon vor. Um in den dahinter liegenden Raum mit der Notluke zu gelangen, musste er tauchen und kam sofort wieder zurück. »Wir haben Glück. Hinter der Tür reicht das Wasser gerade bis zum Hals. Die Luke selbst ist allerdings überflutet, aber das spielt keine Rolle mehr. Wir sind in wenigen Millitontas draußen.«

»Das schaffe ich ohne eure Hilfe.« Ischtar holte tief Luft. Ehe sie jemand daran hindern konnte, tauchte sie unter, schwamm durch das Loch und stand dann im Lukenraum. Die drei Männer folgten der Varganin.

»Die Luke ist dicht über dem Boden, anderthalb Meter unter dem Wasser. Viel höher wird es draußen auch noch nicht sein.« Fartuloon deutete zur Decke. »An dieser Stelle ist es sogar möglich, dass die Plattform noch trocken ist. Wir werden ja sehen. Folgt mir schnell.«

Er verschwand in dem Wasser. Die geöffnete Luke war nur undeutlich zu sehen, ein verschwommener heller Fleck. Fartuloon tauchte hindurch, dann folgte Eiskralle.

»Los, jetzt du«, sagte Corpkor. »Ich bleibe dicht hinter dir.«

Ischtar nickte, pumpte die Lungen voll Luft und sank unter Wasser. Corpkor hatte seinen Helm längst geschlossen und beobachtete sie. Sie war sehr geschickt, tauchte mit dem Kopf voran durch die Luke und erreichte mit wirbelnden Füßen schnell die Meeresoberfläche. Sie hangelten sich an der Plattform entlang, bis sie eine Stelle erreichten, an der sie hinaufklettern konnten. Ihr erster Blick galt dem Schiff. Es stand fast am Rand der sich immer schräger stellenden stählernen Insel. Es war nur noch eine Frage der Zeit, bis es endgültig abrutschte und ins Meer stürzte. Sie verloren auf dem mit Pflanzenresten verklebten Boden der Plattform immer wieder den Halt, dann mussten sie wieder schwimmen.

Corpkor, der neben der Varganin schwamm, sagte beruhigend: »Keine Sorge. So schnell wird dem Burschen kein Start gelingen.«

»Und warum nicht, wenn ich fragen darf?«

»Meine Tiere! Vor allem *Quirrel*. Auf ihn ist Verlass.«

Daquomart gab fluchend die Versuche auf, die Hauptschleuse zu öffnen. Sie war geschlossen, seit Ischtar aus dem Schiff gekommen war, die drei Männer hatten einen anderen Ausgang benutzt. Vielleicht ließ sich der leichter öffnen. Die Plattform neigte sich immer mehr und wurde allmählich völlig überflutet. Auch das Schiff begann langsam zu rutschen, dem Rand entgegen. Es wurde höchste Zeit, ins Innere zu kommen. Auf der anderen Seite entdeckte er die kleine und unverriegelte Luke. Hastig kletterte er hinein und schloss sie hinter sich; sein Ziel war die Zentrale.

Das Schiff war vom gleichen Typ wie seins, das nun fluguntauglich auf dem Grund des Meeres lag. Noch wusste Daquomart nicht, welchen Planeten er ansteuern sollte. Es gab genug Versunkene Welten mit verlassenen Stationen, viele der unsterblichen Rebellen waren inzwischen eines gewaltsamen Todes gestorben. Er würde ein neues Versteck finden, in dem er vor Magantilliken sicher war. Als er endlich die Zentrale erreichte, war er davon überzeugt, dass sich außer ihm kein lebendes Wesen an Bord befand; es war ohnehin erstaunlich, dass sich Fremdwesen in Ischtars Begleitung befanden – die meisten Rebellen waren ausgesprochene Einzelgänger, als Unsterbliche Mitgliedern anderer Völker gegenüber extrem misstrauisch. Er schob den Stabstrahler ins Gürteletui zurück, nachdem er ihn gesichert hatte. Die Verschlussklappe ließ er jedoch vorsichtshalber geöffnet, um die Waffe im Notfall schnell ziehen zu können.

Die Kontursessel vor den Kontrollen waren unbesetzt, wie er es erwartet hatte. Sie hatten nicht einmal eine Wache im Schiff zurückgelassen. Daquomart beglückwünschte sich zu seinem durchschlagenden Erfolg und zur kampflosen Eroberung des Raumers, der ihn nun von der sinkenden Stahlinsel wegbringen würde. Er setzte sich und studierte die Kontrollen, als er ein Geräusch hörte. Zuerst glaubte er, es stamme vom Abrutschen auf der immer schräger werdenden Plattform, aber dann erkannte er seinen Irrtum. Nein, das war nicht das Schaben von Metall auf Metall, sondern mehr ein Trappeln kleiner Füße. Dann huschte etwas quer durch den Raum und landete genau vor seinem Gesicht auf dem Pult. Ein Tier, gerade zwei Handlängen groß, saß auf den Hinterbeinen und sah ihn aus dunklen, klugen Augen an. Das blaue Fell sträubte sich in der Nackengegend. Daquomart gab den Blick verblüfft zurück. Es kam zwar vor, dass Varganen Tiere mit auf die Reise nahmen, aber so eins hatte er noch nie gesehen. Wenn er sich nicht irrte, schimmerte in den dunklen Augen sogar so etwas wie Intelligenz.

»Verschwinde!«, brüllte er das Tier an und wollte es mit einer Handbewegung verscheuchen. Blitzschnell schlug die mit scharfen Krallen bewehrte Vorderpfote zu; als Daquomart seine Hand mit einem Schmerzensschrei zurückzog, blutete sie. »Dir werde ich zeigen ...«

Mitten im Satz verstummte er, denn er sah doppelt: Auf dem Tisch saßen zwei Tiere. Dann flog ein drittes aus einer Ecke heran und landete ebenfalls auf dem Tisch. Die dunklen Augen sahen ihn drohend an. Daquomart war kein Tierfreund, schon gar nicht in dieser Situation. Am liebsten hätte er die Viecher mit dem Strahler erledigt, aber das wagte er nicht – aus Furcht, die Instrumente zu beschädigen. Außerdem hatte er es inzwischen mit zehn Gegnern zu tun, das Trappeln im Schiffskorridor hörte nicht auf. Es war, als habe sich in den Kabinen eine ganze Armee dieser kleinen und wehrhaften Tiere verborgen gehalten. Mit einem Ruck wurde der Stabstrahler aus der Tasche gerissen. Daquomart fuhr herum und sah noch gerade, wie drei oder vier der kleinen Tiere die Waffe in den Korridor schleppten und irgendwo verschwanden. Er wollte aufspringen, sank aber wieder in den Sessel zurück. Bis er den Strahler wiedergefunden hatte, würde die Station endgültig versunken und das Schiff von der Plattform abgerutscht sein. Er durfte keine Zeit mehr verlieren.

»Verschwindet endlich!«, schrie er verzweifelt und ließ seine Hand vorschnellen, um den Haupt-Energieschalter zu betätigen.

Vier Tiere stürzten sich mit beachtlicher Geschwindigkeit auf die Hand und bissen sich fest. Daquomart brüllte auf, schüttelte seine Hand. Drei Tiere flogen davon und landeten auf dem Boden. Eins hatte einen Fetzen aus dem Daumen des Rebellen gebissen. Nun war es aus mit seiner Geduld. Er sprang auf und schwang die Fäuste, um die restlichen Tiere vom Tisch zu fegen, aber er hatte die anderen vergessen, die inzwischen die Zentrale bevölkerten. Wie ein Schwarm Rieseninsekten stürzten sie sich von allen Seiten auf ihn, bissen und kratzten, wo immer sie nur ein Stück Haut entdeckten. Einige bissen mit ihren scharfen Zähnen sogar durch den Stoff der Bekleidung. Daquomart sank in den

Sessel zurück, sofort ließen die Tiere von ihm ab, saßen ringsum und belauerten ihn. Bei der geringsten Bewegung spannten sich die Hinterläufe zum Sprung. Daquomart wusste, dass ihm möglichst schnell etwas einfallen musste, sollte der Start gelingen. Das Schiff rutschte mehr und mehr dem Rand der Plattform entgegen, die sich immer schräger stellte. Die Station lief allmählich voll Wasser.

»Ihr seid aber nette Tierchen«, säuselte er mit sanfter Stimme und versuchte, möglichst tierliebend auszusehen, während er mit der Linken den blutenden Daumen umfasste und die Schmerzen ignorierte. Ihm war, als würde der Blick in den Augen auch ein wenig sanftmütiger und friedfertiger, und er schöpfte neue Hoffnung. »Ich tue euch bestimmt nichts, ich will nur den Bildschirm einschalten ...« Seine Hand kam diesmal sehr langsam und vorsichtig nach vorn. Blut tropfte auf den Tisch, und die Wunden schmerzten höllisch. Als die Finger nur noch wenige Zentimeter vom Hauptschalter entfernt waren, hoppelte ein Tier gemächlich und scheinbar zutraulich näher – und biss zu. Diesmal wäre Daquomart beinahe aus dem Sessel gekippt, so überrascht war er über den unverhofften Angriff. Und die Wunde war diesmal besonders tief, begann sofort heftig zu bluten. »Ich bringe euch alle um!«, rief er voller Zorn und sah sich nach einem geeigneten Gegenstand um, mit dem er den Gegnern zu Leibe rücken konnte, fand aber nichts. »Wollt ihr das?«

Die Tiere rührten sich nicht vom Fleck und achteten auf seine Hände. Inzwischen war der ganze Kontrollraum voll von ihnen. Daquomart schätzte ihre Zahl auf mehr als zweihundert. Dagegen kam er nicht an. Außerdem geschah nun das, was er schon befürchtet hatte. Die Station tauchte an der gegenüberliegenden Seite wieder auf, während der Teil, auf der das Schiff lag, tiefer ins Wasser tauchte. Das Schiff rutschte über die Kante hinweg und klatschte ins Wasser. Trotz der künstlichen Schwerkraft war ein Ruck zu bemerken. Die geringe Meerestiefe bedingte, dass das Schiff schnell den Grund berührte, sich schräg legte und zur Ruhe kam. Daquomart blieb sitzen und rührte sich nicht. Auf dem Kontrollbord leuchtete eine Lampe auf. Die Tiere sahen ihn unverwandt an und ließen ihn keinen Augenblick aus den Augen ...

Noch bevor sie das Schiff erreichen konnten, rutschte es über die Kante der stählernen Insel. Die untere Pyramidenspitze versank im Wasser.

»Lasst mich vorgehen«, erbot sich Corpkor. »Die Quirrels gehorchen mir. Ich nehme an, sie haben Daquomart bereits ruhiggestellt.«

Er kraulte auf das Schiff zu. Noch bevor er es erreichte, tauchte er weg. Vorsichtig umrundete er es unter Wasser und näherte sich der Seitenluke und drehte das Rad. Wenn das Innenschott der Schleuse geöffnet war, würde sich die Luke nicht öffnen lassen. Aber der Vargane hatte instinktiv die Raumfahrerregeln beachtet. Die Luke ließ sich öffnen, die Schleusenkammer lief voll, Corpkor schloss die Außenluke und setzte die Pumpe in Betrieb. Das Wasser wurde abgesaugt. Corpkor hoffte, dass die Quirrels den Rebellen unter ihrer Kontrolle hatten. Behutsam öffnete er die Innenluke und betrat den Korridor.

Ein Lächeln überzog sein Gesicht, als er schon von weitem das Gebrüll Daquomarts hörte, der seiner Verzweiflung und seiner Enttäuschung Luft zu machen versuchte, gar nicht zu reden von den Schmerzen, die ihn peinigten. Als Corpkor die Zentrale erreichte, bot sich ihm ein Bild, das seinen Vermutungen entsprach: Daquomart hockte in sich zusammengesunken im Sessel vor den Kontrollen, umgeben von einigen Dutzend Quirrels, die jede seiner Bewegungen mit wachsamen Augen verfolgten. Jener Quirrel, der »Quirrel« hieß, hopste mit einem Satz in Corpkors Arme und kuschelte sich zufrieden zusammen.

»Damit hast du wohl nicht gerechnet«, sagte Corpkor, nachdem er das Bild lange genug genossen hatte. »Schön sitzen bleiben und nicht von der Stelle rühren, bis die Erlaubnis dazu erteilt wird.« Er wandte sich an Quirrel: »Pass gut auf ihn auf.«

Er aktivierte die Außenlautsprecher und verkündete den anderen den Erfolg. Während sie einschleusten, ließ sich Daquomart widerstandslos einen Magnetblock um die Handgelenke legen. Nun war er wehrlos und konnte keinen Unfug mehr anrichten. Die Quirrels wurden entlassen und verschwanden in den ihnen zugewiesenen Kabinen, um sich von den Strapazen der Schlacht zu erholen. Außerdem hatten sie Hunger.

Ischtar setzte sich neben Fartuloon und sah den Gefangenen an. »Nun, Daquomart, was jetzt? Deine Station hast du verloren, mein Schiff hast du ebenfalls nicht bekommen. Willst du nun mein Angebot annehmen und mit uns kommen? Es gilt noch – allerdings nur unter der Bedingung, dass du uns hilfst.«

»Ich tue alles, was du wünschst. Tut mir Leid, dass es Missverständnisse gegeben hat.«

Sie fauchte ihn an: »Missverständnisse nennst du das? Ich nenne das versuchten Mord an einer Unsterblichen.« Ihre Stimme wurde wieder sanfter. »Aber wir wollen es vergessen, wenn du mir sagst, auf welchem der Versunkenen Planeten die Versuche mit der Absoluten Bewegung stattfanden. Das ist alles, was ich von dir verlange.«

»Und wenn ich es dir sage? Solange ich den Mund halte, bin ich wertvoll für dich. Wenn du die Antwort weißt, kannst du mich umbringen. So einfach ist das.«

Sie blickte ihn durchdringend an. »Ich möchte dich auf eine Tatsache aufmerksam machen, die dir vielleicht bisher entgangen ist: Meine Freunde und ich haben nicht deinen miesen Charakter. Auf unser Wort kannst du dich verlassen; wenn wir dir die Freiheit versprechen, falls du uns hilfst, bekommst du sie auch – vorausgesetzt natürlich, du hast nicht abermals dumme Gedanken. Hoffentlich bist du klug genug, das zu begreifen. Du hast nicht viel Zeit.« Sie wandte sich an Fartuloon. »Beginn mit den Startvorbereitungen. Wenn es sein muss, setzen wir den Kerl auf der anderen Planetenseite auf einer der kleinen Inseln aus.«

Daquomart zuckte zusammen und biss sich auf die Lippen. Ischtars Drohung kam einem Todesurteil gleich. Er kannte die kleinen Inseln, die nicht aus Pflanzentürmen, sondern aus festem Fels bestanden. Nichts wuchs auf ihnen, sie waren kahl und öde. Fartuloon begann mit der Überprüfung der Instrumente und checkte die Kontrollen, ehe er den Antrieb einschaltete. Daquomart hatte stumm dagesessen und mit sich gekämpft. Ischtar beobachtete ihn kalt und ohne Mitleid. Im Hintergrund stand Corpkor, Quirrel auf dem Arm. Eiskralle kontrollierte Ortung und Funkanlage. Ischtar beugte sich vor. »Nun?«

Daquomart sagte tonlos: »Mir ist nur ein Planet bekannt, auf dem Umsetzer-Experimente durchgeführt wurden: *Cyro.* Mehr weiß ich auch nicht.«

Ischtar nickte Eiskralle zu. »Bring ihn in eine Kabine und sichere die Tür. Wir nehmen ihn mit und setzen ihn bei erstbester Gelegenheit irgendwo ab.«

Fartuloon rief den Sternenkatalog in einem Holo auf und suchte die Koordinaten des Planeten Cyro heraus, um den Kurs programmieren zu können. In der spiraligen Galaxienprojektion blinkte ein Punkt am Rand der Sterneninsel auf. »Fast vierzigtausend Lichtjahre entfernt. Glaubst du, dass er die Wahrheit gesagt hat?«

»Er weiß genau, dass er sonst hier geblieben wäre; das hätte er kaum mehr als ein paar Tage überlebt.« Sie schwieg eine Weile, dann fuhr sie fort: »Ob sich auf Cyro ein Rebell aufhält, muss sich noch herausstellen. Hoffentlich ist er kooperativer als Daquomart.«

»Hoffen wir es. Aber es ergibt sich nun eine weitere Frage: *Weiß* dieser Rebell überhaupt, dass sich auf seinem Planeten ein Umsetzer befindet? Vielleicht hat er keine Ahnung, vielleicht ist er nur froh, einen sicheren Schlupfwinkel gefunden zu haben?«

»Das werden wir herausfinden. Wie weit bist du?«

Er nickte in Richtung der Kontrollen. »Fertig. Willst du übernehmen?«

Sie schüttelte den Kopf und stand auf. »Ich bin müde und erschöpft und lege mich hin. Starte zur ersten Etappe und plane eine längere Pause ein. Wir müssen ausgeruht sein, bevor wir Cyro anfliegen. Wer weiß, was uns dort erwartet. Ich kenne diese Welt nicht.«

Fartuloon sah ihr nach, ehe er den Start einleitete. Auf dem Bildschirm war die halb versunkene Station zu erkennen. Schon begannen die Pflanzentürme damit, von ihr Besitz zu ergreifen. In ein paar Jahren würde sie unter einem grünen Teppich völlig verschwunden sein. Das Doppelpyramidenschiff erhob sich aus den Fluten, stieg langsam in den Himmel und wurde schneller.

An Bord der MONDSCHATTEN: 28. Prago des Eyilon 10.499 da Ark

Nach der Pause und vor der letzten Flugetappe weckte Corpkor Ischtar. Fartuloon und Eiskralle schliefen. »Es ist besser, du übernimmst wieder. Der Kurs ist programmiert. Ich kümmere mich um das andere.«

Sie erschien zehn Zentitontas später in der Zentrale. Corpkor saß am Kontrollpult der Funkgeräte und Orter und nickte ihr zu. »Alles ruhig. Keine Echos.«

Sie studierte die Karten und Daten. »In den Aufzeichnungen Küllsannimonts ist der Planet Cyro nicht aufgeführt. Ich frage mich, woher Daquomart seine Kenntnisse hat. Wie viel weiß er überhaupt?«

Corpkor sah auf. »Ich glaube, er weiß überhaupt nichts. Soweit ich den Speicherdaten entnehmen kann, handelt es sich bei Cyro um einen absolut bedeutungslosen Planeten; es gibt nicht einmal einen Vermerk. Das System hat fünf Planeten, die Sonne ist gelbweiß.«

Ischtar antwortete nicht sofort. Corpkors Argumente überzeugten sie nicht. Die gespeicherten Sternendaten konnten keinen Hinweis darauf liefern, dass auf Cyro Umsetzer-Experimente stattgefunden hatten. Sie hatten ja erst durch Daquomart davon erfahren. Weiterhin galt auch für das seinerzeitige Vorgehen der Varganen: Je geheimer ein Projekt, desto harmloser sollte das System sein, in dem es verwirklicht wurde. Als das Schiff nach einiger Zeit wieder im Normaluniversum materialisierte, stand die gelbweiße Sonne groß und hell auf der Panoramagalerie. Die Orter erfassten die fünf Planeten, von denen der vierte Cyro war.

»Keine Echos, keine Funksignale«, gab Corpkor bekannt.

Ischtar ließ das Schiff mit halber Lichtgeschwindigkeit in das System eindringen und korrigierte dann den Kurs so, dass sie drei Tontas später in eine Kreisbahn um Cyro einschwenken mussten. Die Datenauswertung zeigte, dass die drei äußeren Welten durchaus annehmbare Lebensbedingungen boten, aber es gab keine Anzeichen einer wie auch immer gearteten Zivilisation. Alle Planeten waren unbewohnt, von Vegetation und niederen Tierarten abgesehen, die sich zumindest auf Cyro entwickelt hatten.

»Sollen wir uns jetzt Daquomart vornehmen?«, fragte Corpkor. »Es wird mir ein Vergnügen sein, die Quirrels mit ihm spielen zu lassen, sollte er uns hereingelegt haben.«

»Fartuloon kann ihn mitbringen, ich wecke ihn.«

Auch Eiskralle erschien wenig später und betrachtete den sich schnell vergrößernden Globus auf den Schirmen. Deutlich waren die Kontinente und Meere zu erkennen. Riesige Wolkenfelder verdeckten allerdings Teile der Oberfläche. Fartuloon stieß den gefesselten Daquomart in die Seite und deutete auf die Panoramagalerie. »Das ist Cyro, das von dir angegebene Ziel. Solltest du uns angelogen haben, kannst du dich auf etwas gefasst machen. Wo also ist der Umsetzer?«

»Löst die Magnetfessel, sie ist unbequem. Glaubt ihr denn, ich würde euch helfen, solange ihr mich wie einen Sklaven behandelt?«

»Die Quirrels könnten es missverstehen, wenn du frei herumläufst«, sagte Corpkor. »Und sie werden dann sehr unangenehm, wie du weißt. Rede also besser, das ist gesünder.«

»Sag uns alles, was du weißt«, forderte Ischtar. »Und woher du es weißt.«

Daquomart zuckte mit den Schultern. »So viel weiß ich nun auch wieder nicht. Ich hörte lediglich vor langer Zeit, dass Umsetzer-Experimente auf Cyro stattgefunden hätten. Wo sich ein Umsetzer befindet, ist mir unbekannt. Es ist so lange her, ich habe viel vergessen. Ihr habt doch Ortungsgeräte an Bord, Massetaster und andere Instrumente, mit denen sich eine Menge anfangen lässt. Meine Station auf Noghmura habt ihr ja auch gefunden.«

»Er ist reichlich frech«, sagte Corpkor.

»Nicht mehr lange«, prophezeite Fartuloon, der Ischtar an den Flugkontrollen abgelöst hatte. »Wenn wir hier nichts finden, werde ich mich sehr eingehend mit ihm beschäftigen.« Er sah zu Daquomart. »Dann wirst du dir die Quirrels noch herbeiwünschen, das verspreche ich dir.«

Bis sie die Umlaufbahn erreichten, wurde nicht mehr viel gesprochen. Corpkor speicherte Daten und musterte Auswertungsergebnisse. Fartuloon korrigierte mehrmals leicht, bis sie endgültig auf richtigem Kurs flogen. Ischtar ließ Daquomart nicht aus den Augen und studierte jede Regung in seinem Gesicht, wobei sie versuchte, sie gleichzeitig zu analysieren. Um die Lippen des Rebellen spielte ein kaum zu deutendes Lächeln. Spott und Genugtuung vielleicht? Auch Fartuloon schien es bemerkt zu haben, aber er schwieg. Corpkor schwang seinen Sessel herum. »Nichts, wenn ihr mich fragt. Keine bemerkenswerten Metall- oder Erzansammlungen, nicht einmal in den Gebirgen. Es gibt auch nichts, was auf eine unter der Oberfläche verborgene Anlage deuten würde. Natürlich kann sie abgeschirmt sein, wie alle Stationen der Varganen, aber trotzdem müssten wir Hinweise registrieren. Ich glaube, wir haben diesen Ausflug umsonst gemacht.«

»Ihr müsst weitersuchen«, sagte Daquomart. »Gibt es den Umsetzer, wurde er gut getarnt und abgesichert. Schließlich hat es sich um sehr wichtige und geheime Experimente gehandelt, da kann niemand verlangen, dass die entsprechenden Anlagen einfach in der Gegend herumstehen.«

Natürlich hatte er Recht. Das sah auch Fartuloon ein. »Wir bleiben im Orbit und orten mit allem, was die MONDSCHATTEN bietet. Wenn es sein muss, gehen wir tiefer und versuchen so etwas zu entdecken.«

Aus Daquomart war nichts mehr herauszuholen. Er wurde wieder in der Kabine eingeschlossen. Ischtar brachte ihm etwas zu essen und zu trinken. Als sie ihn verließ, sagte sie: »Ich warne dich. Brichst du nicht bald dein Schweigen und sagst uns alles, was dir bekannt ist, könnte jemand die Geduld verlieren …«

»Ich weiß nicht mehr als das, was ich schon sagte. Warum willst du unbedingt in den Mikrokosmos zurückkehren? Niemand kann wissen, was geschehen wird. Du spielst mit Gewalten, von denen du keine Ahnung hast und die uns alle verderben können.«

Ischtar blieb an der Tür stehen und betrachtete ihn forschend. »Soll das heißen, dass du meine Absichten durchkreuzen möchtest?«

»Ich will dich nur warnen, das ist alles. Ich habe genug über die damaligen Experimente gehört. Es soll Unfälle gegeben haben. Lass die Finger davon!«

Sie schüttelte den Kopf. »Ich habe meine Gründe. Nichts wird mich daran hindern, den Versuch zu unternehmen, selbst wenn ich dort dem Henker begegne. Ich fürchte ihn nicht mehr; unsere letzte Begegnung endete für seinen Körper tödlich. Er hat mehrfach versagt, ist bei seinen Auftraggebern in Ungnade gefallen. Vielleicht lebt er gar nicht mehr? Du wirst mir dabei helfen, ob du willst oder nicht.«

»Ich habe dir den Planeten genannt, mehr kann und werde ich nicht tun.«

»Darüber sprechen wir noch.«

Fartuloon und Ischtar befanden sich allein in der Zentrale, Corpkor hatte sich schlafen gelegt. Sie berichtete von ihrem Gespräch mit dem Gefangenen.

»Seine Angst hat zwei verschiedene Gründe«, behauptete Fartuloon nach kurzem Nachdenken. »Entweder fürchtet er sich wirklich vor den Folgen eines Experiments mit dem Umsetzer, falls wir ihn doch noch hier finden sollten – oder er hat uns belogen und ahnt die Konsequenzen. Sobald wir wissen, welcher der Gründe der richtige ist, wissen wir auch, ob es Sinn hat, hier weiterzusuchen oder nicht.«

»Suchen wir weiter.« Sie wiederholte sämtliche bereits vorgenommenen Messungen und erhielt das gleiche Ergebnis. Die Kruste des Planeten Cyro bestand bis zu einer Tiefe von drei Kilometern aus Fels und gelegentlichen unbedeutenden Erzvorkommen. »Bei Noghmura war es nicht viel anders.«

»Dort *wussten* wir aber, dass eine Station existiert«, sagte Fartuloon, immer noch skeptisch. »Hier ist das anders.«

Sie löste ihn später ab und blieb in der Zentrale, bis Eiskralle kam und übernahm, um das Schiff in die Atmosphäre zu steuern.

Auch Corpkor erschien, frisch und ausgeschlafen. »Bald wird sich entscheiden, ob ich diesen Daquomart von meinen Quirrels auseinandernehmen lasse oder nicht«, sagte er grimmig und setzte sich. »Ich sage: Der Kerl lügt!«

Die MONDSCHATTEN sank tiefer und flog über ein Meer, am Horizont tauchte der nächste Kontinent auf. Wieder liefen die Instrumente auf Hochtouren, ohne greifbare Ergebnisse zu bringen. Um die optische Beobachtung zu intensivieren, wurden die Vergrößerungen aktiviert. Auf dem Bildschirm sah es nun so aus, als glitte das Schiff in nur wenigen Metern Höhe über die Oberfläche. Die sandige Küste des Kontinents kam in Sicht. Das Wasser unter dem Schiff wurde heller. Auf dem Land erschienen üppige Vegetation und gelegentliche Tierherden, die über die Steppen zogen.

»Eine Paradieswelt«, sagte Fartuloon, als er die Zentrale betrat. »Viel zu schade für Daquomart. Einen größeren Gefallen könnten wir ihm gar nicht tun – und vielleicht war das auch seine Absicht. Jedenfalls wäre Noghmura schlechter gewesen.«

»Ischtar scheint ihm noch immer zu glauben«, sagte Eiskralle.

»Nicht mehr lange«, prophezeite Corpkor.

Ischtar erschien erst eine Tonta später.

Fartuloon sagte: »Eine Umrundung in geringer Höhe haben wir hinter uns. Wir gehen nun südlicher. Ich denke, insgesamt werden zehn Umkreisungen genügen. Wenn wir dann nichts gefunden haben …«

Er ließ den Rest offen. Ischtar nickte. »Dann überlasse ich Daquomart euch.«

Mit zusammengekniffenen Lippen saß Daquomart später vor der Panoramagalerie und starrte wortlos auf die vorbeiziehende Landschaft. Sobald er gefragt wurde, lautete seine Antwort jedes Mal: »Ich weiß nichts, denn ich bekam selbst nur diesen Tipp – das ist alles.«

Fartuloon beobachtete ihn aufmerksam und kam allmählich zu der Überzeugung, dass der Rebell die Wahrheit sagte. Niemand konnte so hartnäckig lügen, ohne sich mindestens einmal zu verraten. Seine Sturheit begann überzeugend zu wirken. Schließlich sagte Ischtar: »Wir vertrödeln Zeit. Ich habe zwei Vorschläge: Entweder kehren wir in die hohe Kreisbahn zurück, um auszuschlafen und dann zu überlegen, was wir unternehmen, oder wir landen. Ich würde eine Landung vorziehen. Wir haben dann Gelegenheit, mit einem Gleiter weitere Nachforschungen anzustellen.«

»Meinen Quirrels täte ein Landurlaub recht gut«, stimmte Corpkor dem zweiten Vorschlag zu. »Es ist schön, sich die Beine unter freiem Himmel zu vertreten, vielleicht wird Daquomart gesprächiger, wenn er zusehen kann, wie meine lieben Tierchen auf die Jagd gehen.«

»Also landen wir«, beendete Fartuloon die kurze Debatte. Auf der Tagseite überflogen sie einen unübersehbaren Urwald mit zahlreichen Sumpfseen, ohne dass die Massetaster etwas registrierten, und fanden ein geeignetes Hochplateau. Vorsichtig setzte Fartuloon das Schiff auf den felsigen Grund, schaltete den Antrieb ab und lehnte sich zurück. »In wenigen Tontas werde ich mit dem Gleiter einen ersten Erkundungsflug unternehmen. Jemand kann mich begleiten, die beiden anderen bleiben beim Schiff und Daquomart zurück. Corpkor auf jeden Fall, den er muss auf seine Quirrels aufpassen.«

»Ich begleite dich«, erbot sich Eiskralle.

Der Gefangene wurde in sein Gefängnis zurückgebracht, dann begaben sie sich zur Ruhe. Auf dieser Welt drohte ihnen keine Gefahr.

Fartuloon erwachte zwei Tontas vor Beginn des geplanten Erkundungsflugs, zog sich an und ging in den Hangar, um einen Gleiter startbereit zu machen und ins Freie zu bringen, ehe er die anderen weckte.

»Wir nehmen Westkurs und fliegen der Sonne nach, Eiskralle. Corpkor, pass auf Ischtar auf – und natürlich auf Daquomart. Lass deine Quirrels grasen, vielleicht geben sie dann Milch …«

Corpkor verzichtete auf eine Antwort und sah zu, wie die kleinen Vierbeiner in Gruppen davonsprangen und zwischen dem hohen Gras verschwanden. Er wusste, dass sie in genau drei Tontas wieder zurück sein würden – satt und zufrieden. Der Gleiter startete und flog in geringer Höhe nach Westen. Ischtar sah hinter ihm her. »Ich hoffe für Daquomart, dass sie etwas finden.«

Es begann zu dämmern. Corpkor sammelte trockenes Holz, machte ein Feuer und holte den Gefangenen, ohne ihn von seiner Fessel zu befreien. »Du sollst auch ein bisschen frische Luft haben, vielleicht hilft das deinem Erinnerungsvermögen«, sagte er und wich Ischtars fragenden Blicken aus. »Weißt du, was Quirrels am liebsten essen?

Fleisch, mein Freund, *lebendiges* Fleisch. Und wie du weißt, haben wir davon nur wenig an Bord. Ein Befehl von mir, dann du bist ihre Beute, vergiss das nicht. Ischtar hätte allen Grund, dir ein solches Schicksal zu gönnen, aber sie hat ein zu weiches Herz. Ich habe das nicht.« Er seufzte und legte Holz nach. »Das wollte ich dir gesagt haben. Falls du möchtest, kannst du jetzt beten, dass Fartuloon und Eiskralle einen brauchbaren Hinweis finden. Wenn nicht ...«

Daquomart hockte zwischen ihnen am Feuer, die Hände auf dem Rücken gefesselt. Ischtar hatte ihn gefüttert. Vom Gefühl her war sie davon überzeugt, dass Daquomart sie nicht anlog oder bewusst in die Irre führte, aber sie zögerte noch immer, es offen auszusprechen. Ihr fehlte die logische Begründung. Gefühle allein waren kein Beweis.

Als es dunkel wurde, brachte Corpkor den Gefangenen in seine Zelle zurück. Als er sich wieder ans Feuer setzte, erschienen die Quirrels. Die so harmlos und putzig aussehenden Tiere hatten Blutflecken auf ihrem Fell. Ischtar sah Corpkor an. »Es ist also wahr? Sie fressen Fleisch? Ich habe geglaubt, du wolltest Daquomart nur einschüchtern und zum Reden bringen.«

»Vielleicht glaubt er das auch.« Er lächelte, während er ein paar schrille Pfiffe ausstieß. »Du kannst beruhigt sein, sie gehorchen mir. Sie sind die friedlichsten Geschöpfe des Universums, wenn sie von mir nicht den Befehl erhalten, sich so zu ernähren, wie es ihrer Natur entspricht. Und sie töten nur dann, wenn ich es ihnen erlaube. Sie können aber auch beißen, ohne zu töten.«

»Und das hast du mit Daquomart vor?«

Er nickte. »Notfalls – ja. Er wollte dich kaltblütig ertrinken lassen, um sein Ziel zu erreichen, auch uns hätte er unserem Schicksal überlassen. Und nun verlangst du von mir, dass ich Nachsicht übe? Ich bin überzeugt, dass Cyro nicht der Planet ist, den wir suchen. Er hat dich abermals belogen und in die Irre geführt. Vielleicht plant er noch Schlimmeres. Wenn Fartuloon und Eiskralle ohne Ergebnis zurückkehren, wirst du deine Einstellung ändern müssen. Überlass Daquomart mir, dann erfahren wir die Wahrheit.«

Sie starrte unschlüssig in die Flammen des Feuers. Endlich raffte sie sich auf und sagte: »Gut, vielleicht hast du Recht. Die Entscheidung würde mir leichter fallen, wenn ich genau wüsste, dass er lügt.«

Corpkor lächelte sanft. »Um das herauszufinden, werde ich die Quirrels einsetzen ...«

Drei der Kontinente überquerten Fartuloon und Eiskralle in allen Richtungen, ohne auch nur die Spur eines Erfolgs zu verzeichnen. Die Massetaster schlugen nur geringfügig aus und registrierten natürliche Erzlager. Optisch wurde nur eine urwüchsige und unberührte Landschaft verzeichnet, die auf Kolonisten wartete – oder auf das intelligente Produkt der eigenen Evolution.

Fartuloon steuerte den vierten Kontinent an. »Zwecklos. Ich weiß nicht, was sich Daquomart dabei gedacht hat. Will er nur Zeit gewinnen – und wenn ja, warum? Was hat er davon? Warum arbeitet er nicht mit uns zusammen? Na schön, soll Corpkor sein Glück versuchen. Ich lege keinen Protest ein.«

Eiskralle sagte vorsichtig: »Natürlich ist Cyro nicht der Planet, den wir suchen, aber ich habe das Gefühl, dass Daquomart *nicht* lügt.«

»Jetzt fängst du auch noch damit an.«

Corpkor ließ sich Zeit. Ischtar hatte sich ohne Protest in ihre Kabine zurückgezogen und ein Schlafmittel genommen. Es war, als wolle sie sich damit jeder Verantwortung entziehen. Corpkor saß neben der erloschenen Feuerstelle und betrachtete Daquomart. Ganz in der Nähe lagen einige Dutzend Quirrels in Gruppen herum und blinzelten träge. »Du kannst dich setzen.« Corpkor deutete auf einen Baumstamm neben der Feuerstelle. »Meine Geduld zu Ende – und die der Quirrels auch.« Er wartete, bis der Gefangene sich gesetzt hatte, um dann fortzufahren: »Wir haben nichts gefunden, was deine Behauptung beweisen könnte. Wo befindet sich der Umsetzer? Wenn es dir nicht einfällt, helfe ich nach. Sieh dir meine Tierchen an. Sind sie nicht geradezu liebenswert? Aber täusch dich nicht – sie beißen die Wahrheit aus dir heraus ...«

»Ihr könnt machen, was ihr wollt, aber ich kann euch nicht mehr sagen, als ich schon gesagt habe. Ich habe euch nicht belogen oder betrogen. Ich hörte von Cyro, das weiß ich genau. Auf ihm haben die Umsetzer-Experimente stattgefunden. Und wir sind auf Cyro. Mehr gibt es nicht zu sagen.«

»Cyro – ja.« Corpkor schwieg plötzlich. Grübelnd sah er an Daquomart vorbei, aber dann wurden seine Züge wieder hart. »Und trotzdem glaube ich dir nicht. Du hast nicht mehr viel Zeit. Versuch wenigstens nachzudenken. Erinnere dich! Sieh dir die Quirrels an und erinnere dich. Sie haben schon wieder Hunger.«

»Ich kann euch nicht mehr helfen, als ich es schon tat, glaub mir doch endlich.«

Corpkor lauschte dem Klang der Stimme nach. In ihr schwang echte Verzweiflung mit. Sollte Daquomart wirklich nicht mehr wissen? Schweigend wartete er noch eine Weile. Daquomart starrte stumm vor sich hin. Ab und zu schielte er zu den Quirrels hinüber, die im Halbkreis herumhockten und ihn ansahen. Dann kamen sie langsam auf ihn zu, wirkten nun gar nicht mehr harmlos. Corpkor stand auf. »Ich lasse dich mit ihnen allein. Wenn du etwas sagen willst, schrei, so laut du kannst. Aber das geht nur einmal. Beim zweiten Mal kannst du brüllen, bis sie dir die Kehle durchbeißen.« Er deutete mit dem Zeigefinger auf ihn. »Ich spaße nicht, vergiss das nicht.«

Die Quirrels schienen nur darauf gewartet zu haben, dass ihr Herr und Meister zum Schiff ging, denn wie auf Kommando stürzten sie sich auf die Beute. Zwar versuchte Daquomart, sich mit den Füßen zu wehren, hatte aber damit kaum Erfolg. Gelang es ihm, eins der Tiere von sich zu schleudern, waren schon zwei andere zur Stelle, um dessen Platz einzunehmen. Blut quoll aus den Bisswunden, seine Kleider waren bald nur noch Fetzen. Er begann zu schreien.

Corpkor erschien sofort, rief ein scharfes Kommando, die Quirrels ließen von ihrem Opfer ab. »Nun?«

Daquomart keuchte. »Es ist zwecklos, du bringst mich nur um. Bei allem, was mir noch etwas bedeutet, schwöre ich dir, nicht gelogen zu haben. Ich kann mir auch nicht erklären ...«

Als Corpkor sich abwandte, um den Quirrels endlich freie Bahn zu lassen, erschienen Fartuloon und Eiskralle in der Bodenschleuse. »Warte!«, rief Fartuloon und hielt etwas in die Höhe, was Corpkor als Ausdruck einer Sternkarte identifizierte. »Uns ist ein Gedanke gekommen. Vielleicht hat Daquomart tatsächlich die Wahrheit gesagt.« Sie kamen zur Feuerstelle. »Kann ich mit ihm reden?«

»Natürlich kannst du das«, sagte Corpkor. »Warum?«

Fartuloon setzte sich Daquomart gegenüber. »Wann hast du den Namen des Planeten Cyro erfahren? Versuch dich zu erinnern. Wir wollen dir helfen.«

Daquomart schöpfte neue Hoffnung, ließ aber die Quirrels nicht aus den Augen. »Es ist lange her, eine halbe Ewigkeit. Ich weiß nicht mehr, von wem ich den Namen habe. Ich habe zu lange allein gelebt, habe viel vergessen.«

»Aber den Namen Cyro hattest du nicht vergessen?«

Daquomart hob die Schultern. »Nein … seltsam.«

Fartuloon sah auf die Sternkarte. »Hier sind die Planeten verzeichnet, die wir auf Küllsannimonts Liste fanden, Cyro ist *nicht* dabei. Kann es sein, dass du zwei gleich klingende Namen verwechselst?«

Daquomart sah ihn verwundert an und schwieg.

»Verwechseln?« Corpkor betrachtete die Karte. Sein Finger deutete auf einen Stern, der besonders markiert war. »Du meinst den da?«

Fartuloon nickte und sagte: »Könnte es nicht auch *Kryrot* gewesen sein, Daquomart?«

Dieser schüttelte den Kopf. »Cyro oder Kryrot – das klingt fast gleich. Sind das zwei verschiedene Welten?«

»Ja. Meintest du nun Cyro oder Kryrot?«

Daquomart schielte wieder in Richtung der wartenden Quirrels. »Ich weiß es nicht, wirklich nicht. Es kann auch Kryrot gewesen sein. Aber ich gebe euch mein Wort …«

»Geschenkt.« Fartuloon wandte sich an Corpkor. »Du kannst deine Quirrels ins Schiff bringen, wir nehmen Kurs auf Kryrot.«

»Bist du sicher, dass …?«

»Kryrot steht auf Küllsannimonts Liste. Dort fanden die Umsetzer-Experimente statt.«

16.

Aus: *Gedanken und Notizen*, Bauchaufschneider Fartuloon

Es ist mitunter erschreckend, wie begriffsstutzig man sein kann, wenn man sich einmal an etwas festgebissen hat. Cyro und Kryrot – auf die Lösung hätten wir eigentlich sofort kommen müssen. So jedoch hatten wir aus Gründen der »Flugökonomie« zunächst Noghmura angeflogen und uns von Daquomart in die Irre leiten lassen, statt Küllsannimonts Daten weiterzuverfolgen, laut denen sich die Varganin Haitaschar auf Kryrot befinden soll. Haitaschar, von der sich Ischtar zu erinnern glaubt, sie sei eine von Vargos Assistentinnen gewesen. Wenn das kein ziemlich eindeutiger Hinweise ist? Fragt sich jetzt nur, ob der Umsetzer, sollte es ihn geben, auch funktioniert …

An Bord der MONDSCHATTEN: 30. Prago des Eyilon 10.499 da Ark

Ohne Zwischenfall legte Ischtars Schiff die Strecke von 51.098 Lichtjahren zurück. Als es nach der dritten Etappe im Standarduniversum materialisierte, erschien auf dem Panoramaschirm eine flammende rote Sonne. Die Orter registrierten vier Planeten, von denen der innerste Kryrot sein musste. Die Analyse ergab keine günstigen Lebensbedingungen. Obwohl die rote Sonne nicht mehr sehr viel Wärme abgab, genügten ihre Strahlen noch immer, die Oberfläche Kryrots zu einem wenig angenehmen Aufenthaltsort zu machen.

»Haitaschar hätte sich auch etwas Besseres aussuchen können«, sagte Eiskralle und spielte auf seine Abneigung gegen hohe Temperaturen an. »Ausgerechnet so ein Backofen muss es sein.«

»Die Station wird tief unter der Oberfläche liegen«, vermutete Ischtar. »Es handelte sich um geheime Experimente. Cyro dürfte dafür ebenso geeignet gewesen sein wie Kryrot – eben unauffällige Welten ohne Bedeutung.«

»Na schön, machen wir uns auf die Suche«, knurrte Eiskralle.

Fartuloon ließ sich nicht ablenken. Die Ortung lieferte alle Daten über das System, in das sie nun eindrangen. Die drei äußeren Planeten waren zu weit von der Sonne entfernt, um intelligentes Leben hervorzubringen oder tragen zu können, doch das war kaum anders zu erwarten gewesen.

»Zwischen Kryrot und dem zweiten Planeten werden ein paar Objekte angemessen«, sagte Corpkor mit Blick auf die Ortungsdaten.

»Andere Schiffe?«, fragte Fartuloon gespannt.

»Scheinen Asteroiden zu sein.«

In fast jedem Sonnensystem gab es Trümmerstücke zerplatzter Monde oder gar Planeten. Das Schiff überquerte die Bahnen der äußeren Planeten. Fartuloon drosselte die Geschwindigkeit und fragte ungeduldig: »Immer noch nichts?«

»Hm, ich weiß nicht recht, aber für Asteroiden verhalten sie sich recht merkwürdig. Ihre Bahn führt in ungewöhnlich großem Abstand um Kryrot, nicht um die Sonne. Aber das ist es nicht, was mich stört. Es ist ihre Anordnung.«

»Anordnung?« Fartuloon sah auf den Panoramaschirm. Die normaloptische Darstellung von Kryrot wurde größer und deutlicher. »Blende die Orterechos in die Galerie.«

»Deutlicher werden sie dadurch auch nicht.«

Fartuloon wartete, bis ein Bildausschnitt wechselte. Die vier Echos hatten so undeutliche Konturen, dass auf ihre eigentliche Form keine Rückschlüsse gezogen werden konnten. Immerhin deuteten die Daten darauf hin, dass sie alle ungefähr gleich groß sein mussten. Bemerkenswerter war dagegen ihre Position zueinander – sie bildeten die Eckpunkte eines Quadrats.

»Wenn das ein Zufall ist«, murmelte Fartuloon, »soll mir jemand einen Quirrel braten.«

Corpkor knurrte: »Du bekommst den Quirrel nicht, es ist kein Zufall.«

Ischtar studierte schweigend die vier Objekte, deren Umrisse sich nur allmählich stabilisierten. Aber sie wartete, bis Fartuloon plötzlich rief: »Schiffe! Das sind vier Oktaeder. Im Orbit von Kryrot. Ohne Besatzung?«

»Das werden wir bald wissen«, sagte Corpkor. »Wir können sie ja über Normalfunk anrufen.«

»Langsam«, bat Ischtar und brach damit ihr Schweigen. »Sie könnten als Abwehrforts fungieren, die uns keinen freundlichen Empfang bereiten, wenn wir auf Kryrot landen wollen.«

Das klang einleuchtend, gleichzeitig erhöhte sich die Wahrscheinlichkeit, dass Kryrot in der Tat ein sehr wichtiger Planet war – eben jene Welt, auf der einst die Umsetzer-Experimente stattgefunden hatten. Nach einer weiteren Dezitonta bestand kein Zweifel mehr daran, dass die vier Schiffe ein exaktes Quadrat mit einer Seitenlänge von hundert Kilometern bildeten. Durch unsichtbare Hyperfelder miteinander verbunden, umkreisten sie Kryrot in großer Entfernung auf einer stabilen Bahn. Auf Corpkors Funksprüche erfolgte keine Reaktion.

Ischtar biss sich auf die Lippen, als sie die vier scheinbar bewegungslos im All schwebenden Schiffe beobachtete, deren Größe der MONDSCHATTEN entsprach – sämtliche Kanten waren 600 Meter lang, die Oktaederhöhe betrug 848 Meter. Vielleicht fungierten sie tatsächlich als bewaffnete Abwehrstationen, deren Automatik jedoch längst außer Betrieb gesetzt worden war. Oder waren sie mehr? Fartuloon hatte inzwischen ihre eigene Geschwindigkeit jener der vier Schiffe angepasst. Die Entfernung zum ersten betrug nur noch einige hundert Kilometer. Nichts geschah. »Vielleicht reagiert ihre Abwehrschaltung nur dann, wenn sich ein Objekt in einer ganz bestimmten Entfernung von ihnen aufhält. Wir sollten den Schutzschirm einschalten.« Seine Hand näherte sich dem entsprechenden Schalter. »Soll ich?«

»Es kann nicht schaden«, stimmte Ischtar zu.

Der energetische Schutzschirm konnte das Feuer mehrerer Schiffe verkraften, aber wenn zu viele Geschütze gleichzeitig in Aktion traten und ihr Feuer auf einen einzigen Punkt konzentrierten, war es durchaus möglich, dass er wegen Überlastung zusammenbrach. Die Frage war nun: Falls die Abwehrautomatik sich einschaltete, würden alle vier Schiffe aktiv werden – oder nur eines von ihnen?

Corpkor sagte: »Unsere Bahn kreuzt die des nächsten Schiffes in einer Entfernung von fünfhunderttausend. Wir nähern uns ihr mit fünfzig Meter pro Millitonta.«

»Ich bin auf alles vorbereitet.« Fartuloon saß dicht vor den Kontrollen. »Wir können ihnen blitzschnell das Heck zeigen …«

Natürlich wäre es auch möglich gewesen, die vier Schiffe einfach zu ignorieren und sich Kryrot von der anderen Seite her zu nähern, aber in Wirklichkeit wären sie damit ein noch viel größeres Risiko eingegangen. Wenn es sich wirklich um automatische Abwehrforts handelte und wenn sie dann angriffen, gab es für Ischtars Schiff zu wenig Bewegungsfreiheit, falls es sich innerhalb der Atmosphäre aufhielt oder gar schon gelandet war. Es war vernünftiger, schon jetzt die Probe aufs Exempel zu machen.

Die Zentitontas vergingen nur langsam. Corpkor beschränkte sich nicht mehr darauf, nur die vier Schiffe zu beobachten und Daten zu sammeln, sondern begann, den Raum bis zum Planeten abzusuchen. Inzwischen lagen die Informationen über die Planetenoberfläche vor, die nur aus Land bestand. Es gab keine Meere oder Flüsse. Ischtar schwieg verbissen. Einmal stand sie auf und stellte sich hinter Corpkor. Er drehte sich um und bemerkte ihren fragenden Blick. Stumm schüttelte er den Kopf und machte eine bedauernde Geste. Sie kehrte an ihren alten Platz neben Fartuloon zurück und setzte sich wieder. Vergeblich versuchte sie, ihre Enttäuschung zu verbergen.

Eiskralle sagte: »Du musst bedenken, dass die Experimente schon vor langer Zeit stattfanden. Alle Spuren werden verwischt worden sein – eben durch diese große Zeitspanne, vielleicht auch durch die Varganen selbst. Aber die vier Schiffe beweisen einwandfrei, dass Kryrot der gesuchte Planet ist.«

»Ich *muss* den Umsetzer finden«, entgegnete sie, mehr nicht.

Schließlich war die MONDSCHATTEN nur noch knapp dreißig Kilometer von dem nächsten Schiff entfernt. Fartuloon lehnte sich zurück. »Nichts«, stellte er kategorisch fest. »Wenn das wirklich Abwehrforts wären, hätten sie längst reagieren müssen: Entweder sind es keine, oder sie sind defekt. Ich schlage vor, wir verlassen ihre Umlaufbahn und sehen uns Kryrot näher an.«

»Das wird eine herbe Enttäuschung werden, soweit ich das beurteilen kann«, sagte Corpkor. »Eine felsige, vertrocknete Wüste. Vereinzelte Erzlager unter der Oberfläche, aber keine Anzeichen irgendwelcher Anlagen. Eine heiße, tote Welt. Absolut uninteressant.«

»Kümmere du dich um die Ortung, während wir mit dem Abstieg beginnen. Vielleicht ist da etwas im Orbit, was wir bisher nicht registriert haben. Ich halte Kryrot allmählich für ein Ablenkungsmanöver, wenn du verstehst, wie ich das meine.«

»Ja. Es kann gut sein, dass sich der gesuchte Umsetzer auf einem der anderen Planeten befindet.«

Die vier Schiffe entfernten sich allmählich. Fartuloon verfolgte sie noch eine Zeit lang auf der Panoramagalerie, dann widmete er sich intensiver der Beobachtung Kryrots. Er musste Corpkor Recht geben: Eine ungastlichere Welt hätten sich die Varganen für ihre Experimente nicht aussuchen können – auf der anderen Seite aber auch keine unauffälligere.

Etwa zweihundert Kilometer über der Oberfläche rief Corpkor plötzlich aufgeregt: »Da ist wirklich etwas im Orbit. Die Daten kommen gerade herein.«

Die Ausschnittsvergrößerung erschien in der Panoramagalerie. Das Bild war noch unscharf und wirkte fast konturlos. Fartuloon fragte: »Geht es nicht deutlicher?«

Corpkor justierte die Kontrollen. »Nein.«

»Ist es ein Schiff?«

»Glaube ich nicht. Es scheint durchsichtig zu sein, deshalb kein klares Bild.«

Fartuloon wandte sich an Ischtar: »Näher heran?«

Sie nickte stumm. Er nahm einige Schaltungen vor, das Schiff beschrieb einen großen Bogen und kehrte wieder zurück. Diesmal schwebte der unbekannte Gegenstand genau vor dem Bug und wirkte durchaus harmlos, wenigstens auf den ersten Blick. Soweit zu erkennen war, handelte es sich um eine ovalförmige transparente Blase, kaum mehr als fünf Meter lang, in deren Innerem dunkle Gegenstände schwebten. Wahrscheinlich Instrumente oder Energieaggregate. Besonders auffällig war ein länglicher Gegenstand, der sich genau in der Mitte der Blase befand und auf einem flachen Gestell ruhte.

Ischtar sagte: »Das muss Haitaschar sein.«

Und Corpkor fügte hinzu: »Die Blase besteht aus … hm, verfestigter Energie. Aber die Frau ist tot. Ich kann keine Lebensfunktion anmessen, aber vielleicht sind isolierende Feldschichten vorhanden, die alles abschirmen.«

Fartuloon schaute Ischtar fragend an. Die Varganin wusste mehr über die verschollene Technik ihres Volkes als er. Sie nickte langsam, als könne sie sich erinnern. »Eine Blase aus formstabilisierter Energie wie bei meinen Tropfenbeibooten. Haitaschar hat sich selbst in Tiefschlaf versetzt – oder sie wurde dazu gezwungen. Verdammt, warum erinnere ich mich erst jetzt: Sie wurde Wächterin der Absoluten Bewegung genannt.«

»Warum Tiefschlaf?«

»Ich weiß es nicht, Fartuloon. Viele von uns haben wiederholt auf diese Weise Jahrtausende überbrückt, auch ich – zuletzt auf Frossargon, wie ihr euch erinnern werdet. Die vier Schiffe dürften aber kaum der Bewachung dienen. Jeder kann kommen und Haitaschar samt der Energieblase mitnehmen oder vernichten. Ich denke, dass vorerst eine Landung auf Kryrot überflüssig geworden ist.«

»Was hast du vor?«

»Wir holen Haitaschar an Bord.«

Eiskralle fuhr zusammen und warf ihr einen entsetzten Blick zu. Auch Corpkor sah nicht gerade begeistert aus. Fartuloon sagte: »Das ist zu riskant.«

Sie schüttelte den Kopf. »Wie ihr selbst sehen könnt, ist die Blase transparent. Sie enthält außer Haitaschar nur die notwendigen Geräte zur Lebenserhaltung. Ich kann keine Waffen oder Vernichtungsanlagen entdecken.«

Der Bauchaufschneider blieb skeptisch, sagte aber: »Gut, ich mache dir einen Vorschlag: Ich sehe mir das Ding aus der Nähe an. Wenn ich davon überzeugt bin, dass keine Gefahr von ihm ausgeht, habe ich nichts dagegen, es ins Schiff zu bugsieren.«

»Ich begleite dich.«

Er schüttelte den Kopf und erwiderte in einem Tonfall, der keinen Widerspruch duldete: »Niemand begleitet mich, ich gehe allein. Wir bleiben per Funk in Verbindung. Ischtar, du übernimmst bitte die Kontrollen. Corpkor meldet jede Veränderung. Eiskralle hält sich zu einer eventuellen Rettungsaktion bereit.«

Er stand auf und verließ die Kommandozentrale, ohne auf eine Antwort zu warten.

Schiff und Energieblase rasten nun mit gleicher Geschwindigkeit dahin, die Entfernung zwischen den beiden Körpern betrug nur einige hundert Meter. Fartuloon näherte sich der Energieblase. Dicht vor ihr bremste er ab und umkreiste das geheimnisvolle Objekt mit aller Vorsicht. Auf einem wannenförmigen Lager, an das viele Leitungen angeschlossen waren, lag eine sehr jung wirkende und ungewöhnlich hübsche Varganin. Sie trug nur einen kurzen silbernen Rock, sonst war sie unbekleidet. Ihr schönes Gesicht lächelte, was darauf schließen ließ, dass sie die Prozedur des Tiefschlafs freiwillig auf sich genommen hatte. Fartuloon sah, dass die Leitungen in einem tonnenförmigen Behälter von Mannshöhe endeten, der wiederum an weitere Aggregate von bis zu einem Meter Durchmesser angeschlossen war. So etwas wie einen Antrieb für die Energieblase konnte er nicht entdecken. Viele Leitungen und Kabel endeten in Haftkontakten, die den reglosen Körper an Kopf, Brust, Armen und Beinen bedeckten. Lange betrachtete der Bauchaufschneider die Frau. Welche Ewigkeit mochte sie schon in der Energieblase ruhen und den Planeten Kryrot umkreisen? Und warum?

Ischtar hatte Recht: Sie mussten sie aus der suspendierten Animation wecken und mit der Gegenwart konfrontieren. Ihre Erinnerung würde noch frisch sein, nur sie konnte das Geheimnis enthüllen, hinter dem sie alle her waren. Er warf einen letzten Blick auf ihr Gesicht und nahm Kurs auf die MONDSCHATTEN. Ischtar empfing ihn mit dem einsatzbereiten Chretkor in der Luftschleuse. Als er den Helm öffnete, hörte er Ischtar sagen: »Wir haben auf ein Wort von dir gewartet. Warum hast du nichts gesagt? Es hätte doch etwas passieren können …«

»Ich wollte schon zu dir kommen«, knurrte Eiskralle vorwurfsvoll.

Fartuloon nahm den Helm ab. »Kein Grund zur Besorgnis. Ich wollte bei meinen Beobachtungen nur nicht gestört oder abgelenkt werden, das ist alles. Um es kurz zu machen: Ich habe keine Bedenken, den Versuch zu unternehmen, die Energieblase ins Schiff zu bringen.«

»Wie sieht sie aus?«

Er lächelte und betrachtete sie von oben bis unten. »Ehrlich gestanden – sie ist fast so schön wie du.«

Sie lächelte geschmeichelt zurück, wurde aber sofort wieder ernst. »Wir wollen keine Zeit verlieren.«

Nach einigen Kurskorrekturen flog die Energieblase vor Hangar Sieben, direkt oberhalb der Äquatorkante der MONDSCHATTEN. Vorsichtshalber blieb Corpkor in der Kommandozentrale, während Ischtar ebenfalls ihren Raumanzug anlegte. Sie traf Fartuloon und Eiskralle in dem weiträumigen Hangar, der zur Aufnahme der Energieblase bestimmt war und in dem etwa fünfzig kleine tropfenförmige Beiboote bereitstanden. Sie waren von außen verspiegelt, so dass weder ein Einstiegsluk noch eine Sichtscheibe zu erkennen war. Kleine Seitenstabilisatoren und ein spitz zulaufendes Heck bewiesen, dass sie hauptsächlich für den planetennahen Betrieb konstruiert worden waren. Bevor das Außenschott geöffnet wurde, musste die Luft abgesaugt werden.

»Du bleibst hier, Eiskralle, und beobachtest uns. Ischtar und ich holen das Ding. Der Antrieb unserer Anzüge wird reichen. Fertig?«

Sie verschlossen die Helme und schalteten die Sprechfunkgeräte ein. Die Luft wurde schnell abgesaugt, das Außenschott glitt auf. Die Energieblase mit der schlafenden Haitaschar schwebte scheinbar bewegungslos nur einige Dutzend Meter entfernt im Raum. Fartuloon blieb etwas zurück, als Ischtar vorsichtig das seltsame Behältnis umkreiste. Lange ruhte ihr Blick auf der unbeweglich daliegenden Varganin, als wolle sie sich ihr Aussehen für alle Zeiten einprägen.

Corpkors ungeduldige Stimme erklang: »Wie lange dauert das denn noch? Wenn jetzt irgendetwas passiert, seid ihr erledigt.«

»Was soll schon passieren?« Fartuloon winkte Ischtar zu. »Können wir jetzt?«

»Komm her und hilf mir.«

Fartuloon näherte sich ihr langsam und stoppte dicht hinter ihr. Die transparente Hülle der Energieblase war nur durch die geringfügige Lichtbrechung zu ahnen, aber völlig unsichtbar war sie nicht. Die Frage blieb, was geschehen würde, wenn man sie berührte. Der Raumanzug isolierte, also geschah wahrscheinlich gar nichts. Es war Ischtar, die zuerst die Blase berührte. »Los, mach schon, es ist ungefährlich«, ermunterte sie Fartuloon. »Mit doppeltem Schub geht es auch doppelt so schnell …«

Im Hangar stand Eiskralle und gab gute Ratschläge und Anweisungen für Richtungsänderungen. Ganz langsam schwebte die Energieblase auf das Schiff zu und glitt durch Öffnung. Der Chretkor sorgte nun seinerseits dafür, dass die Blase abgebremst wurde und nicht gegen die Wand oder eins der zwölf Meter langen Tropfenbeiboote stieß. Ischtar schloss das Außenschott, schaltete die Pumpen ein. Als die Instrumente normalen Druck anzeigten und Fartuloon seinen Helm öffnen wollte, erhielt er plötzlich einen heftigen Schlag vor die Brust. Er taumelte zurück, bis er gegen die Wand prallte. Er sah, dass auch Ischtar und Eiskralle ihren Halt verloren und stürzten. Sie hatten die Helme noch geschlossen, er hörte ihre überraschten Ausrufe über das Funkgerät. Auch Corpkor schaltete sich ein und wollte wissen, was passiert sei. Sie erkannten es nicht sofort. Ischtar stand zuerst wieder auf und eilte zu der Energieblase, ehe Fartuloon sie warnen konnte. Aber dann schwieg er verdutzt und sah, wie Ischtar zu der schlafenden Varganin trat und sich über sie beugte. Die Energieblase war nicht mehr vorhanden, sondern war, als sich der Laderaum mit Luft gefüllt hatte, einfach geplatzt.

»Es ist nichts«, beruhigte Fartuloon den unaufhörlich fragenden Corpkor. »Alles in Ordnung. Bleib in der Umlaufbahn. Ausführlicher Bericht folgt später, mach uns nicht nervös mit deiner Fragerei.« Er kam wieder auf die Beine und näherte sich vorsichtig Ischtar, gefolgt von Eiskralle, der nun ebenfalls seinen Helm öffnete. Die Varganin hatte ihn bereits abgenommen. »Warum ist das Ding verschwunden?«

»Eine Art Sicherheitsschaltung, nehme ich an.« Ischtar überprüfte die Leitungen, die von der auf einem Antigravfeld schwebenden Wanne zu den Aggregaten führten. »Sobald die Blase von einer Atmosphäre und entsprechendem Druck umgeben ist, verschwindet sie. Es sieht so aus, als seien die Instrumente und Geräte unbeschädigt. Vielleicht wird durch das Platzen der Energieblase automatisch der Weckprozess eingeleitet.«

»Du solltest mehr darüber wissen als wir.« Fartuloon beteiligte sich an der Untersuchung, wobei er jedoch immer wieder von dem Anblick der schlafenden Schönheit abgelenkt wurde, die noch keine Lebenszeichen von sich gab. »Hoffentlich bekommen wir sie wieder wach.«

Eiskralle verfolgte die Leitungen und inspizierte die Aggregate, an die sie angeschlossen waren. Andere Kabel endeten in den Haftkontakten. Ischtar sagte: »Die Instrumente zeigen zu wenig Energie an. Wir müssen einen neuen Speicher anschließen, sonst können wir ewig warten.«

Fartuloon erinnerte sich an die Tiefschlafanlage, die Ischtar verwendet hatte – sie hatte auf einem grüngoldenen Sockel gelegen. Als er einige der scheinbar schmückenden Edelsteine gedrückt hatte, leuchtete die bis dahin unsichtbare Energieglocke in einem blauweißen, blendenden Feuer auf und erlosch. Im nächsten Augenblick sprangen alle Schalttasten wieder in die Ausgangsstellung zurück. Wenig später war die Varganin dann erwacht. Im Gegensatz dazu hatten sie auf Margon eine mehr als zwei Meter lange Wanne vorgefunden, die durch Leitungen mit der Kontrollstation in direkter Verbindung stand und ebenfalls von einem transparenten Kraftfeld überwölbt gewesen war.

Auch im Großen Imperium war der Biotiefschlaf bekannt; das Prinzip der suspendierten Animation, dessen Erfindung aus den ersten Jahren der stellaren Raumfahrt stammte, sah eine freie Auswahl der Phasenlänge innerhalb bestimmter Grenzen vor. Als Maximalwert, der ohne gesundheitliche Schäden überstanden werden konnte, galten etwas mehr als vierhundert Arkonjahre. Sollte ein über diesen »Scheintod« hinausgehendes völliges Sterben verhindert werden, war selbstverständlich eine permanente medizinische Überwachung notwendig. Als Bauchaufschneider wusste Fartuloon nur zu gut, dass das Erwachen ein belastender Vorgang war: Je nach Tiefschlaflänge vergingen zwischen 25 und 30 Tontas, bis der Tiefschläfer erstmals wieder das Bewusstsein erlangte. Bei der arkonidischen Methode musste das Erwachen von akustischen und optischen Reizen begleitet werden, die unmittelbar vor dem Tiefschlaf stattfanden, um das Gehirn zu höherer Aktivität anzuregen: Vor dem Schlaf paramechanisch aufgezeichnete Szenen wurden abgespielt, um den »Anschluss« ans bewusste Leben zu gewinnen, weil ansonsten unter Umständen Wahnsinn drohte. In einem zweiten Schritt musste – abhängig von der Tiefschlafdauer insgesamt – der Körper wieder ans aktive Leben gewöhnt werden: Massagen, Aktivierungsprozeduren und eine langsame Rückgewöhnung an feste Nahrung waren erforderlich. Anschließend folgte das Muskelaufbautraining.

Fartuloon und Eiskralle holten einen Speicher aus dem nahen Ersatzteillager und schlossen ihn unter Anleitung Ischtars an. Sofort leuchteten einige der Kontrolllampen auf. Die Zeiger auf den Skalen kletterten nach oben. Ischtar richtete sich auf. »Ich glaube, wir schaffen es. Natürlich geht es nicht so schnell, wie sich unser ungeduldiger Bauchaufschneider das wünscht, aber umso länger kann er seine Prinzessin aus der Vergangenheit ungeniert bewundern.«

»Unsinn«, entfuhr es Fartuloon. Als Eiskralle ihn unverschämt angrinste, knurrte er: »Was wollt ihr denn? Sie ist sehr schön, unsere

Unsterbliche. Außerdem handelt es sich in erster Linie um wissenschaftliches Interesse …«

»Sicher.« Eiskralle lachte. »Aber wir sollten Corpkor informieren. Er wird vor Neugierde fast platzen.«

»Ja, ja.« Fartuloon nickte. »Mach du das …«

Eiskralle entfernte sich, um Corpkor nicht noch länger im Ungewissen zu lassen, während Fartuloon eine Decke über Haitaschar ausbreitete. Ischtar setzte sich auf eine herangeschobene Kiste und studierte das blasse, reglose Gesicht.

»Ihr passte wohl die Zeit nicht, in der sie lebte?«, vermutete Fartuloon.

»Das – und andere Gründe«, gab sie kurz zurück und deutete damit an, dass sie nicht über das Thema sprechen wollte.

»Was zeigen die Instrumente?«

»Der Vorgang läuft. Wir müssen Geduld haben.«

Daquomart fuhr erschrocken zusammen, als sich die Kabinentür ohne Ankündigung öffnete, aber es war nur Eiskralle, der ihm das Essen brachte. »Was ist mit diesem Planeten Kryrot?«, fragte der Vargane. »Habt ihr gefunden, was ihr sucht?«

Eiskralle blieb an der Tür stehen. »Wir hoffen es. Interessiert es dich?«

Daquomart nickte. »Sehr sogar, schließlich hängt mein Leben davon ab. Wenn es wieder die falsche Welt ist, wird Corpkor seine Biester auf mich hetzen.«

Eiskralle berichtete ihm bereitwillig, was sie bisher entdeckt hatten. Die vier Stationsschiffe regten Daquomart weiter nicht auf, aber als er von der Energieblase und Haitaschar erfuhr, konnte er seine Erregung kaum noch kontrollieren. »Lebt sie?«, vergewisserte er sich nervös. »Wird sie euch sagen, wo der Umsetzer ist? Was werdet ihr dann tun?«

Eiskralle ahnte, dass er vorsichtig sein musste. Mit keiner Frage erkundigte er sich nach den Lebensbedingungen auf Kryrot, obwohl er damit rechnen musste, dass er dort ausgesetzt wurde, sobald alles vorüber war. Oder war er davon überzeugt, dass man diese Drohung nicht wahrmachen würde?

»Kann ich sie sehen?«, fragte er ohne Übergang.

Eiskralle hob die Arme, als Daquomart aufstand und auf ihn zuging. »Bleib dort, wenn dir dein Leben lieb ist. Ein Händedruck von mir, und du erstarrst zur Eissäule. Ich bin ein Chretkor, vergiss das nicht, wir haben besondere Gaben und Eigenschaften. Was deinen Wunsch angeht, so kann ich nicht allein entscheiden. Gedulde dich.«

Daquomart setzte sich wieder hin. Jetzt zeigte sich seine ungemeine Selbstbeherrschung, denn er wirkte mit einmal ruhig und gelassen. Fast gleichmütig sagte er: »Ich hätte gern mit Haitaschar gesprochen, schließlich ist sie eine Rebellin wie ich.«

»Das ist Ischtar auch, aber niemand wird behaupten können, du wärst besonders freundlich zu ihr gewesen.«

»Das ist etwas anderes, ich wollte ihr Schiff.«

Eiskralle zuckte mit den Schultern, trat in den Korridor und verschloss die Tür. Im Kontrollraum berichtete er den anderen von seinem Gespräch mit dem Gefangenen. Ischtar war noch immer im Lagerraum bei der Varganin, aber sie teilte über Interkom mit, dass sich Haitaschars Haut bereits zu röten begann. Das Leben kehrte allmählich in sie zurück.

»Ich traue dem Kerl nicht«, sagte Corpkor. »Er soll in seiner Kabine bleiben. Wir werden schon einen Planeten finden, auf dem wir ihn absetzen können.«

Fartuloon sah unentwegt auf den Interkom-Schirm. Zwar bewegte sich Haitaschar noch nicht, aber es war eindeutig, dass das Leben in ihren Körper zurückkehrte. Noch waren die lebenserhaltenden Aggregate angeschlossen. Aus dem Lautsprecher drang Ischtars Stimme: »Ich glaube, sie erwacht jetzt. Kann mir jemand helfen?«

Fartuloon sprang so hastig auf, dass er fast über Eiskralle stolperte, der ihm im Weg stand. Er war draußen im Gang, ehe jemand antworten konnte.

»Diese Haitaschar scheint ihm ja mächtig zu gefallen. Hoffentlich verliebt er sich nicht in sie.«

»Ischtar würde ihm das Lederwams versohlen«, vermutete Corpkor. »Aber wir wollen nicht zu engherzig sein. Du würdest dich auch freuen, einer hübschen Chretkorin mit eiskalten Händchen zu begegnen, oder nicht?«

Eiskralle betrachtete seine fast durchsichtigen Hände und lächelte nachsichtig. »Möglich.«

Inzwischen stürmte Fartuloon in den Hangar und verlangsamte sein Tempo erst, als Ischtar protestierte: »Du erschreckst sie, wenn du wie ein Irrer herumspringst. Sie kann jeden Augenblick die Augen öffnen und muss ja nicht als Erstes gleich einen vollbärtigen Barbaren zu Gesicht bekommen.«

»Ihre Finger bewegen sich.«

»Wir haben es geschafft, glaube ich.« Sie atmete erleichtert auf. »Es wird jedoch noch einige Zeit dauern, bis sie sich erholt hat. Richte dich danach und fall nicht gleich mit Dutzenden Fragen über sie her.«

Haitaschar schlug die Augen auf und starrte verständnislos zuerst gegen die Decke, dann auf Ischtar und Fartuloon. Ihr Mund öffnete sich wie zu einem Schrei, aber kein Laut kam über ihre Lippen. Wiederholt verkrampften sich ihre Hände und öffneten sich wieder, als wollten sie das Blut schneller durch die Adern pumpen. Die Augen schlossen sich wieder für einen Moment. Dann sahen sie Ischtar fragend an, die mit sanfter, beruhigender Stimme sagte: »Du bist in Sicherheit, Haitaschar. Wir sind Freunde. Wir werden dir alles erklären, sobald du kräftig genug bist. Ruh dich aus.« Haitaschar öffnete die Lippen, diesmal flüsterte sie einige Worte, die Fartuloon jedoch nicht verstand, weil er weiter weg war als Ischtar. Er sah nur, dass Ischtar den Kopf schüttelte und beruhigend die Hand auf den Arm der Varganin legte. »Nein, wir sind Freunde. Wir haben dich gefunden, nicht der Henker. Doch sprich jetzt nicht, du musst ruhen. Bald wirst du essen und trinken können, danach erst kannst du Fragen stellen.«

Haitaschar nickte, sah Ischtar dankbar an und schloss wieder die Augen. Ischtar richtete sich auf. »Ich kenne das. Wer nach einem so langen Schlaf erwacht, ist dennoch erschöpft – und will wieder schlafen. Die lebenserhaltenden Aggregate müssen noch eine Weile angeschlossen bleiben. Wir lassen sie vorerst hier, um sie nicht zu stören. Später bringen wir sie in eine der freien Kabinen, am besten in die neben meiner. Komm jetzt, sie muss ihre Ruhe haben.«

Sie verließen den Hangar und kehrten in die Kommandozentrale zurück. Hier empfing sie Corpkor mit einer Neuigkeit. »Die vier Schiffe«, sagte er und deutete auf die Messinstrumente einer Kontrolltafel, »befinden sich noch immer in ihrer Kreisbahn, aber sie haben vor wenigen Zentitontas begonnen, Impulse auszusenden.«

Fartuloon setzte sich. »Impulse? Was für Impulse?«

»Energieimpulse, mehr weiß ich auch nicht. Es begann in dem Augenblick, in dem Haitaschar erwachte. Sieht so aus, als bestünde da ein Zusammenhang …«

Ischtar sah ihn nachdenklich an. »Der Zusammenhang ist mir klar. Diese vier Schiffe wurden so programmiert, dass ihre Funktionen aktiviert werden, sobald Haitaschar geweckt wurde. Wisst ihr, was sie sind?« Niemand antwortete. Alle blickten sie gespannt an. »Sie sind der Umsetzer, den wir suchen …«

Ischtars Schluss war so zwingend und logisch, dass kein Zweifel an ihrer Behauptung aufkommen konnte. Zu offensichtlich waren die Zusammenhänge zwischen dem Erwachen Haitaschars und der zugleich beginnenden Tätigkeit der vier Schiffe, die sich durch Energieabstrahlung bemerkbar machte. »Nur Haitaschar kann uns sagen, was nun zu tun ist. Sie muss alle entsprechenden Informationen erhalten haben, bevor sie in Tiefschlaf versetzt wurde – oder bevor sie es selbst tat.« Ischtar war aufgestanden. »Ich sehe nach ihr.«

Sie verließ die Kommandozentrale. Fartuloon musterte den Interkom-Monitor. Haitaschar lag noch immer in der flachen Wanne und schlief.

»Wir müssen die vier Schiffe ständig beobachten«, mahnte Corpkor. »Die Instrumente registrieren jede Veränderung. Hoffentlich kann Haitaschar uns bald mehr Informationen geben.«

Fartuloon sah noch immer auf den Bildschirm des Interkoms. »Ischtar ist noch nicht da. Eigentlich müsste sie schon längst dort sein.«

Eiskralle schien etwas sagen zu wollen, schwieg aber dann doch. Nach fünf Zentitontas stand Fartuloon mit einem Ruck auf. »Da stimmt etwas nicht. Ich sehe nach.«

Der Chretkor schaltete den Bordinterkom ein; seine Stimme konnte nun überall im Schiff gehört werden. »Ischtar, wo bist du? Melde dich. Dringend!«

Aber es war nur Fartuloon, der auf seinem Weg zum Hangar den Knopf der nächsten Sprechstelle drückte und sagte: »Sucht sie mit den Kameras und überprüft Daquomart. Ich kümmere mich um Haitaschar. Keine weiteren Informationen mehr über Interkom, verstanden?«

Mit hastigen Bewegungen drückte Eiskralle auf die Wahltasten des Interkoms und aktivierte eine Kamera nach der anderen, bis Daquomarts Kabine auf dem Bildschirm erschien.

»Was ist denn los?«, fragte Corpkor, als Eiskralle mit einem erstickten Schrei aufsprang, sich aber sofort wieder hinsetzte und trotz Fartuloons Warnung die gesamte Interkomanlage einschaltete.

Statt Corpkor zu antworten, rief er: »Achtung, Fartuloon: Daquomart ist entflohen und muss irgendwo im Schiff sein. Ischtar liegt auf dem Boden seiner Kabine, wahrscheinlich bewusstlos. Ich kümmere mich um sie.«

Er wartete nicht ab, um Fartuloons Bestätigung zu hören, sondern sprang auf, bewaffnete sich mit einem Stabstrahler und rannte aus der Zentrale. Corpkor blieb an seinem Platz, aber auch er bewaffnete sich und legte den Strahler vor sich aufs Pult, nachdem er das Zentraleschott vorsichtshalber verriegelt hatte. Daquomart würde versuchen, das Schiff zu kapern, daran konnte kein Zweifel bestehen.

Daquomarts Unruhe wuchs. Haitaschar musste daran gehindert werden, ihr Geheimnis zu verraten, koste es, was es wolle. Der Umsetzer durfte niemals aktiviert werden. Das würde die Varganen und den Henker nur auf seine Spur bringen. Ischtar musste verrückt sein, ein solches Risiko einzugehen. Er untersuchte die Kabinentür, stellte aber fest, dass er sie ohne Werkzeug niemals öffnen konnte. Blieb also nur die Möglichkeit, einen Fluchtversuch zu wagen, wenn ihm das Essen gebracht wurde. Er hätte das schon früher tun sollen, vielleicht war es jetzt bereits zu spät. Über die Interkom-Kamera in der Wand konnte man ihn jederzeit beobachten, aber jetzt leuchtete das rote Kontrolllicht nicht. Es blieb auch dunkel, als er draußen auf dem Gang Schritte hörte, die sich schnell näherten. Er blieb auf dem Bett sitzen, als sich die Tür öffnete.

Es war Ischtar. Sie blieb in der Tür stehen und sagte: »Ich weiß, dass dir meine Absicht nicht gefällt. Ich nehme an, dass du mehr über den Umsetzer weißt, als du bisher zugibst. Beantworte meine Fragen, dann wirst du nicht auf Kryrot abgesetzt. Der Planet ist eine Glutwelt.«

Er stand auf und tat, als überlege er. In Ischtars Gürtel war der Strahler. »Hat Haitaschar noch nicht gesprochen? Sie weiß mehr als ich.«

»Sie schläft noch und …« Weiter kam Ischtar nicht. Daquomart warf sich mit einem Satz auf sie und schleuderte sie zu Boden. Sie fiel so unglücklich, dass sie mit dem Hinterkopf gegen die Wand krachte und sofort die Besinnung verlor. Daquomart nahm ihr die Stabwaffe ab, untersuchte ihn und richtete ihn dann auf die wehrlose Varganin.

In diesem Augenblick drang Eiskralles Stimme aus dem Lautsprecher des Interkoms: »Ischtar, wo steckst du? Melde dich. Dringend!«

Daquomart hörte Fartuloons Antwort nicht mehr. Er ließ Ischtar liegen und rannte auf den Korridor. Er musste sich beeilen, ehe seine Flucht entdeckt wurde. Wenn diese Quirrels erst einmal auf seiner Spur waren. Er hatte keine Ahnung, wo er die schlafende Haitaschar finden sollte, aber wenn er sich nicht irrte, musste sie noch an die Apparaturen der Überlebensanlage angeschlossen sein. Er schlug den Weg zu den Hangars und Lagerräumen ein.

Inzwischen erreichte Fartuloon den Hangar und atmete erleichtert auf, als er alles unverändert vorfand. Haitaschar schlief noch immer, doch die angeschlossenen Instrumente verrieten, dass die Varganin nicht mehr von den lebenserhaltenden Aggregaten abhängig war. Ischtar bereitete ihm Sorgen, aber Eiskralle würde sich um sie kümmern. Wichtig war, dass Daquomart rechtzeitig gefunden wurde, ehe er Gelegenheit erhielt, seine aus der Verzweiflung geborenen Absichten in die Tat umzusetzen. Fartuloon zog sich in den Hintergrund der Halle zurück und setzte sich hinter eins der Tropfenbeiboote. Von hier aus hatte er den ganzen Saal im Blick, war selbst aber nicht sofort zu entdecken. Den entsicherten Strahler hielt er schussbereit in der Hand.

Eiskralle richtete sich erleichtert auf, als er Ischtar untersucht hatte. Sie kam schon wieder zu sich und berichtete, was geschehen war. Dann riss sie plötzlich die Augen in jähem Schreck auf. »Haitaschar – er will sie umbringen!«

»Fartuloon ist bei ihr. Daquomart wird den Versuch nicht überleben. Kannst du aufstehen?«

»Ich muss zu ihr«, stöhnte sie und stützte sich auf seinen Arm. »Oh, mein Kopf.«

»Du kannst von Glück sagen, dass er dich nicht getötet hat.«

Eiskralle schaltete die Interkomanlage auf Direktverbindung zur Kommandozentrale, damit niemand sonst im Schiff mithören konnte. Corpkors Suche nach Daquomart war bisher ohne Erfolg geblieben. Fartuloon lag im Lagerraum auf der Lauer. »Wir sollten Daquomart einen Hinweis geben«, schlug Eiskralle vor. »Damit ersparen wir ihm das Suchen – und Fartuloon eine lange Wartezeit.«

Ischtar wollte protestieren, aber dann nickte sie.

»Machen wir«, stimmte Corpkor zu.

Fartuloon erschrak, als er Corpkor sagen hörte: »Hallo, Fartuloon: Statt dich um die Antriebsräume zu kümmern, solltest du lieber mal nach Haitaschar in Hangar Sieben sehen. Vielleicht ist sie schon erwacht. Um Daquomart kümmern sich meine Quirrels.«

Daquomart wusste jetzt, wo er Haitaschar finden würde. Fartuloon begriff, was Corpkor bezwecken wollte, lächelte grimmig und wartete, bis er Schritte hörte, die sich schnell näherten. Daquomart kam in den Hangar, sah kurz zu Haitaschar hinüber und blickte sich dann hastig nach allen Seiten um, konnte aber niemanden entdecken. Den Strahler feuerbereit, ging er langsam auf die schlafende Varganin zu, einen Ausdruck fester Entschlossenheit im Gesicht. An seiner Absicht bestand kein Zweifel. Fartuloon wartete, bis Daquomart in günstigster Schussposition war und die Waffe in Anschlag brachte. Versuchter Mord war genauso verwerflich wie ein geglückter Mord. In dieser Situation wäre eine Warnung nicht nur überflüssig, sondern lebensgefährlich gewesen. Selten in seinem langen Leben hatte Fartuloon so sorgfältig Ziel genommen – die Waffe schwankte um keinen Millimeter, als er abdrückte.

Das stark konzentrierte Energiebündel des Thermostrahls tötete Daquomart, ehe er begriff, was geschah. Er starb mit der Waffe in der Hand, die noch immer auf Haitaschar gerichtet war. Doch schon im nächsten Augenblick hatte sich diese Waffe in einen Klumpen geschmolzenen Metalls verwandelt, während von Daquomart nichts als eine langsam erlöschende Molekülwolke übrig geblieben war. Fartuloon verließ sein Versteck.

»Du hast Talent für dramatische Auftritte«, hörte er Corpkors Stimme aus dem Lautsprecher. »Ein Glück, dass du meinen Hinweis für Daquomart nicht falsch verstanden hast.«

Haitaschar hatte die Augen geöffnet, blieb liegen, aber beobachtete Fartuloon, der sich vorsichtig näherte. Sie schien nicht bemerkt zu haben, was inzwischen geschehen war, brauchte auch nicht zu wissen, in welcher Gefahr sie geschwebt hatte. Ehe Fartuloon sie ansprechen konnte, erschienen Ischtar und Eiskralle. Die Varganin setzte sich sofort auf die noch immer neben der Anlage stehende Kiste. »Wie ich sehe, geht es dir gut, Haitaschar. Verzeih, wenn ich dir gleich einige Fragen stellen muss, aber die Zeit drängt. Du bist die Wächterin der Absoluten Bewegung und weißt, wie der Umsetzer in Betrieb genommen wird. Wirst du uns dabei helfen?«

Haitaschar sah sie verständnislos an. »Umsetzer ...?«, stammelte sie. »Absolute Bewegung? Was ist das?«

Wenn Ischtar enttäuscht war, zeigte sie es nicht. »Es wird dir schon wieder einfallen. Du bist noch zu verwirrt, vielleicht bist du auch zu schnell geweckt worden. Aber versuche dich bitte zu erinnern, es ist sehr wichtig – vielleicht auch für dich. Vier Schiffe kreisen um Kryrot. Sind sie der Umsetzer für die Absolute Bewegung?«

Haitaschar sagte tonlos: »Kryrot?«

Fartuloon nahm Ischtars Arm. »Lass ihr Zeit. Vielleicht sollten wir uns inzwischen die Schiffe ansehen. Kann sein, dass wir dann mehr wissen.«

Sie war einverstanden. Sie lösten alle Verbindungsleitungen und schafften Haitaschar in eine freie Kabine. Sie ließ apathisch alles mit sich geschehen, ohne Fragen zu stellen.

Corpkor hatte inzwischen Kurs und Geschwindigkeit so geändert, dass sich die MONDSCHATTEN der Umlaufbahn der vier Schiffe näherte und schließlich in sie einschwenkte. Fartuloon und Ischtar legten wieder Raumanzüge an. Handelte es sich bei den Schiffen nicht um Sonderkonstruktionen, würde das Eindringen keine Probleme mit sich bringen.

»Stabile Position«, sagte Corpkor. »Entfernung zum ersten Oktaeder beträgt fünfhundert Meter. Energieabstrahlung gleich bleibend.«

Bevor sie in der Luftschleuse die Helme schlossen und die Funkgeräte einschalteten, sagte Fartuloon: »Es könnte Abwehrsicherungen geben, die erst dann einsetzen, wenn wir gewaltsam einzudringen versuchen – hast du daran gedacht, Ischtar?«

»Natürlich habe ich daran gedacht. Leider konnte Haitaschar uns keine Informationen geben, aber wir können auch nicht warten, bis ihr alles wieder einfällt. Doch du kannst beruhigt sein: Ich verstehe genügend von unserer Technik. Wir schaffen es schon.«

»Hoffentlich«, entgegnete Fartuloon skeptisch.

Die Luft wurde abgesaugt, dann öffnete sich das Außenschott. In fünfhundert Metern Entfernung schwebte das Doppelpyramidenschiff. Es war Fartuloon, als ginge eine Drohung von ihm aus. Zweimal umkreisten sie es, ehe sie sanft auf der Hülle landeten. Ischtar sagte: »Gleiche Konstruktion wie mein Schiff. Mannschleuse – keine Sicherung vorhanden. Werden wir gleich haben ...«

Fartuloon sah zu, wie sie neben dem Schott einen kleinen Schaltkasten öffnete und auf mehrere darin versenkte Knöpfe drückte. Die Luke schwang nach außen auf. Dahinter wurde ein dunkler Raum sichtbar, in dem Licht aufflammte, als Ischtar hineinschwebte. Fartuloon folgte ihr vorsichtig und landete bei einsetzender Schwerkraft dicht neben ihr. Die Luke schloss sich, Luft strömte in die Schleusenkammer. Ischtar murmelte, ohne den Helm zu öffnen: »Gehen wir.«

Fartuloon folgte ihr mit gemischten Gefühlen auf den Korridor, der dem im eigenen Schiff entsprach. Auch hier war es hell. Ein gleichmäßiges Vibrieren wie von laufenden Maschinen oder Generatoren durchzog den Boden. Die Kommandozentrale war umgebaut worden und bestand praktisch nur aus riesigen Schalttafeln und Hunderten von Instrumenten an den Wänden. Dafür fehlten die üblichen Bildschirme und Holoprojektoren der Panoramagalerie. Die Schiffe waren nicht mehr für den normalen Raumflug bestimmt. »Sehen wir uns den Rest auch noch an«, schlug Ischtar mit gepresster Stimme vor. »Wir müssen Gewissheit haben.«

Viele Kabinen waren entfernt worden, um Platz für gewaltige Maschinenanlagen zu schaffen. Vergeblich versuchte Fartuloon, ihre Funktion zu bestimmen, denn derartig konstruierte technische Anlagen hatte er noch nie gesehen. Dennoch glaubte er gewisse Formen zu erkennen oder zumindest ihren Zweck erraten zu können. Da waren metallene Halbkugeln, die an primitive Orterantennen erinnerten, aber mit Sicherheit keine waren. Auch ihre Anordnung war auffällig. Dicke Kabelleitungen aus silbrig schimmerndem Kunststoff verbanden sie mit den Maschinenblöcken und Generatoren.

»Das müssen die Projektoren sein«, sagte Ischtar.

»Projektoren?«

»Sie erzeugen die Absolute Bewegung und ermöglichen den Übergang in den Mikrokosmos, bewirken eine Ortsversetzung in das Universum der Varganen. Wir müssen herausfinden, von welchem der vier Schiffe aus die Gesamtanlage aktiviert wird.«

»Hat Haitaschars Erwachen diesen Prozess nicht bereits eingeleitet?«

»Nein. Es wurde nur eine … nun, sagen wir mal Bereitschaft hergestellt. Die eigentliche Aktivierung muss von einer Hauptschaltung ausgehen. Sie ist es, die wir suchen.«

Fartuloon betrachtete die Projektoren misstrauisch. »Gehen wir nicht ein ziemliches Risiko ein? Schließlich experimentieren wir mit unbekannten Kräften. Ich wage nicht, mir eventuelle Folgen vorzustellen, wenn wir einen Fehler machen.«

»Wir dürfen eben keinen Fehler machen.«

Fartuloon gab es auf. Er kannte die unglaubliche Willenskraft der Varganin und die Energie, die in ihr steckte, wenn sie ein Ziel verfolgte. Nichts würde sie davon abbringen können, den gefährlichen Versuch zu unternehmen, in den Mikrokosmos einzudringen, wenn dadurch die vage Möglichkeit bestand, Atlan und Chapat zu finden. Fartuloon verstand ihre Motive, wenngleich er mit ihren Methoden nicht immer ganz einverstanden war. Seiner Ansicht nach ging Ischtar zu viele Risiken ein. Sie durchsuchten den Rest des Schiffes, fanden aber außer weiteren Anlagen und automatisch arbeitenden Schaltelementen keine Anhaltspunkte, mit denen sie etwas hätten anfangen können. Als sie in der Luftschleuse standen und warteten, dass sich die Außenluke öffnete, sagte Fartuloon: »Sehen wir uns die anderen Schiffe jetzt sofort an, oder versuchen wir vorher noch einmal, etwas von Haitaschar zu erfahren?«

Sie zögerte. Eiskralle, der inzwischen die Wache in der Zentrale übernommen hatte und auf Funkempfang geblieben war, nahm ihr die Entscheidung ab. »Ich habe versucht, mit Haitaschar zu sprechen. Sie hat keine Erinnerung, sie weiß nichts. Sie hat mir nicht einmal sagen können, warum sie im Tiefschlaf lag und wer es veranlasste. Wir müssen ihr Zeit lassen …«

»Zeit ist das, was wir nicht haben«, unterbrach ihn Ischtar ungeduldig. »Wir versuchen es ohne sie.«

Wortlos schwebten sie zur MONDSCHATTEN zurück, die Fahrt aufnahm, sobald sie die Luftschleuse erreicht hatten. Der Flug über die Entfernung von hundert Kilometern dauerte nicht lange. Sie näherten sich anschließend dem zweiten zu untersuchenden Schiff und drangen genauso leicht in es ein wie in das erste. Fartuloon konzentrierte sich in der Hauptsache darauf, einen Unterschied zu dem zu entdecken, was sie in diesem ersten Schiff gefunden hatten, aber es gelang ihm nicht. Die technischen Anlagen und ihre Anordnung waren identisch, daran konnte kein Zweifel bestehen. Beide befanden sich in Betriebsbereitschaft und mussten nur noch endgültig aktiviert werden, um mit ihrer unheimlichen Arbeit beginnen zu können.

Ischtar betrachtete sehr lange die Projektoren. Schließlich machte sie sich einige Notizen, ehe sie sagte: »Nun das dritte Schiff, mein Freund, dann haben wir schon fast Gewissheit. Ich glaube, ich habe etwas Wichtiges entdeckt.«

»Und das wäre?«

»Später, erst muss ich Gewissheit haben. Kehren wir zu den anderen zurück und fliegen das dritte Schiff an. Sollte sich meine Vermutung dort bestätigen, werden wir das letzte nicht untersuchen müssen.«

Er folgte ihr, reichlich unzufrieden und voller Skepsis. Ischtars plötzlicher Optimismus stimmte ihn alles andere als zuversichtlich. Er war davon überzeugt, dass bei ihr der Wunsch der Vater des Gedankens war. Das dritte Schiff wies einige Unterschiede auf. Auch hier war die Kommandozentrale wie in den anderen eingerichtet, doch es gab einen großen Bildschirm, der den Blick nach draußen gestattete. Als Ischtar ihn einschaltete, erlebten sie eine Überraschung, die jedoch endgültig den Zusammenhang der vier unabhängig erscheinenden Anlagen bestätigte. Fünf Oktaederschiffe waren zu sehen, als befände sich die Aufnahmekamera hoch über ihnen, mindestens zweihundert Kilometer oder noch mehr. Vier Schiffe bildeten das Quadrat, das fünfte schien an einem zu kleben, so gering war der Abstand. »Die vier Stationen – und wir«, murmelte Fartuloon. »Sie sind durch eingeblendete Linien miteinander verbunden … Was bedeutet das?«

Ischtar nahm ihre Notizen und studierte sie aufmerksam, dann nickte sie. »Wir brauchen uns das vierte Schiff nicht mehr anzusehen, dies hier ist der Kommandoteil. Von hier aus lässt sich der Umsetzer aktivieren.«

»Und *wo* ist der Umsetzer?«

Ischtar deutete auf den Bildschirm. »Die Linien verbinden die vier Schiffe. Der Schnittpunkt der beiden Diagonalen – das ist der Umsetzer. Genauer: sein Wirkungsbereich.« Sie gab ihm ihre Notizen. »Du siehst, dass ich die Ausrichtung der Projektoren eingezeichnet habe, sie entsprechen der Richtung der Diagonalen. Wenn sie eingeschaltet werden, treffen sich die Strahlungsfelder im Schnittpunkt der Linien. Dort beginnt dann die Umwandlung, die Absolute Bewegung von einem Universum ins andere.«

Fartuloon betrachtete die Unzahl der Schaltelemente auf der halbrunden Tafel rings um den Bildschirm. Es gab Hunderte von Knöpfen, die man eindrücken, und mindestens ebenso viele Hebel, die man umlegen konnte. Welches waren die richtigen? Ischtar deutete auf einen metallenen Kasten, der auf dem Tisch befestigt war und auf der Oberseite ein eingraviertes Zeichen unbekannter Bedeutung aufwies. »Dort. Wer ihn öffnet, aktiviert den Umsetzer.«

»Das ist doch nur eine Vermutung. Wer weiß, was du aktivierst, wenn du ihn zu öffnen versuchst.«

Sie lächelte hinter ihrer Helmscheibe. »Wir werden es bald wissen, aber beruhige dich, wir versuchen erst noch einmal, Haitaschar auszufragen. Vielleicht hat sie sich inzwischen erholt. Es ist doch unmöglich, dass sie jede Erinnerung verloren hat.«

Schweigend machten sie sich auf den Rückweg.

Ischtar war zu Haitaschar gegangen. Die drei Männer saßen in der Kommandozentrale zusammen und hatten den Interkom blockiert, um ungestört reden zu können.

»Ich habe keine große Lust, in den Bewohner eines Elektrons verwandelt zu werden«, sagte Eiskralle missmutig. »Wenn ich mir das nur vorstelle, verändert sich schon jetzt meine Molekularstruktur.«

»Nicht nur deine«, stimmte Corpkor zu. »Auf der anderen Seite denke ich an Atlan. Wer weiß, was inzwischen mit ihm passiert ist. Er ist im Mikrokosmos, daran besteht kein Zweifel, aber müssen wir auch dorthin, um ihm zu helfen? Gibt es denn keinen anderen Weg?«

Fartuloon lag zurückgelehnt im Kontursessel, streifte Ischtars Notizen auf dem Tisch mit einem gleichgültigen Blick. »Ich bin nicht weniger besorgt als ihr, was Atlan anbetrifft. Wir haben diesmal eine Chance, ihn zu finden, aber ich gebe zu, es ist eine sehr geringe Chance und eine verdammt unsichere dazu. Ischtar ist viel zu impulsiv. Sie könnte unüberlegt handeln. Es liegt an uns, die endgültige Entscheidung zu fällen. Unternehmen wir den Versuch oder nicht?«

»Ohne Ischtar zu hören?«, fragte Corpkor. »Wir befinden uns immerhin auf ihrem Schiff. Sie ist die Kommandantin.«

»Aber nicht unser Diktator«, warf Eiskralle ein.

Fartuloon versuchte ruhig zu bleiben. »Es geht um Atlan, um nicht mehr und nicht weniger. Aber ich gebe zu, dass ich dem Experiment skeptisch gegenüberstehe. Mir ist nicht wohl in meiner Haut. Aber die Frage lautet: Riskieren wir es trotzdem oder nicht? Habt ihr Kompromissvorschläge, irgendwelche Alternativen anzubieten?«

Eiskralle schüttelte entschieden den Kopf, während Corpkor bedächtig sagte: »Diese Haitaschar *muss* etwas wissen, aber sie hat ihre Erinnerung verloren. Vielleicht wäre es gut, wenn wir ein wenig nachhelfen. Wir haben Medikamente an Bord, die das Gedächtnis auffrischen. Außerdem kann Ischtar ihr helfen, wenn sie ihr von der Vergangenheit erzählt.«

Fartuloon nickte ihm anerkennend zu. »Ein guter Gedanke. Und auf jeden Fall ein Vorschlag, den sich Ischtar zumindest anhören muss. Wir stellen ihr eine Frist. Ist diese verstrichen, legen wir ihr keine Hindernisse mehr in den Weg.«

»Ihr seid die reinsten Selbstmörder«, rief der Chretkor.

»Mag sein. Aber wir haben mehrere Beiboote an Bord. Du kannst eins davon nehmen und uns verlassen. Aus sicherer Entfernung könntest du dann beobachten, was mit uns geschieht. Vielleicht wäre das sogar eine gute Idee.«

Eiskralle sah ihn an, als habe er ein Gespenst vor sich. »Ich soll kneifen? Du weißt, das würde ich nie tun, Fartuloon! Ich habe nur meine Meinung gesagt, das ist alles. Ich habe Angst. Warum soll ich das verschweigen? Wenn ihr alle dafür seid, dass wir Ischtar folgen, dann bin auch ich dabei. Aber die Wartezeit sollten wir ihr vorschlagen.«

»Dann wären wir uns einig.« Fartuloon sah auf den Bildschirm. Die vier Schiffe schwebten im All, michts geschah dort, was zu registrieren gewesen wäre. Nur eine leichte Energieabstrahlung konnte gemessen werden.

Ischtar kam in die Kommandozentrale und setzte sich. Sie sah die fragenden Gesichter der Männer und lächelte flüchtig. »Habt ihr ein Komplott gegen mich geschmiedet? Dann heraus mit der Sprache.«

Fartuloon sagte für sie alle: »Zuerst berichte uns, was du erreicht hast. Hat Haitaschar geredet? Hast du etwas in Erfahrung bringen können?«

»Nicht viel, das muss ich zugeben, aber immerhin gab es einige Hinweise, die uns weiterhelfen können. Außerdem scheint sie sich zu erholen, wenngleich sie scheinbar nur sinnloses Zeug redet. Sie hat zweifellos einen schweren Schock erlitten. Die Frage ist nur, ob er vor der Einleitung des Tiefschlafs eintrat – oder erst beim Erwachen.«

»In einigen Tagen also«, sagte Corpkor lauernd, »wüssten wir vielleicht mehr?«

Sie nickte. »Natürlich – wenigstens nehme ich es an. Sie kann uns ihre Auskünfte auch im Mikrokosmos geben, sofern wir sie dann noch brauchen.«

Fartuloon wandte sich ihr zu. »Wir haben dir einen Vorschlag zu machen. Wir sind mit dem Einschalten der Projektoren einverstanden, aber erst in drei Tagen. Bis dahin kann Haitaschar uns mehr verraten haben; wenn nicht, hast du freie Hand. Aber wir wünschen, dass du dich diese drei Tage geduldest.«

»Aber …«

»Am Schicksal Atlans ist uns genauso gelegen wie dir, vergiss das nicht. Du weißt, was für uns alle von seiner Rückkehr abhängt. Aber ihm nützt es nichts, wenn wir uns unüberlegt in ein Abenteuer stürzen, das leicht unser Ende bedeuten kann. Darum bitten wir dich, auf unseren Vorschlag einzugehen.«

»Dies ist mein Schiff«, sagte sie kalt.

»Eben, deshalb bitten wir dich ja.«

Sie schwieg lange, sah von einem zum anderen und las in ihren Mienen die feste Entschlossenheit, jetzt nicht mehr nachzugeben. Schließlich nickte sie. »Gut, drei Pragos, aber keine Tonta länger. Wir ruhen uns aus, ich kümmere mich um Haitaschar. Und dann … nun, dann werden wir ja sehen.«

»Ja, dann werden wir sehen«, bekräftigte Fartuloon.

An Bord der MONDSCHATTEN: 34. Prago des Eyilon 10.499 da Ark

In diesen drei Tagen veränderte sich nicht viel. Ischtar saß tontalang an Haitaschars Lager und versuchte, die Vergangenheit in ihr wachzurufen. Immer und immer wieder berichtete sie ihr von den Geschehnissen, die sie selbst schon beinahe vergessen hatte, aber es erfolgte keine positive Reaktion. Haitaschar blieb teilnahmslos, obwohl sie zuhörte. Selbst stärkende Medikamente und Stimulanzien blieben ohne jede Wirkung, wenn man von wenigen zusammenhanglosen Informationen absah. Aber sie nahm wieder Nahrung zu sich und schien auch keine Angst vor Fartuloon zu haben, der sich ebenfalls um sie bemühte. Doch das alles half nicht weiter, bald näherte sich die vereinbarte Frist ihrem Ende.

Ischtar erschien auf die Millitonta genau in der Kommandozentrale und sagte: »Es ist überflüssig, dass mich jemand begleitet, ich gehe allein. Du hast die Unterlagen, Fartuloon. Sobald ich dir mitteile, dass ich zurück bin und das Schott geschlossen habe, musst du Fahrt aufnehmen. Die Daten sind dir bekannt. Wir können in kurzer Zeit den Schnittpunkt erreichen.«

»Und wenn der Umsetzer vorher …?«

»Diese Sicherheitsfrist ist einprogrammiert. Er wird erst dann zu arbeiten beginnen, wenn wir den Schnittpunkt erreichen. Die Felder müssen Materie treffen, um wirksam zu werden.«

»Alles nur Vermutungen«, knurrte Eiskralle im Hintergrund.

Ischtar beachtete ihn nicht. »In einer Dezitonta verlasse ich das Schiff und bin in zwei Dezitontas wieder zurück. Bereitet alles für den Start vor.«

»Viel Glück!«, rief Fartuloon hinter ihr her, aber sie hörte ihn schon nicht mehr. Er seufzte und schaltete die Funkanlage ein, damit Ischtar ihn jederzeit erreichen konnte. Dann programmierte er den kurzen Flug zum Umsetzer-Schnittpunkt und lehnte sich im Sessel zurück. »Nun können wir nur abwarten.«

»Hoffentlich gehorchen mir im Mikrokosmos wenigstens die Bakterien«, murmelte Corpkor ironisch.

»Ich bin bei der Hauptkontrolle«, gab Ischtar über Funk durch. »Jetzt öffne ich den Deckel des Schaltkastens. Die Lampen glühen auf. Aktivierungsprozess beginnt. Ein Zeitnehmer läuft. Ich komme zurück.«

»Aber schnell«, riet Fartuloon ihr noch, ehe er sich auf seine Aufgabe konzentrierte, das Schiff über die geringe Entfernung von ziemlich genau siebzig Kilometern zum Schnittpunkt der Umsetzerwirkung zu fliegen. Die Kontrolllampe der Luftschleuse leuchtete auf, die Außenluke war geschlossen. Fartuloon zögerte nicht mehr, obwohl die Gesichter von Corpkor und Eiskralle noch immer Bedenken verrieten. Die MONDSCHATTEN nahm langsam Fahrt auf und glitt auf den imaginären Punkt zu, an dem sich die vier nun aktivierten Energiefelder schnitten. Als das Schiff die Hälfte der Strecke zurückgelegt hatte, kam Ischtar in die Zentrale. Ohne ein Wort zu sagen, setzte sie sich neben Fartuloon und sah mit ihm und den anderen auf den Bildschirm.

Die vier Schiffe waren deutlich zu erkennen – das eine genau vor dem Bug, zwei weitere rechts und links, das vierte auf der Heckprojektion.

»Noch dreißig Kilometer«, sagte Fartuloon.

Neben ihm stöhnte Ischtar: »Die vier Schiffe.«

Corpkor meldete: »Sie sind detoniert. Alle vier im selben Augenblick. Ein Glück, dass wir weit genug von ihnen entfernt waren.«

Auf dem Bildschirm sah Fartuloon vier atomare Leuchtwolken, die sich allmählich ausdehnten und dabei dunkler wurden. Hastig legte er, ehe Ischtar ihn daran zu hindern vermochte, den Hebel für den Notstart auf volle Kraft.

»Fartuloon!«, rief die Varganin und wollte ihn daran hindern, aber sie kam zu spät. Die Lampen unter den Instrumenten zeigten bereits an, dass der Antrieb aktiviert worden war.

»Warum hast du das getan?« Sie schluchzte vor Wut und Enttäuschung. »Nun hast du alles verdorben.« Aber dann schwieg sie und sagte nichts mehr. Das Schiff nahm keine Fahrt auf. Die Aggregate riefen keine Wirkung hervor, obwohl die Instrumente volle Arbeitsleistung anzeigten. Das Schiff trieb unaufhaltsam in das Zentrum des inzwischen verschwundenen Quadrats hinein, dann schien es von unsichtbaren Mächten gepackt und angehalten zu werden.

Fartuloon biss sich auf die Lippen und ließ Ischtar gewähren, die verzweifelt die Kontrollen betätigte und nach einem Fehler suchte, aber dann gab sie es schließlich ebenfalls auf. »Du hast, was du wolltest«, sagte er ruhig. »Der Antrieb lässt uns im Stich. Wir sitzen fest – und das, nachdem die vier Schiffe vernichtet wurden. Was also habe ich verdorben?«

Sie sah ihn ohne Groll an. »Nichts, Fartuloon, gar nichts. Die Projektoren haben sich selbst zerstört, aber bevor sie das taten, konnten sie ihren Auftrag noch ausführen. Wir befinden uns innerhalb dessen, was ›Absolute Bewegung‹ genannt wird. Es ist genau wie damals ... Das Experiment ist geglückt. Bald werden wir in meiner Urheimat sein, dort, wo auch Atlan sich aufhält. Wir werden ihn finden.«

Eiskralle umklammerte die Armlehnen des Kontursessels. »Ich weiß nicht – mir wird übel. Ich glaube, ich bin schon ein Stückchen geschrumpft ...«

Ischtar sagte nüchtern: »Selbst wenn, du könntest es nicht bemerken, denn alles wird kleiner, das Schiff und alles, was in ihm ist. Nur das All draußen bleibt und verändert sich nicht – subjektiv. Für uns ist es der Übergang in ein anderes Universum.«

»Deine Art, jemanden zu trösten, ist umwerfend«, stellte Fartuloon fest. »Aber im Ernst: Ich spüre auch eine leichte Übelkeit. Gehört das dazu?«

»Sie ist nicht zu vermeiden, soweit ich mich erinnere. Es kann sogar sein, dass wir für eine gewisse Zeit das Bewusstsein verlieren.«

»Was ist mit Haitaschar?«, fragte Corpkor besorgt.

»Sie wird nichts bemerken, denn sie schläft«, beruhigte Ischtar ihn. Der Interkom funktionierte einwandfrei und bestätigte ihre Behauptung. »Den Instrumenten nach zu urteilen, befinden wir uns in einer energetischen Strömung, die nicht zu identifizieren ist. Sie ist stärker als unser Antrieb. Auf dem Bildschirm ... Ja, was ist damit?«

Die Sterne auf dem Schirm verblassten allmählich. Fartuloon machte sich Vorwürfe, Ischtar nicht energischer entgegengetreten zu sein und das Experiment verhindert zu haben. Aber nun war es zu spät. Die Absolute Bewegung riss sie mit, hinein in die unbegreifliche Welt des Mikrokosmos, in ein *anderes Universum.* Sie begannen transparent zu werden. Es war, als lösten sich ihre Körper langsam und ohne physischen Schmerz auf, aber er wurde von einem Schwindelgefühl befallen, das jede normale Denkfähigkeit behinderte und schließlich völlig ausschaltete. Mit letzter Kraft raffte sich Fartuloon noch einmal auf, aber er konnte nur noch feststellen, dass Ischtar das Bewusstsein verloren hatte. In sich zusammengesunken lag sie in ihrem Sessel, die Augen geschlossen, ein Lächeln des Triumphs um ihre Lippen. Auch Eiskralle und Corpkor waren ohnmächtig geworden. Dann wurde es auch vor Fartuloons Augen schwarz. Sein letzter Eindruck war, in ein dunkles, bodenloses Loch zu stürzen, das weder Anfang noch Ende hatte und sich vom Beginn der Zeit bis zu ihrem fernen Ende erstreckte – bis zum Ende der Ewigkeit ...

17.

Zaphiro: *Der* Dialogpartner *durfte keine Waffen tragen. Seine Augen waren braun und wirkten sehr Vertrauen erweckend. Das schwarze Haar fiel in weichen Wellen über die Schultern herab. Er war fast zwei Meter groß. Alles an ihm verriet Kraft und Konzentration. Die metallische Kombination spannte sich wie eine zweite Haut über dem Körper. Seine Bewegungen wirkten elegant und beherrscht. Er war ein Mann, dem sich jede Frau bedenkenlos anvertraut hätte. Er strahlte ein beruhigendes Gefühl aus, das sich sofort auf jeden übertrug, der in seiner Nähe weilte. Za-*

phiro sah nicht so aus, als könne er jemals brutal und jähzornig sein. Er war vom Wohlwollen seiner Besitzerin Karschkar abhängig. Die Unsterbliche konnte ihn jederzeit vernichten, sein Schicksal lag völlig in ihrer Hand. Zaphiro wusste, dass seine Herrin sehr launisch war, aber er konnte mit ihren Launen umgehen. Er hatte die ausgeprägte Fähigkeit, ihren Unmut oder ihren Zorn in wenigen Augenblicken in Freude und Wohlgefallen aufzulösen. Zaphiro war viel zu sanftmütig, um sich gegen die exzentrischen Wünsche Karschkars aufzulehnen.

Trotzdem dachte Zaphiro an Mord. Nicht, dass er den Mord eiskalt plante. Er konnte nicht einmal daran denken, ein Lebewesen kaltblütig zu töten. Er wollte nur nicht auf die Zuneigung seiner Herrin verzichten, denn ohne Karschkars Zuneigung gab es für ihn keine Existenzberechtigung. Er spürte immer dann eine innere Unruhe, wenn Karschkar einen anderen bevorzugte. Er wurde dann ständig von der Angst verfolgt, sie könne ihn einfach aus dem Verkehr ziehen.

Zaphiros Befürchtungen erhielten zusätzliche Nahrung, als der Tejonther-Mutant Terziul an Bord der KARSCHKAR kam. Terziul hatte es in verhältnismäßig kurzer Zeit verstanden, sich Karschkars Gunst zu sichern, er war anders als seine Artgenossen, hatte einen gelben Pelz. Wurde darüber gestrichen, knisterte es elektrisierend. Terziul war schlau und der Erste, der schon nach kurzer Zeit Karschkars Salon betreten durfte. Dort ließ er sich verwöhnen, trank Wein und programmierte die Positronik mit eigenen musikalischen Kompositionen. Terziul hatte rasch durchschaut, dass Karschkar einsam war. Die Unsterbliche wünschte sich ein Kind, aber ihr Volk war steril. Sie war bereits alt gewesen, als mit dem Wechsel in den Makrokosmos ihre weitere Alterung gestoppt worden war: Die Haut ihres Originalkörpers war trotz vieler Schönheitsoperationen und Zellauffrischungen faltig. Meist verzichtete sie darauf, diese alte und gebrechliche und überdies fette Hülle zu verwenden; die Fähigkeit des Bewusstseinstransfers in konservierte Tropoytherkörper bot eine reiche Auswahl, einschließlich der, als junge Schönheit aufzutreten.

Terziul verstand sein Handwerk. Seine Redeweise war vornehm und gewählt, er konnte aber auch fluchen wie ein Lopsegger. Seltsam, dass Karschkar seine Strategie noch nicht durchschaut hatte. Aber vielleicht verschloss sie ihre Augen nur vor der Wirklichkeit. Vielleicht genoss sie die Zeit mit dem Mutanten. Terziul war der geborene Geschichtenerzähler. Wenn er in seiner blumenreichen Erzählweise ganze Raumfahrerepen vor Karschkar ausbreitete, hörte sogar Zaphiro fasziniert zu. Der Kreuzzug nach Yarden *war Terziuls Lieblingsthema.*

An Bord der KARSCHKAR

Zaphiro hatte heimlich die Bildschirme seiner Kammer mit den Aufnahmeoptiken in Karschkars Salon synchron geschaltet. Jetzt lag er auf seiner Gussplastikliege und beobachtete den Nebenbuhler. Ringsum summten positronische Instrumente. Der ganze Raum war nicht ganz zehn Quadratmeter groß, enthielt bis auf die Gussplastikliege keinerlei Möbel oder Sitzmulden. Die Luft wurde durch einen Bodenschlitz angesaugt und durch einen Deckenfilter abgegeben. Wegen der positronischen Instrumente blieb die Temperatur konstant. Es war nicht bequem, die ganze Zeit in diesem Raum zu verbringen. Aber Zaphiro machte sich nichts daraus. Der Wunsch nach mehr Komfort war noch niemals in ihm wach geworden. Zaphiro starrte auf die Bildschirme, die halb schräg unter der Decke hingen. Die Stimme Terziuls kam klar und ohne Verzerrungen aus dem kleinen Lautsprecher. Zaphiro hatte den Lautsprecher bei einem Rundgang aus dem Ersatzteillager mitgenommen, Karschkar wusste nichts davon. Und das war auch besser so. Es war ein Risiko für einen *Dialogpartner*, Eigeninitiative dieser Art zu zeigen. Der linke Bildschirm übertrug Terziuls Gesicht. Der Tejonther-Mutant lehnte mit dem Rücken gegen Karschkars Brust. Eben kam Terziuls behaarte Rechte ins Bild, beschrieb einen Halbkreis und senkte sich dann langsam auf Karschkars Arm herab.

»Ich frage mich immer wieder, ob wir Tejonther eigentlich etwas gegen euch Tropoyther unternehmen können«, kam es aus dem kleinen Lautsprecher.

Karschkars dunkle Stimme verriet Belustigung. »Das würde euch schlecht bekommen. Der *Kreuzzug nach Yarden* ist aus unserem Lebenszyklus nicht mehr wegzudenken. Unsere ganze Lebensweise, was sage ich … die Lebensart des ganzen Universums richtet sich danach. Ich habe deine Geschichten genossen, aber ich wünsche keine Kritik mehr an tropoythischen Institutionen.«

Der Mischling wusste, dass er sich zu diesem Thema nicht mehr äußern durfte. Er würde die Wahrheit über die *Kreuzzüge nach Yarden* ohnehin nicht erfahren; die *Leerraumkontrolleure* bewahrten ihr Geheimnis.

Zaphiro blickte auf den anderen Bildschirm, auf dem Karschkars Gesicht eingeblendet wurde. Diesmal trug sie die Haare hochgesteckt. Karschkars Hand strich langsam über den gelben Pelz. Das elektrisierende Knistern bereitete der Varganin sichtlich Vergnügen, sie lächelte weltvergessen. Die Augenlider senkten sich langsam.

Terziul begann mit einem alten tejonthischen Märchen. Zaphiro lauschte der Geschichte. Er wäre zwar lieber zu Karschkar geeilt, um Terziuls Platz einzunehmen, aber das war ausgeschlossen. Ohne den ausdrücklichen Wunsch seiner Herrin durfte er den Salon nicht betreten. Er wartete vergeblich auf das schrille Summen des Melders, das Gerät blieb stumm. Und so lauschte er weiter der Erzählung des Tejonther-Mutanten. Die Geschichte lenkte ihn genauso von seinen Problemen ab, wie sie Karschkars Einsamkeit für wenige Augenblicke durchbrach. Terziul sprach von der Sehnsucht vieler Tejonther, das ewige Leben zu erringen. Unzählige Tejonther waren schon ausgezogen. Für Terziul war es bestimmt ein eigenartiges Gefühl, seine Zeit mit einer Unsterblichen zu verbringen. Aber er konnte nicht damit rechnen, in den Kreis der unsterblichen Tropoyther aufgenommen zu werden. Das würde einem wie ihm niemals gelingen. Die Tropoyther – oder Varganen – genossen die Exklusivität; in diesem Universum hatten sie die führende Rolle inne, waren in den Augen der anderen Völker wie Götter. Es gab keins, das mächtiger als die Leerraumkontrolleure war.

»Erzähle mir mehr von Vruumys, dem Sucher des ewigen Lebens«, verlangte Karschkar. Sie hatte den Namen dieses tejonthischen Raumfahrers schon öfter gehört, interessierte sich dafür, was aus dem Bepelzten geworden war.

»Niemand weiß, was aus Vruumys geworden ist«, begann Terziul. »Er kann das ewige Leben gefunden haben, er kann aber auch gestorben sein.«

»Ich will keine Geschichten über den Tod hören.«

Terziul lächelte unsicher. »Wie meine Herrin es wünscht. Ich werde vom Leben erzählen. Ich werde die Mysterien vor dir ausbreiten, wie ich sie erfahren habe. Das Leben ist vielfältig. Genauso vielfältig und schillernd sind die Geschichten, die sich um die Erringung des ewigen Lebens ranken.«

Zaphiro empfand überhaupt nichts, als Terziul vom ewigen Leben sprach. Zaphiro war unsterblich. Jedenfalls so lange, wie es seiner Herrin gefiel; sie konnte seine Existenz jederzeit auslöschen. Dabei war es nun egal, ob er unsterblich oder sterblich war. Ein Knopfdruck genügte, um ihn für immer in das grauenvolle Nichts des Todes stürzen zu lassen. Zaphiro richtete sich kurz auf. Es war seltsam, dass sein Gesicht die Gedanken widerspiegelte, die ihn bewegten. Für Augenblicke flackerte ein unstetes Feuer in seinen braunen Augen. Dann war er wieder ruhig und legte sich langsam in die ausgestanzten Höhlungen seiner Gussplastikliege.

Terziuls melodisch klingende Stimme drang aus dem Lautsprecher: »Vruumys verfolgt vor allen Tejonthern dieses Zeitalters verbissen jede Spur, die auf das ewige Leben hindeutet. Er landete auf unerforschten Planeten, schlug sich durch den Morast kriegerischer Zivilisationen. Ihm war keine Anstrengung zu viel, um endlich das ersehnte Ziel zu erreichen. Vruumys' frühe Abenteuer wurden auf Speicherkristalle geprägt. Vruumys ist bei allen beliebt. Er versteht es, kosmische Theorien über den Ursprung allen Seins mit spannenden Erlebnisberichten zu verknüpfen. Es wäre ein großer Verlust für die tejonthische Unterhaltungsindustrie, sollte Vruumys tot sein.«

Karschkars Stimme gellte durch den Salon; sie war wütend, weil Terziul schon wieder den Tod erwähnt hatte. »Ich könnte vergessen, was für ein perfekter Geschichtenerzähler du bist. Was das heißt, kannst du dir sicher vorstellen. Ich mag es nicht, wenn meine Wünsche ignoriert werden.«

Terziul nickte bedächtig und schmiegte sich unterwürfig an Karschkars Brust. Das schien die alte Frau in dem jugendlichen Körper ein wenig zu beruhigen. Sie forderte ihren Gespielen auf, eine weitere Geschichte von Vruumys zu erzählen. Zaphiro konnte sich ein Grinsen nicht verkneifen. Innerlich hoffte er, dass Terziul weitere Fehler machte, wünschte sich nichts sehnlicher, als dass der verhasste Nebenbuhler durch eine Ungeschicklichkeit bei Karschkar in Ungnade fiel. Dann würde er, Zaphiro, aus der Asche des Vergessens aufsteigen, um seiner Herrin alle Wünsche von den Augen abzulesen. Zaphiro nahm sich vor, Karschkar bei der ersten Gelegenheit über Terziuls mangelnde Emotiofähigkeiten zu informieren. Es war einfach undenkbar, dass ein tejonthischer Mutant solche Qualitäten wie Emotioverstärkung hatte. Darin waren *Dialogpartner* wie Zaphiro einzigartig. Und er kannte seine Fähigkeit, würde sie im Kampf um Karschkars Gunst skrupellos einsetzen, würde sogar ihre negativen Gefühle verstärken, wenn es Terziuls Schaden war.

Irgendetwas in seinem Innern war zerbrochen. Er wusste nicht, was es war, aber es erzeugte in ihm ein fürchterliches Brennen. Dieses schreckliche Gefühl wuchs und wurde stärker. Einmal musste der Zeitpunkt kommen, an dem sämtliche Hemmungen zerstört wurden. Was dann geschehen würde, wagte sich Zaphiro nicht vorzustellen. Er war ein Mann mit gepflegten Verhaltensweisen, würde niemals brutal reagieren. Als *Dialogpartner* war ihm nicht einmal bewusst, dass ein innerer Block wirksam verhinderte, dass er zum Mörder wurde. Er wusste nicht, dass die Varganen vorgesorgt hatten.

Ein schrilles Heulen riss ihn aus den Überlegungen. In der Zentrale des Raumschiffs wurde Alarm gegeben. Zaphiro sah, wie Karschkar ihren Gespielen vom Polster stieß. Terziul wollte sich aufrichten, um vor Karschkar eine Verbeugung zu machen. Doch er berührte die Platte mit den Früchten so ungeschickt, dass sie vom Tisch rutschte. Die bunten Früchte kullerten über den weichen Flauschboden. Terziul murmelte eine Entschuldigung und beeilte sich, Karschkar den Weg freizumachen. Das Heulen der Alarmsirene hielt unvermindert an.

»Du rührst dich nicht von der Stelle!«, rief Karschkar nervös. »Ich kann dich in der Zentrale nicht gebrauchen. Ich will nicht, dass du noch mehr durcheinanderbringst.«

Terziul ging ein paar Schritte voraus, um für Karschkar die Schiebetür zu öffnen. Zaphiro verfolgte jede Bewegung des Nebenbuhlers, konnte ein hämisches Grinsen nicht unterdrücken. Plötzlich kam ihm eine Idee, wie er Terziul eins auswischen konnte. Während der Wartezeit in der Aufenthaltskammer hatte er gelernt, die positronischen Schaltkreise zu manipulieren. Obwohl Zaphiro nie in seinem Leben Hyperphysik oder ein verwandtes Sachgebiet studiert hatte, verstand er die schwierigsten Zusammenhänge robotischer Logik. Er verband blitzschnell zwei Kontakte und löste einen Spannungsabfall im Bereich des Salons aus. Die Automatik reagierte so langsam, dass der Schaden nicht innerhalb weniger Augenblicke ausgeglichen werden konnte. Grinsend sah Zaphiro, wie Terziul seine Rechte auf den Wärmekontakt neben der Schiebetür legte und sich verbeugte. Jetzt musste die Tür in die Wandöffnung gleiten, um Karschkar nach draußen zu entlassen. Doch nichts dergleichen geschah. Karschkar prallte mit dem Kopf gegen die Türfläche. Auf der Stirn erschien ein rötlicher Fleck. Ihre Lider verzogen sich zornig, sie schnappte nach Luft. »Du elender Stümper. Du bist zu nichts zu gebrauchen.«

Terziul stammelte verlegen, konnte nicht begreifen, dass die Türautomatik ausgerechnet in diesem Augenblick versagt hatte. Zaphiro kicherte, löste die Kontakte wieder voneinander und blickte gespannt auf den Bildschirm. Karschkar berührte den Wärmekontakt. Zischend öffnete sich die Tür. Sie ordnete ihre Frisur, die durcheinandergeraten war, und ging, ließ einen ziemlich verwirrten Terziul zurück.

Der Tejonther-Mutant konnte sein Pech nicht begreifen. In seinem Innersten ahnte er, dass seine Zeit als Günstling Karschkars vorüber war. Er hatte Angst vor dem Augenblick, an dem ihm Karschkar den Laufpass geben würde, er wusste, dass sie sehr skrupellos handeln würde. Sie konnte ihn jederzeit durch die Schleuse ins All stoßen. Mit oder ohne Raumanzug. Das hing von ihrer Laune ab. Hatte er Glück, ließ sie ihm ein kleines Landungsboot, mit dem er den nächstgelegenen Planeten ansteuern konnte. Alles in allem sahen die Zeiten für Terziul schlecht aus. Er hätte sich doch nicht bei Karschkar einschmeicheln sollen, dann wäre ihm vieles erspart geblieben. Aber er war ein Paria, ein Ausgestoßener unter Schwarzpelzen, die mit ihren Raumschiffen den Sternenraum durchquerten.

Das Oktaederschiff schwebte in zwölftausend Metern Höhe über der Zielwelt. Weiße Wolkenfelder trieben über die blaue Kugel, an einigen Stellen schimmerte es türkisgrün. Es gab nur wenige Kontinente dort unten. Karschkar hatte jedoch keinen Blick für die Schönheit des Planeten, berührte mehrere Kontakte auf dem Schaltpult. Eine seelenlose Automatenstimme tönte durch die Zentrale. »Achtzehn tejonthische Einheiten in unmittelbarer Nähe der *Gefühlsbasis*. Energiepeilung.«

Karschkar stieß die Luft geräuschvoll aus, schürzte die geschminkten Lippen, wusste genau, was die Tejonther in der *Gefühlsbasis* suchten. Die Schwarzpelze wollten das Geheimnis der *Kreuzzüge nach Yarden* lösen. Diesmal war es dieser Rebellengruppe das Ungeheuerliche gelungen, eine *Gefühlsbasis* zu betreten – es war ihnen nur gelungen, weil sie für den weiteren Weg der Kreuzzugsflotte keine Rolle spielte. Karschkar lachte laut auf. Das Verbrechen würde die Vernichtung dieser tejonthischen Einheiten bedeuten. Eine *Gefühlsbasis* ließ sich nicht so ohne weiteres besetzen. Ein Wunder, dass die Tejonther von den Impulsen der Station noch nicht verrückt geworden waren. Vielleicht waren sie immun? Karschkar konnte ihren aufkeimenden Hass gegen Terziul nicht länger unterdrücken. Er war zwar nur ein Tejonther-Mutant, aber es genügte ihr vollkommen, dass er bepelzt war. Plötzlich verstand sie sich selbst nicht mehr. Wie hatte sie sich nur diesen Burschen als Gespielen an Bord holen können? Sie musste ihre unbewussten Empfindungen unbedingt wieder in den Griff bekommen. Selbst eine Unsterbliche dürfte sich keine Entgleisungen dieser Art leisten, sonst wurde sie womöglich aus der tropoythischen Gemeinschaft ausgestoßen. Das Schicksal Magantillikens war abschreckendes Beispiel.

Vermutlich aber waren alle Gedanken, die sie sich machte, reine Zeitverschwendung. Der geheimnisvolle Fremde aus dem Makrokosmos würde alle ihre Probleme lösen. Inzwischen musste er mit seiner Begleiterin in dieser *Gefühlsbasis* angekommen sein. Die beiden waren für die Varganen von besonderem Interesse; es war ein offenes Geheimnis, dass sie inzwischen von der Verantwortlichen in Yarden brennend erwartet wurden. Ihre Anwesenheit dort würde wieder *Nachwuchs* bedeuten, denn seit den Experimenten mit der Absoluten Bewegung hatte es keine Geburten mehr gegeben. Ihr Volk wäre längst ausgestorben, wären seine Mitglieder nicht unsterblich gewesen. Und jetzt waren zwei Personen nach Yarden unterwegs, die dieses Grundproblem mit einem Schlag lösen konnten. Der Mann hatte mit einer Rebellin ein Kind gezeugt, dieser Embryo hatte entführt werden können. Damit war eindeutig bewiesen, dass dieser Mann mit einer Varganin Kinder haben konnte. Und was für Ischtar möglich war, sollte auch für Karschkar möglich sein. Deshalb war sie zu dieser *Gefühlsbasis* aufgebrochen, wollte den Fremden für sich allein haben.

Sie dachte an den Embryo und lachte; Chapat würde ihr im Falle eines Falles helfen, den Willen des Fremden zu brechen, denn Karschkar hatte vorgesorgt. Hatte sie einmal einen Plan gefasst, war sie durch nichts davon abzubringen. Niemand würde sie hindern. Erst recht nicht diese Tejonther, die sich an der *Gefühlsbasis* zu schaffen machten.

»Wir landen in ausreichendem Sicherheitsabstand zur *Gefühlsbasis*. Alle Waffensysteme aktivieren.« Karschkar handelte wie in Trance. Die Landung verlief vollautomatisch, Karschkar gab nur die Kommandos für die einzelnen Etappen. Die Positronik reagierte sofort. Auf den Bildschirmen kam die blaue Fläche der ausgedehnten Meere rasch näher, einzelne Wolkenfetzen wirbelten vorüber. An den Bildschirmrändern wurden ionisierte Luftmoleküle sichtbar. Der Doppelpyramidenraumer drehte sich wie in Zeitlupe um seine Achse, verringerte die Geschwindigkeit. Das mächtige Schiff schwebte langsam auf den größten Inselkontinent des Planeten zu. Die Spitzen des Antigravfeldes pressten Mulden in die Wogen des Ozeans. Als sich das Schiff der Küste bis auf fünfzig Kilometer genähert hatte, stiegen mehrere Schwebefahrzeuge pfeilschnell in den Himmel, verbunden mit dem Aufblitzen von Ortungssignalen.

Die Tejonther haben mich geortet!, dachte Karschkar. *Die Burschen gehen kein Risiko ein, verteilen sich über den Küstenstreifen und warten ab, was ich unternehmen werde.* »Das könnt ihr haben.« Sie drückte die Taste des Interkoms, wurde augenblicklich mit dem Steuergehirn der autonomen Roboteinheiten verbunden.

»Programmeinheiten A-Eins bis B-Zwölf stehen zur Verfügung«, klang es aus dem Lautsprecher.

Karschkar hielt kurz inne, überlegte, was sie mit Terziul anstellen sollte. Der Mutant war ihr unvermittelt lästig geworden, später durfte er nichts von den Fremden verraten, die sie aus der *Gefühlsbasis* holen wollte. Er würde sie stören, wenn die Fremden an Bord waren. »Schafft Terziul aus dem Salon. Er wird mit den Programmeinheiten A-Eins bis B-Zwölf ausgeschleust. Ich lasse ihn auf dem Planeten zurück.«

Karschkar empfand keinerlei Skrupel, Terziul auf diesem unbesiedelten Planeten zurückzulassen. Die Welt befand sich in der Lebenszone, wurden tropoythische oder tejonthische Maßstäbe zugrunde gelegt. Sollte Terziul sich umsehen, vielleicht würde er die nächsten Jahre lebend überstehen. Als die Roboter den schreienden Tejonther-Mutanten in die Schleusenkammer zerrten, hatte Karschkar ihn längst vergessen; sie trauerte nie vergangenen Dingen nach, für sie zählte nur die Gegenwart. Karschkar wurde von einer brennenden Ungeduld erfasst, wollte den geheimnisvollen Fremden endlich sehen. Niemand würde etwas davon merken, dass sie ihn heimlich an Bord nahm, er würde ganz allein ihr gehören! Karschkar dachte kurz an Zaphiro. Aber der würde ihr keine Schwierigkeiten machen, war als *Dialogpartner* auf ihre persönlichen Bedürfnisse konditioniert. Sie konnte sich nicht vorstellen, dass er sie jemals verraten würde. Das widersprach seiner Natur. Er war ein perfekter Liebhaber, sonst nichts. Ein *Dialogpartner* eben.

Aber es gab ein Problem, mit dem sie nicht so leicht fertig werden würde. Der Fremde, der eben in der *Gefühlsbasis* angekommen war, hatte eine Begleiterin. *Freiwillig wird er auf die Frau bestimmt nicht verzichten*, schoss es Karschkar durch den Kopf. *Es muss einen Weg geben, sein Interesse von ihr abzulenken.*

Karschkar kannte zahlreiche Psychotricks, mit denen sie ihre Männer betörte. Sie würde sie auch bei diesem Fremden anwenden. Sie wusste, dass brutale Gewalt zu nichts führen würde. Der Fremde sollte sich freiwillig in sein Schicksal ergeben. Im Notfall konnte sie die fremde Frau als Druckmittel gegen ihn einsetzen. Karschkar starrte gebannt auf den Bildschirm. Die beiden Robotstaffeln schwebten auf die Küste zu. Ihre goldenen Leiber glänzten in der Sonne, bildeten eine weit auseinandergezogene Linie. Zwei Roboter trugen den schreienden Terziul, entfernten sich von der Staffel und steuerten die ersten Felsenerhebungen der Küste an. Sie ließen Terziul wie einen nassen Sack fallen und schwebten wieder davon.

Zaphiro war erleichtert, den Nebenbuhler war er endgültig los. Karschkar hatte ihn ausgesetzt. Er verfolgte das weitere Geschehen über den Bildschirm in seiner Kammer, empfand weder Freude, noch hatte er mit Terziul Mitleid. Ihm war das weitere Schicksal des Mutanten völlig gleichgültig. Hauptsache, er stand ihm nicht mehr im Weg. Zaphiro wunderte sich, dass ihn Karschkar noch nicht zu sich gerufen hatte. Der Summer blieb stumm.

Terziuls gelber Pelz war blutverschmiert. An einigen Stellen war die Haut bis aufs rohe Fleisch aufgescheuert. Er hatte große Schmerzen, ließ sich aber nichts anmerken. Roboter kannten keine Emotionen. Seit Terziul wusste, dass Karschkar auf dem namenlosen Planeten gelandet war, erfüllte ihn ein unstillbarer Tatendrang. Er wollte sich an der Tropoytherin rächen, stellte sich die entsetzlichen Foltermethoden vor, mit denen er sie quälten wollte. Doch das Objekt seiner Aggression befand sich im Schutz des Oktaederraumschiffs. Sofern Karschkar das Raumschiff nicht verließ, kam er nie an sie heran. Es war unmöglich, sich dem Schiff unbemerkt zu nähern – die automatischen Wachsonden hätten ihn sofort registriert. Das Doppelpyramidenschiff erhob sich auf der anderen Seite des großen, von Felsmonolithen durchsetzten Waldtals, auf dieser Seite befand sich die *Gefühlsbasis*. Terziul ahnte, dass Karschkar zwischen sich und der umkämpften Station einen Sicherheitsabstand wahren wollte. Die heftigen Kämpfe ließen auf nichts Gutes schließen. Bis jetzt hatte Terziul nur die tropoythischen Roboter gesehen. Die goldenen Leiber schwebten tief über dem Wald und hielten nach dem unbekannten Gegner Ausschau.

Terziul fragte sich, ob Karschkar von Anfang an auf dieser Welt hatte landen wollen; sie hatte oft von ihrem *Geheimplaneten* gesprochen. Dorthin hatte sie ihn einmal mitnehmen wollen. Terziul ballte die Hände zu Fäusten, er war auch darauf reingefallen. Die Unsterbliche hatte ihn zum Narren gehalten. Er kletterte die scharfkantigen Felsen langsam hinunter, musste darauf achten, jeden Fehltritt zu vermeiden. Es gab hier tiefe Felsspalten, aus denen er sich sicher nicht ohne fremde Hilfe befreit hätte. Terziul hielt inne. Neben ihm hatte sich in einer Bodenrinne Wasser angesammelt. Er trank ein paar Schluck und verzog angewidert das Gesicht, war ganz andere Getränke gewohnt; in Karschkars Salon gab es sämtliche Spezialitäten von Yarden.

Terziul sah die mächtige goldene Kuppel der *Gefühlsbasis* aufragen, von der Röhren sternförmig ausgingen und sich zwischen Bäumen verloren. Er duckte sich hinter einen Felsen, als er die Erinnye aus einem aufgleitenden Tor schweben sah; vielen Tejonthern galten diese Wesen als Göttinnen. Durchsichtige Schleier umhüllten ihren weiblich wirkenden Körper. Terziul hatte Angst, war allein. Niemand würde ihm hier helfen. Entdeckte ihn die Erinnye, war er erledigt. Trotzdem wagte er einen Blick nach unten, blieb so weit in Deckung, dass er jederzeit in die Felsspalte zurückkriechen konnte. Plötzlich ertönte ein durchdringendes Sirren. Die Erinnye drehte sich um die eigene Achse und stieg etwas höher empor, konnte jetzt den Platz vor der Kuppel überblicken. Auf dem Sandboden waren zahlreiche Fußabdrücke zu erkennen, an einer Stelle stieg Qualm auf. Die Wrackteile eines zerschossenen Roboters glühten immer noch. Das Sirren verstärkte sich, ging von der Erinnye aus. Sie streckte den rechten Arm aus. Terziul erkannte den tropoythischen Stabstrahler, dessen Lauf flimmerte. *Auf wen zielt sie?*, schoss es dem Mutanten durch den Kopf. *Mich kann sie nicht gesehen haben, ich bin noch zu weit von der Kuppel entfernt.*

Terziul hätte beinahe aufgeschrien, als er die fünf Gestalten erkannte, die im Eiltempo aus einem Röhrengang stürmten. Tejonther. Sie trugen schwere Thermostrahler und hatten Explosivkapseln in den Gürtelschlaufen hängen.

»Schießt, was das Zeug hält!«, gellte eine Stimme über den Platz.

Der Kämpfer existierte nicht mehr, als das Echo seines Rufes von den Kuppelwänden zurückgeworfen wurde: Die Erinnye hatte den Fächerstrahl ihrer Waffe auf die Tejonther gerichtet und sie durch eine Handbewegung vernichtet; nicht einmal ein Aschehäufchen blieb von ihnen übrig. Jetzt detonierten auch die Energiemagazine ihrer Strahler, nur schwarze Flecken blieben im Sand zurück. Die Erinnye verhielt sich einen Augenblick abwartend, schwebte dann in die Kuppel zurück, das Tor schloss sich. Terziul atmete auf. Sie hatte ihn nicht gesehen. Aller Wahrscheinlichkeit nach würde das Wesen auch nicht so schnell wieder nach draußen kommen. Terziul überlegte noch, ob er in eine der Gangröhren eindringen oder ob er sich lieber durch den Wald schlagen sollte. Gekämpft wurde inzwischen an vielen Plätzen. Die Tejonther wurden von den Robotern in alle Richtungen davongetrieben. Terziul wurde auf ein Zischen aufmerksam, das von einem Röhrengang kam, dessen Außenfläche sich plötzlich dunkelrot färbte. Als eine runde Metallplatte krachend nach draußen gestoßen wurde, hoffte Terziul, dass er Verbündete gefunden hatte.

»Lasst eure Köpfe unten!«, schrie Terziul den Tejonthern zu, die durch die Öffnung des Röhrengangs kriechen wollten. Die Raumfahrer verschwanden auf der Stelle im Innern der Röhre. Terziul sah mehrere Blastermündungen über die unregelmäßigen Schmelzstellen der Wand ragen. *Sie trauen mir nicht*, erkannte Terziul. »Eine Erinnye hat eure Freunde getötet.«

Drüben regte sich nichts. Die Blastermündungen waren noch an derselben Stelle. Terziul musste das Risiko eingehen, brauchte eine Waffe. Die Tejonther hatten genügend Strahler. Ohne ihre Hilfe kam er nie bis zu Karschkars Raumschiff. Er spürte, wie sich ihm die Nackenhaare sträubten.

»Ein Mutant«, tönte es dumpf aus der mehrfach mannshohen Röhre. »Wie kommt der hierher?«

»Er arbeitet für die Tropoyther, das ist doch klar.«

»Nein!« Terziul hob die Hände. »Ich bin unbewaffnet.« Seine Stimme klang eigenartig hohl, das Echo wurde mehrmals zurückgeworfen. Terziuls Hände zitterten, Schweiß lief ihm in die Augenwinkel. »Nicht schießen … ich bin eurer Freund.«

»Das kann jeder behaupten«, schallte es aus dem Röhrenloch. »Wie kommt es, dass du noch lebst, während es unsere Kameraden erwischt hat?«

»Das kann ich euch erklären. Aber nehmt die verdammten Blaster runter. Ich komme jetzt zu euch. Gebt mir Feuerschutz, falls die Erinnye wiederkommen sollte.« Terziul bekam keine Antwort, musste es wagen. Mit einem Ruck schwang er sich über die Felsenklippe und taumelte den schräg nach unten abfallenden Geröllhang hinab. Er stolperte und kam in einer Wolke aus Staub und Dreck wieder hoch. *Sie haben bis jetzt nicht geschossen*, dachte er erleichtert, die Angst saß ihm im Nacken. Jeden Augenblick konnte das große Schiebetor aufgleiten, die Erinnye wieder erscheinen. Die Abstrahlmündungen von sechs tejonthischen Blastern flimmerten. Terziul hielt den Atem an und lief gebückt weiter, Sand knirschte unter seinen Füßen. Die Tejonther drückten nicht ab, ließen ihn unbehelligt in die Röhre springen. Sie trugen geschlossene Atemhelme, ihre behaarten Gesichter drückten Misstrauen und unverhohlene Abneigung aus. Ein Mutant wie er galt bei den Tejonthern nicht viel. Terziul atmete schwer, presste die rechte Hand gegen die linke Brustseite. Einige Wunden bluteten wieder. Er befand sich in einem erbärmlichen Zustand.

»Wie kommst du hierher?«, herrschte ihn der ranghöchste Tejonther an. Auf seiner Brust schimmerte ein kleines Sternensymbol; er schien der Kommandant des Landungsunternehmens zu sein.

Terziul kniff die Lippen zusammen. Er durfte jetzt keinen Fehler machen, sonst war er erledigt. Abgesehen davon, dass sie ihm nicht abnehmen würden, der Geliebte einer Tropoytherin gewesen zu sein, wäre diese Antwort höchst unklug gewesen. Diese Tejonther kämpften gegen Karschkars Roboter. Er musste sich also als ein Feind der Unsterblichen ausgeben. »Ich bin aus dem Raumschiff geflohen«, log er. »Die Kommandantin wollte mich töten.«

»Ach nein«, spöttelte ein junger Tejonther. »Du siehst nicht gerade wie ein Rebell aus. Wohl eher wie ein verdammter Gespiele einer Tropoytherin.«

Terziul kniff die Augen zusammen. Diese Burschen waren gerissener, als er angenommen hatte. »Ich brauche eure Hilfe.«

Der Kommandant sah ihn nachdenklich an. »Du bist waffenlos. Wir hätten dich jederzeit töten können. Vielleicht stimmt es, was du uns sagst.«

»Ich sage die Wahrheit. Ihr müsst mir helfen, das Doppelpyramidenraumschiff zu vernichten.«

Der Tejonther stieß den Atem geräuschvoll aus. »Sonst nichts?«

Sie lachten wieder. Terziul merkte sofort, dass er bei den jungen Burschen keinerlei Chancen hatte. Sie verachteten ihn, ließen es ihn deutlich spüren.

»Wir sollten ihn wieder in die Wüste schicken, Vaarnys«, sagte ein Tejonther und deutete mit dem Daumen auf Terziul.

Vaarnys hob den Blaster und überprüfte das Energiemagazin. »Der Mutant könnte uns wichtige Dinge verraten. Wir haben keine Verbindung mehr zu den anderen Gruppen. Wollen wir überleben und jemals wieder von hier wegkommen, müssen wir das Tropoytherschiff ausschalten. Wenn uns der Bursche helfen kann, ist er mir willkommen. Andernfalls dreht ihm den Hals um.«

Terziul räusperte sich, wollte die Gelegenheit beim Schopf packen und sein Wissen zum Besten geben. Vaarnys kam ihm zuvor. »Wie heißt du, Bastard?«

»Terziul.«

»Dann merk dir eins, Terziul ... Du hast nur zu reden, wenn du von einem von uns gefragt wirst. Wir verstehen keinen Spaß. Wenn du uns lästig wirst ...« Vaarnys klopfte mit der Linken auf den Blasterschaft.

»Verstanden«, kam es leise von Terziuls Lippen. »Was wollt ihr wissen?«

»Du hast gesagt, wir sollten dir bei der Vernichtung des Tropoytherschiffs helfen. Wie kommst du auf die Idee, unsere paar Kämpfer könnten das schaffen?«

Terziul lächelte, merkte, dass Vaarnys nicht auf seine Mitarbeit verzichten wollte. »Es ist nur eine Frau an Bord, Karschkar. Sie ist eine Unsterbliche!«

Die jungen Tejonther pfiffen durch die Zähne, sahen ihn gespannt an. »Vielleicht können wir das Schiff kapern.«

Terziul drehte sich um. Sein Hass auf Karschkar war größer als jede Vernunft. Er hatte sich kaum unter Kontrolle, seine Lippen bebten, als er den Tejonther anschrie. »Was heißt hier kapern? Ihr sollt das Schiff vernichten!«

Vaarnys stieß Terziul den Kolben des Blasters in die Seite. »Hast du ein schlechtes Gedächtnis? Ich sagte doch, dass du nur reden darfst, wenn du dazu aufgefordert wirst. Keinen Ton mehr, oder du landest draußen. Dann kannst du dir aussuchen, wer dir den Gnadenschuss geben darf.«

Terziul sah auf den Boden. Im Augenblick blieb ihm nichts anderes übrig, als sich den Befehlen zu fügen. Vaarnys wandte sich seinen Kameraden zu. »Wenn es stimmt, dass eine Erinnye unsere Freunde erschossen hat, dürfen wir die Laufröhre noch nicht verlassen. Wir gehen weiter und schmelzen uns erst am Ende durch.« Vaarnys' Vorschlag wurde sofort akzeptiert. »Vorwärts, Terziul. Es geht weiter. Du kannst uns unterwegs noch mehr von dieser Unsterblichen berichten. Jede Einzelheit ist für uns wichtig.«

Als das herausgeschweißte Metallstück nach draußen polterte, erkannten sie, dass sie mitten im Wald herausgekommen waren. Die Tejonther rissen sich die Atemhelme von den Köpfen und saugten die frische Waldluft tief in ihre Lungen ein. »Jetzt müssen wir aufpassen«, sagte Vaarnys. »Im Dickicht können wir leicht die Richtung verlieren, konzentriert euch auf die Marschroute.«

Sie stiegen durch die schmale Öffnung, deren Ränder noch glühten, waren aber durch ihre metallischen Kombinationen ausreichend geschützt. Nur Terziul versengte sich das Fell.

»Wir bleiben am besten dicht beisammen.« Vaarnys ging voraus. Die Äste knackten unter seinen Stiefeln, Laub raschelte. Lediglich die Baumkronen waren grün, alles andere war knochentrocken. »Passt mit euren Strahlern auf«, mahnte Vaarnys seine Begleiter. »Ein Schuss, und der ganze Wald steht in Flammen. Das Feuer findet genügend Nahrung, um sich in einen Flächenbrand auszuweiten.«

Die anderen nickten schweigend. »Darauf werden die Roboter kaum Rücksicht nehmen, sollten sie uns entdecken«, sagte einer hinter Vaarnys. »Sie brauchen uns nicht mal einzeln abzuschießen. Ein Glutfächer genügt, dann werden wir geröstet.«

Vaarnys schüttelte den Kopf. »Die Kommandantin des Raumschiffs wird nicht so dumm sein und ihre Roboter entsprechend programmiert haben. Das Schiff steht zu dicht am Waldrand. Außerdem liegt die *Gefühlsbasis* ebenfalls in unmittelbarer Nähe des Waldes.«

Die anderen nickten wieder. Plötzlich hielt Vaarnys die Hand vor den Mund, drehte den Kopf leicht nach rechts. Das Dickicht ließ kaum Licht durch. Es herrschte ein düsteres Halbdunkel vor. »Seid mal leise.«

»Ich kann nichts hören«, flüsterte Vaarnys' Hintermann.

»Habt ihr eure Ohren verstopft? Nicht weit vor uns bewegt sich etwas. Es knackt so seltsam. Als würde sich jemand den Weg durchs Unterholz bahnen.« Vaarnys schob die Zweige zur Seite. Das trockene Astwerk raschelte. »Bleibt dicht hinter mir … und passt auf, dass ihr keinen Lärm macht. Wir wissen nichts über die Tiere dieses Planeten. Bis jetzt haben wir nur ein paar harmlose Vögel zu Gesicht bekommen. Wer weiß, was sich in den Wäldern sonst noch herumtreibt.«

Terziul hatte ein beklommenes Gefühl, hatte die seltsamen Geräusche auch vernommen. Sie erinnerten ihn an das Malmen einer Zerkleinerungsanlage. Nicht ganz so laut, eher etwas verhaltener – so als würde ein Tier seine Beute in den Schlupfwinkel zerren. Zwei Tejonther schoben neue Energiemagazine in die Kolben ihrer Blaster. Es knackte metallisch, als der Verschluss einrastete. Die Feueranzeigen leuchteten rot auf.

»Seid ihr verrückt geworden?«, zischte Vaarnys. »Solange wir im Wald sind, werden die Blaster nicht benutzt. Wozu habt ihr Vibratormesser dabei?«

Terziul erkannte sofort, dass die beiden Kämpfer sichtlich nervös wurden. Sie waren den Gebrauch der Strahlenwaffen gewohnt. Sollten sie überhaupt jemals eine Nahkampfausbildung genossen haben, gehörte das Üben mit einem Vibratormesser bestimmt nicht dazu. Ein lang gezogenes Schnaufen ertönte. Die Tejonther blieben ruckartig stehen. Sogar Vaarnys verhielt sich abwartend und starrte aufgeregt in das Halbdunkel des Waldes. »Ein großes Tier.«

Der Gruppenführer wog das schwere Vibratormesser in der Rechten. Die Klinge bestand aus extrem gehärteten Stahlklingen. Die Schneideflächen waren gezahnt und liefen parallel zueinander. Ein kleiner Motor im Griff sorgte für den Vibrationseffekt. Durch Daumendruck ließ sich die Geschwindigkeit in drei Stufen regeln. Mit Stufe drei konnte man die Metallfaserkombination eines Tejonthers wie Wachs zerschneiden. Plötzlich zerbrach ein morscher Baumstamm. Kaum war das Krachen und Splittern verhallt, als es ganz in der Nähe raschelte. Trockenes Astwerk regnete auf die Tejonther herab.

Vaarnys drückte einen jungen Tejonther mit fester Hand zu Boden. »Nicht die Nerven verlieren, Güloor.«

»Das … Ungeheuer kommt genau auf uns zu.«

Vaarnys schüttelte energisch den Kopf. »Irrtum! Dann hätten wir längst sehen müssen, wer diesen Lärm verursacht. In diesem Dickicht täuscht man sich über die Entfernungen, besonders bei so undefinierbaren Geräuschen.«

Vaarnys verstand es ausgezeichnet, seine wahren Gefühle vor den anderen zu verbergen. Eine Fähigkeit, die dazu beigetragen hatte, dass er von den tejonthischen Rebellen zum Leiter des Unternehmens ausgewählt worden war. Er blickte kurz zu Terziul hinüber. Der Mutant sah gehetzt in verschiedene Richtungen, stützte sich wie bei einem Sprung am Boden ab, sein Atem ging keuchend. Vaarnys erkannte sofort, dass der Mutant bei der geringsten Kleinigkeit davonrennen würde. Er musste ihn sofort beruhigen. Wurde die unbekannte Kreatur aufmerksam, waren sie höchstwahrscheinlich erledigt. Den Geräuschen nach zu urteilen, handelte es sich um ein ziemlich großes Lebewesen. »Halt, Terziul«, stieß Vaarnys zischend hervor. »Keinen Schritt weiter. Ich nagle dich mit dem Messer an den nächstbesten Baum.«

Terziul zuckte zusammen. Bevor er etwas antworten konnte, zerbrach in unmittelbarer Nähe erneut ein Baumstamm. Dumpfes Keuchen folgte dem Splittern, dann bebte der Boden. Astwerk wurde achtlos beiseitegewirbelt. Ein paar Brocken trafen die Tejonther. »Weg hier!«, schrie Vaarnys. »Wir schlagen uns zur *Gefühlsbasis* durch. Hier kommen wir nicht mehr weiter.« Das Beben verstärkte sich, trockene Bäume zitterten. Äste und Blattwerk regneten auf die Tejonther herab. »Los, worauf wartet ihr noch?«

Vaarnys' Befehl ging im Entsetzensschrei der beiden jungen Kämpfer unter, die neben Terziul standen. Sie wurden wie von einer gewaltigen Faust hochgehoben und dann meterweit davongeschleudert. Dort, wo sie eben noch gestanden hatten, gähnte ein finsteres Loch. Der weiche Boden türmte sich zu einem Ringwall auf. Terziul hing mit beiden Händen am Wall, drohte immer wieder abzurutschen. Sein gelber Pelz war über und über mit stinkendem Schmutz besudelt, er schrie gellend. »Helft mir doch! Ich kann mich nicht festhalten! Ich werde in den Boden gezerrt!«, kreischte er mit sich überschlagender Stimme. »Das Ungeheuer hat mich gepackt!«

Vaarnys drehte sich um und packte mit der Linken Terziuls verzweifelt hochtastende Hand. »Ich hab dich. Du musst dich abstützen.«

Statt einer Antwort kam ein Gurgeln aus dem Loch. Terziul war bereits unter den lockeren Krumen verschwunden. Nur ein Arm ragte noch heraus, den Vaarnys umklammerte. »Was ist mit euch los?«, herrschte er seine Begleiter an. »Helft mir, den Bastard rauszuziehen!«

»Der Kerl ist doch bloß eine Belastung.«

Vaarnys gelbe Augen funkelten zornig. Aus der Tiefe des Waldbodens kamen röchelnde Laute. Ringsum bebte der Boden. Kleine Löcher bildeten sich und verschwanden sofort wieder. »Helft mir!«

Die jungen Tejonther erkannten, dass Vaarnys es ernst meinte, überwanden ihre Furcht vor der unbekannten Bestie und umklammerten Terziuls Arm.

»Er lebt bestimmt nicht mehr«, vermutete einer von den Tejonthern, dessen schwarzer Pelz schweißverklebt war. Plötzlich gab der Boden unter dem Wall erneut nach. Terziul wurde wieder sichtbar, hing ohnmächtig im Griff der Tejonther. Unter ihm gähnte ein schwarzes Loch.

Vaarnys hielt angewidert den Atem an. »Das stinkt ja fürchterlich.« Ein scheußlicher Geruch stieg aus der unheilvollen Öffnung. Ein Ruck, dann hatten sie Terziul hochgezogen. »Bringt ihn wieder zu Bewusstsein. Verteilt euch drüben zwischen den Bäumen. Dort scheint der Untergrund fester zu sein.«

Die Tejonther kamen dem Befehl sofort nach. Einer flößte Terziul ein paar Tropfen Konzentratsaft ein. Der Mutant regte sich, schlug die Augen auf. Seine Stimme klang leise und belegt – er sagte nur danke, sonst nichts.

»Seht mal, wie ihn das Biest zugerichtet hat.« Die anderen Männer folgten der ausgestreckten Hand ihres Kameraden. Der Tejonther deutete auf Terziuls Beine.

Einer wandte sich würgend ab, holte krampfartig Luft. »Das ... das Ding wollte ihn verschlingen.«

Terziuls Beine schimmerten rosig. Eine ätzende Flüssigkeit hatte die gesamte Behaarung verschwinden lassen, die Haut war ebenfalls stark angegriffen. Etwas länger, dann wäre von Terziul nicht viel übrig geblieben. Erst jetzt kam dem Mutanten zum Bewusstsein, in welcher grauenhaften Gefahr er geschwebt hatte. Die Schmerzen schienen nicht allzu stark zu sein. Die psychische Belastung aber war zu groß für Terziul. Er stieß einen gellenden Schrei aus und entwand sich den Händen seiner Helfer. »Es frisst euch alle! Ihr seid verloren!«

Vaarnys drehte sich irritiert um. Der Gruppenführer hatte sich vorsichtig an den Rand des Lochs herangewagt, hielt seinen Vibratordolch in der Rechten. »Bringt ihn zum Schweigen.«

Terziul schrie weiter. Da stand Vaarnys auf, um den Mutanten zu packen. Er wollte ihm gerade eine Ohrfeige geben, als er gurgelnd innehielt. Ein schleimiger Tentakelarm schlang sich eng um Vaarnys'

Hals. Die Kraft war so gewaltig, dass der Tejonther blitzschnell von den Füßen gerissen wurde. Seine Augen traten weit hervor, seine Zunge hing aus dem Mund …

Terziul sprang hinter einen dicken Baumstamm und umklammerte die bröcklige Rinde mit den Händen, starrte auf die schmale Lichtung, war zu keiner vernünftigen Handlung mehr fähig. Vaarnys konnte sich noch einmal aufrichten. Der Tentakelarm riss ihn jedoch sofort wieder zu Boden. Gurgelnde Laute kamen von den Lippen des Tejonthers. »Eure … Dolche … schnell!«

Jetzt brach der Boden über fünf Meter ein. Äste und Blattwerk verschwanden mit dem nachrieselnden Boden in der Tiefe. Ein gieriges Keuchen drang nach oben. Das Vieh, das Vaarnys gepackt hatte, musste ganz dicht unter der Oberfläche stecken. Vaarnys bekam keine Luft mehr. Sein Gesicht verzerrte sich zu einer Fratze. Seine Arme schwangen puppenhaft auf und nieder. Dennoch hielten seine Finger den Vibrationsdolch unvermindert fest. Jetzt presste Vaarnys die Klinge gegen den Tentakel. Ein Sirren ertönte, als Vaarnys den Motor durch Daumendruck einschaltete. Sofort brüllte es im Boden entsetzlich auf. Ein gewaltiges Beben ließ die Tejonther umhertaumeln. Staub wirbelte auf, ein trockener Baumstamm neigte sich schräg zur Seite.

»Das Biest kommt hoch! Lauft um euer Leben!« Vaarnys taumelte ins Unterholz. Der Tentakelarm war von seinem Vibrationsmesser zerfetzt worden, dennoch wurde der Tejonther ihn aber noch lange nicht los, denn dieser hatte sich fest um seinen Hals geschlungen. Er stolperte und kam noch einmal hoch, riss mit den Händen an der entsetzlichen Krause, die seinen Hals zusammenpresste.

Terziul schluckte aufgeregt, als er Vaarnys sterben sah. Der Tejonther sank röchelnd in sich zusammen. Wenig später war er tot.

»Nehmt eure Blaster«, keuchte ein junger Tejonther. »Anders kommen wir dem unheimlichen Vieh nicht bei.«

Im gleichen Augenblick öffnete sich der Waldboden im gesamten Bereich der schmalen Lichtung. Die Tejonther verschwanden mitsamt ihren Waffen in der Tiefe. Mehrere weißhäutige Schlangenarme kamen hoch und wirbelten umher, rissen die morsche Rinde von nahen Bäumen. Terziul konnte den Blick nicht von dem grauenhaften Geschehen abwenden, hatte das Gefühl, dies alles gar nicht wirklich zu erleben. Er kam sich wie in einem Albtraum vor. Als ihn ein Brocken unsanft an der Stirn traf, wusste er, dass dies die Wirklichkeit war. Er stöhnte gequält auf. Denn wie durch Zauberhand kamen die Tejonther noch einmal hoch, waren über und über mit weißem Schleim bedeckt. Sie bewegten sich nicht mehr. Anscheinend waren sie im Würgegriff der Bestie erstickt worden. Für ein paar Augenblicke kam *sie* ins Freie.

Terziul hielt den Atem an und wurde stocksteif. Er wollte weglaufen, doch seine Beine waren zentnerschwer. Er musste die Kreatur ansehen, ob er wollte oder nicht. Der Körper des gierigen Untergrundbewohners war tropfenförmig. Ein grauschwarzer Pelz bedeckte die flunderförmige Oberseite. Die gefährlichen Fangarme wuchsen sternförmig aus dem Randwulst des grotesken Körpers. Terziul erblickte Saugnäpfe, die sich rhythmisch öffneten und schlossen. Als sich die Kreatur halb auf die Seite legte, um die letzten Tejonther in die Grube zu zerren, sah er die Grabwerkzeuge des Tieres. Mehrere zangenförmige Schaufeln wuchsen aus der Bauchseite, die völlig haarlos war. Die speckige Haut glänzte feucht. Anscheinend gab es unter der Bauchhaut Drüsen, die dem Körper unter der Oberfläche eine gewisse Gleitfähigkeit verliehen, indem sie regelmäßig eine gelatineartige Substanz absonderten.

Terziul musste mit ansehen, wie die toten Tejonther in dem Loch verschwanden. Dabei rumorte es in der Tiefe. Anscheinend lebten dort unten noch mehr von diesen Ungeheuern. Brocken wurden hochgeschleudert. Der Boden veränderte sich wie bei einem Beben. Das Rumoren hielt eine Zeit lang an, dann wurde es still. Eine Staubwolke hing über der schmalen Lichtung. Die plötzliche Stille war beklemmend. Terziul atmete zum ersten Mal wieder tief durch. Langsam wich die Beklemmung. Er starrte aufmerksam zu dem Hügel hinüber, aber dort regte sich nichts mehr. Terziul setzte vorsichtig einen Fuß vor den anderen. Dann stand er dicht vor dem Hügel. Der Boden dampfte etwas. Der penetrante Gestank, der von dem Tier ausgegangen war, hielt unvermindert an. Das Loch hatte sich geschlossen. Terziul fröstelte, wischte sich den Schmutz vom Gesicht. Er war froh, dass es ihn nicht auch erwischt hatte, und wandte sich von dem Hügel ab. Er war unentschlossen, in welche Richtung er gehen sollte. Da sah er Vaarnys' Körper. Der Tejonther lag am Rand des Dickichts. Terziul drückte die erstarrenden Finger Vaarnys' auseinander. Der Vibratordolch gehörte jetzt ihm. Vorsichtig löste er den

Gürtel, an dem fünf Sprengkapseln hingen – kaum faustgroße Körper von großer Sprengkraft. Die Kapseln ließen sich mit Hilfe eines Zeit- oder eines Druckzünders hochjagen.

Der Mutant steckte auch den Blaster in seinen Gürtel, dann wandte er sich vom Ort des entsetzlichen Geschehens ab. Er hoffte, nie wieder einer so grauenhaften Bestie zu begegnen. Aber was wusste er schon über diese Welt? Vor kurzem hatte er nicht einmal etwas von ihrer Existenz geahnt; Karschkars Entscheidung, ihn hier auszusetzen, war völlig unverhofft erfolgt. Er konnte es jetzt noch nicht recht fassen, bei der Unsterblichen in Ungnade gefallen zu sein, zwang sich gewaltsam, an etwas anderes zu denken. Aber immer wieder tauchte Karschkars Gesicht vor seinem geistigen Auge auf. Sosehr er sich anstrengte, die Tropoytherin aus seiner Erinnerung zu verbannen, es gelang ihm nicht. Terziul lief weiter durch den Wald, der äußerlich so harmlos und friedlich aussah. Aber tief unter dem laubbedeckten Boden verbargen sich grauenhafte Monsterwesen. Terziul rechnete mit dem Schlimmsten, doch er kam ungeschoren bis zum Raumschiff der Unsterblichen.

Terziul lag der Länge nach auf dem Boden, binsenartige Gewächse boten ausreichend Deckung. Ein Sandstreifen von etwa hundert Metern Breite trennte ihn vom Raumschiff. Karschkar feuerte mit einer kleinen Impulskanone auf grüne Echsen, die ihr Raumschiff umzingelt hatten. Der Glutstrahl blitzte immer nur kurz auf und erlosch sofort wieder. Im gleichen Augenblick flammte eine Echse auf. Zurück blieben nur kleine Aschehäufchen, die rasch verwehten. Terziul ließ die Finger über das kühle Metall der Sprengkapseln gleiten. Er hätte die Bomben am liebsten auf Sofortdetonation gestellt und gegen das Raumschiff geschleudert. Aber das hätte überhaupt nichts genützt. Der hochverdichtete Varganstahl hätte durch die Explosion nicht einmal Kratzer davongetragen.

Das Fauchen der kleinen Impulskanone machte Terziul nervös. Karschkar tötete zum Vergnügen. Die fünf Meter langen Echsen taten keinem etwas, hatten sich vor dem schimmernden Schiff versammelt und nahmen anscheinend gar nicht wahr, dass eine weit überlegene Intelligenz Tod und Vernichtung zwischen ihnen säte. Terziul biss sich auf die Unterlippe, wünschte sich nichts sehnlicher, als dass Karschkar endlich das Schiff verließ. Dann konnte er sie töten. Einen anderen Wunsch hatte er nicht mehr. Aber Karschkar tat ihm diesen Gefallen nicht, sondern blieb im Raumschiff.

Eben streifte ein Glutstrahl den Rücken einer Echse. Das Tier brüllte schmerzgepeinigt auf und warf sich auf die andere Seite. Sein Schwanz peitschte den Sand auf. Dabei berührte das knapp fünf Meter lange Reptil zwei seiner Artgenossen. Die Tiere züngelten erregt und stürzten sich aufeinander, kämpften verbissen miteinander. Terziul merkte, dass Karschkar das Schießen eingestellt hatte. Er wusste auch, weshalb: Die Unsterbliche genoss den Kampf der Echsen in allen Einzelheiten, hatte bestimmt mehrere Außenkameras auf das Geschehen gerichtet, so dass sie über fünf oder sechs Bildschirme gleichzeitig den Kampf verfolgen konnte, einige mit Ausschnittsvergrößerungen.

Terziul musste sich beherrschen, um nicht eine von seinen Sprengladungen zwischen die teilweise miteinander verschlungenen Echsenkörper zu schleudern. Ein Tier kam geradewegs auf ihn zu, schien die Lust am Kampf verloren zu haben. Es schleppte sich langsam durch den Sand. Über die grüne Schuppenhaut des Rückens lief eine breiige Substanz. Terziul kroch auf allen vieren zu den quer liegenden Baumstämmen. Jetzt kam auch noch Wind auf. Die warme Brise trieb den Sand direkt in seine Richtung. Trübe Schleier verschlechterten die Sicht. Die hohen Baumkronen des nahe gelegenen Waldes verschwanden zwischen Schwaden. Bizarre Äste, mächtige Luftwurzeln und geborstene Baumstämme verwandelten sich plötzlich in unheimliche Gebilde. Die Echse hatte Terziuls erstes Versteck erreicht, scharrte mit den krallenbewehrten Tatzen den Boden auf. Die Zunge glitt prüfend über die Binsengewächse. Dann drehte sich das Tier unruhig in die entgegengesetzte Richtung. Terziul atmete erleichtert auf, es hatte ihn nicht gewittert.

Vom Raumschiff kam das Brüllen und Toben der Echsen. Jetzt blitzte auch wieder ein Impulsstrahl auf. Eine gewaltige Sandfontäne wurde aufgewirbelt. Mehrere düstere Schatten verschwanden in den Staubwolken. Terziul dachte kurz daran, sich im Schutz der Sandwolken an das Raumschiff heranzuschleichen. Aber er verwarf diesen Gedanken sofort wieder. Er würde niemals lebend bis an die Schleuse herankommen. Entweder zerrissen ihn die Echsen, oder Karschkar tötete ihn durch einen Impulstreffer. Terziul drehte sich um, kniff die Augen zusammen. Der Flugsand nistete sich in seinem Pelz ein, feine Sandkörnchen scheuerten an den wunden Stellen. Aber Terziul achtete nicht darauf. Wenige Meter entfernt türmten sich mächtige Baumstämme, von einem Sturm vor längerer Zeit entwurzelt. Jetzt bildeten sie eine natürliche Grenze zwischen Wald und Sandstreifen.

Terziul spielte nachdenklich mit der Sprengkapsel. Er musste Karschkar irgendwie aus dem Raumschiff locken. Die Frage war nur, wie er das anstellen sollte. *Ich muss einen tejonthischen Angriff vortäuschen*, schoss es ihm durch den Kopf. *Vielleicht kann ich sie dadurch aus der Reserve locken. Ich habe nichts mehr zu verlieren. Wenn ich noch mehr Zeit verliere, startet sie womöglich wieder. Und ich kann bis an mein Lebensende durch die Einöde dieser Welt irren.* Er drückte entschlossen den Zünder in die erste Sprengkapsel, stellte die Zeituhr ein. *Das müsste reichen. Bis dahin verkrieche ich mich in einer Mulde. Mir wird überhaupt nichts passieren.* Er schleuderte die Bombe zwischen die riesigen Baumstämme und hetzte gebückt zu den wulstartigen Binsengewächsen hinüber, die einen natürlichen Schutzwall bildeten. Ihre Wurzeln hatten sich tief in den sandigen Untergrund gebohrt. Selbst eine Detonation würde ihnen nicht viel ausmachen. *Nicht mehr lange*, dachte Terziul, *dann kracht es ganz gewaltig.*

Terziul robbte zwischen die Binsen, sein Atem ging keuchend, Sandschleier wehten über ihn hinweg. Drüben ragte das riesige Doppelpyramidenschiff aus dem Dunst auf. Das Brüllen der Echsen war leiser geworden, es gab höchstens noch eine Hand voll der grün geschuppten Tiere. Noch wenige Augenblicke. Terziul zählte langsam mit. Plötzlich wurde er unruhig, musste daran denken, was geschah, wenn sich der Wind drehte. Im Augenblick war er vor dem Feuer sicher – der Wind würde die Glut zum Wald hinübertreiben. Ein greller Lichtblitz zuckte durch die Sandwolken. Das Splittern und Bersten der Baumstämme mischte sich mit dem Knall der Explosion. Holzsplitter und Bodenbrocken prasselten auf den regungslos Daliegenden.

Im gleichen Augenblick züngelten die Flammen aus dem morschen Holz, Wind entfachte sie zu prasselnder Glut. Die Grasnarben, die noch nicht vom Sand bedeckt waren, gingen ebenfalls in Flammen auf. Terziul blickte auf eine fauchende Flammenwand, hatte plötzlich unbeschreibliche Angst. Das Inferno der tobenden Gluten überstieg seine Vorstellungskraft. Innerhalb weniger Augenblicke trug der Wind die Glut in die nahe gelegenen Baumkronen. Überall schossen Flammen aus dem trockenen Astwerk. Das Knistern und Prasseln war sogar lauter als der Sturm. Böen rissen mächtige

Qualmwolken in die Höhe, wo sie sich zu düsteren Rauchfächern zerfaserten. Am Raumschiff veränderte sich überhaupt nichts.

Sie hat mir den Trick nicht abgenommen, stellte Terziul fest, musste sich beherrschen. Es fehlte nicht mehr viel, und er hätte die restlichen Sprengkörper ebenfalls aktiviert. Aber er wusste, dass er sie für den Notfall aufheben musste. Mit den Robotern der Tropoyther war nicht zu spaßen. Es wurde innerhalb weniger Augenblicke glühend heiß. Während am Waldrand riesige Fackeln loderten, ging von dem Feuer eine unglaubliche Hitze aus. Terziul konnte kaum noch atmen, sein Pelz verfärbte sich langsam, die Wimpern wurden von der Glut versengt. *Das ist doch nicht möglich*, zuckte es dem Mutanten panikartig durch den Kopf. *Ich bin doch auf der entgegengesetzten Seite. Das Feuer kann mich überhaupt nicht erreichen.*

Aber es kam genau auf ihn zu. Er sprang auf und hetzte durch den warmen Sand. Qualm und Staub hüllten ihn ein. Er lief genau auf das Raumschiff zu. Als er die erste Landestütze aufragen sah, wartete er jeden Augenblick auf die fauchende Entladung der Impulskanone. Aber Karschkar schoss nicht auf ihn. Terziul wankte weiter vorwärts, wusste jetzt, dass sich der Wind gedreht hatte. Das Schlimmste, was ihm passieren konnte, war eingetroffen. Der entfesselte Feuersturm streifte das Raumschiff von einer Seite. *Ich schaffe es nicht mehr*, dachte Terziul, wankte bis zur unteren Schleuse, dann verließen ihn die Kräfte. Das Metall des Tropoytherschiffs fühlte sich kalt an, darunter vibrierten komplizierte Maschinen. Ein Knopfdruck hätte genügt, um die Schleuse auffahren zu lassen. Terziul wusste, dass unter den Stahlplatten frische Luft, Nahrung und Wasser waren. Nur ein Schritt, dann war er gerettet. Eine Flammenzunge schoss auf ihn zu. Er bedeckte das Gesicht mit den Armen, ein stechender Schmerz raubte ihm fast die Besinnung.

»Ich will nicht sterben … Karschkar! Hörst du mich nicht?« Die Stimme des Tejonther-Mutanten wurde von der tödlichen Hitze erstickt. Seine Lungen waren voller Qualm. Er würde nun nicht mehr lange leben, wenn ihn Karschkar nicht ins Schiff ließ. »Karschkar!« Es kam keine Antwort. Terziul presste sich mit dem Gesicht eng gegen das kalte Metall des Schiffes, sein Atem ging stoßweise. Er legte sein Ohr gegen die Wand, spürte das Vibrieren der Generatoren. Dann trommelte er verzweifelt gegen die Schleuse: »Karschkar … lass mich rein! Ich verbrenne!«

Karschkar erlebte das Ende ihres Gespielen auf dem Bildschirm mit, verzog keine Miene, während sie seine an sie gerichteten Gedanken erfasste. Ihr Gesicht glich einer Maske, die Augen waren starr auf die Bildfläche gerichtet. Ein Lautsprecher übertrug das Heulen des Windes und das Knistern der Flammen. Jetzt taumelte Terziul vom Schiff weg. Die Außenbordkamera folgte ihm. Terziul wurde von den Flammen vollständig eingehüllt, machte noch ein paar matte Bewegungen, dann war er tot, erlebte nicht mehr, wie die Glut des Feuers die letzten Sprengkörper zur Explosion brachte. Es blitzte viermal grell auf, dann war Terziuls Körper verschwunden.

Die Detonationen konnten dem Oktaederschiff nicht schaden. Auch das Feuer würde Karschkar nichts anhaben können. Varganstahl war das widerstandsfähigste Metall in diesem Universum. Als sich der Wind drehte und den Brand wieder zurück in den Wald trieb, nahm Karschkar Verbindung zu ihren Robotern auf und drängte, den Fremden endlich in das Schiff zu bringen. Sie wollte schnell wieder starten, die Aktion gegen die rebellischen Tejonther dauerte ihr entschieden zu lange, brachte ihre Planung durcheinander. Karschkar wollte nicht warten, bis ein Wachkommando oder gar Magantilliken die Vorfälle in der Gefühlsbasis *kontrollierte.*

18.

Atlan: *Als ich wieder zu mir komme, liege ich neben Crysalgira auf einem weichen, offensichtlich provisorisch hergerichteten Lager und stelle fest, dass der varganische Schutzanzug verschwunden ist. Auch die Geräte, die die Erinnye mir für den Auftrag zur Verfügung gestellt hat, sind verschwunden. Ich beuge mich über Crysalgira und streiche ihr sanft über die Stirn. Sie schreckt zusammen, schlägt die Augen auf und lächelt verzerrt. »Ich kann mich nur an wenige Einzelheiten erinnern«, sagt sie leise. »Ich bin froh, dass du wieder da bist. Immerhin leben wir noch. Ich … habe entsetzlichen Hunger.«*

Ich lächele erleichtert und bin froh, dass sie so gelassen auf die Geschehnisse reagiert. Solange es noch eine Möglichkeit gibt, werden wir gemeinsam weiter darum kämpfen, den Weg in unsere eigene Welt zu finden. Die Varganen sind nicht halb so göttlich, wie sie selbst sich darzu-

stellen versuchen. Gerade ihre Arroganz macht sie verwundbar – zumindest das habe ich aus dem kurzen Gastspiel auf Xertomph erneut gelernt.

Eine Erkenntnis, die du dir gut einprägen solltest, *flüstert der Extrasinn.*

Xertomph: 26. Prago des Eyilon 10.499 da Ark

Plötzlich öffnete sich die Tür unseres Gefängnisses. »Ich hoffe, ihr habt euch gut erholt«, sagte Magantilliken spöttisch. »Es liegt noch eine weite Reise vor euch.«

»Nach Yarden?«, fragte ich.

»Wohin sonst? Kommt, der Transmitter wartet schon; die Verantwortlichen sind informiert, die Kreuzzugsflotte zieht weiter.«

»Du hast es also noch geschafft«, sagte ich, als wir neben Magantilliken durch die hell erleuchteten Gänge schritten. »Die *Gefühlsbasis* funktioniert?«

»Natürlich. Die Schäden sind beseitigt, die *Emotiostrahler* in Betrieb. Die Ckorvonen haben bereits vergessen, was eigentlich in dem Tal geschehen ist. Von nun an werden sie ihr primitives Leben weiterführen und sich nicht daran erinnern, dass sie Besuch aus dem Weltraum erhalten haben.«

»Irgendwo in der Stadt beschäftigen sich Wissenschaftler mit den Geräten, die man dir abgenommen hat«, erinnerte ich den Henker.

»Sie werden nichts herausfinden. Die Geräte sind inzwischen unbrauchbar geworden. Einige haben sich selbst zerstört und bei dieser Gelegenheit dafür gesorgt, dass Teihendru in Zukunft vorsichtiger ist, wenn es um das Erbe der Ahnen geht.«

»Warum helft ihr den Ckorvonen nicht?«, fragte Crysalgira ärgerlich.

Er bedachte sie mit einem sonderbaren Blick, antwortete jedoch nicht auf ihre Frage, sondern sagte: »Zum Glück konnte ich die *Gefühlsbasis* rechtzeitig wieder in Ordnung bringen. Wäre sie ausgefallen, hätte das verheerende Folgen gehabt.«

»Warum?«

Magantilliken lachte leise. Ein Schott wich vor uns zurück, wir sahen den Raum, in dem wir mit der Erinnye zusammengetroffen waren. Der Roboter hatte sich wieder sehen lassen. »Die *Gefühlsbasen* dienen dazu, die Tejonther in einen *Rausch* zu versetzen«, sagte der Henker, während wir langsam auf die hell beleuchtete Plattform zugingen, über der sich goldenes Licht zu Schwaden zu verdichten begann. »Schritt für Schritt wird in ihnen die Bereitschaft zur Erfüllung ihrer Aufgabe erhöht. Die *Emotiostrahlung* nimmt ihnen die Fähigkeit zum kritischen Denken, zum Widerstand, bewirkt allerdings auch eine besondere paramechanische Konditionierung. Darum war es so wichtig, dass hier auf Xertomph keine Störungen auftraten. Ein Bruch in dieser Beeinflussung könnte bedeuten, dass die Tejonther einfach umkehren.«

»Was wäre daran so schlimm? Was geschieht mit den zehntausend Raumschiffen und deren Besatzungen?«

»Sie erhalten das Gleichgewicht des Mikrokosmos und retten dadurch die Eisige Sphäre. Eine wichtige Mission. Was sollte wohl aus den Tejonthern und den anderen Völkern dieses Universums werden, würde Yarden zerstört?«

»Sie wären endlich frei«, sagte ich gedehnt. »Aber meine persönliche Meinung interessiert dich natürlich nicht. Was geschieht mit den Schiffen?«

»Ich versuche, es dir zu erklären, obwohl es vermutlich sinnlos ist: Durch die Absolute Bewegung wurde im Gebiet von Yarden die Grenze zwischen Makro- und Mikrokosmos ihrer Stabilität beraubt. Das Gleichgewicht lässt sich nicht mehr dauerhaft herstellen, sondern nur jeweils für kurze Zeit. Ein endgültiges Zusammenbrechen der Grenze würde die Zerstörung dieses Teil unseres Universums bedeuten – oder gar die Vernichtung des Mikrokosmos insgesamt! Um das zu verhindern, bedarf es in regelmäßigen Abständen eines Massenausgleichs. Leider ist es mit irgendwelchen Materiemengen nicht getan, sonst könnten wir ja Asteroiden und Planetoiden in den inzwischen durchschnittlich rund *achtzehn Lichtpragos* langen Aufriss jagen. Nein, es bedarf auch einer besonderen paraorientierten Komponente. Erst die Kombination führt zum Erfolg, wenngleich nicht auf Dauer.« Er kontrollierte die Angaben einiger Kontrollgeräte und fuhr dann gleichmütig fort: »Die Schiffe der Tejonther dienen einzig und allein diesem Zweck.«

Aufriss von achtzehn Lichtpragos Länge? Unwillkürlich dachte ich an die Projektion im Stützpunkt der Varganenrebellen, das fotografische Gedächtnis reproduzierte das Bild des rot glühenden »Risses«, der immer breiter wurde und sich in der Ferne zu verlieren schien, während im Vordergrund der kugelförmige weiße Nebel zu sehen gewesen war. »Zehntausend Raumschiffe«, sagte ich fassungslos. »Eine riesige Flotte, ungezählte Tejonther. Und ihr benutzt sie nur, um eure Fehler auszugleichen? Was geschieht mit den Besatzungen?«

»Sie erfahren die *Freisetzung ins Kyriliane*, werden gemeinsam mit ihren Schiffen an der Grenze entstofflicht. Wer weiß, was genau mit ihnen passiert. Sogar wir Varganen haben nicht alle Rätsel gelöst.«

»Das ist nichts als Geschwätz!«, knurrte ich wutentbrannt, entsetzt, von Grauen geschüttelt, während sich mein Verstand weigerte, die Zahlen dieses unglaublichen *Massenmords* auch nur überschlägig zu bestimmen – Jahrhunderttausende alle 304 Arkonjahre mehrere Millionen Tejonther ... »Ihr schickt sie in den Tod. Ihr zwingt sie, nur für diesen wahnsinnigen ›Kreuzzug‹ zu leben und zu arbeiten. Dazu habt ihr kein Recht.«

Er sah mich durchdringend an. Für Augenblicke hatte ich den Eindruck, es bestehe zwischen uns eine Verbindung, die der varganischen Kommunikation auf telepathischer Übermittlungsbasis entsprach und mit der Möglichkeit verbunden war, ihre Gedanken in das Bewusstsein anderer Lebewesen zu übertragen und bis zu einem gewissen Grad deren gedankliche Vorformulierungen zu erfassen, was jedoch nicht mit echter Telepathie im Sinne von »Gedankenlesen« verwechselt werden durfte. Vage Impressionen huschten zu mir herüber, Gefühle von Zweifel und Skepsis, von Ärger und Nachdenklichkeit. Aber so schnell der Eindruck entstanden war, so schnell verschwand er auch wieder.

»Wirklich nicht? Dem Opfer der Tejonther steht bei der Vernichtung des gesamten Mikrokosmos der Tod vom Aberbillionen Intelligenzwesen gegenüber.« Er lächelte kalt und wies auf die Plattform. »Geht!«

Obwohl Magantilliken allem Anschein nach nicht bewaffnet war, gehorchten wir. Das goldene Transportfeld gewann facettierte Kristallstruktur und erfasste uns. Der letzte Eindruck, den ich von Xertomph mitnahm, war dieses kalte, beherrschte, zeitlose Gesicht Magantillikens, der seinen Auftrag erfolgreich beendet hatte. Aber irgendwie war ich mir sicher, dass er längst eigene Pläne verfolgte, die nicht unbedingt mit denen der Varganen der Eisigen Sphäre übereinstimmten.

Der Transport vollzog sich über mehrere Stationen, jedes Mal wurden wir von Erinnyen empfangen und keinen Augenblick aus den Augen gelassen. Während die ersten Transmissionen von keinerlei Belastung begleitet wurden, glaubte ich beim letzten Durchgang komplett zerrissen und falsch zusammengesetzt zu werden. Irgendetwas musste passiert sein, etwas Unvorhergesehenes. Wieder mal. Nur mühsam kam ich zu mir, lag der Länge nach auf einem Gitter. Mein Kopf schmerzte. Ich fühlte, dass mein Herz bis zum Hals schlug. Schweiß tropfte langsam in meine Augenwinkel. Ich konnte mich kaum bewegen. Jede Muskelanspannung tat weh. Langsam glitten meine Hände über das engmaschige Gitter, durch das ein Schwall heißer Luft hochstieg. Neben mir lag Crysalgira. Am gleichmäßigen Atmen erkannte ich, dass sie lebte. Der letzte Transmitterdurchgang hatte sie genauso mitgenommen wie mich. In meinen Ohren summte es. Ich konnte die Geräusche meiner Umgebung noch nicht richtig deuten. *Ist das Yarden?*

Das wirst du nicht herausfinden, wenn du nicht sofort auf die Beine kommst, pulste mein Extrasinn. Ich schloss gequält die Augen. Jede Faser meines Körpers tat mir weh. Irgendwie ahnte ich, dass wir Yarden nicht erreicht hatten. Gellende Schreie rissen mich in die Wirklichkeit zurück. *Du bist mitten in einer Kampfzone gelandet.*

Das Fauchen der Strahlwaffen war nun nicht mehr zu überhören. Ich drehte mich schwerfällig auf die andere Seite. Meine Augenlider waren verkrustet. Ich strich mir die Haare aus dem Gesicht. Fünf Meter entfernt rundete sich ein ovales Tor, Qualmwolken wälzten sich aus der Öffnung auf mich zu. Der angrenzende Gang war mindestens hundert Meter lang. Die glatten Wände reflektierten das Aufblitzen mehrerer Strahlschüsse. Irgendwo wurde das Trampeln schwerer Stiefel laut, die Schritte verhallten in einem Seitengang. Dafür heulte eine Alarmsirene auf. Anscheinend war ein Brand ausgebrochen, der sich mit den automatischen Löschgeräten nicht mehr unter Kontrolle halten ließ.

Crysalgira kam stöhnend zu sich. »Ich helfe dir, Crys«, begann ich und entspannte mich langsam. »Ich muss zuerst auf die Beine kommen. Der Transmitterdurchgang hat mich umgehauen.«

Sie stöhnte unterdrückt. »Wo sind wir?«

»Keine Ahnung.« Ich begann mit der Lockerung der Beinmuskulatur. Viel Zeit blieb uns nicht, der Kampflärm kam immer näher. Die Eindringlinge schienen keine Rücksicht zu nehmen. Ich hörte das typische Geräusch von Blastern. Metallteile polterten über den Boden, dann detonierten Granaten. Das Schreien der Kämpfer war entsetzlich. Ich richtete mich auf. Das engmaschige Gitter wurde warm. Ich blickte nach oben; fünf Meter über mir glühte eine spiralig gewundene Röhre, ein goldenes Gleißen stabilisierte sich zu einem Glutstrahl, der gesamte Raum war von einem merkwürdigen Knistern erfüllt. »Wir müssen hier schleunigst raus.« Ich ergriff Crysalgiras Schulter, riss sie hoch. Sie stieß einen Wehlaut aus, aber ich ignorierte ihn, sah sie fragend an. »Wie geht's … Kannst du laufen?«

Sie nickte gequält. Wir schafften es bis zum Gang. Knallend stabilisierte sich ein goldenes Wabern, Luft wurde ionisiert, es stank nach Ozon. Das Energiefeld, das über dem Rastergitter stand, unterschied sich von den bisherigen Transmitterfeldern. Crysalgira hatte denselben Gedanken wie ich. »Du denkst an eine Vernichtungsschaltung?«

»Der Kampf, der hier wütet, könnte das Konzept der Varganen völlig über den Haufen geworfen haben. Möglicherweise sind wir jetzt ein Sicherheitsrisiko.« Ich starrte in den schwarzen Qualm. Es stank bestialisch nach geschmolzenen Kunststoffteilen. Weiter hinten hatten sich sicher schon giftige Gase gebildet, so dass ein Durchkommen ausgeschlossen war; wir trugen nur noch die tejonthischen Metallanzüge.

»Können wir den Transmitter umpolen?«

Ich hob die Schultern und machte ein ziemlich ratloses Gesicht. An und für sich war Crysalgiras Vorschlag vernünftig. Aber in diesem Fall entbehrte er jeglicher Hoffnung. Es waren nirgends Schaltungen oder Programmtafeln zu erkennen, mit denen wir den Transmitter programmieren konnten. Auf den Wänden waren unbekannte Symbole eingeprägt. Instrumente und Schalteinheiten sah ich nirgendwo.

Zurück könnt ihr nicht. Der Transmitter steht unter Energie, sagte der Extrasinn.

»Wenn der Qualm nicht schlimmer wird, schaffen wir's vielleicht«, rief ich. »Wir müssen es wenigstens versuchen.«

Wir liefen schutzlos durch den Gang. Die Qualmkonzentration war unterschiedlich – manchmal funktionierten die Absaugvorrichtungen noch, so dass es relativ qualmfreie Gangzonen gab. Plötzlich drang ein paar Meter voraus ein unförmiger Schemen aus den wogenden Schwaden. Das Wesen duckte sich und wich blitzschnell zurück. Ein schriller Schrei gellte durch den Gang, etwas kratzte metallisch über den Boden. Ich griff unwillkürlich an meinen Gürtel, doch ich war waffenlos und damit den Unbekannten wehrlos ausgeliefert. Ein ovaler Körper schwebte langsam näher. Der goldene Roboter war anderthalb Meter hoch und knapp einen Meter breit. Ein flimmernder

Optikring beherrschte das obere Ende. Zwei elastische Greiftentakel hielten Strahlenwaffen mit leicht flimmernden Abstrahlmündungen, aus denen vor wenigen Augenblicken noch geschossen worden war. Die Zieldorne glühten, während sich die Mündungen dunkelviolett verfärbt hatten. Ich erwartete das Schlimmste und war bereit, blitzschnell aus dem Feuerbereich des Roboters zu springen.

Das würde dir im Ernstfall nicht viel nützen, flüsterte der Extrasinn sarkastisch. *Hätte er den Auftrag, dich zu töten, würdest du längst nicht mehr leben.*

War das nur ein Beruhigungsmanöver meines Extrasinns, oder wollte der Roboter mich tatsächlich nicht angreifen? Da ertönte eine Stimme in Varganisch, wie ich es von Ischtar oder Magantilliken kannte. *Der Roboter!* Er verwendete keinen Namen, dennoch war er über mich informiert: »Unsere Herrin erwartet dich. Du bist der Fremde, der auf dem Weg nach Yarden ist. Wir werden dich sicher zu unserer Herrin geleiten.«

Ich sah Crysalgira kurz an; sie aber war genauso ratlos wie ich. »Was soll das schon wieder heißen?«, stieß ich hervor. »Wohin willst du mich bringen?«

Der Roboter antwortete nicht. Ein weiß leuchtender Glutstrahl zuckte durch den Gang und bohrte sich durch den Roboter. Ich riss Crysalgira aus der Feuerbahn. Um ein Haar wäre sie von der Austrittsglut verbrannt worden. »Deckung!«

Aber es gab nirgendwo eine schützende Nische. Wir waren den Unbekannten ausgeliefert.

Die schweren Schritte verstummten dicht neben mir. Es mussten mindestens sechs Kämpfer sein. An meiner Wange verspürte ich ein brennendes Stechen. Ein Fremder berührte mich mit dem heißen Lauf seines Blasters. »Aufstehen!«

Tejonthisch! Ich blickte langsam an seiner metallischen Kombination hoch. Er hatte einen durchsichtigen Atemschutzhelm übergestülpt. Sein Gesicht war mit einem schwarzen Fell bedeckt, seine Augen schimmerten in einem gelblichen Farbton. *Tejonther.* Ich musste unbedingt herausbekommen, was die Tejonther hier suchten, fragte auf Varganisch: »Ihr seid nicht zufällig hier?«

Crysalgira biss sich auf die Unterlippe, hielt meine Frage für zu plump. Wenn uns die Tejonther nichts verraten wollten, würde ich sie auch nicht zu einer Aussage bewegen können. »Wenn dir dein Leben lieb ist, rühr dich nicht vom Fleck«, sagte einer der Tejonther, ebenfalls in der Sprache der Varganen. »Wir haben genug mit den verdammten Robotern zu tun.«

Ich wollte es ganz genau wissen. »Wo befinden wir uns? Raumschiff oder planetare Station?«

Die Tejonther verzogen die Gesichter. Schließlich bequemte sich einer von ihnen zu einer Antwort: »Das ist eine *Gefühlsbasis* der Tropoyther; wir sind in sie eingedrungen!«

Es sind also Rebellen, dachte ich. *Aber auch sie werden den Kreuzzug nicht aufhalten.*

Die Tejonther wurden plötzlich unruhig. Von den Armbandfunkgeräten erklangen Stimmen. Aus den hektisch gebrüllten Befehlen ging hervor, dass die goldenen Roboter die *Gefühlsbasis* umzingelt hatten. Es gab zweifellos Ein- und Ausgänge, von denen die Tejonther nichts wussten. Durch diese Tore drangen die feindlichen Roboter jetzt ein.

Wurden die Roboter zu deinem Schutz abgestellt? Mein Extrasinn stellte diese Vermutung zur Diskussion. *Warum kommen sie von außerhalb?*

»Ihr kommt mit!«, schrie der Tejonther. »Wir entscheiden später, was mit euch geschehen soll.«

Die Bewaffneten zerrten uns durch verqualmte Gänge. An vielen Stellen brannten die Kabelstränge, die von Explosionen freigelegt worden waren. Ich hustete mehr, als ich atmen konnte. »Hier entlang!«, ertönte ein Befehl. »Die Roboter haben das Haupttor abgeriegelt.«

Wir wurden in eine schmale Röhre gestoßen. Das Gehen wurde immer mehr zur Qual. Ich ließ mich von den nachfolgenden Tejonthern einfach durch die abwärts geneigte Röhre schieben. Crysalgira folgte weiter hinten. Plötzlich blendete uns greller Lichtschein.

Du bist im Freien, signalisierte der Extrasinn.

Vor uns erstreckte sich ein waldreiches Tal. Die Luft war frisch und klar. Ich atmete tief durch. Es roch nach blühenden Pflanzen und faulendem Laub. Die *Gefühlsbasis* lag am Fuß eines Felsengebirges, die goldene Kuppel von mindestens tausend Metern Basisdurchmesser verschmolz auf einer Seite mit den Felsen. Mehrere Röhrenverbindungen zogen sich, von der Kuppel ausgehend, strahlenförmig durch die Landschaft. In der Ferne erhob sich auch der kantige Körper eines Varganenraumers – von ihm kamen offenbar die Roboter.

»Hier sind noch keine Roboter. Wir nehmen Kontakt zu einem anderen Stoßtrupp auf«, sagte ein Tejonther aufgeregt. Ich sah, wie er seinen Armbandsender aktivierte. »Hier Yürgaam. Wir haben die *Gefühlsbasis* verlassen und nähern uns dem Wald. Wo seid ihr?«

Der Tejonther drückte mehrmals auf die winzige Sprechtaste seines Senders, wiederholte den Funkspruch, aber es geschah nichts. Der Empfänger blieb stumm. Die andere Gruppe schien im Kampf gegen die Roboter gefallen zu sein. Ein dumpfer Knall ließ uns zusammenzucken. Die Tejonther stießen unverständliche Laute aus, drehten sich um und musterten aufgeregt die nähere Umgebung. Wir befanden uns in einer Felsmulde, hohe Laubbäume versperrten uns die Sicht in den Wald. Dann erblickten wir eine große Rauchwolke, die etwa zehn Kilometer entfernt in den blauen Himmel stieg. Das aufgeregte Zwitschern kleiner Vögel erklang.

»Dort hinten müsste sich Gnuuris Gruppe befinden.« Yürgaam schien eine führende Position bei diesem Unternehmen zu haben.

»Die verfluchten Roboter müssen ihn geortet haben, als er zu uns durchstoßen wollte.«

Yürgaam nickte. »Dann haben wir sie auch bald am Hals.« Mehrere Explosionen folgen kurz hintereinander; es klang fast wie eine einzige Detonation. Die erste Rauchwolke vereinigte sich mit den anderen Qualmsäulen zu einem riesigen Pilz, der drohend über dem Wald stand. »Wir schlagen uns zu ihnen durch.« Und zu mir gewandt: »Du gehst voraus. Stoßen wir auf feindliche Roboter, erwischt es dich zuerst. Außerdem haben wir dich auf diese Weise besser im Auge.«

Ein paar Tejonther lachten, schienen sich über die Rolle zu amüsieren, die Yürgaam mir zugedacht hatte. Ich war weniger erfreut. Auf diese Weise stand ich mitten in der Schusslinie der gegnerischen Parteien. Fliehen konnte ich nicht. Yürgaam ließ den Zeigefinger nicht vom Abzug.

Ich wusste, dass Yürgaam nicht bis zum Doppelpyramidenraumer vorstoßen würde; das war dem Tejonther viel zu gefährlich. Aber Crys und ich mussten die erstbeste Gelegenheit zur Flucht nutzen. Aus den Gesprächen der Tejonther ging eindeutig hervor, dass sie sämtliche Raumschiffe im Kampf gegen die goldenen Roboter verloren hatten. Wenn sie Glück hatten, lag im Wald noch ein Wrack, aus dem sie wichtige Dinge bergen konnten. An einen Start von dieser Welt war nicht mehr zu denken.

»Der Tropoyther hat den Wald in Brand gesteckt«, keuchte Yürgaam. »Er will uns vernichten. Wir werden von den letzten Überlebenden abgeschnitten. Ganz zu schweigen von der Ausrüstung, die wir in Gnuuris Lager zurückgelassen haben.«

Schwarzer Qualm stand über dem Wald. Das tropoythische Raumschiff war jetzt nicht mehr zu erkennen. Ich hatte mir trotzdem die Richtung gemerkt. Wenn es hart auf hart ging, würde ich mich mit Crysalgira allein durch den Wald schlagen. *Du vergisst das Feuer*, korrigierte mich der Extrasinn. *Der Wind treibt die Glut genau in eure Richtung. Du kannst dir ausrechnen, wann es hier auch brennt.*

»Wollt ihr ewig hier herumstehen?«, herrschte ich den Tejonther an. »Bald ist es hier so heiß, dass ihr in euren Schutzanzügen geröstet werdet.«

Yürgaam stieß mir die Blastermündung vor die Brust, funkelte mich nervös an. »Das weiß ich auch. Wenn es so weit ist, verbrennst du als Erster. Wir sind immerhin besser ausgerüstet als du und deine Begleiterin.«

Crysalgira sah mich an, würde mit mir fliehen, sobald sich die Gelegenheit dazu ergab. Die Prinzessin konnte kämpfen. Aber ohne Waffen hatten wir keine Chance. Die Tejonther würden uns sofort erschießen. »Wir sollten zu den höher gelegenen Felsen laufen«, schlug ich vor. »Dort sind wir vor dem Feuer geschützt. Da oben gibt es nichts Brennbares.«

Yürgaam befahl mir, augenblicklich zu schweigen. »Ich habe das Kommando. Du bist mein Gefangener. Ich hätte dich längst töten können. Dass du noch lebst, verdankst du also nur meinem Interesse. Wäre ich nicht sicher, dass du uns ein paar wichtige Dinge über die Leerraumkontrolleure verraten könntest, wärt ihr gar nicht mehr am Leben. Ich empfehle dir also dringend, den Mund zu halten.«

Yürgaam holte seine Begleiter zusammen. Die jungen Tejonther waren erschöpft, würden ohne Rast bald schlappmachen.

»Wir können uns doch nicht in die Flammen jagen lassen«, rief Crysalgira beunruhigt.

Ich neigte den Kopf gegen ihre Schulter und flüsterte: »Ruhig, Crys. Ich warte nur auf einen günstigen Moment, dann knöpfe ich mir diesen Yürgaam vor.«

»Vorwärts!« Yürgaam trieb Crysalgira unsanft fort. »Es geht weiter. Wir versuchen, einen Stützpunkt zwischen den Felsen einzurichten. Sollte es doch noch Überlebende von anderen Trupps geben, werden sie uns dort am ehesten finden.«

Die Felsen, zwischen denen wir vor dem Feuer Schutz suchen wollten, schoben sich als mächtiger Keil schräg in den Wald hinein. Wir waren etwa fünf Kilometer davon entfernt. Das Raumschiff stand auf der anderen Seite. Der Wind wehte uns glühend heiße Luftschwaden entgegen. Ich konnte mir lebhaft vorstellen, welche Hitzegrade im Zentrum des Waldbrands herrschten.

»Haltet euch die Biester vom Leib!«, schrie Yürgaam und riss das Vibratormesser aus dem Gürtel. Etwa zehn grünhäutige Echsen kamen aus dem Unterholz genau auf uns zu. Das Feuer hatte sie aus ihren Verstecken getrieben. Ich griff nach Crysalgiras Hand. Das war die Gelegenheit. Yürgaam wich der ersten Echse aus. Das Tier nahm keine Notiz von ihm, rannte auf seinen Stummelbeinen davon. Ein junges Tier stieß dem Tejonther die spitze Schnauze in die Kniekehle. Yürgaam stürzte zu Boden. Ich sah, wie er sich blitzschnell abrollte und die Klinge seines Vibratormessers in den Nacken der Echse stieß. Die Hornplatte des Tieres zersplitterte. Yürgaam stieß einen Triumphschrei aus. »Lasst die Viecher nicht zu nahe an euch ran!«

Sein Ruf wurde von einem schmetternden Schlag erstickt: Das verletzte Reptil machte eine unverhoffte Körperdrehung; sein langer, gezackter Schwanz erwischte den Tejonther frontal. Yürgaam lag am Boden und rührte sich nicht. Aus seinen Mundwinkeln sickerte Blut. Jetzt nahm das Tier mich aufs Korn. Die lange Zunge schoss wie ein Pfeil aus dem Rachen, die kleinen Augen starrten mich an.

»Du brauchst eine Waffe!« Crysalgira hatte Recht. Ich schlug einen Haken und kam gerade noch an der vorschnellenden Echse vorbei, kauerte neben Yürgaam. Der Tejonther war tot. Ich griff nach dem Vibratormesser. Als ich den Blaster an mich reißen wollte, bohrte sich dicht neben meiner Hand ein Glutstrahl in den Boden.

»Finger weg, oder du bist erledigt!« Der junge Tejonther meinte es ernst. Anscheinend hielt er seinen Gruppenführer nur für verletzt.

»Yürgaam ist tot«, rief ich.

»Du lügst, so eine Echse kann Yürgaam nicht töten.«

»Es stimmt aber.«

Mehrere kleine Echsen huschten vorüber. Der Wind trug jetzt Qualmwolken zu uns heran, es roch nach verbranntem Holz. Die Hitze dörrte mir den Hals aus. Ich fühlte ein Brennen in der Kehle. Als eine über fünf Meter lange Echse herankam, duckte ich mich blitzschnell und rollte mich etwa zehn Schritt weiter nach rechts. Das Tier und Yürgaams Leiche befanden sich jetzt genau zwischen mir und dem jungen Tejonther.

Du spielst mal wieder mit sehr hohem Einsatz, flüsterte der Extrasinn.

Die Blasterentladung löste die Echse zur Hälfte auf, der Hinterleib blieb zuckend am Boden liegen. Bevor der Tejonther zum zweiten Mal abdrücken konnte, hatte ich das Vibratormesser geschleudert, das ihm die Waffe aus der Hand schlug. Ich blickte kurz nach links und dann nach rechts. Die anderen Kämpfer waren mit den Echsen beschäftigt. Immer mehr dieser Tiere kamen auf uns zu. Ich hetzte mit wenigen Sätzen auf den Burschen zu, der gerade den Blaster aufheben wollte. Seine Finger glitten vom Waffengriff ab. Dann hatte ich sein Handgelenk gepackt. Seine Fingerspitzen berührten den Blaster. Ich stieß ihm meine Knie in den Unterleib. Der Tejonther stöhnte schmerzgepeinigt auf. Ich biss die Zähne zusammen. Die heiße Luft machte mir schwer zu schaffen. Ich betäubte meinen Gegner mit einem Dagorgriff. Er sank schlaff zusammen. In der nächsten Dezitonta würde er uns nicht wieder gefährlich werden.

»Wir schnappen uns die Atemgeräte«, rief ich Crysalgira zu. Wortlos löste sie die Magnethalterungen für den Luftfilter von der Kombination des Bewusstlosen. Ich nahm das Gerät Yürgaams. Kleine Sauerstoffpatronen ergänzten die Apparatur, die federleicht war. Die aufblasbare Atemhaube passte wie angegossen auf unsere Metallkombinationen. Drüben streckte eine Echse einen zweiten Tejonther nieder. Ich bedauerte es, keine Antigravaggregate zu haben. Damit wäre es ein Kinderspiel gewesen, heil aus dem bedrohten Waldgebiet herauszukommen.

»Wir haben genug Zeit verloren«, rief ich. Wir liefen davon. Bevor einer der kämpfenden Tejonther unsere Flucht bemerkte, waren wir längst in den Qualmwolken verschwunden. Irgendwo im Hintergrund flackerte es hell auf. Dort waren die Felsen. Wir durften die Richtung nicht verlieren, denn das Flammeninferno rückte unaufhaltsam näher, es wurde schnell heiß. Windböen trieben einen Funkenregen vor sich her.

Die Atemgeräte funktionierten nicht mehr richtig. Ich zog Crysalgira an mich heran und sah, dass ihr Gesicht schweißnass war. Die Haare klebten ihr auf der Stirn, ihr Atem ging stoßweise. »Es kann nicht mehr weit sein, Crys.«

Meine Stimme klang verzerrt unter dem Schutzhelm. Das Zischen des einströmenden Sauerstoffs wurde leiser. Die Patronen waren schnell aufgebraucht. Was in wenigen Zentitontas passieren würde, konnte ich mir lebhaft vorstellen. Giftige Rauchschwaden trieben uns entgegen. Die verbrennenden Bäume sonderten eine harzige Substanz ab; es entstanden hochgiftige Substanzen, die unsere Atemfilter stark belasteten. Ich spürte ein Brennen in den Augen. Zuerst hielt ich den Schweiß für die Ursache, dann wurde mir rasch klar, dass die giftigen Dämpfe durch den Filter drangen. Ohne die Schutzhelme wären wir längst erstickt.

Crysalgira zerrte an meiner Hand. »Ich … kann nicht mehr.«

»Du musst aber! Oder willst du hier verbrennen? Mach jetzt bloß nicht schlapp, Prinzessin! Wir sehen gleich die Felsen.« Sie schüttelte den Kopf, war am Ende ihrer Kräfte. Schweißtropfen perlten unter ihrem Haaransatz. »Du kannst dich später ausruhen«, sagte ich so bestimmt wie möglich. »Jetzt komm weiter.«

Ein mächtiger Baum ragte in die Qualmwolken empor, der Stamm brannte lichterloh. Es ragten nur noch zwei Äste von dem glühenden Stamm ab, so dass es den Anschein hatte, dort würde ein Wesen aus Fleisch und Blut verbrennen. Ein Windstoß ließ die Glut hell aufflackern, aus der schwarz verbrannten Rinde des Baumes zuckten blaue Flämmchen. Ein Ast brach und zersplitterte in tausend Teile. Als das Krachen und Bersten verstummte, hatte auch das Zischen meiner Sauerstoffversorgung aufgehört. Der durchsichtige Schutzhelm verformte sich unter dem Ansturm der Glut.

»Es war alles umsonst.« Crysalgira wollte erschöpft zu Boden sinken, als ich sie grob hochriss.

»Du darfst nicht aufgeben. Hörst du? Ich will nicht, dass du aufgibst.«

Wir kamen nur schleppend vorwärts. Das Atmen war ein einziges Martyrium. Der Wunsch, den Schutzhelm vom Kopf reißen, drohte übermächtig zu werden. Doch das hätte ich nicht überlebt. Ich wusste es, trotzdem wollte ich es tun. Die Atemnot wurde so furchtbar, dass ich für Augenblicke taumelte. Crysalgira entglitt meinem Griff. Mein Extrasinn schwieg, hätte mir auch nicht weiterhelfen können. Da erblickte ich die Schemen. Weiße Dämpfe waberten auf. *Kein Zweifel, das sind die Felsen*, durchzuckte es mich. Ich riss mich gewaltsam zusammen, musste meine letzten Kraft- und Willensreserven aktivieren. *Höchstens noch zweihundert Meter, dann sind wir in Sicherheit.*

»Die Felsen«, hörte ich mich sagen. »Wir schaffen es.« Wie durch ein Wunder erreichten wir die Felsen. Aber noch waren wir nicht in Sicherheit – der Wind trieb die Flammen um den Felsenkeil. Wir standen dicht neben der Biegung, an der die Glut ihre volle Vernichtungskraft entwickeln würde. »Nach oben.« Meine Handflächen waren über und über mit Brandblasen bedeckt, die Haut spannte sich um die Knöchel. Ich biss die Zähne zusammen, um nicht laut aufzuschreien. Wir kletterten langsam Meter um Meter höher hinauf. »Es geht nicht mehr mit den Atemhelmen.«

Wir lösten die Verschlüsse von den Kombinationsoberteilen. Die Helme fielen augenblicklich in sich zusammen. Jetzt brandete die Hitze mit elementarer Gewalt gegen unsere Gesichter, der Schweiß trocknete augenblicklich. Die Luft stach höllisch in unseren Lungen.

»Ganz kurz atmen«, empfahl ich Crysalgira. In den Felsspalten war es noch nicht ganz so heiß wie auf dem Boden. Wir befanden uns jetzt auf der dem Brand abgewandten Seite. Über uns wölbte sich ein Felsüberhang Noch weiter oben erstreckte sich dann das Plateau. Weiter konnten wir nicht klettern. Unser Weg war hier zu Ende.

»Die Flammen«, stieß Crysalgira mühsam hervor, »sie schießen über die Felsen hinweg.«

Sie hatte richtig beobachtet. Über uns tobte ein Glutorkan. Der Waldbrand hatte uns eingeschlossen. Dass wir noch nicht verbrannt waren, verdankten wir einzig und allein den schützenden Felsen. Wir zwängten uns in eine schmale Felsspalte. Dort pressten wir uns eng aneinander. Ich sah Crysalgiras rußgeschwärztes Gesicht dicht vor mir. Sie hatte die Augen geschlossen. Jetzt zuckten ihre Lider, und sie öffnete ihre verklebten Augen einen Spaltbreit. »Es ist aus, nicht wahr?«

Ich sagte nichts, sondern drückte ihr Gesicht gegen meine Brust. Was hätte ich auch sagen sollen? Wir waren in einer Sackgasse. Der Luftsauerstoff wurde von der Feuersbrunst verbraucht.

Meine Umgebung hatte sich schlagartig verändert: Ein leises Säuseln erfüllte den Raum, kam von allen Seiten. Die Schwingungen wirkten beruhigend. In der Luft trieben exotische Wohlgerüche. Ich hielt die

Augen geschlossen. Irgendwie fürchtete ich, aus einem angenehmen Traum in die schreckliche Wirklichkeit geschleudert zu werden. Ich lag auf einem weichen Polster. Vorsichtig glitt ich mit den Fingerspitzen über mein Gesicht. Verblüfft erkannte ich, dass nichts mehr vom Ruß und Dreck zu spüren war. Sogar die Brandwunden waren verheilt. Die Haare waren frisch gewaschen und getrocknet. Ich riss die Augen mit einem Ruck auf.

Irgendjemand hat dich aus dem Feuer geholt, sagte mein Extrasinn.

Ein Vorhang aus Perlen und Seide blähte sich im Lufthauch. Ich sog die Luft tief ein und verspürte einen leicht berauschenden Effekt. Bunte Leuchtkreise wirbelten über den Vorhang. Die Farbenspiele waren reizvoll und verwirrend. Ich richtete mich neugierig auf. *Wo bin ich?* Der Waldbrand schien unendlich weit entfernt zu sein. Nichts erinnerte mehr an die schrecklichen Augenblicke in der Flammenhölle. Eine unerklärliche Kraft wollte mich daran hindern, die vergangenen Ereignisse noch einmal zu überdenken. Hier war alles gelöst und heiter, das Wort Gefahr schien es nicht zu geben. Etwas wollte mir einreden, dass ich nichts zu befürchten hätte. Ich streckte mich wohlig in die weichen Polster. Plötzlich wurde ich unruhig. *Ich bin allein. Nirgendwo ist Crysalgira zu sehen.*

»Crys!« Mein Ruf wurde vom melodischen Säuseln übertönt, das den Raum erfüllte. Ich richtete mich auf. Bis auf einen Lendenschurz aus dunklem, hochelastischem Material war ich unbekleidet. Niemand war in der Nähe. *Oder doch?* »Crysalgira!« Wieder erhielt ich keine Antwort. Der Himmel war blau, wirkte jedoch künstlich. Ich glaubte, den Schrei eines Seevogels gehört zu haben, aber das war sicherlich nur eine Illusion, die von einer Maschine geschaffen wurde – genau wie der Himmel. »Crysalgira!«, rief ich drängender. »Wo steckst du?«

Du musst mit dem Schlimmsten rechnen. Die Gluthölle des Waldbrandes schlug über euch zusammen; es ist viele Tontas her. Ich war tatsächlich allein in dieser paradiesischen Umgebung. Aber trotz der zauberhaften Blumen und Landschaftsprojektionen verspürte ich eine gewisse Wehmut. Ich musste annehmen, dass Crysalgira in den Flammen umgekommen war. *Du scheinst nicht viel von Trauer zu halten*, sagte der Extrasinn sarkastisch. Ich zuckte mit den Schultern, fühlte mich frei und unbeschwert, wünschte, dieses Gefühl würde ewig anhalten. Aber dann kam wieder das Drängen und Bohren, mehr über Crysalgiras Schicksal in Erfahrung zu bringen. *Du denkst unlogisch.* Mein Logiksektor analysierte mich schonungslos. *Du willst den furchtbaren Waldbrand vergessen, aber du willst auch wieder dorthin zurück, um nach Crysalgira zu forschen.*

Ich fühlte mich kräftig genug, um die nähere Umgebung zu erkunden. *Irgendetwas stimmt hier nicht. Ich werde schon noch herausfinden, was mich stört.* Mir ging es körperlich blendend. Die unbekannten Retter hatten mich ausgezeichnet versorgt, die Haut glänzte leicht ölig. Von den Brandwunden war nichts mehr zu erkennen. Lediglich über den Fingerknöcheln spannte sich die Haut noch ein wenig. Sonst erinnerte nichts mehr an die überstandenen Strapazen.

Bist du dir ganz sicher, dass die Unbekannten dich nicht auch mit Psychodrogen behandelt haben?

Wozu hätten sie das tun sollen?

Um den Schock zu beseitigen, den du durch Crysalgiras Tod erlitten hast. Vielleicht braucht man dich noch. So ganz selbstlos dürften die Fremden nicht sein.

Das war eine reine Vermutung, die mein Extrasinn zur Diskussion stellte. Die Wahrheit würde ich allein nicht herausfinden. Dazu musste ich erst einmal mit den Fremden reden. Tejonther waren es bestimmt nicht. Dazu war die ganze Umgebung technisch viel zu raffiniert angelegt. *Varganen?* Die Einrichtung des Saales erinnerte an den Erholungssalon in Ischtars MONDSCHATTEN. Die Blumen zu meiner Linken waren echt, schwammen in einer durchsichtigen Schale. Das Wasser war zartrosa gefärbt. Ich berührte gedankenverloren eine der Blüten. Im gleichen Augenblick ertönte eine zauberhafte Melodie. Ihr Klang war so rein und klar, dass ich mich unbewusst vorbeugte, um sie noch besser in mich aufnehmen zu können. Plötzlich brach die Musik ab. Enttäuscht sah ich mich um. Ich war allein. Dann tauchte ich meine ganze Hand in die Wasserschale. Die Musik kam sofort wieder. Diesmal war es ein anderes Thema. Die Tonfolgen steigerten sich zu einem mächtigen Akkord, der langsam verebbte, als ich meine Hand aus dem Wasser zog. *Ein raffiniertes Spielzeug*, dachte ich. *Wer es sich ausgedacht hat, muss sehr viel Zeit und Muße haben.*

Auf einer kostbaren Schale entdeckte ich Früchte, zwischen dem Obst lagen Süßigkeiten. Dahinter fand ich mehrere Gläser mit perlenden Getränken. Wer auch immer mich aus dem Inferno des Waldbrandes gerettet hatte, war auf mein körperliches Wohlergehen bedacht. Erst jetzt merkte ich, dass ich großen Durst hatte, griff nach dem erstbesten Glas. Es fühlte sich kühl an, der Inhalt war hellblau gefärbt. Blasen stiegen vom Boden des Glases auf. Ich setzte es an die Lippen und empfand die prickelnde Frische als unbeschreiblich wohltuend, trank in einem Zug. Dann hielt ich schwer atmend inne. Farbige Kreise drehten sich vor meinen Augen, ein leichtes Schwindelgefühl ließ mich taumeln. Ich stellte das Glas auf die Ablage zurück. Es stieß gegen die Fruchtschale. Das Klirren brachte mich vorübergehend zur Besinnung.

Im Getränk war ein Betäubungsmittel, wisperte der Extrasinn. Ich ließ die Ablage los und machte ein paar Schritte vorwärts. Die Wände wurden von fließenden Farben überflutet, ein ständiges Wogen. Ich wischte mir über die Augen. Die Bewegung der Farben blieb, verstärkte sich sogar noch. Ich berührte die Wand. Das Material, aus dem sie bestand, fühlte sich weich und nachgiebig an. Ich presste meine Hand dagegen, aber es gab keinen Millimeter breit nach. *Du musst den Ausgang suchen.*

Ja, der Extrasinn hat Recht. Ich wollte hier raus, konnte nicht glauben, dass Crysalgira tot war, hatte plötzlich das Bild des Varganenschiffs vor Augen. Ich würde sie so lange suchen, bis ich sie gefunden hatte. Der Raum war halbrund angelegt, ich lief an der farbigen Wand entlang und kam wieder bei den weichen Polstern an, lief weiter und sah die Wasserorgel mit den Blüten. Als ich die Gläser mit den Erfrischungsgetränken erblickte, überlief es mich eiskalt. Das Glas, das ich eben erst geleert hatte, war bereits wieder gefüllt. »Wo seid ihr? Gebt euch endlich zu erkennen!«

Die einzige Antwort der Fremden bestand in einer Verstärkung des Säuselns. Die Klänge sollten beruhigend wirken, aber ich wollte mich nicht beruhigen lassen, kam mir gefangen vor. So perfekt der Service auch sein mochte, er konnte nicht darüber hinwegtäuschen, dass meine Bewegungsfreiheit beschränkt war.

Du befindest dich in einem goldenen Käfig, sagte mein Extrasinn.

»Dann will ich endlich meine Kerkermeister sehen!«, rief ich aufgeregt und verzweifelt zugleich.

»Das sind harte Worte, Atlan. Niemand will dich einkerkern. Im Gegenteil, Unzählige würden dich um diese Augenblicke beneiden.«

Ich spürte eine unangenehme Starre im Genick. Das war immer so, wenn ich mich beobachtet fühlte. Langsam drehte ich mich um. Meine Augen weiteten sich vor Erstaunen. *Das ist eine Varganin wie Ischtar, jung und hübsch!*

»Gefalle ich dir?« Sie streckte ihre weiß bestäubte Rechte aus. Glitzernde Ringe steckten an den Fingern. Ein goldenes Gespinst umgab ihre Arme, die Haare waren zu einer Hochfrisur zusammengesteckt. Eine goldene Krone aus zartblättrigen Ornamenten wand sich um ihre hohe Stirn. »Warum sagst du nichts? Habe ich dich so überrascht?«

»Wo ist Crysalgira?«, stieß ich mühsam beherrscht hervor.

Sie verzog enttäuscht die Mundwinkel. Ihre Hand senkte sich langsam. Die seidenen Tücher des Umhangs raschelten. »Du kannst ruhig etwas freundlicher zu mir sein, Atlan.«

»Woher kennst du meinen Namen?«

»Ich weiß noch viel mehr über dich. Du warst nach Yarden unterwegs. Hätte ich meine Roboter nicht ausschwärmen lassen, wärst du in der Flammenhölle umgekommen.«

Da hast du den Grund für deine wundersame Rettung, spottete der Extrasinn. *Sie ist an deiner Gesellschaft interessiert.*

Mir kam der Gedanke, dass mein Zusammentreffen mit dieser Varganin keineswegs so zufällig war, wie sie mir weismachen wollte, und ich bedauerte es, nicht mehr über sie zu wissen.

»Komm, setz dich zu mir.« Sie deutete mit der ringgeschmückten Rechten zu den weichen Polstern. »Ich bin sicher, dass wir uns ausgezeichnet verstehen werden. Du sollst nicht denken, dass ich Dankbarkeit von dir verlange. Ich habe dich aus dem Feuer gerettet. Das war doch ganz selbstverständlich.«

»Und was ist mit Crysalgira?«

»Deiner Begleiterin? Kannst du eigentlich an nichts anderes denken? Du brauchst dir keine Sorgen um sie zu machen.«

Die Varganin verzog lächelnd den Mund. Als ich jetzt dicht vor ihr stand und den erregenden Duft ihres Parfüms einatmete, fiel die Anspannung ab, die mich anfangs ergriffen hatte. Ich setzte mich zu ihr und sah sie nachdenklich an. »Du gehörst zu den unsterblichen Varganen von Yarden, nicht wahr?«

Sie nickte und lächelte. »Stimmt. Aber ich will mich zuerst bei dir vorstellen. Ich heiße Karschkar. Ich bin sehr froh, dass ich dich aus dem Feuer retten konnte. Um ein Haar wäre ich zu spät gekommen. Es war nicht leicht, die Transmission umzuleiten.«

»Du hast uns also ganz bewusst in diese *Gefühlsbasis* gelotst.« Ich biss mir auf die Unterlippe. Diese Varganin verfolgte ein ganz bestimmtes Ziel. Wenn mich nicht alles täuschte, würde sie es mir bald verraten.

»Du darfst mir nicht böse sein. Ich musste es einfach tun. In Yarden hätte ich keine Chance gehabt. Die jungen Dinger wissen dich gar nicht zu schätzen. Für sie war es selbstverständlich, dass sie dich bekommen würden. An mich dachte keiner. Uns Alte haben sie abgeschrieben.« Karschkar hielt einen Moment inne, beruhigte sich ein wenig. Dann lächelte sie wieder und strich mir über den Kopf. Ihre Bewegungen wirkten einstudiert.

»Wofür sollten mich die jungen Dinger denn bekommen?«, fragte ich grinsend.

Das weißt du genau. Sie wechselte unvermittelt zu lautloser Kommunikation.

Das ist es also. Karschkar spielte auf unsere Rolle als Zuchtexemplare an, um die Fortpflanzungsunfähigkeit der Varganen zu überwinden. Wenn Karschkar jedoch nicht »mitmachen« dürfte … *Es ist gar nicht ihr Originalkörper*, durchzuckte es mich. *Sie hat nur einen jungen und schönen mit ihrer Fähigkeit beseelt.* »Du hast mich gegen den Willen deines Volkes entführt.«

»Nun ja, ich habe mir den Transportplan beschafft, aus dem ich ersehen konnte, über welche Transmitterverbindungen sie euch nach Yarden schaffen wollten. Die Versuchung war zu groß. Du darfst es mir nicht verübeln. Jede andere in meiner Lage hätte dasselbe getan. Leider wollten diese bescheuerten Tejontherrebellen ausgerechnet die *Gefühlsbasis* erobern, in der ich euch materialisieren ließ.«

»Verstehe.« Ich drückte ihre Hände sanft, aber entschieden zurück. »Bevor wir weiterreden, will ich wissen, wo ich Crysalgira finde … Besser noch, du rufst sie sofort her.«

Karschkars Miene verdüsterte sich. »Ich will den Namen deiner Begleiterin nicht noch einmal hören. Sie lebt, das muss dir genügen.«

»Schön. Aber ich verstehe eines nicht: Da sie lebt, warum darf sie uns dann nicht Gesellschaft leisten? Hier ist ausreichend Platz.«

Geht's noch naiver?, fragte der Extrasinn spöttisch. *Du treibst sie zur Weißglut.*

Karschkar stand auf, bebte am ganzen Körper. Ihre Stimme überschlug sich, als sie mir antwortete: »Du Narr! Ich bin eine unsterbliche Tropoytherin. Ich habe dich in mein Raumschiff aufgenommen. Du bist in meiner Nähe so sicher wie noch nie zuvor in deinem Leben. Niemand wird dir etwas tun. Meine Gesellschaft ist begehrenswert …« Sie bedeutete mir durch eine Handbewegung, ich solle schweigen. »Jeder andere würde sich danach sehnen, mit mir allein zu sein. Ich begreife dich nicht. Was ist denn schon an dieser Crysalgira? Eine Sterbliche!«

Ich nickte. »Ich schätze sie so, wie sie ist. Aber das wirst du wohl kaum verstehen. Du bist eine Unsterbliche und hast das Wertvollste verloren, das Sterbliche besitzen. Du kannst nicht mehr lieben, wagst dich ja nicht mal, mir in deinem echten Körper gegenüberzutreten. Ich verachte dich.«

Karschkar fuhr zornig auf. »Du hast Zeit, es dir zu überlegen. Aber warte nicht zu lange. Ich könnte die Geduld verlieren. Auch eine Unsterbliche wartet nicht ewig. Niemand in Yarden darf wissen, dass ich dich habe. Dieser Salon wird fortan deine Heimat sein.«

Das war eine unverhohlene Drohung. Vor meinem geistigen Auge sah ich mich als alten, fetten Gespielen der Varganin. Körperlich würde es mir an nichts mangeln. Die Nahrungsmittelvorräte waren unerschöpflich. Auch die Unterhaltungspositronik schien ein Langzeitprogramm gespeichert zu haben. Ich schüttelte energisch den Kopf, trat dicht an sie heran. Sie stand an der Wand der Farbenspiele. Sobald ich genauer hinsah, erkannte ich eine dünne Linie. Das musste die verborgene Tür zu Karschkars Salon sein.

Pass auf, wenn sie den Raum verlässt, schlug mein Extrasinn vor, *du darfst dich nicht noch einmal hier einsperren lassen. Es könnte leicht für immer sein.*

»Eher bringe ich mich um«, sagte ich gefährlich leise.

Karschkar wollte nichts mehr hören. »Schweig! Schweig!« Sie rang sichtlich nach Atem. Ich hatte sie aus der Fassung gebracht. Mit wenigen Worten hatte ich ihr klargemacht, dass sie mich umsonst aus der *Gefühlsbasis* entführt hatte. Sie schien zu überlegen, dann stieß sie zornig hervor: »Du wirst der Hinrichtung deiner Begleiterin beiwohnen. Ich werde dich dabei beobachten und dein Entsetzen genießen!«

Äußerlich blieb ich völlig unbewegt. Innerlich wurde ich hin und her gerissen, musste mich beherrschen, dass ich Karschkar nicht einfach an den Schultern packte und sie zwang, mich zu Crysalgira zu bringen. Sie hatte bestimmt vorgesorgt und sich abgesichert. Ich blickte ihr tief in die Augen. Sie hatte Schwierigkeiten, meinem Blick standzuhalten. Es freute mich, dass ich sie unsicher machte. Dann sagte ich langsam: »Du bist das verabscheuungswürdigste Wesen, dem ich jemals begegnet bin. Wie sieht dein eigener Körper aus? Faltig, fett, klapperdürr, abgrundtief hässlich?«

Sie stieß einen Wutschrei aus, wandte sich ab und öffnete durch Handdruck die Wandtür. Zischend glitt ein Teil der Wandfläche beiseite. Draußen zweigten mehrere Gänge ab.

Das ist deine Chance, zuckte der Impuls des Extrasinns durch mein Bewusstsein. Ich hielt die zornige Varganin an der Schulter fest und stieß sie in den Salon zurück. Das geschah so schnell und unverhofft, dass sie ihre versteckten Waffen nicht benutzen konnte. Sie prallte mit dem Rücken gegen die Wandablage und rutschte langsam zu Boden.

»Ich töte dich«, keifte Karschkar hinter mir her, wollte aufstehen, verfing sich aber in den Falten ihres Umhangs. »Lauf nur weg, ich erwische dich. Ich töte Crysalgira, dann kommst du dran.«

»Da habe ich noch ein Wörtchen mitzureden, meine Teuerste«, sagte ich und verschwand aus dem Salon. Die Wandöffnung schloss sich sofort. Das Keifen der Varganin verstummte.

Ich musste schleunigst aus Karschkars unmittelbarer Nähe verschwinden. Drei Gänge zweigten ab. Zehn Meter weiter waren sie durch Gittertüren verschlossen. Der Logiksektor drängte: *Lauf, so schnell du kannst!*

Ich rannte auf die Gittertür zu, die den Gang in zwei Hälften teilte. Als ich die Metallstäbe berührte, kam Karschkar aus dem Salon. Ich hörte ihren Schrei. Sie schien halb verrückt vor Zorn und Enttäuschung zu sein. Ich duckte mich instinktiv. Hinter mir blitzte es auf. Ein glühender Hauch peitschte an mir vorbei. Im gleichen Augenblick löste sich ein Teil des Gitters auf. Glühende Metalltropfen brannten sich in den Boden. Ohne lange zu überlegen, stemmte ich mich gegen den Gitterrest. Es krachte, dann war ich durch. Gebückt lief ich weiter. Karschkars Strahler fauchte noch einmal auf, ehe ich eine Gangbiegung erreichte.

Du brauchst ein sicheres Versteck, sagte der Extrasinn. *Sie wird ihre Roboter auf dich hetzen.*

Der Rat meines Extrasinns war logisch, aber schwierig zu befolgen. Ich wusste nicht, ob ich mich an Bord des Doppelpyramidenraumers oder auf einem Planeten aufhielt. Im ersten Fall hätte ich mich nur bis zur Zentrale durchzuschlagen brauchen, um die Kontrolle über das Schiff zu übernehmen. Im zweiten Fall war es angebrachter, sich ins Freie abzusetzen. Voraussetzung dafür war, dass Karschkars

Planet eine atembare Atmosphäre aufwies. Das waren viele unbekannte Faktoren. Zu viele, wie ich mir eingestehen musste. Auf die Dauer konnte das nicht gut gehen. Ich lief weiter. Die flimmernde Wand erkannte ich zu spät. Bevor ich den Lauf stoppen konnte, erfolgte der ruckhafte Durchgang, vergleichbar den Transitionsschleusen der Arsenalstation von Glaathan. Ein elektrischer Schlag durchzuckte mich. Ich stürzte, konnte mich aber abrollen und kam blitzschnell wieder auf die Beine. Meine Umgebung hatte sich abrupt verändert: Vor mir erstreckte sich eine paradiesische Parklandschaft. Zierliche Bäume begrenzten einen kiesbestreuten Weg. Ein kleiner Brunnen sprudelte. Vogelgezwitscher erfüllte die Luft. Es war warm.

Das ist keine Projektion, sagte der Extrasinn. *Diesmal bist du in einer natürlichen Umgebung.*

Ich befand mich also auf dem Planeten der Varganin, war während des Fluges hierher bewusstlos gewesen. Die Berechnung des Logiksektors besagte, dass mindestens zwei Pragos vergangen waren. Ein hysterisches Lachen ließ mich zusammenzucken. Schreie durchbrachen die Stille. Ich sah mich um. Hinter mir wölbte sich die Wand von Karschkars Station. Vor mir führte der kiesbestreute Weg auf ein kleines weißes Haus von grober Quaderform zu. Es hatte überhaupt keine Fenster, die Oberfläche erinnerte an eine Tropfsteinlandschaft. Schimmernde Kugeln saßen zwischen spitzen Verstrebungen. Das irre Lachen erklang noch einmal, kam aus dem »Haus«, dessen war ich mir ganz sicher. Langsam schritt ich auf das Gebäude zu. Eine unerklärliche Faszination ging davon aus.

19.

Subbi Mirack: *Er lachte schrill auf, der hagere Körper bebte. Die Rippen zeichneten sich unter der weißen Haut ab. Sein Kopf erinnerte an einen Totenschädel, in dem die Glutpunkte rötlicher Augen leuchteten. Sein Haar war schütter, es zog sich in einem schmalen Kranz um die hohe Stirn. Nichts an ihm erinnerte an die Zeit seiner größten Erfolge. In der Eisigen Sphäre war er als* Dialogpartner *ein* Emotioverstärker *gewesen, hatte die hübschesten Frauen empfangen. Sie wollten sich von ihm telepathisch analysieren lassen; er hatte die Fähigkeit, die Gefühle ande-*

rer zu verstärken. Das machte ihn zu einem erfolgreichen Liebhaber. Es gab keine Frau, die ihn abgewiesen hätte. Das Zimmer war annähernd sechzig Quadratmeter groß, hatte nur eine Tür. Die andere hatte Mirack vor langer Zeit verbarrikadiert. Rechts befand sich die Programmtafel der Speisepositronik. Fenster gab es nicht. Dafür aber sinnverwirrende Farbspiele. Subbi Mirack brauchte keine Not zu leiden. Karschkar würde ihn nicht sterben lassen.

Er lachte schrill auf und schlug sich wie ein Verrückter auf die mageren Schenkel. Er war bereit für den Kampf mit seinem Widersacher. Er brannte darauf, seinem Gegner eine Verletzung beizubringen. Du bist ganz schön gerissen, *dachte er grinsend.* Aber mich kannst du trotzdem nicht reinlegen. Ich weiß genau, was du vorhast. Du kannst deine Gedanken ruhig abschirmen. Ich kenne deine Pläne. Du hast es ja oft genug versucht. Aber ich war wachsam. Ich konnte dich immer wieder zurückschlagen. Ich weiß alles über dich, denn du bist mir sehr ähnlich. Nicht nur äußerlich. Aber ich bin trotz aller Ähnlichkeit besser als du.

Der letzte Zweikampf lag schon viel zu lange zurück. Karschkar würde ihn dabei sicherlich beobachten. Vielleicht rief sie ihn wieder zu sich, wenn er sich besonders geschickt anstellte. Er hatte die Hoffnung nie aufgegeben. Einmal würde der Tag kommen, an dem Karschkar das Haus ohne Eingang und Ausgang betreten würde. Dann durfte er den Gegner umbringen. Aber wann würde das sein? Mirack wusste es nicht. Karschkar wollte ihn ganz für sich allein haben, seine Fähigkeit der Emotioverstärkung per Telepathie nutzen. Sie hatte ihn auf ihren Geheimplaneten entführt. Die erste Zeit war für sie beide unbeschreiblich schön gewesen. Doch dann ließ das Interesse der Unsterblichen nach, sie holte sich einen anderen Gespielen. Seit diesem Tag lebte er im Haus.

Mirack neigte den Kopf zur Seite. Das Klopfen kam von oben. Sein Gegner war wieder aktiv. Das Klopfen wurde lauter. Es kam von der Mitte. Der Kerl sitzt genau über mir, *dachte Mirack.* Er will mich nervös machen. *Dem Klopfen folgte der Hall schwerer Schritte.* Jetzt geht er zum Ausgang, *durchzuckte es Mirack siedend heiß. Vom Ausgang des anderen Zimmers ging es über winklige Stiegen abwärts. Wie viele Zimmer noch über ihm lagen, wusste Mirack nicht. Sein Gegner hatte ihn noch niemals höher hinaufgelassen. Mirack trat vor die Speisepositronik und berührte die sensorischen Tasten. Eine Lichtkette flackerte auf, dann öffnete sich der Schachtschlitz. In einem Becher dampfte ein kräftigendes Getränk. Mirack trank es rasch aus, räumte den niedrigen*

Schrank aus und schob ihn von der Tür weg. Der Riegel hing schief in seiner Halterung. An einem Haken hing Miracks einzige Waffe: ein unterarmlanges Holzstück, in dessen Oberseite er spitze Eisendornen getrieben hatte. Er griff routinemäßig danach und ließ die Tür aufschnappen.

Draußen war es still. Mirack ließ die Tür hinter sich wieder zugleiten. Er starrte angespannt in das gläserne Labyrinth, das den größten Raum des Hauses einnahm. Dicht davor führten die Treppen nach oben und nach unten. Das Labyrinth war gefährlich. Zu Beginn seines Aufenthalts im Haus *hatte er sich dort einmal verirrt. Er wäre beinahe verhungert. Im letzten Augenblick hatte er das System erkannt, nach dem die verwirrenden Gänge und Schächte angelegt waren. Sein Gegner war häufig dicht an ihm vorbeigelaufen. Nur die dünnen Transparentwände hatten sie voneinander getrennt.*

In einem der Gänge hatte Subbi ein Skelett gefunden. Er erinnerte sich noch ganz genau daran. Der Anblick verfolgte ihn in seinen Träumen, oft hatte er sich gefragt, wer im Labyrinth gestorben war. Vielleicht ein Gespiele Karschkars, der in Ungnade gefallen war? Er hatte sich vorgenommen, die Unsterbliche bei der ersten Gelegenheit danach zu fragen. Aber Karschkar hatte nie wieder etwas von sich hören lassen. Plötzlich spürte Mirack einen frischen Luftstrom. Er sprang ein paar Schritte weit zurück und hielt seinen Dornenknüppel in der Rechten. Er roch den Duft frischer Blumen, der von draußen hereinkam. War das Karschkar, die ihn besuchen wollte? Er konnte es kaum glauben. Eine starke Erregung bemächtigte sich seiner. Er erinnerte sich an die Zeit, die er auf den herrlichen Wiesen von Karschkars Welt verbracht hatte. Er wünschte sich nichts sehnlicher, als noch einmal unter freiem Himmel stehen zu dürfen. Dafür hätte er gern sein Leben hingegeben.

Die Gedankenimpulse des Fremden verrieten Neugier. Mirack stellte sich den Mann als groß und schlank vor. Die Impulse verrieten Stärke und Beherrschung. Beides Eigenschaften, die Mirack längst verloren hatte. Von unten tönten Schritte herauf. Er kommt die Treppe hoch, *durchzuckte es ihn.* Das ist mein Henker. Karschkar hat ihn geschickt, um mich töten zu lassen.

Statt die Gedanken des Fremden zu analysieren, um hinter den Zweck seines Besuches zu kommen, ging Mirack in Deckung. Er kauerte sich tief in die Nische neben dem Treppenabsatz. Er würde warten, bis der Mann oben war. Dann würde er ihn von hinten niederschlagen. Sollte er den Schlag mit dem Dornenknüppel überleben, so würde er ihn in die Tiefe stürzen. Doch bevor sich Mirack auf den Fremden werfen konnte, ertönte unten ein Überraschungsruf. Der Mann sprang ohne ersichtlichen Grund gegen die Wand. Benommen stürzte er zu Boden und stieß Worte in einer für Mirack unverständlichen Sprache aus. Jetzt schmetterte der Fremde seine Faust gegen die Wand, schlug immer wieder zu. Seine Knöchel waren schon blutig.

Er ist verrückt geworden, *dachte Mirack. Der Fremde trug sein silberblondes Haar schulterlang. Er war kein Tropoyther, das sah Mirack sofort. Aber er war kein Telepath – das ließ den Mann in Miracks Augen sofort als zweitrangigen Gegner erscheinen, mit dem er kurzen Prozess machen würde.*

Karschkars Welt: 28. Prago des Eyilon 10.499 da Ark

Der Angriff des Fremden kam völlig überraschend. Ich duckte mich, um dem Handkantenschlag zu entgehen. Der nächste Schlag streifte mich an der Schulter. Seltsamerweise verspürte ich überhaupt keinen Schmerz. Ich sprang ein paar Schritte zurück und starrte den Fremden an. Ein unheimliches Gefühl beschlich mich. Er kam mir irgendwie bekannt vor. Sein Gesicht verschwamm vor meinen Augen. Ich schüttelte benommen den Kopf. Die Rechte zuckte an meinem Kopf vorbei und wollte einen Treffer an meiner Schläfe landen. Ich sah, wie sich die Finger des Mannes krümmten, um den äußerst schmerzhaften Dagorgriff im Nacken anzuwenden. Es überlief mich siedend heiß. Er beherrschte die Dagortechnik. Dann musste er arkonidischer Abstammung sein. Aber wie kam ein Arkonide in den Mikrokosmos? Und wie kam er ausgerechnet in dieses merkwürdige Haus?

Er griff mich ohne Vorwarnung erneut an. Seine Fäuste trommelten wie ein Wirbelwind auf mich ein. Er wollte mich in die Enge treiben.

Du wirst psychisch beeinflusst!, rief der Extrasinn. Ich hatte keine Zeit, länger über diese Bemerkung nachzudenken. Er trieb mich langsam, aber sicher in die Enge. Wenn einer einen Dagorgriff bei mir landen konnte, war ich erledigt. Ich musste erneut eine Serie knallharter Schläge einstecken. Er zielte nach meinem Kopf. Ich wich ihm aus und versetzte ihm einen Nierenhaken. Er zeigte keinerlei Reaktion. Dafür tat mir der Handknöchel erbärmlich weh. Ich tänzelte vor ihm auf und ab. Ich musste in Bewegung bleiben, wenn ich ihn mir vom Leibe halten wollte. Aber irgendetwas stimmte hier nicht. Was hatte der Extrasinn gemeint? *Warum spürst du die Schläge deines Gegners nicht?*

Ich hielt erstaunt inne. Die Frage meines Extrasinns war berechtigt. Ich sah meinen Gegner prüfend an. Er blieb ebenfalls stehen. Seine Gestalt wirkte irgendwie unwirklich. Wenn ich mich anstrengte, konnte ich durch ihn hindurchsehen. Hinter ihm erstreckte sich ein Gewirr aus halbtransparenten Gängen und Röhren. *Du kannst tatsächlich durch ihn hindurchsehen,* bestätigte mein Extrasinn. *Bleib ganz ruhig stehen. Du treibst nichts anderes als Spiegelfechterei. Du musst deine aggressiven Impulse unterdrücken oder auf ein Mindestmaß beschränken.*

Ich beherrschte mich, strengte mich an, meinen Gegner als Freund zu sehen. Ich schaffte es, meine Hassgefühle völlig zu verdrängen. Ich entspannte mich. »Wir könnten Freunde sein. Wer bist du? Kennen wir uns vielleicht? Ich habe nichts gegen dich. Ich kann einen Bundesgenossen brauchen. Diese Karschkar hat es nicht anders verdient. Na, wie wär's, hilfst du mir?«

Ich streckte meine Hand aus. Ich machte einen Schritt vorwärts. Jetzt wurde sein Gesicht noch nebelhafter. Es zerfloss zu einer breiigen Masse. *Dein Gegner ist nichts anderes als eine Fiktivprojektion deiner aggressiven Gedanken und Gefühle.*

Die Erkenntnis überkam mich wie ein Donnerschlag. Es gab überhaupt keinen Gegner. Ich war allein in diesem Haus, das nichts anderes als eine raffiniert angelegte Psychofalle darstellte. Ein Gerät empfing mein Individualmuster, speicherte es in einer Positronik und strahlte dann meine eigenen Aggressionsimpulse gegen mich ab. Jetzt war die *Projektion* des Gegners verschwunden. Ich schalt mich einen Narren, dass ich auf diesen Trick hereingefallen war. Ohne den Logiksektor hätte ich so lange gekämpft, bis ich entweder völlig erschöpft am Boden gelegen hätte oder bis meine aggressiven Gedanken verschwunden waren. Nachdem ich die Falle durchschaut hatte, sah ich das ganze Haus in einem völlig anderen Licht. Die Gänge und Zimmer waren nach logischen Gesichtspunkten angelegt. Zu jedem Stockwerk gehörte ein Labyrinth, dessen Anfang gleichzeitig das Ende und der Ausgang war. Noch einmal würden mir die Hassimpulse nicht gefährlich werden. Ich hatte mich wieder ganz in der Gewalt. Ich hoffte sogar, von diesem Haus aus den ersten Schlag gegen Karschkar landen zu können. Dazu aber musste ich erst einmal die Schaltstelle des Psychogenerators finden. Langsam stieg ich die Stufen hinauf.

Plötzlich hörte ich das aufgeregte Atmen eines Mannes. Als der Fremde mit seiner Dornenkeule zuschlug, war es zum Ausweichen schon zu spät. Ich riss instinktiv den Arm hoch und fing den Schlag ab. Das rettete mir das Leben. Der Schlag wäre absolut tödlich gewesen. Jetzt riss sich der Bursche los. Er holte mit seinem Knüppel aus, die Augen flackerten fiebrig.

Er ist wahnsinnig, schoss es mir durch den Kopf.

Er war klapperdürr, die Rippenknochen traten hervor. Unter der welken Haut der mageren Arme spannten sich kaum Muskeln. Er war kein Tropoyther. Aber wie kam er zu Karschkar? Ich konnte mir einfach nicht vorstellen, dass die Unsterbliche sich mit so einem schmächtigen Burschen amüsiert hatte. »Hör endlich mit dem Unsinn auf«, forderte ich ihn auf. »Mir liegt nichts dran, dich zu töten. Ich bin Karschkars Feind. Wenn ich die Lage richtig einschätze, bist du auch nicht gerade ihr Freund, oder?«

Der Mann kicherte irre, über seine blau angelaufenen Lippen tropfte Speichel. Freiwillig würde er nicht aufgeben, dafür war er schon viel zu lange unter dem Einfluss des Psychogenerators. Höchstwahrscheinlich litt er unter Verfolgungswahn. Wer ständig von seinen eigenen Hassgefühlen gepeinigt wurde, von einer gnadenlosen Maschine ständig die Verkörperung seiner Aggression vorgespiegelt bekam, musste verrückt werden. Er stieß wilde Schreie aus und rannte los. In der erhobenen Rechten trug er die Dornenkeule.

Ich beugte mich etwas vor und winkelte die Hände an. Unsere Augen trafen sich. Das machte ihn unsicher. Seine Schreie verebbten im Labyrinth zu meiner Linken. Er ließ die Keule unentschlossen kreisen. Doch dann überwog seine Angriffslust, er schlug zu. Ich packte sein Handgelenk und riss es nach unten, kam auf dem Rücken zu liegen. Er stürzte auf mich. Die Keule schrammte dicht hinter meinem Kopf auf den Boden, ein paar Dornen brachen ab. Jetzt winkelte ich die Beine an und stieß ihm beide Füße in den Unterleib, ließ ihn los und schleuderte ihn mit einem Tritt weg. Er schrie gellend auf, als er ein paar Meter weit vor mir zu Boden krachte. Seine Waffe rutschte zu mir herüber. Ich packte sie und federte mich hoch. Er war nicht bewusstlos, funkelte mich ängstlich an. Sein Gesicht verzog sich zu einer Schreckensmaske.

»Ich habe dir gesagt, dass ich dich nicht töten will. Die Quetschungen hättest du dir sparen können. Komm hoch, oder hast du dich ernsthaft verletzt?« Er entspannte sich ein wenig. Anscheinend traute er mir immer noch nicht. Ich schob den Griff seiner Keule in meinen Lendenschurz. Das beruhigte ihn anscheinend. Ich streckte meine Hand aus. »Du kannst mir vertrauen. Ich will dir nichts tun. Wie heißt du?«

Ich half ihm beim Aufstehen. Eine merkwürdige Kälte ging von seiner Hand aus. Aber ich sagte nichts. Er sah mich lange an, sprach dann langsam und stockend, als hätte er schon sehr lange mit keinem mehr geredet: »Ich bin Subbi Mirack. Karschkar brachte mich hierher. Ich sollte für ihre Unterhaltung sorgen. Aber das ist eine sehr lange Geschichte. Manches habe ich vergessen. Aber sag du mir, was dich in dieses Haus führt. Hat dich mein Gegner denn noch nicht angegriffen?«

»Der Einzige, der mich angegriffen hat, warst du.«

Mirack sah mich ungläubig an. »Aber … ich kämpfe schon so lange gegen ihn, wie ich in diesem Haus lebe. Warum sollte er dich verschont haben? Er geht mit äußerster Raffinesse vor.« Er sah sich unruhig um, trat von einem Fuß auf den anderen und schielte nach seiner Keule, die jetzt in meinem Gürtel steckte.

Ich legte meine Rechte auf den Waffengriff. »Es gibt keinen Gegner. Du bist das Opfer einer Maschine geworden, der eigene Hass wurde dir vorgespiegelt. Du hast gegen eine Fiktivprojektion gekämpft. Wenn du Schmerzen verspürtest, dann nur deshalb, weil du dich selbst verletzt hast.«

Er schluckte. Die Erkenntnis, seit unglaublich langer Zeit zum Narren gehalten worden zu sein, versetzte ihm einen Schock. Er schrie hysterisch: »Du lügst! Ich bin Telepath … ich hätte das merken müssen. Du willst mir nur etwas einreden.«

»Nein. Warum sollte ich dich belügen? Ich habe überhaupt keinen Grund dazu. Und was deine telepathischen Fähigkeiten angeht … es gibt Maschinen, die sogar Telepathen beeinflussen können.«

Der Gefangene Karschkars krümmte sich schreiend zusammen. Sein Leben war eine einzige Täuschung gewesen. Das konnte er nicht verkraften. Er wollte, dass alles so blieb, wie es bisher gewesen war, riss den rechten Arm hoch und deutete zum nächsten Treppenabsatz. »Dort steht er. Ich werde dir nicht helfen, wenn er dich angreift. Er soll dich ruhig töten. Du hast nichts Besseres verdient.«

Er zitterte. Ich konnte ihn sogar verstehen. Vielleicht hätte ich ihm nicht die Wahrheit sagen sollen. Mein Extrasinn bestätigte meine Vermutung: *Er wird nie wieder zu einem normalen Leben fähig sein. Er lebt zu lange in dieser künstlichen Umwelt. Karschkar hat diesen Mann seelisch und körperlich vernichtet.*

Ich wollte ihn dennoch nicht aufgeben. »Ich habe die Tricks dieser Maschinerie durchschaut, könnte dich nach draußen bringen. Mir fällt es nicht schwer, die Impulse des Psychogenerators zu ignorieren.« Er sank zu Boden, umklammerte seinen Kopf mit den Händen und schluchzte. Ich trat neben ihn und berührte seine Schulter. Wieder durchströmte mich jenes merkwürdige Gefühl, das ich empfunden hatte, als ich ihm zum ersten Mal die Hand gab. Miracks Körper war eiskalt. Ich musste unwillkürlich an einen wiederbelebten Leichnam denken, der ein gespenstisches Leben in einem Haus ohne Zeit führte. »Ich helfe dir. Wir verlassen das Haus.«

Er sagte kein Wort mehr, aber in seinem Gesicht zuckte es hektisch. Er war völlig handlungsunfähig, würde mir bedingungslos wie ein Kind folgen. Vor uns lag ein breiter Gang, der sich nach links und nach rechts wölbte. Ein flimmerndes Kristallmuster bedeckte die Wandfläche, dazwischen verliefen armdicke Gitter. Ich wusste, dass dies alles eine optische Täuschung war, ich konnte durch die Gitter greifen. Mirack hätte in den Jahren seiner Gefangenschaft nur den Mut zu haben brauchen, hier einfach weiterzugehen. Aber er hatte ja keinen Extrasinn, der ihn auf mentale Beeinflussung hingewiesen hätte. Vielleicht war das Programm des Psychogenerators auch direkt auf seine Persönlichkeit abgestimmt worden. *Das würde erklären, weshalb ich relativ schnell mit der Täuschung fertig wurde.* Ich griff durch die projizierten Gitter; ein Kribbeln lief mir über die Haut, sonst geschah überhaupt nichts.

Mirack dagegen wollte zurücklaufen, sein Gesicht drückte panische Angst aus. »Das Feuer … das Feuer wird uns verbrennen. Wir können nicht hinausgehen. Ich habe oft vor dem Tor gestanden. Es geht nicht. Die Flammen vernichten uns.«

»Auch das Feuer ist nur eine Illusion.«

»Nein … es brennt! Ich spüre den Gluthauch.«

Ich musste ihn mit Gewalt durch die flimmernde Sphäre zerren. Er schrie dabei so entsetzlich, dass ich meinen Entschluss schon fast bereute. Vielleicht wurde Mirack nicht nur geistig beeinflusst, sondern auch sein Körper war dem Diktat einer schrecklichen Maschine unterworfen. Die Folgen dieser Beeinflussung wurden sichtbar, als wir im Freien standen. Im gleichen Augenblick traf mich ein mörderischer Schlag, ein Paralysatortreffer streckte mich nieder: Karschkars Roboter hatten uns umzingelt. Ich fiel neben Mirack zu Boden, meine Sinne waren hellwach, so dass ich sehen konnten, nein musste, was sich meinen Augen bot.

Subbi Miracks weiße Haut überzog sich mit bräunlichen Runzeln, der Körper schrumpfte langsam in sich zusammen. Die Augen starrten in den blauen Himmel, er bewegte den Arm auf mich zu, doch seine Kraft reichte nicht mehr aus, um mich zu berühren. Ich hätte ihm auch nicht helfen können. Er wollte etwas sagen, die Lippen bewegten sich stumm. Dann verkrallten sich seine Skelettfinger im weichen Boden. Ich wollte mich von dem grauenvollen Anblick abwenden, doch ich konnte meinen Kopf nicht bewegen.

Karschkar beobachtete mich, stand ein paar Meter entfernt. Aus meinem Blickwinkel konnte ich ihre Beine und die Körper mehrerer Roboter sehen. »Du hättest länger in meiner Psychofalle bleiben sollen. Sieh nur genau hin. Vielleicht programmiere ich den Psychogenerator auf deine Persönlichkeit um; du wirst so lange im Haus bleiben, wie ich es wünsche. Doch zuvor will ich noch meinen Spaß mit dir haben.«

Miracks Gesicht war eine einzige dunkelbraune Hautfläche. Er hatte sich in eine Mumie verwandelt – und erst jetzt offenbarte sich seine wahre Natur. Vorragende Knochen wiesen metallischen Glanz auf, zwischen vertrockneten Fleischstücken gab es Leitungen und Kabel. *Ein Androide oder gar nur ein Roboter mit Bioverkleidung!* Ich versuchte erneut, die Lider zu senken. Aber die Lähmung hielt unvermindert an, meine starren Augäpfel waren auf den »Leichnam« gerichtet. Als ich ein starkes Prickeln in Armen und Beinen bemerkte, hoben mich die Roboter auf. Ich war noch nicht stark genug, um mich gegen diese Behandlung zu wehren. Es hätte auch wenig Sinn gehabt. Die Roboter hätten mich sofort wieder paralysiert.

»Schafft ihn in meinen Salon!«, hörte ich Karschkars Befehl. »Von dort kann er uns nicht noch einmal entkommen. Schaltet die Energiebarriere ein!«

Die Roboter trugen mich durch das Transmittertor ins Innere der Station. Ich dachte an Crysalgira; hoffentlich lebte sie noch. Meine ganze Hoffnung klammerte sich daran. Im Augenblick jedenfalls konnte ich nichts gegen Karschkar unternehmen.

Karschkar sprach zu mir über die Bild-Sprech-Verbindung: »Wie ich sehe, hast du die Lähmung inzwischen überwunden. Ein zweites Mal wirst du nicht fliehen. Ich habe alle nötigen Vorbereitungen getroffen. Du sollst wissen, dass ich alles mit dir tun oder lassen kann, was ich will. Du bist mein Gefangener. Und das wirst du bleiben, bis ich es mir anders überlegt habe.«

Ich trat vor den Bildschirm. »Warum hast du mich nicht getötet?«

Karschkars Gesicht verriet keinerlei Gefühlsbewegung, sie hatte sich wieder völlig unter Kontrolle. »Ganz einfach: Ich will ein Kind von dir. Man drängte mich in eine Außenseiterposition. Was blieb mir anderes übrig, als meine Vergnügungen auf diesen Geheimplaneten zu verlagern? Leider blieb es mir bis jetzt versagt, ein Kind zu bekommen. Nur du kannst mir diesen Wunsch erfüllen.«

Ich zog die Augenbrauen hoch. »Denkst du, ich werde dir freiwillig dabei behilflich sein?«

»Wie ich schon mehrfach sagte, habe ich genügend Mittel und Wege, um dich zu allem zu zwingen.« Ich drehte mich langsam um. Meine Chancen standen tatsächlich schlecht. Ohne fremde Hilfe konnte ich den Salon nicht verlassen. Karschkar brauchte nur ihre Psychogeneratoren auf mich zu richten. Ich musste die aufkommende Panik gewaltsam unterdrücken. Karschkars Stimme riss mich aus den Überlegungen. »Bevor ich abschalte, will ich dir noch mitteilen, dass ich jetzt den Befehl zur Tötung Crysalgiras gebe. Aber sei beruhigt, sie wird einen schnellen Tod erleiden. Wenn es so weit ist, blende ich die Hinrichtung über Bildschirm in den Salon ein.«

Ich starrte wortlos auf den Bildschirm, war unfähig, auch nur ein Wort zu sagen. Karschkars Abbild löste sich in einem Farbenwirbel auf. Als sich mein Gefühlssturm gelegt hatte, meldete sich der Extrasinn: *Du musst aus dem Salon herauskommen. Es gibt nur eine Möglichkeit: Wende das* tikoische Fieber *an.*

Das tikoische Fieber, schoss es mir durch den Kopf, *habe ich während meiner Ausbildung für die ARK SUMMIA zum ersten Mal kennen gelernt.* Nach der Erringung der ARK SUMMIA hatte ich einen völlig neuen Status gewonnen. Damals war mein Logiksektor aktiviert worden. Außerdem hatte ich verschiedene Fähigkeiten, Kampfesweisen und Psychotricks erlernt, die mir schon oft das Leben gerettet hatten. *Das tikoische Fieber gehört dazu.*

Vergiss nicht, dass die Anwendung des Fiebers lebensgefährlich ist. Ab einem bestimmten Zeitpunkt lässt es sich nicht mehr kontrollieren.

Dann helfen auch die besten Medikamente nichts mehr. Dein Körper wird für Votanii hinaus gelähmt sein. Sollte eine bestimmte Schwelle überschritten sein, stirbst du sogar.

Ich kannte jede Einzelheit, die zur Auslösung des tikoischen Fiebers führte, legte mich auf den Boden. Zuerst konzentrierte ich mich auf meine Beine, dann die Arme, und schließlich versetzte ich meinen ganzen Körper in eine Art Dämmerzustand. Ich fühlte mein Herz schlagen, der Pulsschlag dröhnte mir in den Ohren. Plötzlich bekam ich Angst. Wärmeimpulse überfluteten mich, optische Eindrücke wurden undeutlich. Rote Schemen breiteten sich vor mir aus. *Nicht nachlassen*, redete ich mir ein. *Nur nicht schlappmachen, sonst lässt sich das Fieber nicht mehr beherrschen.*

Der Lautsprecher der Bild-Sprech-Verbindung knackte. Karschkars Stimme klang undeutlich. Alle äußeren Eindrücke drangen nur noch wie durch eine Filzwand an mein Bewusstsein. »Ich blende jetzt in die Hinrichtungszelle um.« Ich verdrängte alles. Sogar die schreckliche Erkenntnis, dass Karschkar meine Begleiterin in genau diesem Augenblick hinrichten wollte. Es ging nicht anders, ich musste jetzt stark bleiben. Das tikoische Fieber war meine einzige Chance, hier wieder herauszukommen. »Warum sagst du nichts?«

Ich stöhnte. Meine Lippen waren angeschwollen. Ich wusste, dass rote Flecken meinen Körper überzogen. Die Arme zuckten im Rhythmus meines Pulsschlags, Schweiß lief mir über die Stirn. Das Fieber verbrauchte meine Körperflüssigkeit. Das körpereigene System, einen Temperaturausgleich durch Flüssigkeitsverdunstung herzustellen, versagte völlig. Das Fieber kam zu schnell über mich. Ich verspürte bereits einen brennenden Durst. Meine Kehle war ausgedörrt.

»Steh auf! Ich will, dass du Crysalgiras Tod miterlebst!« Karschkars Stimme verhallte im Salon. Ich reagierte überhaupt nicht darauf, konnte die einzelnen Worte kaum noch verstehen. Sie hallten wie Gongschläge in meinen Ohren. Ich zuckte am ganzen Körper. Die Fieberwellen rasten in immer kürzeren Abständen durch mein Innerstes. Ich stammelte ein paar Worte, aber ihr Sinn blieb mir unverständlich.

Nicht so schnell, pulste mein Extrasinn. *Du darfst die Kontrolle über das Fieber nicht verlieren.*

Jetzt schrie Karschkar ihren Robotern Befehle zu. Ich verstand sie nicht, konnte mir aber denken, worum es ging. Karschkar war über meinen Zustand beunruhigt, wusste nicht, ob ich ihr etwas vorspielte oder ob ich tatsächlich erkrankt war: Sie musste damit rechnen, dass mein Aufenthalt im Haus des Psychogenerators nicht ohne Folgen auf meinen Organismus geblieben war. Dann war ich mit den selbstgeschaffenen Schrecken des tikoischen Fiebers allein. Das gefährliche Experiment würde bald seinen Höhepunkt erreicht haben. Ich hoffte, dass mich Karschkar bis dahin aus dem Salon geholt haben würde. Wenn nicht …

Karschkar lief neben der Schwebetrage her, auf die mich die Roboter gelegt hatten. Sie sah mich besorgt an, ihre Hand berührte meine glühende Stirn. Ich musste inzwischen schrecklich aussehen. Das tikoische Fieber veränderte den Körper extrem schnell, verursachte rote Flecken, Hautbläschen und geschwollene Gelenke.

»Wasser«, hörte ich mich stammeln. Meine Stimme schien aus einem anderen Raum zu kommen. Ich hatte das Gefühl, hoch über mir selbst zu schweben, verbunden damit war plötzlich Todesangst. Ich kannte das Risiko, das mit der Aktivierung des tikoischen Fiebers verbunden war. Ein geschwächter Organismus würde die Strapazen nicht lange aushalten.

»Setzt ihn vorsichtig in der Mitte ab.« Karschkar ging in den Behandlungsraum voraus. Die Roboter schoben meine Trage bis vor die Analysepositronik. Die Lichtfelder der optischen Anzeigeinstrumente erinnerten mich an Raubtieraugen, ich hörte das Klicken von Schaltern. Ein Hebel rastete ein. Plötzlich berührte mich eiskaltes Metall – Messplättchen, die mir von den Robotern auf die Haut gelegt wurden.

Keine Angst, beruhigte ich mich in Gedanken, *sie registrieren nur die Symptome des tikoischen Fiebers, nicht aber die Geisteskraft, die es auslöste.*

Karschkar beugte sich über mich. Ihr Gesicht war in meiner veränderten Wahrnehmung ein riesiger, hässlicher Ballon. Ihr Mund öffnete sich langsam, erinnerte mich an den Saugnapf eines überdimensionalen Polypen. Ihre Worte dröhnten entsetzlich. »Ich weiß nicht, ob du mich wieder reinlegen willst. Die Positronik wird das sehr schnell herausfinden. Dann bestrafe ich dich furchtbar. Du wirst dir wünschen, niemals geboren worden zu sein. Aber jetzt hör mir gut zu. Ich lasse Crysalgira töten. Verstehst du? Ich lasse deine Begleiterin hinrichten. Ich weiß nicht, ob du diesen Vorgang während deiner Fieberanfälle wahrnehmen kannst. Ich werde ihn auf alle Fälle über den kleinen Bildschirm über deinem Kopf einblenden lassen. Du sollst wissen, dass du keinen eigenen Willen mehr hast. Du bist mir auf Gedeih und Verderb ausgeliefert.«

Ich stammelte stereotyp: »Wasser … bitte Wasser.«

Karschkar reagierte nicht auf mein Betteln, wandte sich wieder an die Roboter. »Was zeigen die Instrumente?«

Das Arbeitsgeräusch der Analysemaschine erfüllte den Raum. Lichterketten flackerten auf. Von den hauchdünnen Metallplättchen auf meinem Körper ging ein Vibrieren aus. Die Messsonden übertrugen alle Daten direkt in die Positronik. »Stark überhöhte Körpertemperatur«, kam es aus dem Lautsprecher. »Kreislaufschwankungen, verbunden mit Stoffwechselstörungen. Die einzelnen Werte werden nach tropoythischen Maßstäben klassifiziert. Es fehlen wichtige Grunddaten über den Organismus des Untersuchten …«

Die Daten wurden auf einem Bildschirm eingeblendet; Karschkar konnte sie selbst überprüfen. Anscheinend fielen die Werte ziemlich beunruhigend aus. Die Frau wurde nervös. »Selbst wenn wir seinen Organismus mit einem tropoythischen Körper vergleichen, befindet er sich in einem äußerst kritischen Zustand. Wir müssen sofort die Krankheitsursache herausfinden, damit wir mit der Behandlung beginnen können.«

»Blutanalyse negativ«, plärrte die Maschine.

»Wie steht es mit Strahlungsschäden?«

Es dauerte ein paar Augenblicke. Während dieser Zeitspanne musste ich alle Kräfte zusammennehmen, um mich auf die unregelmäßig erfolgenden Fieberschübe zu konzentrieren. Ich hatte einen Zustand erreicht, in dem es gefährlich werden konnte.

»Strahlungsanalyse negativ. Keine besonderen Werte.«

Karschkar wandte sich erneut an mich. »Was weißt du über das Fieber? Handelt es sich um eine Krankheit, die für dein Volk typisch ist? Rede!«

Ich tat, als hätte ich ihre Worte überhaupt nicht wahrgenommen, bat fortwährend um Wasser, verdrehte die Augen und röchelte. Karschkar erkannte, dass sie von mir keine Auskunft bekommen würde, wusste aber auch nicht, wie sie mich behandeln sollte. Die Positronik wusste ebenfalls keinen Rat. Solange der Grund für meine

Erkrankung nicht feststand, konnte sie auch nicht mit der Behandlung der Symptome beginnen. »Kann er in diesem Zustand aufstehen?«

»Nein. Die Hochrechnung der vorliegenden Daten ergibt eine achtundneunzigprozentige Handlungsunfähigkeit des Untersuchten. Zwei Prozent müssen als Unsicherheitsfaktor einkalkuliert werden, da es sich um einen fremden Organismus handelt.«

Karschkar überlegte einen Augenblick, dann schickte sie die Roboter hinaus und sagte: »Wir sezieren Crysalgiras Körper. Das ist eine einmalige Gelegenheit, mehr über den organischen Aufbau der Arkoniden zu erfahren. Ich bin sicher, dass dann einer Heilung Atlans nichts mehr im Weg steht.«

Zischend schloss sich die Tür zum Behandlungszimmer. Ich war allein. Die Messsonden lagen noch immer auf meinem Körper. Das Summen der positronischen Elemente drang undeutlich an mein Ohr. Hatte Karschkar die Analysepositronik mit einem Alarmgerät gekoppelt, würde ihr jede Besserung meines Gesundheitszustandes sofort gemeldet werden. Ich musste es trotzdem wagen.

Denk an nichts anderes als an die Eliminierung des tikoischen Fiebers, riet mir der Extrasinn. *Jede Ablenkung verlangsamt den Normalisierungsprozess.*

Ich durfte nicht an Crysalgira denken, musste mich auf die Beseitigung des tikoischen Fiebers konzentrieren. Als sich mein Herzschlag beruhigt hatte, wurde mir der brennende Durst richtig bewusst. Ich war völlig ausgedörrt. Mein Hals schmerzte vor Trockenheit, die Zunge lag wie ein Fremdkörper in der Mundhöhle, das Atmen wurde zur Qual. Meine Gelenke schmerzten wie nach einem Gewaltmarsch. Trotzdem schaffte ich es: In weniger als einer Dezitonta normalisierten sich meine Körperfunktionen derart, dass ich aufstehen konnte. Während ich noch überlegte, ob ich mir zuerst eine Waffe besorgen oder ob ich einfach aus dem Behandlungszimmer laufen sollte, glitt die Tür auf. *Also doch ein Alarmsystem, das mit der Positronik gekoppelt ist*, durchzuckte es mich. Ich sprang von der Schwebetrage herunter und ging in Angriffsstellung. Dabei wurde mir fast schwarz vor Augen. Als sich meine Augen an die Helligkeit von draußen gewöhnt hatten, erkannte ich einen hochgewachsenen Mann, der langsam auf mich zukam.

Er trägt deinen Metallanzug auf dem Arm, signalisierte mein Extrasinn. Ich schaute genauer hin. Richtig, der Fremde brachte meine tejonthische Metallkombination.

»Was willst du von mir?«, fragte ich ihn neugierig.

Die Augen waren braun, das Gesicht machte einen Vertrauen erweckenden Eindruck. Er war unbewaffnet. Eine ungemein freundliche und beruhigende Aura ging von ihm aus. Seine Stimme klang sonor. »Du kannst die Messsonden von deinem Körper lösen. Ich schalte die Positronik aus. Karschkar wird nichts merken, sie ist im Augenblick beschäftigt.« Der Fremde lächelte gewinnend und reichte mir die zusammengefaltete Kombination. »Ich habe dich von Anfang an sehr genau beobachtet, wusste sofort, dass deine Erkrankung gespielt war. Meine Hochachtung, das schafft nicht jeder. Du wärst der ideale Liebhaber für meine Herrin.«

»Herrin?«, wiederholte ich neugierig. »Wer bist du?«

»Ich bin Zaphiro, Karschkar ist meine Besitzerin. Ich diene ihr, tue alles für sie. Ich habe jedoch eine gewisse Eigenaktivität, die da endet, wo ich meiner Herrin Schaden zufügen könnte.«

Ich betrachtete mein Gegenüber prüfend. Zaphiro benahm sich merkwürdig. Normalerweise hätte er mich sofort verraten müssen. Er behauptete, Karschkars ergebener Diener zu sein, trotzdem half er mir. Wie vertrug sich das miteinander? Zaphiro schien meine Gedanken zu erraten, sagte ruhig und beherrscht: »Du wunderst dich darüber, dass ich dir helfe, nicht wahr?« Ich nickte, während ich mir die Kombination überzog. »Ich durfte meiner Herrin schon lange nicht mehr dienen. Das lag nicht an mir, sondern daran, dass Karschkar den Reiz des Neuen suchte. Ich musste sehen, wie sie unwürdige Unterhalter in ihren Salon führte. Keiner dieser Männer hatte meine Qualitäten, sie wurden alle nach kurzer Zeit entfernt. Jetzt hat Karschkar dich geholt. Du bist anders als alle Männer, die jemals hier waren. Aber du bist Karschkars Feind, könntest meine Herrin töten …«

»So ist es«, unterbrach ich.

»Das allein wäre Grund genug, dich schleunigst von hier verschwinden zu lassen.«

»Willst du mich töten?«

»Ich töte kein intelligentes Wesen, arrangiere lediglich die Dinge zugunsten meines Auftrags. Dieser lautet: Diene der Herrin und erfüllte ihr jeden Wunsch. Ich habe gesehen, dass Karschkar unglücklich ist. Du kannst ihr auch nicht helfen. Im Gegenteil, du würdest sie bei der erstbesten Gelegenheit umbringen. Sollte es zum Zeugungsakt kommen, steht das Ergebnis nicht einmal fest. Selbst wenn er gelingt, könnte die Geburt eines Kindes sie töten – ihr Körper ist uralt, eigentlich tot, nur eine wiederbelebte konservierte Tropoytherin. Dieses Risiko darf meine Herrin nicht eingehen. Du musst unbedingt von hier verschwinden.«

Mir war nichts lieber als das. Aber ich fragte mich, wie Zaphiro das anstellen wollte; draußen wimmelte es von Robotern. Ich fragte ihn nach seinem Plan: »Hast du etwa ein Raumschiff für mich?«

»Das nicht. Aber ich kann dich zu einem Beiboot führen.«

»Ich brauche eine Waffe.«

Er schüttelte den Kopf. »Unmöglich! Das kann ich nicht zulassen. Du könntest Karschkar verletzen oder sogar töten.«

»Kannst du mich wenigstens zu Crysalgira führen?«

»Welchen Sinn sollte das haben? Deine Begleiterin wurde soeben getötet. Willst du mit einer Toten von hier starten?«

Ich erstarrte – und im gleichen Augenblick kam mir ein fantastischer Gedanke. Er war so unglaublich, dass ich mich selbst fragte, ob ich nicht plötzlich verrückt geworden war. Andererseits … Ich sagte: »Ich will Crysalgira sehen. Du darfst keine Zeit verlieren, sonst wird sie womöglich noch seziert. Karschkar hat etwas Derartiges angedeutet.«

Zaphiro ging aus dem Behandlungszimmer. Draußen war alles still, von Robotern nichts mehr zu sehen. »Komm.« Er deutete auf einen Gangverteiler. »Wir müssen dorthin.«

Die Tür war mit einem roten Flammensymbol markiert. Rechts hing ein Bildschirm, abgeschaltet. »Du willst nur einen Blick hineinwerfen?«, fragte Zaphiro. »Das kannst du über diesen Bildschirm erledigen. Deine Begleiterin liegt noch im Labor. Die anatomische Untersuchung wird gleich beginnen. Du hast nicht mehr viel Zeit.«

»Nein … ich will zu ihr.«

Er öffnete die schwere Tür. Ich hielt den Atem an, war auf alles gefasst. Die gemeinsamen Abenteuer hatten uns zusammengeschweißt. Zwischen uns beiden existierte sogar etwas Zuneigung. Es schmerzte mich ungemein, sie jetzt als Leichnam sehen zu müssen.

Vermutlich ist es noch nicht zu spät, erinnerte mich der Extrasinn an meinen verwegenen Plan.

Das Labor war hell beleuchtet. Links erstreckte sich eine Wand mit positronischen Instrumenten. Dazwischen hingen Bildschirme und Programmeinheiten des Großrechners. Rechts befand sich das Kühlreservoir mit chemischen und biologischen Materialien. Crysalgira lag leblos auf einer Bahre. Ihr Gesicht war schneeweiß, die Augen standen weit offen. Ein entsetzter Ausdruck lag in ihnen.

Ich löste vorsichtig die Metallplättchen von Crysalgiras Brust. Sie war durch einen Stromstoß getötet worden. Dunkelviolette Verfärbungen markierten die Stellen, an denen die Roboter die Elektroden angesetzt hatten.

»Die Instrumente registrieren noch schwache Zellschwingungsimpulse. Beeil dich!«, drängte Zaphiro. »Die Roboter können jeden Augenblick ins Labor kommen.«

»Ich weiß. Aber ich habe etwas sehr Wichtiges zu erledigen.« Ich griff in eine Gürteltasche meiner Kombination und atmete auf. Die beiden *Lebenskügelchen* waren noch da! Jetzt wusste ich, dass Crysalgira noch einmal gerettet werden würde. Egal, welche Schäden sie durch die Hinrichtung erlitten hatte, ich würde sie »zurückrufen« und ihr dabei helfen, alle Schmerzen der Wiedererweckung zu überwinden. Ich nahm eins der roten Kügelchen und legte es zwischen ihre Lippen, ließ es vorsichtig in ihre Mundhöhle gleiten. Dort verband es sich augenblicklich mit dem Speichel, wallte auf und verwandelte sich in einen rötlich leuchtenden Gallertklumpen.

Jetzt musste ich abwarten. Die Ereignisse auf Somor mit den riesigen Schmetterlingen standen mir vor Augen. Später kam es bei der defekten *Gefühlsbasis* zur Wiedererweckung einer geopferten Frau. Leider war die Unglückliche schon zu lange tot gewesen. Die Kügelchen vermochten zwar ihren Organismus wiederzubeleben, doch ihr Bewusstsein, ihr Ich, ihre Seele – oder wie immer es umschrieben wurde – war verloren gewesen. Ein Stöhnen riss mich aus meinen Gedanken.

»Sie lebt!«, stieß Zaphiro ungläubig hervor.

Crysalgira lebte, abermals von einem *Lebenskügelchen* reanimiert, dessen Herkunft vermutlich mit dem schwarzen Protoplasma der *Gefühlsbasen* in Zusammenhang stand und letztlich auf die Varganen zurückzuführen war. So lautete zumindest meine Vermutung, sicher war ich mir nach wie vor nicht. Ihre Wangen nahmen wieder eine rosige Färbung an. Ihre Augen leuchteten. Die entsetzliche Todesstarre war aus ihnen gewichen. »Erkennst du mich, Crys?« Sie bewegte ihre

Lippen, brachte aber nur ein Stöhnen zustande, hob ihre Rechte, musste sie aber wieder sinken lassen. Ihre Finger zuckten. Sie wollte mir etwas mitteilen. »Streng dich nicht unnötig an. Wenn du mich verstehst, schließ dreimal die Augen.«

Sie tat es, blickte mich erwartungsvoll an. Ich hätte beinahe laut aufgeschrien vor Freude. Doch die Bedrohung durch Karschkars Roboter war nach wie vor akut. Crysalgiras Reaktion zeigte mir, dass ihr Gehirn keine Schäden davongetragen hatte. Ich war unbeschreiblich froh.

»Ich brauche ein kreislaufstabilisierendes Mittel«, verlangte ich von Zaphiro. »Kennst du dich hier aus?«

Zaphiro nickte. »Ich weiß Bescheid. In dieser Kühlbox findest du Ampullen mit anregenden Substanzen. Es handelt sich um ein völlig ungefährliches Stimulans, das deine Begleiterin sofort wieder auf die Beine bringt. Man kann damit sogar Tejonther behandeln. Ich denke, dass es für euren Organismus absolut unschädlich ist.«

Ich griff in den Behälter und holte ein paar Ampullen heraus. Sie enthielten eine kristalline Substanz, die sich rasch verflüssigte. »Wie nimmt man dieses Zeug ein?«

Zaphiro legte eine Ampulle in die bereitliegende Hochdruckinjektionsspritze, setzte die Mündung auf Crysalgiras Oberarm und betätigte den Auslöser der kleinen Druckkammer. Es zischte, und alles war erledigt. Plötzlich dröhnten vor der Tür schwere Schritte. »Die Roboter! Ihr müsst verschwinden.«

Ich nahm Crysalgira hoch. Sie konnte noch nicht allein aufstehen, lag aber leicht wie eine Feder in meinen Armen. »Wo können wir uns verstecken? Aus der Tür kommen wir nicht mehr, denn die Roboter sind schon zu nahe.«

Zaphiro deutete auf eine knapp einen Meter hohe und anderthalb Meter breite Metallklappe an der Wand. »Das ist der Abfallschacht. Ich blockiere die Verbindung zum Konverter. Euch wird nichts passieren, wenn ihr dort hinunterrutscht. Ihr müsst mit vertrauen.«

Uns blieb keine andere Wahl. Zaphiro klappte die Luke auf. Darunter gähnte eine finstere Schachtöffnung. Das Ende konnte ich nicht erkennen; es ging jedenfalls ziemlich tief hinunter. Ich fragte: »Kommst du nicht mit?«

»Nein. Ich lenke die Roboter ab. Es wird einen ziemlichen Wirbel geben, wenn die Roboter Crysalgiras Leiche nicht finden. Ihr braucht den Vorsprung, um das Beiboot zu erreichen. Passt auf, wenn ihr unten gegen das Abschirmgitter des Konverters prallt. Ihr braucht nur der grünen Linie zu folgen. Wenig später erreicht ihr den Ausgang. Dort müsst ihr auf mich warten – ich komme so schnell wie möglich zu euch.«

Jetzt öffneten die Roboter die Labortür. Im gleichen Augenblick schwang ich mich in den engen Schacht. Zaphiro schob Crysalgira hinterher. Augenblicke später klappte die Luke wieder zu. Wir hörten nur noch, wie die Roboter in das Labor stampften. Es ging rasend schnell abwärts. Für einen Augenblick fürchtete ich, Zaphiro hätte uns in eine Falle gelockt. Doch als ich mit Crysalgira vor dem Abschirmgitter landete und die grüne Linie auf der Wand erblickte, wusste ich, dass unsere Gefangenschaft bald beendet sein würde.

Das Varganenschiff stand knapp fünfhundert Meter vor Karschkars Station und war nicht zu übersehen; ein Oktaederkreuzer von 184 Metern Höhe, der auf unsichtbarem Antigrav- oder Kraftfeldpolster ruhte. Die Bodenrampe war ausgefahren. Ich fragte: »Meinst du, wir schaffen es bis zum Schiff?«

»Wenn du mir hilfst, ist es ein Kinderspiel.«

Wir hatten nur ein paar Worte miteinander gewechselt. Ich vermied es, die Hinrichtung zu erwähnen, wollte vielmehr, dass Crysalgira dieses Erlebnis so rasch wie möglich vergaß. »Also … dann los.«

Ich stützte sie, denn sie konnte noch nicht richtig laufen. Sie strengte sich sehr an. Ich sah, wie sie die Zähne zusammenbiss. Niedriges Buschwerk bot uns ausreichend Deckung. Kleine Brunnen mit weißen Verzierungen schlossen sich an. Eine mächtige Blumenschale wölbte sich über den Weg. Ich hielt kurz inne, um die Lage zu sondieren. Es war alles ruhig. Von Zaphiro war nichts zu sehen. Er hatte zwar verlangt, dass wir am Ausgang der Station warten sollten, doch ich wollte ins Raumschiff. Dort würde ich Waffen finden. Was war dagegen schon ein Beiboot? Noch zehn Meter. Die Bodenschleuse stand offen. Wir sahen uns kurz an, liefen los. Crysalgira schaffte es schon besser. Ich wusste, dass sie die rein körperlichen Nachwirkungen ihres Todes bald überwunden haben würde. Wie es um ihre Psyche stand, blieb abzuwarten.

Im Schleusenraum glühten kleine Lämpchen. Ich kannte mich inzwischen an Bord varganischer Schiffe aus, erinnerte mich an kleine Glaskästen in einigen Gängen, in denen Stabstrahler lagen – eine

Notfallreserve. Ich wunderte mich, dass bis jetzt alles so glatt verlaufen war. Wir waren an keiner Stelle durch Absperrungen oder Alarmanlagen aufgehalten worden. Karschkar schien sich sicher genug zu fühlen, um darauf verzichten zu können. Wer sollte ihr schon gefährlich werden? Und ich lag ja angeblich im Fieber. Besser konnte ich es nicht haben. Solange Karschkar meine Flucht nicht gemeldet wurde, hatte ich freie Bahn. In der Decke der Schleusenvorhalle befand sich die ovale Öffnung eines Antigravschachts. Wir schwebten nach oben, mehrere Decks glitten vorbei. »Hier ist es«, rief ich. »Das sind genug Waffen für eine ganze Raumschiffsbesatzung.«

Irgendwo heulte eine Alarmsirene auf. Ich zuckte zusammen. »Schnell, Crys! Jetzt ist Karschkar gewarnt.« Ich öffnete ein weiteres Glas. Die Waffe fiel heraus. Ich gab sie Crysalgira, die mich verständnislos anblickte. »Du brauchst nur die Daumenmulde am oberen Ende zu berühren. Umschaltung zwischen Paralyse, Thermostrahl und Desintegrator durch den geriffelten Ring – blau, rot und grün. Verstanden? Ich hoffe, dass wir nicht allzu große Beschädigungen im Raumschiff anrichten müssen. Ich will mit dem Schiff starten.«

Das schrille Heulen zerrte an unseren Nerven. Wir schlichen gebückt weiter. Plötzlich verstummte das Heulen, es wurde still. »Jemand hat die Alarmanlage abgeschaltet. Also sind wir nicht allein im Schiff. Vielleicht Karschkar?« Ich wartete bereits auf die Roboter. Sie kamen jedoch nicht. Dafür donnerte keine zehn Meter von uns entfernt ein schweres Schott in seine Wand- und Bodenfüllung. »Da wird jemand nervös. Schnell in Deckung! Ich öffne das Schott, bevor es zu spät ist.«

Sie schob sich in eine Wandnische zur Linken. Über ihr wölbte sich ein Bildschirm. Dann stellte ich mich dicht neben die Wand und zielte mit dem Stabstrahler auf das Schott. Die Feueranzeige leuchtete auf. Ich winkelte den linken Unterarm an, um meine Augen vor der Glutentladung zu schützen.

»Jetzt!«, rief ich und berührte den Waffenkontakt. Der Strahler lag ganz ruhig in meiner Hand. Im gleichen Augenblick erschien drüben auf dem Stahlschott ein grellweißer Fleck, der sich rasch ausdehnte. An den Rändern verfärbte er sich dunkelviolett. Es gab einen Ruck, im Schott gähnte ein Loch. Ich ließ den Strahl in konzentrischen Kreisen über die Stahlfläche wandern. Langsam vergrößerte sich der Durchbruch. *Eine fantastische Waffe*, ging es mir durch den Kopf. *Sie wird nicht mal bei Dauerfeuer warm. Unsere Luccots wären längst heiß geschossen.* Dafür erwärmte sich die Luft. Heiße Schwaden kamen auf uns zu. Doch dann war die Öffnung groß genug, dass wir gebückt hindurchsteigen konnten. »Halte die Luft an; pass auf, dass du dich nicht an den Schmelzrändern verbrennst.«

Ich ging zuerst, wollte die Lage sondieren und Crysalgira decken. An der anderen Seite war alles still. Da sah ich die Aufnahmelinsen einer Überwachungskamera rechts oben unter der Decke. Ich schoss sofort. Es gab einen Knall, die Linsen zersprangen; ein schmorendes Loch war alles, was von der Kamera übrig blieb.

»Wo liegt die Zentrale?« Crysalgira hielt ihren Strahler schussbereit in der Rechten.

Ich deutete auf einen halbrund vorgewölbten Personenlift. »Würden wir dort einsteigen und uns nach oben befördern lassen, wären wir gleich da.«

»Das ist gefährlich.«

Ich nickte. »Deshalb nehmen wir ja auch den Kabelschacht. Wie steht's mit dir … kannst du schon wieder klettern?«

»Ich will es wenigstens versuchen. Hauptsache, du kommst durch.«

Ich löste vorsichtig die Schraubverbindungen der Wandplatte dicht neben dem Personenlift. Crysalgira half mir dabei, die schwere Platte abzunehmen und geräuschlos auf den Boden zu legen. Der Schacht war nicht ganz einen Meter breit und ebenso tief. Die Kabelhalterungen würden unser Gewicht aushalten. Ich schob den Strahler in den Gürtel, schwang mich in die Öffnung und ergriff Crysalgiras Hand. »Komm. Wir haben es gleich geschafft.«

Karschkar wirbelte erschrocken herum, riss geistesgegenwärtig einen kleinen Strahler aus den Falten ihres Gewandes. Ihre Augen waren vor Entsetzen weit geöffnet. »Wie … wie kommst du hier rein?«

Ich feuerte noch im Liegen, wollte sie nur entwaffnen. Aber sie hatte ebenfalls auf den Feuerkontakt ihres Strahlers gedrückt. Die beiden Glutbahnen kreuzten sich. Dicht neben mir zerplatzten mehrere Anzeigeinstrumente. Es stank nach verschmorten Plastikteilen. Karschkar stieß einen Schmerzensschrei aus, ich hatte ihre Hand gestreift. Ihre Waffe schlitterte über den Boden. »Das … hast du gewagt?«, stotterte sie ungläubig. »Du hast auf eine Unsterbliche geschossen.«

»Ich hätte deinen Leihkörper ebenso gut töten können«, entgegnete ich kalt, kroch ganz aus der Wandöffnung und trat die herausgestoßene Wandplatte beiseite. Crysalgira folgte mir. Karschkar erwähnte nichts über Crysalgiras Wiederbelebung, wusste bereits, dass mir das Unglaubliche gelungen war. Also hatte sie unsere Ankunft im Raumschiff bemerkt.

Sie rechnete nicht damit, dass ihr durch den Kabelschacht in die Zentrale eindringt, sagte der Extrasinn.

»Ich hetze die Roboter auf euch!«, schrie Karschkar.

»Das wäre dein Ende. Bevor der erste Roboter in die Zentrale eindringt, ist dein jetziger Körper tot.«

Sie biss sich auf die Unterlippe. Ich sah, wie sie angestrengt nachdachte. »Ich überlasse euch ein Beiboot.«

Ich schüttelte den Kopf und richtete den Stabstrahler auf sie. »Du musst mich schon für ziemlich dumm halten. Ich möchte wetten, dass du uns nicht einmal starten lässt. Ein Impulsstrahler oder vielleicht ein Paralysatortreffer, dann sind wir erledigt. Du hättest dir denken können, dass ich bewusst in dieses Schiff eingedrungen bin: Ich will damit nach Yarden fliegen.«

Karschkar verzog verächtlich die Mundwinkel. »Wenn du das Schiff überhaupt steuern kannst – was ich bezweifle –, kämst du niemals unbemerkt nach Yarden. Dort gibt es Überwachungsmechanismen, von denen du nicht einmal träumst.«

»Dann bringst du uns eben nach Yarden. Dir wird schon etwas zur Ablenkung einfallen. Ich bin sicher, dass du uns in die Eisige Sphäre bringen kannst, ohne dass sie dort etwas von unserer Ankunft merken.«

»Was willst du dort? Du hast keine Chance gegen die Unsterblichen.«

Ich sah Karschkar gleichmütig an. »Ich will meinen Sohn Chapat befreien und dieses Universum verlassen.« Als ich den Namen meines Sohnes aussprach, zuckte Karschkar zusammen, fing sich aber rasch wieder. Unsicher wischte sie sich eine Haarsträhne aus dem Gesicht. »Du kennst meinen Sohn, nicht wahr?« Ich trat einen Schritt auf sie zu. »Heraus mit der Sprache! Du wirst mir jetzt alles verraten, was du weißt. Wo befindet sich Chapat jetzt? Wer bewacht ihn?«

Karschkar schwieg verbissen.

Sie wird hart bleiben, raunte mein Extrasinn. *Sie verrät nichts.*

Da glitt das Personenschott auf. Crysalgira richtete ihren Strahler auf den Näherkommenden – es war Zaphiro, der mitten in der Zentrale stehen blieb und uns abwartend ansah. Seltsamerweise war er überhaupt nicht aufgeregt, drückte jene Ausgeglichenheit aus, die ich schon während meiner Befreiung an ihm bewundert hatte. Jetzt wandte er sich mir zu. »Leg die Waffe weg. Du darfst meine Herrin nicht bedrohen.«

»Ich denke nicht daran. Sie wird mich sofort töten, sobald sie Gelegenheit dazu bekommt. Ich bin kein Selbstmörder. Das musst du verstehen. Warum hast du mich sonst befreit?«

Karschkar stieß einen zornigen Schrei aus. »Was? Du hast diesen Kerl befreit? Dann habe ich dir das alles zu verdanken.«

Er blieb ruhig, drehte sich nur halb um. Seine Arme waren eng an den Körper gelegt, er stand stocksteif da. »Ich habe die Bestimmungen nicht verletzt. Ich habe dein Leben nicht bedroht, Herrin, habe mich dir gegenüber absolut korrekt verhalten. Ich interpretiere mein Verhalten folgendermaßen: Ich konnte meinem Auftrag, dir zu dienen, nicht nachkommen, solange du andere Unterhalter in deinen Salon geführt hast. Sie waren alle unfähig, dir das zu geben, was du wünschst. Du warst unglücklich. Meine Spezialschaltung erlaubt diese Beobachtung. Ich musste also alle nur erdenkbaren Schritte ergreifen, um wieder in die Nähe von dir zu kommen.«

»Du stupides Ding. Gleich siehst du, was du angerichtet hast.«

»Ich erwarte deine Befehle.«

Sie geriet nur noch mehr in Wut, starrte mich irre an. »Ohne meine Hilfe kommt ihr nie nach Yarden. Ihr werdet auf diesem Planeten verrecken. Sämtliche Roboter sind darauf programmiert, euch zu töten. Ihr könnt euch in meinem Raumschiff verbarrikadieren, aber das nutzt euch nichts. Irgendwann erledigen euch die Roboter ja doch.«

»Dazu wird es nicht kommen«, rief ich. »Du wirst jetzt einen Desaktivierungsimpuls abstrahlen, sonst …«

Karschkar lachte hysterisch, im nächsten Augenblick fiel der leblose Körper schwer zu Boden. Im gleichen Augenblick flammte ein Bildschirm über der Schaltkonsole auf. Mehrere Roboter waren eingeblendet, standen vor der Schleuse. Die Stimme eines Automaten kam aus dem Lautsprecher: »Die Gefangenen sind in das Raumschiff eingedrungen. Sämtliche Schotten müssen geschlossen werden. Wir verteilen uns jetzt im Schiff. Erwarten weitere Weisungen …«

»Sie kommen gleich in die Zentrale!«, rief Crysalgira entsetzt und wandte sich zu Zaphiro um. »Wie kann man die Roboter von der Zentrale fernhalten? Du musst es uns sagen. Die Roboter befolgen den Tötungsbefehl.« Zaphiro reagierte nicht mehr. Aus seinen Ohren stiegen kleine weiße Rauchwölkchen, es stank nach verbranntem Plastikmaterial. Zaphiros braune Augen glänzten jetzt metallisch, er stand wie eine Statue da. »Zaphiro war ein … Roboter.«

»Kein gewöhnlicher Roboter, sondern ein perfekter Androide. Ein hochkompliziertes Wesen aus positronischen Verbindungen und organischen Substanzen. Ein varganischer ›Dialogpartner‹! Er hat sich abgeschaltet, als Karschkar in ihren Originalleib zurückwechselte. Wer weiß, wo der sich befindet.«

»Jetzt sind wir erledigt. Niemand kann die Roboter noch aufhalten.«

Doch – ich kann es!

Ich zuckte elektrisiert zusammen – das war nicht mein Extrasinn gewesen, sondern eine telepathische Stimme, die mir sehr bekannt vorkam.

Erkennst du mich denn wirklich nicht wieder, Vater?

»Chapat!«, schrie ich entgeistert. »Wie in aller Welt … Wo steckst du?«

Drei Meter hinter dir. Du brauchst nur die Wandklappe zu öffnen.

Der Behälter mit dem kleinen Körper meines Sohnes war an ein kompliziertes Überlebenssystem angeschlossen. *Ich bin gerade im richtigen Augenblick wieder zu mir gekommen*, drangen Chapats telepathische Impulse in mein Bewusstsein. *Karschkar hatte mich betäubt, sonst hätte ich mich schon früher gemeldet. Die Dosis musste jetzt erneuert werden. Glücklicherweise kam die alte Hexe nicht mehr dazu. Du hast sie ziemlich in die Enge getrieben, Vater.* Ich empfing ein telepathisches Lachen. Mir selbst war jedoch nicht zum Lachen zumute. Die Roboter konnten jeden Moment hier sein. *Siehst du die roten Berührungstasten auf dem Schaltpult?*

»Ja«, antwortete ich. »Wozu dienen sie?«

Das ist die Schalteinheit für die Robotstaffel. Ich gebe dir Karschkars Geheimkode, mit dem du sämtliche Kampfmaschinen auf dieser Welt abschalten kannst.

Chapat übermittelte mir die komplizierten Symbole. Im gleichen Augenblick stampften zehn Roboter mit schussbereiten Impulsstrahlern durch ein offen stehendes Schott und konnten jeden Augenblick abdrücken. Blitzschnell berührte ich die Tasten und tippte den Kode zur Desaktivierung, zog den Kopf ein und erwartete das Fauchen der schweren Strahlenwaffen. Doch es geschah nichts. Ich drehte mich um. Die Kampfroboter standen jetzt genauso starr und reglos wie Zaphiro.

»Wir haben es geschafft!«, rief Crysalgira glücklich und fiel mir um den Hals. »Wir sind außer Gefahr, wir leben und haben ein Raumschiff.«

Da hörte ich ein Splittern – Chapats Überlebensbehälter *zerplatzte!* Der Kleine war längst kein hilfloser Embryo mehr, überdies steckte in dem kleinen Körper der Geist eines Erwachsenen. Seine kleinen Arme und Beine waren voll ausgebildet. *Das faule Leben ist vorbei*, signalisierten Chapats telepathische Impulse. *Ich bin auch nicht mehr Karschkars Geisel. Die Alte wollte mich doch gegen ihre eigenen Leute ausspielen, fürchtete trotz aller Vorsichtsmaßnahmen, dass man sie verfolgen würde. Ich glaube kaum, dass sie in ihrem Originalkörper derzeit viel Freude hat – er befindet sich in Yarden. Die Varganen werden herausgefunden haben, was sie getan hat, und sie bereits erwarten.*

»Ich bin sicher, dass du mir eine interessante Geschichte erzählen kannst. Aber das hat Zeit. Ich werde …«

Er unterbrach mich ärgerlich: *Traust du mir denn gar nichts zu? Ich weiß, wie man diese Schiffe startet. Ich weiß noch viel mehr. Oder glaubst du, Mutter hätte mir überhaupt nichts beigebracht?*

Crysalgiras Augen leuchteten, sie wusste genauso gut wie ich, dass Chapat uns den Weg nach Yarden zeigen würde. Damit war sogar die Rückkehr in den Makrokosmos in greifbare Nähe gerückt. Ich dachte jetzt nicht an die Gefahren, die wir noch zu meistern hatten, nahm meinen Sohn hoch. Seine telepathischen Impulse waren voll freundlicher Ironie: *Für Atlan und Arkon – auf Leben und Tod!*

ENDE

ATLAN-Band 30

Das Ende der Eisigen Sphäre

erscheint im Frühjahr 2007

Nachwort

Im Rahmen der insgesamt 850 Romane umfassenden ATLAN-Heftserie erschienen zwischen 1973 und 1977 unter dem Titel *ATLAN-exklusiv – Der Held von Arkon* zunächst im vierwöchentlichen (Bände 88 bis 126), dann im zweiwöchentlichen Wechsel mit den Abenteuern *Im Auftrag der Menschheit* (Bände 128 bis 176), danach im normalen wöchentlichen Rhythmus (Bände 177 bis 299) insgesamt 160 Romane, die nun in bearbeiteter Form als »Blaubücher« veröffentlicht werden. Mit Band 24 startete ein neuer Handlungsabschnitt der Jugendabenteuer des Kristallprinzen: der Zyklus *»Die Varganen«*.

In Band 29 flossen, ungeachtet der notwendigen und möglichst sanften Eingriffe, Korrekturen, Kürzungen und Ergänzungen, um aus fünf Einzelheften einen geschlossenen Roman zu machen, der dennoch dem ursprünglichen Flair möglichst nahekommen soll, folgende Hefte ein: Band 205 *Ein Mond ohne Namen* von Hans Kneifel, Band 206 *Ein Robot versagt* von Marianne Sydow, Band 208 *Herr der versunkenen Welt* von Harvey Patton, Band 209 *Geheimprojekt der Varganen* von Clark Darlton und Band 210 *Die Hexe von Yarden* von Dirk Hess. Darüber hinaus ist das *Kapitel 4* in ebenfalls bearbeiteter Form dem Band 215 *Zuflucht der Unsterblichen* von H. G. Ewers entnommen.

Auch im vorliegenden Buch sollte man sich den »Mikrokosmos« der Einfachheit halber am besten als ein eigenständiges (Miniatur-)Universum außerhalb des vertrauten Raum-Zeit-Kontinuums des Standarduniversums vorstellen, obwohl selbst dieses Modell nicht sämtliche Fallstricke auszuräumen vermag, die sich bei näherer Betrachtung des Konzepts offenbaren.

William Voltz als Exposéautor für die ATLAN-Serie griff die bereits in der RHODAN-Serie eingebrachte Verkleinerungsthematik des maahkschen »Zwergenmachers« auf, ging ungeachtet der damit verbundenen Schwierigkeiten einen Schritt weiter und vollzog mit der weiteren Verkleinerung Atlans den Übergang in den »Mikrokosmos«, mit dem das Geheimnis der *Eisigen Sphäre* zusammenhängt.

Dass das Geheimnis der Varganen weitere Facetten beinhaltet und viel weiter reicht, ist eine andere Geschichte …

Wie stets gilt der Dank allen Helfern im Hintergrund – sowie Sabine Kropp und Klaus N. Frick.

Rainer Castor

Glossar

Antigrav-Generator/-Projektor: Aggregate, die eine fast vollständige Reduktion der Massenträgheit des betroffenen Objektes bewirken, indem sie die gravomechanische Wirkung eines unvollständig geschlossenen Hyperfeldes ausnutzen (Semimanifestation). Je nach Leistung ergibt sich demnach ein Effekt, der von »Gewichtsreduzierung« über das Schweben des Objekts bis zur Antriebsfunktion reicht.

Die Bezeichnung »Antigrav« (von Antigravitation) ist insofern unvollständig, als sie nur einen Teilaspekt der Wirkung beschreibt – die Schaffung eines Zustandes der Schwerelosigkeit. Ebenso wichtig ist die Tatsache, dass die Semimanifestation den meisten Unterlichttriebwerken überhaupt erst ermöglicht, Raumschiffe auf die benötigten hochrelativistischen Geschwindigkeiten zu beschleunigen. Andernfalls müssten selbst bei optimaler Energieausbeute über 90 Prozent der Schiffsmasse in Energie für nur einen einzigen (!) Beschleunigungsvorgang umgewandelt werden.

Antigravschacht: Liftähnliches Transportsystem zur Beförderung von Personen und Lasten; Antigrav-Generatoren neutralisieren die Schwerkraftwirkung innerhalb eines (meist runden) Schachtes. Zusätzliche Zug-, Prall- und Kraftfelder ermöglichen es dann, die zu transportierenden Objekte kontrolliert in der Vertikalen zu bewegen – zum Beispiel in einem aufwärts und einem abwärts »gepolten« Bereich. Kraftfelder helfen auch beim Ein- und Ausstieg. In anderen Fällen kommen kraftfeldgetragene Liftkabinen zum Einsatz, oder diese werden durch entsprechende Holoprojektionen optisch vorgegaukelt.

Antigravtriebwerk: Bezeichnung für die Hochleistungs-Antigravsysteme, die sich an Bord von Gleitern und Raumschiffen befinden. Sie bestehen aus einer variablen Anzahl von Antigrav-Generatoren, die zu einem Funktionskomplex zusammengeschaltet werden. An Bord von Raumschiffen befinden sich aus Sicherheitsgründen normalerweise zwei bis drei voneinander unabhängige Generatorenkomplexe, während Gleiter und kleinere Beiboote oft nur über ein System verfügen. Meist sind sie mit den Schwerkrafterzeugern und den Andruckneutralisatoren gekoppelt.

Für den Flug über Planetenoberflächen oder den Start von Himmelskörpern können Antigravtriebwerke in beschränktem Umfang eine Abstoßprojektion erzeugen und so ein Objekt auf niedrige Geschwindigkeit beschleunigen (Gravo-Antrieb). Zum Erreichen hochrelativistischer Geschwindigkeitsbereiche sind sie jedoch nicht geeignet.

Arkon: Die große weiße Sonne liegt fast genau im Zentrum des Kugelsternhaufens Thantur-Lok. Sie wird von 27 Planeten begleitet. Als Besonderheit gilt, dass sich drei Arkon-Planeten mit gleicher Geschwindigkeit und auf derselben Umlaufbahn bewegen, als Eckpunkte eines gleichseitigen Dreiecks angeordnet. Die Sonnenentfernung der drei Planeten Arkon I, II und III beträgt 620 Millionen Kilometer.

Arkon I: *Gos'Ranton* – Der Wohnplanet der Arkoniden (rund zehn Milliarden) wird von ihnen selbst auch als »Kristallwelt« bezeichnet (ursprünglich der zweite Planet des Arkon-Systems). Durchmesser: 12.980 Kilometer, Schwerkraft: 1,05 Gravos.

Die Oberfläche des Planeten wird von Außenstehenden als eine einzige große Parklandschaft betrachtet. Landmassen: Äquatorialkontinent Laktranor (mit dem Sichelbinnenmeer Sha'shuluk, dem Thek-Laktran des Hügels der Weisen mit dem Gos'Khasurn/Kristallpalast), Nordpol-/Hauptkontinent Shrilithra, Inselkontinent Shargabag, Insel Vuyanna, Großinsel Krysaon, Südpol-Inselkontinent Kator-Arkoron; Hauptozean: Tai Shagrat

Im offiziellen Sprachgebrauch der *Inbegriff der Herrlichkeit:* schön, prächtig, prunkvoll – und in jeder Hinsicht *künstlich!* Hier leben sogar die einfachen Arkoniden (*Essoya*) in einem Luxus, der für manche Völker nahezu unvorstellbar ist, und der gesamte Planet ist eine sorgsam umhegte und von unermüdlichen Robotern gepflegte Parklandschaft – was zum Teil bizarre *Urweltreservate* und ebenso einen Wechsel von Klima, Fauna und Flora alle paar Kilometer dank unsichtbarer Kraftfeldkuppeln einschließt.

Arkon II: *Mehan'Ranton* – Die Welt von Wirtschaft und Handel (ursprünglich der vierte Planet des Arkon-Systems); voll industrialisiert und Stätte subplanetarischer Fabriken; ein Planet der Großstädte und Sitz der mächtigsten Konzerne der erforschten Galaxis. Durchmesser: 7326 Kilometer. Schwerkraft: 0,7 Gravos.

Alle bekannten Völker geben sich hier ein Stelldichein, über Jahrtausende wurden die berühmten Laden- und Silostraßen der Städte von einem Vielvölkergemisch durchstreift; es gibt Handelsniederlassungen von etwa vierhundert Fremdvölkern; fünf Milliarden Arkoniden leben hier. Dreihundert Raumhäfen sind über die Oberfläche verteilt. Der größte gehört zu *Olp'Duor* – neben *Torgona* die bedeutendste Stadt. Schon das Kernlandefeld umfasst ein Geviert von fünfzig mal fünfzig Kilometern, hinzu kommen ringsum angeordnete, nur wenig kleinere Nebenlandefelder, Werft- und Depotanlagen, Tausende Handelshäuser; insgesamt eine Tag und Nacht pulsierende Enklave von rund zweihundert Kilometern Durchmesser.

Arkon III: *Gor'Ranton* – Der ursprünglich dritte Planet des Arkon-Systems ist der Schwerindustrie des Raumschiffbaus vorbehalten; Großstädten gleich reihen sich Forschungs- und Entwicklungszentren aneinander, unterbrochen von Landefeldern und angegliederten Riesendepots. Durchmesser: 13.250 Kilometer; Schwerkraft: 1,3 Gravos.

Eine technisierte Welt, deren Oberfläche maßgeblich von Plastbeton, Arkonstahl und Kunststoffen bestimmt wird – ein militärisch-industrieller Komplex, der seinesgleichen in der Galaxis sucht; in ihrer Urform erhalten sind nur die Meere, so dass der Planet von vielen Besuchern als »ökologischer Alptraum« umschrieben wird, weil riesige Ökokonverter notwendig sind, um die Atmosphäre aufzubereiten und halbwegs erträgliche Umweltbedingungen zu generieren. In den 25.000 Großwerften entstehen tagtäglich neue Raumschiffe und Beiboot-Trägerbewaffnungen. Das Bild technisierter Fugenlosigkeit setzt sich in die Tiefe fort: Wichtige Werke, darunter jene der Triebwerksfertigung, liegen bis zu 5000 Metern unter der Oberfläche. Die Werften übernehmen, von Robotfertigung und komplizierten Bandstraßen dominiert, die Vorfertigung; mobile Roboter zeichnen für die Endmontage verantwortlich, die bei Großraumschiffen häufig im Orbit erfolgt. Frachterverbände und Ferntransmitter-Verbindungen sichern den Materialnachschub. Rohstoffe, Halbfertig- und Endprodukte werden ständig angeliefert, zwischengelagert, weiterverarbeitet oder zur Schlussmontage befördert. Eine ausgeklügelte Infrastruktur, die Raumschiffe, Zubringer, Kurz- wie auch Langstrecken-Transmitter kombiniert, sorgt für reibungslosen Verkehr.

Die ausgedehnten Tiefbunkeranlagen des *Flottenzentralkommandos* und auch die zunächst zur logistischen Unterstützung gedachten Anlagen einer Großpositronik wurden in jenem 2000 Meter tiefen Krater angelegt, der im zweiten Regierungsjahr von Imperator Metzat III. entstand (6373 da Ark = 12.898 vor Christus), als der Imperator eine Flotte von 30.000 Einheiten unter Mascant Gagolk entsandte, um eine angeblich gefährliche Kolonialwelt zu zerstören (Hintergrund: Intervention *akonischer Zeitreisender* aus dem Basisjahr 2102 nach Christus, die mit dieser »Kolonialwelt« Terra zerstören wollten). Schon in Atlans Jugendzeit erfährt der Komplex der Großpositronik eine weitere Ausbaustufe, doch erst unter der Leitung des Ersten Wissenschaftlers des Großen Rates *Epetran* entstand um 3900 vor Christus die endgültige Form des nach seiner Aktivierung *Robotregent* oder *Großer Koordinator* genannten Rechners mit seiner hoch entwickelten positronischen *Künstlichen Intelligenz*.

Arkoniden: Im neunzehnten Jahrtausend vor Beginn der christlich-terranischen Zeitrechnung entwickelte sich auf dem dritten Planeten der Sonne Arkon im Kugelsternhaufen Thantur-Lok das Volk der Arkoniden. Es stammte von akonischen Auswanderern ab (Arbaraith); diese wiederum sind direkte Nachfolger der Lemurer, der so genannten *Ersten Menschheit*. Sie sind von der äußeren Gestalt her absolut menschenähnlich; meist mit 1,8 bis zwei Metern Körpergröße recht hochgewachsen, weisen sie einen vergleichsweise langen Schädel auf.

Anatomisch gesehen gibt es im Vergleich zu Terranern einige weitere Besonderheiten: Statt Rippen verfügen sie im Brustbereich über massive Knochen- und Knorpelplatten, die Haarfarbe ist im Allgemeinen weiß oder weißblond und die Augenfarbe rötlich bis rotgolden. Bei starker Erregung sezernieren die Arkoniden aus den Augenwinkeln ein Sekret, ohne dass es allerdings zur einer Einschränkung der Sicht käme. Die weit verbreitete Behauptung, bei den Arkoniden handle es sich grundsätzlich um Albinos, ist mit Vorsicht zu genießen: Weißes Haar und (scheinbar) farblose Iris allein sind kein ausreichendes Merkmal, berücksichtigt man, dass außerhalb der Kultivierung möglichst bleicher Haut in Adelskreisen normale Hautbräunung ebenso auftritt, wie die Haarfarbe auch im Sinne bestmöglicher Reflexion der starken Sonnenstrahlung Arkons angesehen werden kann.

ARK SUMMIA: Bezeichnung der elitären Reifeprüfung im Großen Imperium, unterteilt in drei Stufen oder Grade; die beiden ersten betreffen in erster Linie theoretische Examina und entsprechen ihrem Abschluss nach einem Laktrote (Meister) bzw. Tai-Laktrote (Großmeister). Die Zulassung durch die Faehrl-Kommission der »Kleinen Runde« zur Teilnahme an den abschließenden Prüfungen (charakterliche Eignung, Anwendung des erlernten Wissens in der Praxis unter Extrembedingungen usw.) ist auf wenige Hertasonen eines jeden Jahrgangs beschränkt, von denen wiederum noch weniger den dritten Grad bestehen – dies ist gleichbedeutend mit der Aktivierung des Extrasinns in den Paraphysikalischen Aktivierungskliniken der jeweiligen Faehrl-Institute.

Um beispielsweise überhaupt zur ARK SUMMIA-Reifeprüfung zugelassen zu werden, sind mindestens dreißig *Lerc* Eingangsvoraussetzung; die Gehirnsektoraktivierung schlägt sich dann mit einer Aufstockung um bis zu zehn Punkten nieder. Im Großen Imperium gibt es insgesamt nur fünf ARK SUMMIA-Prüfungswelten: Iprasa ist die älteste, Largamenia die bedeutendste, hinzu kommen noch Goshbar, Soral und Alassa.

Blaster: Im Raumfahrer-Jargon Bezeichnung für großkalibrige Energiewaffen; auch Plasmastrahler genannt und manchmal mit dem Thermostrahler verwechselt; in einer Fusionskammer wird eine kleine Menge atomaren Plasmas erzeugt, das dann von einem Kraftfeld durch eine Art energetische Röhre – zur Stabilisierung, Beschleunigung und Bündelung – ins Ziel abgestrahlt wird.

da Ark: Arkonzeitrechnung – die Jahreszahl »von Arkon«; das Jahr 10.497 da Ark, in dem Atlan seine wahre Herkunft erfährt, entspricht dem Jahr 8023 vor Christus.

Dagor: Meist als »All-Kampf« übersetzt; i. e. S. die (waffenlose) Kampfkunst der Arkoniden (angeblich vom legendären Heroen Tran-Atlan geschaffen), i. w. S. die damit verbundene Philosophie/Lebenseinstellung – vervollkommnet beim Arkon-Rittertum (Dagorista), dessen Hauptkodex um 3100 da Ark entstand: die *Zwölf Ehernen Prinzipien*. Weitere Hauptwerke, auf die sich die Dagoristas beziehen: *Bekenntnisse eines Dagoristas* (Ashkort da Monotos, um 3500 da Ark), *Buch des Willens* (Dolanty, um 3100 da Ark), *Das Buch der fünf Ringe* (Horkat da Ophas, um 3800 da Ark), *Die Zwölf Regeln des Schwertkampfes im All* (Meklosa da Ragnaari, um 4000 da Ark), *Kampftechnikenbuch der Dagoristas* (Shandor da Lerathim, um 5700 da Ark).

Desintegrator: Offensivwaffe mit lichtschnellem, grünlich leuchtendem Waffenstrahl, der mittels eines Hyperfeldes die Bindungskräfte fester und flüssiger Stoffe neutralisiert. Die getroffene Materie im Zielbereich zerfällt daraufhin als Ergebnis des nichtthermischen Auflösungsprozesses zu Ultrafeinstaub. Desintegratorfelder können in scharf gebündelter oder breit gestreuter Form und auch in Verbindung mit einem Prallfeld als zusätzliche Waffenwirkung zum Beispiel eines Schwertes eingesetzt werden; Materialien, die einer Kristallfeldintensivierung unterliegen, bleiben im Allgemeinen unbeschädigt. In Atlans Jugendzeit waren Modelle der Serie ZZ-3 im Einsatz.

Einsatz-, Transport-, Schutz- und Kampfanzug: Bekleidung, die in diversen Ausführungen vorliegt, von leichter bis zu schwerer. Normale Bordkombinationen haben kaum mehr als Aggregatgürtel mit integriertem Mikrograv, gepanzerte Druckkombis für den Einsatz auf Gasriesen dagegen klobige Rückenaggregate und Muskelkraft verstärkende Gestänge in Exoskelettfunktion und massive Raumrüstungen überdies schützende Protektorschalen und Harnische aus Arkonstahl, der sogar durch Kristallfeldintensivierung aufgeladen und zusätzlich verstärkt werden kann. In anderen Ausfertigungen gibt es in das Anzugsmaterial eingearbeitete Polymergelfasern zur Muskelverstärkung (»smarte Technik«).

Die Transportanzüge der leichten, flugfähigen Ausfertigung sind zum Beispiel ausgestattet mit zu Nackenwülsten zusammenrollbaren Folienhelmen und Aggregatgürteln, in die Antigrav- und Individualfeldprojektoren integriert sind. Andere Kombinationen verfügen über einen Schulter-Hals-Kragenring, bei dem es sich um eine fingerstarke Metallplastikplatte handelt, die vorne halbkreisförmig ausläuft, über den Schultern wulstig verdickt ist und auf dem Rücken V-förmig bis zur Taille hinabreicht. Sie birgt Aggregate der Mikrotechnik: Antigrav-, Individualschirm- und Deflektorprojektoren, Kleinstreaktor samt Umformer und Speicherbank sowie den Minikom als Standardkommunikator.

Je nach Ausführung reicht die äußere Gestaltung von engen Vollkombinationen über solche, die an Samurairüstungen erinnern, bis hin zu kompakten Panzern, die schon eher ein Miniaturraumschiff darstellen. Die Helme reichen von der flexibel-kapuzenförmigen (durch Memoeigenschaften des Materials und Innendruckaufblähung zur Kugelform stabilisiert) bis hin zur starr-abnehmbaren Bauweise. Die Helminnenseiten können als Head-up-Display verwendet werden; die Steuerung erfolgt zum Teil durch Sprachbefehle unter Rückgriff auf leistungsfähige Mikropositroniken (Mikro-KSOL) der Anzüge. Als Standardausstattung gelten Mikrograv, Deflektor und Individualfeldprojektor; die Energieversorgung übernehmen kleine Speicherzellen, Speicherbänke oder Mikro-Fusionsreaktoren. Die Innenklimatisierung und Luftversorgung ist von der Ausfertigung abhängig, ebenso die übrige Ver- und Entsorgung.

Energieschirm: Starke Kraftfelder, die in der Lage sind, auftreffende (Waffen-)Energie oder feststoffliche Objekte abzuwehren und das umhüllte Objekt vor deren Wirkung zu schützen; unterschieden wird zwischen einfachen normalenergetischen und den weitaus stärkeren hyperenergetischen (auch hyper- oder gravomechanischen), die zugleich die Struktur des Normalraums verändern.

Extrasinn: Im Verlauf eines fünfdimensional-hyperenergetischen Aufladungsprozesses als dritter Grad der ARK SUMMIA aktivierbarer Gehirnbereich der Arkoniden, mit dessen Hilfe Dinge erfasst werden, die infolge eines noch fehlenden Erfahrungsschatzes nur mit einer unbewusst einsetzenden Logikauswertung gemeistert werden können (deshalb auch die Zweitbezeichnung Logiksektor). Verbunden damit ist die Ausbildung eines fotografisch exakten Gedächtnisses. Arkoniden, die auf einen aktivierten Extrasinn (auch Extrahirn) zurückgreifen können, sind ihren »normalen« Zeitgenossen überlegen: Sie erfassen, verstehen und kalkulieren Vorkommnisse deutlich schneller und folgerichtiger, als Wissenschaftler erzielen sie zum Beispiel wesentlich bessere Erfolge.

Bis zu einem gewissen Grad entwickelt der Extrasinn ein eigenständiges, wenn auch mit seinem Träger permanent verbundenes Bewusstsein (mitunter wird als Vergleich eine gezielt herbeigeführte und kontrollierte »Bewusstseinsspaltung« verwendet); die Kommunikation zwischen beiden erfolgt per Gedankenkontakt und ist für den Extrasinn-Inhaber mit dem Gefühl verbunden, ein Unsichtbarer spreche in sein Ohr. Die Eigenständigkeit des Extrasinns bedingt, dass er seine Kommentare selbständig abgibt und sich nicht »abschalten« lässt; mit wachsender Lebensdauer besteht die Gefahr, dass Schlüsselreize das fotografische Gedächtnis anregen und die Assoziationen zum gefürchteten »Sprechzwang« auswachsen, bei dem die gespeicherten Informationen detailgetreu erneut durchlebt und dabei berichtet werden. In Einzelfällen ist mit der Aktivierung die Ausbildung von telepathischen oder sonstigen Parakräften verbunden. Der Extrasinn unterstützt den Träger bei der Ausbildung eines Monoschirms zur Abschirmung gegen telepathische Ausspähung. Noch seltener sind Fälle, die stets bei besonders hochbegabten Persönlichkeiten mit hohen Lerc-Werten in Erscheinung treten: ein Phänomen, das als *multipel personalisierter Extrasinn* bezeichnet wird.

Der Extrasinn tritt hierbei nicht als Ratgeber im Hintergrund auf, sondern entwickelt ein Eigenleben im Sinn einer gespaltenen Persönlichkeit: Es kommt zu regelrechten inneren Rollenspielen, an denen neben dem Betroffenen beliebige nahestehende Persönlichkeiten oder deren Abbilder beteiligt sind. In allen bekannten Fällen setzte sich am Ende jedoch die hochbegabte Persönlichkeit des Betroffenen gegen den fehlgeleiteten Extrasinn durch; im Einzelfall kann das jedoch viele Jahre dauern.

Ferm-Taàrk: Transitionstriebwerk, -antrieb.

Fesselfeld/-projektor: Kraftfeld zur Immobilisierung von Gegenständen, das sich um die betreffenden Objekte legt und diese in einer Position fixiert; unterschieden werden drei Arten von Fesselfeldern: das einfache normalenergetische (am häufigsten verwendet), das gravomechanische (schafft starke künstliche Schwerkraftzonen, um ein Objekt festzuhalten) und das hyperenergetische Dreischichtenfeld, das auch hyperenergetische Einflüsse blockiert (zum Beispiel paranormale Kräfte).

Gork: Wesen aus der arkonidischen Mythologie, eine Art Dämon.

Großes Imperium: Sternenreich der Arkoniden, das *Tai Ark'Tussan*; umfasst um 10.500 da Ark mehrere zehntausend besiedelte Planeten und noch mehr rein industriell genutzte Welten. Kerngebiet sind die Welten im Kugelsternhaufen Thantur-Lok, allerdings sind auch viele im Bereich der galaktischen Hauptebene zu finden, wo der Durchmesser des Verbreitungsgebiets mehr als 30.000 Lichtjahre erreicht hat.

Hyperenergie/hyperenergetisch: Übergeordnete Energieform des Hyperraums. Häufige Verwendung als Zusatzbezeichnung für die mit den übergeordneten Kräften und Wechselwirkungen des Hyperraums arbeitenden Aggregate und Energiesysteme. Alle konventionellen Wechselwirkungen haben ihre übergeordneten Äquivalente im hyperenergetischen Spektrum; in ihrer Quantenerscheinung ganz allgemein *Quintronen* genannt. Sonnen haben zum Beispiel neben ihren elektromagnetischen Emissionen solche auf übergeordnetem Niveau – sie sind ebenso *Hyperstrahler*, wie sie durch ihre Masse die Raumzeit krümmen und durch die in ihnen ablaufenden Fusionsprozesse Wärme, Licht und hochenergetische Quanten abstrahlen.

Hyperfunk: Bezeichnung für die überlichtschnell arbeitenden Funk- und Kommunikationssysteme, die den übergeordneten Hyperraum als Trägermedium benutzen.

Hyperraum: Allgemeine Bezeichnung für das übergeordnete Kontinuum, in das das vierdimensionale Raum-Zeit-Gefüge des so genannten Standarduniversums sowie ungezählte andere (Parallel-)Universen des *Multiversums* eingebettet sind. Im Hyperraum als Kontinuum außerhalb vertrauten Raumes und vertrauter Zeit verliert die im Standarduniversum höchstmögliche Ausbreitungsgeschwindigkeit in Form der Lichtgeschwindigkeit ihre Gültigkeit, so dass er für überlichtschnelle Fortbewegungen verwendet werden kann. Aufgrund der im Hyperraum geltenden (hyper-)physikalischen Gesetze verwandelt sich dort ein materieller Körper zwangsläufig in einen übergeordneten Energie-Impuls, sofern er nicht durch spezielle Kraftfelder vor den Einflüssen des Hyperraums geschützt wird und somit quasi ein Miniatur-Universum für sich bildet.

Im Verhältnis zur uns bekannten Welt ist der Hyperraum eine Singularität: Dieser Begriff ist in der Physik der Ausdruck dafür, wenn eine physikalische Größe *unendlich* wird und/oder wenn die bekannten physikalischen Gesetze *ihre Gültigkeit verlieren*; eine Bedingung – kein Raum, keine Zeit, keine Materie –, die aus unserer Sicht für den Hyperraum zutrifft. Sofern keine Schutzmaßnahmen ergriffen werden, bedeutet für uns das Eindringen »in den Hyperraum« der Verlust der raumzeitlich fixierten Struktur, vereinfachend »Entmaterialisation« genannt. Modell hierzu kann ein Diaprojektor sein, dessen Bild nur dann sichtbar ist, wenn die Projektionsebene einer Leinwand in den Strahlengang gehalten wird. Sowie diesem flächig projizierten Bild aber Gelegenheit gegeben wird, Tiefe und Körperlichkeit zu entwickeln – beispielsweise die Projektion in einen Glasbehälter erfolgt, der mit trüber Flüssigkeit gefüllt ist –, wird das ursprünglich klare und konturenscharfe Abbild undeutlich, fließt auseinander und verschwimmt.

Hypersturm: Hyperphysikalisches Phänomen im Standarduniversum, ausgelöst durch chaotische Konzentrationen von Hyperenergie; häufig begleitet von Verzerrungen des Raumes und der Zeit; kann zum Ausfall von Hypertechnik führen.

Impulsstrahler: Von den Arkoniden als Luccot bezeichnete Waffe, bei der als Ergebnis von Deuterium-Katalysefusionsladungen den Impulstriebwerken vergleichbare Hochenergie-Plasmaimpulse zum Einsatz kommen, die durch hyperenergetische Felder gebündelt und beschleunigt werden; die Wirkung entspricht der beim Massendefekt freigesetzten Energie (Standardleistung einer Handwaffe = ein Milligramm Deuterium pro Schuss, dem eine Energiefreisetzung von rund hundert Kilogramm Vergleichs-TNT im Ziel gleichkommt; als Schiffsgeschütz zum Beispiel »Breitfächerung mit Wirkungsentfaltung von fünf Kilotonnen TNT pro Quadratkilometer«).

Die beste Wirkung entfaltet der Impulsstrahler im Vakuum des Weltalls; innerhalb einer Atmosphäre ist die Reichweite deutlich verringert, da es zu Streuverlusten kommt, und unter Wasser oder dichteren Medien kann es zu Energierückschlägen kommen. Es ist angeraten, Impulsstrahler auch bei Handwaffenausführung nicht innerhalb geschlossener Räume einzusetzen, will man nicht selbst gebraten werden. In Atlans Jugendzeit waren Modelle der Serie TS-11 im Einsatz.

Individualverformer (kurz IV): Bezeichnung eines Fremdvolks, das von den Arkoniden in Ergänzung ihrer vokallosen Sprache auch *VeCoRat XaKuZeFToNaCiZ*, kurz *Vecorat*, genannt wurde; diese insektoiden Geschöpfe hatten die beängstigende Fähigkeit, rein geistig den eigenen Individualkörper zu verlassen und auf einen anderen überzuspringen – wobei es zum Austausch mit dem Bewusstsein des Opfers kam, das im Vecorat-Körper zur Handlungsunfähigkeit verurteilt war. Die Vecorat galten stets als Erzfeinde der Arkoniden.

Khasurn: Wörtlich »Kelch« (Bezeichnung des arkonidischen Riesenlotos), abgeleitete Bezeichnung für Adel insgesamt, auch im Sinne von »Haus, Geschlecht« verwendet. Unterteilung beim Adel in Kleine, Mittlere und Große Kelche bzw. mit Blick auf die Adelsklasse in Unterer Adel, Mittlerer/Großadel und Oberer/Hochadel. Insgesamt wird von etwa 5000 maßgeblichen Kelchen ausgegangen.

Kombistrahler: Kombinationswaffe mit wahlweiser Thermostrahl-, Desintegrator- oder Paralysatorwirkung; robust und praxiserprobt. In Atlans Jugendzeit waren Modelle der Serie TZU-4 im Einsatz.

Kraumon: Mondloser einziger Planet einer namenlosen roten K8V-Sonne, von Arkon 28.243 Lichtjahre entfernt. Durchmesser: 10.399 Kilometer; Schwerkraft: 0,66 Gravos; Umlaufdauer: 172 Tage zu 22,5 Tontas (32 Stunden); Neigung der Polachse: drei Grad, Durchschnittstemperatur: 25 Grad Celsius. Der größte Teil der Oberfläche hat wüstenartigen Charakter. Nur am Äquator und am Rand der Poleiskappen gibt es eine reichhaltige, teilweise üppige Vegetation – riesige Wälder, Steppen und Savannen, auf denen das Gras mannshoch wächst. Die Fauna ist artenarm. Im Tal »Gonozals Kessel« liegt der Stützpunkt, bestehend aus insgesamt 47 Gebäuden.

Kristallpalast (Gos'Khasurn): Zentralgebäude auf dem Hügel der Weisen (Thek-Laktran) von Arkon I, die Perle Arkons; Sitz des Imperators. Mitunter auch *Gos'Teaultokan* genannt. Trichterbau von tausend Metern Höhe und einem oberen Durchmesser von fünfzehnhundert Metern auf einem fünfhundert Meter durchmessenden Sockel; kristalline Außenstruktur. In der äußeren Form entstand der Kristallpalast auf Befehl von Imperator Zakhagrim III. etwa ab 2455 da Ark (17.528 vor Christus); seither kam es immer wieder zu Umbauten, Änderungen der inneren Architektur usw. Der Kristallpalast ist mehr als der Wohnsitz des Imperators, Tagungsort des Großen Rates (Tai Than) oder Stätte prunkvollster Repräsentation und von Empfängen – er ist Symbol der unumschränkten Macht des Großen Imperiums.

Leichter Kreuzer: Arkonidisches Kugelraumschiff von 100 Metern Durchmesser. Haupteinsatz bei Aufklärung und Kurierdiensten oder zur taktischen Unterstützung von Schlachtkreuzern; häufig als »mobile Einsatzgeschwader« zusammengefasst. Nur zweifach gestaffelte Schutzschirme, geringe Panzerung, aber große Beweglichkeit: »Schneller als stärkere Schiffe und stärker als schnellere Einheiten.« Beschleunigung bei achtzehn Ringwulst-Impulstriebwerken: 500 km/s^2 (geschickte Leitende Ingenieure holen durch Modifizierung der Impulstriebwerke, sprich Beschickung mit höheren Stützmassen-Durchflusswerten, zum Teil bis zu 550 km/s^2 heraus). Besatzung: 200 – davon zwanzig für Beiboote (fünf Einmannjäger, fünf Flugpanzer, vier Einheits-Rettungsboote).

Maahks: Auch wenn die Maahks und ihnen ähnelnde Völker von den Arkoniden als »Methanatmer« oder kurz »Methans« bezeichnet werden, ist dieser Begriff irreführend: Die bis zu 2,20 Meter großen und bis zu 1,50 Meter breiten, an eine Schwerkraft zwischen 2,9 und 3,1 Gravos angepassten Wesen atmen in erster Linie Wasserstoff (und ein bisschen Methan) ein und Ammoniak aus; dieses Gas ist unter dem auf Maahkwelten herrschenden Druck sowie den Temperaturen von 70 bis 100 Grad Celsius noch nicht flüssig.

Die Maahks entwickelten sich vor mehr als 50.000 Jahren in *Andromeda*. Als dort die *Lemurer* auftauchten, wurden die Maahk-Völker in die Milchstraße vertrieben, wo es in Atlans Jugendzeit zum kriegerischen Kontakt mit den Arkoniden kommt – die so genannten *Methankrieg(e)* in mehrfach wechselnden heißen und kalten Phasen. Die Bezeichnung Maahk galt ursprünglich nur für das führende Volk der »Methanatmer«, hat sich aber im Laufe der Zeit als Bezeichnung für *deren Gesamtheit* eingebürgert. Methanatmer oder Methans war ursprünglich eine arkonidische Spottbezeichnung, die aber in den Jahrhunderten nach dem Methankrieg ihren negativen Beigeschmack verlor und von Sauerstoff atmenden Völkern als wertfreies Synonym für Maahks benutzt wird. Es existieren unterschiedliche Dialekte der einzelnen Methanvölker, die *lingua franca* ist das *Kraahmak*.

Beschreibung: Die beiden kurzen, kräftigen Beine weisen vier Zehen auf. Im Gegensatz zu den Beinen haben die beiden bis zu den Knien reichenden, außerordentlich beweglichen, tentakelhaften Arme kein Knochengerüst. Sie enthalten vielmehr kräftige Sehnen- und Muskelbündel. Die Arme beginnen an den Schultern stark und massig und laufen zu den Händen hin trichterförmig zu. Die ebenfalls knochenlosen Hände weisen sechs hochelastische, sehr bewegliche, feinfühlige und doch enorm starke Finger auf. Die vier mittleren Finger sind gleich lang. Links und rechts von ihnen sitzen die beiden Daumen.

Der Kopf gleicht einem halbmondförmigen Wulst und ist starr und halslos mit dem Rumpf verbunden. Er reicht von einer Schulter zur anderen und ist daher bis zu 1,50 Meter breit. An seinem Scheitelpunkt erreicht er eine Höhe von etwa vierzig Zentimetern. Von der Seite gesehen läuft der Kopf nach oben hin zu einem spitzen Grat zu. Auf diesem sitzen die vier runden, sechs Zentimeter durchmessenden, grün schillernden Augen. Da sie jeweils zwei halbkreisförmige Schlitzpupillen aufweisen, die nach vorne und nach hinten gerichtet sind, verfügen die Maahks trotz ihres starren Kopfes über eine lückenlose 360-Grad-Rundumsicht. Durch zwei getrennte Lidklappen können die Augen hinten und vorn separat geschlossen werden. Die Geruchs-, Gehör- und sonstigen Sinnesorgane sind fast unsichtbar an der Vorder- und Hinterseite des Kopfes angebracht. Der Mund befindet sich vorne an der etwas faltigen Übergangsstelle zwischen Wulstkopf und Rumpf. Er dient dem Sprechen und der Nahrungsaufnahme, ist zwanzig Zentimeter breit und weist sehr dünne, hornartige Lippen auf.

Obwohl die Nahrung der Maahks sowohl aus pflanzlichem als auch aus tierischem Material besteht, erinnert ihr Allesfressergebiss mit seinen scharfen und spitzen Zähnen eher an die Reißzähne von Raubtieren. Die Maahks benötigen diese, um die derben Silikatkrusten der Ammoniakpflanzen zu zerschneiden.

Die blassgraue, fast farblose Haut der Maahks, die von fingernagelgroßen, ebenfalls blassgrauen Schuppen bedeckt ist, enthält einen großen Anteil an molekular hochvernetzten, kautschukartigen Silikonharzen. Auch das Knochengerüst der Maahks besteht zum größten Teil aus Silizium-Verbindungen, vor allem Silikaten. Proteinfasern geben dem spröden Material eine ausreichende Elastizität. Im intrazellulären Bereich spielt Silizium jedoch nur eine untergeordnete Rolle. Hier dominiert wie bei den Sauerstoffatmern der chemisch vielseitigere Kohlenstoff.

Die stimmbildenden Organe ähneln denen eines Arkoniden. Die Atmungsorgane weichen dagegen deutlich von den arkonidischen ab. Die Bronchien verästeln sich in eine Unzahl kleiner Schläuche, die zusammen mit der auffällig verdickten Wand des Magen-Darm-Traktes ein komplexes, schwammartiges Organ, die so genannte Maahk-Leber, bilden. Die Lungenschläuche enden in elastischen, von einer Muskelschicht umhüllten Blasen, die wie kleine Blasebälge funktionieren und den Ein- und Ausstrom der Atemgase bewirken. Der von den Maahks eingeatmete Wasserstoff wird bereits in der Maahk-Leber mit Bestandteilen der Nahrung zur Reaktion gebracht. Dies ist offenbar eine evolutionäre Anpassung daran, dass sich Wasserstoff nicht wie Sauerstoff reversibel und locker an ein Trägermolekül binden lässt. Entsprechend dient die grünliche Blutflüssigkeit nicht wie die der Sauerstoffatmer dem Transport von komplex gebundenen Atemgasen und Nährstoffen, sondern führt den übrigen Teilen des Maahk-Körpers energiespeichernde Moleküle zu, die in der Maahk-Leber gebildet werden und in ihrer Funktion dem ATP der arkonidischen Physiologie entsprechen.

Die Nahrung der Maahks enthält ein vielfältiges Gemisch organischer und anorganischer Stickstoffverbindungen, darunter insbesondere Amine, Imine, Azoverbindungen, Stickstoffwasserstoffsäure, Hydrazin und Schwefelnitrid. Aus ihnen werden in enzymatisch kontrollierten Reaktionsfolgen vor allem Imin- (NH) oder Aminradikale (NH_2) abgespalten, die als oxidierende Partner mit dem eingeatmeten Wasserstoff reagieren. Dabei entstehen Ammoniak sowie in Spuren Methan, die von den Maahks ausgeatmet werden. Die bei der Reaktion frei werdende Energie wird in der Maahk-Leber auf ein energiereiches Molekül (»Maahk-ATP«) übertragen, das vom Blutkreislauf im Körper verteilt wird.

Selbst bei einem energiereichen Nährstoff wie Hydrazin gewinnt ein Maahk pro eingeatmetes Molekül Wasserstoff allerdings deutlich weniger Energie als ein Sauerstoffatmer pro Molekül Sauerstoff. Dies wird jedoch durch einen höheren Stoffumsatz und nicht zuletzt durch die im Vergleich zum Sauerstoff viermal so große Diffusionsgeschwindigkeit des kleinen Wasserstoffmoleküls kompensiert. Die von den Maahks verzehrten Stickstoffverbindungen werden von fotoautotrophen Organismen (»Ammoniak-Pflanzen«) erzeugt, die das von den Maahks ausgeatmete Ammoniak mit Hilfe von Lichtenergie in die genannten Stoffe umwandeln. Da die Ammoniakpflanzen in der Regel ausgeprägte Silikatwände haben und ihre Nährstoffe in mikroporösem Kieselgur speichern, nehmen die Maahks mit ihrer Nahrung stets auch große Mengen an Siliziumverbindungen zu sich, die sie zum Aufbau und zur Erhaltung ihrer Haut- und Skelettstrukturen benutzen. Die Überschüsse werden zusammen mit den übrigen Stoffwechselüberresten ausgeschieden.

Fortpflanzung: Die Maahks sind sehr fruchtbar. Bei jedem Geburtsvorgang legt eine Maahkfrau bis zu neun Eier, die innerhalb von nur dreieinhalb Monaten reifen. Die geschlüpften Nachkommen werden von ihren Müttern gesäugt.

Gesellschaft, Mentalität: Die Intelligenz der Maahks entspricht derjenigen von Arkoniden. Das Verhalten der gefühlsarmen Maahks wird jedoch von nüchterner Logik dominiert, so dass sie auf die meisten Sauerstoffatmer kalt und grausam wirken. In einem seltsamen Kontrast zu diesem Pragmatismus steht der erbittert geführte Krieg gegen die Arkoniden, die für die Maahks aufgrund ihrer völlig anderen Lebensbedürfnisse keine echten Konkurrenten darstellten. Die selbstzerstörerische Unerbittlichkeit, mit der die Maahks in diesem Krieg vorgingen, kann nur als späte Nachwirkung ihrer Vertreibung durch die ebenfalls arkonoiden Lemurer verstanden werden. Über das Privatleben der Maahks ist so gut wie nichts bekannt.

Raumfahrer und Soldaten tragen Kombinationen, die aus einem Stück gefertigt sind. Die Sichelköpfe können gegebenenfalls durch Falthelme geschützt werden. Bei einfachen Dienstgraden entspricht die Farbe der Kombination im Regelfall dem blassen Grau maahkscher Haut. Diese Schlichtheit spiegelt den nüchtern-logischen Pragmatismus der Maahks wider. Dennoch sind auch bei den Maahks Orden und Tapferkeitsauszeichnungen sowie andere Uniformfarben bekannt. Rangsymbol ist unter anderem das des geteilten Dotters, des Zeichens von Stärke und Fruchtbarkeit.

Obwohl die Maahks durchaus Eigennamen kennen, benutzen sie in hierarchischen Systemen die Einheitsbezeichnung *Grek*, wobei *Grek 1* das jeweils höchstrangige Individuum der Gruppe ist. Die Bezeichnung Grek wurde ursprünglich von den Arkoniden eingeführt, die dadurch vor allem ausdrückten, dass die Maahks in ihren Augen ununterscheidbar waren. Dass die Nomenklatur des Gegners von den Maahks selbst übernommen wurde, ist ein weiterer Hinweis auf deren weitgehend emotionslose Logik. Die Regierung der vereinten Methanvölker bildet das Gremium der Neunväter. Die Zahl Neun, die Maximalgröße eines maahkschen Eigeleges, stellt für die Maahks etwas Heiliges, Verehrungswürdiges dar. Jeder Angehörige der Neunväter ist ein Spitzenkönner auf wissenschaftlichem, militärischem oder politischem Gebiet. Die Versammlungshalle der Neunväter hat traditionell die verehrungswürdige Form eines Eies.

Öde Insel: Bezeichnung der Arkoniden für die Milchstraße, die auch Nebelsektor genannt wird; abgeleitet von *Debara, Hamtar.*

Panoramagalerie: An der Wand von Raumschiffszentralen verlaufende große Bildfläche oder Holoprojektion, die zumeist die 360-Grad-Umgebung des Schiffes zeigt. Neben den normaloptischen Informationen können Ortungsdaten oder Positroniksimulationen eingeblendet werden; Filtersysteme wirken als Blendsicherung usw. Im Sinne einer optischen Beobachtung hat diese Darstellung vor allem psychologische Bedeutung: Man sieht, wohin man fliegt.

Paralysator: Strahlenwaffe, die das dem Willen unterworfene periphere Nervensystem von Lebewesen lähmt. Das für die lebenswichtigen Körperfunktionen notwendige autonome Nervensystem bleibt dabei weitgehend unbeeinflusst, nur die dem bewussten Willen unterstehende Muskulatur wird gelähmt, das Schmerzempfinden ausgeschaltet (deshalb auch Einsatz in der Medo-Technik zur Narkose). Die getroffene Person ist vollkommen bewegungsunfähig (= Paralyse), kann aber noch normal denken, sehen und hören. Die Wirkung des Paralysestrahls hält meist für einige Stunden an. In Atlans Jugendzeit waren Modelle der Serie U-156 im Einsatz.

Parakräfte: Einzelkräfte wie Telepathie, Telekinese, Teleportation, Hypnosuggestion u. v. a. Siehe: *paranormal.*

paramechanisch: Zum ultrahochfrequenten hyperenergetischen Bereich gehörende Wirkung, die den paranormalen Kräften von Lebewesen entspricht, aber durch Geräte künstlich/technisch erzeugt wird; zum Beispiel bei der Hypnoschulung, in Psychostrahlern oder den Emotio-Masken.

paranormal: Wörtlich »neben dem Normalen«; im Allgemeinen Fähigkeiten und/oder Kräfte, die nicht zum Bereich der normalen Sinne gehören, meist eine von Lebewesen erzeugte Wirkung, die dem ultrahochfrequenten Bereich des hyperenergetischen Spektrums zugeordnet wird (zum Beispiel Telepathie, Telekinese, Teleportation etc.), auch als psionisch, mental oder *transpersonal* (»über die Person hinaus[gehend]«) umschrieben.

Die Arkoniden stießen bei der Expansion ihres Tai Ark'Tussan auf etliche Fremdvölker, bei denen Parakräfte eine nicht unwesentliche Rolle spielten (Individualverformer/Vecorat, Mooffs, Voolyneser, Vulther u. v. a.). Ihre eigene Erforschung des Paranormalen und Transpersonalen konnte, nicht zuletzt mit Blick auf Dagor und die damit verbundene Philosophie, etliche Ergebnisse vorweisen, die über die paramechanischen Psychostrahler, Fiktiv- und Simultanspielprojektoren und Anlagen, die der Aktivierung des Extrasinns dienten, hinausreichten.

Der Paraphysiker Belzikaan (um 15.600 vor Christus) bezeichnete die Paraforschung offiziell als »zwiespältige Wissenschaft«, um den Unterschied und die Trennung von den übrigen konventionellen und hyperphysikalischen Fakultäten zu markieren. Diese Erkenntnisse gehörten allerdings stets zur höchsten militärischen Sicherheits- und Geheimhaltungsstufe oder waren auf bestimmte Kreise beschränkt. Kräfte des Paranormalen sind deshalb gar nicht so selten, wie es auf den ersten Blick vielleicht aussieht. Vor allen Dingen sind sie keineswegs zwangsläufig Ausdruck einer wie auch immer gearteten »Mutation«, so dass die Aussage »Parabegabter gleich Mutant« ein etwas schiefes Bild erzeugt. Grundsätzlich handelt es sich beim Paranormalen zunächst einmal um Dinge, die zumindest latent *jedem* Bewusstsein zu eigen sind. Ob und inwieweit der Einzelne sich dieser Kräfte und Fähigkeiten dann bewusst ist oder sie gar aktiv bedienen kann, ist eine andere Frage.

Periode: Bezeichnung für den arkonidischen Monat zu 36 Tagen (Pragos). Siehe: *Zeitrechnung, Votan(ii).*

Positronik: Bezeichnung der Standardrechner-Technologie, bei der statt Elektronen Positronen zum Einsatz kommen, hierbei allerdings Hyperkristalle zur Handhabung erforderlich machen.

Satron: Abkürzung von *Same Arkon trona*; dies bedeutet »hört Arkon sprechen«; Bezeichnung für die *lingua franca* im Großen Imperium der Arkoniden. Als *Satron* ist das klassische Interkosmo aus dem *Altakona* der »Stammväter« hervorgegangen (welches wiederum der auf Artefakten gefundenen alten galaktischen [toten] Sprache *Lemu[u]* gleicht, weil aus ihr rund 30.000 Jahre zuvor entstanden). Als *Satron-I* ist es wirkliches Interkosmo (ab Verleihung des Handelsmonopols an die Springer im Jahr 6050 vor Christus), als *Arkona-I* die Hofsprache vor allem auf Arkon I (verbunden mit einer Wandlung von der Buchstabensprache hin zu einer komplexen Silbensprache mit Silbenschrift, die ab etwa 3000 vor Christus *Arkona-II* oder *Arkona-Kalligraf* genannt wurde).

Um etwa 1000 nach Christus entwickelte sich das »moderne Interkosmo« (umschrieben als *Satron-Ia*); der forcierte Handel von Springern mit Aras und Antis/Báalols führte zur verstärkten Einbindung medospezifischer Begriffe wie auch religiöser Wortschöpfungen, so dass ca. 300 Arkonjahre später auch die Version *Satron-Ib* weit verbreitet war. Satron ist eine Buchstabenschrift: Während sich die Sprache selbst im Verlauf der Jahrtausende durchaus wandelte, wurden die Schriftzeichen beibehalten, ebenso die Aussprache der Einzelbuchstaben, denen bestimmte Laute (Phoneme) zugeordnet sind. Das Alphabet umfasst die Selbstlaute A-E-I-O-U und zunächst siebzehn weitere Buchstaben, die jedoch schon beim Übergang vom *Altakona* zum *Satron* auf einundzwanzig erweitert wurden; die Reihenfolge entspricht hierbei selbstverständlich *nicht* dem Terranischen.

Schutzschirm (auch: Schutzfeld): Mitunter an Seifenblasen erinnerndes Kraftfeldsystem, das für äußere Einflüsse mehr oder weniger undurchdringlich ist, eine ganze Reihe von Sonderfunktionen besitzt und in nahezu beliebiger Form projiziert werden kann – vereinfachend Schutzfeld, Abwehrschild, Energieschirm und ähnlich genannt. Das Einsatzgebiet ist ebenso umfangreich wie die detaillierte Funktions- und Projektionsweise: Die Abwehr der verschiedensten Waffen gehört in gleicher Weise dazu wie der Schutz vor Reibungshitze beim Eintritt in Atmosphären, vor Meteoriten und kosmischer Mikromaterie oder Strahlung aller Art.

Als »konventionell« oder »normalenergetisch« werden jene Schutzschirme umschrieben, deren Wirkung(en) sich auf konventionelle Dinge beziehen und für übergeordnete Wirkungen (wie Teleporter) *kein* Hindernis darstellen. Ihre Erzeugung und Projektion dagegen kann durchaus auf übergeordnete Prinzipien wie Hyperkristalle zurückgreifen – und im Allgemeinen ist das auch der Fall. Sie können von Materie in energetischer, gasförmiger, flüssiger oder fester Form nicht durchdrungen werden; Luft wird hierbei unter Umständen ionisiert, Hitzestrahlung reflektiert, Mikromaterie des Alls abgewehrt (beispielsweise in Gestalt von Kalottenfeldern, deren Durchmesser etwa ein Drittel des Rumpfdurchmessers eines Raumschiffes ausmacht und als zentralprojiziertes Feld im Abstand des Rumpfdurchmessers zur Grobablenkung dient). Im Gegensatz dazu stellen an fünf- oder n-dimensionale Gesetzmäßigkeiten gebundene höher geordnete Kraftfelder – kurz *Hyperfelder* genannt – auch für Hyperwirkungen ein Hindernis dar. Je nach eingesetzter Hyperfrequenz (hyperstarke Wirkung, Hyperelektromagnetik, hyperschwache Wirkung, Hypergravitation und ultrahochfrequenter Bereich) unterscheiden sich die Wirkungen entsprechend dem jeweiligen Band des hyperenergetischen Spektrums.

Weiteres Unterscheidungskriterium ist die Struktur der eingesetzten Hyperfelder, bei denen es sich um statische oder dynamische, unvollständig geschlossene und in sich geschlossene handeln kann – je nach spezifischer Anwendung meist auf vielfältige Weise kombiniert. So ist mit der äußersten Hülle im Allgemeinen eine dünne Zone konzentrischer, auswärts weisender, hypermechanischer oder hypermechanisch abstoßender Wirkung verbunden, die im technischen Sprachgebrauch als Gradientfeld oder als Gradientkomponente bezeichnet wird (Gradient: Gefälle oder Anstieg einer Größe auf einer bestimmten Strecke beziehungsweise Maß für die räumliche Veränderlichkeit von Größen). Zu den weiteren Sonderfunktionen gehören beliebig schaltbare Strukturlücken, einseitig wirksame Durchlassfenster, permanente oder intermittierende Projektionsweisen, auf Energie und/oder Masse beschränkte Wirkung oder geometrische Formen, die von einer einfachen sphärischen Projektion abweichen. Neben dem lokal begrenzten, partiellen Verdichtungsmodus gibt es darüber hinaus die Möglichkeit, gesonderte Schüssel- oder Parabol-Fangfelder zu errichten, die auftreffende Einflüsse und Kräfte abwehren, ehe die eigentliche Schirmfeldstruktur belastet wird.

Als Basisniveau jeder Schutzfeld-Konfiguration eines Raumschiffes gilt das Strukturfeld der Semimanifestation: Es handelt sich hierbei um unvollständig geschlossene Hyperfelder, die konventionelle

Außeneinflüsse bis zu einem gewissen Grad »verdrängen«. Zum nächsten Schildniveau gehören die als konventionell geltenden Schutzschirme; zu nennen ist vor allem der (Ionisations-Abstoß-) Prallschirm, der jedoch nicht mit einem Prallfeld, wie es beispielsweise bei Gleitern zum Einsatz kommt, verwechselt werden darf. Schließlich gibt es die hyperenergetischen, die auch artgleiche Einflüsse blockieren (zum Beispiel Fesselfeld oder hyperelektromagnetische bzw. hypermechanische Wirkung).

Tai Ark'Tussan: Großes Arkon-Imperium, meist nur als *Großes Imperium* übersetzt; umfasst neben den Kugelsternhaufen *Thantur-Lok* und *Cerkol* große Bereiche der als *Öde Insel* umschriebenen Milchstraßenhauptebene mit insgesamt mehreren zehntausend von Arkoniden und Fremdvölkern besiedelten Welten.

Thantur-Lok: Wörtlich »Thanturs Ziel«, nach dem Flottenadmiral Thantur (ursprünglich Talur) bezeichneter Kugelsternhaufen im Halo-Bereich der als *Öde Insel* umschriebenen Milchstraße (Durchmesser 99 Lichtjahre, etwa 100.000 Sterne), der das Herz des Großen Imperiums darstellt. Von hier gingen die Besiedlungswellen der Arkoniden aus. Die terranische Bezeichnung lautet M 13 bzw. NGC 6205.

Thermostrahler: Einem auf Lichtwellenverstärkung arbeitenden Laser vergleichbare Waffe, bei der elektromagnetische Strahlung des nicht sichtbaren Infrarotbereichs als ultraheiße, lichtschnelle Wirkung zum Einsatz kommt, also hauptsächlich Wärmeenergie produziert wird; die Reichweite ist innerhalb von Atmosphären begrenzt, weil das Medium Luft einen Teil der Wärme aufnimmt und ableitet, so dass dieser Streuverlust auch nicht mehr im Ziel freigesetzt werden kann. In Atlans Jugendzeit waren Modelle der Serie T-15 im Einsatz.

Tiga Ranton: Wörtlich »Drei Welten« – Umschreibung für Arkons Synchronsystem von Arkon I bis III, abgeleitet von *Ranton, tiga*. Die Planeten wurden in der Herrschaftszeit von Imperator Gonozal III. künstlich als Eckpunkte eines gleichseitigen Dreiecks gruppiert, das auf einer gemeinsamen Umlaufbahn im Abstand von 620 Millionen Kilometern die Sonne Arkon umkreist. Nur Arkon III entspricht hierbei der ursprünglichen Zählung als dritter Planet; für das Umgruppierungs- und Synchronprojekt wurden die benachbarten Planeten II und IV hinzugezogen.

Nachfolgende Imperatoren sorgten dafür, dass dieses System als einmalig und natürlich entstanden angesehen wurde, um die außergewöhnliche Stellung des arkonidischen Volkes und seine Bevorzugung durch die Götter propagandistisch hervorzukehren – nur wenige Informierte kannten fortan noch die wahren Hintergründe.

Tonta(s): Arkonidische »Stunde« = 1,42 Erdstunden (85,2 Minuten bzw. 5112 Sekunden); Unterteilung in Zehntel, Hundertstel, Tausendstel, also Dezitonta (8,52 Minuten bzw. 511,2 Sekunden), Zentitonta (0,852 Minuten bzw. 51,12 Sekunden), Millitonta (5,112 Sekunden).

Traktorstrahl/-projektor: Zugstrahlprojektor, der Objekte mittels eines hyperenergetischen Feldes erfasst und in eine beliebige Richtung bewegt (im Allgemeinen aber auf den Projektor zu). Meistens gekoppelt mit einem Fesselfeld-Projektor, der das eingefangene Objekt immobilisiert und verankert.

Transitionstriebwerk: Für die überlichtschnelle Fortbewegung eingesetzte Aggregate, deren Kernstück jeweils Strukturfeld-Konverter sind und Gesamtreichweiten je nach Schiffstyp von bis zu 500.000 Lichtjahren erreichen; im Allgemeinen erfolgt eine Transition im hochrelativistischen Bereich nahe der Lichtgeschwindigkeit und ist verbunden mit Strukturerschütterungen und Entzerrungsschmerzen – je weiter der Sprung, desto gravierender. In Notfallsituationen können Transitionen durchaus schon bei geringerer Geschwindigkeit (quasi »aus dem Stand heraus«) eingeleitet werden, doch verstärken sich hierbei die Nebenwirkungen; im Extrem zerreißt es das ganze Schiff.

Der Sprung direkt in ein Sonnensystem hinein oder aus einem solchen heraus, erst recht in direkter Nähe von Planeten, ist wegen der Negativauswirkungen verboten (tektonische Erschütterungen und dergleichen). Bei militärischen Einsätzen wird darauf jedoch häufig keine Rücksicht genommen, im Gegenteil: Ein solcher Direktsprung bringt taktische Vorteile.

Als Standardweite je Einzelsprung gelten Distanzen zwischen 500 und 5000 Lichtjahren. Großraumer ab 500 Metern Durchmesser können auch Gewaltmanöver bis maximal rund 35.000 Lichtjahre durchführen – diese sind jedoch extrem belastend für Besatzung und Material. Trotz positronischer Berechnung bleiben die Sprungdatenermittlungen kompliziert und langwierig. Als Faustregel gilt: 30 Minuten je 5000 Lichtjahre, das heißt beispielsweise bei 20.000 Lichtjahren zwei Stunden. Nur bei Notmanövern oder Nottransitionen wird ein »Pi-mal-Daumen-Sprung« in Kauf genommen; die anschließende Positionsbestimmung kann dann aber unter Umständen Tage dauern.

Tu-Gol-Cel (TGC): Arkonidisches Akronym von *Tussan Goldan Celis*, frei übersetzt »(die) Argusaugen des Imperiums« – die »Politische Geheimpolizei des Imperators«; abgeleitet von *Celis, Goldan, Tussan.*

Tu-Ra-Cel (TRC): Arkonidisches Akronym von *Tussan Ranton Celis*, frei übersetzt »(die) Augen der Imperiums-Welten« – der Geheimdienst im Großen Imperium; abgeleitet von *Celis, Ranton, Tussan.*

Votan(ii): Wörtlich »Periode(n)«, auch »Zyklus, Kreis(lauf)«; arkonidische Bezeichnung für »Monat«.

Zeitrechnung: Ein Arkonjahr entspricht dem siderischen Umlauf von 365,22 Arkontagen (Pragos) zu exakt 28,37 (Erd-)Stunden. Gerechnet wird mit 365 Arkontagen je Arkonjahr: Alle 50 Arkonjahre ergibt sich somit ein Schaltjahr, in dem elf Arkontage angehängt werden (diese elf Schalttage entsprechen den elf Heroen, die Schaltperiode selbst wird nach dem mythischen zwölften Heroen »Pragos des Vretatou« genannt).

Das Arkonjahr ist unterteilt in zehn Perioden (= »Monate«) zu je 36 Arkontagen, hinzu kommen die fünf Pragos der »Katanen des Capits« (Feiertage, die auf uralte Riten zurückgehen; früher wurden damit die Fruchtbarkeitsgötter geehrt, mit der Zeit verloren die Katanen an Bedeutung).

Folgende Namen/Reihenfolge gilt: 1. der Eyilon, 2. die Hara, 3. der Tarman, 4. der Dryhan, 5. der Messon, 6. der Tedar, 7. der Ansoor, 8. die Prikur, 9. die Coroma, 10. der Tartor, dazu die Katanen des Capits vor dem Jahreswechsel. Umrechnung: 0,846 Arkonjahre = 1 Erdjahr; 1 Arkonjahr = 1,182 Erdjahre.

DETAILKARTE
KRAUMON-SEKTOR / GALAKTISCHES ZENTRUM

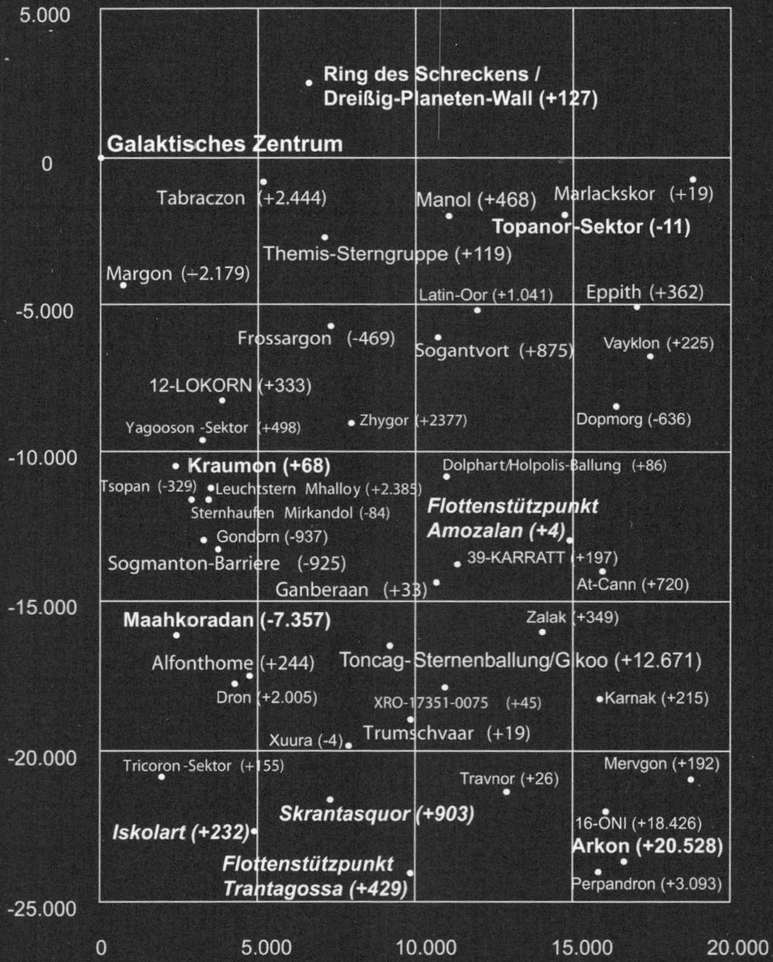